【墨水世界心・血・死三部曲】

二部曲《墨水血》精彩回顧

爲了保護美琪、蕾莎，和所有墨水世界裡的人們，莫答應爲毒蛇頭裝幀一本能讓他永生不死的書。操控著所有墨水世界裡的邪惡的毒蛇頭，如他所願的得到長生不老，莫與美琪、蕾莎也得以離開夜之堡，獲得暫時的安全。

髒手指與法立德帶領著流浪藝人與強盜們，在林野間與戴著毒蛇頭徽章的黨羽們浴血奮戰，直到一把刀，沒入了法立德的背……法立德氣絕，美琪傷痛欲絕，而髒手指則自責不已。有什麼方法能救法立德？髒手指想起一則故事：帶走人的靈魂的白衣女子，渴望火的溫暖，若以火召喚白衣女子，她們必會前來，並願意和舞火者交易……

想要法立德復生的髒手指，成功的召喚出死神的女使者們，並以他的生命，交換了法立德的靈魂。

法立德復活了，但他悲傷不已。他請求美琪將奧菲流士唸到墨水世界來，因爲如今，法立德只能期盼同樣能織就墨水的奧菲流士幫助他，而且他將不計代價……

CONTENTS

我是那首唱著鳥的歌。
我是那片創造這個國度的葉子。
我是漫過月的洪水。
我是吸引住沙的大河。
是吹動風的雲；
是製造陽光的土地；
是打出打火石的火。
我是模塑成手的土。
我是說出人類的文字。

查爾斯・考斯利《我是歌》

只剩一頭狗和一張紙

聽，夜的腳步在無遠弗屆的寧靜中
漸漸停了下來；
我的桌燈唧唧出聲
像蟋蟀一般輕細。

書架上，書背
泛著金光：
那是橋的橋墩
通往精靈國度。

——里爾克《家神祭祀》〈守夜III〉

月光落在愛麗諾的晨袍上，落在她的睡衣上、她的光腳上和那頭躺在她腳邊的狗身上。奧菲流士的狗。牠那只會哀怨的眼睛看著她，彷彿在問，這世界上有那麼多令人激動的味道，但她為什麼要半夜坐在自己的圖書館中，周遭全是一聲不吭的書，就這麼呆呆瞪著。

「是啊，為什麼？」愛麗諾問著這片悄然寂靜。「因為我睡不著，你這笨東西。」她還是摸了摸牠的頭。妳竟然落到這種下場，愛麗諾！她心想，同時從自己的沙發椅中吃力起身。要跟一條狗聊天來打發漫漫長夜。妳本來就受不了狗，更別說這頭，只要牠一喘息，就讓妳想到牠那令人討厭的主人！

是的，儘管看到狗，就會喚起那些痛苦的回憶，她還是把狗留了下來，沙發椅也是，雖然喜鵲在上頭坐過。摩托娜……只要愛麗諾一走進靜悄悄的圖書館，就會以為自己聽到她的聲音，看到莫提瑪和蕾莎站在書架間，或是美琪坐在窗前，一本書攤在膝上，臉埋在柔順的淺色頭髮後……回憶。她僅有的，也就是這一切了，和書本中冒出的畫面一樣難以捉摸。但要是連這些回憶都沒了，那她還剩下什麼？她又會孤家寡人——伴著寂靜和自己心中的空虛，還有一頭難看的狗。

她的雙腳在慘白的月光下看來老邁無比。月光！她心想，同時在月光中動了動自己的腳趾。月光具有神奇力量的故事，到底有多少。全都是騙人的。她整個腦袋塞滿了印製出來的謊言。看著月亮時，自己的目光都被字母的薄紗遮住。難道就不能抹去腦海與心中的所有文字，至少好好用自己的眼睛看一下世界！

天哪，愛麗諾，妳可是心情很好！她心想，同時拖著步子走向玻璃櫃，她把奧菲流士留下來的另一樣東西保存在那。妳就自哀自憐吧，就像那頭笨狗喜歡泡在水坑中一樣。

擱在玻璃下的那張紙，看來毫不起眼，不過只是一張普通的格紋紙，上面用淡藍色的墨水密密麻麻寫滿了字，和擱在其他玻璃櫃中繪製華麗的書，根本無法比——就算每個字母看來都讓奧菲流士激動不已的樣子。我希望火精靈會燒掉他那掛在嘴邊自得其樂的微笑！愛麗諾心裡唸著，一邊打開玻璃櫃。我希望那些盔甲武士會一槍刺死他——不然最好就讓他在無路森林中活活餓死，慢慢被折磨。她已不只一次希望奧菲流士在墨水世界中下場悲慘，她那孤獨的心幾乎只在回味這些畫面。

那張紙已經泛黃，廉價的紙，還不只這樣，上面的字看來眞不像能當著愛麗諾的面，把作者送往另一個世界的樣子。紙旁邊有三張照片——一張是美琪，另外兩張是蕾莎，一張是她孩提時的，一張是幾個月前才拍的，上頭還有莫提瑪。他們微笑的樣子，多麼快樂。愛麗諾幾乎每晚都看著這些照片。這陣子，她至少不再淚流滿面，但淚水並未消失，都流到她的心裡。鹹鹹的淚，幾乎要滿溢出來。眞是難受。

都不在了。

美琪。

蕾莎。

莫提瑪。

他們已經消失快三個月了，美琪甚至還多上幾天……

那頭狗伸了伸四肢，朝她慢慢走來，一副睡眼惺忪的樣子。牠把鼻子擠進愛麗諾晨袍的口袋中，知道那裡總塞著幾塊狗餅乾。

「好，好，沒事的，」她喃喃說著，然後把一塊小臭餅乾塞到牠嘴裡。「你的主人躲到哪去了，嗯？」愛麗諾把那張紙遞到牠鼻子前，這頭笨畜生聞了聞，好像眞能在那些字母後聞出奧菲流士似的。

愛麗諾瞪著那些字看，嘴唇發出聲音：「在翁布拉的巷弄中……」過去那幾個星期，她夜裡總是這樣站著，四周和她相伴的，是那些無所謂的書。它們無言對她，彷彿知道她會立刻拿它們去交換她所失去的那三個人，消失在一本書中的那三個人。

「眞是混蛋，我會學會的！」她的聲音像個小孩般倔強。「我會學會唸到這些字把我也吞噬掉，沒錯，就是這樣！」

那頭狗看著她，像是相信她說的每個字，但愛麗諾根本不相信自己。不，她不是魔法舌頭，就算她試上個十幾年——文字還是不會悅耳動人，不會歌吟，不像美琪和莫提瑪唸出來那樣——或那個該千刀萬剮的奧菲流士。就算她這輩子無比迷戀文字也一樣。

她哭起來時，那張紙在她指頭間顫動著。又來了，眼淚又來了，儘管她把自己所有的淚水按捺在自己心中許久。淚水就這樣潰決。愛麗諾大聲啜泣，嚇得那頭狗縮成一團。眞是荒謬，一個人心痛時，淚水就會汩汩而出。書中那些不幸的女主角，一般都是絕色美女，但都不會寫到她們哭腫了眼，或哭紅了鼻子。我一嚎啕大哭，鼻子就紅，愛麗諾心想。或許因爲這樣，我才不會出現在任何書中。

「愛麗諾？」

她猛一轉身，趕緊擦掉臉上的淚。

大流士站在門口，穿著愛麗諾在他上次生日時送他的過大睡袍。

「什麼事？」她喝叱他。手帕又到哪去了？她抽咽出聲，從袖子中拿出手帕，擦了擦鼻子。「三個月，他們走了三個月了，大流士！這樣還不能大哭一場嗎？當然可以。你那貓頭鷹眼睛別可憐兮兮地看著我。不管我們買再多的書——」她大手一揮，指著那些看來心滿意足的書架，「不管我們拍賣回來、交換回來、偷回來多少書，卻沒一本能告訴我我想知道的事！成千上萬的書頁，沒有一頁提到我想聽到的隻字片語。我又在乎這其他的書幹什麼？我只想聽到他們的消息！美琪好嗎？蕾莎和莫提瑪好嗎？他們快樂嗎，大流士？他們還活著嗎？我還會見到他們嗎？」

大流士看著一排排的書，像是可以在其中一本書中找到答案似的，但他和那些印製出來的書頁一樣，默不出聲。

「我幫妳弄杯蜂蜜牛奶。」他最後說道，消失在廚房中。

愛麗諾又一個人伴著書、月光和奧菲流士那頭難看的狗。

只是一座村子

風在激烈搖擺的樹中，彷彿黑暗的驟雨，
月如幽靈船般，浮沈在雲海中，
路穿過紫色的沼澤，一如月光般的緞帶，
綠林強盜策馬而來
策馬而來
綠林強盜策馬而來，來到老客棧的門口。

——亞弗列德・諾斯《綠林強盜》

精靈已開始在樹間飛舞，一大群藍色的小身軀，翅膀沾上了點點星光，而莫發現黑王子瞧著天空，露出擔心的神色。天際仍如周遭的山丘一般漆黑，但精靈從來不會弄錯，只有破曉才能在這樣寒冷的夜裡將他們誘出自己的窩，而這回強盜們想要搶救的莊稼所在的村子，緊鄰翁布拉。只要天一亮，他們就得離開。

十幾間破落的村屋，幾塊貧瘠多石的田地，一道連孩子都擋不了的牆，更別說士兵了——也就這些東西，和許多其他村落一樣。三十名寡婦，三十多個孤兒。兩天前，新總督的士兵幾乎奪走鄰村所有的莊稼。他們到得太晚，但這裡還有得救。他們挖了幾個鐘頭，教女人們把家畜家禽和存糧藏到地下……

大力士扛來最後一袋臨時挖出來的馬鈴薯，粗獷的臉累到紅通通的，他打架或喝醉的時候，也是這副樣子。他們一起把袋子搬到地底的藏匿之處，位置就在田地後頭。蟾蜍在周圍的山丘中咯咯大叫，像是在召喚白晝似的，莫拉過樹枝遮住棚屋入口，以免士兵和稅官發現。村子中放哨的人不安起來，他們也看到精靈了。沒錯，是離開的時候了，回到他們隨時能夠藏身的森林，就算新總督派出愈來愈多的偵察隊伍在山丘間巡邏，他們還是高枕無憂。翁布拉的寡婦叫他紅雀，倒是很適合毒蛇頭這位瘦小的大舅子，但他對自己臣民微薄的財物，卻是無法饜足。

莫拿手臂擦了擦眼睛。天哪，他可眞累，幾天以來，幾乎不眠不休。要趕在士兵前伸出援手的村落，實在太多。

「你看來很累的樣子。」蕾莎昨天在他身旁醒來時，對他這樣說，根本不知道他是在天色已經發白時才躺下來的。他告訴蕾莎自己做了噩夢，睡不著，只好把她畫出來的精靈和玻璃人裝幀成冊。他今天也希望自己回到黑王子安頓他們的獨戶莊院時，蕾莎和美琪仍在睡夢之中。這裡位在翁布拉東邊一小時路程處，遠離因爲他親手裝幀出來的書，而得到永生的毒蛇頭統治下的地帶。

就快了，莫心想。那本書很快就不再護著他了。但他這樣自言自語多少次了，毒蛇頭仍然在世。

一名女孩走向他，顯得遲疑。她幾歲呢？六歲？七歲？美琪還是這個年紀，已是多年前的事。她在他面前一步停了下來，感到爲難。

快嘴從暗處走向那女孩。「對，好好看看他！」他對小傢伙小聲說。「眞的是他！松鴉！他會把妳這樣的孩子拿來當晚餐！」

快嘴喜歡開這種玩笑。莫把到嘴邊的話嚥了下去。這小女孩跟美琪一樣有頭金髮。「別相信他的話！」他對她輕言輕語。「妳怎麼不跟其他人一起睡呢？」

孩子看著他，然後把他的袖子往上推，直到露出那個疤，歌謠裡面提到的那個疤……她瞪大眼睛看著，帶著又敬又怕的神情，就像這期間許多人看到莫一樣。松鴉。孩子跑回母親身邊，莫起身。每次，被摩托娜槍傷的胸口痛起來時，他就覺得自己變成了他——那名費諾格里歐藉由自己的臉和聲音杜撰出來的強盜？還是自己原本便是松鴉，只是沈睡著，等到費諾格里歐的世界喚醒了他？

有時，他們把肉或幾袋從紅雀管事處偷來的糧食送到食物短缺的村子時，女人們會過來親吻他的雙手。「去找黑王子，向他致謝。」他對她們說，但王子只大笑著。「你去弄頭熊過來，」他說，「她們自然就不來煩你。」

一間屋中傳來一名孩子的哭聲。夜漸漸變紅，莫似乎聽到了馬蹄聲。騎士，至少十二名，或許更多。耳朵很快便能分辨出不同的聲音，快過眼睛辨識字母的速度。精靈四散開來。女人們叫喊，跑向孩子們安睡的屋子。莫的手下意識自動把劍抽出，劍還是那把他在夜之堡拿來的劍，那把曾屬於火狐狸的劍。

破曉了。

據說，他們總在破曉時前來，因為喜歡天空中的紅色曙光？希望他們剛從自己主人沒完沒了的慶祝活動中過來，酩酊大醉。

王子揮手示意大家到村子由幾層扁平石頭堆成的圍牆邊，屋內無法提供任何保護。熊喘著鼻息，呻吟出聲，他們這時也衝進黑暗中：十幾名騎士，胸口別著翁布拉的新徽章，一頭紅色襯底的蛇怪。騎士們自然以為不會碰到男人。哭泣的女人、大喊大叫的小孩，沒錯，但沒有男人，更別說武裝的男人。他們勒住馬，驚愕萬分。

沒錯，他們酩酊大醉。很好，這會讓他們手腳遲鈍。

他們並未遲疑太久，很快發現自己的武裝遠優於這群衣衫襤褸的強盜，而且他們騎馬。

蠢蛋，在他們明白過來武裝並非一切之前，早已一命嗚呼了。

「一個不留！」快嘴對莫小聲沙啞說道。「我們得殺掉他們所有人，松鴉。我希望你慈悲的心瞭解這點。只要有個漏網之魚回到翁布拉，那這座村子明天就會付之一炬。」

莫只點頭。他當然明白。

騎士策馬逼向他們時，馬匹尖聲嘶鳴，莫又察覺當時他在毒蛇山殺死巴斯塔的感受——冷血無情，就像自己腳下的白霜一樣冰冷。他唯一的恐懼，便是害怕自己。接著是嘶喊、呻吟、流血，自己的心跳強烈急速。砍殺刺擊，從別人體內把劍拔出，自己的衣服沾上別人濕淋淋的血，臉因怨恨（還是恐懼？）而變形扭曲。幸好，在頭盔下並看不出來。他們往往還很年輕！手腳分離，血肉模糊。小心，你的後面。殺無赦，快點，一個不留。

松鴉。

一名士兵被他刺倒前，喃喃說出這個名字。說不定在他嚥下最後一口氣時，還想著在翁布拉城堡中會拿到懸賞松鴉屍體的銀子，那是一名士兵一輩子都無法掠奪到的銀子。莫從他胸口把劍抽出。他們並未穿戴盔甲。對付女人和小孩，哪需要盔甲？殺人讓人心寒，不管皮膚如何紅通，血液如何沸騰。

是的，他們殺光對方。他們把屍體推下山坡時，屋內悄然無聲。他們兩名同伴陣亡，這時屍骨和敵人混在一起。沒有時間埋葬他們。

黑王子肩上有道深深的刀傷。莫盡力包紮好他，那頭熊則擔心地坐在一旁。那個把他袖子推起來的女孩，從一間屋子出來。從遠處看，她眞的很像美琪。美琪、蕾莎——希望他回去時，她們還未醒。不然要他如何解釋身上這些血？這許多血。

黑夜遲早會遮去白晝，莫提瑪心想。血腥的夜，安詳的白晝——那些日子，美琪帶他看過她在夜之堡只能說給他聽的一切；在花朵點點的水塘中，身體覆滿鱗片的水妖、早已不見蹤跡的巨人、一碰觸，便會低吟的花、參天大樹、在樹根間冒出來的地衣女，彷彿從樹皮中剝落下來似的……安詳的白晝，血腥的夜。

他們把馬匹帶走，盡可能抹掉交戰的痕跡。那些女人告別時結結巴巴說出的感謝語中，摻雜了恐懼。她們親眼看著自己的恩人和她們的敵人一樣懂得殺人。

快嘴帶著馬和大多數的人回到營地。他們幾乎每天遷移。現在營地位在一道黑暗的峽谷，就算白天也亮不到哪去。他們去找羅香娜，請她治療傷患。莫則回蕾莎和美琪安睡的地方——那個黑王子幫他們找到的廢棄的莊院，因爲蕾莎不想待在強盜窩，而美琪過了幾個無家可歸的星期，也渴望有間屋子。

黑王子陪著莫，一如往常。「當然，松鴉總有隨從！」他們分開前，快嘴打趣說。莫幾乎想把他拉下馬。在那場殺戮之後，他的心仍急速跳著，但黑王子拉住了他。

他們步行，雖然這段路對他們疲累的身軀來說滿痛苦的，但和騎馬相比，步行的蹤跡比較難被察覺。那座莊院一定不能出問題，因爲莫所愛的一切都在那裡。

每回，那間屋子和半頹圮的廄棚都在樹木間不期然地冒出來，彷彿被人忘卻在那一般。那些曾經供給莊院的田地，現在空無一物，而曾經通往鄰村的路也早已湮滅。森林吞沒了一切。這裡的森林，不像翁布拉南邊被人稱作無路森林的森林，而有許多名稱，一如其中的村子：精靈森林、黑森林、地衣女森林。而在松鴉巢穴所在的地方，就像大力士所言，被人稱作雲雀森林。「雲雀森林？真是好笑。大力士把一切都冠上鳥名！就連精靈，他都能冠上鳥名，而精靈根本受不了鳥！」美琪只這樣表示。「巴布提斯塔說，這是光的森林！聽起來好多了，不然你以前在森林中有見過這許多的螢火蟲和火精靈嗎？還有那些晚上窩在樹冠上發光的甲蟲……」

不管這座森林怎麼稱呼，每回莫對樹下的那分祥和都會感到新的悸動，提醒他這和紅雀的士兵一樣，都是墨水世界的一部分。第一道曙光從樹枝間滲漏下來，在樹上灑上淡淡的金色斑點，精靈們在秋日冷冽的陽光下起舞，彷彿醉酒一般。他們飛向大熊毛茸茸的臉，直到大熊揮掌驅趕他們，而王子微笑地抓住這樣一個小東西的耳朵，好像聽得懂那刺耳的小聲音在罵什麼。

另一個世界也是如此嗎？為什麼他沒有任何印象？那裡的生活也是這般迷人繽紛：有黑暗，有光明，有殘暴，有美麗——那許多偶爾讓他迷醉的美？

黑王子派人日夜看守那座莊院。今天輪到壁虎。他們離開樹叢間時，壁虎一臉悶悶不樂地走出頹圮的豬圈。壁虎總是閒不下來，身材不高，眼睛略凸，也是他名字的由來。一隻被他馴服的烏鴉蹲立在他肩上。王子把這些鳥當成信使，但牠們多半在市集上幫壁虎偷東西。見到牠們的喙嘴無所不叼，總讓莫訝異不已。

壁虎見到他們衣服上的血跡時，臉一下慘白，但顯然這座孤伶伶的莊院這晚並未被墨水世界的黑影波及。

莫走向水井時，累到差點被自己的腳絆倒，王子一把抓住他的手臂，自己也累到搖搖晃晃。

「今天真是驚險，」他盡可能壓低聲音說，似乎怕自己的聲音會像個虛假的幽靈嚇走這片祥和。

「我們如果不小心謹慎些，這群士兵便會在下一座村子等候我們的大駕。毒蛇頭懸賞你腦袋的價碼，可以買下整個翁布拉了。我幾乎不再相信自己的手下，而村裡的小孩這時都認得出你。或許你該在這兒待上一陣子？」

莫趕走在水井上四飛的精靈，垂下木桶。「胡說，他們一樣認得出你。」水在深處閃閃發光，彷彿月亮在那躲避一日之晨似的。就像梅林屋前的水井，莫心想，同時拿清水澆涼自己的臉，洗乾淨手臂上被一名士兵劃到的傷口。現在只差貓頭鷹阿奇米德飛到我肩上，瓦特跌跌撞撞跑出森林……（註：《石中劍》的場景）

「你在笑什麼？」黑王子靠在莫身旁的水井，而他的熊在被露水打濕的地上翻滾，呼呼出聲。

「笑一個自己以前唸過的故事。」莫把水桶擱在熊旁邊。「有空我說給你聽，是個不錯的故事，雖然結局悲慘。」

但王子搖搖頭，手抹過自己疲倦的臉。「不了，結局悲慘的故事，我不想聽。」

壁虎並非看守這座沈睡莊院的唯一一人。見到巴布提斯塔走出頹圮的廄棚，莫露出笑容。巴布提斯塔不喜打鬥，但他和大力士是莫最喜歡的強盜朋友，他們其中一人在蕾莎和美琪入睡之際守衛的話，莫便比較放心夜裡離開。巴布提斯塔仍在市集上插科打諢，就算他的觀眾沒有多餘的錢。「畢竟他們不該完全失去歡笑！」快嘴爲此嘲笑他時，他這樣表示。他樂於把他的麻子臉藏在自己縫製的面具後，不管是哭是笑，就看他喜歡。不過，他走向水井旁的莫時，並未遞給他面具，而是一包黑衣服。

「你好，松鴉，」他跟問候自己的觀眾時那樣，深深鞠躬說道。「對不起，你吩咐的工作花了點時間。我的線用完了，跟其他東西一樣，在翁布拉也缺，好在還有壁虎，」他朝他一鞠躬，「派出一名他的黑羽毛女友，從一名在新總督治理下依然富有的商販那偷來幾個線團。」

「黑衣？」王子疑惑地看了莫一眼。「做什麼用？」

「書籍裝幀師的服飾。這仍是我的老本行，你忘了嗎？而且夜裡，黑色也是很好的偽裝。這裡這件——」莫脫掉血跡斑斑的襯衣，「我最好也染黑，不然根本沒辦法再穿。」

王子若有所思看著他。「雖然你不想聽，我還是要再說一次。在這裡待上幾天，忘了外面的世界，就像這座被世人遺忘的莊院一樣。」

那張黑臉上的憂心讓莫感動，有一會，他差一點想把那包衣服退給巴布提斯塔，就差一點而已。

王子離開後，莫把襯衣和沾上血的褲子藏到現在已被他改成作坊的烘焙房去，穿上了黑衣。衣服十分合身，他隨著穿過缺了玻璃的窗戶的晨光，一起溜回屋裡時，便穿著這件衣服。

美琪和蕾莎果然還沒醒。一個精靈誤入美琪的房間，莫小聲說了幾句，誘她來到自己手中。「你們看看，」快嘴老說。「連這些討厭的精靈都喜歡他的聲音。看來我真的是唯一不會被迷住的傢伙了。」莫把精靈帶到窗邊，讓她飛出去。他幫美琪拉上被子，就像那些只有他們兩人的夜晚一樣，並瞧著她的臉。她睡著的時候，看來仍是那麼小，醒來時，卻是一副大人模樣。她在睡夢中低喊著一個名字。法立德。是不是一初戀，人就會長大？

「你去哪了？」

莫猛一轉身。蕾莎站在門口，揉著惺忪的眼睛。

「我在看精靈們晨舞。夜裡愈來愈冷，不久後，他們便不會再離開窩巢。」

這畢竟不算謊言。而黑袍的袖子夠長，可以遮住他下臂的傷口。「過來吧，不然會吵醒我們的大女兒。」

他拉著她到他們的臥房。

「這是什麼衣服？」

「書籍裝幀師的衣服。巴布提斯塔幫我縫製的。和墨水一樣的黑。合身嗎？我也要他幫妳和美琪縫製些衣服。妳很快會需要新衣服。」

他把手擱在她腹部，現在還看不出來。一名新生兒，來自原來的世界，他們到了這裡才發現。蕾莎告訴他的時候，還不到一星期。「你想要女兒，還是兒子？」「我想就行了嗎？」他反問，並試著想像再次握著小小的手指會是什麼感覺，小到連他的大拇指都握不住的手指。來得正是時候——美琪那時小到都不能算是個孩子。

「害喜愈來愈厲害。我明天騎去找羅香娜，她一定有辦法。」

「一定。」莫摟住她。

安詳的白晝，血腥的夜。

寫出來的金銀珠寶

他尤其懂得品嘗陰暗的東西，
當他在空蕩蕩的小房間，和水漬，
和關上的百葉窗，又高又藍，在一起
讀自己的小說，眼前浮現
過去的森林，赭色的天空，
在星空下綻放的慾望之花。

——韓波《七歲詩人》

奧菲流士當然不會自己動手挖。他穿著精美的衣服站在那兒看法立德汗流浹背。他已讓法立德挖了兩個地方，而法立德現在在挖的洞，已經及胸深。泥土又濕又重。過去幾天，雨下得很大，橫肉找來的鏟子根本沒用。此外，法立德頭上有個被吊死的傢伙，在寒風中搖來晃去，繩子看來快要爛斷。要是他掉下來，腐爛的屍骨埋掉自己，那該怎麼辦？

右邊的絞刑架上，還有另外三個可憐鬼在搖搖晃晃。新總督喜歡絞刑。據說紅雀拿被吊死的人的頭髮做成假髮——翁布拉的寡婦們私下說道，因為這樣，已有一些女人被吊死……

「你還需要多久？都天亮了！快點，挖快點！」奧菲流士對法立德大小聲，把一個頭顱踢向坑洞中的他。那些頭顱像是駭人的水果般擱在絞刑架下。

天眞的亮了。混蛋乳酪腦袋。幾乎讓他挖了整個晚上！哦，要是能扭斷他那白脖子就好了。

「快點？那就換你那嬌滴滴的保鏢來挖一下！」法立德抬頭對他喊道。「這樣至少可以訓練一下他的肌肉！」

橫肉粗笨的手臂抱胸，低頭對他露出輕蔑的微笑。奧菲流士在市集上發現這個高大個子。一名浴療師在那拔掉別人發炎的牙齒時，他幫他緊抓住客人。「你又在那瞎說什麼！」法立德問他爲什麼還要一名僕人時，奧菲流士只不屑地回答：「爲了避開街巷中晃來晃去的無賴，就連翁布拉賣破爛的販子都有保鏢，而我比他們有錢多了！」他說得沒錯——由於奧菲流士出手比浴療師大方，而橫肉也已受不了那些哀叫，便一言不發跟他們走。他叫歐斯，對這樣一個大塊頭來說，這個名字著實太短，但對一個不太說話的人來說，又挺配的。法立德起先差點發誓說他那張難看的嘴裡沒有舌頭。但這張嘴可眞能吃，往往奧菲流士的女僕端吃的東西給法立德時，立刻便被橫肉狼吞虎嚥吃掉。法立德起先還會抱怨，但等歐斯爲此在地窖樓梯伏擊他後，他便寧可飢腸轆轆上床睡覺，或在市集上偷些吃的。沒錯，橫肉讓他服侍奧菲流士的日子變得更加難受。一些塞到法立德草褥中的玻璃碎片，樓梯腳下伸出來的一條腿，頭髮突然被狠狠抓上一把……對歐斯一定要隨時保持警覺，只有晚上，在他像狗一樣低三下四地睡在奧菲流士的房間前時，才能鬆一口氣。

「保鏢不用挖！」奧菲流士百無聊賴說道，同時不耐煩地在被挖出來的洞孔間來回走著。「如果你再這樣慢吞吞，我們馬上就要再找一名保鏢。中午前，又會有兩名私獵者被帶到這裡吊死！」

「你看吧！我不是老跟你說，乾脆在你的房子後挖出寶藏不就好了！」絞刑丘、墓地、被燒毀的莊院——奧菲流士喜歡讓法立德心驚膽寒的地方。沒錯，乳酪腦袋眞的不怕鬼怪。不得不承認這點。

法立德擦掉眼睛上的汗。「那你至少可以寫清楚寶藏埋在哪 個該死的絞刑架下。還有，爲什麼一定要埋那麼深？眞是見鬼。」

「別那麼深！藏在我家後面！」奧菲流士不屑地嘟起女孩般柔軟的嘴唇。「眞是異想天開！這種事會出現在這個故事中嗎？費諾格里歐可不會冒出這種荒唐念頭。但我幹嘛跟你一直解釋！你反正聽不懂。」

「是嗎？」法立德把鏟子深深插入潮濕的泥土裡，任其卡著。「但我很清楚一點，你寫出一個又一個的寶藏，裝成富商，追求翁布拉的每個女僕，而髒手指仍然和死人作伴！」

法立德發現自己又要哭了。痛楚依然像髒手指爲他而死的那晚一樣鮮明。要是他能忘掉他僵直的臉孔就好了！要是他只能憶起他活著的樣子就好了，但他卻不斷見到髒手指躺在坍塌的礦坑裡，冰冷無聲，心被凍結。

「我受不了當你的僕人了！」他抬頭對奧菲流士喊道。勃然大怒中，他甚至忘了那些被吊死的人，他們一定不願意聽到有人在他們受死之處大喊大叫。「你自己也未遵守約定！你像肥肉中的蛆，窩在這個世界，而不把他召喚回來。你跟其他人一樣埋葬了他！費諾格里歐說得對，你就跟噴過香水的豬膀胱一樣沒用！我會告訴美琪，要她送你回去！她會做的，你看著好了！」

歐斯看著奧菲流士，一臉疑問，眼神像是在哀求能抓住法立德，把他徹底毒打一頓，但奧菲流士並未理會。

「啊，我們又回到老話題了！」他以好不容易按捺住的聲音說道。「那個神奇無敵的美琪，有個同樣傳奇的父親，他的名字這時聽來像是一頭鳥，和一群身上長滿蝨子的強盜躲在森林裡，而那些破衣破褲的吟遊歌手爲他編出一首接一首的曲子。」

奧菲流士扶正眼鏡，抬頭瞧著天空，像是要向天抱怨這許多的名不副實。他喜歡因為自己的眼鏡帶來的暱稱：複眼。在翁布拉，大家不敢大聲跟他說話，但這只讓奧菲流士更為得意。此外，這副眼鏡證明了他那些關於自己出身的謊言，都是真的：說他來自海另一頭一個遙遠的國度，那裡的王公貴族都有複眼，能讓他們讀出自己臣民的念頭；說他是當地國王的私生子，在自己親兄弟的妻子無可救藥地愛上自己後，不得不逃離兄弟。「這傢伙真是油腔滑調！他那漿糊腦袋裡根本沒什麼獨到想法，只拿別人的點子在那招搖撞騙。」

但是，費諾格里歐日日夜夜痛苦著，而奧菲流士則大大方方在這個故事中蓋上自己的印記——似乎比故事的原創者更懂這個故事。

「你知道，如果你很喜歡一本書，一遍又一遍讀著，你會想要什麼？」他們第一次站在翁布拉的城門前時，他問法立德。「不，你當然不知道，你又怎麼會知道？書一定只會讓你想到在寒夜中容易拿來燒。但我還是願意透露答案給你知道。你會想一起參與，不然呢？不過當然不是當個窮兮兮的宮廷詩人。我很願意把這角色留給費諾格里歐——就算他演得很蹩腳！」

在第三晚，奧菲流士便在城牆附近一間骯髒的客棧裡開始大展身手。他吩咐法立德幫他偷來酒和一根蠟燭，自己從披風下拿出一張髒兮兮的紙和一支鉛筆——還有那本無比該死的書。他的手指就像找著閃亮玩意的喜鵲，在書頁中游移，挑出愈來愈多的字。而法立德笨到相信奧菲流士辛辛苦苦填滿那張紙的字，會治癒他心中的痛，帶回髒手指。然而，奧菲流士另有其他打算。他在大聲朗讀自己寫下的文字之前，遣走法立德，但在天亮之前，法立德就得幫他從翁布拉的地下挖出第一批寶藏，就在療養院後面的墓園。奧菲流士見到錢時，高興得像孩子一樣，但法立德瞪著墳墓，吞下自己的眼淚。

靠著這些金銀珠寶，奧菲流士換上新裝，僱來兩名女僕和一名廚娘，買下一名絲綢商人的華屋。

前任屋主動身去找跟隨柯西摩開拔到無路森林中，未再回來的兒子。

奧菲流士也假裝成商人，販賣奇特的願望——不久後，事情便傳到紅雀那裡，說這個外地人，一頭金髮稀疏，皮膚白皙，就像一般王宮貴族那般，有辦法弄到神奇的玩意，像是有斑點的山妖、蝴蝶般斑爛的精靈、火精靈翅膀做成的珠寶、鑲上水妖鱗片的腰帶、貴族馬車的金色斑點馬和其他翁布拉人至今只在童話故事中見到的生物。許多生物在費諾格里歐書中都有恰當的字眼。奧菲流士只需稍加重新組合。他創造出來的生物，偶爾喘了幾口氣後便一命嗚呼，不然便是兇惡無比（橫肉的雙手倒是常綁著繃帶），但奧菲流士並不以爲意。他怎麼會在意森林中幾十個火精靈因爲突然少了翅膀而餓死，或哪天早上幾個全身沒有鱗片的水妖在河面上漂浮，早已氣絕呢？他從那個老人編成的精美織物中，抽出一條條的線，再編成自己的圖案，在費諾格里歐的大地毯中像是繽紛的補釘一般，靠著自己的聲音從別人的文字中唸出來的東西致富。

他真該死，死上一千零一遍，才會讓人滿意。

「我不會再幫你做任何事！絕對不會！」法立德擦掉雙手上被雨打濕的泥土，試著爬出坑洞，但歐斯在奧菲流士示意下，把他推了回去。

「挖！」他嘟噥道。

「你自己挖！」法立德在自己汗濕的袍子中顫抖，但是因爲冷，還是憤怒，他自己也說不上來。「你那高貴的主人不過是個騙子！他早因爲騙人被關到監獄去過，他會再度鋃鐺入獄的！」

奧菲流士瞇起眼睛。他很不喜歡別人提到他生命中的這個章節。

「我打賭，你是那種會把老太婆騙得精光的人。而你在這裡像頭牛蛙一樣大吹牛皮，只因你的謊話一下成真，你就去跟毒蛇頭的大舅子花言巧語，認爲自己比所有人都要聰明！但你又會什麼？幫紅雀把看來像是掉進染缸裡的精靈、一箱箱滿滿的寶藏、精靈翅膀做成的珠寶寫過來。但我們把你找來的那件事，你卻做不到。髒手指死了，他死了，他再也——不能——復生了！」

又來了，該死的眼淚又來了。法立德拿自己骯髒的手指擦掉淚，而橫肉面無表情地低頭瞪著他，一副全然聽不懂的樣子。他又怎麼會懂？歐斯哪知道奧菲流士偷來的字，哪知道那本書和奧菲流士的聲音？

「沒有人——把——我——找來！」奧菲流士探身在坑洞邊，像是要把那些話吐到法立德臉上似的。「而我大可不必聽一個讓髒手指一命嗚呼的傢伙說他！你還在娘胎時，我就知道他的大名，就算你徹徹底底讓他從這個故事消失，也只有我能召喚他回來……但怎麼做，什麼時候，完全操之在我。現在給我挖，不然你想一想阿拉伯人的至理名言——」法立德覺得自己被這些話碎屍萬段似的，「要是我付不起女僕的錢，未來要自己洗衣服，我還寫得出東西嗎？」

混蛋，他眞是混蛋。法立德低下頭，免得奧菲流士看見他在流淚。一個讓髒手指一命嗚呼的傢伙……

「你說，我爲什麼付自己的寶貝錢聽那些吟遊歌手難聽的曲子，因爲我忘了髒手指嗎？不，因爲你一直沒辦法幫我查出，在這個世界要在哪裡，而且怎麼和白衣女子溝通！所以我只好一直聽那些難聽的曲子，站在瀕死的乞丐身旁，還要賄賂療養院裡的女醫士，只要那裡有人即將死掉，便來叫我。當然，如果你能像你的師傅那樣，用火召喚白衣女子的話，事情會簡單許多，只是，我們不是一直功敗垂成嗎？要是她們至少來看看你，就像傳說那樣，她們喜歡拜訪一下她們碰過的人，但她們沒有過來！還有，我擱在門前的新鮮雞血，並不管用，那個我花了一大袋銀幣跟一個掘墳人討價還價買來的小孩骨頭，同樣無效，那還是因爲城門的守衛告訴你，小孩骨頭會招來一堆的白衣女子的！」

是，是！法立德很想雙手摀住耳朵。奧菲流士說得沒錯，他們試過各種方法，但白衣女子就是沒有現身，除了她們，有誰可以告訴奧菲流士讓髒手指死而復生的方法呢？

法立德默默把鏟子從泥中拔出來，繼續挖掘。

當他終於戳到木頭時，雙手早已起了水泡。他從泥裡拉出來的箱子，並不很大，但和上次那個一樣，全都裝滿了銀幣。法立德偷聽過奧菲流士唸出寶藏的樣子：**「在陰森山丘的絞刑架下，早在肥肉侯爵砍掉那裡的橡樹做成他兒子的棺木前，有一群強盜在那埋下一小箱銀幣。他們後來自相殘殺，但這箱銀幣原封不動埋在讓他們屍骨變白的土裡。」**

箱子的木頭已經腐爛，法立德說不清他所挖出來的這些寶藏以及這次的銀幣，是不是在奧菲流士寫出來之前便已埋在這些地點。乳酪腦袋對這些問題只露出意味深遠的微笑，但法立德懷疑他也不知道答案。

「怎麼樣，還有話說嗎？這應該夠下個月用。」奧菲流士的微笑相當自戀，法立德很想拿一鏟子的土抹在他臉上。一個月！他和橫肉裝到皮袋裡的銀幣，夠塡飽翁布拉所有忍飢挨餓的人好幾個月了。

「還要弄多久？帶著新鮮絞刑祭品的劊子手大概已經上路了。」奧菲流士一緊張，他的聲音就不是那麼動人了。

法立德一聲不吭繫好另一個裝得滿滿的袋子，一腳把空箱子踢回坑裡，抬頭再瞧一眼被吊死的人。陰森山丘過去便是執行絞刑所在，但到了紅雀統治後，才再被當成主要的行刑地點。城門前絞刑台瀰漫的屍臭，經常飄到城堡中。這種味道和毒蛇頭大舅子在翁布拉挨餓時所享用的美食格格不入。

「你安排好今天下午的吟遊歌手了嗎？」

法立德只點點頭，同時扛著沈重的袋子跟在奧菲流士後面。

「昨天那個眞是醜到極點！」奧菲流士讓歐斯幫他上馬。「簡直就是個活生生的稻草人！而他從那張沒幾顆牙齒的嘴裡唱出來的，大半都是普通的曲子：美麗的女侯爵愛上窮兮兮的吟遊藝人，啦啦啦啦，英俊的公侯之子愛上了農夫女兒，啦啦啦哩……沒有一個字提到白衣女子。」

法立德心不在焉聽著。他跟吟遊歌手已不太說得上話，他們多半爲紅雀載歌載舞，不再選黑王子當他們的王，因爲他公開挑戰佔領者。

「至少——」奧菲流士繼續說，「稻草人知道幾首關於松鴉的新曲子。我花了些錢才從他那裡套出來，而他唱得很小聲，好像紅雀本人就站在我窗底下似的，但有一首我還眞的從未聽過。你還是堅稱費諾格里歐沒再寫？」

「我敢肯定。」法立德把背袋換邊，像髒手指的老樣子，輕吹著口哨。偷偷摸摸從一座絞刑架後竄出來，嘴裡叼著一隻死老鼠。這頭小貂留在法立德身邊，葛文則待在羅香娜家——像是想待在髒手指最先會回去的地方，要是死神眞的讓他離開自己蒼白的手指的話。

「你爲什麼這麼肯定？」偷偷摸摸跳上法立德的肩膀，鑽進他的背袋時，奧菲流士厭惡地歪了歪嘴。乳酪腦袋討厭這頭貂，但他忍了下來，或許因爲那曾經是髒手指的貂。

「費諾格里歐的玻璃人說他不再寫東西，他一定知道得最清楚，不是嗎？」

自從費諾格里歐不住在城堡中，而又搬回敏奈娃的閣樓房間後，薔薇石英便不斷抱怨自己過得辛苦，每次奧菲流士派法立德到費諾格里歐那裡問問題時，法立德也破口大罵那個陡得要命的木頭樓梯。那些問題不外大海南方和毒蛇頭領地毗連的國度有哪些？統治翁布拉北邊的侯爵，是否是毒蛇頭妻子的親戚？巨人到底住在哪裡，還是他們已經絕種？河裡的兇猛魚類是否也吃水妖？

法立德辛苦爬上那些階梯後，費諾格里歐有時還不讓他進來，不過，偶爾他酒喝多了，便會滔滔不絕。這些日子，老人便會知無不言，言無不盡，法立德回到奧菲流士那裡時，腦袋便裝滿了一堆訊息——然後奧菲流士又再盤問一次。這會逼人發瘋。但每次這兩個人試著直接溝通時，沒幾分鐘便人吵起來。

「好，很好！要是那老傢伙寧可寫東西，而不喝酒，事情會更加複雜！他上次那些點子，只讓事情亂七八糟，無可救藥。」奧菲流士拿起韁繩，瞧著天空。看來又是陰雨的天氣，灰濛、悲傷，一如翁布拉居民的神色。「戴面具的強盜、長生不死之書、從亡靈中歸來的公侯！」他搖了搖頭，催馬上了通往翁布拉的小徑。「誰知道他還會想到什麼！是囉，費諾格里歐可以好好喝掉他那尚存的理智。我會照顧他的故事的，我懂得比他多多了。」

法立德又未細聽，只把自己的驢子從灌木叢中拉出來。乳酪腦袋愛怎麼說，隨他去吧。他才不管那兩個誰會寫下召回髒手指的文字，只要眞的發生就行！就算這該死的故事結局悽慘，也無所謂了。

法立德跳上驢子瘦巴巴的背時，那頭驢子老是想去咬他。奧菲流士騎了一匹翁布拉城中最俊的馬——乳酪腦袋雖然臃腫，馬卻騎得不錯——但他自然像他過去那樣小氣，只幫法立德買了一頭驢子——喜歡咬人，老到腦袋都禿了。至於橫肉，就算兩頭驢子也馱不動他，所以像頭笨重的大狗，在奧菲流士身旁慢吞吞晃著，因爲吃力而滿頭大汗，在穿過翁布拉附近山丘的小徑上，上上下下。

「好吧，費諾格里歐不再寫東西。」奧菲流士喜歡把自己的念頭大聲說出來。有時，看來他幾乎像是要聽到自己的聲音，才能整理思緒似的。「關於松鴉的那些故事又是哪來的？保護寡婦、把金銀財寶擱在窮人家門口、把偷獵到的肉送給孤兒……那些眞的都是莫提瑪．弗夏特幹的嗎，費諾格里歐沒有補上隻字片語幫他？」

一輛手推車迎面而來，奧菲流士出聲咒罵，把馬驅進荊棘叢中，橫肉咧嘴傻笑，瞪著那兩個跪在推車中的年輕人，他們雙手被綁在背後，臉孔因爲害怕而變得瘦削蒼白。其中一位，眼睛比美琪還要明亮，兩人都沒法立德大。當然了，要是他們年紀再大一點，也就隨柯西摩出征，早已一命嗚呼。但這個早上，對他們來說，年紀大概也不是什麼慰藉。大家會從翁布拉看見他們的屍體，而紅雀不會聞到他們。這是殺雞儆猴，要人不要飢不擇食，鋌而偷獵。

在絞刑架上很快氣絕，白衣女子因而來不及現身？法立德不由自主抓了抓自己的背，巴斯塔的刀便曾插在那裡。她們也沒來找他，對不對？他記不起來，也沒傷痛的印象，只記得自己恢復神智時見到了美琪的臉，記得自己轉身，看到髒手指躺在那裡……「你爲什麼不乾脆寫她們放過他，帶走我？」他問奧菲流士，但那傢伙只大笑。「你？你眞以爲白衣女子會拿你這跑來攪局的小偷來換火舞者？不，我們得找更肥的餌。」

奧菲流士策馬前行時，裝滿銀幣的袋子在鞍上蹦跳著，歐斯的腦袋因爲吃力而紅通通，看來像是隨時會在他那個肉呼呼的脖子上炸開似的。

該死的乳酪腦袋！沒錯，美琪應該把他送回去！法立德心想，同時腳跟踢了踢驢子的側腹。最好現在，別一天拖過一天！但誰來幫她寫那些字呢？除了奧菲流士，又有誰能把髒手指從死神那裡召回來呢？

他永遠不會回來！他心裡頭輕聲唸著。髒手指

死了，他死了。

那又怎樣？他喝叱那個細微的聲音。在這個世界，那算什麼？我不是也回來了。

要是髒手指記得怎麼回來就好了。

墨水衣

我相信自己皮膚下有光，
彷彿只是昨天的事。
如果你割開我，我會發光。
但現在我在生命的人行道上跌倒，
我的膝蓋破皮，我流出血。

——比利・柯林斯《十歲前夕》

新的早晨在美琪臉上灑下潔白的光，喚醒了她，空氣無比清新，彷彿在她之前，沒人呼吸過似的。精靈像學會說話的小鳥般，在她窗前啁啾，某處有頭松鴉鳴叫——如果那是松鴉的話。大力士可以維妙維肖模仿各種鳥，聽來像是鳥隻棲息在他寬闊的胸中一般。牠們全都回應他，雲雀、學舌鳥、啄木鳥、夜鶯和壁虎被馴服的烏鴉。

莫也已醒來。她聽到他的聲音從外面傳來——還有她母親的。法立德是不是終於來了？她趕緊離開自己所睡的草褥（睡在床上是什麼感覺？她幾乎記不起來了），跑到窗邊。幾天以來，她一直在等法立德。他答應要過來，但院子中只有她父母和看見她在窗邊、對她微笑的大力士。

莫幫蕾莎把一匹馬上鞍，他們來到這裡時，這些馬已等在其中一個廄棚中。這些馬都很俊美，過去一定是紅雀的某個貴族朋友所有，但美琪不願多想黑王子幫他們打點來的這許多東西，是怎麼落入這些強盜手中的。他喜歡黑王子、巴布提斯塔和大力士，但其他一些人讓她毛骨悚然，像快嘴和壁虎，就算在毒蛇山救了她和她父母的正是同一批人。「強盜就是強盜，美琪，」法立德常說。「黑王子是爲別人出力，但他那些手下，有許多只想塡滿自己的荷包，而不願在田裡或作坊中辛苦工作。」啊，法立德……她好想他，連自己都感到害羞。

她母親看來臉色蒼白。過去那幾天，蕾莎常常不舒服，因此才想騎馬去找羅香娜。這種事，沒人比髒手指的寡婦更懂，或許倉梟例外，但自髒手指死後，他過得也不好——尤其在他聽到毒蛇頭燒掉他多年來在森林另一頭打理的療養院後。至於貝拉和其他女醫士的下場，沒有人知道。

美琪走到屋外時，一隻老鼠，像髒手指的貂一樣帶角，一閃而過，一個精靈向她飛馳而來，抓住她的頭髮，但驅走精靈，美琪這時已駕輕就熟。天氣愈冷，精靈愈不常離開自己的窩，但仍會獵取人類的頭髮。「除了熊的毛髮，」巴布提斯塔老說。「沒東西會讓精靈感到溫暖！但拔熊的毛，太危險了。」

早晨寒冷，美琪冷到手臂摟著身子。強盜們幫他們弄來的衣服，沒有她在另一個世界這種日子時所穿的毛衣來得溫暖，她實在懷念在愛麗諾衣櫃裡等著她的溫暖褲子。

她走向莫時，莫轉身微笑。他看來疲憊不堪，卻很快樂的樣子。他睡得不多，往往在自己臨時的作坊工作到深夜——靠著費諾格里歐幫他弄來的幾樣工具。他還不斷去森林裡，不是獨自一人，便是和黑王子。他以爲她一無所知，但美琪已見過強盜們來接他好幾次——在她無法入眠，站在窗邊等法立德的時候。他們以松鴉的叫聲召喚莫。美琪幾乎每晚都聽到。

「妳好點了嗎？」她擔心地看著母親。「說不定是因爲我們幾天前找到的蕈菇。」

「不，一定不是。」蕾莎看著莫微笑。「羅香娜應該已有治療的草藥。妳要跟我一起去嗎？說不定布麗安娜也在那裡，她並未每天幫奧菲流士工作。」

布麗安娜。她為什麼會想見她？因為她們差不多年紀？布麗安娜在柯西摩死後，被醜東西趕走，算是她陪柯西摩的遲來懲罰。之後布麗安娜，先幫羅香娜忙田裡的事，但現在則和法立德一樣幫奧菲流士工作。奧菲流士這時已有六、七位女僕。法立德暗自嘲笑，乳酪腦袋已不用自己梳他那幾根頭髮了。奧菲流士只僱漂亮的女孩，而布麗安娜非常漂亮，她在場時，美琪覺得自己就像天鵝旁的鴨子一樣。更糟的是——布麗安娜是髒手指的女兒。「那又怎樣？我根本不跟她說話。」美琪向法立德問到她時，他這樣表示。「她恨我，跟她母親一樣。」然而……他幾乎天天見到她們，布麗安娜和其他女孩。翁布拉最漂亮的女孩都在奧菲流士家工作，而他幾乎已兩個禮拜沒來找她。

「怎麼，妳要一起來嗎？」蕾莎仍看著她，等她回答，而美琪覺得自己臉一下紅了起來，像是被母親看穿了她的心事一般。

「不，」她說，「不，我想我還是待在這裡。大力士會陪妳一起去，對不對？」

「當然。」大力士把保護她和蕾莎當成自己的任務。美琪不清楚，莫是否有請他幫忙，還是他這樣做，只是為了向松鴉展現自己的忠誠。

他幫蕾莎上了馬。她常抱怨穿著連衣裙騎馬很麻煩，所以在這個世界寧可穿男人的衣服，就算這點曾經讓她成了摩托娜的階下囚也一樣。「我天黑前回來，」她對莫說。「說不定羅香娜也有藥治你的失眠。」

蕾莎和大力士一起消失在樹叢間，留下美琪獨自和莫在一起，就像從前只有他們兩人時一樣。

「她真的不舒服！」

「妳別擔心，羅香娜有辦法的。」莫看著自己搭出一間作坊的烘焙房那頭。他穿的黑衣服是什麼？「我也要離開，但我會在傍晚回來。壁虎和巴布提斯塔都在廄棚中，大力士離開後，黑王子還會再派木腳過來。他們三個比我更會照顧妳。」

他聲音裡裡有什麼？謊話嗎？自從摩托娜差點殺了他後，就變了。他變得難以接近，往往心不在焉，彷彿有一部分的他留在那個他差點死掉的洞窟裡，或是在夜之堡的塔樓牢房中。

「你要去哪？我跟你一起去。」美琪發現自己的手臂挽著他的時候，他嚇了一大跳。「怎麼了？」

「沒事，什麼事都沒有。」他摸了摸黑色的衣袖，避開她的日光。

「你又跟黑王子一起離開。我昨天晚上在院子中看到他。發生了什麼事？」

「沒事，美琪。真的沒事。」他一臉心不在焉地摸了摸她的臉頰，然後轉身走向烘焙房。

「什麼事都沒有？」美琪跟著他。房門低矮，莫得低下頭。「你從哪裡弄來這件黑衣服？」

「這是書籍裝幀師的服飾，巴布提斯塔幫我縫製的。」

他走向到自己工作的檯子。上面擱著皮革、幾張羊皮紙、線、一把刀和那本過去幾週他幫蕾莎的圖稿裝幀出來的小書，畫裡都是精靈、火精靈和玻璃人，還有黑王子、大力士、巴布提斯塔和羅香娜。其中也有一張法立德。書被綑好，看來莫要帶書上路。書、黑衣服……

喔，她很瞭解他。

「不，莫！」美琪抓過那本書，藏在自己背後。他或許可以騙過蕾莎，但騙不過她。

「什麼？」他真的盡量裝出無辜的樣子，他比以前更會僞裝。

「你想去翁布拉，去找巴布盧斯。你是不是瘋了？那簡直危險至極！」

有一會，莫眞的想再繼續騙她，但接著嘆了氣。「好吧，我老是騙不了妳。我還以爲，這陣子大概會容易些，因爲妳差不多是大人了。我眞是蠢。」

他摟住她，輕輕從她手中拿走書。「沒錯，我想去找巴布盧斯，趕在紅雀把妳老對我說的那些書賣掉之前。費諾格里歐會以書籍裝幀師的身分把我偷渡到城堡裡去。妳想，紅雀一本書會換來多少桶酒？半個圖書館幾乎空了，他才辦得了自己的慶典！」

「莫！這太危險了！要是有人認出你的話，該怎麼辦？」

「誰？翁布拉城裡沒人見過我。」

「可能有名士兵在夜之堡見過你，黑炭鳥應該也在那裡！幾件黑衣服是騙不過他們的。」

「亂說！黑炭鳥最後見到我的時候，我是半死不活。而且，他寧可別碰上我。」他那張再熟悉不過的臉，不只一次變成一個陌生人的臉。冰冷，無比冰冷。

「妳別那麼擔心地看著我！」他說，想用微笑驅走冰冷，但笑容並未久駐。

「美琪，妳知道嗎，我的雙手好像不是自己的？」他把手伸過去，像是她能看出那種變化。「它們握著我根本不知道它們會要弄的東西——而且要得很好。」

莫瞧著自己的雙手，彷彿那是別人的似的。美琪常看著這雙手切割紙張、固定書頁、綳緊皮革——或把OK綳貼在她破皮的膝蓋上。但她很清楚，莫這時說的東西是什麼。當他拿著從夜之堡帶下來的劍，和巴布提斯塔或大力士在廄棚後面練習時，她常常在一旁瞧著。他能讓劍飛舞，彷彿他的雙手同樣熟練舞劍，就像善於運用裁刀或摺紙器一樣。

「美琪，我想，我該讓自己的雙手回想起它們原本的技藝。我自己也想這樣。費諾格里歐告訴巴松鴉。

布盧斯，找到了一位技藝出色的書籍裝幀師。但巴布盧斯在把自己的作品交託出去之前，想先看看這位書籍裝幀師，所以我要上城堡，向他證明，我跟他一樣都是自己這行的專家。這也要怪妳，害我等不及想親眼瞧瞧他的作坊！妳還記得妳在夜之堡塔樓上跟我捉過巴布盧斯的畫筆嗎？」他模仿她的聲音：**「他是一名書籍彩繪師，莫！在翁布拉城堡上！最棒的一個。你可以看見那些畫筆和顏料……」**

「是，」她低聲說。「是，我記得。」她甚至還記得莫的回答：**我真想看看那些畫筆**。但她也記得自己當時爲他擔驚受怕。

「蕾莎知道你要騎去哪裡嗎？」她把手擱在他胸口，那個只剩一個提醒他差點死去的疤痕。

他不需要回答，他那自知有罪的眼神便已清楚表明，未跟蕾莎提過自己的任何計畫。美琪瞧著棧子上的工具。他或許說得沒錯，或許該是讓他的雙手回想起來的時候，或許他眞的也可以在這個世界扮演他在另一個世界珍愛的角色。雖然聽說紅雀認爲書本多餘，就像臉上的癬，但翁布拉隸屬毒蛇頭，他的士兵無所不在。要是其中一位認出幾個月前還是他們陰森森的主人階下囚的這個男人，該怎麼辦？

「莫。」話擠到美琪的舌尖。她過去幾天常常在想，只是不敢說出來，因爲不確定自己是不是眞這樣想。「你會不會有時也想，我們應該回去的事？回去找愛麗諾和大流士。我知道，我曾說服你留下來，但……毒蛇頭仍在找你，你晚上都跟強盜們出去。蕾莎或許沒有察覺，但我知道！我們什麼都看到了，精靈、水妖、無路森林和玻璃人……」找到合適的字眼，同時對她自己解釋清楚她心裡的想法，眞的很難。「或許……或許是時候了。我知道費諾格里歐不再寫東西，但我們可以問問奧菲流士。他畢竟嫉妒你，如果我們離開，他成了這個故事中唯一的朗讀者，他一定會很高興！」

莫只看著她，美琪便已知道他的答案。他們的角色互換了，現在是他不想回去。在那些粗糙的紙和費諾格里歐弄來的刀具間，松鴉的黑羽毛靜靜擱在檯子上。

「過來！」莫坐在檯子邊，把她拉到自己身旁，像她還是小女孩時無數回那樣。那是多久以前的事。久到彷彿是另外一個故事，故事中的美琪是另外一個美琪似的。但當莫摟著她的肩，她一下子又回到那個故事裡去，感到安全、無憂無慮，沒有現在蟄伏在心中、似乎一直盤踞在那的渴望……渴望那個有頭黑髮、手指上有煤灰的男孩。

「我知道，爲什麼妳想回去。」莫輕聲說。他或許變了，但還是像她看出他的念頭一樣，可以清楚猜出她的心思。「法立德多久沒來這裡了？五天，六天？」

「十二天。」美琪哀怨地回答，把臉埋在他肩上。

「十二天？我們要不要請大力士在他那細細的胳臂上打幾個結？」

美琪不得不笑出聲。要是莫哪天不再逗她笑的話，她該怎麼辦？

「我還沒看到所有的東西，美琪，」他說。「最重要的東西我還沒看到——巴布盧斯的書，手抄的書，美琪，有插圖的書，沒有許多年後灰塵造成的斑點，沒有變黃，沒有被多次裁切，沒錯，顏料才剛剛在書頁上變乾，裝幀還柔韌……誰知道，說不定巴布盧斯會讓我在旁看他工作。妳想像一下！我一直希望能看著其中一張小巧的臉被畫到羊皮紙上，看著那些藤蔓開始纏繞一個首行大寫字母，哪怕只有一次機會都好……」

美琪無法改變這點，不得不微笑起來。「好啦，好啦，」她說，手按住他的嘴。「好，」她再次說。「我們去找巴布盧斯，一起去。」

像從前一樣，她在腦海裡繼續說，只有你和我。當莫想抗議時，她再次摀住他的嘴。「這是你自己說的！在坍場的礦場那時。」髒手指過世的那個礦場……美琪輕輕重複莫的話，似乎記得那天的每字每句，彷彿有人寫在她心上：**「帶我去看看精靈、美琪，還有水妖，還有翁布拉城堡中的書籍彩繪師，讓我們看看他的畫筆是不是真的很細。」**

莫起身，開始收拾他擱在檯子上的工具，一如以往他在愛麗諾花園中的作坊那般。

「是，是，我是說過這些話，」他說，沒看著她。「但翁布拉現在是由毒蛇頭的大舅子統治。要是我讓妳身陷險境，妳想想看，妳母親會怎麼說？」

她的母親。是的……

「蕾莎並不需要知道。求求你，莫！你一定要帶著我！不然——不然我就告訴壁虎，要他轉告黑王子你想幹嘛，那你就永遠到不了翁布拉！」

他別過臉，但美琪聽到他小聲笑著。「喔，這是勒索，我有教過妳這種事嗎？」

他嘆了口氣，轉過身，久久注視著她。「那好吧，」他最後說。「我們一起看看那些畫筆，我們畢竟也在夜之堡上一起待過。翁布拉的城堡和夜之堡相比，不會更陰森吧，對不對？」

他摸了摸黑色的衣袖。「我很慶幸，這裡的書籍裝幀師不穿梨糊黃的服飾，」他說，同時把蕾莎圖稿裝幀出來的書塞進鞍袋中。「至於妳母親——我會在拜訪完城堡後，去羅香娜那裡接她，但妳別對她提到我們出遊的任何事。妳大概老在想，爲什麼她早上會不舒服的事，對不對？」

美琪看著他，感到莫名其妙——但立刻便覺得自己眞笨，笨得可以。

「弟弟，還是妹妹？妳喜歡誰？」莫一臉看來無比幸福的樣子。「可憐的愛麗諾。妳知道嗎，自從我們搬進她家後，她就在期待這個喜訊！但我們現在卻把孩子帶到另一個世界。」

弟弟，還是妹妹……美琪小的時候，有一陣子裝得像是自己有個隱形的妹妹，幫她用雛菊煮茶，用沙子烤餅乾。

「那……你們知道寶寶的事多久了？」

「跟妳一樣，來自同一個故事，如果妳是指這點的話。說得確切一點，是在愛麗諾的家。一個有血有肉的孩子，不是文字，不是筆墨紙張。不過——誰又知道。說不定我們只是從一個故事掉到另一個故事中？妳看呢？」

美琪四處瞧著，打量著檯子、工具、羽毛——和莫的黑衣。這些都是文字構成的，對不對？費諾格里歐的文字。這棟屋子，這個莊院，他們頭上的天空，樹木，石頭，雨水，太陽和月亮。沒錯，那我們呢？美琪心想。我們是什麼構成的？蕾莎、我、莫和即將誕生的小寶寶。她再也弄不清答案。她會知道答案過嗎？

她周遭的東西似乎都在低吟著未來的一切與過去的一切，美琪打量自己的雙手時，在她看來，像是可以讀出手中的文字，說著：**然後，會有個新生兒誕生。**

費諾格里歐感到抱歉

「這是什麼？」哈利顫抖地問道。

「這個東西嗎？這是儲思盆，」鄧不利多說。「我有時會覺得，相信你也知道這種感覺，腦袋就是塞滿了太多思緒與記憶。」

——羅琳《哈利波特：火盃的考驗》

費諾格里歐躺在床上，過去幾週常常這樣。還是好幾個月了？無所謂了。他鬱悶地瞧著頭上的精靈窩。除了一窩的精靈外，其他幾乎全都離開了，留下的喋喋不休，咯咯亂笑，像水面上的油漬一樣彩色繽紛。奧菲流士！見鬼了，這個世界的精靈是藍色的，白紙黑字寫著的。這個傻子在想什麼，把他們染成像彩虹一樣五彩繽紛？更糟的是，只要他們落戶生根，就會趕走藍精靈。彩色精靈、滿是斑點的山妖，據說也有一些四條手臂的玻璃人跑來跑去。費諾格里歐只要一想到這些，頭就會痛。而他幾乎無時無刻不在想，不在問，那個自認為翁布拉最重要人物的奧菲流士，這時又在被自己當成宮廷的華屋中寫些什麼！

他幾乎每天都派薔薇石英去那打探，但說不上來，玻璃人似乎並不善於刺探情報。沒錯，真是如此。而且，費諾格里歐懷疑薔薇石英寧可溜到裁縫巷去追自己的女性同類，而不去奧菲流士家。唉，費諾格里歐，他悶悶不樂想著，你應該在這些玻璃傢伙愚蠢的心裡多添些責任感的。不過，這也不是你唯一的錯……

他剛拿起擱在自己床邊的紅酒壺，想避開這個令人沮喪的發現，一個小小的身影便出現在小天窗上，有點氣喘吁吁。終於。薔薇石英原本淡粉紅色的身體，轉成了緋紅色。玻璃人不會流汗，如果過分使勁的話，身體便會變色（這個規則自然是他訂的，他自己也說不上來爲什麼），但這個瘋瘋癲癲的傢伙幹嘛要爬上屋頂？這些笨玩意從桌上掉下來，身體就會碎裂，這樣做不是太過輕率！沒錯，玻璃人一定不是探子的理想對象，但另一方面，他們的身材卻是相當不引人注目——就算他們的身體容易碎裂，但他們的透明特徵肯定會是秘密打探的絕佳幫手。

「怎麼樣？他在寫什麼？快點說！」費諾格里歐拿過酒壺，拖著光腳走向玻璃人。薔薇石英要索一點紅酒當成自己刺探任務的報酬，他不厭其煩強調，這種任務絕非玻璃人的一般工作，因此需要額外回饋。費諾格里歐承認，一丁點酒，並非獅子大開口，但薔薇石英至今並未打聽出太多消息，而且，他也不能喝酒，酒只會讓他更加放肆——然後打上好幾個鐘頭的嗝。

「我報告之前，可不可以先喘一口氣？」他尖聲問道。

看吧，放肆起來了，而且老是一副受氣的樣子！

「你還有氣，而且顯然也能說話！」費諾格里歐從他固定在小天窗的繩子上把玻璃人一把抓下，那原本是要讓他從那滑下來用的，然後把他帶到自己不久前在市集上便宜買來的桌子邊。

「好，我再問一次，」他說，並從酒壺中倒出一丁點酒給玻璃人。「他在寫什麼？」

薔薇石英聞了聞酒，皺起變成深紅色的鼻子。「你的酒也愈來愈差了！」他語帶委屈地確認道。

「我應該要別的酬勞！」

費諾格里歐老羞成怒，拿走他玻璃雙手中的那一點酒。「你根本沒資格喝！」他大聲叫罵。「你乾脆承認，你還是沒有查出任何東西，沒有任何蛛絲馬跡！」

玻璃人雙臂抱胸。「喔，是嗎？」

這眞逼人發瘋，還不能用力搖他，就怕搖斷他一條手臂，以甚至腦袋。

費諾格里歐一臉陰沈，把那一丁點酒擱回桌上。

薔薇石英把手指伸進去沾了沾酒，舔了舔手指。「他又寫出一筆寶藏。」

「又來了？眞是見鬼，他花錢比紅雀還兇！」費諾格里歐似然懊惱自己從未想過這個點子。但另一方面……他需要一個朗讀者，把他的文字變成叮叮噹噹的錢幣，而他不確定美琪或她父親會爲這種無聊的把戲出借他們的舌頭。「好，一筆寶藏。還有呢？」

「喔，他寫了些東西，但似乎一點都不滿意。我不是說過，現在有兩個玻璃人服侍他？他到處跟人吹噓的四臂玻璃人——」薔薇石英壓低聲音，彷彿很怕說出來似的，「被他氣得往牆上甩！翁布拉的人都知道這件事，但奧菲流士出手大方。」費諾格里歐不理會玻璃人提到這點時瞧著他的責備眼神。「所以現在是那一對兄弟服侍他，雅斯皮斯和赤鐵。哥哥赤鐵簡直是個怪物！他……」

「兩個玻璃人？這個傻子爲什麼要兩個玻璃人？難道他現在積極介入我的故事，一個玻璃人來不及幫他削羽毛筆嗎？」費諾格里歐發現自己氣到胃腸發酸，就算有四臂玻璃人往生這個好消息也一樣。奧菲流士或許慢慢明白，他創造出來的東西並不值得被書寫下來！

「好，還有呢？」

薔薇石英默不出聲，委屈地雙臂抱胸。他很不喜歡被人打斷話。

「老天，別在那兒裝模作樣！」費諾格里歐把酒稍微推過去給他。「他還寫了什麼？給紅雀的異國新獵物？給宮女們的帶角小狗？還是他認爲我的世界還缺有斑點的侏儒？」

薔薇石英又把手指伸進酒裡去沾。「你得幫我買條新褲子，」他表示。「我爬來爬去，實在可憐，褲子都磨破了。你可以隨便到處跑，但我到人類這裡，並不想穿得比我森林中的遠親還要不堪。」

喔，有些時候，費諾格里歐很想一拳打穿他。「你的褲子？你的褲子關我什麼事？」他喝叱玻璃人。

薔薇石英喝了一大口酒——接著吐在自己的玻璃腳上。「這比醋還不如！」他大罵著。「爲此我要被人丟骨頭？爲此我要偷偷穿過鴿糞和破瓦？沒錯，你不要不可置信地看著我！那個赤鐵逮到我在翻奧菲流士的東西時，拿雞骨頭丟我！想把我推出窗外！」

他嘆了口氣，擦掉腳上的酒。「好吧，裡面提到帶角的野豬，但我幾乎看不出來他寫什麼，然後還有會唱歌的魚，我眞的得說，實在無聊，然後又是一堆有關白衣女子的東西。複眼顯然還在收集吟遊歌手有關白衣女子的所有歌曲……」

「是，是，但全翁布拉都知道這件事！你出去這麼久，就打聽到這件事？」費諾格里歐把臉埋在雙手中。這個酒眞的不好，每過一天，他的頭就似乎愈來愈重。眞該死。

就算難喝到變臉，薔薇石英又喝了一口。這個玻璃笨蛋！最晚拖到明天，他又會胃絞痛。「不管怎樣，這是我最後一次的報告！」他在兩個嗝之間宣稱。「我不會再當探子！只要那個赤鐵在那裡，我就不去。他跟山妖一樣孔武有力，至少弄斷兩個玻璃人的手臂！」

「是，是，好啦。反正你也是個沒用的探子，」費諾格里歐喃喃說道，同時搖搖晃晃回到自己的床。「你就承認自己更願意到裁縫巷去偷瞧那些玻璃小姐。你別以爲我不知道！」

他哀嘆一聲，在自己的草褥上攤平身子，瞧著上頭空空的精靈窩。還有什麼比一個寫不出東西的作家更慘的事了？還有什麼比不得不瞧著別人上下其手自己的文字，在自己創造出來的世界中添上毫無品味的彩色斑點，更不堪的命運？宮廷詩人再也不住在城堡中，再也沒有一大箱華服和自己的馬，又回到敏奈娃的住處。她再次收容他，簡直是個奇蹟——看看他的文字和歌曲幹下的好事，她失去了丈夫，她的孩子沒了父親。是的，全翁布拉城都知道費諾格里歐在柯西摩戰役中扮演的角色。他們沒把他拉下床打死，已經讓人感到訝異，或許翁布拉的女人忙著不要餓死吧。「不然你要去哪？」他站在敏奈娃家門口前時，她只這樣說。「城堡裡，不再需要宮廷詩人，他們未來大概只唱笛王的曲子。」這點她倒是沒說錯。紅雀喜歡銀鼻子血腥的詩句，如果他正巧沒有寫出幾行關於自己打獵冒險的蹩腳詩句的話。

好在，至少薇歐蘭不時會派人來找費諾格里歐。她當然不知道他寫給她的東西，是偷自另一個世界的作家的。不過，就連醜東西也付得不高。毒蛇頭的女兒比新總督的宮女還要窮，費諾格里歐不得不在市集上額外當文書賺錢過活，這自然更讓薔薇石英逢人就說自己的主人境遇悽慘。但誰會聽玻璃人那種尖尖的聲音！就讓那個透明的笨傢伙去說吧！就算他每個晚上仍要薔薇石英把一張空白的羊皮紙擱在桌上，但他卻已發誓永不再創作。他不會再寫下一字一句——除了他偷自其他人的作品，和那些無足輕重的遺囑、買賣文件與紙或羊皮紙上等東西中枯燥、蒼白的廢話。文字栩栩如生的時代已經過去。那些文字陰險、可怕，嗜血的墨黑怪物，只會帶來不幸。他不會再去幫這些文字，喔，不。走在翁布拉沒有男人的巷道中，他可需要一整壺酒，才能驅走柯西摩戰敗後那種生不如死的哀痛。

現在，在過去熙來攘往的街道中遇見的，只有黃毛小子、瘦弱的老人、殘障、乞丐、尚未聽聞翁布拉賺不到錢的流動商販，或和城堡中那些吸人血的水蛭做生意的商人。哭紅眼睛的女人、沒有父親的孩子、來自森林另一頭的男人，希望在這能碰上一位年輕的寡婦或一間無人的作坊——還有士兵。

是的，翁布拉城眞的不缺士兵。他們想拿什麼就拿什麼，夜以繼日，沒有屋舍可以倖免。他們表示這是戰爭責任——難道他們說錯了嗎？畢竟柯西摩是發起攻擊的一方，柯西摩，他俊美無辜的角色（至少他是這樣認爲）。他現在躺在肥肉侯爵爲自己兒子所造的靈柩之中，那原本躺在裡面那個臉被燒毀的死者（或許是眞正的，或第一位柯西摩），則被草草埋在城北墓園自己的臣民之間——位置不錯，費諾格里歐是這樣認爲，至少不像城堡底下的墓室那樣孤寂。就算敏奈娃表示，薇歐蘭每天都下去，官方說法是哀悼自己死去的丈夫，但實際上（至少大家私下這樣傳言）是去會見自己的密探。據說，醜東西不用再支付自己的探子。由於憎恨紅雀，他們成群來找她。當然，只需看看這個傢伙便可明白，這個噴香水的雞胸劊子手，靠著自己妹夫的恩惠當上總督。每個雞蛋上畫上的臉，立刻看來跟他是一個模子。不，費諾格里歐並未創造出他！這個故事又是自行造出紅雀。

他一上任，便在城堡大門旁張貼一張針對未來在翁布拉違法亂紀者將會施行的刑罰清單——附上圖片，好讓不識字者也能明白其中的警示。刨眼、砍手、鞭笞、枷刑示眾、烙刑……費諾格里歐每次經過這個通告時，都會把頭轉開，而自己不得不帶著敏奈娃的孩子經過執行多數刑罰的市集廣場時，便摀住他們的眼睛（就算伊沃每次都出聲抗議）。然而，他們還是會聽到叫喊。好在，在這個少了男人的城市，會被處罰的人也不多了。許多女人甚至都帶著孩子離開，遠離再也無法保護翁布拉避開另一頭那位永生不死的毒蛇頭侯爵的無路森林。

沒錯，費諾格里歐，毫無疑問，那是你的點子。不過，關於銀色爵士對自己長生不死並不怎麼高興的傳聞愈來愈多了。

有人敲門。會是誰？眞是見鬼，他這陣子眞的什麼都記不起來了嗎？對了！那隻烏鴉昨晚送來的該死字條到哪去了？烏鴉突然蹲踞在天窗上時，薔薇石英差點嚇死。莫提瑪想到翁布拉來！就是今天！不過，他不是約他在城堡大門前見嗎？這次來訪實在大膽輕率。城裡每個角落都張貼著懸賞松鴉的告示。好在上面的畫像根本不像莫提瑪，但仍然危險！

門再次被敲響。

薔薇石英的手指伸進酒杯裡。這樣的玻璃人根本開不了門！奧菲流士一定不用自己開門，他的新保鏢據說塊頭大到幾乎無法通過城門。保鏢！要是我再提筆寫作的話，費諾格里歐心想，那我會要美琪幫我唸來一個巨人，看看那個傻子有什麼話說。

敲門聲顯得很不耐煩了。

「好，好，我就來了！」費諾格里歐找褲子的時候，被一個空酒壺絆了一下。他吃力地把腳伸進褲子，骨頭痠痛不已！一大把年紀眞沒用。爲什麼他不寫個故事是大家永遠年輕的故事？因爲那太無趣。他心想，同時往門口跳去，一條腿伸進扎得令人發癢的褲子。無趣至極。

「對不起，莫提瑪！」他喊道。「玻璃人沒準時叫醒我。」

薔薇石英開始在他身後咒罵，但門外回應的人並非莫提瑪——雖然聲音也一樣好聽，而是奧菲流士。眞是說到鬼，鬼就到！這傢伙來這想幹什麼？指控薔薇石英去他家刺探嗎？眞要指控的話，也是我指控，費諾格里歐心想。他掠奪扭曲的，畢竟是我的故事！可悲的傻子、小白臉、牛蛙、黃毛小子——費諾格里歐幫奧菲流士取了一堆別名，沒有一個討人喜歡。

他固定派那個小子過來還不夠嗎？還要自己大駕光臨？他一定又想問一堆笨問題。你自找的，費諾格里歐！在礦坑時，被美琪強逼寫出來的那段文字，這時已被他詛咒過不知多少遍：**於是，他召來另一個比他年輕的人，名叫奧菲流士——他長於文字，雖然還不像費諾格里歐那樣出神入化——並決定傳授他自己的技藝，一如所有師者一般。奧菲流士可以待在他身邊一陣子，玩弄文字，誘惑、欺**

騙、創造、破壞、驅走並召回文字——同時費諾格里歐等著自己的倦意消逝，對文字再有興致，並把奧菲流士送回原來召喚他來的世界，讓自己的故事帶著嶄新的文字流傳下去。

「我現在應該立刻把他寫回去！」他嘮叨唸著，同時踢開擋路的空酒壺。「絕不遲疑！」

「寫？我聽到寫這個字眼嗎？」薔薇石英在他身後嘲弄道。他果真又恢復自己正常的顏色。費諾格里歐拿一塊乾掉的麵包丟他，但離那個淡粉紅色的腦袋還有一掌寬以上的距離。玻璃人發出一聲同情的嘆息，清晰可聞。

「費諾格里歐？費諾格里歐，我知道你在！快點開門。」天哪，他真討厭這個聲音，在他的故事中播種雜草般的文字。而且還用他的文字！

「不，我不在！」費諾格里歐低吼道。「你來，我就不在，傻子。」

費諾格里歐，死神是男是女？白衣女子曾經是人類嗎？費諾格里歐，要是你連這個世界最簡單的規則都無法對我解釋清楚，我該怎麼召回髒手指呢？見鬼了，誰要他召回髒手指的？畢竟，要是一切像他費諾格里歐原本所寫的那樣，他早該死了？至於「最簡單的規則」——請問一下，生和死什麼時候成了簡單的事？去他的劊子手（可惜這些人近來在翁布拉變多了），他哪會知道這個或那個世界如何運作的一切事？他從未想過死，或死之後的事。爲什麼要？只要活著，死又關你什麼事？不過，如果死了的話——那大概也不用你再去操心了。

「他當然在！費諾格里歐？」那是敏奈娃的聲音。該死，傻子找她來幫忙。不笨嘛。喔，不，奧菲流士可真不笨。

費諾格里歐把空酒壺藏到床下，兩條腿擠進褲子，拉開門閂。

「你看吧！」敏奈娃從他沒有梳理的頭髮一路打量到他的光腳，一副無法認同的樣子。「我告訴你的客人你在。」她看來傷心欲絕，疲憊不堪。她現在在城堡的廚房中工作。費諾格里歐求薇歐蘭把她安插在那裡。但紅雀喜歡在夜裡飲宴，敏奈娃往往要到早晨才回得了家。說不定她哪天會疲累而死，留下可憐的孩子成爲孤兒。唉，眞是悲慘！他那美麗的翁布拉怎會成了這個模樣！

「費諾格里歐！」奧菲流士擠過敏奈娃，露出那隨時掛在嘴邊用來僞裝的天眞無辜微笑。他當然又帶了紙條過來，寫滿問題的紙條。他怎麼付得起身上穿的這件衣服？在自己是宮廷詩人全盛期時，費諾格里歐也未穿過這種衣服。你忘了他寫出來的寶藏嗎，費諾格里歐？

敏奈娃又默默走下陡峭的樓梯，而奧菲流士身後有個男人擠進費諾格里歐的房門，他就算縮起頭，也要小心不被卡住。啊哈，他那位傳奇保鏢。這一大團肉站在房裡時，費諾格里歐的小房間更顯窄小了。相反地，雖然法立德至今在這個故事扮演一個不算無足輕重的角色，但卻佔不了太多位置。法立德，死亡天使……他遲疑不定跟著他的主人進門，彷彿恥於和他爲伴似的。

「開門見山說吧，費諾格里歐，我很抱歉——」奧菲流士自大的微笑和他的話根本不相配，「但我怕我又發現一些無稽之談。」

無稽之談！

「我已派法立德拿相關問題來問你，但你卻給了他一些很奇怪的答案。」他神色凝重地扶正自己的眼鏡，從黑色的絲絨外套中拿出那本書。沒錯，這傻子把費諾格里歐的書帶到書裡講的這個世界中來：《墨水心》，最後的孤本。但他把書還給了作者嗎？不，並沒有。「我很遺憾，費諾格里歐，」他只露出自己善於駕馭的自大表情（奧菲流士很快便摘下勤奮學生的面具）說，「但這本書是我的。還是你眞的認爲作者是自己每本作品的當然所有人？」自以爲是的毛頭小白臉！他怎麼這樣跟他說話，他周遭的一切都是他創造的，就連他呼吸的空氣也不例外！

「你又想從我這裡打聽死神的事?」費諾格里歐把腳擠進自己的舊靴子中。「為什麼呢?讓你可以繼續騙這個可憐的孩子,表示你會從白衣女子那裡召回髒手指,讓他繼續服侍你?」

法立德緊咬嘴唇。髒手指的貂在他肩上露出一臉睡意——還是這是另外一隻?

「你又在那瞎說!」奧菲流士的聲音聽來明顯不高興(要冒犯他還眞容易)。「難道我看起來很難找僕人的樣子嗎?我有六位女僕、一名保鏢、一名女廚娘和這男孩。我有需要的話,可以隨時找來更多的僕役。你很清楚,我想召回髒手指,並非只為這男孩。他屬於這個故事,少了他,這個故事就沒什麼價値了,就像沒有花朵的花,沒有星子的天空——」

「沒有樹的森林?」

奧菲流士臉紅得跟虞美人一樣。啊,愚弄他眞是有趣,也算費諾格里歐現在少有的樂趣。

「你喝醉了,老頭!」奧菲流士發火道,他的聲音也可以很難聽。

「不管有沒有醉,我駕馭文字,還是勝過你千萬倍,你只會耍弄二手文字。你拆開你找到的,然後重新編織起來,好像故事是雙舊襪子一樣!所以,你別對我說髒手指在這個故事中的角色。你大概記得,在他決定和白衣女子一起走之前,我已讓他一命嗚呼了!你以為你是誰,到這兒來拿我的故事教訓我?你最好看看這個!」他勃然大怒,指著自己床上方閃閃發亮的精靈窩。「彩色精靈!自從他們在我的床上頭搭出這個難看的窩,我晚上都會做噩夢!而且,他們會偷藍精靈的冬天存糧!」

「不管怎樣,」奧菲流士聳了聳臃腫的肩,「他們看起來很漂亮,不是嗎?全是藍色的,我覺得太單調。」

「是嗎,你這樣覺得?」費諾格里歐的聲音大到一個彩色精靈不再沒完沒了嘰嘰喳喳,而從自己粗俗的窩裡探出頭來窺看。「那你去寫你自己的世界!這裡是我的,懂嗎?我的世界!我受不了你在裡面瞎鬧。我承認我這輩子犯了幾個錯，但把你寫來，絕對是我最大的錯！」

奧菲流士百無聊賴地打量自己被咬到見肉的指甲。「我眞的再也聽不下去！」他輕聲說道，語露威嚇。「這個『你把我寫來，她把我唸來』的廢話。這裡現在唯一會唸會寫的人是我。文字早已不聽你使喚了，老頭，你自己知道！」

「它們會再聽我使喚的！而我第一個要寫的，便是你的回程票！」

「是嗎？誰會唸出這些神奇的字呢？就我所知，你不像我，你需要一名朗讀者。」

「那又怎樣？」費諾格里歐緊逼近奧菲流士，激動地對他眨著自己的遠視眼。「我會問莫提瑪！他的魔法舌頭大名可不是白來的，就算他現在有另一個名字。你問問那男孩！要不是莫提瑪，他大概還在沙漠中鏟駱駝糞。」

「莫提瑪！」奧菲流士好不容易才擠出一個不屑的微笑。「你是不是把頭埋在酒壺裡了，搞不清楚現在你的世界的情況？他不再唸了。這個書籍裝幀師現在寧可當強盜——這個角色還是你爲他量身訂做的呢。」

保鏢嘟囔了一聲，大概算是在笑吧。這傢伙眞是討厭——是他，還是奧菲流士把他寫來的？費諾格里歐激動地打量了這個賣弄肌肉的傢伙好一會，然後又轉身對著奧菲流士。

「我沒爲他量身訂做！」他說。「剛好相反：我拿莫提瑪來當這個角色的樣本……而從我聽到的事來看，他扮演得還不錯。但這絕不表示松鴉沒有一個魔法舌頭，更別提他有天賦的女兒。」

奧菲流士再度瞪著自己的指甲看，而他的保鏢則開始大吃特吃費諾格里歐剩下的早餐。「是嗎？那你知道他在哪裡嗎？」他幾乎不動聲色地問道。

「當然，他會來——」那男孩突然站到費諾格里歐面前，手摀住他的嘴時，他突然不出聲了。爲什麼他老忘記他的名字？因爲你的腦袋不中用了，費諾格里歐……

「沒人知道松鴉在哪！」他的黑眼睛看著他，露出責備的眼神。「沒人！」沒錯。眞是該死，你這酒鬼笨蛋！他難道忘了，奧菲流士一聽到莫提瑪的名字，就嫉妒得要死，而他還在紅雀那裡進進出出？費諾格里歐眞想咬斷舌頭。

但奧菲流士微笑著。「別那麼驚恐的樣子，老頭！這個書籍裝幀師會來這裡，這眞放肆。他被吊死之前，難道想讓歌詠他大無畏的曲子成眞嗎？他的下場就是如此，跟所有英雄一樣。我們兩個都知道，不是嗎？別擔心，我不想送他上絞刑台，這點自有別人代勞。不，我只想和他談談白衣女子。見過她們的人，能活下來的並不多，所以我眞的想跟他聊一聊。關於這些倖存的人，有些十分有趣的傳聞。」

「如果見到他，我會轉告他，」費諾格里歐粗暴地回答。「但我很難想像他會跟你聊，畢竟，要不是你自願幫靡托娜把他唸過來，他大概也不會認識白衣女子。薔薇石英！」他踩著自己的舊靴子大步走向門口，臉色凜然。「我得處理一些事，送一下我們的客人，但別去碰那頭貂！」

費諾格里歐幾乎像巴斯塔拜訪他那一天一樣，急匆匆衝下樓梯要往院子去。莫提瑪一定已在城堡大門前等著了！要是奧菲流士去城堡跟紅雀說自己聽到的事，卻在那裡發現他的話，那該怎麼辦？

那男孩在樓梯半路趕上他。法立德，對了，他是這樣稱呼，當然。腦袋眞是不中用了。

「魔法舌頭眞的會來？」他小聲問他，喘不過氣的樣子。「別擔心，奧菲流士不會出賣他。還不會！但對他來說，翁布拉太危險了！他也帶美琪一起來嗎？」

「法立德！」

奧菲流士在樓梯尾端低頭瞧著他們，彷彿自己是這個世界的王。「要是這個老笨蛋沒轉告莫提瑪我想跟他談談的話，你去告訴他。懂嗎？」

老笨蛋，費諾格里歐心想。喔，文字眾神，把文字還給我吧，讓我好把這個討厭的傻子踢出我的故事！

他想好好回答奧菲流士，但自己的舌頭一下子找不到合適的字眼，而那男孩又不耐煩地拉著他離開。

悲傷的翁布拉

我的臣僕都叫我快樂王子，的確，如果歡樂就是快樂的話，那我真是快樂無比。我就這麼活著，也這麼死去。現在，我死了，他們把我高高立在這裡，讓我能看見自己城中所有的醜惡和貧苦，儘管我的心是鉛做的，我還是忍不住要哭。

——王爾德《快樂王子》

法立德告訴美琪，這時要進入翁布拉，非常困難，而她一字一句重複給莫聽：「守衛不再是以前那些沒用的笨蛋。要是他們問你到翁布拉做什麼的話，你要好好想想再回答。不管他們要你做什麼，都裝得恭順低下。他們很少搜身。有時走運的話，他們會直接揮手要你通過！」

他們不走運。守衛要他們停下來，當其中一名士兵在馬上招手要他過來，並粗聲要看他的技藝樣品時，美琪眞想緊緊抓住莫。守衛打量那本莫用母親的圖畫裝幀出來的書時，美琪深怕自己是否已在夜之堡上見過那個失去金屬光澤的頭盔下的臉，而他會不會發現莫藏在腰帶中的刀。單是那把刀，他們就可置他於死。除了佔領者外，翁布拉人不准攜帶武器，但巴布提斯塔巧手縫製腰帶，就連生性多疑的城門守衛也找不出任何可疑之處。

等他們騎過包鐵的城門，經過守衛的長矛，進入現在屬於毒蛇頭的翁布拉城時，美琪慶幸莫帶著刀。

美琪和髒手指動身前往流浪藝人的秘密營地後，便未再來過翁布拉。她跑過巷子，手裡拿著蕾莎的信，信中寫到摩托娜開槍打傷她父親，彷彿已是好久以前的事。她把臉靠在莫背上一會，很高興他又在她身邊好好活著，很高興終於能夠帶他來看自己說過好多次的東西：巴布盧斯的作坊和肥肉侯爵的書。在那寶貴的一刻，她暫時忘了所有的恐懼，彷彿墨水世界只屬於他們倆。

莫喜歡翁布拉。美琪可從他的臉上看出來，看他四處張望，不時勒住馬，順著一條條巷子瞧下去。雖然，佔領者的蛛絲馬跡難以忽視——但石匠在大門、柱子與拱門上所鑿刻的石雕，卻留了下來。城裡的藝術無法帶走，這些巷弄中的石刻作品，也不必多費心力去破壞。於是，翁布拉的窗戶和陽台下，仍綻放著石刻的花朵，藤蔓纏繞著柱子和窗台，而沙色的牆上仍有從扭曲變形的嘴中伸出舌頭的臉孔，留下石頭的淚。

只有肥肉侯爵的徽章在各處被毀，上頭的獅子只辨識得出殘餘的鬃毛。

「右邊那條巷子通往市集廣場！」美琪低聲對莫說，莫像夢遊者般點著頭。他繼續騎行時，或許聽過描述周遭事物的文字。美琪只從母親那裡聽到墨水世界，但莫讀過費諾格里歐的書無數次，每次都試圖在字裡行間找出蕾莎。

「是不是跟你想像的一樣？」她輕聲問他。

「是，」莫小聲回答。「是——也不是。」

市集廣場上熙來攘往，彷彿愛好和平的肥肉侯爵仍統治著翁布拉，只是現在幾乎看不到男人，但有雜耍藝人賣藝演出。是的，毒蛇頭的大舅子允許流浪藝人進城。不過，大家私下傳聞，只有願意幫紅雀刺探情報的流浪藝人才能表演。

莫騎馬經過一群孩子。翁布拉的孩子不少，但多是無父的孤兒。

美琪看見這些小腦袋上有根旋轉的火把，接著是兩根、三根、四根，以及在冰冷的空氣中燃燒的火花。法立德？她心裡唸著，雖然知道他在髒手指死後，便不再演出。此時莫趕緊拉上兜帽遮住頭，她也看到那張上了油、永遠保持微笑的臉。

黑炭鳥。

美琪手指緊抓著莫的披風，但父親繼續騎行，彷彿那裡那位並不是曾經出賣過他的人。由於黑炭鳥知道秘密營地，十幾位流浪藝人因此喪命，莫差點成了其中一位。翁布拉人都知道黑炭鳥在夜之堡進進出出，笛王還親自獎賞他的告密行徑，這時他和紅雀也臭味相投——不過，他還是站在翁布拉的市集廣場上，露出微笑，自從髒手指死後，法立德無心表演噴火，他再次沒了競爭對手。沒錯，翁布拉果眞有了新的主人。見到黑炭鳥那張面具一般的笑臉，更讓美琪清楚感到這一點。據說，毒蛇頭的鍊金術士教了他一些關於火的事，他要弄的是種陰暗的火，被他用火藥馴服，陰險致命，因爲他也只能駕馭這種火。大力士告訴過美琪，那種煙會迷人心竅，黑炭鳥的觀眾因而被騙，以爲自己在看一位出色的噴火藝人表演。

不管是不是眞的，翁布拉的孩子拍手叫好，雖然火把拋得不像髒手指或法立德那般高，不過，卻讓他們暫時忘掉自己悲傷的母親和家裡的工作。

「莫，求求你！」黑炭鳥朝自己的方向看過來時，美琪趕緊把臉轉開。「我們掉頭吧！要是他認出我們，該怎麼辦？」

城門會被關上，他們會在大街小巷中被追捕，就像甕中捉鱉一樣！

但莫只搖搖頭，幾乎讓人察覺不出來，同時在一個市集攤子後勒住馬。「別擔心，黑炭鳥忙著讓火和他英俊的臉保持距離！」他小聲對美琪說。「但我們下馬好了，走路比較不會引人注目。」

莫牽馬走進人群中時，馬受了驚，但他輕聲安撫牠。美琪在攤子間見到一名曾經跟隨過黑王子的雜技藝人。自從紅雀塡滿許多流浪藝人的荷包，他們全都易主倒戈。對他們來說，日子過得並不差，市集上的商販，生意也不錯。攤子上的東西，翁布拉的女人一件也買不起，但紅雀和他的好友拿自己在翁布拉榨取得來的東西買珍貴的布料，還有珠寶、武器以及可能連費諾格里歐都不知其名的美味，甚至連馬都買得到……莫看著這種熱鬧場面，彷彿忘了黑炭鳥似的。

他似乎不想錯過每一張臉，每一個吆喝叫賣的商品，但他的目光最後停在高聳的屋瓦上那些塔樓，美琪的心揪了起來。他還是決定去城堡，而她罵自己會跟他提巴布盧斯和他的技藝一事。

當他們經過一張通緝松鴉的告示時，她幾乎喘不過氣，但莫只瞧了上面的畫像一眼，覺得好笑，摸了摸自己這時短得跟農人一樣的黑髮。他可能以爲這樣漫不經心，可以安撫美琪，但事實並非如此，反而讓她感到害怕。他是松鴉，只是表現得像是有她父親 張臉的陌生人一樣。

要是在夜之堡看守過他的一名士兵在這的話，該怎麼辦？那裡那個是不是在瞧他們？那裡那位女藝人——看來不是其中一位和他們一起離開夜之堡的女人嗎？繼續走，莫！她心裡唸著，想拉著他到某個拱門下，到某條巷子中，只要離開這些人就行。兩個孩子拉住她的裙子，伸出髒手向她乞討。美琪對他們無助地微笑著。她沒錢，身無分文。他們一副飢腸轆轆的樣子。一名士兵在人群中開出一條路，粗魯地推開乞討的孩子。要是我們在巴布盧斯那裡就好了！美琪心想——而莫突然停下來時，自己一頭撞上了他。

在兩名雜技藝人幫腔下，一名大聲叫賣奇藥的浴療師的攤子旁，幾個男孩圍著一根刑柱。一名女人卡在其中，頭與手被綁在木柱上，像個木偶一樣無助。她的臉和雙手上沾著爛掉的蔬菜和剛丟出來的垃圾，反正就是孩子們能在攤子間找到的任何東西。美琪已見過這種場面，那時和費諾格里歐一起，但莫站在那，像是忘了自己來翁布拉的目的。他的臉幾乎變得跟那女人的一樣蒼白，只見她臉上有愈來愈多的髒東西和淚水，有一下子，美琪怕莫會拿出藏在他腰帶間的刀子。「莫！」她抓住他的胳臂，趕緊拉開他，離開那些已瞧著他、在湊熱鬧的孩子，到通往城堡的巷子中去。

「妳看過這種事了？」他吃驚地看著她，像是不能相信她見到這種場景，還能如此冷靜。

他的目光讓美琪感到羞愧。「是的，」她難堪地說道。「是的，見過幾次了。肥肉侯爵也有這種刑柱。」

莫仍看著她。「妳別說，這種場面看多了就會習慣。」

美琪低下頭。是，是，是會習慣。

莫深深吸了口氣，像是剛剛見到那個哭泣的女人時忘了呼吸，然後一言不發繼續走。他沒再出聲，一直來到城堡前的廣場。

在城堡大門旁，立著另一根刑柱。火精靈坐在被綁在上頭的男孩裸露出來的皮膚上。莫把韁繩交到她手中，走向那個男孩。他未理會在大門前瞧著他的守衛，亦不理睬嚇得把頭別開的女人，把火精靈從那瘦弱的臂膀上趕走。那男孩只訝異地看著他，臉上露出恐懼和羞愧。美琪想起法立德對他提過的一張臉——髒手指和黑王子也曾一起並肩被綁在這樣一根刑柱上，年紀並不比這個驚恐瞪著自己救星的男孩來得大。

「莫提瑪！」

美琪第二眼才認出那個把莫從刑柱旁拉開的老人。費諾格里歐的灰髮幾乎及肩長，眼裡全是血絲，臉上的鬍子都沒剃。他看來老邁——美琪從未認為費諾格里歐老，但這卻是她現在冒出來的唯一念頭。

「你瘋了嗎？」他壓低聲音喝叱她父親。「哈囉，美琪！」他心不在焉繼續說道，而當法立德在他身後出現時，美琪感到血液直衝臉上。

法立德。

冷靜點，她心裡唸著，但一抹微笑已偷偷掛在她嘴唇上。不要這樣！但見到他，心裡舒舒服服，又怎麼做得到？偷偷摸摸窩在他肩上，見到美琪時，只睡眼惺忪地抖了抖尾巴。

「哈囉，美琪。妳好嗎？」法立德摸了摸那頭貂濃密的毛。

十二天，十二天不知他死活。她不是打定主意，再見到他時，不跟他說一句話？但她就是沒辦法生他氣。他看來還是那樣悲傷，沒有一絲過去跟他黑眼睛一樣屬於這張臉的笑容。他給她的微笑，不過只是一道悲傷的影子。

「我常想去看妳，但奧菲流士就是不讓我走！」

他幾乎沒在聽自己說的話，眼裡只有她父親，松鴉。

費諾格里歐把莫拉走，離開刑柱，離開士兵。美琪跟著他們。馬不安起來，但法立德安撫了牠。

「這是什麼意思？」費諾格里歐仍緊抓著莫，像是擔心他會回到刑柱旁。「難道你也想讓守衛把髒手指教他如何跟動物溝通。他緊跟她走在身旁，看似很近，卻又感覺遙遠。

你的頭塞到那東西裡去？什麼嘛！我看他們大概立刻一長矛戳死你！」

「是那些火精靈，費諾格里歐。他們在燒他的皮膚！」莫的聲音氣到沙啞。

「這還需要你來跟我解釋？那小怪物，是我杜撰出來的。那孩子會活下來，他可能是個小偷，不過我也不想多問。」

莫掙脫他，一下子轉過身背著費諾格里歐，好像得忍住不打他似的。他打量守衛和他們的武器、城牆和刑柱，像是在想辦法讓一切消失的樣子。別那樣看著守衛，莫！美琪心想。那是費諾格里歐在這世界教她的第一件事：別直盯著任何士兵看，士兵、王公貴族，以及任何有權攜帶武器的人。

「要我去倒一下他們的胃口嗎，魔法舌頭？」法立德來到莫和費諾格里歐之間。偷偷摸摸對老人嗥叫著，像是發現他要爲這世界的一切不幸負責似的。不過，法立德沒等莫回答便跑向那根刑柱，精靈們又早飛落在那男孩的皮膚上。他打了個響指，噴出火花，燒焦精靈們閃亮的翅膀，逼得他們氣得嗡嗡出聲飛走。一名守衛舉起長矛，但在他行動之前，法立德的手指在城牆上畫出一條火蛇，朝那目瞪口呆瞪著自己主人徽章上動物燃燒著的守衛鞠了個躬——再漫不經心地晃回莫身邊。

「有夠放肆，小子！」費諾格里歐不認同地低吼著，但法立德未理會他。

「你爲什麼來這兒，魔法舌頭？」他壓低聲音說。「這很危險！」但他的眼睛閃閃發亮。法立德喜歡危險的舉動，他喜歡莫是松鴉。

「我想瞧一瞧幾本書。」

「書？」法立德看來不知所措，莫不得不微笑起來。

「是的，書，非常特別的書。」他抬頭瞧著城堡最高的塔樓。美琪對他仔細描述過巴布盧斯的作坊所在。

「奧菲流士在忙什麼？」莫朝守衛瞧過去。他們正在檢查一名肉販送來的貨——至於找什麼，他們自己也說不清楚。「我聽說他愈來愈有錢。」

「沒錯！」法立德手摸著美琪的背。莫在場的時候，他的體貼總是表現得不那麼明顯。法立德對身爲父親的人懷有偌大敬意。不過，莫一定注意到美琪的臉紅通通的。

「他是愈來愈有錢，但仍未幫髒手指寫下任何東西！他只想著自己的寶藏，還有能賣給紅雀的東西：帶角的野豬、金色的哈巴狗、蜘蛛蝶、樹葉人和他能想到的一切。」

「蜘蛛蝶？樹葉人？」費諾格里歐瞧著法立德，像是要撲上去似的，但法立德並未理他。

「奧菲流士想和你談談！」他小聲對莫說。「談白衣女子的事。請你跟他見一面！說不定你知道什麼能幫他召回髒手指的關鍵！」

美琪看著莫臉上流露出的同情表情。他和自己一樣，都不太相信髒手指會再回來。「開什麼玩笑，」他說，同時自己的手不由自主碰觸摩托娜射傷他的地方。「我什麼都不知道，跟大家一樣。」

守衛讓肉販通過，其中一位又再瞧著莫這頭。城牆上法立德畫在石頭上的那條怪蛇仍在燃燒。

莫轉身背對守衛。「聽好！」他小聲對美琪說。「我不該帶妳過來的。要是我去找巴布盧斯，而妳跟法立德在一起，妳看怎樣？他可以帶妳到羅香娜家，我會在那裡和妳及蕾莎碰頭。」

法立德摟著美琪的肩。「好，你儘管去吧，我會照顧她的。」

但美琪粗暴地推開他的胳臂。她不喜歡莫一個人去——就算自己很願意跟法立德在一起。她十分懷念他的臉。

「照顧？你不必照顧我！」她刻意厲聲喝叱他。戀愛讓人變得愚笨！

「沒錯，她說得對。美琪不用別人照顧。」莫輕輕把韁繩從她手中拿過來。「我好好想一想後，好像她照顧我比我照顧她要多。我很快回來，」他對她說。「我說到做到。還有，別跟妳母親說，知道嗎？」

美琪只點點頭。

「別那麼擔心的樣子！」莫暗自低聲對她說。「曲子裡面不是提到松鴉幾乎少不了自己美麗的女兒嗎？沒有妳，我比較不會讓人懷疑！」

「沒錯，但那些曲子騙人，」美琪低聲回答。「松鴉根本沒有女兒，他不是一位父親，而是一名強盜。」

莫久久地看著她，然後親了一下她的額頭，像是這樣可以抹去她說的話，便跟已經等得不耐煩的費諾格里歐去城堡。

莫在守衛前停下來時，美琪的眼睛仍未離開他。穿著那件黑衣服，他看來眞的像個陌生人——一名來自遙遠國度的書籍裝幀師，長途跋涉，終於可以爲著名的巴布盧斯的畫添上合適的裝幀。誰會在意他在這漫長的旅途中成了一名強盜呢？

莫一背對他們，法立德便握住美琪的手。「妳父親跟獅子一樣勇敢無畏，」他對她低聲說，「不過，要是妳問我的話，也是有點瘋狂啦。我若是松鴉，絕對不會走過那道門，更不會爲幾本書冒這種險！」

「你不懂，」美琪輕聲回答。「他只會爲書而去。」

但這點她錯了，不過要很晚她才知道。

士兵們讓那個作家和書籍裝幀師通過。莫消失在大門前時，再回頭看了美琪一眼。那道大門有座活動鐵柵欄，二十多根矛般銳利的前端對著從底下通過的人。紅雀入駐城堡後，只要天一黑或城堡中響起警示的鐘聲，柵欄便會放下。美琪聽過這個聲響一次，等莫消失在巨大的城牆後時，她不由自主等著再次聽到鐘聲響起，聽到柵欄放下時鐵鍊喀啦作響以及鐵尖撞擊地面的聲音……

「美琪？」法立德的手端住她的下巴，把她的臉轉向自己。「相信我！我早想去找妳，但奧菲流士讓我整天挖掘，而晚上我溜到羅香娜的莊院。她幾乎每晚都去她藏起髒手指的地方，我知道的！但她每次都逮到我，我根本沒辦法跟蹤她。她那頭笨鵝，給點葡萄乾麵包，就可以打發掉，不過，要是她廄房裡這個古靈精怪的鵝沒咬我的話，葛文便會洩漏我的行蹤。羅香娜這時甚至讓牠進屋，但以前卻是拿石頭丟牠！」

他在說什麼？她不想談髒手指或葛文。如果你想我的話，她沒辦法不一直去想，爲什麼不至少來找我一次，而是偷溜到羅香娜家？至少一次也行。但答案只有一個，因爲他不像她想他那樣想自己。他愛髒手指勝過她。他會一直愛他，就算他已過世。不過，美琪還是任由他吻自己，而不遠處，那名男孩仍被禁錮在刑柱上，火精靈停駐在他皮膚上。**妳別說，這種場面看多了，就會習慣……**

黑炭鳥到了守衛處時，美琪才看到他。

「怎麼了？」她瞪著法立德的身後時，法立德問道。「啊，黑炭鳥。沒錯，他在城堡中進進出出。齷齪的叛徒！每次我見到他，都想一刀劃破他的喉嚨！」

「我們必須警告莫！」

守衛像熟人般讓噴火藝人通過。美琪往他們那裡踏上一步，但法立德把她拉了回來。

「妳想去哪？他不會見到妳父親的！這座城堡很大，魔法舌頭是去找巴布盧斯，黑炭鳥一定不會迷路迷到那去的！他有三位宮女愛人，他是想去看她們——如果他沒被雅克伯逮到的話。他每天要爲雅克伯表演兩場，不管大家說了什麼關於他和他耍火的事，他仍然是個差勁的噴火藝人。可悲的奸細！我真的很懷疑，黑王子——或妳父親爲什麼還不殺了他。妳幹嘛這樣看著我？」他迎著美琪驚恐的目光。「畢竟魔法舌頭也殺了巴斯塔，不是嗎？只是，我沒看到……」

法立德一提到他死的那一刻，每次都很快把臉別開。

美琪瞪著城堡大門，似乎聽到莫的聲音。**黑炭鳥最後見到我的時候，我是半死不活。而且，他寧**

可別碰上我。

松鴉。別再這樣叫他了！美琪心裡唸著。別再叫了！

「來吧！」法立德握住她的手。「魔法舌頭說要我帶妳去羅香娜家。她一定很高興見到我！不過，她大概是假裝高興，因為妳在場。」

「不。」美琪掙脫他的手，不管終於能再握上手的感覺有多美好。「我待在這裡，就這個地方，等莫回來。」

法立德嘆了口氣，翻了白眼，但他很瞭解美琪，並不去頂撞她。

「那可真好！」他壓低聲音說。「就我認識的魔法舌頭，他一定會看那些該死的書看個沒完沒了。所以至少讓我親親妳，不然守衛很快便會懷疑我們為什麼一直站在這裡不走。」

會無好會

假設上帝全知全能的話，問題在於：
祂所預見的，是否一定會成真？
是否保證我能自由選擇，
做或不做？

——喬叟《坎特伯雷故事集》

恭恭順順。恭恭順順，還要卑躬屈膝。莫並不擅長這點。你在另一個世界有注意過這點嗎，莫提瑪？他自問著。低下頭，別太直著背，讓他們低頭打量你，就算你比他們高大也一樣。假裝世界就是由他們統治，其他人則賣命。

這眞不容易。

「你就是巴布盧斯在等的那個書籍裝幀師，」一名守衛瞧著他的黑衣說。「你剛跟那個男孩是怎麼一回事？難道你不喜歡我們的刑柱嗎？」

把頭再壓低，莫提瑪！快點。讓他們覺得你在害怕。別管你的憤怒，別管那個男孩和他的哀泣。

「小的下次不敢了。」

「正是！他——他從很遠的地方來！」費諾格里歐趕緊補充道 「他得先習慣我們新總督的統治

方式。不過，要是你們現在通融一下的話——巴布盧斯可能等得不耐煩了。」然後他鞠了個躬，趕緊拉著莫離開。

翁布拉城堡……當他走進寬廣的中庭時，很難忘記一切。費諾格里歐書中許多在這裡上演的場景，一下浮現。

「天哪，眞夠驚險！」他們把馬牽向廄房時，費諾格里歐小聲對他說。「我不想再提醒你，你在這裡是個書籍裝幀師！如果你再扮演松鴉的話，就別想活了！眞該死，莫提瑪，我眞不該答應帶你來這裡。你看看這些士兵，簡直就像在夜之堡！」

「喔，不，相信我，還是有些不同，」莫輕聲回答——試著不抬頭看那些被叉起來點綴城牆的屍體。其中兩位是黑王子的手下，但要不是大力士提過他們不幸的遭遇，他也認不出他們。

「我讀了你寫的書，想像中的這座城堡是另外一種模樣。」他對費諾格里歐小聲說。

「這你要告訴誰？」費諾格里歐噓了回去。「柯西摩先把一切改建，現在紅雀又留下他的印記。他清掉金諷的巢，你再看看所有他們搭建起來的臨時棚屋，只是爲了用來存放他們掠奪來的東西！我很懷疑，毒蛇頭是不是已經注意到送往夜之堡的東西少得可憐。如果他注意到的話，那他的大舅子大概很快就吃不完兜著走了。」

「沒錯，紅雀實在膽大包天。」幾名廄房小廝迎面走來時，莫低下頭。就連他們都配備武器。如果眞的有人認出他來，他的刀並幫不上他忙。「我們劫下了好幾輛運往夜之堡的貨，」等廄房小廝經過後，他繼續小聲說道：「每次都對我們在箱子中發現的東西大失所望。」

費諾格里歐瞪著他。

「你眞的這樣做！」

「做什麼？」

老人緊張地四處張望，但似乎沒人注意到他們。「那些他們在歌裡唱到的事！」他低聲說。「我是說——多數的曲子寫得很差勁，但松鴉還是我創造出來的角色……但感覺如何？我是說，扮演他的感覺如何？」

一名女僕拎了兩隻宰殺好了的鵝從他們身旁經過，血滴在中庭中。莫轉過頭。「扮演？難道對你來說，這仍只是一齣戲？」他的聲音比自己所想的還要激動。

有時，他還真希望能讀出費諾格里歐的腦袋在想些什麼。不過，誰知道——說不定哪天他真能讀到，黑字寫在白紙上，在那再次找到自己，被文字團團包圍，就像落入一隻老蜘蛛網上的蒼蠅一樣。

「好啦，我承認這成了一齣危險的戲，不過，我真的很高興是你接下這個角色！難道我錯了嗎？這個世界需要松……」

莫示警地瞧了他一眼。一群士兵經過他們身旁，費諾格里歐趕緊吞下那個他不算太久前在一張羊皮紙上第一次寫下的名字。不過，那個他目送士兵們離開時露出的微笑，簡直就是個在敵人屋裡藏了個炸藥，然後大搖大擺在他們當中晃來晃去，而未被認出來的傢伙才有的微笑。

壞老頭一個。

莫也發現，內堡亦不再是費諾格里歐描述過的那個模樣。他輕聲重複著自己曾經唸過的文字：「肥肉侯爵的妻子規劃出這個花園，因為她受不了自己周遭灰濛濛的石頭。她種下來自異國的花卉，讓她能夠夢想著遠方的大海、異國的城市與巨龍棲息的山巒。她孵育出金腹的鳥，牠們停駐在樹中時，看來像是帶著翅膀的水果，她取來無路森林中葉片可以和月兒對話的苗木。」

費諾格里歐目瞪口呆看著他。

「是的，你的書我可以倒背如流，」莫說。「你難道忘了，自從你的文字吞噬我妻子後，我大聲朗讀過多少遍了嗎？」

金腹的鳥也從內庭中消失。紅雀的雕像倒映在一個石水池中，而且，如果眞有和月兒對話的樹，這時也被砍掉了。過去花園所在之處，現在只有狗圈，翁布拉新主人的獵犬，鼻子擠在鍍銀的欄杆間嗅聞著。老頭，這早已不是你的故事了，莫心想，並跟著費諾格里歐走進內堡。但現在是誰在講故事呢？奧菲流士嗎？還是毒蛇頭自己粉墨上場，拿鐵和血取代了筆和墨？

圖立歐帶他們去找巴布盧斯，這名費諾格里歐書中提到的毛臉僕役，父親是個山妖，母親則是地衣女。

「你還好嗎？」圖立歐帶他們穿過走廊時，費諾格里歐問了他，彷彿自己創造出來的角色過得好不好，他眞關心似的。

圖立歐聳了一下肩回答。「他們追捕我，」他的聲音幾乎低不可聞。「我們新大人的朋友——而他有很多朋友，把我趕過走廊，和狗關在一起，不過薇歐蘭護著我。喔，沒錯，她眞的護著我，就算她兒子簡直是其中最惡形惡狀的傢伙。」

「她兒子？」莫低聲問費諾格里歐。

「是的，美琪難道沒跟你提到他嗎？」他小聲回答。「雅克伯，眞是一個惡棍，就算他愈來愈像父親，仍然可說是自己外祖父的縮小版。沒爲柯西摩掉過一滴眼淚，反而拿巴布盧斯的顏料破壞墓室中他父親的石像，晚上，他便坐到紅雀身旁，或黑炭鳥的膝上，而不跟母親在一起。據說，他甚至幫他外祖父暗中刺探。」

莫未在費諾格里歐書中讀過那扇在圖立歐爬過無數陡峭的階梯、最後有點喘不過氣停在前面的門。他不由自主伸出手，摸著門上到處嵌上的字母。「那些字真漂亮，莫，」他們倆被關在夜之堡高高的塔樓上時，美琪對他小聲說過，「互相糾結在一起，像是有人用熔化的銀寫在木頭上。」

圖立歐舉起毛茸茸的小拳頭敲了門。裡面傳來的聲音，只可能是巴布盧斯的。冷漠、自戀、高傲……美琪並未說這個世界最棒的書籍彩繪師什麼好話。圖立歐踮起腳尖，握住門把——又嚇得鬆了開。

「圖立歐！」從樓梯傳上來的聲音，聽來年紀不大，但卻習於發號施令似的。「圖立歐，你躲到哪去了？你要幫黑炭鳥拿火把的。」

「雅克伯！」圖立歐氣若游絲吐出這個名字，彷彿那是某種傳染病似。他低下頭，不由自主躲到莫背後尋求保護。

一名約莫六、七歲的男孩，衝上樓梯。莫從未見過英俊的柯西摩，紅雀要人毀掉他所有雕像，但巴布提斯塔還保有幾個他的肖像錢幣。那張臉幾乎好看到不像眞的，大家都這樣描述他。他兒子顯然繼承了這份俊美，但在他那還是孩子般的圓臉上，才剛剛流露出　點俊挺的神色。這不是什麼討人喜歡的臉，眼睛看來警覺，嘴角像老人一樣悶悶不樂。他的黑色短袖長袍繡著他外祖父伸吐舌頭的徽章動物，而他的腰帶也鑲嵌上銀蛇，但他脖子上的皮繩，掛著一個笛王的標記——銀鼻子。

費諾格里歐示警地瞧了莫一眼，站到他前面，像是這樣就能不讓那孩子看到他。

你要幫黑炭鳥拿火把的。現在怎麼辦，莫？他不由自主順著樓梯瞧下去，但只見到雅克伯一個人，而這座城堡很大。不過，他的手還是挪到自己腰帶上。

「這是誰？」只有這個嘹亮聲音中的固執，聽來像是個孩子。雅克伯爬上樓梯，喘氣不已。

「這位……嗯……這位是新來的書籍裝幀師，我的王子！」費諾格里歐鞠了個躬回答。「您一定還記得，巴布盧斯老在抱怨我們當地的書籍裝幀師有多差勁！」

「這裡這個會好很多？」雅克伯短短的孩子胳臂當胸一抱。「他看來不像書籍裝幀師。書籍裝幀師又老，又蒼白，因爲老坐在屋裡。」

「喔，我們偶爾也會出門，」莫回答，「去買上等的皮革、新的戳印、好一點的刀，不然便把濕掉的羊皮紙拿到太陽下面晾乾。」

要他怕這個孩子，並不容易，雖然自己聽過他許多惡行。柯西摩的兒子讓他想到一名和自己一起上過學的倒楣男孩，他是校長的兒子。他在校園中趾高氣揚瞎晃，跟他父親一模一樣——害怕世上的所有人。很好，莫提瑪，莫心想。但那只是個校長的兒子。這裡這個可是毒蛇頭的外孫，所以小心一點。

雅克伯皺起額頭，抬頭看著他，不表認同。顯然他不喜歡莫比他高大許多。「你沒鞠躬！你得向我鞠躬。」

莫察覺到費諾格里歐示警的眼神，低下了頭。「我的王子。」

這實在不容易。他寧可在城堡的走廊間追著雅克伯，就像他在愛麗諾家時追著美琪一樣，只是想看看那個小心翼翼躲在自己外祖父身姿後頭的小孩會不會跑出來。

雅克伯大方點了點頭，接受他的躬身致意，而莫低下頭，以免被他看見自己在微笑。

「我外祖父在爲一本書生氣，」雅克伯露出高傲的聲音表示。「非常生氣，說不定你可以幫他。」

生一本書的氣。莫感到自己的心跳停了一下，彷彿又看見那本書，手指摸著書頁，許許多多的空白頁。

「因爲這本書，我外祖父已經吊死好多書籍裝幀師。」雅克伯打量著莫，像是在想繩圈要多大，才能套住他的脖子。「他甚至剝掉其中一名的皮，因爲他保證能治好那本書。你是不是還想試試看？不過，你得跟我騎去夜之堡，這樣我外祖父才知道是我找到你，而不是紅雀。」

莫避而不答。字母門打了開，一名男子一臉不悅走了出來。

「這裡發生了什麼事？」他喝叱圖立歐。「先是有人敲門，但卻沒人進來，然後有人說話，害我筆都拿不好。顯然大家不是來找我的，那我眞的希望各位到別的地方繼續聊。這座城堡有很多沒人在裡面認眞工作的房間。」

巴布盧斯……美琪的描述十分貼切。薄薄的嘴唇、短短的鼻子、鼓鼓的腮幫子，他雖然還年輕，但額頭上深褐色頭髮已經開始變稀。一名書籍彩繪師，而且就莫看過的他的作品來說，還是一名在這個世界或在他的世界中，最出色的一位。莫忘了雅克伯和費諾格里歐，忘了刑杜和刑杜上的少年，還有底下中庭中的士兵與黑炭鳥。他只想穿過這道門。他在巴布盧斯身後瞥見的作坊，已讓他的心跳得跟一名小學生一樣快。他在夜之堡，被人囚禁，生命受到威脅時，手中第一次拿到巴布盧斯的書，心跳就是這樣激動。這個男人的作品讓他忘記一切。字母有如行雲流水，彷彿人類的手天生就是要用來寫作，還有那些畫。羊皮紙因而栩栩如生！

「我愛在哪說話，就在哪說話！我是毒蛇頭的外孫！」雅克伯的聲音變尖。「我要立刻告訴我叔叔，你又再無禮！我會告訴他，要他拿走你所有的畫筆！」他瞧了巴布盧斯最後一眼，便轉過身。「跟我來，圖立歐！不然我就把你跟狗關在一起！」

這個矮小的僕役縮著頭，來到雅克伯身邊。毒蛇頭的外孫再次從頭到腳打量莫一次，便轉身衝下樓梯——突然又變得只是一個急著要去看表演的小孩。

「我們得離開了，莫提瑪！」費諾格里歐小聲說。「你眞不該來這兒！黑炭鳥在這兒！這可不好，一點都不好。」

但巴布盧斯已不耐煩揮手示意這位新的書籍裝幀師到他作坊中去。莫哪裡還會去擔心黑炭鳥？他只想著嵌上字母的門後的東西。

他這輩子花了多少時間在欣賞書籍彩繪師的技藝，探身在有污點的書頁上，直到腰痠背痛，拿著一把放大鏡瞧著一筆筆的筆畫，搞不清楚這些神奇的畫面是怎麼畫到羊皮紙上的——那些小巧的臉，那些奇特的生物、風景、花卉……精巧的龍、昆蟲，逼眞寫實，彷彿會爬出書頁似的，還有那些糾結巧妙的字母，彷彿線條在書頁上才開始生長一樣。

這些是否都在那頭的斜面桌上等候著？

可能吧。但巴布盧斯站在自己的作品前，像是守衛一般，眼睛看來沒有任何表情，莫都懷疑，這樣一位冷冷打量世界的人，怎麼可能畫出這些畫面，充滿力量與熱情的畫面……

「織墨水的。」巴布盧斯朝費諾格里歐點頭示意，眼神似乎看透一切：老人臉上的鬍子未剃、眼睛滿是血絲、心裡憂慮疲憊。他會在我身上看到什麼？莫心想。

「您就是那位書籍裝幀師？」巴布盧斯仔仔細細打量他，像是想將他畫在羊皮紙上一樣。「費諾格里歐說您眞是神乎其技。」

「他眞的這樣說嗎？」莫實在無法不讓自己的聲音聽來心不在焉的樣子。他只想看看那些畫，但這位書籍彩繪師看來又不小心遮住了他的視線。這是什麼意思？讓我看看你的作品！莫心想。你應該感到得意，我是冒著生命危險來看你的作品的。天哪，那些畫筆眞是不可思議地細，而顏色在那裡……

費諾格里歐拿手肘頂了他一下示警，莫很不情願把視線從那些神奇的東西上轉開，瞧著巴布盧斯呆滯的眼睛。

「對不起。是的，我是那位書籍裝幀師，而您一定也想考驗一下我的能耐。我手中沒有什麼很好的材料，但是……」他伸手到巴布提斯塔縫製的袍子下（要偷到這許多黑布，一定不容易），但巴布盧斯搖了搖頭。

「您不需對我證明自己的能耐，」他說，眼睛不離莫。「夜之堡的圖書館管事泰德歐已鉅細靡遺告訴過我，您在那裡展現的能耐十分驚人。」

完了。

他完了。

莫察覺到費諾格里歐驚恐的眼神。是的，看看我！他心想。我的額頭上不是已經拿黑墨水寫上了「輕舉妄動的笨蛋」了嗎？

然而，巴布盧斯微笑著，笑容和他的眼睛一樣呆滯。

「是的，泰德歐詳詳細細對我說了您。」美琪模仿他說話時舌頭頂到牙齒的模樣，維妙維肖。「事實上，他是個滿拘謹的人，但他甚至以筆代嘴唱出您的讚歌給我聽。畢竟，您這行並沒有很多人能把死神束縛在一本書裡的，不是嗎？」

費諾格里歐緊緊抓住莫的手臂，力道大到都可以感受到老人的恐懼。他在想什麼？他們可以轉身，就這樣出門？一名守衛一定早已站在門口，就算沒有，士兵們也已等在樓梯腳了。他們隨時可以出現，有權任意帶走人、讓人入獄，甚至活活打死人，大家早就習以爲常了。

巴布盧斯的顏料多麼鮮豔！朱紅、赭紅、赭褐。多麼美麗，誘他入彀的美麗。多數的鳥靠些麵包和一些可口的穀粒，便能捕獲，但松鴉要靠字母和圖畫。

「巴布盧斯大人，我眞不知道您在說什麼！」費諾格里歐結結巴巴說著，手指仍緊抓著莫的手臂。「這位……呃……夜之堡的圖書館管事？不，不，莫提瑪從未在森林另一頭工作過，他從……北方來，沒錯，沒錯。」

這老頭說謊也不打草稿。杜撰故事的人，不是該懂得說謊嗎？

不管怎樣，莫根本不會撒謊，只能默不出聲。閉上嘴巴，咒罵自己的好奇、自己的沈不住氣、自己的膽大妄為，而巴布盧斯這時仍看著他。他怎麼會以為自己穿上了幾件黑衣，就可輕易擺脫在這個世界扮演的角色？他怎麼會以為自己完全深陷在這個故事中，卻還能夠在翁布拉城堡中再當幾個鐘頭的書籍裝幀師莫提瑪呢？

「啊，別再裝了，織墨水的！」巴布盧斯厲聲對費諾格里歐說道。「您到底認為我有多笨？您一跟我提到他時，我當然就立刻知道您說的是哪一位。他那行的眞正大師。您不是這樣說嗎？沒錯。文字會讓人露出馬腳，您基本上應該知道的。」

費諾格里歐默不出聲，而莫摸向刀子。刀是黑王子在他們離開毒蛇山時送他的。「從現在起，你要隨時帶著，」黑王子對他說，「就算睡覺也不離身。」他聽了他的吩咐，但一把刀在這能幫上他什麼？他還沒走到樓梯腳，便已一命嗚呼。誰知道，說不定雅克伯都立刻認出自己面前那個人是誰，又再發出警報。快，快！松鴉自投羅網了。美琪，我很抱歉，莫心裡唸著。妳父親是個笨蛋。妳從夜之堡救出他來——讓他被關到另一座城堡！在市集廣場上見到黑炭鳥時，他為什麼不聽妳的話？

費諾格里歐是否寫過松鴉害怕的曲子？他打鬥的時候，無畏無懼。喔，不，但一想到被縛，一想到鋃鐺入獄，一想到牢門後那份絕望，他就害怕。就像現在。他嘗到舌尖上的那份恐懼，感覺到那份恐懼深入胃裡，停駐在膝蓋上。不管怎樣，書籍彩繪師的作坊畢竟是書籍裝幀師命喪黃泉的合適地點，他心想。但松鴉回來了，責罵書籍裝幀師草率妄為。

「您知道泰德歐印象最深刻的是什麼？」巴布盧斯撢掉袖了上的一些顏料粉末，那像黃色的花粉一樣沾附在深藍色的天鵝絨上。「您的雙手。他很吃驚，這雙懂得殺戮的手，竟然能夠細心處理書頁。您眞的有雙漂亮的手，您自己看看我的！」巴布盧斯叉開手指，滿臉厭惡地打量。「一雙農夫的手，臃腫粗糙。您想看看他們的能耐嗎？」

終於，他退到一旁，擺出邀請的姿勢，像名掀開布幕的魔術師。費諾格里歐想拉住莫，但他已走入陷阱，因爲他也想嘗嘗讓自己丟掉一命的誘餌。

他們在那裡，彩繪的書頁，比他在夜之堡所見的還要出色。其中一頁，巴布盧斯只點綴自己名字的起首字母。字母B在羊皮紙上神氣活現，穿戴著金色與深綠　安頓下一窩的火精靈。旁邊的書頁上，花葉纏繞著一幅約莫紙牌般大的圖畫。莫的眼睛隨著藤蔓移動，見到了胚珠、火精靈、怪異的水果、不知其名的小巧生物。被高超技藝框住的畫面，畫著兩個被精靈包圍的男人。他們站在一座村子前，後面跟著一群衣衫襤褸的男人。其中一位是黑人，旁邊有頭熊，另一位戴著一副鳥頭面具，手中拿的刀是書籍裝幀師用的。

「正義的黑手與白手，黑王子與松鴉。」巴布盧斯打量著自己的作品，露出幾乎抑制不了的驕傲。「我大概還得改動一下。您比我原以爲的還要高大，而您的動作……我在說什麼？您一定不會希望這張畫太像您——雖然這自然只畫給薇歐蘭看。我們的新總督絕對不會見到，因爲好在他沒什麼理由爬這許多階梯到我的作坊來。對紅雀來說，一本書的價値是由交易來的酒桶數量來訂的。就算薇歐蘭沒把這張畫藏好，他也會很快把這和其他我所創造出來的東西，拿去交換等價的酒或一頂撒上銀粉的新假髮。他眞的應該高興，我是書籍彩繪師巴布盧斯，而不是松鴉，否則我會拿他噴過香水的皮膚製成皮紙。」

巴布盧斯聲音中的恨意，一如他畫中的夜一樣幽暗，有一會，莫在他呆滯的眼中看到了讓這位書籍彩繪師成了這行翹楚的熱情。

樓梯上傳來腳步聲，沈重均勻，一如莫在夜之堡上常聽到的樣子。士兵們的腳步聲。

「眞可惜，我眞希望能多跟您聊聊！」門被推開時，巴布盧斯發出一聲遺憾的嘆息。「但我怕這座城堡中還有更高階的人想跟您談談。」

費諾格里歐驚愕地看著士兵們把莫包圍在中間。

「您可以走了，織墨水的！」巴布盧斯說。

「但是這——這完全是個天大的誤會！」費諾格里歐眞的盡力不讓自己聽來害怕，但連莫都瞞不過去。

「嗯，或許您在自己的曲子中不該鉅細靡遺地描述他，」巴布盧斯百無聊賴地表示。「就我所知，這已讓他差點死了一次命。您再看看我的畫。我總是讓他戴著面具！」

士兵們把莫推下樓梯時，他仍聽到費諾格里歐在那兒抗議。蕾莎！不，他這次不該爲她擔心害怕。在羅香娜家，她不會有事

的，大力士陪著她。但美琪呢？法立德是不是已經帶她到羅香娜的莊院了？黑王子會照顧她們兩個的，他答應過不少次。但誰知道，說不定她們會回去，回到愛麗諾那裡，到那棟全是書的老屋子，到那個血肉之軀不是字母創造出來的世界。但真是如此嗎？自己會去哪，莫不願去想。他只知道一點：松鴉和書籍裝幀師會死在一起。

羅香娜的痛

「希望，」史力特苦澀地說道，「我都已經放棄了。」

——保羅．史都沃《邊境大冒險：聖塔砝城之夜》

就算路途遙遠，翁布拉周圍的道路一天比一天危險，蕾莎仍常騎馬去找羅香娜。大力士是個稱職的護衛，莫讓她去，因爲知道她這許多年在這個世界中，沒有他和大力士，她自己也能應付。

自從蕾莎和羅香娜在毒蛇山下的礦坑中一起照顧傷患後，她們便成了好朋友，而陪同一名死者穿過無路森林的漫漫長路，只更加深這段友情。羅香娜從不問，在髒手指和白衣女子交易那一晚，蕾莎爲什麼和自己一樣流了許多淚。她們不是靠溝通而成了朋友，而是靠兩人分享著無法言傳的部分。

夜裡，蕾莎聽到羅香娜遠離樹下其他人獨自在哭的時候，便會過去陪她，摟著她，安慰她，儘管知道其他女人心中的痛，是無法安慰的。她未對羅香娜說摩托娜槍傷莫的那一天，害怕自己會形單影隻，永遠失去他。因爲她並未失去他，就算自己在無數的一瞬間中，以爲會失去他。她只是想像，如果永遠見不到他，永遠觸碰不到他，再也聽不到他的聲音，會是什麼感覺，那時她坐在一個陰暗的洞窟中，冷敷著他高燒的額頭，過了許多的白天黑夜。但害怕痛楚和痛楚本身完全不同。莫活著，和她說話，睡在她身旁，摟著她。但髒手指再也不會摟著羅香娜，至少在今生今世。她只剩下回憶，有時，那可能比一無所有還要糟。

她知道羅香娜這時已是第二次經歷這種痛楚。黑王子對蕾莎說，第一次時，羅香娜並未把火留給死者。或許因此，她守護髒手指的身體，滿懷妒意。沒人知道她把髒手指帶到哪去，每當她思念渴望，無法入眠時，她是去哪看他。

莫晚上不斷發燒，難以入睡時，蕾莎第一次騎去羅香娜的莊院。在當摩托娜的僕役時，她自己便得經常收集植物，但只是些會殺人致命的植物。羅香娜教她找出可以治病的植物，指出哪種葉片可以治療失眠，哪種根可以緩和舊傷口的痛——而且在她的世界中，如果在樹根間摘取東西時，最好留下一碟牛奶或一顆蛋，因爲這樣才不會惹到住在其中的妖精生氣。有些植物的味道聞起來奇特，讓蕾莎頭昏；有些植物，她常在愛麗諾的花園中見到，卻不知道那些不起眼的根莖和葉片，蘊藏著療效。墨水世界教她更加明白自己的世界——讓她想起莫很久以前說過的話：「妳不認爲，我們應該不時唸些書中一切和我們的世界略微不同的故事？這樣才會讓我們去問樹爲什麼是綠的，而不是紅的，人爲什麼只有五根手指，而不是六根。」

羅香娜自然知道治療害喜的藥方。她正解釋到哪種藥草能讓奶水暢通時，費諾格里歐便騎馬來到莊院中。蕾莎見到他那滿是皺紋的臉上像是戴了一副巴布提斯塔的不幸面具時，說不清楚自己爲何感到不安。但她接著見到法立德和美琪，還有自己女兒臉上的恐懼。

費諾格里歐結結巴巴說出事情經過時，羅香娜摟著她。但蕾莎不知道自己該作何感受？恐懼？絕望？憤怒？是的，憤怒。她最先感受到的就是憤怒，氣莫會如此輕舉妄動。

「妳怎麼可以讓他走？」她叱責美琪，聲音尖銳，連大力士都嚇了一跳。

她還來不及後悔，話就脫口而出。但怒氣還在，氣莫知道危險，還自己上城堡，氣他背著她做這件事。他沒對她說過一字一句自己的打算，但卻帶著自己的女兒。

蕾莎開始啜泣時，羅香娜摸著她的頭髮。滿是憤怒的眼淚，滿是恐懼的眼淚。她受不了擔驚受怕了，怕羅香娜的那種痛。

露出馬腳的玩意

「您想結束暴行？」她問。「還有貪婪等等一切東西？我不認爲您辦得到。您很聰明，但這點您辦不到，不可能。」

——梅雯・皮克《葛門蓋斯特，第一卷：年輕的提圖斯》

等著他的是間牢房，不然還會是什麼。然後呢？莫努力回想毒蛇頭信口承諾的死亡。那會持續好幾天，幾天幾夜。過去幾週忠實陪伴著他的無畏無懼，還有憎恨與白衣女子孵育出來的冷靜——全都消失了，彷彿自己從未感覺過似的。自從他見過白衣女子，便再也不怕死。那似乎是種熟悉的東西，有時甚至令人渴望。但等死卻是另一回事，還有他更害怕的東西：囚禁。他清楚記得牢房門後的那種絕望，記得那種讓自己的呼吸聽來無比響亮的寂靜，讓任何思緒都成了一種折磨的寂靜，那會無時無刻逼人想乾脆一頭撞牆，再也聽不到任何聲音，再也沒有任何感覺爲止。

在夜之堡塔樓那段時日後，莫無法忍受門窗緊閉。美琪似乎擺脫了這種幽閉的壓力，就像蜻蜓蛻去舊皮一般，但蕾莎的情況和他一樣，如果恐懼驚醒他們其中一人，兩個人便只能在摟著另一人的情況下重新入睡。

不，不要再進監牢。

打鬥便容易多了——寧可赴義就死，也不願被俘。

他可能可以在一條幽暗的走廊，奪走其中一名士兵的佩劍，遠離其他衛哨。他們四處站崗，胸口別著紅雀的徽章。他不得不握住拳頭，免得手指立刻按照自己的想法行動。再等一會，莫提瑪！又是一道樓梯，兩旁掛著燃燒的火把。當然，他們帶他下去，到城堡的內部。牢房一般位在高塔上或地下深處。蕾莎對她說過夜之堡的地牢，深入山中，令她常覺得無法呼吸。不過，他們並未推他打他，不像夜之堡的士兵那樣。那在拷打與五馬分屍之際，他們也是這樣彬彬有禮？

他們愈走愈深，一階階下去。一名士兵在他前面，兩名在後，自己頸子上都能察覺到他們的氣息。就是現在，莫提瑪！試一下！只有三位士兵！他們的面容年輕，簡直就是孩子臉，沒有鬍子，在刻意擺出的怒容下，顯得驚駭莫名。他們什麼時候讓孩子從軍了？早就如此，他自行回答。他們是最好的士兵，因爲仍認爲自己不會死。

只有三名，但就算他一下殺了他們，他們還是會呼叫其他士兵過來。

樓梯在一扇門前戛然而止。他前面的士兵打開門。就是現在！你還等什麼？莫的手指張開，已經就緒，心跳稍微加快，彷彿想先確定節奏。

「松鴉。」那名士兵轉過身來，朝他鞠了躬，露出尷尬的表情，讓他先行。莫打量其他兩位，感到吃驚。欽佩、害怕、敬畏。這種複雜的表情，他這些日子經常見到，不是因爲他的行徑，而是出自費諾格里歐的文字。他緩緩踏進敞開的門——直到進入後，才明白他們帶他到哪。

翁布拉公侯們的墓室。喔，沒錯，莫同樣讀過這個地方。費諾格里歐用美麗的文字描寫了這個亡靈之所，那些文字聽來，彷彿這個老人也在夢想有天葬在這樣一個墓室之中。然而，在費諾格里歐書中，還沒那座華麗無比的石棺。蜂蜜色的高大蠟燭在柯西摩腳邊燃燒，空氣中瀰漫著甜甜的燭香，而他的石頭雕像枕在雪花石刻製出來的玫瑰中，面露微笑，彷彿做著美夢。

石棺旁，一名年輕女子筆直站著，彷彿試圖掩飾自己的弱不禁風，她穿著黑衣，頭髮平平整整梳攏起來。

士兵們朝她點頭示意，低聲說著她的名字。

薇歐蘭。毒蛇頭的女兒。他們仍然稱呼她醜東西，雖然那個她名字由來的疤記，在她臉頰上只剩一絲陰影——或許是在柯西摩由亡靈那裡回來的那天變淡的。柯西摩死而復生，不過只是急著再趕回去而已。

醜東西。

這是什麼綽號，讓人要怎麼過活？但薇歐蘭的臣民卻是溫柔地稱呼這個名字。據說她夜裡偷偷把公侯廚房中的殘羹剩菜送到飢餓的村莊，賣掉銀餐具和侯爵廄房中的馬匹，救濟翁布拉城中需要食物的人，紅雀甚至為此把她整天關在房中。她為被送上絞刑架與被關到囚牢中的人開脫——就算自己的話沒人聽。薇歐蘭在自己的城堡中無權無勢，這點黑王子對莫說了很多。她的兒子也不聽她的話，但紅雀怕她，因為她仍是自己永生不死的大舅子的女兒。

為什麼他們帶他過來她這——這個她過世的丈夫長眠之所？難道她想自己賺取懸賞松鴉的賞金，趕在紅雀之前？

「他有那個疤嗎？」她的目光不離莫的臉。

一名士兵朝莫踏上一步，感到尷尬，但莫自己拉起袖子，一如前一晚那個小女孩的動作一樣。巴斯塔的狗留下的疤，已是許久前的事，在另一段生命中——費諾格里歐以此創作了一個故事，莫有時候覺得，像是那個老人親手用淺色墨水在他皮膚上畫出那個疤似的。

薇歐蘭走向他。她沈重的衣服在石頭地上拖曳。她真的嬌小，比美琪整整矮了一截。當她伸手到自己腰帶上的繡花包中時，莫期待看到美琪對他提過的綠柱石，但薇歐蘭卻拿出一副眼鏡。研磨過的玻璃，銀製的鏡架——一定是拿奧菲流士的眼鏡當模型。要找到一名可以研磨這種透鏡的師傅，鐵定不容易。

「果然，歌裡不斷出現的疤，露出馬腳的玩意。」眼鏡鏡片放大了薇歐蘭的眼睛。那對眼睛和她父親的不同。「巴布盧斯說得沒錯。你知道嗎，我父親再次提高懸賞你腦袋的賞金？」

莫又把疤藏到袖子下。「我聽說了。」

「但你還是過來看巴布盧斯的畫，這我喜歡。歌曲裡關於你的事，顯然是真的，說你完全無懼無畏，甚至還喜歡冒險。」

她仔仔細細打量他，像是拿他來跟巴布盧斯畫裡的人比較。但他反瞧著她，她一下臉紅起來。莫說不上來，那是因爲她覺得尷尬，還是氣他竟敢直盯著她的臉造成的。她突然轉身，走向自己丈夫的石棺，手指摸過石刻的玫瑰花瓣，小心謹慎，彷彿想喚醒這些花朵似的。

「我要是你，也會這樣做。自從我在流浪藝人那裡聽到第一首關於你的曲子後，我總認爲我們很像。這個世界製造不幸，就像池塘孵育蚊子一樣，不過我們可以抵抗。我們倆都明白這點。你還未被歌詠之前，我便曾偷過庫房的金子，拿來蓋新的療養院、乞丐之家或孤兒落腳之處……我會設局，讓其中一名管理員涉嫌偷取金子。這些人全都該送上絞刑架。」

她再轉身面對莫時，翹起下巴，顯得倔強，幾乎就像美琪偶爾會有的樣子。她看來既年長，又年輕。她有何意圖？她會把他交給她父親，拿賞金來救濟窮人，或是好好買上大量的羊皮紙和顏料給巴布盧斯？大家都知道，爲了買巴布盧斯的畫筆，她連自己的結婚戒指都抵押掉。但哪個才更像她的風格？莫心想。出賣一名書籍裝幀師的命，來換新書。

一名士兵仍一直站在他身後，其他兩名把守著門口。顯然那是這個墓室唯一的出口。三名，就只有三名……

「我知道所有關於你的曲子，我讓人把這些曲子抄下來。」在鏡片後面的那對眼睛是灰色的，卻異常明亮。看得出來，那對眼睛並無太多力量。不，眞的，像毒蛇頭的那對蜥蜴眼，那對眼睛一定得自薇歐蘭的母親。那本縛住死神的書，便是在她失寵後，和她難看的小女兒住在一起的房間中裝幀完成的。薇歐蘭是否還記得那房間？她一定記得。

「新的曲子並不好，」她繼續說，「但巴布盧斯用他的畫來彌補。我父親任命紅雀爲這座城堡的堡主後，他多半晚上畫圖，這些書我一直留在身邊，免得像其他的書一樣被賣掉。紅雀在大廳中大宴賓客時，我便讀這些書。我大聲朗讀，讓文字蓋過那些吵雜聲：酒鬼的叫喊、愚蠢的笑、圖立歐的哭聲，如果他們又再追捕他的話……那些字句在我心中塡滿希望，希望你有天會在下面的大廳，黑王子在你身邊，把他們統統殺死，一個接著一個，而我就站在一旁，腳踩在他們的血泊中。」

薇歐蘭的士兵絲毫不動聲色，似乎習慣了女主人的這番話。

薇歐蘭朝他踏近一步。「自從我聽到我父親手下說你躲在森林這一頭時，我便讓人去找你。我想比他們先找到你，但你懂得隱身。大概精靈和山妖把你藏了起來，就如曲子中所言，而地衣女治好你的傷口……」

莫實在忍不住，不得不微笑。有那麼一會，薇歐蘭的臉讓他想起美琪，就像美琪對自己講她最喜歡的故事時才有的神色。

「你爲什麼笑？」薇歐蘭皺起額頭，就像毒蛇頭透過她明亮的眼睛瞧著莫。小心一點，莫提瑪。

「喔，我知道。你以爲我只是個女人，跟個女孩差不多，沒有權力，沒有丈夫，沒有士兵。沒錯，我的士兵大半死在森林中，因為我丈夫急於迎戰我父親。但我可不笨！我跟巴布盧斯說：『讓人到處說你在找新的書籍裝幀師。這樣我們說不定可以找到松鴉。如果他眞像泰德歐所說那樣，他會為了看你的畫而來。那時，只要他到了我的城堡，便是我的階下囚，一如之前他在夜之堡一樣，而我會問他，是否願意幫我殺掉我長生不死的父親。』」

莫趕緊瞧了一眼薇歐蘭的士兵，薇歐蘭撇了一下嘴，覺得有趣。「別那麼緊張！我的士兵對我忠心耿耿。我父親的手下在無路森林中殺了他們的兄長與父親！」

「您父親不會繼續長生不死。」莫並不眞的想說，但話就這樣脫口而出。笨蛋！他責罵自己。只因她臉上有些表情讓你想起自己的女兒，你就忘了站在你面前的人是誰了嗎？

但薇歐蘭微笑著。「所以圖書館管理員告訴我的事，是眞的了，」她小聲說，彷彿死者會偷聽似的。「我父親開始覺得不舒服時，他起先還以為是自己的一名女僕在對他下毒。」

「摩托娜。」每次莫提到這個名字時，都會看到她舉起槍的樣子。

「你認識她？」

薇歐蘭看來和他一樣，不太願意說出這個名字。「我父親對她嚴加拷打，想知道她對他下了哪種毒，而她沒有招認，便被我父親關到夜之堡的地牢中去，不過，有天她卻消失無蹤。我希望她死了。她對我母親下過毒。」薇歐蘭摸著自己的黑衣料，像是在說絲綢的品質，而不是談她母親的死。「不管怎樣，我父親這時弄清楚自己皮肉腐爛是誰造成的。泰德歐在你逃走後，很快發現那本書開始發出異味，書頁膨脹起來。鎖釦掩藏了你可能的意圖一陣子，但現在已無法扣住木頭書封。可憐的泰德歐發現書的問題時，幾乎嚇死。除了我父親，泰德歐是唯一可以接觸這本書，並知道書藏在哪裡的人……他甚至知道那三個必須寫進書裡的字！其他人如果知道的話，都會被我父親殺了。但他相信這個老人，勝過所有其他人，或許因爲在我父親還是孩子的時候，泰德歐當過他老師多年，便常在我祖父面前護著他。但誰又知道。泰德歐自然不敢告訴我父親書的狀況。碰上這一類的壞消息，他很有可能把自己的老師立刻吊死。不，泰德歐只好偷偷找來無路森林和大海間所有的書籍裝幀師，由於沒人幫得上忙，他便聽從巴布盧斯的建議，再裝幀出一本一模一樣的書，在我父親想看時，拿給他看。這時，我父親的狀況一天比一天嚴重。大家這時都已知道。他的氣息聞起來像池塘的臭水，而且冷得發抖，彷彿白衣女子逼近，都能察覺到她們的氣息。這種報復眞是高明，松鴉！無盡的生命配上無盡的苦難。這聽來不像天使的行徑，而是一個聰明狡猾的魔鬼。你是其中哪一個？」

莫沒回答她。別相信她！他自己喃喃說著。不過，他的心卻不這麼說。

「正如我所說的，我父親好長一段時間只懷疑摩托娜，」薇歐蘭繼續說。「他甚至忘了尋找你。但是，有天一名泰德歐找來幫忙的書籍裝幀師，告知他那本書的狀況，可能希望靠這條消息可以拿到賞金。我父親殺了他——畢竟不該有人知道他長生不死的秘密——不過，消息很快傳開。這時，森林另一頭幾乎已經沒有活著的書籍裝幀師。無法修復好那本書的人，便被送上絞刑架。他也把泰德歐關進夜之堡的地牢——『讓你的皮肉也像我的一樣慢慢腐爛。』我父親這樣表示。我不知道他是否還活著。泰德歐是個老人，夜之堡的地牢連年輕人都無法活著出來。」

莫感到難受，一如當時在夜之堡上，他爲了救蕾莎、美琪和自己，裝幀那本空白書時的感覺。他當時便已發現，他會用其他許多人的命來換他們三個人的命。跟驚弓之鳥一樣的泰德歐，眞是可憐。莫看著他蹲在一間沒有窗戶的牢房中的樣子。他也見到那些書籍裝幀師，清清楚楚，無助的身影高掛在空中來回搖晃……他閉上眼睛。

「看看，跟曲子中所唱的一模一樣，」他聽到薇歐蘭說。「**一顆絕無僅有、滿懷同情的心，在他**

胸中跳動。其他人因為你的所作所為而死，真的讓你感到難受。別笨了。我父親喜歡殺人。如果不是書籍裝幀師，那他也會吊死其他人！而且，最後找出方法保存書的，不是書籍裝幀師，而是一名鍊金術士。那個方法，可真倒人胃口，而且無法補救你所造成的傷害，但那本書至少不再繼續腐爛，而我父親找你找得更急，因為他還以為，只有你才能再次解除這個你巧妙藏匿在空白書頁中的詛咒。別等他找到你，而要先下手為強！和我聯手，你和我，松鴉——毒蛇頭的女兒和曾經設計騙過他的強盜。我們會讓他好看！幫我殺了他，一起下手會更容易！」

她看著莫的樣子——像個剛說出自己心裡深處願望的孩子一樣充滿期待。來，松鴉，我們一起去殺我父親！要對自己的女兒做了什麼事，莫心想，才會喚起她心裡這種願望？

「不是所有的女兒都愛自己的父親，松鴉。」薇歐蘭說著，像是猜出他的想法似的，一如美琪。「你女兒一定很愛你，而你也愛她。但我父親會殺了他們，你女兒、你妻子，你所愛的所有人，最後便輪到你。他不會容許你一直讓他成了他自己臣民的笑柄。他會找到你，就算你像狐狸一樣，繼續在自己的窩裡躲得好好的，因為他的身體在每個呼吸間，都會提醒他你對他做的事。他的皮膚一曬到陽光就會痛，他的肢體腫到自己再也無法騎馬，甚至走路都很困難。他日夜想像能如何報復你和你的親友。他讓笛王寫出你一命嗚呼的曲子，恐怖無比的曲子，聽到的人，大概再也無法入睡。他很快會派銀鼻子過來，在這裡唱這些曲子——同時追捕你。笛王一直在等這個命令，他會找到你的。你同情窮人，會被他當成誘餌。他會不斷殺人，直到他們的血最後把你誘出森林。但如果我幫你的話——」

一個聲音打斷了薇歐蘭，一個習慣聽命大人的孩子的聲音，從通往墓室那無數的階梯上傳了下來。

「他一定跟她在一起，你會看到的！」雅克伯聽來相當激動。「巴布盧斯很會撒謊，簡直是撒謊高手，尤其當他幫我母親撒謊時！但他扯了扯自己的袖子，表情比平常還要高傲。外祖父教我要注意這些地方。」

門口的士兵看著他們的女主人，露出詢問的表情，但薇歐蘭並不理會。她往外頭聽，等第二個聲音穿過門口時，莫首度在她無畏的眼中發現了恐懼。他也認出那個聲音，雖然自己至今只在高燒失神狀態中聽過，他握住藏在自己腰帶中的那把刀。黑炭鳥的聲音聽來，像是自己要弄的拙劣的火不知何時腐蝕掉他的聲帶似的。「他的聲音像是一種警告，」蕾莎曾經這樣說過他，「要人家提防他那英俊的臉和臉上一直掛著的微笑。」

「是，是，你是個聰明的小子，雅克伯！」那孩子是否聽得出其中的嘲弄？「不過，我們為什麼不去你母親的房間？」

「因為她不會笨到讓人帶他去那裡。我媽媽很聰明，比你們大家聰明多了！」

薇歐蘭來到莫身旁，抓住他的手臂。「把刀拿開！」她小聲對他說。「松鴉不會死在這座城堡中的，我不想聽到這樣一首曲子。跟我來。」

她揮手要莫身後的那名士兵過來——一名身材高大的年輕人，肩膀寬闊，握劍的方式，像是還不常用到的樣子——急忙來到石棺間，毫不猶豫，像是經常把人藏起來，不讓她兒子見到似的。在這個圓拱墓室中，立著十幾副石棺，多數上頭都躺著一個石刻的沈睡者，胸前抱劍，腳旁有狗，頭枕在大理石枕或花崗石枕上。薇歐蘭匆匆走過這些雕像，沒瞧上一眼，直到停在一副石棺前，樸素的棺蓋正中央剛好裂開，像是不知何時被裡面的死者撞開似的。

「要是松鴉不在這裡，我們去嚇一下巴布盧斯好嗎？我們回去，你拿火去燒他的書！」雅克伯帶著強烈的妒意說出巴布盧斯的名字，像是在說自己母親偏愛的一位哥哥一般。

那名士兵把棺蓋推向一旁，年輕的臉龐因為使勁而變紅。莫爬進石棺中時，手裡還拿著刀。石棺裡沒有死者，但當莫躺在冰冷狹窄的空間中時，還是屏住呼吸。這副石棺顯然是給身材較小的人用的。薇歐蘭是否移開了死者的骨骸，來隱藏自己的探子？那名士兵把裂開的棺蓋推回原位時，裡頭頓時漆黑無比，只有幾個構成一朵花的洞孔，可以透進光線和空氣。慢慢呼吸，莫。他手裡仍拿著刀，可惜死者握住的石劍無法拿來用。「你眞的認爲，爲了幾張畫上圖的山羊皮，值得去冒生命危險？」當他要求巴布提斯塔幫自己縫製衣服和腰帶時，巴布提斯塔這樣問他。

喔，莫提瑪，你可眞是個瘋子。難道這個世界還沒讓你看清裡面有多危險？但那些繪製上圖畫的山羊皮，眞是漂亮。

一聲敲響，門閂被拉開，聲音清楚傳到他耳中。腳步聲……莫試著從洞孔中窺視，但只看見另一副石棺和薇歐蘭衣服的黑色鑲邊，等她一走開，衣服也不見蹤影。不，他的眼睛幫不上他。他把頭貼在冰冷的石頭上聽著。他的呼吸聲眞是響亮。死人會發出任何可疑的聲響嗎？

要是黑炭鳥這時出現，並非巧合的話，那該怎麼辦？他心裡喃喃唸著。要是薇歐蘭就是在等他，又該如何？不是所有的女兒都愛自己的父親。要是醜東西仍想送她父親一份特別的禮物，那怎麼辦？看看，我幫你抓到誰了。松鴉。他假裝成烏鴉。他以爲這樣能騙過誰？

「殿下！」黑炭鳥的聲音迴盪在整個圓拱墓室中，彷彿就站在莫躺著的石棺旁邊一樣。「抱歉，我們打擾您悼念了。不過，您兒子一定要我見一下您今天接待的一名訪客。他表示那是一位我十分危險的老熟人。」

「訪客？」薇歐蘭的聲音聽來像莫頭底下的石頭一樣冰涼。「底下這裡的唯一訪客便是死神，跑來要我注意他，沒什麼用吧，對不對？」

黑炭鳥發出一聲讓人不舒服的大笑。「是，當然沒用，但雅克伯說的是個有血有肉的訪客，一名書籍裝幀師，高大，黑頭髮……」

「巴布盧斯今天接待了一位書籍裝幀師，」薇歐蘭回答。「他早就在找比翁布拉的書籍裝幀師手藝更精的人。」

那是什麼聲音？沒錯，雅克伯在石磚上蹦跳著，他顯然不時會像其他小孩一樣。蹦跳愈來愈近。莫想要起身的念頭十分強烈。身體像死人一樣保持不動，實在很難，更何況還要呼吸。莫閉上眼，不看周遭的石頭。呼吸，莫提瑪，盡量平緩無聲，就像精靈一樣。

蹦跳戛然而止，緊逼在他身旁。

「妳把他藏起來了！」雅克伯的聲音對著莫，像只在跟他說話。「我們要不要檢查一下石棺，黑炭鳥？」

他似乎很想這樣做，卻只緊張笑著。「這大概沒必要吧，我們只要跟您母親解釋，她在跟誰打交道就行。這位書籍裝幀師可能正是您父親死命在找的那位。」

「松鴉？松鴉在城堡這裡？」薇歐蘭的聲音聽來一副不可置信的樣子，幾乎連莫都相信她真的大感驚訝。「當然！我不斷告訴我父親，這個強盜有天會死於自己的膽大妄爲！看你膽敢走漏消息給紅雀知道！我要親手抓到松鴉，我父親才會明白，翁布拉的寶座應該屬於誰！你有增加守衛了嗎？你派士兵去巴布盧斯的作坊了嗎？」

「呃，沒有……」黑炭鳥顯然不知所措。「我以爲……他已經不在巴布盧斯那裡了，他……」

「什麼？你這白癡！」薇歐蘭的聲音變得跟她父親一樣尖利。「放下大門的活動鐵柵欄。快點！要是我父親得知松鴉到過這座城堡，到了我的圖書館，又這樣大搖大擺離開的話……」她刻意讓自己的話在冰涼的空氣中慢慢消失。喔，沒錯，她很聰明，她的兒子說得沒錯。

「山德羅！」那應該是她的一位士兵。「通知大門的守衛，要他們放下活動鐵柵門，任何人都不能離開城堡。任何人，聽懂了嗎？我只希望不會太遲！雅克伯！」

「什麼？」他那響亮的聲音中聽得出害怕與固執——還有一絲懷疑。

「要是松鴉發現大門關上了，他可能會躲到哪去？你不是知道城堡中所有可以藏身的地點。」

「是的！」這時雅克伯的聲音聽來自鳴得意。「我可以全部指出來。」

「好！你帶著寶座大廳前的三名守衛，到你知道的最佳藏身地點去。我會和巴布盧斯談談。松鴉！在我的城堡裡！」

黑炭鳥結結巴巴說了些話。薇歐蘭粗暴打斷他，命令他跟來。腳步聲和聲音逐漸遠去，但莫還在那無數的階梯上聽到這些聲音好一會，階梯往上，遠離死者，回到活人的世界，到讓人呼吸的天光下……

等到完全靜下來時，他還躺了難捱的好一會，仔細聆聽，直到自己似乎聽到死者呼吸的聲音為止，然後雙手頂著石棺棺蓋——等他再聽到腳步聲時，趕緊抓起刀子。

「松鴉！」

那只不過是一聲呢喃。

裂開的棺蓋被推開，幫他躲起來的那名士兵朝他伸出手。

「我們得快點！」他小聲說。「紅雀已經發出警報，到處都是衛兵，但薇歐蘭知道這座城堡連雅克伯都還未找到的出口。希望是這樣。」他繼續說。

莫爬出石棺時，手中仍然握著刀，腳因為狹窄的空間而變得僵直。

那少年盯著刀看。「您已殺死了多少人？」他的聲音幾乎顯得敬畏，彷彿殺人是種高深的技藝，就像巴布盧斯的技藝一樣。他約莫幾歲？十四？十五？看來比法立德還小。

多少人？他該怎麼回答？幾個月前，答案會很簡單，他甚至會對這樣荒謬的問題大笑，但現在他只說：「沒這裡躺著的多。」雖然他不確定說的是不是實情。

那少年瞧著一個個死者，像是在數。

「會不會很難？」

從他眼裡的好奇來看，他似乎真的不知道答案，雖然身側佩著一把劍，胸前套著鎖子甲。

是的，莫心想，是的，那不難——你只要有第二顆心，一顆像你的佩劍一樣冰冷鋒利的心。只要有些仇恨和憤怒，幾個星期的恐懼和無處可發的怒氣，那顆心就會成形。開始殺人時，那顆心會幫你打拍子，瘋狂快速。要過了很久，你才會再察覺到自己的另一顆心，柔軟溫暖，對你在另一顆心跳動下做的事，感到毛骨悚然，感到痛苦，顫抖……但那是後來的事。

那少年仍看著他。

「那太容易了，」莫說。「等死要難多了。」

柯西摩的石頭微笑似乎並不認同這點。

「你不是說我們得快點？」

那男孩的臉在自己擦得雪亮的頭盔下變紅。「是……是，沒錯。」

一頭石獅守在石棺後的一個壁龕前，胸前佩有翁布拉的徽章——可能是紅雀唯一沒有毀掉的一個。那名士兵把劍插進露出的牙齒間，墓室的牆便打了開，剛好夠讓一名成年男子擠進去。費諾格里歐寫過這個出口嗎？莫想起許久以前讀過的文字，這個通道多次從敵人手中救下柯西摩的一名祖先。

而文字再次救了松鴉，他心想。爲什麼不？這個通道是文字構成的。不過，他還是摸了石頭，像是自己的手指一定要確認一下，墓室的牆並非只用紙構成。

「這個通道通往城堡上方，」那少年小聲對他說。「您的坐騎，薇歐蘭無法從廄房中牽出來，那會太招搖，不過會有另一匹等在那裡。森林中全是士兵，您要小心！我還要把這個交給您。」

莫伸手接過他遞來的鞍囊。

書。

「薇歐蘭要我告訴您，這是給您的禮物，希望您能和她結盟。」

這個通道無止無盡，幾乎跟石棺一樣氣悶狹窄。等莫終於見到天光時，喜悅油然而生。通道出口不過只是幾塊岩石間的一道裂縫。馬等在樹下，他看著自己下方的翁布拉城堡、城牆上的守衛，還有像成群蚱蜢般湧出城門的士兵。沒錯，他得非常小心。不過，他還是打開鞍囊，藏身在岩石間——打開了其中一本書。

彷彿沒事發生一樣

土地何等殘酷，柳樹閃閃發光，
樺樹躬身嘆息。
何等殘酷，何等溫柔無盡。

——露薏絲・格魯克《輓歌》

法立德握著美琪的手，讓她把臉埋在自己的襯衣上，不斷輕聲對她說不會有事。不過，黑王子仍未回來，壁虎派出去的烏鴉帶回跟朵利亞一樣的消息，他是大力士的小弟，自從快嘴從絞刑架上救下他和他朋友後，便幫強盜們刺探。消息顯示，城堡中已發出警報，放下活動鐵柵欄。門衛誇口說，松鴉的腦袋很快就會掛在翁布拉城堡的城垛上。

雖然美琪和蕾莎想回去翁布拉，但大力士還是把她們帶到強盜的營地。「松鴉也希望如此！」這是他唯一說出的話，黑王子和巴布提斯塔前往她們過去幾週如同自己家一樣的莊院——那幾個星期無比快樂，在費諾格里歐這個並不平和的世界中，祥和得虛假。「我回去拿妳們的東西，」蕾莎問黑王子去那兒做什麼時，他只這樣回答，「妳們不能回去。」蕾莎和美琪沒問原因，兩個人都知道答案——紅雀會審問松鴉，沒人可以擔保莫不會洩漏自己過去幾週的藏身之所。

強盜們也轉移陣地，就在得知莫被逮捕後幾個鐘頭內。「紅雀有幾位對逼供很有一手的傢伙。」

快嘴表示，蕾莎就坐在一旁的樹下，臉埋在胳臂中。

費諾格里歐留在翁布拉。「我說不定可以見到薇歐蘭，而敏奈娃今晚在城堡廚房中幹活。她說不定可以打聽到什麼。我會盡力的，美琪！」他告別時向她保證道。

「算了吧，他會躺在床上，喝上兩壺酒的！」法立德只這樣說——等到美琪開始哭起來時，便默不出聲，感到懊悔。

她爲什麼讓莫去翁布拉？要是至少她跟他一起進城堡就好了！但她卻只想跟法立德待在一起。在她母親的眼中，她看出同樣的責難：妳可以制止他的，美琪，只有妳辦得到。

等天黑時，木腳帶了些吃的給她們。他的名字多虧了他僵直的腿。他不是強盜中動作最快的，卻是一位好廚師，不過，美琪和蕾莎都食不下嚥。天氣冷得刺骨，法立德試著勸美琪和他坐到火堆旁，但她只搖搖頭。她想獨自一人待在黑暗中。大力士拿了一張毯子給她，他的弟弟朵利亞跟著他。「他不適合偷獵，卻是一流的探子。」大力士把他介紹給美琪時，悄悄這樣對她說。這對兄弟根本不像，雖然都有一頭濃密的棕色頭髮，而朵利亞在同齡的人中，算是十分壯實的（這讓法立德嫉妒不已）。他並不特別高大，剛好只到他大哥的肩膀，眼睛像費諾格里歐筆下精靈的皮膚一樣藍，而大力士的眼睛則跟橡實一樣呈褐色。「我們同母不同父，」美琪對他們兄弟沒什麼類似之處感到奇怪時，大力士解釋道，「但他們沒什麼用。」

「妳不必擔心。」朵利亞的聲音聽來很像大人。

美琪抬起頭。

他把他哥哥拿來的毯子直蓋到美琪肩膀，等她抬頭看著他時，便難爲情退了開來，但並沒迴避她的目光。朵利亞都是直直注視對方的臉，就連多數人見到時會縮起腦袋的快嘴也不例外。

「相信我，妳父親不會有事的。他會打敗他們所有人，紅雀、毒蛇頭和笛王。」

「在他們把他吊死後？」美琪問道，聲音聽來跟自己心裡的感受一樣苦澀，但朵利亞只聳了聳肩。

「胡說，他們也想吊死我，」他說。「他可是松鴉！他和黑王子會解救我們所有人的。妳等著瞧。」他的聲音如此斬釘截鐵，好像自己是唯一唸完費諾恰里歐故事的人。

但只在幾公尺遠處，和壁虎坐在樹下的快嘴沙啞大笑著。「你弟弟跟你一樣是個笨蛋！」他朝大力士喊道。「但他比較倒楣，沒有你的那身肌肉，所以大概也活不太久。松鴉玩完了！但他留給我們什麼爛攤子？長生不死的毒蛇頭！」

大力士握起拳頭，想向快嘴衝去，但壁虎抽出刀時，朵利亞把他拉了回來。壁虎還是起身，朝大力士跨上一步，作勢威脅——這兩人常起衝突——但兩人突然抬起頭細聽。他們頭上的橡樹中有隻松鴉叫著。

「他回來了！美琪！他回來了！」法立德匆忙從自己的瞭望哨上爬下來，差點跌下來。

火堆被撲滅，只有星光照進這條強盜們新營地所在的幽暗峽谷，等木腳拿著火把一拐一拐迎向莫和黑王子時，她才認出自己的父親來。巴布提斯塔也陪同他們，似乎全都毫髮無損——而朵利亞轉身對著美琪。怎麼樣，松鴉的女兒，他的微笑表示：我剛說了什麼？

蕾莎趕緊一躍而起，被大力士拿來給她的毯子絆倒，然後擠過圍著莫和王子的強盜們。美琪跟著她，像在夢裡一般，但這簡直美好到不像夢境。

莫仍穿著那件巴布提斯塔幫他縫製的黑衣。他看來疲倦，但似乎真的毫髮無損。

「好了，一切都沒事！」她聽到莫說，他同時吻著母親臉上的淚，等到美琪到他面前時，他對她微笑，彷彿就像以前一樣，只是出差不久，修復幾本書後回來，而不是從一座想要他的命的城堡歸來。

「我給妳帶了些東西。」他小聲對美琪說。等他緊緊抱住她時，她才發現莫跟自己一樣害怕。

「好了，別再打擾他了！」黑王子的手下圍著莫，想知道松鴉在夜之堡後，這次又是如何逃離翁布拉城堡時，黑王子厲聲喝叱他們。「你們遲早會知道的，現在去加強守衛。」

他們不情願地領命，不是一臉不悅地蹲坐在幾乎熄滅的火堆邊，便是回到用布和舊衣服縫綴起來，只能應急愈來愈冷的夜晚的帳棚。但莫招手要美琪和蕾莎到他的坐騎（不是他離開時騎的那一匹）旁，然後伸手到鞍囊中。他拿出兩本書，小心翼翼，彷彿那是活生生的東西，一本交給蕾莎，一本給美琪——看她趕緊拿走，幾乎都拿不穩的時候，莫笑了出聲。

「我們兩個手裡有一本書，好像是很久以前的事了，對不對？」他小聲對她說，幾乎像是在密謀策劃。「打開它。我保證妳從未見過這麼漂亮的書。」

蕾莎也接過她的書，但她並未看上一眼。「費諾格里歐說，這名書籍彩繪師是個用來捉你的誘餌，」她輕輕說道。「他說，他們在他的作坊時就逮捕了你……」

「事情不是那樣。妳看，不是什麼事都沒發生嗎，不然我怎麼會在這裡？」

莫並未多說，蕾莎也未追問下去。莫坐在坐騎前的草地，把美琪拉到身邊時，蕾莎一言不發。

「法立德？」他喊著，法立德拋下顯然正在試圖打聽翁布拉一事的巴布提斯塔，跑到莫這邊來，臉上露出美琪在朵利亞處也見到的欽佩神色。

「你能幫我們弄點火光嗎？」莫問，而法立德跪在他們中間，讓火在他雙手中起舞，美琪清楚看出他並不明白，爲什麼在松鴉剛逃脫紅雀的士兵後，卻是坐在這裡，先給他女兒看一本書，

「妳見過這麼漂亮的東西嗎，美琪？」美琪手指撫過一張金光閃閃的圖畫時，莫小聲對她說。「當然，除了精靈之外。」當一個像巴布盧斯畫中天空的淡藍色精靈，睡眼惺忪地落在書頁上時，莫微笑地補充道。

他像髒手指往常那般，把精靈趕走——輕輕朝精靈閃亮的翅膀中間吹氣——美琪便和他一起探身在書頁上，忘了自己為他擔過的心、受過的怕。她忘了快嘴，甚至也忘了不瞧書一眼的法立德，而她自己卻眼不離書：棕墨色的字母，輕輕薄薄，彷彿是被巴布盧斯吹到羊皮紙上似的，在書頁天地伸展開來的龍和長頸鳥，還有貼上金箔、顯得有分量的起首大寫字母，在字裡行間有如發亮的鈕釦一般……文字和圖畫共舞，圖畫為文字而歌，唱出自己繽紛的曲子。

「這是醜東西嗎？」美琪指著畫中一個繪製精細的女人，窈窕立在字行旁，臉龐還沒美琪小指指甲一半大，但是她臉頰上那淡淡的疤還是能被辨識出來。

「沒錯，巴布盧斯保證世人幾百年後還能認出她來。」莫指著這位書籍彩繪師在這小巧的頭上清楚以深藍色寫出的名字：薇歐蘭。字母V鑲上了髮細的金邊。「我今天見到她。我覺得那個綽號對她不公平，」莫繼續說。「她有點過於蒼白，我想她可能很會記仇，但她十分勇敢。」

一片葉子落在打開的書上。莫抹了開，但那片葉子蜘蛛般的細手臂緊抓著他的手指。「你們看看，」他說，把葉子拿到眼前。「這就是奧菲流士的樹葉人？他的玩意顯然擴張得很快。」

「而且他們多半不討人喜歡，」法立德說。「要小心，那個玩意會吐口水。」

「真的？」莫輕笑著，正當樹葉人噘起嘴唇時，便讓他飄了開。

蕾莎瞧著那奇怪的生物身影——突然起身。「全是謊言！」她說，說話時，聲音都在顫抖。「所有這些漂亮的玩意全都是謊言，那只會讓我們忽視黑暗，忽視所有的不幸——還有死亡。」

莫把書擱在美琪膝上，接著起身，但蕾莎退了開。

「這裡不是我們的故事！」她大聲說著，幾名強盜轉過身看著她。「這個故事魔力非凡，耗盡人的心智。我想回家，想忘記這些可怕的事，等躺在愛麗諾的沙發中時，再去回想！」

壁虎也轉過身，好奇地瞧著他們這裡，而他的一頭烏鴉正試圖偷走他手中的一塊肉。快嘴同樣也在聽。

「我們回不去，蕾莎，」莫壓低聲音說。「費諾格里歐不再寫東西了，妳忘了嗎？而奧菲流士不能相信。」

「如果你求費諾格里歐的話，他會試著把我們寫回去。他欠你的！求求你，莫！這裡不會有好結局的！」

莫看著跪在法立德身旁，膝上仍擱著巴布盧斯那本書的美琪。他期望什麼？要她反對自己的母親？

法立德不怎麼親切地瞧了一眼蕾莎，讓手中的火熄滅。「魔法舌頭？」

莫看著他。喔，沒錯，他這期間有不少名字。他只是莫的時候，是何種光景呢？美琪自己也記不起來。

「我得回去了。我該對奧菲流士說什麼？」法立德幾乎哀求地看著他。「你會對他說白衣女子的事嗎？」又來了，就像他臉上的一個烙印——他那愚蠢的希望。

「我不是已經跟你說，那沒什麼可提的。」莫回答，法立德低下頭，看著自己燻黑的雙手，彷彿莫親自從他手中奪走自己的希望一般。

他起身，儘管夜裡偶爾已有寒霜，卻仍赤腳走路。「美琪，保重，」他喃喃說，匆匆吻了一下她，然後轉過身，不再出聲。他躍上自己的驢子時，美琪已開始思念起他。

是的，他們或許真的該回去……

莫的手擱到她肩上時，她嚇了一跳。

「如果妳不再看書時，把那本書包在布裡，」他說。「夜裡潮濕。」然後，他擠過她母親身旁，走向默默圍坐在微微發光的火堆旁的強盜，彷彿他們等著他似的。

不過蕾莎站在那裡，瞪著她手中的書，像是她拿的是另一本：那本十多年前徹徹底底吞噬掉她的書，然後再看著美琪。

「那妳呢？」她問。「妳也像妳父親一樣待在這裡？妳不想妳的朋友，還有愛麗諾和大流士？妳那完全沒有跳蚤的溫暖的床，還有湖邊的咖啡屋，街上的平靜？」

美琪很想說出蕾莎想聽的答案，但就是做不到。

「我不知道。」她輕聲回答。

而這是事實。

思念成疾

那天，我失去了一個世界，
有人找到了嗎？
你會在成排的星星中認出它，
那就繫在它的額頭上。

有錢人，大概注意不到它
但在我儉樸的眼裡
那要勝過金幣。
喔，先生，幫我找到它！

——艾蜜莉·狄金生《失去》

愛麗諾唸過許許多多故事，主角不知何時會生了病，因爲他們不快樂。她總認爲這種安排很浪漫，但不過只是書裡世界杜撰出來的東西。這些逐漸消沈下去的男女主角，突然一命嗚呼，只因自己愛得痛苦，或思念自己失去的東西！愛麗諾總是樂於分享他們的痛苦——完全是讀者的反應。畢竟這就是讀者在書中所要找尋的東西：從未有過的強烈感受，可以棄之不顧的痛楚，只要太過難受，便把書闔上。只要用上了正確的字眼，死亡與不幸便會無比寫實逼眞，而大家可以各取所需——然後把兩者留在書頁間，不用擔負風險。

沒錯，愛麗諾鉅細靡遺地品嘗過文字描寫出來的痛苦，從未想過，自己在這個多年來平凡無奇的眞實生活後，竟會感受到類似的椎心之痛。現在妳要還債了，愛麗諾！她這時自言自語了好幾次。妳要還過去幾個月快樂的債。書裡不也這樣說：快樂總是有代價的？她怎麼會以爲，自己可以隨時找到快樂，然後保有快樂？笨，笨愛麗諾。

到了早上她不再想起床，而她的心跳愈來愈異常，像是累到不想正常跳動似的，早餐也沒胃口（雖然她總是規勸別人，早餐是最重要的一餐），大流士更是不時查問她的身體狀況，他那貓頭鷹眼睛露出擔心的神色，愛麗諾開始懷疑，思念成疾可能並不是書裡杜撰出來的東西。她的心中不是感受到，就是這股思念奪走了她的力量、她的胃口，甚至她對自己書籍的喜愛？

大流士建議她去旅行走走，參加書籍拍賣會，看看自己已有一段時日沒去的知名書店。他列出她圖書館中所缺的書單，那是愛麗諾一年前會急切渴望補上的清單。但她的眼睛這時失神地在這些書目上游移，像是核對購買清潔用品的清單一樣。她對印刷書籍的愛，對珍貴的裝幀，對羊皮紙和紙上文字的愛，到哪去了？她懷念過去見到自己的書心裡的那種悸動，那種忍不住深情撫摸書背，打開書，然後失落其中的感覺。但這時彷彿自己的心突然再也無法品嘗與感受，彷彿痛苦讓一切麻木，只除了對美琪和她父母的思念。喔，沒錯，愛麗諾這時也明白：對書的思念怎麼也比不上對人的思念。書裡敘及這樣一種感受，提到了愛，聆聽著書，實在美好，但書本無法取代自己所敘述的東西，無法像美琪那樣吻妳，無法像蕾莎那樣摟著妳，無法像莫提瑪那樣大笑。可憐的書，可憐的愛麗諾。

她開始整天躺在床上，吃得很少，但接著又暴飲暴食。她胃痛　她頭痛，她的心在胸口時快時慢跳著。她脾氣暴躁，心不在焉，開始像鱷魚一樣，讀到最煽情的故事便嘩嘩大哭——沒錯，她當然還在閱讀。不然她該做什麼？她不停讀著，卻像一個猛吃巧克力的不快樂小孩，一直拿文字來塡飽自己。味道不錯，但還是不快樂。奧菲流士那頭醜狗躺在她床邊，口水流到地毯上，哀傷的眼睛瞪著她，好像牠是這世界上唯一能夠感受到她哀痛的生物。

或許這樣說並不公平，大流士大概也很清楚她心裡的絕望。

「愛麗諾！妳想不想散步走走？」她到了十二點左右，還未出現在廚房，大流士便再次把早餐端到她床邊，並問道。「愛麗諾，我在妳的一本目錄中發現到這本漂亮的《劫後英雄傳》版本。我們要不要開車過去瞧一下？離這裡不遠。」或像幾天前那樣：「愛麗諾，我求求妳去看醫生！這樣下去可不行！」

「看醫生？」她厲聲罵那可憐的傢伙。「喔，我要對他說什麼？唉，醫生啊，大概是我心臟的毛病，就是想念消失在一本書中的三個人，想得要死。您有沒有藥治療這種毛病？」

大流士當然沒有說什麼，只把端給她的茶——她喜歡的檸檬蜂蜜茶——不發一語擱在她床頭櫃上的書本間，然後下樓，一臉傷心欲絕，愛麗諾自己都感到良心十分不安，但她還是不起床。

她又在床上待了三天，到第四天偷溜到自己的圖書館，仍穿著晨袍和睡衣，去補充床頭讀物時，被手裡拿著紙條的大流士嚇了一跳，那張把奧菲流士送到蕾莎、美琪和莫提瑪可能仍然待著的地方的那張紙條。

「你在那幹什麼？」愛麗諾驚愕問道。「沒人可以碰這張紙條，懂嗎？誰都不行！」

大流士把紙條擱回原位，拿袖子擦掉玻璃櫃上的一塊污斑。「我只是看一看，」他溫和地說著。「奧菲流士寫得眞不錯，不是嗎？感覺上已經很像費諾格里歐的樣子。」

「所以這不叫寫作，」愛麗諾不屑地表示。「他是個寄生蟲，在其他作家皮毛中的虱子——不過，只是不靠他們的血，而靠他們的文字過活……就連他的名字都是偷自另一名作家。奧菲流士！」

「是，妳說的大概沒錯，」大流士說，同時小心關上玻璃櫃。「但妳或許該說他是個僞造者。他模仿費諾格里歐的風格維妙維肖，幾乎看不出差異。要是他不用範本寫作，不知會如何，瞧瞧倒是有趣。他能畫出自己的圖嗎？不像其他人的圖？」

大流士瞧著玻璃下的那些字，彷彿那些字會回答他似的。

「這跟我有什麼關係？我只希望他被踩死。」愛麗諾走向書架，一臉怒容，拿出半打的書，打發另一個在床上的絕望日子。「沒錯，踩死算了！被巨人踩死。喔，不，等等！我希望最好他們把他吊死，他那靈巧的舌頭掛在嘴外，青黑一片！」

這時大流士的貓頭鷹臉上變出一抹微笑。

「愛麗諾，愛麗諾！」他說。「我想單單妳就可讓毒蛇頭膽戰心驚，就算蕾莎老說毒蛇頭天不怕地不

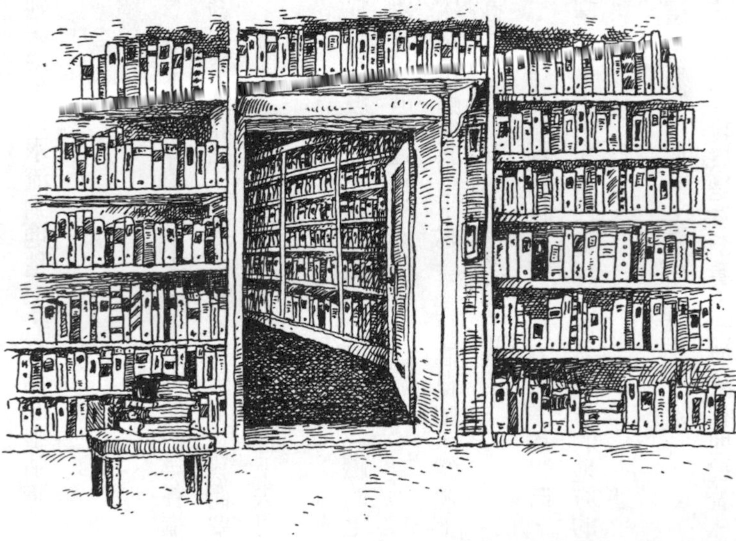

怕。」

「我當然可以！」愛麗諾回答。「和我比，白衣女子只是一群慈悲的修女！但我這輩子都卡在這個故事中，只能扮演個可笑的老太婆！」

對此，大流士不發一語。然而，愛麗諾晚上再下樓去拿另一本書時，他又站在玻璃櫃前，瞧著奧菲流士的字。

再幫奧菲流士打雜

靠過來，看看這些字。
在一張中性的臉下，每個都有成千張秘密的容顏。
不管你的答案蹩腳，還是嚇人，
他們都會問你：
你把鑰匙帶來了嗎？

——安德拉德《尋詩》

法立德把他那頭難以駕馭的驢子趕過最後一個彎路時，翁布拉的城門自然已經關了。一輪新月照在城堡塔樓上，守衛拿石頭丟城牆前絞刑架上晃動的屍骨來打發時間。就算這些絞刑架因爲紅雀敏感的鼻子不會用多久，他還是任由屍骨掛在那裡，或許認爲完全空蕩蕩的絞刑架，在自己的臣民看來，彷彿天下太平似的。警告自己臣民，不要以爲絞刑架空蕩蕩，就天下太平了。

「嚇，來人是誰？」一名瘦高的守衛嘟囔著，他緊握自己的長矛，好像自己的腿還撐不住自己。「看看這個黃毛小子！」他說，用力抓過法立德的韁繩。「孤伶伶在夜裡瞎騎！你難道不怕松鴉偷走你瘦巴巴屁股下的這頭驢子？畢竟他今天不得不把自己的坐騎留在上頭的城堡，那這頭驢子他可用得上，然後把你餵給黑王子的熊！」

「我聽說，那頭熊只吃穿盔甲的，因爲吃起來喀啦喀啦，更有味道。」法立德的手移到自己的刀上，預先防範。他累到不想再卑躬屈膝——但說不定松鴉眞的毫髮無損逃離紅雀城堡一事，也讓他變得輕忽起來。沒錯，他這時也愈來愈常以這個名字稱呼魔法舌頭。如果被美琪逮到的話，她每次都會大怒。

「嚇，你聽這小子的語氣，里佐！」守衛朝另一名衛兵喊道。「這頭驢子說不定是他自己偷來的，想趕在這頭可憐的動物被他壓垮之前，變賣給肉販巷的香腸師傅。」

里佐靠了過來，露出不懷好意的微笑，舉起自己的長矛，直到討人厭的矛尖正對著法立德的胸口。「我知道這小子，」他說，而且由於前面缺了兩顆牙齒，聲音聽來像蛇在吐信。「在市集上見過他表演幾次噴火。你不是那個跟火舞者學藝的傢伙？」

「是，那又怎樣？」每次聽到別人提到髒手指，法立德的胃都會抽搐一下。

「那又怎樣？」里佐把矛尖頂住他的胸口。「從你的老驢子上下來，幫我們解解悶，這樣我們說不定讓你進城。」

在他花了近一個小時，照髒手指所教的，把黑夜變成白晝，讓火花綻放後，他們終於打開城門讓他進去。法立德仍然喜歡火，就算火舌嗶剝的聲音讓他痛苦回想起那位教他所有玩火把戲的人，但他不再公開讓火起舞，只表演給自己看。火舌成了髒手指留給他的唯一東西，有時，當他無比想念髒手指，心也因思念而麻木時，便會像髒手指過去那樣，用火在翁布拉的某面牆上寫下他的名字，瞪著那些字母看，直到熄滅，然後剩下自己孤伶伶一人。

自從翁布拉失去自己城裡的男人後，夜裡便像個死城，但今天法立德立刻便碰上好幾隊士兵。松鴉驚動了他們，他們仍像一群飛繞著自己蜂窩的馬蜂一樣，氣得嗡嗡叫著，好像要那個放肆的入侵者交還他們的窩。法立德低頭拉著驢子經過他們，等終於站在奧菲流士屋子前時，感到鬆了一口氣。

那是一棟華麗的房子，翁布拉的豪宅之一，也是這個不安的夜裡在窗前仍有燭光亮著的唯一一棟屋子。火把在入口旁燃燒著——奧菲流士老怕有小偷——門上的石怪在搖曳的光線下，顯得栩栩如生。這些石怪凸著眼睛低頭瞪法立德，齜牙咧嘴，鼻孔大張，彷彿想衝他發火，每次都讓他毛骨悚然。他試著發出一聲低吟，讓火炬安眠，一如髒手指的慣常動作，但火舌並不聽命。這種情況愈來愈常見——彷彿火舌在提醒他，師父死後，學生永遠只能是個學生。

他疲憊不堪，牽驢子經過院子走向廄棚時，狗對他吠叫。回來再幫奧菲流士打雜。他更願意頭枕在美琪的懷裡，或和她父親及黑王子坐在火堆旁，但爲了髒手指，他只能不斷回來這裡，一而再再而三的回來。

法立德讓偷偷摸摸從背袋裡爬到他肩上，抬頭瞧著星空，彷彿在上面可以見到髒手指帶疤的臉。爲什麼他不出現在自己夢裡，告訴他如何把他召回？死者們不是偶爾會爲自己所愛的人這樣做？還是髒手指只去找羅香娜，還有他女兒，像他承諾那樣？不，如果有死者造訪布麗安娜，那也會是柯西摩。其他女僕說她在睡夢中低喊他的名字，有時還伸出手去，彷彿柯西摩就躺在她身旁一樣。

他不出現在我夢裡，可能因爲他知道我怕鬼！法立德心想，同時登上通往後門的樓梯。大門直接通往房子所在的廣場，自然只保留給奧菲流士和他高貴的顧客。僕役、流浪藝人和送貨的，必須穿過院子中的糞堆，搖那個在屋後一扇不起眼的門上的鈴。

法立德搖了三次，但沒有任何動靜。沙漠中的所有魔鬼明鑑，橫肉死到哪去了？除了不時來開門外，他不是沒其他事做？還是已像狗一樣，在奧菲流士的房間前打起鼾了？

但等到門閂終於被拉開，開門的卻不是歐斯，而是布麗安娜。兩個星期前，髒手指的女兒開始幫奧菲流士工作，但乳酪腦袋大概不清楚是誰的女兒在幫他洗衣服刷鍋子。奧菲流士幾乎視而不見。布麗安娜一言不發把門開著，法立德同樣一言不發從她身邊擠過去。他們兩人無話可說，有的只是沒說出口的話：**我父親為你而死。因為你，他棄我們不顧，只因為你**。布麗安娜把她母親的每一滴眼淚，都怪在他身上，因此他們第一天一起服侍奧菲流士時，她便這樣小聲對他說。「每一滴眼淚！」這回，當他背對她時，一樣感受到自己頸子上她那像詛咒的目光。

「你去哪了，這麼久？」當他正想偷溜到地窖自己睡覺的地方時，歐斯逮住了他。偷偷摸摸怒叫，跳離開來。歐斯上一次差點踢斷這頭貂的肋骨。「他找你不下百次了！讓我到各條死巷子去找你。因爲你，我整晚無法安睡！」

「那又怎樣？你反正也睡夠了！」

橫肉一拳打在他臉上。「少這麼放肆。快點，你的主人在等你。」

在上樓的樓梯上，一名女僕迎面而來，她擠過法立德身旁時，臉都紅了起來。她叫什麼名字？達娜？她人很好，每次歐斯偷走他的飯菜時，她都會送來有時還滿美味的食物，法立德因此在廚房吻過她幾回，但她並不像美琪或布麗安娜那麼漂亮。

「我希望他讓我毒打你一下！」歐斯小聲對他說，然後敲了敲奧菲流士寫字間的門。

奧菲流士這樣稱呼這個房間，雖然他常在房裡伸手到女僕裙子下毛手毛腳，或大啖女廚每天早晚幫他準備的盛餐。不過，這晚他眞的坐在斜面寫字桌前，頭低探在一張紙上，而他的兩名玻璃人壓低聲音討論該往左，還是往右攪拌墨水。這兩人是兄弟，雅斯皮斯和赤鐵，卻像日夜一樣大相逕庭。年長的赤鐵喜歡教訓和指揮自己的弟弟。法立德已有幾次想扭斷他的玻璃脖子。他自己也有兩個哥哥，他會離家和強盜爲伍，多少也是因爲他們。

「別吵！」奧菲流士厲聲喝叱在爭吵的玻璃人。「你們這種傢伙眞是可笑！什麼左邊，右邊！還不如注意一下，攪拌時別再把我的整張桌子噴得到處都是墨水。」

赤鐵責難地瞧了雅斯皮斯一眼——當然了！只要有墨水噴到奧菲流士的寫字桌，那只會是他的弟弟幹的——然後怒火中燒，不再出聲，而奧菲流士這時重新提筆在紙上寫字。

「法立德，你得學習閱讀！」美琪已對他說了多少次，也吃力地教他幾個字母，B是大熊（Bär），R是強盜（Räuber）（「法立德你看，這個字母也在你的名字裡！」），M是美琪（Meggie），F是火（Feuer）（他的名字和火一字有相同的起首字母，不是很神奇嗎？），而S……S就像髒手指（Staubfinger）。至於其他的字母，他老是搞混。這些奇怪的小東西，歪歪斜斜的身軀到處亂竄，要人怎麼記得住呢？AUOIKTNP……只要看著它們，他頭就開始痛，但他必須學會閱讀它們！不然他怎麼知道奧菲流士是不是眞的試圖把髒手指寫回來？

「垃圾，全是垃圾！」奧菲流士咒罵一聲，當雅斯皮斯來到他身旁，準備把沙撒在未乾的墨水上時，他一把推開這個小玻璃人。他把自己所寫的那張紙撕成碎片，滿臉怒意。

法立德已習慣這種場面。奧菲流士對自己所寫的東西，很少感到滿意。他把自己寫的東西揉成一團，或是撕掉，或丟到火堆中，咒罵不已，作勢威脅玻璃人，然後猛喝酒。不過，要是他完成一些作品，那就更討人厭了。他會像頭牛蛙自吹自擂，像個剛剛加冕的國王，在翁布拉城中大搖大擺走著，用他潮濕自戀的嘴唇吻女僕，宣稱自己舉世無雙。「他們愛叫那老頭織墨水的，就隨他們去吧！」他在屋裡大吼大叫。「沒錯，那跟他滿合的。他不過是個工匠，而我，我卻是個魔法師，墨水魔法師，沒錯，他們應該這樣稱呼我，我會這樣留名百世！」

然而，今晚看來魔法又再失效。「蛤蟆的瞎話！鵝群的聒噪！廢話一堆！」他咒罵著，頭都不抬一下。「全是漿糊，沒錯，是你今天黏在紙上的玩意，奧菲流士。淡而無味，平凡無奇，黏呼呼的文字漿糊，沒有品味！」

兩名玻璃人趕緊沿寫字桌的桌腳爬下，開始撿起被撕碎的紙頁。

「大人！這小子回來了。」沒人的聲音會比歐斯的更低聲下氣。他的聲音和他的大塊頭一樣，喜歡屈從，但他的手指抓著法立德脖子，像個人肉鉗子似的。

奧菲流士轉過身，臉色陰沈，瞪著法立德看，彷彿終於找到自己腸枯思竭的原因。「眞是見鬼，你去哪了？你難道一直跟費諾格里歐窩在一起？還是你又幫你情人把她老爸弄進城堡，然後再偷渡出去？沒錯，我聽到他最新的大案子。明天大家大概就會傳唱第一批相關的爛曲子了。這個笨蛋書籍裝幀師扮演那老頭爲他寫下的可笑角色，還眞是狂熱，令人感動。」一如以往，只要一說到魔法舌頭，奧菲流士的聲音中便摻雜著嫉妒與不屑。

「他沒扮演，他就是松鴉。」法立德用力踩了歐斯的腳，逼他鬆開自己的脖子，等他又想來抓自己時，便一把推開他。橫肉低吼一聲，舉起大拳頭，但奧菲流士一個眼神示意他住手。

「眞的？你現在也成了他的崇拜者之一？」他把另一張紙擱在自己的寫字桌上，死死盯著，像是這樣便能塡滿正確的文字。「雅斯皮斯，你在下面幹什麼？」他喝叱那位玻璃人。「我還要告訴你們幾次？女僕會來撿紙片。幫我再削一根羽毛筆！」

法立德把雅斯皮斯抱到寫字桌上，獲得一個感謝的微笑。這個小玻璃人得做所有討厭的工作，他哥哥是這樣安排。削尖羽毛筆尤其討厭，因爲他們所用的細小刀片，十分容易脫手滑開。幾天前，雅斯皮斯火柴般的細手臂才被刀片深深劃了一道，法立德才知道玻璃人也會流血。當然，雅斯皮斯的血是透明的，像液態玻璃一樣滴到奧菲流士的紙上，赤鐵給了他小弟一耳光，罵他是笨手笨腳的笨蛋。法立德把啤酒混在赤鐵吃的沙子中，那時候起，他水般清澈的肢體（他對此感到無比驕傲）便像馬尿一樣黃。

奧菲流士走到窗邊。「如果你再出去瞎晃這麼久，」他回頭對法立德說，「我會命令歐斯，把你像狗一樣毒打一頓。」

橫肉微笑，法立德只能在心裡咒罵他們倆。但奧菲流士抬頭瞧著仍然漆黑的夜空，一臉不悅。

「你想像一下！」他說。「費諾格里歐這個老瘋子，竟然不花點心思爲這世界的星星取些名字。難怪我的字彙老是不夠！這裡的月亮叫什麼？這可以想想，至少他可以想破自己老朽的腦袋，但沒有！他只稱它爲『月亮』，好像另一個世界和從他窗外看到的是同一個。」

「說不定是同一個月亮，在我的故事中，也沒有其他的月亮。」法立德說。

「胡說，當然這是另一個！」奧菲流士又對著窗，像是得對外頭整個世界解釋這個世界被造得奇差無比。「『費諾格里歐，』我問他，」他那自戀的聲音又繼續說道，而赤鐵仔細聽著，露出虔誠的神色，彷彿他在宣揚聞所未聞的智慧似的，「『死神在這世界是男是女？還是不過是一扇門，可以從中進入一個可惜你忘了寫出來、全然不同的故事？』『我哪知道？』他說。我哪知道？如果他不知道，還有誰會知道！至少在他書中沒有。」

在他書中。爬到窗台邊奧菲流士身旁的赤鐵瞧了寫字桌一眼，《墨水心》的最後一本便擱在奧菲流士寫東西的那張紙旁邊，露出敬畏的眼神。法立德不敢肯定，這個玻璃人是否真的明白，他的整個世界，包括他自己，可能都從這本書裡冒出來。書大半時候都攤開，因爲奧菲流士寫作時，忙碌的手指不停翻著書，找著正確的字眼。他從未用過一個未曾出現在《墨水心》中的字，因爲奧菲流士堅信，只有出自費諾格里歐書中的字眼，才會在這個世界活躍起來。其他的字，不過只是紙上的墨水而已。

「『費諾格里歐，』我問他，『白衣女子只是僕役嗎？』」他繼續說，而赤鐵對他那柔軟無比的嘴唇著迷不已。「『死者待在她們那裡，還是會被帶到其他地方？』『可能吧，』那老瘋子說。『我對敏奈娃的孩子提過一個白骨宮，用來安慰他們空中飛人的死，但那只是隨便說說而已……』只是隨便說說！哈！」

「老瘋子！」赤鐵像回聲一樣重複道，他那細細的玻璃人聲音，說來並不讓人印象深刻。

奧菲流士轉身回到自己的寫字桌。「你出去瞎晃，至少沒忘記告訴莫提瑪，我想和他談一事？還是他忙著扮演英雄？」

「他說，沒什麼可談的。他說，他對白衣女子一無所知，就跟大家一樣。」

「這可好了！」奧菲流士拿起一根雅斯皮斯費勁削出來的羽毛筆，然後一把折斷。「你有沒有問他，是否偶爾會見過她們？」

「他一定見過。」雅斯皮斯的聲音聽來弱不禁風，就像他的肢體一樣。「白衣女子不會放過她們曾經碰觸過的人，至少地衣女是這樣表示。」

「是的，我知道！」奧菲流士不耐煩回答。「我曾試著問一名地衣女關於這個謠傳，但那可惡的傢伙拒絕跟我談，只拿自己的老鼠眼瞪著我，表示我吃得太肥，喝得太多！」

「她們跟精靈說，」雅斯皮斯說：「精靈再跟玻璃人說，不過不是跟所有的玻璃人。」他補充說道，側眼看著他哥哥。「我聽過地衣女說過白衣女子的其他事。她們說，誰的心被白衣女子冰冷的手指碰觸過，便可召喚她們過來！」

「真的？」奧菲流士看著玻璃人，若有所思。「這點我從未聽過。」

「這不對！我試著召喚過她們！」法立德說。「試了無數次！」

「你！我還得跟你解釋幾遍，你死得太快，」奧菲流士不屑地喝叱他。「你死得匆忙，回來得也匆忙。而且你根本無足輕重，她們大概對你沒有任何印象！不，你不是合適的人選。」他又走向窗邊。「去幫我燒壺茶！」他吩咐法立德，並未轉身。「我得想想。」

「茶？哪種茶？」

法立德把雅斯皮斯擱在肩上。只要可以，他便會帶著他，離開他大哥。雅斯皮斯的肢體纖細，法立德老怕赤鐵在爭吵時會折斷他。就連費諾格里歐的玻璃人薔薇石英也高出雅斯皮斯一個人頭。有時，奧菲流士想和女僕作樂，或找自己的裁縫來試穿幾個鐘頭的新衣，而不用他倆時，法立德便帶雅斯皮斯到裁縫巷去。女玻璃人在那裡幫人類女人穿針引線，用自己的小腳踩平鑲邊，把花邊固定在珍貴的絲綢上。法立德這時也學到：玻璃人不但會流血，

也會談情說愛，而雅斯皮斯便愛上一個身軀是淡黃色的玻璃女孩，喜歡偷偷透過她女主人的作坊窗戶打量她。

「哪種茶？我哪知道？能治胃痛的吧！」奧菲流士回答，臉色難看。「我的胃整天都在痛，像是有鍬形甲蟲在裡面似的。這樣怎麼寫得出好東西呢？」

當然，只要寫不出東西，奧菲流士便一直抱怨胃痛，或頭痛。

我希望你整晚都在痛，法立德心想，並關上寫字間的門。我希望他一直痛下去，直到終於爲髒手指寫些東西爲止。

心痛

在他看來，這個露珠閃爍的世界，祥和快樂的表面沒有一絲苦難或悲傷。

——懷州《永恆之王》第二部《空暗女王》

「至少他沒叫你去找那個浴療師！」當他們走下陡峭的樓梯到廚房去時，雅斯皮斯眞的努力在鼓舞法立德。

喔，沒錯，城門後的那個浴療師。奧菲流士幾天前才派他去找他。如果晚上要他出診，他會拿木片丟人，或拿著一把用來拔牙的鉗子站在門口。

「頭痛！胃痛！」法立德罵道。「乳酪腦袋只是又吃多了！」

「三隻烤金諷，塡上巧克力和蜂蜜烤精靈核果，還有半隻栗子乳豬，」雅斯皮斯一一數著，等一見到偷偷摸摸蹲在廚房門口時，嚇得縮成一團。那頭貂令雅斯皮斯緊張，不管法立德如何再三保證，貂雖然喜歡追捕玻璃人，但絕對不會吃他們。

廚房裡只剩一名女僕。法立德發現那是布麗安娜時，便站在門口，遲疑不定。眞是雪上加霜。她刷著晚餐的鍋子，美麗的臉累得灰白。對奧菲流士的女僕來說，一日工作從太陽升起開始，往往在月亮高掛天際時才告一段落。奧菲流士每天早上會檢查整間房子，找找看有沒有蜘蛛網和灰塵，到處懸掛的鏡子上有沒有污斑，有沒有發黑的銀湯匙或洗完後仍有污斑的襯衣。要是他找到，便立刻扣掉所有女僕一部分微薄的薪水，而奧菲流士幾乎總能找到。

「你想要什麼？」布麗安娜轉過身，在圍裙上擦著濕答答的雙手。

「奧菲流士胃痛，」法立德喃喃說著，沒敢看她。「妳要幫他燒壺茶。」

布麗安娜走向一個架子，從最高一格取下一個陶皿。她在泡藥草時，法立德不知自己該看哪裡。她頭髮的顏色跟她父親的一樣，但呈波浪狀，在燭光下閃爍，宛如總督喜歡戴在自己細長手指上的紅金寶飾。關於髒手指女兒之美和她破碎的心，流浪藝人已有曲子傳唱。

「你在瞪什麼？」她突然朝他走上一步，聲音聽來尖銳，法立德不由自主退了開。「我像他，是不是？」

看來，彷彿她在過去沈默的幾週把要說的話磨過了，直到利如刀刃，能夠劃過他的心。

「你一點都不像他！我一直跟我母親說：他只是一隻流浪狗，一直讓我父親認爲是他兒子，最後願意爲他而死！」

每個字都是一把利刃，法立德發現自己的心被割成一片片。

布麗安娜的眼睛不像她父親，她有母親的眼睛，而且跟她母親羅香娜一樣滿懷憎恨地瞧著法立德。他很想打她，或摀住她美麗的嘴，但她眞的很像髒手指。

「你是個魔鬼，是個惡靈，只會帶來不幸。」她把煮開的茶遞給他。「這個，拿去給奧菲流士，告訴他少吃點，這樣胃會好過一點。」

法立德接過杯子時，雙手顫抖。

「妳根本一無所知！」他聲音沙啞說道。「什麼都不知道！我不想他把我召回，死了，感覺還更好。」

但布麗安娜只看著他，一雙她母親的眼，和一張她父親的臉。

法立德拿著燙手的杯子跌跌撞撞回到奧菲流士的房間，而雅斯皮斯的玻璃小手撫摸著他的頭髮，無限同情。

翁布拉來的消息

有時，一本老書中
會被劃上莫名其妙的黑線。
你過去就是這樣。而你這時躲到哪去了？

——里爾克《卡布里島冬天即興曲III》

美琪喜歡待在強盜的營地。有時，蕾莎幾乎以為自己的女兒一直夢想要住在這些破爛的帳棚中生活。她看著巴布提斯塔縫製新的面具，讓大力士教她和雲雀說話，當他的小弟送她野花時，便面露微笑收下。見到美琪又常微笑，心裡踏實多了，雖然法立德老在奧菲流士那裡。

但蕾莎懷念那個廢棄的莊院，懷念那份寧靜和遺世獨立，還有和莫與美琪單獨在一起的感覺，在他們分離那幾週後，幾週，幾個月，幾年……

有時，當她見到莫與美琪和強盜一起坐在火堆旁時，幾乎覺得自己在看他們玩著她不在這些年的一種遊戲。**莫，來，我們來玩強盜的遊戲**。

黑王子建議莫暫時先待在營地中。起先幾天，他按王子的吩咐去做，但到了第三晚時，他又消失在森林中，獨自一人，彷彿想去尋找自己一樣。到了第四晚，他又和強盜們一起離開。

巴布提斯塔唱著那些莫造訪翁布拉後，在該地流傳的曲子給他們聽。曲子中表示，松鴉飛走，騎著紅雀最好的馬揚長而去。據說他殺了十名守衛，把黑炭鳥關在墓室，偷走巴布盧斯最美的書。「到底哪個才是眞的？」她問莫，他則大笑。「可惜飛的那一段不對！」他小聲對她說，輕撫著她的身子，幾乎看不出來裡面有個孩子在成長。然後，他和黑王子離開 她每晚躺在那裡聽著巴布提斯塔在帳棚外唱的曲子，爲自己的丈夫擔驚受怕。

黑王子立刻在自己的帳棚旁爲他們搭了兩頂帳棚，一頂給美琪，一頂給松鴉和他妻子，是強盜們用橡樹皮染過的舊衣服縫綴起來，這樣一來和周圍的樹木相比，帳棚才不會太過醒目。乾地衣製成的床墊潮濕，莫晚上離開時，蕾莎便跟女兒睡，兩人才能互相取暖。「這個冬天會很難過。」有天一早，草地鋪上一層寒霜，連玻璃人的蹤跡都看得到時，大力士又這樣說。

在營地所在的峽谷中，還能看見巨人的足跡。過去幾週的雨，讓這些足跡變成了小水塘，金斑青蛙在其中泅泳。峽谷山坡上的樹木，幾乎跟無路森林中的樹一樣直聳雲霄，金黃與豔紅的枯葉覆蓋著涼秋的土地，精靈的窩像熟透的水果般掛在枝頭。往南方看去，會見到遠處一座村落，牆面在光禿的樹木間像蘑菇的肉一樣鮮明，不過，那是一座窮苦的村落，就連紅雀貪得無厭的稅官都不願大駕光臨。野狼夜裡在森林周遭嚎叫，貓頭鷹飛過破爛的帳棚，宛如小巧的幽靈一般灰白，帶角的松鼠偷著在火堆間能吃的東西。

營地中一定會有五十名男子，有時更多。最年輕的，便是快嘴從絞刑架救下，現在幫黑王子刺探情報的兩名少年：送過美琪野花，大力士的弟弟朵利亞，還有他無父無母的朋友路克，幫壁虎訓練烏鴉。六名女人爲強盜煮飯補衣，不過，男人夜裡離開時，沒有女人跟隨。蕾莎幾乎畫下大家——年輕的孩子和男男女女（巴布提斯塔幫她弄到紙和粉筆，從哪弄來的，他並未透露）——每張臉都讓她疑惑，這個故事是否眞的只受制於費諾格里歐的文字，還是有個可以擺脫這位老人的天命存在。

男人坐下來討論時，女人也很少在場。每次，蕾莎和美琪理所當然坐到莫和黑王子身旁時，蕾莎都可察覺那些不以為然的目光。有時，她會回應那些目光，直瞪著快嘴、壁虎和其他所有人，他們只容許女人在營地裡煮飯和補衣——也咒罵不斷冒出來的噁心感，害她無法在莫和黑王子到附近的山丘尋找過冬的安穩藏身地點時，至少可以陪著他。

他們在美琪取名為「消失巨人的營地」待了五天五夜，朵利亞和路克在中午時，帶了一則消息從翁布拉回來。顯然不是什麼好消息，朵利亞連他哥哥都未轉告，便直接進到黑王子的帳棚。沒過多久，黑王子請人找莫過來，巴布提斯塔把男人們集合起來。

朵利亞走進強盜的圈子前，瞧著他魁梧的哥哥這一頭，像是在公布消息之前，需要他來打氣一下。但他開始報告時，聲音清晰堅決，聽來比他實際年紀大上許多。

「笛王昨天從無路森林過來，」他開始說，「在從西邊往翁布拉的路上，掠奪洗劫，到處宣稱自己來這是要收稅，因為紅雀上繳夜之堡的稅太少了。」

「他有多少盔甲武士？」快嘴的聲音聽來總是粗暴。蕾莎不喜歡他的聲音，一點都不喜歡他。從朵利亞看他的眼神來判斷，他也不怎麼喜歡這個曾經救過自己的人。「很多，多過我們，壓倒性的多，」他繼續說。「精確數字我不知道。那些屋子被笛王燒掉的農夫，沒時間去數。」

「就算他們有時間，大概也沒太大用處，是不是？」快嘴回答。「大家都知道農夫不會數數。」壁虎大笑，和其他幾個一直待在快嘴身邊的人，騙子、耙子、炭工、精靈怕和其他幾位。朵利亞緊閉著嘴。他和大力士是農夫之子，快嘴知道這點。他父親據說曾是傭兵。

「告訴他們你還聽到什麼，朵利亞。」黑王子的聲音無比疲累，蕾莎很少聽到他如此。

那少年又瞧了他哥哥一眼。「他們在統計孩子，」他說。「笛王把超過六歲，身高不到五呎的孩子，全都記載下來。」

強盜群中響起一陣低語，蕾莎看到莫向黑王子探身過去，小聲對他說話。這兩人看來相當親密，莫坐在衣衫襤褸的強盜中，也顯得理所當然的樣子，好像他是他們的一夥，就像他和自己與美琪的關係一樣。

黑王子起身，頭髮不再像蕾莎第一次碰到他那天那樣長。髒手指死後三天，他把頭剃光，遵循這個世界朋友死後的習俗。因爲據說第三天時，死者的靈魂會來到再也無法回頭的地帶。

「我們知道笛王遲早會來，」黑王子說。「毒蛇頭的大舅子把大部分自己徵收來的稅據爲己有，難以逃過毒蛇頭的眼睛。但你們聽到，他不只爲稅的事而來。我們全都清楚，森林另一頭要孩子來做什麼。」

「做什麼？」美琪的聲音在眾男人中聽來嘹亮，但聽不出這個聲音已經靠幾個句子改變這個世界幾次了。

「做什麼？銀礦裡的坑道很窄，松鴉的女兒，」快嘴回答：「妳該慶幸自己已經長大，沒法在下面工作。」

礦坑。蕾莎的手不由自主來到未出生的孩子成長之處，莫瞧著她，彷彿也有同樣的念頭。

「當然，毒蛇頭已派了太多的孩子下去礦坑，他的農人開始反抗，笛王應該剛剛才鎮壓完一場暴動。」巴布提斯塔的聲音聽來跟王子的一樣疲累。對抗所有這些不公不義，他們人數太少。「孩子在下面很快一命嗚呼，」巴布提斯塔繼續說。「毒蛇頭沒早點帶走我們的孩子，簡直是個奇蹟，這些孩子沒有父親，只有身無寸鐵、沒有抵抗能力的母親。」

「那她們也得把孩子藏起來！」十五歲的朵利亞聽來無比勇敢，一如初生之犢。「就像藏起她們自己的收成！」

蕾莎發現美琪嘴角偷偷露出一抹微笑。

「藏起來，好的！」快嘴嘲弄笑道。「絕妙好計。壁虎，告訴這個黃毛小子，單單翁布拉就有多少孩子。你知道的，他是農夫之子，不會數數。」

大力士想起身，但朵利亞瞧了他哥哥一眼示警，他才又坐下。「這小子我一隻手就能舉起來，」大力士老說，「但他比我聰明一百倍。」

壁虎顯然對翁布拉有多少孩子一事毫無概念，更甭提他自己的算數也好不到哪去。「喔，非常多！」他結結巴巴說，肩膀上的烏鴉正同時扯著他的頭髮，大概希望找到一些虱子。「蒼蠅和孩子——這是翁布拉唯一仍然源源不絕的東西。」

沒有人笑。

黑王子默不出聲，其他人也跟他一樣。如果笛王想要孩子，就會帶走孩子。

一隻火精靈停落在蕾莎手臂上，她揮手趕走，無比想念愛麗諾的屋子，想到心痛，彷彿心被精靈燙到一樣。她想念那個超大冰箱嗡嗡作響的廚房，想念莫在花園的作坊和圖書館中那張沙發椅，坐在那裡，可以造訪陌生的世界，而不會在其中走失。

「那或許只是個陷阱！」巴布提斯塔打破沈默說。「你們知道，笛王喜歡設陷阱，他很清楚，我們不會輕易讓他帶走孩子的。說不定——」他看著莫，「——說不定他希望這樣便能逮到松鴉！」

蕾莎看著美琪不由自主緊靠到莫身邊，但他臉上不動聲色，彷彿松鴉是別的人。「薇歐蘭已通知我笛王很快就會動身來此，」莫說。「但她並未提到孩子的事。」

松鴉的聲音——這個捉弄過毒蛇頭，讓精靈們著迷的聲音，對快嘴顯然起不了同樣的作用，反而只提醒他松鴉現在坐在他曾經坐過的位置上——在黑王子身旁。

「你跟醜東西說過話？這可好了。你去翁布拉城堡，就是爲了這碼事。松鴉和毒蛇頭的女兒聊上了。」快嘴那張粗臉不以爲然地扭曲起來。「她當然不會跟你提孩子的事！她爲什麼要？更何況，她自己說不定都一無所知！醜東西在城堡中只能跟廚房女僕講講話而已，過去如此，現在依然如此。」

「快嘴，我跟你說過很多次。」黑王子的聲音聽來比以往要尖銳。「薇歐蘭的勢力比你想的要大得多，有許多手下——就算他們都很年輕。」他朝莫點頭。「告訴他們在城堡上發生的事，他們也該知道了。」

蕾莎瞧著莫。黑王子知道什麼她不知道的事？

「沒錯，松鴉，能告訴我們你這次是如何全身而退的嗎！」這回快嘴的聲音十分不懷好意，毫不掩飾，幾名強盜不安地交換著眼神。「那簡直就像魔術！你先是從夜之堡安然而退，現在又從翁布拉，這裡在紅雀統治下，局勢更加險惡。你別說，你爲了要脫身，也讓他長生不老了！」

幾名強盜笑出聲，但他們的笑聲讓人感到不舒服。蕾莎確信，他們許多人眞的認爲莫是某種魔法師，這種人的名字最好別大聲說出，因爲他們懂得黑魔法，只要瞧上一眼，便能讓普通人中邪。不然，這樣一個憑空冒出的人，爲什麼劍耍得比他們大多數人要好？而且還會寫字閱讀。

「毒蛇頭對自己長生不死，大概沒什麼樂趣可言！」大力士插話進來。

朵利亞坐在他身旁，陰沈的目光直盯著快嘴。沒錯，這個男孩眞的不喜歡他的救命恩人，但他朋友路克則像狗一樣跟著快嘴和壁虎。

「那又怎樣？這對我們有什麼用？笛王擄掠殺人，更勝以往。」快嘴吐了口口水。「毒蛇頭長生不死，他的大舅子幾乎每天至少吊死我們其中一人，而松鴉前去翁布拉，安然無恙回來。」

氣氛一下死寂，悄然無聲。許多強盜對松鴉在夜之堡和毒蛇頭達成的交易，感到毛骨悚然，就算最後是莫騙過那位銀侯爵。然而，毒蛇頭還是長生不死。他不斷玩著一種遊戲，把劍交到笛王抓到的任何一個人手中，讓他刺穿自己的身體——然後再用同一把劍殺傷對方，讓對方在死之前有足夠的時間召來白衣女子。這是毒蛇頭宣示自己不再害怕死神女兒的方式。不過，據說他還是避免太過接近她們。**死神是毒蛇頭的僕役**。他在夜之堡大門上用銀字母這樣寫著。

「不，我不用讓紅雀長生不死。」莫回答快嘴時，聲音聽來冰冷，無比冰冷。「是薇歐蘭讓我安然離開城堡的，她請我幫她殺掉她父親。」

蕾莎手擱在自己腹部，好像這樣可以不讓未出生的孩子聽到這些字眼，但她腦海裡只有一個念頭：他告訴黑王子在城堡上發生的事，而不是我。她還記得，莫最後告訴他們在把那本空白的書交給毒蛇頭前，他動了什麼手腳時，美琪的聲音聽來十分委屈。「你每隔十頁便把一張書頁打濕？這怎麼可能！我一直在你旁邊！你爲什麼一字不說？」儘管莫這些年來對她母親在哪裡這事守口如瓶，美琪還是信以爲眞。但蕾莎從來不相信這點。他向黑王子透露更多，而不是跟自己，讓她感到心痛。

「醜東西想殺自己的父親？」巴布提斯塔聽來不可置信的樣子。

「這有什麼好奇怪的？」快嘴大聲說，像是必須昭告大家一樣。「她是毒蛇頭的後代。你怎麼回答她，松鴉？你得先等你那該死的書不再保護他不死後才動手？」

他恨莫！蕾莎心想。沒錯，他恨莫！但莫打量快嘴的眼神，同樣不懷好意。蕾莎不只一次問到，她之前是不是忽略了他心中的憤怒，還是那種憤怒跟他胸口的疤痕一樣新。

「那本書還會繼續保護薇歐蘭的父親。」莫的聲音聽來苦澀。「毒蛇頭找到拯救那本書的方法。」

強盜們再次竊竊私語，只有黑王子不感到意外。所以莫也告訴他這點，他，而不是自己。他變了！蕾莎心裡唸著。文字改變了他，這裡的生活改變了他，雖然這不過只是一場遊戲。如果這是一場遊戲……

「但這不可能，如果你把書打濕，那會發霉，你自己老說：霉和火一樣，都會徹底毀了書。」美琪的聲音聽來滿是責難。沒什麼東西比秘密更能快速吞噬掉愛……

莫看著自己的女兒。那是在另一個世界中，美琪，他的眼神說。但他的嘴卻說出其他的話。「怎麼說，毒蛇頭幫我好好上了一課，那本書會繼續讓他永生——只要書頁是空白的話……」

不！蕾莎心想。她知道再來會發生什麼，她想拿雙手摀住耳朵，雖然在這世上，她最喜歡聽莫的聲音。爲摩托娜做牛做馬的那些年，她幾乎記不起他的臉，但總能想起他的聲音。但這聲音現在聽來不像她丈夫的，而是松鴉的。

「毒蛇頭仍然以爲只有我才能拯救那本書。」莫說得並不大聲，但這個墨水世界似乎都瀰漫著他的聲音，彷彿一直以來便屬於這裡似的——在這些參天大樹、這些衣衫襤褸的強盜和在自己窩裡昏昏欲睡的精靈之間。「如果我去找他，答應修復好那本書，他會把書交給我的。然後——一些墨水，一根羽毛筆，用不了幾秒鐘，便可寫下三個字！如果他的女兒幫我爭取那幾秒鐘的話？」

他的聲音在空中描摹出那景象，強盜們靜靜聽著，彷彿已看見整件事發生一般。直到快嘴打斷這個魔力。

「你瘋了！徹底瘋了！」他沙啞說著。「你自己這時大概已相信那些關於你的曲子——你不會受傷，你是戰無不勝的松鴉。醜東西會出賣你，你要是再落入她父親手中，會被他扒了你的皮。沒錯，他鐵定會這樣做，他會給你不只幾秒鐘的時間！你這麼喜歡逞英雄，我們大家也都會賠上一命！」

蕾莎看著莫的手指握住自己的劍把，但黑王子把手擱在莫手臂上。

「如果你和你的手下多盡點力，他或許就不必常扮演英雄了，快嘴。」他說。

快嘴慢慢起身，作勢威脅，但他還來不及說什麼，大力士便插話進來，像想要調解父母吵架的孩子一樣匆忙。「要是松鴉沒說錯，那該怎麼辦？說不定醜東西真的想幫我們！一直以來，她都對我們流浪藝人很好！她以前甚至還到我們的營地來！她救濟窮人，如果紅雀又砍斷哪個可憐傢伙的手或腳，她會召倉梟進城堡！」

「是啊，這眞是慷慨？」壁虎扭曲了臉，刻意挖苦，每次大力士說了什麼，他都是這個模樣，他肩上的烏鴉也發出嘲弄的叫聲。「把殘羹剩飯和別人不要穿的衣服送出去，有什麼了不起的地方？醜東西會穿得像我母親和姊妹那樣破破爛爛到處跑嗎？不會！說不定是巴布盧斯的羊皮紙沒了，而她想拿懸賞松鴉的賞金買新的！」

幾名強盜又笑了出聲。這時大力士瞧著黑王子，不知如何是好。他弟弟對他小聲說了些話，不懷好意地瞧著壁虎這頭。求求你，黑王子！蕾莎心想。告訴莫，要他忘了薇歐蘭說過的話。他會聽你的！也幫他忘了他爲薇歐蘭父親裝幀的那本書！求求你！

黑王子看著她這邊，彷彿聽到她無聲的哀求。然而，他的黑臉讓人猜不透——就像她愈來愈猜不透莫的臉一樣。

「朵利亞！」他說。「你想你有辦法繞過城堡守衛，跟薇歐蘭的士兵打聽一下嗎？說不定他們有人聽到笛王的任務到底是什麼。」

大力士張開嘴，像是要抗議。他愛自己的弟弟，願意赴湯蹈火保護他，但朵利亞已到了不想再受保護的年齡了。

「當然，輕而易舉。」他露出微笑說，看來十分樂意執行黑王子交代的任務。「我會走路時，便認識其中幾位了，他們多半跟我差不多年紀。」

「好。」黑王子起身，接下來的話是針對莫，就算未看著他。「至於薇歐蘭的提議，我同意壁虎和快嘴說的。薇歐蘭或許偏愛流浪藝人，同情自己的臣民，但她還是毒蛇頭的女兒，我們不該相信她。」

所有人的目光都對著松鴉。

但莫並未出聲。

對蕾莎來說，這種沈默勝過千言萬語。她和美琪一樣，明白這種沈默。蕾莎看到自己女兒開始規勸莫時，臉上露出的恐懼。沒錯。美琪這時大概也已察覺，這個故事緊緊纏住自己的父親，雖然他自己之前同樣警告過美琪。文字把他愈拉愈深，彷彿墨水漩渦般，蕾莎過去幾週愈來愈常出現的可怕念頭再次襲來：白衣女子在莫躺在山羊被燒毀的碉堡中，傷重瀕死那一天，眞的帶走部分的他，到髒手指也一併消失的地方去，而她要在那裡才會再見到這部分的他，那個所有故事結束的地方。

大聲的話，小聲的話

妳離開時，妳身後的空間，會像水一般合攏起來。
別回頭看：妳的周遭只有妳孤獨一人。
空間只是以另一種方式讓我們看得見的時間，
我們永遠無法離開我們珍愛的地方。

——拉立奇《我們珍愛的地方》

「求求你，莫！去問他！」美琪起先以爲是在夢裡聽到母親的聲音，一個陰森的夢，偶爾讓她回到過去。蕾莎聽來無比絕望。不過，美琪睜開眼時，仍然聽見她的聲音。等她朝帳棚外張望時，見到自己父母站在樹間，只離幾步遠，幾乎只是夜裡的兩道影子而已。莫背靠著的橡樹，高大參天，一如美琪在墨水世界所見，蕾莎緊抓他的手臂，像是在逼他聽她說話。

「我們一直以來不都是這樣？誰不再喜歡一個故事，就把書闔起來！莫，難道你忘了有多少書嗎？我們再找另一本述說自己書中故事的書，一本文字就是文字，不會把我們變成它的血肉的書！」

美琪瞧著只有幾公尺遠、躺在樹下的強盜那頭。儘管夜已十分寒冷，他們許多人仍睡在露天下，但她母親絕望的聲音似乎並未吵醒其中任何人。

「如果我沒記錯的話，是我早想把這本書闔上的。」莫的聲音一如空氣一樣冰冷，穿透美琪破爛的衣料。「但美琪和妳，妳們根本不願聽別的。」

「我怎麼會知道這個故事把你變成這副模樣？」蕾莎的聲音像是根本不知如何噙住自己的眼淚似的。

再去睡吧！美琪心想。讓他們去吧。但她還是坐著，在冰冷的夜風中發抖。

「妳在說什麼？故事把我變成什麼？」

莫輕聲說著，彷彿不想打擾這寧靜的夜，但蕾莎似乎忘了自己身在何處。

「把你變成什麼？」她一字一字大聲說出。「你腰間佩著一把劍！你幾乎不睡，整晚不在。你以爲我分不出眞的松鴉叫聲和人的聲音嗎？我知道，我們還在莊院時，巴布提斯塔或大力士常來接你……最糟的是，我知道你非常喜歡和他們出去。你喜歡冒險！雖然黑王子警告過你，但你還是騎去翁布拉。他們差點抓住你後，你安然回來，假裝一切只是一場遊戲！」

「不然呢？」莫仍小聲說，美琪幾乎聽不清楚。「妳難道忘了，這個世界是什麼構成的？」

「我才不管這個世界是什麼構成的，你會在裡面一命嗚呼的，你比我更清楚這點。還是你忘了白衣女子？沒有，你甚至在睡夢中都會提到她們，有時我幾乎以爲你想念她們……」

莫一言不發，但美琪知道蕾莎說得沒錯。莫只對她提過一次白衣女子。「她們不過只是一種渴望而已，美琪，」他說。「她們塡滿妳的心，直到妳只想和她們一起離開，不管她們帶你去哪。」

「求求你，莫！」蕾莎的聲音顫抖。「求費諾格里歐把我們寫回去！爲了你，他會試試看的，他畢竟虧欠你！」

一名強盜在睡夢中咳嗽，另一名靠近到火堆——而莫一言不發。等他最後回答時，聽來像是在跟小孩說話似。他從未以這種語氣跟美琪說話。「費諾格里歐再也不寫了，蕾莎。我都不確定他是不是還能寫！」

「那就去找奧菲流士！你也聽到法立德說的。他寫出彩色精靈、獨角獸……」

「然後呢？奧菲流士或許只會在費諾格里歐的故事裡加油添醋，但把我們送回愛麗諾那裡，他得寫些自己的東西吧。我懷疑他做不做得到，就算可以，照法立德所說，他也只對成爲翁布拉最有錢的人感興趣。妳有錢付給他嗎？」

這回換蕾莎默不出聲——久到彷彿她再次啞了似的，就像那時她把自己的聲音留在這個世界中樣。

最後是莫打破沈默。

「蕾莎！」他說。「如果我們現在回去，我會待在愛麗諾的屋裡，整天只想著這個故事的發展，但世界上沒有任何的書能爲我講下去！」

「你不只想知道故事的發展。」現在換成蕾莎的聲音變得冰冷。「你想決定故事內容，你想參與！但誰告訴你，如果你繼續深陷其中，是否還能再掙脫這些文字嗎？」

「繼續深陷？怎麼會？我在這見過死神，蕾莎——得到新的生命。」

「如果你不爲自己著想——」美琪聽到母親的話語難以爲繼，「那就爲美琪回去吧——爲我們的第二個孩子。我希望孩子會有個父親！我希望孩子生下來後，父親還活著，也仍然還是那個拉拔孩子姊姊長大的男人。」

蕾莎不得不再次久候莫的回答。一頭小梟叫著。壁虎的烏鴉在夜裡蹲踞的樹上呱呱叫著，露出睡意。費諾格里歐的世界看來無比祥和。莫溫柔地摸著自己靠著的樹的樹皮，一如平常撫摸一本書的書背般。

「妳怎麼知道美琪不想待下來？她都快是大人，也談戀愛了。妳以爲她想回去，但法立德留在這裡？妳知道他是會留下來的。」

談戀愛。美琪的臉開始燃燒。她不希望莫說出她自己從未說出來的事。談戀愛——聽來像是一種無法治癒的病。有時感覺起來不也是如此？沒錯，法立德會留下來。她自己不是常說，如果她覺得想回去的話，法立德會留下來，就算髒手指無法復生。他會繼續找他，思念他，勝過妳，美琪。但如果再也見不到他，會是什麼感覺？她的心會留在這裡，未來胸口就留下一個洞到處跑？她會孤家寡人——像愛麗諾那樣——只讀著談情說愛的書？

「她會忘掉的！」她聽到蕾莎說。「她會愛上其他人的。」

她母親在說什麼？她不瞭解我！美琪心想。她從未瞭解過我。又怎麼瞭解呢？她一直都不在啊。

「那你的第二個孩子呢？」蕾莎繼續說。「你希望孩子在這個世界裡出生？」

莫四處瞧，美琪又察覺自己早已知道的事：她的父親這時像她和蕾莎過去那樣，同樣喜愛這個世界，說不定還勝過她們。

「爲什麼不？」他反問。「妳希望孩子出生在一個自己所渴望的東西只存在書本裡的世界？」

蕾莎回答時，聲音顫抖，但這時聽得出來其中的憤怒。「你怎麼可以這樣說？你在這裡見到的一切，都是在我們的世界誕生的。不然費諾格里歐要怎麼創造出來？」

「我怎麼知道？妳眞的還以爲只有一個眞實的世界，其他的不過只是蒼白的分身？」

有頭狼在某處嚎叫，其他兩頭回應著。一名守衛從樹間現身，把木材丟進奄奄一息的火堆中。他自稱野狗。沒有一位強盜保有自己生下來時的名字。他好奇地瞧了莫和蕾莎一眼，便又消失在樹間。

「我不想回去，蕾莎。不是現在！」莫的聲音聽來果斷，但同時在討好母親，像是希望他能說服母親，他們是在對的地方。「到孩子出生，還有好幾個月，說不定我們那時全都坐在愛麗諾的屋裡，但現在這裡是我想待下來的地方。」

他吻了蕾莎的額頭，然後離開，到營地另一頭站在樹木間的守衛那去。蕾莎留在原地，窩在草叢間，臉埋在雙手中。美琪想走到她身旁安慰她，但又該說什麼呢？我想待在法立德身邊，蕾莎。我不想要其他人。不，這大概安慰不了她母親，而莫也沒回來。

笛王的建議

會有角色自行行動或說話的時刻，對此，你未先構思過。那時，他變得栩栩如生，你也只能把剩下的交給他。

——葛林《給作家的建議》

終於，他們來了。城門響起號聲，破鑼般飛揚跋扈。費諾格里歐發現號聲正如宣告的那個人一樣。紅雀——民眾總能找到最為貼切的名字，連他自己大概也想不出更好的稱呼，但能怎麼樣，他寧可未杜撰出這個蒼白的暴發戶！毒蛇頭自己每次駕臨時，也未吹起長柄號角，但他胸膛不寬的大舅子在城堡周圍騎上一圈，號角便響亮吹起。

費諾格里歐把黛絲皮娜和伊沃緊拉在身邊。黛絲皮娜並不反抗，但她哥哥卻掙脫費諾格里歐的手，靈巧爬上一道牆凸出之處，像隻松鼠一樣，察看紅雀和他那被稱為獵犬的隨從即將到來的巷子。是否毒蛇頭的大舅子已經知道，幾乎翁布拉所有的女人都在城堡門口等他？一定知道。

為什麼笛王要統計我們的孩子人數？她們為此問題而來。她們也已對守衛叫喊，但守衛只面無表情拿起長矛對著憤怒的女人。然而，她們還是沒有回家。

今天是星期五，狩獵的日子，她們等新主人已等了好幾個鐘頭，自他駕臨的那天起，便致力滅絕無路森林中的生物。他的僕役再次帶著十幾隻血淋淋的山鶉穿過飢餓的翁布拉，還有野豬、鹿和兔子，經過那些不知明天下一頓飯在哪的女人。因此，費諾格里歐星期五一般很少出門，但今天他眞的非常好奇。好奇，多討人厭的感覺……

「費諾格里歐，」敏奈娃說，「你能照顧一下黛絲皮娜和伊沃嗎？我得去城堡一趟，大家都會過去。想逼他們告訴我們，笛王爲什麼要統計我們的孩子人數。」

妳們知道答案啊！費諾格里歐想說。但敏奈娃臉上的絕望，讓他默然。難道她以爲他們不會要她的孩子去銀礦場。難道你就任由紅雀和笛王奪走她們的希望，費諾格里歐。

唉，這一切讓他感到無比痛苦！他昨天又再試圖寫作——在他見到笛王騎進翁布拉時那高傲的微笑，再度動怒後。他手裡拿起一根玻璃人一直爲督促他而擱在一旁削好的羽毛筆，呆坐在一張白紙前一個多鐘頭，薔薇石英生氣地罵自己買紙來，爲的是看紙是破褲子做成的。

唉，費諾格里歐，你還會找多少笨藉口，不承認自己已是一個寫不出東西的老頭？

沒錯，他承認。他想成爲這個故事的主宰，就算柯西摩死後，他死不承認這點。他愈來愈常拿起筆和墨水去尋找以往的魔力——大半時候，玻璃人已在自己的精靈窩中打鼾，要是薔薇石英看著他的無能，那就太難堪了！當敏奈娃爲孩子端上一碗嚐起來跟洗碗水差不多的湯時，當難看的彩色精靈大聲在自己的窩中叫嚷，讓他無法安眠時，或他創造出來的一個角色——如昨天的笛王——讓他想起以文字織就這個世界，陶醉在自己寫作技藝中的那天時，他就試著提筆。

但紙依舊空白——彷彿所有的字都溜到奧菲流士那裡，只因他會在舌尖把玩品嘗他們。生命過去曾經如此苦澀過嗎？

在悲傷之際，他甚至都動了回去的念頭，回到另一個世界的那個村子，祥和、豐衣足食、平靜無波、沒有精靈，去找一定想念他故事的孫子（而他會帶給他們多麼神奇的故事）。但回去的文字從何而來？一定不是出自自己空空的老腦袋，而他也無法去求奧菲流士為他寫出這些文字。喔，不，他還未落魄到這種程度。

黛絲皮娜拉著他的袖子。柯西摩送他這件束腰長袍，這時也已蛀壞，和他再也不想思考的腦子一樣滿是灰塵。他在這座只會讓他更加沮喪的該死城堡前做什麼？為什麼不躺在自己的床上？

「費諾格里歐？從地底挖出來的銀塊，要吐血在上面，是不是真的？」黛絲皮娜的聲音總讓他想起小鳥。「伊沃說，我的身高正好符合多數銀塊所在的礦坑通道。」

討厭的小傢伙！他幹嘛跟他妹妹說這種事？「我跟妳說過多少次，別相信妳哥哥的任何話！」費諾格里歐把黛絲皮娜濃密的黑髮順到耳後，看似責備地瞧了一眼伊沃。沒有父親的可憐小東西。

「我為什麼不能跟她說？是她問我的！」伊沃正好到了看不起拿來安慰人的謊言的年紀。「他們說不定不會要妳，」他說，低頭瞧著他的小妹。「女孩死得比較快，不過，我、貝波、李諾，甚至跛腳的孟谷斯，都會被笛王帶走，然後再送回我們的屍體，就像我們的──」

黛絲皮娜趕緊拿手摀住他的嘴，好像只要她哥哥不說出那個可怕的字眼，他們的父親便會再次復活似的。

要不是黛絲皮娜立刻哭了出來的話，費諾格里歐很想抓住那男孩，好好教訓他一頓。所有的小妹妹不是都很崇拜自己的哥哥的嗎？

「馬上給我住嘴！別再嚇你妹妹了！」他喝叱伊沃。「笛王到這是來抓松鴉的，沒有其他打算，順便問問紅雀，為什麼不把更多的金銀珠寶送到夜之堡。」

「是嗎？那他們幹嘛統計我們？」過去幾週以來，這孩子已經長大，彷彿憂傷抹去了臉上的童稚。伊沃現在還不到十歲，便成了一家之主──就算費諾格里歐有時想幫他從他瘦弱的肩上卸下這個角色。這孩子在染工那邊工作，從惡臭的桶裡把濕布拿出來，日復一日，晚上一身臭味回家。但靠這份工，他比在市場上幫人代筆的費諾格里歐賺的還多。

「他們會殺死我們所有人！」他無動於衷繼續說，眼睛盯著仍把長矛對著守候的女人的守衛。「也會把松鴉大卸八塊，就像對付上一週拿爛蔬菜丟總督的那位流浪藝人一樣，再把屍塊拿去餵狗。」

「伊沃！」這太過分了。費諾格里歐想抓住他的耳朵，但那孩子趕緊跳開，沒被抓到。他妹妹仍站在那，緊抓著費諾格里歐的手，彷彿這個破碎的世界只剩下這個依靠了。

「他們抓不到他的，是不是？」黛絲皮娜細細的聲音聽來膽怯，費諾格里歐只得彎下身去聽明白。「黑王子那頭熊現在一樣也保護松鴉，對不對？」

「當然！」費諾格里歐又撫摸她黑亮的頭髮。蹄聲沿著巷子而上，屋舍間傳來興高采烈的聲音，彷彿在嘲笑那群默默等候的女人，太陽這時已在附近的山丘沈沒，翁布拉的屋頂全被染紅。這些貴族今天狩獵晚歸，銀邊的袍子濺上鮮血，百無聊賴的心在殺戮之後略顯激動。沒錯，死神可算是個相當逗趣的傢伙——只要死神找上的不是自己就行。

女人們簇擁得更緊密了。守衛把她們趕離大門，但她們仍待在城堡牆前，老老少少、母親、女兒、老祖母。敏奈娃是最前面的一個。過去幾週，她消瘦下來。他的故事吞噬了她，吃人的玩意！但當她聽到松鴉到城堡看了幾本書，又安然脫身時，露出了微笑。

「他會拯救我們！」她小聲說道，晚上時，輕聲唱著在翁布拉流傳的差勁曲子，關於正義的黑白雙手，松鴉和王子……一名書籍裝幀師和一名飛刀手，對抗著笛王和他大隊殺人放火的武裝手下。不過，爲什麼不？這最後聽來不是個圓滿的故事嗎？

護航狩獵隊伍的士兵們騎行過去時，費諾格里歐一把抱起黛絲皮娜。流浪藝人在他們身後沿著巷子而來，吹笛藝人、鼓手、雜耍藝人、馴山妖師，當然少不了不會錯過任何娛樂活動的黑炭鳥（就算他受不了刨眼之刑和五馬分屍）。接著是狗群，身上的斑點像無路森林中的點點光斑，還有讓狗群在狩獵日子保持飢餓的僕從，最後便是狩獵的人。紅雀一馬當先，這瘦弱的傢伙騎在和他不成比例的大馬上，十分醜陋，和他據說美豔動人的妹妹完全兩樣，他的尖鼻了在臉上顯得太短，還有一張緊閉的大嘴。沒人知道毒蛇頭爲什麼提拔他爲翁布拉的領主，或許是因爲他妹妹的請求，畢竟她爲銀侯爵生下第一個兒子。不過，費諾格里歐寧可推測毒蛇頭挑出自己這位懦弱的大舅子，是因爲相信他絕對不會起來造反。

好個蒼白的角色！費諾格里歐不屑地心想，紅雀這時一臉高傲地從他身旁騎過，這個故事這時顯然都拿蹩腳的小角色來當主角了。

這些貴族果然滿載而歸：像剛掉落的水果般的山鶉，被跟獵的僕從繫在桿子上搖搖晃晃，半打費諾格里歐爲這世界虛構出來的狍子，紅棕色的皮毛到了高齡時，仍像小鹿一般斑斕（如果不是特別老的話），還有兔子、鹿、野豬……

翁布拉的女人瞪著被殺的獵物，一臉無動於衷。有些人的手搗著空空的肚子，露出了馬腳，不然便是瞧著自己在大門入口處等候母親，和那些老是餓肚子的孩子。

接著——士兵們扛著那頭獨角獸經過。

天殺的乳酪腦袋！

費諾格里歐的世界裡沒有獨角獸，但奧菲流士卻寫了一頭進來，只爲讓紅雀獵殺。他們扛著雪白皮毛被刺穿、全身是血的獨角獸經過時，費諾格里歐趕緊摀住黛絲皮娜的眼睛。不到一星期前，薔薇石英才對他提到紅雀這個報酬十分豐厚的訂單，整個翁布拉都在猜複眼會從哪個遙遠的國度弄來這個神奇生物。

一頭獨角獸！這會有多少故事可說啊！但紅雀可不會付錢聽故事的，更別提奧菲流士寫不出來。他可是靠我的文字創造出獨角獸的！費諾格里歐心想。靠我的文字！他感到怒氣在自己胃裡堆積起來，像塊石頭一樣。要是他有錢僱幾個小偷就好了，偷走那本供應這個寄生蟲文字的書，那本他自己的書！要是他至少能寫出一些寶藏就好了，卻連這點都辦不到——他，費諾格里歐，英俊柯西摩的前宮廷詩人，這個曾經無比出色的世界創造者！他的眼裡冒出自憐的淚，想像那些人一樣會刺穿奧菲流士，血淋淋地扛著他經過，就像那頭獨角獸一樣。沒錯！

「你們為什麼要統計我們的孩子人數？別再繼續下去！」

敏奈娃的聲音打斷了費諾格里歐醉心復仇的夢。

黛絲皮娜見到自己的母親走到馬匹中時，細細的手臂緊摟著費諾格里歐的脖子，幾乎讓他喘不過氣。敏奈娃瘋了嗎？她現在想徹底讓自己的孩子成為孤兒？

緊騎在紅雀身後的一名女子，戴著手套的手指對著敏奈娃、她的光腳和那寒酸的衣服指指點點。守衛拿著長矛朝她走來。

敏奈娃，真是見鬼了！費諾格里歐的心都快跳了出來。黛絲皮娜哭了出來，但讓敏奈娃踉蹌後退，並不是她的啜泣聲。笛王這時不動聲色走到城門上的城垛。

「我們為什麼統計你們的孩子？」他對著下面的女人們喊道。

他穿著依然華麗，紅雀和他相比，簡直就像僕從。他站在城垛間，彷彿一隻孔雀般耀眼，四名弓弩手護在一旁。他說不定在那上面已站了一會，打量他主人的大舅子如何應付這些守候著的女人。他那暗沈的聲音遠遠傳至突然間籠罩在翁布拉城裡的寂靜中。

「我們統計屬於我們的一切！」他喊道。「牛羊雞禽、女人、小孩，甚至包括你們這裡並不太多的男人，還有田地、穀倉、廄房、屋舍，你們森林裡的每棵樹，我們全部統計。畢竟毒蛇頭想知道自己統治的是什麼。」

他臉上的銀鼻子看來仍像鳥嘴。傳說，毒蛇頭也用銀塊幫自己的傳令官打造了一顆心，但費諾格里歐確信在笛王胸腔中跳動的是顆人類的心。有血有肉的心最為殘酷，因為這顆心知道什麼東西會帶來痛苦。

「你們不是要他們採礦？」這次發聲的女人，並未像敏奈娃那樣現身，而是躲在其他人之中。

笛王並未立刻回答，只打量自己的手指。笛王對自己粉紅色的指甲感到驕傲，正如費諾格里歐所描寫的那樣，像女人的指甲那樣被保養著。啊，如果他們的一舉一動仍像他杜撰那樣，實在會令人不斷感到激動。

你每天晚上把指甲泡在玫瑰水中，你這無賴！費諾格里歐心想，而黛絲皮娜盯著笛王看，像一隻小鳥瞧著想吃自己的貓。你的指甲長得跟陪伴紅雀的女人一樣。

「採礦？這想法還眞吸引人！」

周遭安靜無比，銀鼻子根本不用提高聲音。落日把他的影子投射到女人身上，一道長長的黑影。效果十足，費諾格里歐心想。紅雀傻傻在一旁看著。笛王讓他像僕役一樣等在他自己的大門口。多麼奇特的一幕，不過並非出自他的筆下……

「我明白了！妳們以為毒蛇頭為此而派我來這！」笛王雙手撐在城牆上，從城垛上張望，像頭野獸一般，彷彿在想紅雀比較好吃，還是其中一名女人。「但不是這樣，我來這是要抓一頭鳥，妳們都知道這頭鳥羽毛的顏色，就算我聽說他在最近那次放肆的行徑時，變得跟烏鴉一樣黑。只要逮到這頭鳥，我便會回到森林另一頭。對不對，總督？」

紅雀抬頭看他，扶正沾滿血的劍。「如您所言！」他故作沈著地喊道，激動地瞧了一眼大門前的女人，彷彿從未見過這種場面似的。

「嗯，我是這樣說。」笛王高高在上對著底下的紅雀微笑。「不過——」他再次低頭瞧著那些女人，「要是這頭鳥沒被逮到的話——」他又停頓下來，久到彷彿想好好打量每個等候在那的女人，「要是在場的一些人甚至藏匿他，給他棲身之處的話，要他避開我們的偵察隊，或是譜出他如何愚弄我們的曲子的話……」他深深發出一聲嘆息。「要是那樣的話，我還是願意帶走他的孩子，而不是妳們的，因為畢竟我總不能空手回到夜之堡吧，對不對？」

喔，該死的銀鼻子雜種。

你為什麼不把他寫得笨一點，費諾格里歐？因為愚蠢的壞蛋無聊至極，他自問自答，等看到女人臉上的絕望時，他感到無比羞愧。

「妳們看看，這完全取決於妳們！」這個暗沈的聲音中仍然流露出一絲傷感甜美，山羊曾經對此著迷不已。「幫我逮住這頭鳥，毒蛇頭很想在自己的城堡中聽他鳴唱，而妳們可以保有自己的孩子。不然的話——」他百無聊賴地示意守衛，紅雀騎進敞開的大門，臉已氣到僵直，「不然的話，我也只能提醒大家一下，我們的銀礦場中真的老缺一雙雙的小手。」

女人們抬頭看著他，一臉茫然，彷彿再也容不下更多的絕望。

「妳們還站在那裡幹什麼？」笛王喊道，而他腳下，僕從們正扛著紅雀的獵物進入大門。「快滾！不然我就拿滾水澆妳們。這看來不是什麼爛點子，因為妳們大家一定會需要洗個澡的。」

女人們退開，神色麻木，抬頭看著城垛，彷彿那裡已在起鍋燒水。

費諾格里歐的心上次這般激烈跳動時，是當士兵們出現在巴布盧斯的作坊，帶走莫提瑪之際。他打量女人們的臉、那些蹲在城堡牆前刑柱旁的乞丐，還有嚇壞了的孩子，恐懼在他心中蔓延開來。懸賞莫提瑪項上頭顱的所有賞金，都無法為銀爵士收買翁布拉城中的任何叛徒。但現在會怎麼樣？哪個母親不會為自己的孩子出賣松鴉呢？

一名乞丐從女人堆中擠過，當他一跛跛走過費諾格里歐身旁時，他認出那是黑王子的一名探子。好！他心想。莫提瑪很快便會知道笛王和翁布拉的女人在做何種交易。但接下來呢？

紅雀的狩獵隊伍繼續騎進敞開的城堡大門，女人們打道回府，低著頭，彷彿現在已為笛王呼籲她們背叛松鴉的行徑感到羞愧。

「費諾格里歐！」一名女子停在他面前，等她掀開像農婦一樣包住自己挽起的頭髮的布時，費諾格里歐才認出她來。

「蕾莎？妳在這裡做什麼？」費諾格里歐忍不住四處緊張地張望，但莫提瑪的妻子顯然未跟她丈夫一起來。

「我到處在找你！」

黛絲皮娜緊摟著費諾格里歐的脖子，好奇地盯著這個陌生的女人瞧。「這女人看來好像美琪。」她小聲對他說。

「沒錯，因為她是美琪的母親。」敏奈娃朝費諾格里歐走來時，他把黛絲皮娜抱下來。她走得很慢，彷彿感到暈眩似的，伊沃跑向她，手臂呵護地摟著她。

「費諾格里歐！」蕾莎抓住他的手臂。「我必須和你談談！」

談什麼？看來沒好事。

「敏奈娃，妳先回去！」他說。「別擔心，不會有事的。」他繼續說，但敏奈娃只看著他，彷彿他是自己的一個孩子，然後抓起自己女兒的手，跟著走在前頭的兒子，腳步戰戰兢兢，好像笛王的話成了她腳下的玻璃碎片一樣。

「妳不要告訴我，妳丈夫現在沒躲在森林深處，還想再做出造訪巴布盧斯那樣的蠢事。」費諾格里歐小聲對蕾莎說，同時拉著她到麵包師傅巷。那裡仍然瀰漫著新鮮麵包與蛋糕的味道，對多數再也無法享用這些美味的翁布拉住民來說，不啻是種折磨人的味道。

蕾莎又把布罩住頭髮，四處張望，似乎怕笛王會走下城垛跟蹤她，但這裡只有一頭瘦貓竄過。以前巷子裡也有許多豬隻，但這時早被吃掉，且大部分是進了上頭城堡裡的人的胃。

「我要你幫幫我！」天哪，她聽來多麼絕望！「你必須把我們寫回去！這是你欠我們的！莫因爲你的曲子而陷入險境，情況愈來愈糟！你也聽到笛王所說的話。」

「等一下，等一下！」雖然他經常責備自己，但仍不喜歡聽到別人這樣說他，而且這個指控眞的不公平。「是奧菲流士把莫提瑪弄到這來的，不是我！我眞的無法預見自己的松鴉樣本會活生生跑到這來瞎晃！」

「但事情已經發生了！」

一名點燈的更夫沿著巷子而來。黑暗迅速籠罩翁布拉，不久後，城堡中又會開始慶祝，黑炭鳥的火又會臭氣熏天。

「如果你不幫我的話——」蕾莎盡量讓自己的聲音聽來鎭靜，但費諾格里歐看見她眼中的淚水，「——那就幫美琪吧……還有她很快就要有的弟弟或妹妹。」

又多了個孩子？費諾格里歐不由自主瞧著蕾莎的腹部，彷彿已能看見那位新加入者。難道還不夠亂的嗎？

「費諾格里歐，求求你！」

他該如何回答她？要對她說那張一直擱在自己寫字桌上的白紙——還是承認他喜歡他爲她丈夫所寫的角色，承認在這個幽暗的時刻，松鴉是他唯一的安慰，是他眞的能夠運作的唯一點子。不，最好別說。

「是莫提瑪要妳來的嗎？」

她避開他的目光。

「蕾莎，他也想離開嗎？」離開我的世界？他在自己腦海中繼續說。我的神奇世界，就算現在一切有點亂七八糟？沒錯，費諾格里歐非常清楚，雖然這個世界幽暗陰沈，他仍然喜歡。說不定正因爲這樣。不，不，不是因爲這樣……難道眞是因爲這樣？

「他必須離開！你看不出來嗎？」最後的天光在巷子中消失。密密相連的屋舍間，寒冷寂靜，彷彿整個翁布拉都在思索笛王的威脅。蕾莎冷到把披肩拉起來。「你的文字……改變了他！」

「這是什麼話！文字不會改變人！」費諾格里歐的聲音比自己預期的還要響亮。「說不定妳丈夫因爲我的文字得知到他從未認識過的自己，那些未知的東西一直在那，只是這時他覺得不錯而已，這大概不能怪罪於我吧！妳還是回去，告訴他笛王所說的，最近最好別再來訪，像上次參觀巴布盧斯的作坊一樣，而妳看在老天的分上，別再擔心了。他的角色扮演得很好！比其他我所杜撰出來的角色都好，黑王子算是例外。妳丈夫是這個世界的英雄！有哪個男人不希望成爲英雄？」

她看他的樣子，彷彿他是個老瘋子似的，不知道自己在說什麼。「你很清楚英雄的下場，」她盡量沈著說道。「他們既無妻子，也沒孩子，也不會變老。你找別人在你的故事裡扮演英雄，別找我丈夫！你一定要把我們全都寫回去！就在今晚。」

他不知道自己該看哪裡。她的目光明亮——跟她女兒一模一樣。美琪也一直這樣看他。他們上方的窗中，燃起一根蠟燭。他的世界沈沒在黑暗中。夜晚降臨——窗簾拉上，明天又是一天。

「我很抱歉，但我幫不上妳。我再也不會寫作，那只會帶來不幸，這裡眞的已經夠多了。」

他可眞是個懦夫，沒種說出眞相。他爲什麼不告訴她，文字已棄他不顧，她找錯人了？但蕾莎似乎知道這點。她那潔淨的臉上交雜著許多感覺：憤怒、失望、害怕——和固執。就像她女兒，費諾格里歐再次想到。不屈不撓，無比堅強。女人就是不一樣。沒錯，毫無疑問。有很多事會很快打倒他們，但憂愁打不倒女人，而是慢慢磨損她們，掏空她們，就像對付敏奈娃那樣。

「那好吧！」蕾莎的聲音雖然顫抖，但聽來沈著。「那我去找奧菲流士，他能把獨角獸寫過來，也把我們全都弄來這裡，爲什麼不能也把我們送回家呢？」

如果妳付得起的話，費諾格里歐心想，並未說出口。奧菲流士會要她離開，他的文字要留給城堡上的顯貴，他昂貴的衣服和女僕，可要靠它們。是的，她只能待下來，和莫提瑪與美琪一起——這樣才對，不然哪天他又能駕馭文字時，誰來唸他的東西呢？如果不是松鴉，又有誰能殺了毒蛇頭？

沒錯，他們得待下來，這樣才對。

「好，去找奧菲流士，」他說。「祝妳好運。」他背對她，以免再看著她眼中的絕望神情。他是不是也在她眼中見到一絲蔑視的神色？「但妳最好別在夜裡回去，」他繼續說。「路上一天比一天不安全。」

接著他便離開。敏奈娃一定已在等他吃晚飯。他沒再回頭，很清楚蕾莎目送他離開的眼神會是如何。跟她女兒一模一樣。

憂心忡忡

你想要的，和你期望的東西有些不一樣，夢說。
噩夢，懲罰他，把他趕出屋子。
把他跟馬綁在一起，讓他跟在馬後面跑。
吊死他。那是他該有的下場。
餵他蕈菇，有毒的。

——哈維可《樹輕輕呼吸》

莫和巴布提斯塔與黑王子花了兩天兩夜尋找可以藏匿數百位或更多孩子的地點。在大熊的幫忙下，他們最後找到一個洞窟，不過，去那裡路途遙遠。這個洞窟藏在一道陡峭難行的山翼中，對小孩來說尤其困難，而在下一個山谷中，有狼群棲息；不過，看來紅雀的狗或笛王眞的不容易在那裡找到他們。

這幾天以來，莫第一次再次略感安心。機會，機會讓人開懷暢飲，只要有機會讓笛王大吃一驚，讓他在自己永生的主人面前抬不起頭，感覺便非常甜美。

他們無法藏匿所有的孩子，當然不行，但已能藏匿很多、非常多的孩子了。如果一切按計畫進行，那翁布拉很快便不只沒有男人，也幾乎會沒有小孩，笛王只能到偏遠的莊院去偷孩子，並希望黑王子不會趕在他們前面，幫女人們把孩子藏起來。如果他們成功安置了翁布拉的孩子，便佔到上風，等他們回到營地，莫幾乎感到興高采烈，但當美琪一臉擔心朝他跑來時，好心情一下便消失。顯然又有壞消息了。

美琪對他說到笛王對翁布拉女人提出的交易時，聲音顫抖。**拿松鴉來換妳們的孩子**……王子不必對莫解釋這是什麼意思。他不必幫忙藏匿孩子，而是自己得先躲起來，躲避每位有年紀合適的孩子的女人。

「你最好現在就到樹上過活！」壁虎喃喃對他說。他喝醉了，可能因爲那些他們上個星期才從紅雀狩獵的朋友處偷來的葡萄酒。「你可以直接飛上去。他們不是說你就是這樣逃出巴布盧斯的作坊的？」

莫很想一拳打在他那張醉言醉語的嘴上，但美琪抓住他的手，等他見到自己女兒臉上的恐懼時，瞬間冒出來的怒氣便逐漸平息下來。

「你現在想怎麼做，莫？」她小聲說。

是的，怎麼做？他不知道答案，只知道自己寧可前往夜之堡　而不想躲起來。他趕緊別過臉，免得美琪從他臉上看出他的念頭，但她太瞭解他了。

「說不定蕾莎沒錯！」她小聲對他說，而壁虎滿是血絲的眼睛盯著他瞧，就連黑王子都掩飾不住自己的憂心。「說不定，」她幾乎低不可聞地繼續說，「我們眞的必須回去，莫！」

她聽到他和蕾莎爭吵。

他不由自主地找著蕾莎，但到處都見不到她。

你現在想怎麼做，莫？

是的，怎麼做？最近一首關於松鴉的曲子唱道：**不管他們怎麼努力，再也抓不到松鴉。他消失無蹤，彷彿從未存在過似的。但他留下了那本書，那本他為毒蛇頭裝幀的空白的書，還有永遠的暴政。**不，這不該是最後一首曲子。真的不是嗎，莫提瑪？那該怎樣？**但有天，一名擔心自己孩子的母親出賣了松鴉。松鴉在夜之堡上慘死**。這會是個更好的結局？會有更好的結局嗎？

「來吧！」巴布提斯塔摟著他的肩。「我建議我們先爲這個消息喝個大醉，如果其他人還留下一些紅雀的酒的話。別管笛王，別管毒蛇頭，別管翁布拉的孩子，喝喝酒，忘了他們。」

但莫並沒心情喝酒，雖然酒最後可能一掃那個和蕾莎爭吵後一直在他心中浮現的聲音：我不想回去！不，還不想……壁虎搖搖晃晃回到火堆旁，擠到快嘴和精靈怕中間。他們很快又會打起來，只要一喝醉，就會這樣。

「我去睡一覺，那比酒更能讓腦袋清醒，」黑王子說。「我們明天再說。」

那頭熊臥在自己主人消失的帳棚前看著莫。

明天。

那現在呢，莫提瑪？

天氣日漸寒冷。他再次尋找蕾莎時，嘴中呼出一團白氣。她在哪呢？他帶給她一朵花，一朵淺藍色平淡的花，是少數她還未畫過的花之一。那被稱作精靈之鏡，因爲一到早上，柔軟的花瓣上會聚出許多露水，精靈可以拿來當成鏡子。

「美琪，妳看到妳母親了嗎？」他問。

但美琪沒有回答，朵利亞帶給她一些在火上烤過的野豬肉，看來是很不錯的部位。這男孩小聲對她說了些話，——那是他的幻覺，還是他女兒剛剛臉紅過？不管怎樣，她沒聽到他的問題。

「美琪……妳知道蕾莎在哪嗎？」莫重複道，當朵利亞迅速瞧了他一眼，露出些許擔心的神色時，他盡量不微笑著。他是個漂亮的小子，比法立德矮一些，但強壯多了。或許他弄不清楚，關於松鴉把自己女兒當成自己的眼球一般寶貝的那些曲子，是不是眞的。不，應該是當成最美的書來寶貝，莫心想，我很希望你別像法立德那樣讓她苦惱無比，不然松鴉一定立刻拿你去餵王子的熊！

還好美琪這回沒有看出他的念頭。「蕾莎？」她嚐著那塊烤肉，露出一抹微笑，對朵利亞表示謝意。「她去找羅香娜了。」

「去找羅香娜？但她在這啊。」莫瞧著病患帳棚那頭。一名強盜痛得縮起身子──大概吃了有毒的蕈菇──，而羅香娜站在帳棚前，和照顧他的兩名女子說話。

美琪看著她那裡，感到迷糊。「但蕾莎說她和羅香娜約好了。」

莫把那朵給她母親的花插到她衣服上。「她離開多久了？」他盡量裝得像是隨意問到一般，但這騙不了美琪。

「她中午左右就動身離開了！如果她不在羅香娜那裡，那會去哪？」

她茫然地看著他，看來眞的不知道答案。他老忘記，她並不像瞭解自己這樣瞭解蕾莎。認識自己的母親，一年並不算長。

妳難道忘了我們的爭吵嗎？他想這樣回答。她去找費諾格里歐了。但他把話吞了回去。他擔心到胸口喘不過氣，很想認爲那是在爲蕾莎擔心，但他一樣不懂得欺騙自己，不像對別人那樣。不，他不擔心自己的妻子，就算他理由十分充分。他擔心在翁布拉某處，把他送回自己原來那個世界的文字已經被唸了出來，就像一條從河裡捕獲的魚，被丟回自己原來的池塘中……別無聊了，莫提瑪！他惱怒想著。就算費諾格里歐眞的爲蕾莎寫了這些文字，又有誰會唸？嗯，會有誰呢？他心裡低聲說著。

奧菲流士。

美琪仍焦急地看著他，而朵利亞在一旁不知所措，眼睛不離她的臉。

莫轉過身。「我很快回來。」他說。

「你想去哪？莫！」

美琪發現他走向馬匹時，便追了上去，但他並未轉身。

你幹嘛這麼著急，莫提瑪？他心裡取笑著。你眞以爲，你能騎得比奧菲流士油嘴滑舌唸出的文字來得快？黑暗像塊布漫天蓋下，一塊抹去一切的黑布，色彩、鳥鳴……蕾莎。她在哪？還在翁布拉，還是已打道回來？突然間，另一種恐懼襲來——和恐懼那些文字一樣，害怕攔路搶劫的強盜和夜魔，想起了那些被發現死在樹叢中的女人。她至少有帶著大力士吧？莫輕輕咒罵出聲。不，當然沒有。他和巴布提斯塔及野狗坐在火堆旁，已經醉到開始高歌了。

他應該知道的。自從他們爭吵過後，蕾莎變得十分安靜。他難道忘了這意味著什麼？他很清楚這種默不出聲，但他卻和黑王子離開，未再跟她談談讓她沈默的事情——就像當時她失去自己聲音時一樣沈默。

「莫！你在做什麼？」美琪的聲音因爲害怕而顯得虛弱。朵利亞跟著她。美琪小聲對他說了些話，他便跑向王子的帳棚。

「該死，美琪。這算什麼？」他拉緊鞍帶。要是他的手指不這麼顫抖就好了。

「你想去哪找她？你不能離開！你難道忘了笛王？」

她緊抓著他，朵利亞這時跟王子一起回來。莫罵了一聲，把韁繩拋過馬頭。

「你在那裡幹什麼？」黑王子站在他身後，大熊陪在一旁。

「我得去一趟翁布拉。」

「去翁布拉？」王子輕輕把美琪推到一旁，抓住轡繩。

他該對他說什麼？王子，我妻子想求費諾格里歐寫些能讓我在你眼前憑空消失的文字，把松鴉變回他原本樣子的文字——全都只是一個老人編造出來的文字，同樣來無影，去無蹤？

「這是自殺。你可不像曲子中那樣永生不死。這可是貨眞價實的生命，你又開始忘了嗎？貨眞價實的生命。這是什麼，王子？

「蕾莎去了翁布拉，已是好幾個鐘頭前的事。她單身一人，天也黑了。我必須去找她。」

……看看那些文字是不是已經被寫了出來，被寫出來，也被唸了出來。

「但笛王在那裡！你難道想自投羅網？讓我派些手下過去吧。」

「誰呢？他們全都醉了。」

莫仔細聽著夜裡的動靜，似乎已聽到了那些送他回去的文字——像當初保護他未被白衣女子帶走的文字一樣有力。風在他頭上窸窣吹過枯葉，火堆處傳來強盜們酣酒的聲音。空氣中瀰漫著松香、秋葉和長在費諾格里歐森林中散發香氣的地衣的味道。我不想回去，蕾莎。到了秋天，地衣中仍然覆蓋著細小的白花，如果在手指間捏碎，便會散發出蜂蜜般的味道。

一頭狼在山中嚎叫。美琪嚇得別過頭。她怕狼，跟她母親一樣。希望她待在翁布拉，莫心想。就算這意味著他得躲過守衛也不要緊。**我們回去吧，莫。求求你！**

他跳上馬，還來不及制止時，美琪便坐到他身後，跟她母親一樣果斷……她的手臂緊抱著他，讓他根本不再試圖勸她留下。

「你看到了嗎，大熊？」王子問。「你知道這意味著什麼？意味著很快又會有首新曲子——唱到松鴉的頑固，而黑王子有時也得保護他了。」

他還找了兩個還算清醒的手下一起騎馬出發。朵利亞也跟了來。他一言不發跳上王子的馬，帶著一把對他而言太大的劍，但他已耍得不錯了，而且他跟法立德一樣天不怕地不怕。天沒亮，他們便會抵達翁布拉，就算這時月亮已高掛天際。

但文字的速度比馬快多了。

危險的幫手

他整天因爲順服而流汗；
極富見識；但他的有些特質、不法的舉動和一板一眼，卻被人說成不堪的僞善。
在壁紙發霉的陰暗走廊中，
他伸出舌頭，站在那裡（……）

——韓波《七歲詩人》

蕾莎到的時候，法立德正把第二瓶酒送去給奧菲流士。乳酪腦袋在慶祝，爲自己和他所謂的天分在慶祝。「一頭獨角獸！一頭完美的獨角獸，噴著鼻息，蹄子刨抓著，隨時準備把自己的蠢腦袋枕在處女的懷中！你看，爲什麼這個世界沒有獨角獸，歐斯？因爲費諾格里歐無法寫出牠們來！會飛的精靈、毛茸茸的山妖、玻璃人，沒錯，但沒有獨角獸。」

法立德很想把酒倒在他白色的襯衫上，變得跟獨角獸的皮毛一樣紅，奧菲流士把獨角獸弄到這個世界來，只是要讓紅雀能夠宰殺。喔，沒錯，法立德親眼所見。他去找奧菲流士的裁縫修改乳酪腦袋又再變窄的褲子，不得不先蹲在門檻上時，便見到他們扛著獨角獸經過，看到那破碎的眼睛，他感到無比難受。兇手。

奧菲流士藉著美麗的文字把獨角獸唸來時，法立德在一旁偷聽，在寫字間的門前一動不動地站著。**「……牠走出樹叢，像野茉莉一般潔白，精靈密密麻麻圍著牠飛，彷彿熱切渴望牠的到來……」**

奧菲流士的聲音讓法立德看到了獨角獸的角、鬈曲的鬃毛，讓他聽到獨角獸噴著鼻息，蹄子在結了冰的草地上刨抓。整整三天，他眞的以爲把奧菲流士弄到這來，最後會是個不錯的點子。三天，如果他沒數錯的話——獨角獸就活了三天，便被紅雀的狗趕進長矛陣中。還是像布麗安娜在底下廚房所說那樣：黑炭鳥的一位情人露出微笑把牠誘了過來？

歐斯幫蕾莎開了門。當法立德從他身邊經過，好奇看看這麼晚誰還跑來敲門時，起先還以爲那從黑暗中浮現的蒼白臉孔是美琪的，她這時和自己母親很相像了。

「奧菲流士在家嗎？」

蕾莎悄悄說著，彷彿不屑自己所說的每個字，等她見到橫肉身後的法立德時，像個被逮到做了不該做的事的孩子一樣低下了頭。

她找乳酪腦袋想幹什麼？

「請告訴他，魔法舌頭的太太必須跟他談談。」

等歐斯示意要她進到大廳來時，蕾莎匆匆對法立德一笑，卻刻意不看他。橫肉一言不發要她等候，大步上了樓梯。蕾莎別過頭去，法立德明白自己從她那裡打聽不到她來訪的目的，便跟著歐斯，希望能在奧菲流士房裡聽到更多。

乳酪腦袋的保鏢通知他有個女人夜裡來訪時，他並不是單獨一人。三名女孩陪著奧菲流士，全都不比美琪大多少，已經在他耳邊嬌滴滴說了好幾個小時，他多聰明、多重要、多令人傾倒的話。最小的那位坐在他的胖膝蓋上，奧菲流士吻她，對她上下其手，看在法立德眼裡，眞想教訓他一頓。他不斷派法立德去找翁布拉最漂亮的女孩。「你幹什麼扭扭捏捏？」法立德起先拒絕爲他做這項服務時，被他責罵道。「她們會帶給我靈感。你難道從未聽過繆思嗎？快給我去，不然我永遠找不到你渴望無比的文字！」法立德聽命，帶回在市場與巷子中瞧著他的女孩。許多女孩會瞧著他。畢竟，翁布拉所有年紀大一點的孩子，要不死了，要不就效命薇歐蘭。多數女孩爲幾塊錢便會跟來。她們都有飢腸轆轆的姊妹和需要錢的母親。有些只不過是想再買件新衣服穿。

「魔法舌頭的太太？」奧菲流士的聲音聽來像是已經灌下一整瓶濃濃的紅酒的樣子，但他那對圓鏡片後的眼睛仍然炯炯有神。一名女孩手指碰觸鏡片，小心翼翼，彷彿就怕自己的手指會立刻變成玻璃似的。

「有趣，帶她進來，而妳們三個滾開。」

奧菲流士推開自己膝上的女孩，順了順自己的衣服。愛虛榮的牛蛙！法立德心想，裝作是打不開酒瓶的木塞，以免奧菲流士要他出去。

當歐斯帶蕾莎進來時，三名女孩趕緊從她身旁擠過，彷彿自己的母親逮到她們坐在奧菲流士懷裡一樣。

「這可眞是意想不到！請坐！」奧菲流士指著一張有他名字縮寫字母的椅子，那是他請人做的，並豎起眉毛，再刻意凸顯自己的訝異。法立德便常撞到奧菲流士在鏡子前練習自己的臉上表情。

歐斯關上門，蕾莎就座，但顯得猶豫，像是不知自己是否眞的想待下來。

「我希望妳不是自己一個人來！」奧菲流士坐到自己的寫字桌後，打量自己的客人，像蜘蛛打量蒼蠅一般。「一到晚上，翁布拉可不是什麼安全之所，對女人尤其如此。」

「我必須和你談談。」蕾莎仍輕聲細語說著。「私底下。」她往旁瞧了一眼法立德，繼續說道。

「法立德！」奧菲流士說，沒看著他。「快滾，並帶著雅斯皮斯，他又弄得全身是墨水，去洗一洗他。」

法立德吞下到嘴邊的髒話，把玻璃人擱到肩上，往門口走去。他經過蕾莎身旁時，她低下頭，他發現她在順平自己素樸的裙子時，手指在發抖。她來這想幹什麼？

歐斯一如以往，想在門口拿腳絆他，但法立德這時早摸清楚這些惡作劇了，甚至有辦法以牙還牙。只要他一微笑，廚房裡的女僕便會負責讓橫肉下一頓沒好東西吃。法立德的微笑比歐斯的迷人多了。

不過，想在門口偷聽，只得作罷。歐斯站在門口，但法立德知道另一個可以偷聽奧菲流士房裡動靜的地方。（女僕們聲稱，前屋主的太太便從那裡偷偷刺探自己的丈夫。）

雅斯皮斯發現自己並未跟法立德下樓到廚房去，反而往樓上的樓梯走去時，驚恐地瞧了法立德眼。然而歐斯並未起疑，因為法立德常上去幫奧菲流士拿乾淨的襯衫，或擦拭他的靴子。在頂樓上，奧菲流士的衣服有自己的房間，就在他的臥室旁邊，而偷聽的洞孔就在掛著奧菲流士襯衫的架子正下方。這些衣服散發著強烈的玫瑰與紫羅蘭香，法立德一跪下來，便感到難受。一名女僕誘他到這房間來吻他時，便對他指出這個地板上的洞。這個洞差不多一個硬幣大小，但只要把耳朵貼上去，便能清楚聽到寫字間裡的每句話，如果把眼睛靠上去，那麼至少還看得到奧菲流士的寫字桌。

「我做不做得到？」奧菲流士大笑，彷彿從未回答過如此荒謬的問題。「這根本不用懷疑！但我的文字自有其身價，而且不低。」

「我知道。」蕾莎的聲音聽來依然遲疑，彷彿憎恨自己說出的每個字眼似的。「我不像紅雀有金銀珠寶，但我可為您工作！」

「工作？喔，不，多謝，我不缺女僕。」

「那您要我的結婚戒指嗎？這應該值一些錢，金子在翁布拉很少有的。」

「不，妳留著吧。我也不缺金銀珠寶，但有其他東西……」奧菲流士輕笑出聲。法立德知道這種笑，看來沒什麼好事。

「事情有時真的巧到令人吃驚！」奧菲流士繼續說。「沒錯，真的，簡直可說妳來得正是時候。」

「我不懂。」

「妳當然不懂。對不起。我會立刻說明白的。妳先生——我不清楚該用哪個名字稱呼他，他可有不少，不管怎麼說——」奧菲流士又笑出聲，好像說了個只有他才懂的笑話似的，「——不久前，我得承認，我是有推波助瀾一下，白衣女子找過妳先生。他的心應該接觸過她們的手指，可惜他拒絕跟我談談這奇特的經歷。」

「這跟我的請求有什麼關係？」

法立德第一次注意到美琪的聲音和她母親的很像，一樣的自負，一樣的委屈躲在自負後頭。

「嗯，妳一定記得，不到兩個月前，我在毒蛇山上發誓要從死神處接回一位我們共同的朋友。」

法立德的心開始激烈跳著，聲音大到讓他擔心奧菲流士可能會聽到。

「我仍堅決要信守這個誓言，可惜，我發現這個世界的死神跟我們那個世界的一樣，都不暴露自己的秘密。沒人知道，也沒人談到相關的事，一般被人視作死神女兒的白衣女子，不管我怎麼尋找，就是不對我現身。就算她們和我一樣擁有十分特殊的能力，卻顯然不和還算健康的人類說話！妳一定聽到獨角獸的事了，對不對？」

「沒錯，我甚至還親眼瞧見。」奧菲流士是否聽出蕾莎聲音中的憎惡？如果聽出來的話，那他大概還以此爲傲。

法立德感覺到雅斯皮斯的玻璃手指緊張地扎進他的肩。他幾乎忘了這個玻璃人。雅斯皮斯十分畏懼奧菲流士，更勝自己的哥哥。法立德把他擱在自己身旁佈滿灰塵的地板上，手指就唇警告。

「沒錯，那眞完美，」奧菲流士自戀地繼續說道，「絕對完美……嗯，不管怎樣，我們再來談談死神的女兒。傳說，如果有人從她們手中溜掉，她們可不善罷甘休，會追著這些人到他們的夢裡，對他們輕聲細語，驚醒他們，是的，他們醒著時，她們一樣現身。莫提瑪躲過白衣女子後，是不是睡得不好？」

「問這些問題幹什麼？」蕾莎的聲音聽來激動——而且害怕。

「他睡得不好？」奧菲流士重複問道。

「是的。」蕾莎的回答幾乎不可耳聞。

「好！很好！要我說……再好不過了！」奧菲流士的聲音大到法立德不由自主從偷聽的洞孔挪開耳朵，但又趕緊貼上去。「從這個案例來看，我最近聽到有關那些蒼白女人的事，說不定到頭來還眞是眞的——那我們就來談談我的報酬吧！」

沒錯，奧菲流士聽來十分激動，但這回眞的和金銀珠寶毫無瓜葛的樣子。

「是有這樣的傳聞，妳一定知道，傳聞不管在這個世界或另一個世界，往往都包含一些事實，就像藏得很好的核仁——」奧菲流士的聲音如絲綢般柔軟細膩，彷彿想讓蕾莎對他的字字句句感興趣，「只要一個人的心被白衣女子碰過——」他鄭重地停頓了一下，「便可隨時召喚她們。不需要髒手指的火，也不用怕得要死，只要她們熟悉的聲音，只要她們手指熟悉的心跳……她們就會現身！我想，妳猜到我說的報酬是什麼了？我希望妳先生幫我召喚白衣女子，來換取我要爲妳寫的文字，這樣我便能向她們打聽髒手指。」

法立德屏住呼吸，彷彿自己聽到魔鬼的交易。他不知道該作何感想，憤怒、希望、恐懼、高興……他全都感覺到了。不過，一個念頭最後抹去了其他所有的：奧菲流士想召回髒手指！他眞的想召回他！

底下的房裡一片死寂，法立德最後只好把眼睛貼到洞前，但他所看到的，不過只是奧菲流士梳理仔細的淡金色頭髮。雅斯皮斯跪在他身旁，一臉擔心。

「他最好到墓園中試試看。」奧菲流士信心十足說道，彷彿交易已經談成似的。「如果白衣女子眞的出現的話，在那比較不會引人注目——吟遊歌手大概會爲松鴉這個最新的冒險行徑寫首無比動人的曲子。」

「你眞卑鄙，跟莫所言一模一樣！」

蕾莎的聲音顫抖。

「啊，他這樣說？那我把這當成恭維好了。妳知道嗎？我認爲他很想召喚她們！我剛說過，大家可以爲此寫首出色的英雄曲子！一首關於他神奇的勇氣和他迷人的聲音的歌曲。」

「如果你想跟她們談，自己召喚她們。」

「唉，可惜我辦不到。我以爲我已說得很明白了……！」

法立德聽到門關上的聲音。蕾莎離開了！他抓起雅斯皮斯，從奧菲流士的衣服間殺出一條路，三兩步便跳下樓梯。他從歐斯身邊衝過去時，歐斯根本莫名其妙，甚至忘了拿腳絆他。蕾莎已經到了入口大廳，布麗安娜剛把她的披風遞給她。

「求求妳！」法立德擋住蕾莎往門口去，不理會布麗安娜敵視的目光和雅斯皮斯差點從他肩上滑下來時發出的驚叫聲。「求求妳！魔法舌頭說不定眞的可以召喚她們，他只需要召喚她們，然後奧菲流士便可問她們如何召回髒手指的事！妳一定也希望他回來，不是嗎？他曾在山羊面前保護過妳，爲妳溜進夜之堡的地牢。巴斯塔埋伏在毒蛇山時，他的火救了大家！」

巴斯塔——毒蛇山……這段記憶讓法立德一下子默不出聲，彷彿死神再次來抓他似的。

但他結結巴巴繼續說，就算蕾莎的臉仍一副拒人於千里之外的樣子。「求求妳！那不像魔法舌頭當初受傷那樣了……她們無法再傷害他！他是松鴉！」

布麗安娜瞪著法立德，彷彿他瘋了。她和其他所有人一樣，認爲髒手指已永遠離開，但法立德會爲此跟他們大家拚命！

「我不該來這的！」蕾莎試圖推開他，但法立德擋掉她的手。

「他只需要召喚她們！」他對她大喊。「問一下他！」

但蕾莎再次推開他，這次十分粗暴，他整個人撞上牆，玻璃人緊抓著他的袍子。「要是你跟莫說我來這的話，」她說，「我會說你說謊，我發誓！」

奧菲流士的聲音攔住她時，她已來到敞開的門口。他大概已在樓梯上站了好一會，等著爭吵過去。歐斯在他身後，一臉無動於衷，他搞不清楚狀況時，就露出這副尊容。

「讓她走！她顯然不想讓人幫忙。」奧菲流士語帶蔑視說道。

「妳先生會死在這個故事中。妳知道這點，不然妳不會來這。說不定費諾格里歐在腸枯思竭之前，自己還會寫下相應的曲子——〈松鴉之死〉，感人，扣人心弦，英勇，符合這種角色的模樣，但最後一定不會寫到：然後他們快快樂樂生活一輩子。不管怎樣——笛王今天已經譜出第一段。像他這麼聰明的人，已用母愛爲這位高貴的強盜編好了繩套。還有更致命的東西嗎？妳先生一定會自投羅網，無比英勇，無比狂熱，就像費諾格里歐為他所寫下、他這時扮演著的角色一樣，而他的死會再成為另一首動人的曲子的素材。但等到他的腦袋被插在矛上掛在城堡大門上時，妳大概會想起我本來可以救他一命的。」

奧菲流士的聲音清楚召喚出他所描繪的圖像，法立德彷彿見到魔法舌頭的血沿著城牆流下，而蕾莎低著頭站在門口，好像奧菲流士的話弄斷她的脖子。

費諾格里歐的故事似乎暫時停止呼吸一般。

接著，蕾莎抬起頭看著奧菲流士。

「你去死吧，」她說。「我眞希望自己能夠召喚白衣女子，讓她們立刻帶走你。」

等她走下奧菲流士房門前的階梯時，腳步十分不穩，彷彿膝蓋在顫抖，但她沒再回頭。

「關上門，天冷了！」奧菲流士命令道，布麗安娜關上了門，但奧菲流士仍繼續站在樓梯上，盯著關上的門看。

法立德不安地抬頭瞧他。「你眞的認為魔法舌頭可以召喚白衣女子？」

「啊，你偷聽到了。那好。

好？現在又是怎麼回事？

奧菲流士摸著自己淺色的頭髮。「你一定知道莫提瑪現在躲在哪，對吧？」

「當然不知道！沒人……」

「省省吧，別騙我了！」奧菲流士喝叱他。「去找他，告訴他，他妻子為什麼來找我，問他是否願意為我的文字付出我開的價碼。如果你想再見到髒手指，那最好帶個肯定的答覆回來。懂嗎？」

「火舞者死了！」從布麗安娜的聲音中看不出她在說自己的父親。

奧菲流士發出一聲淺笑。「嗯，法立德也死過，我的美人兒，但白衣女子不是放過他了。那爲什麼不可以再來一次？只要讓她們感到交易有趣就行，而我想我現在知道怎麼做了。那就像在釣魚，妳只需要合適的餌。」

要什麼樣的餌？對白衣女子來說，有什麼比火舞者更有趣的東西呢？法立德不想知道答案，他只想著一點：一切說不定會好轉，把奧菲流士召來這裡，是對的事……

「你怎麼還站在那裡？快給我動身！」奧菲流士對著下面的他喊道。「還有妳，」他朝布麗安娜喊，「給我弄點吃的。我想是該寫一首關於松鴉的新曲子了，這次由我奧菲流士動筆！」

他回到自己的寫字間時，法立德聽到他在哼唱。

士兵的手

「是走路的人選擇小徑，還是小徑選擇走路的人？」

——賈斯・尼克斯《莎貝兒：冥界之鑰》

蕾莎走回擱下自己坐騎的廄房時，翁布拉似乎更像一座死城了，在靜寂的屋舍間，她不斷聽到奧菲流士的聲音說著同樣的字眼，清清楚楚，彷彿他就跟在她身後似的：**但等到他的腦袋被插在矛上掛在城堡大門上時，妳大概會想起我本來可以救他一命的**。她在夜裡跌跌撞撞走著時，淚水幾乎讓她看不見路。她該怎麼辦？她現在該怎麼辦？回去？不，絕不。

她停了下來。

她在哪呢？翁布拉是個石頭迷宮，她熟悉這些狹窄巷弄的歲月，已是多年前的事。

她繼續走下去時，耳裡聽到自己腳步的回聲，她仍穿著奧菲流士把莫和她唸到這裡那天所穿的靴子。他已幾乎殺死莫一次。她難道忘了？

她頭上的天空發出一陣嘶聲，讓她嚇了一跳，接著是低悶的劈啪聲響，城堡上的夜空瞬間變得猩紅，彷彿天空著火一般。黑炭鳥在娛樂紅雀和他的賓客，拿鍊金術士的毒藥和惡意狠毒來餵食火焰，直到火焰佝僂著背，不像髒手指耍弄時那樣舞動。

髒手指。是的，她也希望他回來，只要一想到他和死者作伴，心就感到冰冷，但一想到白衣女子又要再次向莫伸出手，心就更加冰冷。然而——他不待在這個世界的話，那她們就沒辦法帶走他？妳先生會死在這個故事中……

她現在該怎麼辦？

她頭上的天空變成硫磺綠。黑炭鳥的火顏色多變，她的腳步匆匆，毫不稍歇，一路而下的這條巷子通往一座她從未見過的廣場。這裡的屋舍簡陋，一頭死貓窩在一道門檻上。她走向廣場中央的一口井，不知如何是好——聽到身後的腳步聲時，突然轉過身去。三名男子從屋舍的陰影中現身。士兵披著毒蛇頭的顏色。

「看看，這麼晚了是誰在這晃啊？」其中一名說，而其他兩人幾步便擋住她的去路。「我不是跟你們說了？翁布拉還有比黑炭鳥噴火更有趣的東西。」

現在怎麼辦，蕾莎？她有把刀，但怎麼對付得了三把劍，其中一位還有一把弩。弩弓的殺傷力，她可是見多了。妳應該改扮男裝的，蕾莎！羅香娜不是老對妳說，翁布拉的女人天黑後，沒人敢出門，就怕紅雀的手下？

「怎麼啦？妳丈夫一定跟其他人一樣一命嗚呼了，對不對？」她面前的士兵並不比她高多少，但另外兩個卻高出她一個頭多。

蕾莎抬頭瞧著屋舍，但誰會來幫她呢？費諾格里歐住在翁布拉另一邊，而奧菲流士——就算他可以聽到她在這兒，但在交易談不成後，他和他那大塊頭僕役會來幫她嗎？試看看吧，蕾莎，大聲叫！說不定至少法立德會來幫她。但她的聲音不聽使喚，就像當時她第一次在這個世界迷失時一樣……

附近的屋舍只有一扇窗戶亮著。一名老婦人伸出頭，一看到士兵時，便趕緊縮了回去。妳難道忘了這個世界是由什麼構成的？蕾莎似乎聽見莫這樣說。但就算這個世界眞的只由文字構成，那這些文字會怎麼描述她？但有個女人，兩次迷失在文字的世界後，第二次时，她再也回不去……

兩名士兵現在來到她身後，一位把兩隻手擱在她臀部。蕾莎似乎覺得自己不知在哪裡，不知在何時，曾讀過這樣的場景……別再發抖了！打他，用手指戳他的眼睛。不久前，她不是告訴美琪，如果碰上這種事，如何防身嗎？三名士兵中最矮的那位朝她走來，薄薄的唇上露出一抹充滿期待的骯髒微笑。以別人的痛苦爲樂，那是什麼感覺？

「別碰我！」至少她的聲音又聽使喚了，但這種聲音在夜裡的翁布拉，人們一定常聽到……

「我們爲什麼不要碰妳？」她身後的那名士兵，帶著黑炭鳥的火味，雙手慢慢往上游移，一直來到她的胸部。但在這笑聲中，蕾莎似乎還聽到別的聲音。腳步聲，輕快的腳步聲。是法立德嗎？

「把你的手拿開！」這回她盡力大聲叫道，但讓這些男人猛轉過身的，並不是她的聲音。

「馬上放開她。」

美琪的聲音聽來完全像個大人，所以蕾莎並未馬上明白過來那是自己的女兒。美琪直挺挺在屋舍間現身，就像當時在山羊的慶典廣場上那樣。只是這回她未穿著摩托娜逼她穿上的白得嚇人的衣服。抓住蕾莎的士兵，像被逮到的孩子一樣，垂下雙手，但一等他發現黑暗中現身的不過是個女孩時，雙手便抓得更緊。

「又一個？」小個子轉身，不屑地瞧了美琪一眼。「這樣更好。你們看吧，我說的關於翁布拉的話沒錯吧。這裡是個女人窩。」

最後的蠢話。黑王子一刀射進他的背。他和莫像復活的影子一般，從夜裡浮現。抓住蕾莎的士兵推開她，抽出自己的劍。他朝另一人示警，但莫殺了他們倆，快到蕾莎覺得自己幾乎沒有時間呼吸。她的膝蓋一軟，不得不靠著最近的牆。美琪跑向她，擔心問她是否受了傷，但莫只看著她。

「怎麼樣？費諾格里歐寫了嗎？」他就說了這些。

他知道她為什麼來這，他當然知道。

「沒有！」她小聲說道。「沒有，他什麼都不寫，不管是他，還是奧菲流士。」

他看她的樣子，彷彿不知道自己能不能相信她。他從未這樣看過她。他接著一言不發轉過身，幫王子把死者拖進一條巷子中。

「我們從染工的小溪來的！」美琪小聲對她說。「莫和王子殺了那邊的守衛。」

死這麼多人，蕾莎。只因妳想回家。青石地上到處是血，莫拖走抓住她的士兵時，他的一雙眼似乎仍盯著她看。她為他難過？不會。但見到自己的女兒這時也無動於衷提到殺人一事，讓她毛骨悚然。莫呢？他的感覺呢？再沒任何感覺？她看著他拿一名死者的披風擦掉自己劍上的血，並朝她看過來。為什麼她再也無法像從前那樣，從他眼中看出他的想法了呢？

因為她面前的是松鴉，而這次是她自己召他來的。

到染工那裡的路，似乎無止無盡。黑炭鳥的火仍在他們頭上的天空發亮，有兩次，他們必須躲開喝醉的士兵們，但最後，他們聞到了染房刺鼻的味道。他們走到經過一道城牆欄杆把污水帶到河裡去的小溪時，蕾莎拿衣袖摀住嘴和鼻子，等她跟在莫身後，走進這個惡臭的污水中時，難受到幾乎無法吸入足夠的空氣，沈到水中，以便穿過欄杆。

等黑王子幫她上岸時，她見到一名被殺的守衛躺在樹叢間，胸口的血，在這個沒有星光的夜裡，看來有如黑墨，蕾莎哭了起來。她停不下來，等他們終於來到河邊，將就著在那裡洗掉頭髮和衣服上的污水時，她仍哭著。

兩名強盜牽著馬等在遠處的岸邊，水妖在那泅泳，翁布拉的女人在那平坦的岸邊石頭上晾乾衣物。朵利亞也在，他大塊頭哥哥沒來。他見到濕淋淋的美琪時，把自己破破爛爛的披肩圍在她肩上。莫幫蕾莎上了馬，但仍一言不發。他的沈默比蕾莎身上的濕衣服，更令她冷得發抖，拿毯子給她的，不是莫，而是黑王子。莫跟他說自己來翁布拉的原因了嗎？沒有，一定沒說。他要如何對王子解釋文字在這個世界具有何種力量？

美琪也知道自己母親來翁布拉的原因。蕾莎從她眼裡看了出來，那雙眼睛顯得警覺——彷彿自己的女兒懷疑不安，不清楚自己接下來會做什麼。要是美琪知道自己甚至跑去找奧菲流士的話，會怎麼樣呢？她會明白，這全是因爲擔心她父親的安危嗎？

他們動身時，雨開始落下。風把冰冷的雨滴打在他們臉上，城堡上方的天空一片暗紅，彷彿黑炭鳥在背後警告他們般。朵利亞在王子的指示下，留下來抹掉他們的蹤跡，而莫一聲不吭騎在前頭。他再次轉過身來看時，也是看著美琪，而不是她，蕾莎慶幸自己臉上有雨水，這樣便沒人看得見她在哭。

失眠的夜

只要我對這個世界感到絕望
夜裡因爲細微的聲響而醒來
擔心自己和孩子的生命時，
我就到美麗的大蜥蜴
在水中歇息、
大白鷺獵食魚隻的地方。
我會發現祥和的自然生物，
牠們不會因爲擔心而危及自己的生命。
我來到寧靜的水邊
察覺到頭上白日時失去光芒的星星，
在星光下靜靜站著。我在崇高的世界中
歇息了一會，感到無拘無束。

——溫德爾·貝瑞《自然之寂》

「我很抱歉。」蕾莎眞的感到如此。

「我很抱歉。」四個字。她不斷輕聲重複，但莫感覺得到字面背後蕾莎眞正的想法：她又被關了起來。山羊的碉堡、他山中的村子、夜之堡的地牢——這許多牢獄。現在關住她的是一本書，那本曾經關過她一次的書，在她試圖逃離時，又被這本書帶了回來。

「我也很抱歉。」他說，像她一樣不斷重複著——但他卻明白蕾莎期待的是另一番話。**好，我們回去吧，蕾莎。我們總會找到辦法的！**但他並未這樣說，未說出口的話導致一種就算在蕾莎失去聲音時，他們也從未見過的沈默。

他們最後躺下來睡，儘管外頭已經破曉，但兩人因爲擔驚受怕，還有兩人沒有說出來的話，感到精疲力竭。蕾莎很快入睡，而莫打量著她沈睡的臉龐，回想起自己渴望這樣看著她入睡的那些年。然而，這樣的念頭仍無法讓他靜下心來——最後，留下蕾莎一個人陪著她自己的夢。

他走入夜色中，經過嘲笑他衣服上仍殘留的染房臭味的守衛，漫步穿過營地所在的峽谷，彷彿只要自己專心聆聽的話，便可聽到墨水世界在輕輕告訴他該怎麼做。

但他很清楚自己想怎麼做……

最後，他在一個曾是巨人足跡的小水塘邊坐了下來，看著在混濁的水上飛舞的蜻蜓。牠們在這個世界中，看來像是帶著翅膀的小龍，莫喜歡坐在這裡，看著牠們奇特的身影，想像留下這樣一個足跡的巨人會有何等巨大。幾天前，他才跟美琪走進這樣一個小水塘，想看看足印有多深。想到這裡，他微笑起來，雖說他現在沒什麼心情微笑。他心裡仍有一絲殺人時所留下的戰慄感受。黑王子這許多年來，是否還能感受得到？

晨曦降臨，顯得猶豫，彷彿墨水摻雜著牛奶一般，莫說不上來自己這樣坐了多久，期待費諾格里歐的世界告訴自己事情會如何進展，這時，一個熟悉的聲音輕喊著他的名字。

「你不該一個人待在這兒的！」美琪說，坐到他身旁覆蓋著白霜的草地。「離守衛太遠，會有危險的。」

「那妳呢？我是不是該當個嚴厲的老爸，沒有我，妳一步都不能離開營地。」

她對他露出諒解的微笑，手臂抱住膝蓋。「胡說，我一直帶著刀的，法立德教過我。」

她看來真像人人。他還一直想保護她，真是傻子。

「你和蕾莎和好了嗎？」

她擔心的眼神，讓他感到難堪。過去和她單獨在一起，輕鬆多了。

「是的，當然。」他伸出手指，一隻蜻蜓停在上頭，看來像是藍綠色的玻璃一般。

「然後呢？」美琪看著他問道。「她兩個人都問了，是不是？費諾格里歐和奧菲流士。」

「是的，但她說，她和兩個人都沒談成。」蜻蜓屈起細長的身子，上頭有著細小的鱗片。

「當然談不成。她到底在想什麼？費諾格里歐再也不寫了，而奧菲流士太貴。」美琪不屑地皺起額頭。

莫摸著她的額頭，露出微笑。「小心點，不然皺紋會留下來，那可太早了點，不是嗎？」他真喜歡她這張臉，希望能看來高高興興。他在這個世界上，就這個願望而已。

「告訴我一件事，美琪，老實告訴我，要老老實實說。」她比莫更會撒謊。「妳也想回去嗎？」

她低下頭，把直直的頭髮撥到耳後。

「美琪？」

她仍未看著他。

「我不知道！」她最後小聲說道。「可能吧，常常擔驚受怕，實在很累，擔心你，擔心法立德，擔心黑王子，還有巴布提斯塔、大力士——」她抬起頭，看著他，「你知道，費諾格里歐喜歡悲傷的故事。說不定大家都會遇到不幸，這就是這樣一種故事……」

故事。沒錯。但誰在說這個故事呢？不是費諾格里歐。莫噍著自己手指上的白霜，冰冷，雪白，就像白衣女子一般……有時，他會從睡夢中驚醒，因爲覺得聽到她們的低語。有時，他的心仍感受得到她們冰涼的手指，而有時，沒錯，有時，他很希望再見到她們。

他抬頭瞧著樹，離開地上的一片雪白。陽光穿透晨霧，在愈來愈空蕩的枝頭上，最後的葉片像白金一樣閃閃發亮。「那法立德呢？他不值得妳留下來？」

美琪低下頭，盡量讓自己的聲音聽來漠不關心。「法立德才不管我會不會待在這裡，他只想著髒手指。他死了以後，只讓法立德更加思念他而已。」

可憐的美琪。她愛上不該愛的人了。但愛情什麼時候開始在乎這個呢？

她再看著莫時，盡量掩飾住自己的悲傷。「你以爲呢，莫？愛麗諾會不會想我們？」

「她一定會想妳和妳母親，至於我，我就不那麼肯定了。」他模仿愛麗諾的聲音。「**莫提瑪！你把狄更斯擺錯位置了。還有，我得跟一名書籍裝幀師解釋，在圖書館裡不能吃果醬麵包，這怎麼讓人受得了？**」

美琪笑出聲。嗯，至少有些笑聲。要讓她笑，可是愈來愈難了。

但她的臉在下一瞬間又變得嚴肅。「我很想念愛麗諾。我想念她的房子、圖書館和湖邊她老帶我去吃冰淇淋的咖啡店。我想念你的作坊，你早上開車載我上學的情形，你模仿愛麗諾和大流士爭吵的樣子，還有我的朋友老是來找我，因爲你會逗她們笑……我眞的想跟她們說，我們經歷的所有事，就算她們一個字都不信。不然——說不定我可以帶個玻璃人回去證明一下。」

有那麼一會，她似乎回到那好遠的地方去，不是靠費諾格里歐的文字，也不是奧菲流士的，而是她自己的。但他們仍坐在翁布拉周遭山丘的一個小水塘邊，一個精靈飛進美琪的頭髮中，粗魯地扯著，美琪不得不大喊起來，莫趕緊趕走那個小東西。那是一個彩色精靈，奧菲流士創造出來的，莫似乎在那小臉上也發現一絲那位造物者的惡毒之處。她高興地咯咯笑著，帶著自己淡金色的獵物飛向跟自己一樣五彩繽紛的窩巢。不像藍精靈，將要來臨的冬天並未讓奧菲流士的精靈昏昏欲睡。大力士甚至表示，藍精靈在自己的窩巢入睡時，她們會跑去偷她們藍色的姊妹。

美琪的睫毛上掛著一滴淚，可能是精靈造成的，但也可能不是。莫輕輕抹掉那滴淚。

「所以，妳想回去。」

「不！我不是說，我不知道！」她看著他的樣子，十分悲傷。「如果我們就這樣離開，費諾格里歐會怎麼樣？黑王子又會怎麼想，還有大力士和巴布提斯塔？他們會怎麼樣？敏奈娃和她的孩子，羅香娜……還有法立德？」

「是，怎麼樣？」莫說。「這個故事沒了松鴉會怎麼樣？笛王會抓走孩子，因為那些絕望的母親根本無法幫他找到松鴉。黑王子當然會想辦法救孩子，他是這個故事真正的英雄，會好好扮演他的角色。但他英雄角色已扮演太久了，也累了——他沒有足夠的手下。所以盔甲武士會殺了他和所有跟隨他的人，一個接著一個：王子、巴布提斯塔、大力士和朵利亞，還有壁虎、快嘴——嗯，這兩個死了大概不會太可惜。然後，笛王大概會趕走紅雀，自己統治翁布拉一陣子。奧菲流士會幫他唸來獨角獸，或一些攻防武器……沒錯，笛王一定會喜歡。費諾格里歐會一直喝酒，憂傷而死。毒蛇頭長生不死，總有一天統治一群死人。我想，結局大概會是這樣，對不對？」

美琪看著他。她的頭髮在升起的晨光中宛如編織出來的金子。他第一次在愛麗諾家見到蕾莎時，她的頭髮也是同樣的顏色。

「是，大概吧，」美琪輕輕說道。「但如果松鴉留下來了，這個故事眞的會有不同的結局？他要怎麼獨力讓結局圓滿？」

「松鴉？」大力士在矮樹叢中殺出一條路時，幾隻青蛙嚇得跳進水中。莫起身。「你可不可以別在森林中大喊這個名字。」他壓低聲音說。

大力士嚇得四處看，好像盔甲武士已經來到樹叢間了。「對不起，」他喃喃說。「我的腦袋一大早還沒開始動，還有昨天的那些酒……是那個男孩，你知道的，那個幫奧菲流士工作的男孩，他跟美琪——」他瞧到美琪的眼神時，便閉上了嘴。「啊，不管我說什麼話，都很蠢！」他呻吟出聲，一手摀住自己的圓臉。「眞是蠢，但話就是脫口而出，我實在無能爲力！」

「法立德，他叫法立德。他在哪？」美琪就算自己盡力要表現出一副無所謂的樣子，仍瞬間容光煥發起來。

「法立德，沒錯，奇怪的名字。好像是歌裡面的一樣，對不對？他在營地，但他想跟妳父親談談。」

美琪的微笑來得快，去得也快。莫摟住她的肩，但父親的擁抱也解決不了愛情的煩惱。那個混蛋男孩。

「他相當激動，他的驢子幾乎要站不住，他一定是快馬加鞭趕來的。他把整個營地都吵醒。『松鴉在哪裡？我必須和他談談！』從他那裡根本問不出任何東西！」

「松鴉！」莫從未聽過美琪的聲音這麼憤恨過。「我跟他說了上千遍，他不能這樣叫你。他眞是個笨蛋！」

不該愛的人。但心裡又是怎麼想？

惡毒的話

喔，求求你！他覺得自己的心對自己說。喔，求求你，讓我走！

——約翰．厄文《心塵往事》

「大流士！」愛麗諾再也受不了自己的聲音，聽來令人厭惡——陰鬱易怒、激動、不耐煩……她的聲音以前不是這樣子的，對不對？

大流士剛拿進來的書，差點掉了下去，那條狗從愛麗諾特地爲牠買來的地毯上抬起頭，那是避免牠黏答答的口水毀了她的木頭地板，更別提走在上面老會滑倒。

「我們上個禮拜買的狄更斯在哪裡？見鬼了，把一本書擺在正確的位置，你要花多少時間啊？我付你錢，是要你坐在我的沙發中讀書的嗎？你承認算了，我不在這裡的時候，你就是這樣做。」

喔，愛麗諾。她眞討厭自己說出口的話，憤恨、惡毒，來自她那不幸的心。

大流士低下頭，只要他不願意讓她看出自己無比委屈時，他就會這樣做。「書在原來的位置上，愛麗諾。」他輕聲細語回答道，那種聲音只會讓她更加瘋狂。和莫提瑪，可以大吵一頓，美琪也是一個道地的小戰士。但大流士！就算蕾莎不能說話，和她針鋒相對的情形也不少。

貓頭鷹臉的膽小鬼。他爲什麼不罵她？他爲什麼不把那些陶醉地抱在自己雞胸前的書丟到她腳前，好像他得保護這些書似的？

「在原來的位置?」她重複道。「你以爲我最近連識字都不會了?」

那頭笨狗擔心地看著她，然後嘟囔一聲，又把肥胖的腦袋擱到地毯上。

但大流士把自己抱著的一堆書擱到最近的玻璃櫃上，走向擱在狄福和大仲馬之間佔去一大堆位置的狄更斯(這個人實在寫了不少書)的架子，毫不遲疑地抽出那本被問到的書。

他不發一語，把書塞到愛麗諾手中，然後開始分類那一堆他拿進圖書館的書。

「書髒了!」

眞蠢，她覺得自己眞蠢，愛麗諾討厭很蠢的感覺。那簡直比悲傷還要糟糕。

住嘴，愛麗諾。但她停不下來。話就自然而然脫口而出。「你上次撢灰塵是什麼時候?這難道也要我來操心?」

大流士瘦窄的背仍對著她，一動不動地承受這些話，像被惡意責打一樣。

「怎麼了?你那結結巴巴的舌頭現在終於不聽使喚了?有時我都懷疑，你幹嘛還要有舌頭!摩托娜應該帶走你，而不是蕾莎—她就算啞了，還是比你健談。」

大流士把最後一本書插進書架中，扶正擺好，然後腳步果決，筆直朝門口走去。

「大流士!給我回來!」

他沒再轉身。

混蛋。愛麗諾追上去，手裡拿著狄更斯，她得承認這本書眞的不怎麼髒。如果要說老實話的話—書可是一點灰塵都沒有。當然不會有，愛麗諾!她心想。好像妳不知道似的，每星期二和星期五，大流士可是無比費心把書上一絲一毫的灰塵清掉!幫她打掃的清潔婦，總是每隔一陣子便取笑他所用的細毛筆。

「大流士！看在老天份上，你別這個樣子！」

沒有回答。

凱伯魯斯在樓梯上超過她，在最高的階梯上伸出舌頭瞧著她。

「大流士！」

這頭笨狗的口水明鑑——他在哪裡？

他的房間就在莫提瑪先前辦公室的旁邊。門是開的，那個他們第一次一起出差時她幫他買的箱子打了開，擱在床上。跟大流士去買書，總是有趣（她不得不承認，他沒讓她幹下一些蠢事）。

「這是？……」她那惡毒的舌頭突然變得沈重起來。「眞是見鬼了，你這是幹什麼？」還會是什麼？他很明顯要把自己那一丁點衣服打包到箱子中去。

「大流士！」

他把蕾莎畫給他的美琪擱在床上，還有莫提瑪幫他裝幀的筆記簿及美琪拿根松鴉羽毛爲他製作的書籤。

「這件晨袍——」他結結巴巴說著，同時把一直擱在他床邊自己父母的照片收進箱子。「如果我拿走的話，妳不反對吧？」

「別問這種蠢事！當然不會！眞是該死，那是禮物。但你想帶去哪裡？」

凱伯魯斯慢呑呑走進房間，來到床邊的床頭櫃，大流士總有一些餅乾擱在那裡的抽屜中。

「我還不清楚——」

他把晨袍跟其他衣物一樣（這些衣物對他來說太大，但她哪會知道他的尺寸？），小心翼翼摺疊好，把畫、筆記簿和書籤擱進箱子中，然後闔上。他當然沒法鎖上。他實在手腳笨拙！

「把東西拿出來！快點！這太可笑了。」

但大流士搖搖頭。

「天哪，你總不能也把我一個人留下吧！」愛麗諾對自己聲音中的絕望都吃了一驚。

「妳跟我在一起，一樣是一個人，愛麗諾，」大流士按捺住聲音回答。「妳傷心過度！我再也受不了了！」

那頭笨狗沒再去嗅聞床頭櫃，而是待在她面前，露出悲傷的眼神。他說得對，牠那濕淋淋的狗眼說著。

好像她自己不知道似的！她自己也受不了了。她過去也是這個樣子嗎——在美琪、莫提瑪和蕾莎搬到她這裡來之前？可能吧。但當時只有書，書可不會抱怨。雖然——說實話——她從未對書像對大流士這樣粗魯過。

「好，那就離開吧！」她的聲音開始非常可笑地顫抖起來。「那就讓我一個人待著。你說得對，你何苦要看著我愈來愈讓人難以忍受，一直期望他們會奇蹟似地回來？或許我應該拿把槍斃了自己，或淹死在湖裡，而不是慢慢悲慘無比地死去。作家們至今都這麼做，在故事裡，也都進行得很順利。」

他那雙遠視眼看著她的樣子（她早該幫他買另一副眼鏡的，這副看來簡直太可笑了）。然後，他打開箱子，瞪著自己的傢伙瞧。他拿出美琪幫他做的書籤，摸著那片藍色斑點的羽毛。松鴉的羽毛。美琪把羽毛貼在一張淡黃色的硬紙板上，看來非常漂亮……

大流士輕咳出聲，輕咳了三次。

「好吧！」他最後盡量冷靜說道。「妳贏了，愛麗諾。我會試試看，把那張紙拿給我。不然，說不定妳哪天眞的就舉槍自盡了。」

什麼？他在說什麼？愛麗諾的心開始急遽跳著，像是已想先趕去墨水世界，到精靈和玻璃人那裡，還有她所愛的人那裡，她愛他們勝過所有的書。

「你是說……？」

大流士像個經歷過無數戰役的戰士一樣，無可奈何地點點頭。「是的，」他說。「是的，愛麗諾。」

「我去拿！」愛麗諾轉身。過去幾個星期讓她的心無比沈重，讓她的肢體像個老太婆一樣的一切——全都沒了！消失得無影無蹤。

但大流士叫住她。「愛麗諾！我們也該帶著幾本美琪的筆記本——還有一些實用的東西，像……譬如像打火機。」

「……還有刀！」愛麗諾補上一句。巴斯塔畢竟在他們想去的地方，她發誓，如果下次再碰上他，她自己手上也要有把刀。

她幾乎跌下樓梯，急著想回到圖書館去。凱伯魯斯跟在她後面跳，興奮地喘著氣。牠那顆狗心的某個角落，是否察覺到這跟牠原來主人消失的那個地方有關？

他會試試看！他會試試看！愛麗諾再也無法想其他事，她沒想到蕾莎沒了的聲音，沒想到闊仔的瘸腿，或是扁鼻子變形的臉。不會有事的！她只這樣想，同時顫抖的手指從玻璃櫃中取出奧菲流士的字。「這回沒有讓大流士心驚膽戰的山羊在場。這回他會唸得很棒。喔，天哪，愛麗諾，妳會再見到他們！」

上鉤

要是吉姆會閱讀的話，那他現在大概已注意到一種奇怪的情形……但吉姆不會閱讀。

——麥克・安迪《十三個海盜》

一個侏儒，大約兩個玻璃人高，絕對別像圖立歐那樣毛茸茸的，不，他的皮膚應是雪花石白，還有一個大頭和彎曲的腿。至少紅雀總是清楚知道自己想要的——就算笛王來到城裡後，他的訂單明顯變少。歐斯敲門，聽到奧菲流士說聲「進來」，把頭探過門邊時，奧菲流士正在想該讓侏儒有頭狐狸紅的頭髮，還是像白子那樣的白髮。歐斯的餐桌禮節十分討人厭，也不喜歡洗澡，但卻從未忘記敲門。

「又有一封給您的信，大人！」

哈，被人這樣稱呼，不是很棒嗎？大人……

歐斯進門來，垂下自己的光腦袋（有時他也太過卑躬屈膝），遞給奧菲流士一張上了火漆的紙。紙？這可少見。那些貴族一般都以羊皮紙來訂購；而那個火漆他也沒見過。嗯，不管怎樣，這已是今天的第三張訂單，生意不惡。笛王駕臨，也未改變什麼。這個世界簡直是爲他而設的！當時，當他還是小學生，流汗的手指第一次打開費諾格里歐的書時，他不已經知道了嗎？在這裡，他不會因爲自己出色的謊言，被當成造假的人或騙子，而鋃鐺入獄，在這裡，人們看重他的才華——當他身著華服走到市集上時，整個翁布拉都向他鞠躬致意。太棒了。

「這封信是誰寫的？」

歐斯聳聳寬大可笑的肩。「我不知道，大人。法立德交給我的。」

「法立德？」奧菲流士起身。「你爲什麼不立刻告訴我？」

他趕緊從歐斯粗笨的手指中搶過那封信。

奧菲流士——（當然，他不會用「親愛的」或「敬愛的」的字眼，松鴉在稱呼上都不願撒謊！）**法立德告訴我，我太太懇請你寫的那些文字，你所開出的條件。我同意這筆買賣。**

奧菲流士來回讀了這些字三遍、四遍、五遍，沒錯，白紙黑字寫在那裡。

我同意這筆買賣。

這個書籍裝幀師上鉤了！真的這麼容易？

是的！爲什麼不？英雄都是笨蛋。他不是老這樣說？松鴉踏入陷阱了，他只需要收網就行。一支羽毛筆，一些墨水……還有他的舌頭。

「走開！我要一個人待著！」他喝叱百無聊賴站在一旁，拿花生丟那兩個玻璃人的歐斯。「還有，帶走雅斯皮斯！」

奧菲流士知道，每當自己整理思緒時，喜歡大聲自言自語，所以玻璃人必須離開房間。雅斯皮斯常坐在法立德肩上，而奧菲流士現在準備要寫的東西，那個男孩絕對不能得知。雖然那個笨小子比他更希望髒手指回來，但會不會爲此犧牲自己情人的父親，就說不準了。不。法立德這時和其他人一樣，崇拜松鴉崇拜到五體投地。

歐斯肉呼呼的手指從寫字桌上抓走雅斯皮斯時，赤鐵幸災樂禍瞧了自己弟弟一眼。

「羊皮紙！」門在他們倆身後一關上，奧菲流士便吩咐道，赤鐵趕緊把最好的羊皮紙固定在寫字桌上。

只是，奧菲流士走向窗邊，瞧著松鴉這封信可能寄遞過來的山丘。魔法舌頭，松鴉——他是有出色的名字，沒錯，莫提瑪一定比他更加高貴與勇敢，但這個美德典範，一定沒有他機靈，因爲美德讓人變笨。

你該謝謝他的妻子，奧菲流士！他心想，同時開始來回走動（有助思考）。要是他妻子不是十分害怕失去他的話，你大概永遠拿不到你所需要的餌！

喔，眞棒。他最大的勝利！獨角獸、侏儒、彩色精靈……雖然不差，但根本比不上他現在要做的事！他將從死者那裡召回火舞者。奧菲流士。他自己取的這個名字過去有什麼更好的豐功偉業？但他比自己竊來這個名字的詩人更加機靈。他會找別人去亡靈的國度——而且不讓他回來。

「髒手指，你在你那冰冷的國度聽得到我嗎？」奧菲流士低語著，而赤鐵努力攪拌著墨水。「我找到可以贖你回來的餌了，最棒的餌，點綴上華麗的淡藍色羽毛！」

他開始自顧自地哼唱著，只要他一心滿意足，就會這樣，再把莫提瑪的信拿在手上。松鴉還寫了什麼？

一切照你要求（魔鬼的蹄子明鑑，他的文筆已是舊日強盜公開聲明的樣子）**：我會試著召喚白衣女子，對此，你寫出把我妻子和女兒送回愛麗諾家的文字。至於我，只需表示我之後會尾隨她們。**

嚇。這是什麼？

奧菲流士吃驚地擱下信紙。莫提瑪想待下來？為什麼？因爲在笛王的威脅後，他高貴的英雄之心無法讓他開溜？還是他很喜歡當強盜？

「嗯，不管怎樣，高貴的松鴉，」奧菲流士輕聲說（啊，他喜歡自己的音調），「事情完全不會像你想像那樣進行，因爲對你，奧菲流士有自己的打算！」

這個高尚的笨蛋！難道他沒讀完過任何的強盜故事嗎？羅賓漢可沒什麼好下場，安傑洛・杜卡一樣，辛德漢納斯和其他綠林強盜也差不了多少。爲什麼松鴉會例外呢？不會，他只會再扮演一個角色：鉤子上美味的餌——注定要死。

而我會爲他寫下最後一首曲子！奧菲流士心想，輕快地來回踱步，彷彿已在他的腳趾中察覺到那合適的文字了。各位觀眾，聽聽松鴉最最神奇的故事，他把火舞者從死人中召回，可惜自己命喪黃泉。感人肺腑，就像羅賓漢被修女出賣送掉一命，或杜卡死在絞刑架上，旁邊是他一命嗚呼的朋友，劊子手騎在他肩膀上，送他歸西。沒錯，每位英雄都要這樣退場，就算是費諾格里歐，也不會有其他的寫法。

喔，這封信還沒完呢！這個最最高貴的強盜還寫了什麼？**你寫好後，在窗前掛上一塊藍布**（眞是浪漫！眞是強盜的點子。他似乎眞的愈來愈像費諾格里歐爲他量身訂做的角色），**隔天晚上，我便會在流浪藝人墓園見你。法立德知道墓園在哪。單獨前來，最多只帶一名僕役。我知道你和總督關係良好，等我確定他的手下沒跟你來後，我才會現身——莫提瑪**（看看，他果眞仍簽上自己原來的名字。他想拿來騙誰啊？）

單獨前來！喔，是的，我會單獨前來，奧菲流士心想。你是看不到我事先安排好的文字！

他把信捲起來，擱在自己寫字桌下。

「赤鐵，都準備好了？一打削尖的羽毛筆，墨水攪拌了六十五次呼吸吐納，一張上等的羊皮紙？」

「一打，六十五次，最最上等的。」玻璃人確認道。

「那清單列表呢？」奧菲流士瞧著被自己啃過的指甲。近來，他每個早上會把指甲浸在玫瑰水中，但可惜只讓指甲的味道更好。「你那沒用的弟弟在B開頭的字上留下他的腳印。」

清單列表。費諾格里歐在《墨水心》裡使用的所有文字，按照字母分類索引。他不久前才指示雅斯皮斯要完成這份清單列表（他哥哥的字實在難看）。但可惜這個玻璃人才整理到字母D的部分，所以奧菲流士必須繼續翻查費諾格里歐的書，確認他所用的字在《墨水心》中也有。十分麻煩，但卻必要，這是至今最有效的方法。

「全都準備好了！」赤鐵趕緊點頭。

好！文字已經浮現。奧菲流士察覺到了這些字，就像頭皮下的搔癢。他一拿住羽毛筆，幾乎都來不及沾墨水。髒手指。當他回想起自己見到他躺在礦坑中氣絕時，眼淚仍會湧出。毫無疑問，那是他這輩子最難過的一個時刻。

他一直信守在死者面前對羅香娜所做的承諾（就算她根本不相信他）：我會找到那些字眼的，像百合花香般甜美誘人，讓死神迷醉，鬆開他抓住髒手指溫熱的心的冰冷手指！自從他來到這個世界後，他就在尋找這些文字——就算法立德和費諾格里歐認爲他只會寫出獨角獸和彩色精靈，他也不管。不過，在開始徒勞嘗試後，他很難過發現，在這裡，僅僅聲音甜美並不夠，百合花般的文字從未帶回髒手指，死神要求更高的價碼：有血有肉的價碼。

難以置信，他竟然沒早點想到莫提瑪，這個以一本空白的書讓死神成了活人笑柄的男人！沒錯，要他離開！這個世界只需要一個魔法舌頭，而那就是他。等到莫提瑪餵給死神，費諾格里歐的腦袋被酒精分解後，就只剩他繼續說這個故事，一直說下去——給髒手指一個恰當的角色，給自己一個不算無關緊要的。

「沒錯，幫我召喚白衣女子，莫提瑪！」奧菲流士低語著，以他美麗的字體一字一句填滿羊皮紙。「你永遠不會知道，我先在她們蒼白的耳邊悄悄說了什麼。看看，我把誰帶來給妳們！松鴉。把他帶給妳們冰冷的主人，並幫奧菲流士好好問候一下妳們的主人，把噴火藝人交給我。啊，奧菲流士，奧菲流士，大家會紛紛說到你，但不會說你笨。」

他輕笑一聲，羽毛筆沾了沾墨水——當身後的門打開時，他猛轉過身。法立德走了進來。該死，歐斯到哪去了？

「你想幹什麼？」他喝叱這男孩。「我還要跟你說多少次，進來前，要先敲門？下一次，我會拿墨水瓶丟你的笨腦袋。去幫我拿酒來！我們最好的酒。」

這小子關上門時，看著他的神情。他恨我！奧菲流士心想。

他喜歡這個念頭。照他的經驗來看，只有有權有勢的人，才會被人憎恨，他打算在這個世界當個有權有勢的人。

流浪藝人墓園

他在一座山丘上坐下，唱起歌，那是魔法師之歌，力量強大，可讓死者復活。他先輕聲謹愼地唱著，接著聲量愈來愈大，愈來愈咄咄逼人，直到泥炭地面張開，冰冷的土地出現裂縫。

——布林格維德《放肆的神》

流浪藝人墓園位於一座廢棄的村子上方。卡蘭德雷拉。儘管村民早已消失，這座村子仍然保有原來的名字。他們爲什麼離開，去了哪，再也沒人知道——有人說是瘟疫，有人說是饑荒，其他人提到兩個敵對的家族，相互殺戮驅趕。不管哪個故事正確，費諾格里歐的書裡並沒答案，這座墓園一樣成謎，過去的住民把自己的死者和流浪藝人葬在一起，永遠相眠。

一條狹窄的石徑從廢棄的屋舍間一路蜿蜒在長著染料木的斜坡，往上通到一塊凸出的岩石，在那可以越過無路森林的樹梢頭，往南方遠遠眺望，海便在那邊的某個山丘後頭。在翁布拉傳說，卡蘭德雷拉的死者有著最佳的視野。

一道頹圮的牆圍著墓地，墓碑和用來建造屋舍的石塊是一樣的，活人用的石頭，也是死人用的。幾塊墓碑上刻著名字，字體拙劣，彷彿刻鑿的人只教會字母不讓死神帶來的靜默奪走這些至愛的名字的音韻。

美琪走過這些墳墓時，似乎覺得墓碑朝她低吟著這些名字——法里納、羅莎、路奇歐、倫佐……

沒有名字的墓碑彷彿緊閉的嘴，悲傷的嘴，不再說話的嘴。但說不定死者並不在乎自己過去的名字？

莫仍和奧菲流士說著話。大力士打量著他的保鏢，像是想要比量一下誰的胸膛更寬。

不要答應，莫。求求你！

美琪瞧著母親這邊——當蕾莎迎上她的目光時，便突然把臉撇開。她十分氣母親。莫現在會在這裡，只因蕾莎的眼淚和她去找奧菲流士。

不僅大力士，黑王子也跟他們一起來——還有朵利亞，雖然他哥哥不同意他來。他和美琪一樣站在墓地間，四處瞧著，打量墓碑前的東西——枯萎的花、木頭玩具、一隻鞋、一根笛子。一座墓上還擱著一束鮮花。朵利亞拿起花，花如他們等待的女人一樣白。等他發現美琪瞧著他時，便朝她走去。他和他哥哥眞的一點都不像。大力士一頭褐色短髮，但朵利亞的則是鬈曲垂肩，美琪有時覺得他彷彿出自一本老舊的童話故事書，那是她剛學會閱讀時，莫送她的。裡面的圖片都已泛黃，但美琪卻看了好幾個鐘頭，深信是其中幾則童話提到的精靈，用她們的小手畫出來的。

「妳看得懂墓碑上的字嗎？」朵利亞來到她面前時，手裡仍拿著白花。他左手的兩根手指已經僵死，朵利亞想要保護自己姊姊時，被酒鬼爸爸弄斷的。至少大力士是這樣說。

「是的，當然。」美琪再看了一眼莫。費諾格里歐讓巴布提斯塔帶了個訊息過來。**你不能相信奧菲流士，莫提瑪！**但都沒用。

不要答應，莫。求求你！

「我在找個名字。」朵利亞的聲音聽來比平常更爲難的樣子。「但我……我不識字。那是我姊姊的名字。」

「她叫什麼？」

如果大力士沒說錯，朵利亞在紅雀想要吊死他的那天，正好滿十五歲。美琪發現他看來比實際年齡大。「嗯，」大力士說，「有可能他要年長一些。我母親並不太會數數！她根本不記得我的生日。」

「她叫蘇莎。」朵利亞看著墳墓，彷彿只要說出這個名字，就能召喚出他提到的人。「我哥哥說，她應該葬在這裡，只是記不得埋在哪裡。」

他們找到那塊墓碑，上頭長滿了常春藤，但名字仍清晰可見。朵利亞彎身，撥開葉片。「她和妳一樣，有著淺色的頭髮，」他說。「拉札諾說，我媽媽趕走她，因爲她想和流浪藝人一起生活。對此，他從未原諒過她。」

「拉札諾？」

「我哥哥，你們叫他大力士。」朵利亞的手指順著字母移動。那些字母看來，彷彿有人拿刀在石頭上刻鑿出來的。第一個S上，長出了青苔。

莫仍和奧菲流士說著話。奧菲流士遞給他一張紙：蕾莎訂購的文字。如果白衣女子眞的現身，莫這一晚是否還會唸這些文字？天再次亮起之前，他們是否可能已在愛麗諾的家中了？美琪不清楚這個想法讓她感到傷心，還是輕鬆，她也不願意去想。她只希望一點，莫再次騎上馬離開，而她母親的眼淚再不會讓他來這裡。

法立德站得稍微遠一點，偷偷摸摸在他肩上。見到他，像見到蕾莎一樣，讓美琪感到寒心。法立德轉達了奧菲流士的要求，知道這會讓她父親陷入險境，更別說他們兩人可能會因這個交易再也無法見面。但法立德不在乎這一切，他只在乎一個人，也就是髒手指。

「他們說你們從很遠的地方來，妳和松鴉。」朵利亞從腰間抽出刀，刮掉他姊姊名字上的青苔。

「那裡會不一樣嗎?」

她該說什麼呢?「是的,」她最後喃喃說道。「很不一樣。」

「眞的?法立德說,那裡有不需要馬的馬車,還有從很小的黑盒子中冒出來的音樂。」

美琪不得不微笑起來。「是的,沒錯。」她輕聲說。

朵利亞把白花擱在他姊姊的墓上,接著起身。「那個地方眞的也有飛機?」他十分好奇地看著她。「我曾試著建造翅膀,甚至還飛了一段,但不是很遠。」

「是的……那裡也有飛機,」美琪心不在焉地回答。「蕾莎可以幫你畫出來。」

莫攤開奧菲流士遞給他的那張紙。她母親走向莫,想要規勸他。有什麼用呢?他不會聽她的。「沒有其他辦法了,美琪。」她自己求他別接受奧菲流士的提議時,他只這樣說。「妳母親說得對,是回去的時候了,這裡一天比一天危險。」她還能說什麼呢?過去幾天,強盜們因爲笛王的巡邏隊而三次搬遷營地,而且據說每個鐘頭都會有女人到翁布拉城堡,聲稱自己見到松鴉,希望救救自己的孩子。

啊,莫。

「他不會有事的,」朵利亞在她身後說道。「妳會看到,就連白衣女子都喜歡他的聲音。」

胡說,全是瞎編出來的!

等到美琪走向莫,靴子在白霜上留下印跡時,便彷彿一個幽靈走過墓園一般。莫的臉十分嚴肅。他害怕嗎?妳在想什麼,美琪?他可是要召喚白衣女子!**她們不過只是一種渴望而已,美琪**。

她從法立德身邊走過時,他只尷尬地往一旁看。

「求求你!你不必這麼做!」蕾莎的聲音在死者之間聽來相當響亮,莫只輕柔地把手貼在她唇上。

「我想試試看，」他說。「妳不必擔心。我知道白衣女子，比妳以爲的那樣還多。」他把那張摺起來的紙塞到她腰間。「這個，好好看著。如果我因爲什麼原因不能唸的話，就要美琪唸吧。」

如果我因為什麼原因不能唸的話……要是她們用她們冰冷蒼白的手殺了我，就像髒手指那樣。美琪張開嘴——當莫看著她時，接著又閉上了。她知道這種眼神。**別再討論，就這樣算了，美琪。**

「好，就這樣講定，我的部分已經完成。我……嗯，我想，我們別多等下去了！」奧菲流士顯然不耐煩。他雙腳交互踩著，嘴角上露出一抹黏膩的微笑。「據說，她們喜歡月亮現身的時候，在月亮消失在雲後……」

莫只點點頭，給大力士打了個手勢，他接著輕輕把蕾莎和美琪帶走，離開墓地，到墓園邊的一株冬青櫟下。朵利亞在他哥哥一個示意下，也跟了來。

奧菲流士也退了幾步，好像現在站在莫身旁，已不安全似的。

莫和黑王子交換了一個眼神。他對王子說了什麼？他只因爲髒手指，才想召喚白衣女子？還是王子知道松鴉想用這舉動買來文字？不，他一定不知道。

他們並排走到墓地間。大熊慢吞吞跟在他們身後。但奧菲流士急忙和他的保鏢趕到美琪和蕾莎所站的櫟樹下。只有法立德待在原來的地方，像生了根，一臉害怕莫想召喚出來的東西，卻又渴望見到她們帶走的那個人。

一陣微風吹過墓園，就像他們等待的女人的氣息一樣冰涼，蕾莎不由自主往前走上一步，但大力士把她拉了回來。

「不。」他小聲說，蕾莎停下來，在樹枝的陰影中，像美琪一樣盯著站在墓地中央的那兩個男人看。

「現身吧，死神的女兒！」

莫的聲音聽來沈著，彷彿他已召喚過他要召喚的人無數次似的。「妳們還記得我吧，對不對？妳們記得山羊的碉堡，還有妳們尾隨我而去的洞窟，記得我的心在妳們蒼白的手指中微弱地跳著。松鴉想要向妳們打聽一個朋友。妳們在哪？」

蕾莎的手摀著心，那大概跟美琪的心跳得一樣快。

第一名白衣女子立刻在莫前面的墓碑旁現身。她只需要伸出手臂，便可碰觸到他，而她也這樣做，輕輕柔柔，像是在問候一位朋友一般。

大熊呻吟出聲，低下了頭，然後一步步退開，做出牠從未做過的事：離開自己的主人。但黑王子留了下來，緊靠著莫，雖然他的黑臉上露出一種美琪從未在他臉上見過的恐懼。

那些蒼白的手指撫摸莫的手臂時，他的臉上卻未露出任何表情。第二名白衣女子在他右邊現身。她朝他的胸口抓去，那個他心跳的地方。蕾莎喊了出聲，又往前踏上一步，但大力士拉住她。

「她們不會對他怎樣。妳看看！」他小聲對她說。

另外一名白衣女子現身，接著第四位，第五位。她們圍住莫和黑王子，直到他們在這些朦朧的身影間，在美琪眼裡只成了黑影而已。她們相當美麗——又十分駭人，有那麼一刻，美琪希望費諾格里歐可以見到她們。她知道，他對這一幕會感到十分驕傲，驕傲他所創造出來沒有翅膀的天使。

白衣女子愈來愈多，彷彿是由莫和王子嘴前呼出的白色氣息所構成一樣。爲什麼來這麼多？美琪見到自己感受到的魔力，也見到蕾莎臉上的，甚至也在害怕幽靈的法立德臉上見到這種陶醉的神情。但接著低語開始——來自跟這些蒼白女子一樣沒有形體的聲音。莫的身影模糊起來，彷彿在這一片白中消失。朵利亞緊張地瞧了一眼他哥哥。蕾莎喊著莫的名字。大力士試著再抓住她，但她掙脫開來，開始奔跑。

美琪跑在她後面，沒入那一片朦朧的透明軀體。那些臉龐轉過來看著她，像絆倒她的石頭一樣蒼白。她父親在哪裡？

她試圖推開那些白色身影，卻不斷撲空，直到突然撞上黑王子為止。他站在那，臉色灰白，顫抖的手握著劍，四處看著，彷彿忘了自己是誰。白衣女子不再低語，像煙霧一般消失，隨風而去。她們離開後，夜似乎變得更漆黑。無比漆黑，也無比寒冽。

蕾莎不斷喊著莫的名字，王子絕望地四處看，手裡握著用不上的劍。

但莫已離開。

過錯

時間，讓我消失，我們不斷破碎的東西便會聚在一起，因此我們才會來這兒。

——奧黛麗・尼芬格《時空旅人之妻》

蕾莎在墓地間等著，直到破曉，但莫沒回來。

羅香娜的痛現在成了她的痛，只不過她的連可以哀悼的死首都沒留下。莫離開了，彷彿從未存在過似的。這個故事吞噬了他，而這都要怪她。

美琪哭著。大力士把她摟在懷裡，同時自己的眼淚也順著自己的大臉流下。

「都怪你們！」美琪不停喊著，推開蕾莎和法立德，也不讓王子安慰她。「是你們說服他的！如果她們怎樣都能得到他，那我當初救他幹什麼？」

「我眞的很抱歉。眞的，眞的非常抱歉！」

奧菲流士的聲音像有點毒的糖，仍黏在蕾莎的皮膚上。白衣女子消失後，他站在那裡，像是在等什麼，努力掩飾那不斷偷偷出現在嘴邊的微笑。但蕾莎看到了。喔，是的……法立德也看到了。

「你做了什麼？」他抓住奧菲流士的華服，在他胸口打了好幾拳。奧菲流士的保鏢想抓住法立德，但大力士制止了他。

「你這個齷齪的騙子！」法立德啜泣喊道。「你這口是心非的毒蛇！你爲什麼一個字都不問她們？你根本不想問她們，對不對？你只希望她們帶走魔法舌頭。問問他！問問他，他還寫了什麼。我看見了！他不只寫了答應給魔法舌頭的文字。還有第二張紙！他以爲我不知道他的企圖，因爲我不識字，但我會數。有兩張紙——而且他的玻璃人說，他昨晚大聲唸了出來！」

他沒說錯！蕾莎心中低語著。喔，天哪，法立德沒說錯！

但奧菲流士盡可能裝著相當憤怒的樣子。「這是什麼瞎話！」他喊出聲。「你們以爲我不失望？她們帶走他，我能怎麼辦？我做到我這部分的協議！我只是寫了莫提瑪要我寫的東西！但我有機會向她們打聽髒手指嗎？沒有！但我不會要回我寫的東西。我希望在場的各位明白，」他這時看著手裡仍然握著劍的黑王子，「我是這次交易中毫無所獲的人！」

他寫的東西仍塞在蕾莎腰際。他騎馬離開時，她很想把那些字朝他丟去，但接著又塞回自己的腰帶中。這些應該帶他們回去的文字……她根本還沒唸過。這個價格太昂貴了。莫離開了，美琪永遠不會原諒她。爲了這些文字，她又再次失去他們倆。

她把額頭靠在身旁的墓碑。那是一個孩子的墓碑，墓上擱著一小件襯衣。**我真的很抱歉**。她似乎又聽到奧菲流士柔軟陰沈的聲音，夾雜著自己女兒的啜泣。沒錯，法立德說得對。奧菲流士撒謊。他寫下發生的事，藉由他的聲音讓事情成眞，把莫解決，一如美琪常說那樣，出於嫉妒——而她幫了他。

她手指顫抖地攤開那張莫塞在她腰際的紙。紙已被露水打濕，奧菲流士的徽章神氣活現出現在字上面。法立德對他們說過，他委託翁布拉一位徽章畫家畫出他扯謊表示自己出身王室的一頂冠冕，表示他來自遙遠國度的棕櫚，和一頭獸角墨黑色的獨角獸。

莫的標誌也是一頭獨角獸。蕾莎發覺自己又再流淚，她開始唸時，那些字在自己眼前模糊起來。

寫到愛麗諾家的段落，聽來生硬，但奧菲流士找出合適的字眼描寫出他們的鄉愁，還有擔心這個故事可能把她丈夫變成另一個人……他從哪清楚知道自己心裡的想法？從妳身上，蕾莎，她痛苦地想著。妳把自己的絕望統統告訴他了。她繼續唸——然後愣住：**母親和女兒動身回到全是書的屋子，但松鴉待了下來——承諾時間一到，卸下自己的角色，便尾隨她們回去……**

我只是寫了莫提瑪要我寫的東西！她聽到奧菲流士說，聲音中全是委屈清白。

不，這不可能。莫想跟她們一起離開！但眞是這樣嗎？

妳永遠不會知道答案了，蕾莎，她心想，身子縮在這座小墳墓上，心裡痛苦無比。她心裡似乎也聽到那個孩子哭泣的聲音。

「我們走吧，蕾莎！」黑王子來到她身旁，朝她伸出手。他臉上沒有一絲責備，但卻傷心，非常傷心。他也沒問奧菲流士所寫的東西。他說不定以爲松鴉到頭來是個魔法師。黑王子和松鴉，正義的雙手，一黑一白。現在又只剩王子一人。

蕾莎抓住他的手，吃力地起身。走？去哪呢？她想問。回到營地，在一頂空帳棚中等待，而你的手下只會更加敵視我？

朵利亞牽來她的馬。大力士仍站在美琪身旁，粗獷的臉跟她女兒的一樣，淚流滿面。他避開她的目光。這件事，看來他也怪她。

去哪？回去？

蕾莎手裡仍拿著寫有奧菲流士文字的那張紙。愛麗諾的家。沒跟莫一起回到那裡，會是什麼感受？如果美琪眞的唸出這些文字的話。愛麗諾，我失去了莫。我想保護他，但……不，她不想說這樣的故事。不能回去，再也不能回去。

「美琪，來吧。」王子示意美琪過來。他想幫她上到蕾莎的馬，但美琪退了開。

「不，我跟朵利亞一起騎。」她說。

朵利亞把他的馬牽到她身邊。他把美琪拉上馬坐在他身後時，法立德不怎麼友善地看了那男孩一眼。

「你爲什麼還在這裡？」美琪喝叱他。「你還是希望髒手指會突然出現在你面前？他不會回來了，就跟我父親一樣，但在你幫奧菲流士做了這些事後，他一定會再接納你！」

每個字眼，都讓法立德像條被打的狗一樣縮著身子。他接著一言不發轉過身，走向自己的驢子。他喊著貂，但偷偷摸摸沒來，法立德只好獨自離開。

美琪沒看他。

她轉向蕾莎。「妳別以爲我會和妳回去！」她對她惡言相向。「如果妳這珍貴的文字需要一位朗讀者，那就去找奧菲流士，畢竟妳已去過一次！」

黑王子這次也沒問美琪在說什麼，雖然蕾莎在他疲憊的臉上看出他的疑問。他們騎回去時，他一路上都待在蕾莎身邊。陽光佔領一個又一個山丘，但蕾莎知道，對她而言，這一晚不會結束，從此刻起，這一晚便常駐在她心中。永遠不會結束。既黑，亦白，就像帶走莫的女子一樣。

結束與開始

短評

你們會死。

——馬格斯．朱薩克《偷書賊》

她們把一切都帶了回來：痛楚與恐懼的記憶、高燒和她們抓住他的心的冰冷雙手。但這回完全不同。白衣女子碰觸莫，但他並不懼怕她們。她們低吟她們以爲是他名字的名字，聽來像是一種歡迎。是的，她們輕聲歡迎他，滿是他常在自己夢中聽到的渴念——彷彿他是個失去聯絡許久的朋友，現在終於回來了。

她們爲數眾多，蒼白的臉像霧一般圍住他，其他所有人全都消失——奧菲流士、蕾莎、美琪和剛剛還站在他身旁的黑王子，就連天上的星子與他腳下的地面，也一樣消失。突然間，他站在腐爛的葉片上。這些葉片在冰冷的空氣中散發著濃郁甜美的味道，骸骨分布在葉片之間，蒼白光滑。頭顱、肢體。他在哪呢？

她們帶走你了，莫提瑪，他心想。跟髒手指一樣。

爲什麼這個念頭不會讓他害怕？

他聽到鳥在他頭上鳴叫，許多鳥，等到白衣女子退開後，他看到頭上的氣根，像蛛網般從黑暗的高處垂掛下來。他在一棵像管風琴聲管般中空的樹中，高大有如翁布拉城堡塔樓的大樹。蕈菇從一旁的木頭中長出，散發出淺綠色的光芒，落在鳥巢和精靈窩間。莫伸手去摸鬚根，想確定自己的手指是否還有些感覺。沒錯，都有感覺。他摸了摸自己的臉，觸碰自己的皮膚，毫無改變，仍是溫暖的。這意味著什麼？難道這不是死亡？

如果不是，那是什麼？一個夢？

他轉身，仍像在夢中，瞧著地衣鋪成的床。地衣女睡在上頭，不管生與死，她們皺褶的臉一樣看不出年紀，最後一張床上，躺著一個熟悉的身影，臉容靜謐，一如他最後見到他的樣子。髒手指。

羅香娜果然信守自己在坍倒的礦坑中所做的承諾：**等我頭髮早就花白後，他看來還會像睡著一般，我從蕁麻那裡學到如何保存軀體，就算那副軀體早已沒有靈魂。**

莫走向一動不動的軀體，顯得遲疑。白衣女子讓了開，默不出聲。

你在哪，莫提瑪？就算死者在這裡安息，但這還是不是活人的世界？

髒手指看來真像在安眠，平靜無夢。羅香娜會來這個地方看他嗎？可能吧。但他自己是怎麼來到這裡的？

「因爲這位大概是你想打聽的朋友吧，對不對？」聲音來自上方，莫抬頭瞧著那一團黑時，見到一隻胸口有塊紅斑的鳥棲停在交錯的鬚根間。那隻鳥瞪著圓圓的眼睛，低頭看他，但從牠喙裡出來的聲音，卻是一名女子的。

「你朋友是我們這裡很受歡迎的客人。他給我們帶來火，我唯一無法控制的元素。我的女兒也很想要你，因爲她們喜歡你的聲音，但她們知道，這個聲音需要生人的氣息。但我還是吩咐她們帶你過來，藉以懲罰你裝幀了那本空白的書，不過，她們說服我饒了你，對我說，你可以做些事，跟我和解。」

「那會是什麼？」莫在這個地方聽到自己的聲音時，感到陌生。

「你不知道？但你卻願意為此和你所愛的一切分開？你要把從我這兒拿走的東西帶回來給我。把毒蛇頭帶給我，松鴉。」

「妳是誰？」莫瞧著白衣女子，瞧著髒手指安靜的臉。

「猜猜看。」

這隻鳥豎起金色的羽毛，莫才認出牠胸口的斑點是血。

「妳是死神。」莫發覺難以說出這個字眼。還有更難說出的字眼嗎？

「沒錯，人們這樣稱呼我，雖然如此，我還是有許多其他名字！」那隻鳥抖了抖身子，金色的羽毛落在莫腳邊的葉子上，落在他頭髮和肩膀上，等他再次抬頭看時，只剩一個鳥的骨架坐在鬚根中。「我就是結束與開始。」骨架上冒出皮毛，光禿的頭顱上長出尖耳朵。一隻松鼠低頭瞧著莫，小手抓著鬚根，小嘴中發出那隻鳥用過的同一種聲音。

「偉大的變身者，這是我喜歡的名字！」這隻松鼠也抖了抖身子，擺脫掉皮毛、尾巴和耳朵，變成了一隻蝴蝶、一隻他腳邊的毛毛蟲、一頭像無路森林中的光線般繽紛的貓——最後變成一頭在髒手指所躺的地衣床上跳躍的貂，接著蜷縮在死者的腳邊。「我是所有故事的開始和所有故事的結束，」貂以鳥的聲音，以松鼠的聲音說。「無常與革新。沒有我，萬物不生，沒有我，萬物不死。但你妨礙我的工作，松鴉，你裝幀了那本書，綁住了我的雙手，所以我十分氣你，非常憤怒。」

那頭貂露出牙齒，莫發現白衣女子又再靠近他。他現在要死了嗎？他的胸口感到氣悶，呼吸困難，一如當時他十分接近死亡的感覺。

「是的，我很震怒。」那頭貂低聲說。牠說話的聲音，仍是一名女子的聲音，只是現在突然聽來老邁。「但我女兒安撫了我。她們喜歡你的心和你的聲音。她們說，那顆心很大，非常大，現在就捏碎，實在可惜。」

那頭貂沈默無聲，突然間，又冒出那種莫永遠忘不了的低語，包圍著他，到處都是。「小心！松鴉，小心！」

小心誰？那些蒼白的臉看著他。臉孔美麗，但當他想細看時，她們便消失了。

「奧菲流士！」蒼白的嘴唇低語著。

突然間，莫聽見奧菲流士的聲音，婉轉好聽的聲調彷彿一種過分甜美的香氣，瀰漫在中空的樹中。「冰冷之王，聽我說，」那個作者說。「沈默之王，聽我說。我要和你做個交易。我會把讓你成為笑柄的松鴉送來給你。他會以為，他只需召喚你蒼白的女兒，但我拿他來贖火舞者。收下他，讓髒手指活著回來，因為他的故事尚未結束。松鴉的故事現在只缺一章，那會由你的白衣女子寫下。」這個作者寫到嗆到，一如以往，他的文字成真。松鴉召喚白衣女子，膽大妄為，但死神不再讓他離去。但火舞者回來了，他的故事有了新的開始。

小心……

過了一會，莫才明白過來。他罵自己笨，竟會相信那個幾乎曾經殺了自己的男人。他絕望地回想奧菲流士爲蕾莎所寫的文字。要是他一樣想要除掉美琪和蕾莎的話，該怎麼辦？想一想，莫！他寫了什麼？

「沒錯，你眞的很笨，」那個女人聲音嘲弄道。「但他比你還笨。以爲可以拿文字綁住我，綁住統治這個沒有文字與一切文字源頭所在的國度的我。沒有東西可以困住我，只有那本空白的書，因爲你以白色的沈默塡滿了書頁。被書本保護的那一位，幾乎每天都送給我一個被他殺死的人，當成他嘲弄我的使者！我很想讓你爲此骨肉分離！但自從我的女兒們碰過你的心後，看你的心就像讀一本書一樣，她們向我保證，直到你那本書保護的人又屬於我後，你才會停歇下來。是這樣嗎，松鴉？」

那頭貂躺在髒手指一動不動的胸口上。

「沒錯！」莫低聲說。

「好。那就回去，解決那本書。在春天降臨前，拿字把書塡滿，不然，冬天對你來說是不會結束的。我不僅會要你的命來代替毒蛇頭，也會要你女兒的命，因爲她幫你裝幀那本書。你聽懂了嗎，松鴉？」

「爲什麼兩條命？」莫沙啞問道。「你怎麼可以兩命換一命？要就要我的命，這就夠了。」

但那頭貂只瞪著他。「我來決定價格，」死神說。「你只需付錢。」

美琪。不，不。回去，蕾莎！莫心想。讓美琪唸奧菲流士的文字。待在哪都比這裡好。回去！快！

但那頭貂大笑，聲音聽來又像一名老婦人。「所有的故事都隨我結束，松鴉，」她說。「你到哪都會遇見我。」像是要證明什麼一樣，她又變成一隻老喜歡溜進愛麗諾花園、捕捉她小鳥獨耳貓。她輕快地從髒手指胸口跳開，磨蹭著莫的腳。「所以——你怎麼決定，松鴉？接受我的條件嗎？」

我不僅會要你的命來代替毒蛇頭，也會要你女兒的命。

莫瞧著髒手指。他的臉在死後看來比生前更爲祥和。他在另　邊見到了自己的小女兒、柯西摩和羅香娜的第一任丈夫嗎？所有的亡靈都待在同一個地方嗎？

那隻貓在他面前坐下，瞪著他看。

「我接受，」莫的聲音沙啞無比，連自己的話幾乎都聽不明白。「但我也有一個條件：把火舞者給我。很久以前，我的聲音偷走他十年生命，就讓我來償還。此外……在歌曲中不是唱到，毒蛇頭的死神來自火中？」

那隻貓縮起身子，紅色的皮毛落在腐爛的葉片上，骸骨再次長出血肉與羽毛，這隻胸口帶血的金諷飛到莫的肩上。

「你喜歡讓歌曲裡的事成眞，對不對？」牠小聲對他說。「那好。我把他給你，火舞者可以再生。但等到春天降臨，毒蛇頭仍然永生的話，他的心會同時和你的一起停止跳動——還有你女兒。」

莫一陣暈眩。他想抓那隻鳥，扭斷牠金色的脖子，免得再聽到那個聲音，老邁、無動於衷，每句話裡都帶著嘲弄。美琪。他再次走到髒手指身旁時，幾乎絆倒。

這次，白衣女子很不情願讓了開。

「你看，我女兒們不想讓他走，」老婦人的聲音說，「雖然她們知道他會回去。」

莫瞧著一動不動的身體。那張臉眞的比活著時祥和得多，這一刻，莫不確定自己是否眞的要喚回髒手指。

那隻鳥仍蹲踞在他肩上，輕盈，爪子銳利。

「你還在等什麼？」死神問。「叫醒他！」

而莫照他的吩咐做。

熟悉的聲音

他還剩下什麼?長影問著自己。
哪些念頭,哪些氣味,哪些名字?還是他腦海裡
只剩模糊的感覺
和一堆無關的文字?

——芭芭拉・高蒂《白骨》

她們離開了,留給他那一片藍,和火的紅難以共處的藍,像夜空的藍,像老鸛草花的藍,像溺死的人的唇藍,像溫度極高的火心的藍。沒錯,在這個世界中,有時也很熱。熱與冷、光與暗、可怕與美麗,對她們來說,都是一起的。在亡靈國度感受不到任何東西,是個謊言。大家可以有感覺,聽得到,聞得到,看得到,但心卻相當泰然——像是在休息,等著舞蹈再度開始。

平靜。是這個字眼嗎?

守護這個世界的女人也感受得到嗎,還是她們渴望著其他東西?她們不知道的痛楚,她們沒有的肉體。可能吧,也可能不是。從她們臉上,他看不出來。但他在那兒見到兩種表情:平靜與渴望,快樂與痛楚。彷彿她們知道這個世界與其他世界的一切,一如她們同時由所有的色彩構成,所有色彩相互融合成爲白色的光。她們告訴他,亡靈國度也有其他地方,比她們帶他來的地方還要黑暗,沒有人

能長久停留——只除了他。因爲他幫她們召喚火……

白衣女子對火又怕又愛。她們靠火溫暖自己蒼白的手——要是他讓火爲她們而舞，她們便歡笑一如孩子。她們是孩子，既年邁，又年輕，無比老邁。她們讓他用火造出樹與花、太陽與月亮，但他讓火造出臉孔，那些白衣女子帶他到她們洗滌死者心靈的河邊時，他會見到的臉孔。朝水裡看看！她們小聲對他說。來看看，那些愛你的人便會在他們的夢裡見到你。他接著探身在清澈湛藍的水面上，打量著他記不起名字的那個男孩、那個女人和那個女孩，看著他們在睡夢中微笑。

爲什麼我再也記不起他們的名字了？他問。

因爲我們洗過你的心靈，她們說。因爲我們在這個隔開這個世界與其他世界的湛藍水中洗過你的心靈。那會讓你遺忘。

是的，大概會這樣。因爲不管他再怎麼試圖回憶，只有一片湛藍，溫馨、冰涼。只有當他召喚火，一片紅蔓延開來時，那些畫面又會出現，那些他在水中見到的同一畫面。但在這種見到他們的渴望完全甦醒前，便已先沈睡了。

我叫什麼名字？他偶爾會問，然後她們笑著。火舞者，她們低聲對他說。這是你的名字，永遠會是，因爲你會永遠待在我們這裡，和其他所有人一樣，不會離開，離開前去另一個生活……

有時，她們會帶個女孩來找他，一個小女孩。她摸著他的臉，露出像他在水中和火焰中見到的那個女人的微笑。她是誰？他問。她來過這裡，又離開了，她們說。她是你女兒。

女兒……這個字眼聽來讓人心痛，但他的心只記得，沒有過這種感覺。他的心裡只感受到愛，只有愛，沒有其他任何感覺。

她們在哪裡？他到這裡後，她們從未單獨把他留下過，這裡……不管這是哪裡。

他已習慣這些蒼白的臉孔，習慣她們的美和那輕細的聲音。

不過，他突然間聽到另一個聲音，和她們的完全不同。他知道這個聲音，也知道這個聲音喊著的名字。

髒手指。

他討厭這個聲音……還是他喜歡這個聲音？他說不上來。他只知道：這個聲音把他忘記的一切都帶了回來——像陣劇痛，讓他安靜的心一下子跳動起來。這個聲音不是曾讓他痛過，讓他痛到自己的心幾乎碎裂的程度？是的，他記起來了！他的雙手摀住耳朵，但在亡靈的世界中，並不只靠耳朵來聽，這個聲音像鮮血般竄入他的內心深處，在早已凝固的血管中流動。

「醒來，髒手指！」這個聲音說。「回來吧，故事還沒說完。」

故事……他感覺到那片藍推開他，堅實的肉體再度包圍他，他的一顆心再次在過窄的胸腔中跳動起來。

魔法舌頭，他心想。那是魔法舌頭的聲音。突然間，所有的名字都回來了：羅香娜、布麗安娜、法立德——痛楚也回來了，還有時間與渴望。

失落與回歸

因為我現在一下無法相信，死者真的死了。

——索爾・貝婁《雨王》

葛文叫醒羅香娜時，天還黑著。她還是不喜歡這頭貂，但沒想把牠趕走。她常見牠待在髒手指肩膀上。有時，彷彿她還能在這棕色的皮毛上感覺到髒手指雙手上的溫暖。自從牠主人死後，這頭貂允許羅香娜摸牠，從前絕對不會如此，但從前牠也把她的雞大卸八塊。現在，牠原諒她，彷彿是為了答謝她的默認——如果她去找牠主人時，會允許牠，也只有牠能跟著她。只有葛文分享了她的秘密，當她坐在死者身旁時，陪她一個鐘頭，有時兩個鐘頭，看她專注在那張平靜的臉上。

「他回來了！」葛文跳到她胸前時，牠豎起來的皮毛說道，但羅香娜並不懂。她見到外頭依然漆黑一片時，推開了那頭貂，但葛文靜不下來，對她吼叫，抓著門。她自然立刻想到紅雀夜裡喜歡派去獨莊獨院的巡邏隊。她心撲通跳著，抓起擱在自己枕頭下的刀，抹平衣服，而那頭貂仍不安地刨抓著門。還好牠尚未吵醒葉罕。她兒子睡得又深又沈，而她的鵝也未發出警告……這就有點不尋常了。

她光著腳跑向門，手裡拿著刀，仔細聽著，但外面毫無動靜。等她小心翼翼來到屋外時，覺得自己似乎聽到夜在呼吸，像一名沈睡者般深沈均勻。星光照著她，如光的花朵一般，她的美讓她疲憊的心痛楚。

「羅香娜……」

那頭貂從她身旁竄了過去。

這不可能，死人不會回來，就算許過承諾也一樣。但那個從廄房旁陰影中浮現出來的身影，卻是如此熟悉。

葛文見到自己主人肩上的另一頭貂時，嗥叫出聲。

「羅香娜。」他說著她的名字，像是想在舌頭上嘗嘗看一種自己久未品嘗的東西一般。

那是夢，一個她幾乎每晚都在做的夢，在夢裡，她清楚看著他的臉，在睡夢中碰觸著，而隔天，她的手指還能感受到他的皮膚。就算當他摟著她，小心翼翼，彷彿不知道自己是否忘了如何靠近她時，羅香娜依然一動不動——因爲她的雙手不相信眞的可以感覺到他，因爲她的手臂不相信又可摟住他。但她的眼睛可以看著他，她的耳朵可以聽到他的呼吸，她的皮膚可以感覺到他的，溫溫暖暖，在他曾經無比冰冷，冰冷得可怕後，彷彿他體內這時有火一般。

他沒食言，就算他只是在夢中來看她，也好過沒有，這感覺非常好。

「羅香娜！看著我，好好看著我。」他雙手捧住她的臉，摸著她的臉頰，擦掉她常常醒來時留在皮膚上的淚。直到此時，她才抱住他，讓她的雙手證實她抱著的不是一個幽靈。這不可能。她的臉靠著他的時候，她哭了起來。她想打他，因爲他爲了那個男孩而離開她，因爲她爲了他仍感受到的各種痛楚，但她的心出賣了她，就像他第一次回來時那樣。她的心每次都出賣她。

「怎麼了？」他又吻了她。

那些疤痕，全都沒了，彷彿白衣女子讓他起死回生之前，把那些疤痕洗掉似的。

她握住他的雙手，擱到他的臉頰上。

「看看！」他說，手指摸過自己的皮膚，彷彿那是外人的一般。「疤痕眞的都消失了。巴斯塔可不會高興了。」

她們爲什麼讓他離開？誰爲他擔保，就像他爲那男孩擔保過一樣？

她爲什麼要問？他回來了，這點最重要，從那個一去不回的地方回來了，其他所有人待著的地方，她女兒、她兒子的父親、柯西摩……許許多多死者。但他回來了，就算她在他眼裡看出他這次去到很遠的地方，部分的他仍留在那裡。

「你這次會待多久？」她低語著。

他未立刻回答。葛文的腦袋磨蹭著他的脖子，看著他，像是也想知道答案。

「看死神給我多久了，」他最後回答道，把她的手擱在自己跳動的心上。

「這是什麼意思？」她小聲說道。

但他以吻封住了她的嘴。

一首新曲

希望真的來自幽暗的森林，
王公貴族愁眉苦臉。
他的頭髮黑如鼴鼠，
大人物聞風喪膽。

——費諾格里歐《松鴉之歌》

「松鴉從亡靈那裡回來了。」把這個消息帶給黑王子的，是朵利亞。在天色破曉前不久，這個孩子跌跌撞撞衝進他的帳棚，上氣不接下氣，話幾乎說不出口。「一名地衣女看見他了，在那些女醫士埋葬自己死者的中空樹那裡。她說，他也把火舞者帶回來了。求求你！我可以跟美琪說這件事嗎？」

不可思議的話，簡直不像真的。但黑王子仍立刻動身前往中空樹那裡——在朵利亞答應先不告訴任何人他對他說的話後：不管是美琪，還是她母親，或是快嘴及其他任何一位強盜，連他在外頭火堆旁安穩睡著的哥哥，也不能說。

「但笛王大概也已聽到這個消息！」那男孩結結巴巴說。

「這樣更糟，」王子回答。「那我只希望能比他先找到莫。」

他策馬快奔，快到大熊不久便不以為然在他身旁喘氣。為什麼這麼趕？為了一個愚蠢的希望？他的心為什麼要不斷相信徹底黑暗中的一線光明？雖然已失望無數次了，但希望到底從哪裡不斷冒出來？**你有顆孩子的心，王子**。髒手指不是老這麼跟他說？**他也把火舞者帶回來了**。這不可能。在曲子中會有這種事，在曲子和母親晚上對自己孩子說的故事中，不讓他們懼怕黑夜……

希望讓人放鬆警戒，這點他該知道的。等士兵們從樹叢間出現在黑王子面前時，他才看到他們。人數眾多，他數了一下，十位士兵。他們抓了一位地衣女，細瘦的脖子已被他們用來拉她的繩子刮傷。他們抓她，可能是要她帶他們到中空樹這裡來。幾乎沒人知道女醫士埋葬自己死者的地點。據說，她們設法讓矮樹叢遮去通往該地的所有路徑，但自從黑王子幫羅香娜把髒手指帶去那裡時，便知道了這條路。

那是個聖地，但地衣女因為害怕，真的帶盔甲武士過來。在遠處，便可見到枯死的樹冠，在仍是秋黃的橡樹林間，枝椏崢嶸，一片灰濛，彷彿被晨曦吞噬一空，王子祈禱松鴉不會在那裡。在白衣女子那裡，好過落入笛王手裡。

三名盔甲武士由他身後欺近，手中握劍。地衣女見到看守她的守衛同樣抽出劍，轉向他們的新目標時，嚇得跪了下來。大熊直立起來，露出牙齒。馬匹受到驚嚇，兩名士兵退了開，但人數依然可觀，一把刀和一對爪子根本寡不敵眾。

「看看，會相信地衣女瞎說的笨蛋，還不只是笛王而已！」首領幾乎像白衣女子一樣蒼白，臉上長滿了雀斑。「黑王子！知道自己要來這該死的森林抓個幽靈時，我就罵自己不走運，但哪知道我會撞到誰？他的黑兄弟！賞金雖然不像松鴉那麼豐厚，但讓我們全都變成富翁，卻綽綽有餘！」

「你錯了。如果你們動他一根寒毛，就會全部歸西。」

他的聲音從沉睡中喚醒死者，讓羊和狼互相依偎……松鴉從一株山毛櫸後輕輕鬆鬆現身，彷彿已在那裡等候士兵們似的。**別這樣稱呼我，那是歌曲中的名字**！他對王子說過不知多少次，但他又該怎麼稱呼他呢？

松鴉。他們小聲說著他的名字，聲音因爲害怕而沙啞。他是誰？王子自己也經常問著。他眞的來自髒手指曾經待過許久的國度？那是一個什麼樣的國度？一個歌曲中的事會成眞的國度？

松鴉。

大熊大吼出聲歡迎他，讓馬匹直立起來，而松鴉抽出自己的劍，十分緩慢，一如他慣有的動作，那把過去屬於火狐狸的劍，殺死黑王子許多手下的劍。黑髮下的那張臉，似乎比平常更加慘白，但王子在那兒找不到任何恐懼。或許造訪過死神後，也就會忘記恐懼爲何。

「沒錯，正如你們所見，我眞的從死神那裡回來，而且我仍然感覺得到他的爪子。」他心不在焉說著，彷彿部分的自己仍在白衣女子處。「如果你們願意，我很樂意幫你們指路，全看你們。但如果你們還想賴活一番的話——」松鴉在空中舞起劍，像是在寫下他們的名字，「那就讓他離開，他和那頭熊。」

他們只瞪著他，同時握劍的手顫抖，彷彿握住的是自己的死亡。一無所懼最讓人害怕，黑王子走到松鴉身旁，感覺那些字就像一張盾似的，那些在各地輕輕吟唱出來的字：正義的黑手與白手。

從今天起，這會是一首新曲子了，王子心想，同時抽出自己的劍，他的心感到一股年輕的衝勁，似乎可以對抗千軍萬馬一般。但笛王的手下掉轉馬匹，倉皇而逃——躲開兩個男人……和那些字。

他們走後，松鴉走向仍跪在草地上、雙手摀住樹皮般褐臉的地衣女，鬆開她脖子上的繩子。

「幾個月前，妳們其中一位處理過我嚴重的傷口，」他說。「那不是妳吧，對不對？」

地衣女讓他扶了起來，卻不太友善地打量他。「你這是想說什麼？我們在你們人類眼裡，看來全都一樣?」她粗暴問著。「對我們而言,你們看來也都一個樣。我哪會知道,是不是曾見過你?」她接著跛行離開,沒再瞧一眼自己的救命恩人。莫站在那裡,瞧著她的身影,彷彿忘了自己所在。

「我離開多久了?」黑王子走到莫身旁時,他問道。

「三天多了。」

「這麼久?」沒錯,他去了很遠的地方,非常非常遠。「當然,碰上死神,時間就變得不一樣。大家不都這樣說?」

「這你知道的比我多。」王子回答。

對此,松鴉沒說什麼。

「你聽說我帶了誰來嗎?」他最後問道。

「我很難相信這種好消息。」黑王子聲音沙啞地說,但松鴉微笑起來,摸了摸他剪短的頭髮。

「你可以再留頭髮了,」他說。「你爲他剪髮的那個人,起死回生了,只不過他把他的疤留在亡靈那裡。」

這不可能。

「他在哪裡?」他的心仍感受得到他和羅香娜守護在髒手指身旁時的痛。

「大概在羅香娜那裡。我沒問他去哪。我們兩個沒有說上話。」王子,白衣女子留下了寂靜,沒有話語。」

「寂靜?」黑王子大笑,把他拉了過來。「你在說什麼?她們留下了快樂,只有快樂!還有希望,終於又有希望了!我覺得年輕無比,這些年來都沒這種感覺過了,彷彿我能拔起樹,但那裡的山毛櫸大概不行啦,其他一些可能可以。今晚大家就會唱到,松鴉不懼死神,他造訪過死神,笛王會氣到扯下臉上的銀鼻子——」

松鴉再次微笑起來，但他的目光嚴肅，對從死神那裡安然脫身的人來說，顯得十分嚴肅。黑王子明白，這些好消息後頭，藏著一個壞消息，就像光明後的一道影子。但他們沒多說，時候還沒到。

「我太太和女兒怎麼樣？」松鴉問。「她們已經……離開了嗎？」

「離開？」黑王子莫名其妙地瞪著他。「不，她們會去哪呢？」

另一個人臉上露出輕鬆與擔心的表情，一半一半，不分軒輊。「我總有一天也會對你解釋的，」他說。「總有一天，那是個很長的故事。」

造訪奧菲流士的地窖

這許多生命，
多到難以回憶！
我是西藏的一顆石子。

一片樹皮
身在非洲的心，
一顆愈來愈黑的心……

——德瑞克·馬漢《生命》

歐斯緊緊一把抓住法立德的脖子，表示奧菲流士立刻想在自己的寫字間跟他談談時，他正拿著兩瓶酒要上樓去。乳酪腦袋從流浪藝人墓園回來後，酒喝得像無底洞，但酒不會讓奧菲流士變得多話，像費諾格里歐那樣，反而讓他更加惡毒，難以捉摸。

法立德走進寫字間時，他像往常一樣站在窗邊，身子略微搖晃，手裡拿著那張他這幾天老盯著看，還一邊咒罵、揉掉後又弄平的紙。

「白紙黑字寫在上頭，每個字都像畫一樣漂亮，聽來也很悅耳，悅耳至極！」他說著，舌頭沈重，同時手指不斷敲著那些字。「地獄所有鬼怪明鑑，那爲什麼那個書籍裝幀師又回來了？」乳酪腦袋在說什麼？法立德把酒瓶擱在桌上，站在一旁等著。「歐斯說，你想跟我談談？」他問。

雅斯皮斯坐在筆筒旁，著急地對他打手勢，但法立德看不懂。

「啊，是的，髒手指的死亡天使。」奧菲流士把那張紙擱在自己的寫字桌上，轉過身對著他，露出不懷好意的微笑。

你爲什麼要回到他這裡來？法立德心想，但他只要一想到美琪在墓園時那滿懷恨意的臉，自己就有了答案。因爲你不知道自己還能去哪，法立德！

「沒錯，我是要人叫你。」奧菲流士瞧著門口。歐斯跟在法立德後面進房間，無聲無息，簡直難以相信這是個人個子能辦到的事；等到法立德明白過來，爲什麼雅斯皮斯又再著急對他眨眼時，那雙大肉手已經抓住他了。

「所以你還沒聽到那個消息？」奧菲流士說。「當然沒有，不然你一定立刻跑去找他了。」

找誰？法立德試著掙脫，但歐斯粗暴地抓著他的頭髮，痛到他眼淚直流。

「他眞的還不知道，眞是感人。」奧菲流士緊靠了過來，法立德被他一身酒味弄得難受。

「髒手指——」他那絲綢般的聲音說道，「髒手指回來了。」

法立德忘了歐斯粗暴的手指和奧菲流士惡毒的微笑。

這時他只感到快樂，那有如一陣劇痛，讓他的心難以承受下來。

「是的，他回來了，」奧菲流士繼續說，「這要歸功我的文字，但外頭那些小老百姓——」他做出一個不屑的手勢指著窗外，「說是松鴉帶他回來的！他們全是混蛋。笛王應該把他們全都抓去餵蛆！」

法立德沒再聽下去，血液直衝耳朵，嗡嗡作響。髒手指回來了！他回來了！

「放開我，橫肉！」法立德手肘直頂歐斯的腹部，扯著他的雙手。「髒手指會放火燒你們兩個的！」他喊道。「沒錯，只要他聽到，你們沒立刻放了我去找他，他會這樣做的！」

「啊，眞的嗎？」奧菲流士又把酒氣噴到他臉上。「我寧可相信，他會謝謝我，難道你以爲，他會希望你再讓他死一次嗎，你這倒楣鬼？我已經要他小心過你。他當時不想聽，但現在他可是聰明多了，相信我。要是我有你出現的那本書在這兒的話，我早就把你唸回你原來的故事中去了，只可惜這本書在這個世界已絕版。」

奧菲流士大笑，他喜歡笑自己開的玩笑。「把他關進地窖！」他命令橫肉。「只要天一黑，就把他帶到絞刑丘去，扭斷他的脖子，在那裡多些骨頭，少些骨頭，沒有人會注意到的。」

歐斯抓起法立德，拋到自己肩上時，雅斯皮斯雙手摀住眼睛。法立德又叫又踢，但橫肉重重往他臉上一打，幾乎讓他暈厥過去。

「松鴉！松鴉！是我先把他送到白衣女子那裡去的。是我！」他們在樓梯上，仍聽到奧菲流士的聲音迴盪著。「魔鬼的尾巴明鑑，爲什麼死神不留下他？難道我那些悅耳無比的文字還不夠，還不能讓死神對那高貴的笨蛋感興趣？」

在樓梯腳，法立德再次試圖掙脫，但歐斯又再打他，出手甚重，讓他鼻子出血，然後把他拋在另一邊肩上。他帶著法立德經過廚房時，一名女僕驚恐地把頭探出門口——是那個不斷向他小聲示愛的棕髮小女僕——但她並沒幫他。又能怎麼幫？

「滾開！」歐斯只出聲罵她，接著便把法立德扛到地窖去。他把法立德綁在一根支撐奧菲流士屋子的支柱上，把一塊髒布塞進他嘴裡，在單獨留下他之前，還不忘狠狠踢他一下。

「天黑後，我們再見囉！」他在法立德耳邊說，接著便大步上樓梯。法立德獨自留下，背後是冰冷的石頭，嘴裡滿是自己眼淚的味道。

知道髒手指回來，自己卻無法再見到他，著實心痛。但也只能這樣，法立德！他心想，誰知道，說不定乳酪腦袋說的沒錯。說不定你只會再讓他一命嗚呼！

淚水刺痛他的臉，歐斯的拳頭傷他甚重。要是他能呼喚火就好了，讓火呑噬奧菲流士，還有他的房子和橫肉，就算自己一起葬身火海也無妨！但他無法挪動自己的雙手，他的舌頭無法吐出任何火的字眼，只能蹲在那裡啜泣，就像髒手指死時的那一晚，等著夜晚降臨，歐斯帶他出去，扭斷他的脖子，在那些他爲奧菲流士挖出金銀珠寶的絞刑架下。

還好那頭貂跑了。歐斯一定也想殺了牠。但偷偷摸摸說不定早在髒手指那裡了。這頭貂察覺到他回來了。你爲什麼沒察覺到呢，法立德？無所謂了。至少偷偷摸摸安全無虞。但雅斯皮斯呢，他不能再保護他了怎麼辦？奧菲流士常把這個玻璃人關在抽屜中，漆黑無比，不給他沙子，只因他在裁紙時沒裁好，或把墨水濺到他袖子上！

「髒手指！」低喊著他的名字，知道他還活著，心裡眞是舒服。法立德常想像，再見到他會是何種感覺。對他的渴望，讓他顫抖起來，彷彿自己發高燒似的。哪頭貂會先跳上他的肩，舔他帶疤的臉？葛文，還是偷偷摸摸？

幾個鐘頭過去了，不知何時，法立德終於吐掉嘴裡的布塊，試著咬斷歐斯拿來綁他的繩子，但老鼠的本領都比他要高。要是他死了，草草埋在絞刑丘上時，他們會來找他嗎？髒手指、魔法舌頭、美琪……喔，美琪。他再也不能吻她了。唉，過去一段日子，他其實也沒怎麼吻她。但是……陰險的乳酪腦袋！法立德拿自己所知的各種髒話咒罵他，不管是這個世界的，他自己原來那個世界的，還是他遇見髒手指的那個世界的。他大聲說出所有的髒話，因爲這樣才會有用——等到他聽見上頭的地窖門打開時，嚇得不再出聲。

已經晚上了嗎？可能吧。在這種潮濕發霉的牢房中，又怎麼可能感覺得出來？歐斯會扭斷他的脖子，像扭斷兔子的一樣，還是用他那雙粗大的手一直摀住他的嘴，直到他沒氣爲止？別去想那種事，法立德，你反正有時間知道的！他背緊靠著柱子，說不定至少還能踢斷他的鼻子。他鬆開繩子時，便對準他那蠢臉狠狠一踢，他的鼻子就會像乾樹枝一樣斷裂。

他死命磨著粗繩子，可惜歐斯還懂得些綑綁的技巧。美琪！妳能不能唸一些救命的字過來，就像對妳父親那樣？喔，恐懼讓他手腳全變軟了。他仔細聽著走下樓梯的腳步聲，對横肉來說，實在輕得可以，而突然間，兩頭貂向他竄來。

「所有精靈明鑑，小白臉還眞的有錢，」黑暗中有個聲音輕聲說著。「這房子可眞華麗！」一道火開始起舞，第二道、第三道、第四道、第五道接著出現……五道火，足夠照亮髒手指的臉了——還有雅斯皮斯，坐在他肩上，露出尷尬的微笑。

髒手指。

法立德的心變得無比輕盈，如果就這樣從他體內飄出來的話，他也不會訝異。但髒手指的臉怎麼了？看來不一樣了。彷彿過去那些年，那些難受孤獨的歲月，全都從臉上消失了……

「你的疤——都不見了！」

法立德只能輕輕說道。他高興無比，彷彿在雲端一般。偷偷摸摸跳向他，舔著他被綁起來的雙手。

「沒錯，你能想像嗎——我覺得羅香娜還懷念這些疤呢。」髒手指走下最後幾道階梯，跪在他身旁。這時，激動的聲音從上頭傳了下來。

髒手指從腰間抽出刀，割斷綑綁法立德的繩子。「你聽到了嗎？我估計，奧菲流士很快就會知道自己有訪客了。」

法立德揉了揉麻木的手腕，眼睛無法離開他。要是他只是個幽靈，或——更糟的是——只是個夢的話，該怎麼辦？但他會感覺到他的體溫，甚至當他探身過來時，聽得到他的心跳嗎？再也沒有髒手指在礦坑時，那種包圍住他的可怕寂靜。而且，他還有火的味道。

松鴉把他帶了回來。沒錯，一定是他，不管奧菲流士說了什麼。

喔，他會在翁布拉的城牆上用火寫下他的名字，魔法舌頭，松鴉，隨便哪個都行！法立德伸出手，怯生生地碰觸那張既熟悉又陌生的臉。

髒手指輕笑著，把他拉了起來。「怎麼了？你是想確認我不是幽靈嗎？你一定還怕他們吧，對不對？要是我是的話，你會怎樣？」

法立德猛然摟住他，算是回答，而雅斯皮斯尖叫一聲，從髒手指肩上滑下來。好在他趕在葛文動手之前抓住玻璃人。

「小心，小心！」髒手指小聲說著，把雅斯皮斯擱在法立德肩上。「你還是像頭小牛一樣粗魯。我會到這兒，你要謝謝你的玻璃人朋友。他告訴布麗安娜，奧菲流士想對你不利，她便立刻去找羅香娜。」

「布麗安娜？」法立德把玻璃人擱在自己手臂上時，他臉紅了起來。「謝謝，雅斯皮斯！」

他猛轉過身。奧菲流士的聲音從地窖樓梯傳了下來。「陌生人？你在說什麼？他是如何從你身邊經過的？」

「都怪那個女僕！」法立德聽到歐斯在抗議。「紅髮的那個放他從後門進來！」

髒手指仔細聽著上頭的動靜，嘴角上掛著原來那種法立德懷念不已的嘲弄的微笑。火花在他的肩上和頭髮上舞動，甚至他皮膚下面，也似乎在發光，法立德自己的皮膚變得熾熱，彷彿在他碰過髒手指後，被火舔過一般。

「這火——」他小聲說著。「是在你體內嗎？」

「大概吧，」髒手指小聲回答。「我雖然不再是原來的老樣子，但還是會一些有趣的新玩意。」

「玩意？」

法立德瞪著大眼看著他，但上頭又傳來奧菲流士的聲音。「他有火的味道？讓我過去，你這個人頭犀牛！他臉上有疤嗎？」

「沒有！爲什麼這麼問？」歐斯的聲音聽來委屈。

接著又是下樓梯的腳步聲，這回顯得沈重不安。奧菲流士討厭走樓梯，不管是上還是下，法立德聽到他在咒罵。

「美琪把奧菲流士唸了過來！」他小聲說，同時緊靠在髒手指身側。「是我求她的，因爲我以爲他可以召回你！」

「奧菲流士？」髒手指又笑了起來。「不，我只聽到魔法舌頭的聲音。」

「可能是他的聲音，但卻是我的文字把你帶回來的！」奧菲流士跌跌撞撞衝下最後幾級台階，一臉酒紅。「髒手指，眞的是你！」他的聲音聽來眞的高興。

歐斯出現在奧菲流士身後，粗獷的臉上滿是恐懼與憤怒。「你看他，大人！」他脫口而出。「他不是人，而是魔鬼，或是夜魔。你看到他頭髮上的火花了嗎？我想抓住他的時候，幾乎燙傷自己的手指——好像劊子手把火紅的煤炭塞到我手裡一樣！」

「是，是，」奧菲流士只這樣說道。「他從很遠的地方來，非常遠，這種旅行是會改變一個人的。」他瞪著髒手指瞧，像是怕他在下一刻會憑空消失，或比較可能，成了一張紙上幾個毫無生氣的文字。

「啊，我很高興你回來了！」他結結巴巴說，聲音因爲渴望而變得笨拙。「而你的疤都不見了！眞是神奇。我倒是沒寫到這些。但不管怎樣……你回來了！這個世界沒有你，根本不算什麼，但現在又都會像從前那樣美好，像我第一次讀到你的時候那樣。這一直是最棒的故事，但從現在起，你是這個故事的英雄，只有你，因爲我的技藝把你帶回家，現在又從死神那裡把你要了回來！」

「你的技藝？應該是魔法舌頭的勇氣吧。」髒手指讓一道火焰在他手上舞動。火換上了白衣女子的身影，清清楚楚，歐斯嚇得緊貼住地窖的牆面。

「胡說！」一下子，奧菲流士的聲音聽來像是個受到委屈的男孩，但很快又恢復正常。「胡說！」他再次說，這次比較沈著，就算他的舌頭仍然因爲酒而有些不靈活。「不管他跟你說了什麼，全都不對。是我才對。」

「他什麼都沒跟我說，他不需要如此。他只在那裡，他和他的聲音。」

「但這是我的點子——文字是我寫的！他只是我的工具。」奧菲流士十分憤怒地吐出最後一個字，彷彿是吐在魔法舌頭臉上一般。

「喔，是的……你的文字！照我聽到他所說的，那是十分惡毒的文字。」髒手指手上仍燃著白衣女子像。「說不定我應該把這些話轉達給魔法舌頭，讓他可以再次查對一下，到底你幫他安排了什麼角色。」

奧菲流士筆直挺立。「我是爲了你才這樣寫的！」他委屈地喊道。「我只希望——你回來。那個書籍裝幀師關我什麼事？我畢竟得給死神一些東西！」

髒手指輕輕吹著在他手中燃燒的火。「喔，我明白得很！」他輕聲說，那道火同時化成一隻鳥的樣子，一隻胸口有紅斑的金鳥。「自從我到了另一邊後，我明白了一些事，有兩點我很肯定：第一，死神不會按照文字行事；第二，去白衣女子那裡的，不是你，而是魔法舌頭。」

「只有他能召喚她們。我能怎麼辦？」奧菲流士喊道。「而他是爲他妻子才這麼做的！不是爲你！」

「嗯，這可是個好理由。」火鳥在髒手指手中瓦解。「至於那些文字——說眞的……他的聲音和你的相比，我更喜歡，就算常常讓我難過也無妨。魔法舌頭的聲音充滿了愛，你的只在乎你自己。更別提你很喜歡唸些沒人知道的文字，有些人還忘了你答應要唸的事。對不對，法立德？」

法立德只瞪著奧菲流士，臉因憤恨而僵硬。

「嗯，不管怎樣，」髒手指繼續說，同時手中的火焰又再度死灰復燃，變成一個小骷顱頭。「我會帶著你這些話，還有那本書。」

「那本書？」奧菲流士退了開，彷彿髒手指手上的火變成了一條蛇似的。

「沒錯，你從法立德那裡偷了去，你不記得了嗎？就我所聽到的，不管你再怎樣反覆使用，那本書還是不能算你的。彩色精靈、有斑點的山妖、獨角獸……甚至現在城堡中都有侏儒了。這算什麼？對你來說，藍色精靈還不夠漂亮？紅雀對侏儒拳打腳踢，而獨角獸到此，只是一命嗚呼。」

「不，不！」奧菲流士舉起雙手阻擋。「你不懂！對這個故事，我有宏大的計畫。我正在構思，但相信我，那會很棒的！費諾格里歐留下許多沒有利用到的，許多沒有寫到的——我會改變這一切，讓一切變得更好……」

髒手指翻轉過自己的手，讓灰燼紛紛落到奧菲流士的地窖上。「你的語氣聽來像費諾格里歐——不過你大概比他更加差勁。這個世界會自行運作。你們只會弄亂它，拆解它，把不相關的東西拼湊在一起，而不是讓生活在這個世界中的人來改善它。」

「喔，是嗎，譬如誰？」奧菲流士的聲音充滿敵意。「松鴉嗎？他什麼時候成了這裡的人？」

髒手指聳聳肩。「誰知道，說不定我們全都不單單屬於一個故事。現在把那本書給我，不然要我叫法立德去拿？」

奧菲流士憤恨地瞪著他，像瞪著分手的情人。

「不！」他最後脫口而出。「我需要那本書。那本書留在這裡。你不能拿走。我警告你。不是只有費諾格里歐會寫出傷害你的文字！我可以讓你……」

「我再也不怕這些文字了，」髒手指不耐煩地打斷他。「不管是你的，還是費諾格里歐的，那些文字也無法規定我怎麼死。難道你忘了嗎？」他隔空一抓，一個燃燒的火炬從他手中冒出。「去拿那本書，」他說，把火炬遞給法立德。「去拿他寫的所有東西，每一個字都不能漏。」

法立德點點頭。

他回來了。髒手指回來了！

「你們也得拿那份清單列表！」雅斯皮斯的聲音跟他的軀體一樣纖細。「那份他要我幫他製作的清單列表，全是費諾格里歐所用的字！我已整理到字母F了。」

「啊，不算笨嘛！一份清單列表。謝謝你，玻璃人。」髒手指微笑起來。沒錯，他的微笑眞的沒有改變。法立德很高興他沒把自己的微笑留在白衣女子那裡。

他把雅斯皮斯擱到肩上，跑上樓梯。偷偷摸摸跟在他後頭。

奧菲流士想擋住他的去路，但當火炬讓他的鏡片起了一層霧，火焰燒焦他的絲綢襯衫時，他便退了開。歐斯比他的主人勇敢些，但在髒手指一聲低語下，火炬朝他伸出一雙火手，等到歐斯從驚恐中回過神後，法立德已從他身邊通過。他跳上樓梯，像一頭羚羊一般靈巧，心中高興無比，舌頭上嘗到了甜蜜的復仇滋味。

「雅斯皮斯！」奧菲流士在他身後喊道。「我會把你摔成碎片，沒人可以認出你的顏色！」

玻璃人手指抓著法立德的肩，但他沒有回頭。

「還有你，你這個騙人的趕駱駝小子——」奧菲流士的聲音突然激動起來，「我會讓你消失，到一個特地爲你而寫，全是怪物的故事中去！」

這個威脅讓法立德停了一下，但他接著聽到髒手指的聲音。

「你小心一點，看你在威脅誰，奧菲流士。要是這孩子有個三長兩短，或他突然消失，像你這次顯然想做的一樣，那我會再來找你。而我總會帶著火來，這你是知道的。」

「爲了你！」法立德聽到奧菲流士大喊。「我所做的一切都是爲了你，而你現在這樣感謝我？」

等到赤鐵明白法立德和他的小弟到他主人的寫字間要找什麼時，便破口大罵他們。但雅斯皮斯不爲所動地幫法立德先收好書和奧菲流士所寫的所有紙條。赤鐵拿沙子和削尖的羽毛筆丟他們，詛咒雅斯皮斯染上各種玻璃人會生的病，最後自己勇敢地撲向最後一張雅斯皮斯在奧菲流士寫字桌上捲起來的紙，但法立德只粗暴地推開他。

「叛徒！」法立德關上寫字間的門時，赤鐵在他弟弟身後大喊。「我希望你變成碎片，碎成成千上萬片！」但跟聽到奧菲流士的威脅一樣，雅斯皮斯一樣沒轉過身。

髒手指已等在房門口。

「他們在哪？」法立德跑向他時，擔心問著。奧菲流士和歐斯全不見蹤影，但他卻聽到他們憤怒的聲音。

「在地窖，」髒手指說。「我在樓梯上掉了一些火。等火熄滅，我們早到了森林深處了。」

法立德點點頭，一名女僕在樓梯上現身時，他也轉過身去。但她不是布麗安娜。

「我女兒不在這裡，」髒手指說，彷彿看出他的念頭。「而我也不認爲她會再回到這間屋子。她在羅香娜那裡。」

「她恨我！」法立德結結巴巴說。「她爲什麼要幫我？」

髒手指打開門，兩頭貂一下竄到門外。「她大概更不喜歡奧菲流士。」他說。

黑炭鳥的火

生命只是一個變動的剪影；
可憐的戲子，在舞台上
裝腔作勢，嗑牙閒聊，然後再也
聽不到：這是個童話，一名笨蛋
中氣十足，生氣說道，
這什麼都不算。

——莎士比亞《馬克白》

費諾格里歐很高興。喔，沒錯，他很高興，就算伊沃和黛絲皮娜堅持要把他拉到市集廣場，黑炭鳥在那裡又有表演。這幾天，報訊人已經發出通告了，敏奈娃自然不會讓孩子單獨去。紅雀自己讓人搭了個小平台，以便真能看見自己座前噴火藝人的各種低劣把戲。他們難道希望這樣便會讓民眾忘了火舞者已回來一事？不管怎樣——就連黑炭鳥都無法讓費諾格里歐心情鬱悶。自從他和柯西摩動身前往夜之堡後，自己的心再也沒有這麼輕鬆過了。那之後發生的事，他現在不想去想，是的，那一章已經結束。他的故事有了新的曲子，這是誰的功勞呢？當然是他自己！不然是誰讓松鴉捲入的，那個捉弄笛王和紅雀的男人，那個讓火舞者死而復生的男人？好一個角色！奧菲流士的玩意，像豔麗的精靈、死掉的獨角獸、頭髮淡藍色的侏儒，一比之下，簡直荒唐古怪。沒錯，這個傻子也只能弄出這樣的東西，但只有他，費諾格里歐，才能創造出像黑王子和松鴉這樣的人。不過，他不得不承認，要等莫提瑪出現後，松鴉才成了有血有肉的角色。但一開始，便有文字存在了，而那是他寫出來的，一字一句寫出來的！

「伊沃！黛絲皮娜！」討厭，他們在哪裡？捕捉奧菲流士的精靈，要比這些孩子容易多了！他不是跟他們說，他們不該跑太遠嗎？整條巷子全是孩子，他們從每間屋子竄出，至少忘卻一兩個小時。這個世界在他們瘦弱的肩膀上所加的擔子。在這個黑暗的年代當個孩子，並不有趣。男孩還太小，成不了男人，女孩則擔負了太多母親的悲傷。

敏奈娃起先不想讓伊沃和黛絲皮娜離開。城裡的士兵太多了，家裡的工作太多了，但費諾格里歐還是說服了她，就算他自己現在已厭惡起黑炭鳥再次散布的臭味。在一個自己高興無比的日子中，也不該掃孩子們的興，在黑炭鳥瞎耍通的同時，他可以夢想髒手指不久後便會在翁布拉的市集廣場上噴火表演。不然，便想像松鴉騎馬直驅翁布拉，把紅雀像頭癩皮狗般趕出城門，一拳打掉笛王的銀鼻子，和黑王子一起建立一個正義的王國，一個民眾的政權……嗯，可能不會那麼徹底啦。這個世界大概還沒發展到那種程度，但不管怎樣，這裡將會出色輝煌，感動人心，而他，費諾格里歐，在他寫下第一首關於松鴉的曲子那天時，便已安排好了脫困的路線。到了最後，他所做的一切都是對的！也許柯西摩是個錯誤，要是故事中間沒有真正負面的發展，那讀起來也就平淡無奇了，不是嗎？

「織墨水的！你到哪去了？」伊沃不耐煩地朝他揮手。這小子在想什麼？難道一個老頭可以在孩子群中像條鰻魚一樣穿梭？黛絲皮娜轉過身，見到費諾格里歐朝她揮手時，放心地微笑起來。但她的小腦袋接著又消失在其他的小腦袋間了。

「伊沃！」費諾格里歐喊道。「伊沃，注意一下你妹妹，真是見鬼了！」

老天，他根本不知道翁布拉有這麼多小孩！他們擠到市集廣場時，只見許多孩子拉著自己的小弟弟妹妹。費諾格里歐是這裡唯一的男人，母親們也不多。大多數的孩子大概是偷溜出來的——從作坊和店舖中，從家務或廄房裡的工作中。他們甚至穿著破爛衣服，從附近的莊院中過來。他們清脆的聲音在屋舍間宛如一群嘰嘰喳喳的小鳥。黑炭鳥大概從未有過這樣激動的觀眾。

他已站在小平台上，穿著噴火藝人的紅黑服裝，但他的衣服不像自己同行那樣，拿破布補綴而成，而是精美無比的絲綢，一如王公貴族前的紅人所穿的。他臉上一直掛著的微笑，在用來避開火焰的油脂下閃閃發亮，但火這時不斷燻著他的臉，一張臉變得跟巴布提斯塔縫製的微笑皮面具一個樣。沒錯，黑炭鳥現在也微笑著，同時低頭瞧著那汪洋一片、焦急地圍在小平台前的小臉，彷彿他能免去他們所有的憂傷、飢餓、母親的哀傷和對自己死去的父親的思念之情。

費諾格里歐看見伊沃站在最前頭，但黛絲皮娜到哪去了？啊，她在那，就在她大哥身旁。她激動地朝他揮手，他也回應回去，同時跟那些等在屋前的母親們站在一起。他聽到她們小聲說著松鴉，說著他會如何保護她們的孩子，畢竟他把火舞者從死神那裡帶了回來。沒錯。太陽又照亮了翁布拉。希望回來了，而他，費諾格里歐，給了希望一個名字——松鴉……

黑炭鳥脫下沈重昂貴的大衣，要價一定可以餵養擠在廣場上的所有孩子好幾個月。一名山妖爬上小平台走向他，身上掛著一包包鍊金術士的粉末，是這個半吊子拿來餵食火焰，讓火聽話用的。黑炭鳥依然怕火，可以從他臉上清楚看出來。說不定他這時更加畏懼火，費諾格里歐難受無比地看著他開始表演。火焰四濺，嘶嘶作響，吐出鮮綠色的煙霧，讓孩子們紛紛咳了起來，然後變成嚇人的拳頭、爪子和咬人的嘴。是的，黑炭鳥學了些新玩意，不再要一些火把，噴出高度可笑的火，只會讓人私下低聲提到髒手指。他所玩的火，似乎全然不同。那是火的黑暗兄弟，火焰的夢魘，但孩子們對這繽紛邪惡的盛大演出，既感到著迷，又覺得害怕，如果紅色的火爪撲向他們時，便嚇一大跳，如果只剩下煙霧時，就鬆了口氣出聲——就算這些煙霧瀰漫在空中嗆人，讓他們眼睛流淚。難道大家私底下說的是真的？這些煙霧會蒙蔽人的神智，讓人再也看不出實際的狀況？要真是如此，那對我沒有影響！費諾格里歐心想，同時揉著刺痛的眼睛。我看到的不過是可憐的戲法，就這樣，沒別的！

眼淚從他的鼻子流下，當他轉過身，想擦掉眼裡的煤煙時，看到一名男孩從通往城堡的巷子中跌跌撞撞跑來，他比廣場上的孩子大，年齡足夠當薇歐蘭的黃毛士兵了。但他沒穿制服，費諾格里歐覺得他的臉相當熟悉。他在哪見過他呢？

「路克！」他喊道。「路克！快跑！大家快點跑！」

他絆了一下，倒了下來——在跟隨他而來的騎士從他身上騎過去時，他及時爬到一個房門口。

那是笛王。他勒住馬，十幾名盔甲武士同時從通往城堡的巷子中湧出。他們來自四面八方，從鐵匠巷，從肉販巷，從通往市集廣場的每條巷子中湧出，幾乎從容不迫，騎在他們同樣配上盔甲的大馬上。

但孩子們仍抬頭瞧著黑炭鳥，毫不知情。他們沒聽見那男孩警告的喊聲，也沒看見士兵們，只盯著火看，而母親們這時喊起他們的名字。等第一批孩子轉過身時，爲時已晚。盔甲武士驅退哭泣的女人們，同時愈來愈多的士兵從巷子中湧出，宛如銅牆鐵壁般圍住孩子們。

小孩子們驚恐轉過身，驚嘆一下子變成無比的恐懼，哭聲動天。費諾格里歐如何忘得了這些哭聲！他無助地站在那，背頂著一堵牆，同時五名盔甲武士拿著長矛對著他和女人們，人手不必再增加。五根長矛，便能制住這一小群人。一名女人仍舊跑開，但一名士兵騎馬撞倒她。他們接著縮小刀劍組成的圈子，而黑炭鳥在笛王的點頭示意下，熄掉火焰，露出微笑，朝哭泣的孩子們躬身致意。

他們把孩子們趕入城堡，就像趕著一群羔羊。一些小一點的小孩驚恐莫名，跑到了馬匹中間，他們倒在石子地上，就像破了的玩具。費諾格里歐喊著伊沃和黛絲皮娜的名字，但聲音和其他人的混在一起，又是叫聲，又是哭聲。等盔甲武士放開母親們時，他和女人們一起跌跌撞撞衝向被留下來、流著血的孩子們，瞪著那些蒼白的臉孔，深恐會從中認出黛絲皮娜或伊沃的臉孔。他們不在那裡，但費諾格里歐覺得自己仍認識那些臉孔，那些小小的臉孔。他們太小，不該就這樣死去，不該受這些痛楚與驚恐。兩名白衣女子現身，他的死亡天使。女人們探身到孩子身上，摀住他們的耳朵，不讓他們聽到那蒼白的低語。三個孩子死了，兩個男孩，一個女孩。他們不再需要白衣女子帶他們到彼岸去了。

那個從巷子中匆忙大叫奔出、示警無效的男孩，跪在一名死去的男孩身旁。他抬頭瞪著小平台，年輕的臉因爲仇恨而蒼老起來。但黑炭鳥不見了，彷彿消失在仍濃濃瀰漫在市集廣場上的有毒煙霧中似的。只剩那個山妖站在那裡，低頭瞪著探身在孩子身上的女人們，麻木不仁的樣子，接著，他慢慢收拾起黑炭鳥留下的空袋子，彷彿時間靜止一樣。

幾名女人追著士兵和被拉走的孩子跑。其他的人跪在那裡，擦掉傷者額頭上的血，輕輕檢視著細小的肢體。

費諾格里歐再也無法忍受，轉過身，搖搖晃晃走回通往敏奈娃家的巷子。女人們迎面而來，因爲聽到屋子中的叫喊聲。她們匆匆和他擦肩而過。夠了！眞是夠了！敏奈娃朝他跑來。他結結巴巴吐出一些難以理解的話，指著城堡的方向。她跑開，跟著其他女人而去。

這是晴朗的一天，陽光溫溫暖暖，彷彿冬天還很遠。

他哪能忘得了那些哭泣？

費諾格里歐訝異自己的腿竟然還能負載著自己滿是淚水的心上樓。

「薔薇石英！」

他衝向自己的寫字桌，找著羊皮紙、紙，或其他能寫字的東西。「薔薇石英！該死，你躲到哪去了？」

那個玻璃人從一個奧菲流士彩色精靈棲居的窩中探出頭來。眞見鬼了，他在上面幹什麼？把那些精靈的蠢脖子扭斷？

「要是你想再派我去奧菲流士家裡打探，就算了吧！」他朝下頭的他喊道。「那個赤鐵把奧菲流士找來替代他弟弟的玻璃人推出窗外！他可是徹底碎裂，簡直就像酒瓶的碎片一樣！」

「我不要你去打探！」費諾格里歐喝叱他，聲音因爲淚水而哽咽。「幫我削尖羽毛筆！攪拌墨水，還不快點！」

嚇，那些哭泣。

他頹然坐倒在椅子上，頭埋在雙手中。淚水流過手指，滴在他的寫字桌上。費諾格里歐記不起自己曾經如此哭過，甚至柯西摩死時，他也沒流一滴淚。伊沃！黛絲皮娜！

他聽到玻璃人咚一聲跳上他的床。他不是禁止他從精靈窩跳到草褥上嗎？唉，不管了。他要摔斷自己的玻璃脖子，就讓他去吧。

啊，這許多的不幸。現在必須告一段落，不然眞的會讓他年邁的心破碎！

他聽見薔薇石英趕緊爬上寫字桌。「拿去！」玻璃人小聲說，遞給他一根剛削好的羽毛筆。

費諾格里歐拿袖子擦掉臉上的淚，接過羽毛筆時，手指顫抖著。

玻璃人遞給他一張紙，接著趕緊攪拌墨水。「孩子們在哪裡？」他問。「你不是想跟他們去市集上嗎？」

又是一滴淚，落在空白的紙上，而那張紙貪婪地吸入。是，是，就是這樣，這則該死的故事就是這樣！費諾格里歐心想。靠著眼淚維生！要是奧菲流士寫下市集上發生的事，那該怎麼辦？據說，自從髒手指拜訪過他，他幾乎就未再離開自己的屋子，還把瓶子扔出窗外。他生氣之際，是不是寫了些殺害幾名孩子的文字？

夠了，費諾格里歐，別再去想奧菲流士！你自己寫！要是紙不再空白無比就好了。「來吧！」他低語著。「來吧，你們這些該死的字。他們是孩子啊，孩子啊！救救他們！」

「費諾格里歐？」薔薇石英擔心地看著他。「伊沃和黛絲皮娜在哪裡？發生了什麼事？」

但費諾格里歐只能再把臉埋在雙手中。那些再度打開該死的城堡大門的文字，折斷長矛，讓黑炭鳥在自己的火中烤著的文字，到底在哪？

薔薇石英從敏奈娃那裡得知事情經過——在她從城堡回來後，沒帶著自己的孩子。笛王又再發表聲明。

「他說，他等得不耐煩了，」敏奈娃冷冷說著。「他給我們一個星期的時間，把松鴉帶到他面前去，不然他就把我們的孩子帶到礦場去。」

她接著下樓到自己空蕩蕩的廚房，餐桌上想必依然擺著

伊沃和黛絲皮娜早上吃東西的碗。

費諾格里歐繼續坐在白紙面前，上頭除了他的淚跡外，空無一物。時間一點點過去，直到深夜。

松鴉的答覆

「我想幫點忙。」荷馬開始說，
但雷希不想聽。
「那你不該躲起來，」雷希說。
「你不該撇頭不看。」

——約翰・厄文《心塵往事》

蕾莎臉色蒼白，以自己美麗的字體在書寫，就像當時，她女扮男裝，坐在翁布拉的市集上，靠著代書維生。原來是奧菲流士的玻璃人，幫她攪拌著墨水。髒手指把雅斯皮斯帶回到強盜的營地，也包括法立德。

這是松鴉的答覆，蕾莎寫道，莫站在她身旁。

三天內，他會向薇歐蘭束手就縛，那位柯西摩的未亡人暨翁布拉合法繼承人之母。交換條件，是要笛王釋放他以奸計擄獲的翁布拉孩子，並以他主人的印鑑為憑，確保孩子們永遠安全無虞。只要達成這個條件，松鴉願意修復那本他在夜之堡為毒蛇頭裝幀的空白的書。

美琪看著她母親的手在書寫時，不斷停頓遲疑。強盜們圍住她身旁打量她。一名會書寫的女人……除了巴布提斯塔，他們沒人懂得這門技藝，連黑王子也不例外。他們全都試圖讓莫打消他自己的決定，就連試圖警告翁布拉孩子的朵利亞，也持相同意見，他當時還不得不看著笛王捉住孩子們，殺死自己最好的朋友路克。不過，全都徒然無效。

只有一位沒試圖讓莫改變主意，他是髒手指。

就算他的臉現在沒有疤了，卻似乎讓人覺得他從未離開過似的。同樣的微笑，一如往常一般神秘，同樣的率性而爲。他一下在這兒，接著又消失，宛如幽靈一般。美琪不斷冒出這個念頭——同時覺得髒手指比以往更有活力，比其他所有人都有活力。

莫朝她瞧過來，但美琪不確定他眞的看到她了。自從他從白衣女子那裡回來後，似乎愈來愈像是松鴉了。

他怎麼可以束手就縛？笛王會殺了他的！

蕾莎寫完信，看著莫，有一會，像是希望他會把這張羊皮紙丟進火堆中。但他只接過她手中的羽毛筆，在這些致命的文字下畫上他的符號——一根羽毛筆和一把劍，構成一個十字，一如農夫一般，不寫下自己的名字，因爲他們不識字。

不。

不！

蕾莎低下頭。她爲什麼一言不發？她爲什麼這次不以眼淚來逼他改變主意？難道在那無盡的夜裡，她在墓地間絕望地等他回來時，淚水已經枯竭？她母親知道莫對白衣女子承諾了什麼，她們才讓他和髒手指回來嗎？「我可能不得不很快離開。」美琪十分擔心問到時，他只這樣對美琪說：「離開？去哪？」他只回答：「別那樣擔心地看著我！不管去哪——我見過死神，毫髮無損回來，再也沒有更危險的事了，對不對？」

美琪應該繼續問的，但她太高興自己並未永遠失去他，高興得難以言喻……

「我再說一次，你瘋了！」

快嘴喝醉酒，一臉紅通通站在那裡，粗暴的聲音劃破了沈重的寂靜，十分出其不意，玻璃人嚇得把遞給莫的羽毛筆掉了下去。

「向毒蛇頭的女兒束手就縛，希望她能不讓銀鼻子動你！他很快會讓你吃不完兜著走的。就算笛王饒你一命——你還是認爲他主子的女兒會幫你在那本該死的書中寫字？死神大概扣留住你的理智了吧！醜東西會爲了翁布拉的寶座出賣你的，那些孩子，笛王還是會派去礦場的！」

許多強盜低聲表示同意，但當黑王子走到莫身旁時，他們全都不出聲。

「那你要如何從城堡中救出孩子，快嘴？」他聲音鎮靜地問道。「我也不願意松鴉自願騎進翁布拉的城堡大門，但如果他不束手就縛，還能怎麼辦？對這個問題，我也無法給他答覆，相信我，自從黑炭鳥表演完後，我只想著這件事！要我們就以自己這一丁點人攻入城堡？還是你想等他們帶著孩子通過無路森林時，埋伏在一旁？會有多少盔甲武士看守他們？五十名？上百名？如果你想用這種方式拯救孩子，計畫犧牲掉多少孩子？」

黑王子打量著他周遭衣衫襤褸的手下，許多人低下頭，但快嘴倔強地翹起下巴，頸子上的疤紅得像剛被劃傷似的。

「我再問你一次，快嘴，」黑王子輕聲說。「如果我們以這種方式去救孩子，會有多少孩子死掉？就算只救出一個也在所不惜？」

快嘴沒回答，只瞪著莫，然後吐了口口水，轉身，一言不發，大步離去，後面跟著壁虎和十幾名其他強盜。不過，蕾莎默默拿著寫好的羊皮紙，摺好以便雅斯皮斯封上。她臉上毫無表情，像塊石頭，像英俊的柯西摩在翁布拉地下墓室中的樣子，但她雙手顫抖——以致巴布提斯塔最後走向她，幫她摺好羊皮紙。

三天，莫在白衣女子那裡也待了這麼久——無止無盡的三天，讓美琪以爲自己的父親死了，這回再無機會，因爲她母親和法立德的緣故。在這三天，她沒跟兩人說過任何話。蕾莎走向她時，她推開她，對她大喊。

「美琪，爲什麼這樣看著妳母親？」莫在回來後的第一天立刻問了她。爲什麼？白衣女子因爲她的緣故，才把你帶走，她想回答，卻說不出口。她知道自己不對，但她和蕾莎之間卻變得生疏起來。同樣地，她也無法原諒法立德。

他站在髒手指身旁，是唯一看來心情不沈重的人。當然了。法立德哪裡在乎她父親很快便聽任笛王擺布？髒手指回來了，這點才最重要。他試圖和她和解：「美琪，別這樣了。妳父親沒出任何事——而且帶回髒手指！」是的，他只在乎這件事，永遠都是這樣。

雅斯皮斯把火漆滴到羊皮紙上，莫蓋上他裝幀蕾莎圖畫的書時刻製的印。一隻獨角獸的頭。這個書籍裝幀師的印，是給強盜們的承諾。莫把信交給髒手指，和蕾莎與黑王子說了些話——然後走向美琪。

她還小，只到他的手肘高度時，如果一害怕，便常常把腦袋擠到他手臂下。但那是許久以前的事了。

「死神是什麼樣子，莫？」莫回來時，她問他。「你眞的看到他了？」

回想那一段，他似乎並不害怕，但他的目光立刻飄向遠方，非常遙遠……「他有許多面貌，卻有著女人的聲音。」「女人？」美琪吃驚問著。「但費諾格里歐絕不會讓女人擔任這麼重要的角色！」

莫大笑回答：「我不認爲費諾格里歐寫下了死神這個角也，美琪。」

莫來到她面前時，她沒看他。「美琪？」他手擱在她下巴上，讓她不得不看著他爲止。「求求妳，別這麼傷心的樣子！」

黑王子在他身後，把巴布提斯塔和朵利亞帶到一旁。她可以想像，他會給他們兩個哪些指示。他派他們到翁布拉，在絕望的母親那裡散播消息，表示松鴉不會棄她們被抓走的孩子於不顧。但他棄自己的女兒於不顧！美琪心想，她確定莫會看出她眼中的責備神情。

他握著她的手，一言不發，把她拉過來，離開帳棚，離開強盜，也離開仍站在火堆旁的蕾莎。她母親擦掉手指上的墨水，一遍又一遍，而雅斯皮斯在一旁打量她，露出一臉同情——彷彿她這樣也能抹去她所寫下的文字。

莫來到一棵橡樹下，樹枝覆蓋住營地，彷彿一片木頭與黃葉構成的天空。他握著美琪的手，食指在上面劃過，彷彿不敢相信她的手這時已經這麼大似的。但她的雙手仍比自己的纖細許多。女孩的手……

「笛王會殺了你。」

「不，他不會。但如果他想試看看的話，我很樂意爲他證明書籍裝幀師傅的刀有多利。巴布提斯塔又幫我縫了一個暗袋，相信我，如果這個屠殺孩子的傢伙給我機會的話，我會很高興拿他來試刀的。」他臉上的恨意彷彿一道黑影。松鴉。

「這把刀根本幫不了你，他還是會殺了你。」她聽來蠢笨無比，像個倔強的孩子。她太擔心他了。

「三個孩子死了，美琪。去找朵利亞，讓他對妳再說一次他們對付孩子的樣子。如果松鴉不現身的話，他們會殺掉所有孩子！」

松鴉。他裝著像是提到另一個人似的。他到底認爲她有多笨？

「這不是你的故事，莫！讓黑王子去救孩子們吧。」

「怎麼救？如果他輕舉妄動的話，笛王會殺了所有孩子。」他眼裡全是怒意。美琪這時才明白，莫不只爲了還活著的孩子去城堡，也爲了幫死去的孩子報仇。這個念頭只讓她更加擔心。

「好。你可能說得沒錯，可能眞的沒有其他辦法，」她說。「但至少讓我跟你一起去！讓我幫幫你。就像在夜之堡那樣！」火狐狸把她推進他所在的牢房時，彷彿昨日一樣。莫難道忘了她跟他在一起時，幫了他多少忙？她靠費諾格里歐之助救了他？

不，一定沒忘。但美琪只需要看著他，便知道他這回只會獨自前往。沒人作伴。

「妳還記得我過去跟妳說過的強盜故事嗎？」他問。

「當然記得。他們全都下場悲慘。」

「爲什麼呢？全是同一個理由。因爲強盜想要保護自己所愛，因此被殺，對不對？」

喔，他眞狡猾。他跟母親也這樣說嗎？但我比蕾莎更瞭解他，美琪心想，我知道的故事也比蕾莎多多了。「那首綠林強盜的詩呢？」她問。愛麗諾爲她朗讀過無數次這首詩。「啊，美琪，爲什麼不換妳來唸唸呢？」她老聽到她嘆氣。「我們不必告訴妳父親，但我很想看看這個強盜奔馳過我的屋子！」

莫撥開她額頭上的頭髮。「怎麼樣呢？」

「他的情人要他小心士兵，而他因此逃脫！女兒也辦得到的。」

「喔，沒錯！女兒善於拯救父親。沒人比我更加清楚這點。」他這時不得不微笑起來。她喜歡他的微笑。要是她再也見不到的話，該怎麼辦？「但妳也記得，詩中那位情人的下場，對不對？」

美琪當然記得。**她的火槍打穿了月光，打穿了她在月光下的胸**。士兵們最後還是殺了那名強盜。**他倒在自己在路上的血泊中，脖子周圍一團花邊領子**。

「美琪……」

她背對他，不想再看著他，不想再爲他擔心，只想生他的氣。就像生法立德的氣，像生蕾莎的氣一樣。愛別人只會帶來痛苦，只有痛苦。

「美琪！」莫抓住她的肩，把她轉過來。「假如，我不去的話——那他們接下來唱的歌妳會喜歡嗎？**有天早上，松鴉消失，再也不見蹤影。翁布拉的孩子像自己的父親一樣，全都死在森林的另一頭，毒蛇頭靠著松鴉為他裝幀的空白的書，永遠統治下去**。」

是的，他說得沒錯。這是首可怕的曲子，但美琪知道另一首更可怕的曲子：**但松鴉前往城堡拯救翁布拉的孩子，在那裡身亡。雖然火舞者在天上用火寫下他的名字，星子因而每晚為他低吟，但他的女兒再也見不到他了**。

是的，情況會是如此。但莫聽到的是另一首曲子。

「費諾格里歐這回不會爲我們寫下圓滿的結局，美琪！」他說。「我必須自己寫，靠行動，而不是文字。只有松鴉才能拯救孩子，只有他才能在那本空白的書裡寫下三個字。」

她仍未看著他，不想聽他說的話。但莫繼續說，用她所珍愛的聲音說，那是伴著她入睡的聲音，在她生病時安慰她的聲音，講著自己消失的母親的故事。

「妳必須答應我一些事，」他說。「我走了後，妳和妳母親要互相照顧。妳們不能回去，不能相信奧菲流士的文字！但王子會保護妳們，還有大力士。他答應我，以弟弟的生命起誓，他一定比我更能保護妳們。妳聽到了嗎，美琪？不管發生什麼事，跟強盜們待在一起。別去翁布拉，或跟蹤我到夜之堡，如果他們帶我去那裡的話！如果我知道妳們有危險的話，我會十分擔心，無法思考。答應我！」

美琪低下頭，免得他從自己的眼睛中看出答案。不，不，她才不會答應他。蕾莎一定也不會這樣。對吧？美琪瞧著母親那一頭。她看來無比悲傷。大力士站在她身旁，不像美琪，在莫安然歸來後，他便原諒蕾莎了。

「美琪，求妳聽我說！」平常，如果莫覺得事情太嚴肅的話，便會開始開玩笑，但他這點顯然也已改變。他的聲音聽來嚴肅，實事求是，好像在跟她討論學校出遊的事。「如果我沒回來，」他說，「妳請費諾格里歐把妳們寫回去。他不可能完全荒廢的。然後妳把你們三個唸回去，妳、蕾莎——和妳弟弟。」

「弟弟？我想要妹妹。」

「啊，眞的嗎？」他現在終於微笑了。「很好，我也想再要個女兒。第一個現在已經大到都不能抱在懷裡了。」

他們看著對方，美琪有千言萬語想說，卻沒有任何字眼可以眞正表達出她的感覺。

「誰會把信帶到城堡裡？」她小聲問著。

「我們還不知道，」莫回答。「找個能見到薇歐蘭的人，並不容易。」

三天，美琪緊抱著他，就像還是小孩時那樣。「求求你，莫！」她小聲說。「別去！求求你！讓我們回去算了。蕾莎說得對！」

「回去？唉，美琪，就在現在最緊張的時刻？」他小聲對她說。他變得其實並沒那麼厲害，只要他一覺得嚴肅，總是會開起玩笑。她好愛他。

莫雙手捧著她的臉，看著她，彷彿想對她說什麼，這一刻，美琪似乎在他眼中看出，他也很擔心她。

「相信我，美琪！」他說。「爲了保護妳，我也會去那座城堡。總有一天妳會明白的！我們兩個在夜之堡上，不是已經知道我幫毒蛇頭裝幀那本空白的書，就是爲了有天要寫下那三個字？」

美琪猛搖著頭，莫再次緊抱著她。

「是的，美琪！」他輕聲說。「是的，我們知道的。」

終於

在沒有人細聽的夜裡，
我獨自躺在自己的獵人窩中，
讀著早已不想再讀的書，
直到手錶告訴我，我該睡了。

這是山丘，這是寬闊的森林，
這是我面對群星的孤寂
那裡是河流，河岸邊，
是咆哮的獅子喝水之處。

——羅伯・史帝文生《故事書之國》

大流士唸得很棒，就算他唸出來的文字聽來和莫提瑪完全不同（當然也跟那個愛讀書的傢伙奧菲流士不一樣）。大流士的技藝可能比較接近美琪的。他以孩子的天眞唸著，愛麗諾彷彿第一次看到那個過去的男孩，一名戴著眼鏡的瘦弱男孩，和她一樣熱愛著書，只是他讀的書頁會喚起生命。大流士的聲音不像莫提瑪的那樣圓潤動聽，沒有賦予奧菲流士聲音力量的那種激情。不，大流士在舌頭上小心翼翼地處理說出的話，彷彿那些字眼會在那兒碎裂，彷彿會失去意義，如果唸得太大聲、太果斷的話。全世界的悲傷都在大流士的聲音中，軟弱、靜寂與謹愼的魔力，知道強者的無情……

奧菲流士動聽的文字，讓愛麗諾目瞪口呆，就像她第一次聽到他閱讀的那天。這些文字聽來一點都不像那個把她的書朝牆上丟去的自負笨蛋。因爲他是從另一個人那裡偷來每個字眼的，愛麗諾！她心想。然後便不再去想了。

大流士的舌頭一次都沒打結——或許因爲他這次是出於愛，而不是出於害怕而朗讀著。大流士輕輕打開文字之間的門，愛麗諾覺得他們彷彿兩個溜進不該進入的房間的小孩，潛入了費諾格里歐的世界。

等她突然察覺到背後一堵牆時，不敢相信自己的手指碰到的東西。妳起先以爲那是個夢。蕾莎不是這樣對她描述過？嗯，如果這是個夢，愛麗諾心想，那我可不想再甦醒過來！她的眼睛貪婪地吸收著突然浮現在眼前的畫面：一座廣場、一座水井、相互依靠著的屋舍，彷彿年邁而無法直立似的，還有穿著長衣（多半都相當破爛）的女人、一群麻雀、鴿子、兩隻瘦貓、一個推車，一名老人把野草鏟到車上……天哪，那臭味眞是無法忍受，但愛麗諾仍深深吸入。

翁布拉！她到了翁布拉！不然她周遭這個地方是哪？一名在水井汲水的女人，轉過身，懷疑地打量著愛麗諾所穿的深紅色厚重絲綢衣服。該死！她應該去租一件衣服的，就像大流士所穿的袍子一樣。「中世紀。」是她如此要求的，但現在站在這裡，卻覺得自己像是在一群烏鴉中的孔雀！

不管了。愛麗諾，妳到這兒了！等到有東西粗魯拉扯她的頭髮時，她高興到都流出眼淚。她熟練地抓住一個正想拿著一撮灰髮逃開的精靈。喔，她多麼懷念這些會飛的小東西！但他們不是藍色的嗎？這個卻像肥皂泡泡一樣繽紛鮮豔。愛麗諾雙手陶醉地圈住她的獵物，從指間打量這個精靈。這個小東西看來昏昏欲睡的樣子。啊，眞棒！等到這個精靈小牙齒咬了愛麗諾的大拇指，然後脫逃時，她大笑出聲，兩名女人立刻從附近的窗戶探出頭來。

愛麗諾！

她手摀著嘴，但仍感受到笑聲，彷彿舌頭上含著泡片。喔，她快樂無比，直上雲霄。她上一次是在六歲時才有這種感覺，當時她溜進自己父親的圖書館，讀不准她讀的書。妳或許乾脆一命歸西算了，愛麗諾！她心想。就在此時此刻。還會有比這更棒的事嗎？

兩名穿著彩衣的男人越過廣場。流浪藝人！他們看來不像愛麗諾想像那樣浪漫，不過還能怎麼樣……一個山妖揹著樂器，跟在他們後面。他見到愛麗諾時，那毛茸茸的臉看來驚愕無比，愛麗諾不由得抓了抓鼻子。她的臉出了什麼問題嗎？沒有，她的鼻子還是一樣大，是吧？

「愛麗諾？」

她猛轉過身。大流士！天哪，她完全忘了他。但他怎麼跑到糞車下去了？

他從車輪間爬出來，一臉迷惘，扯掉袍子上幾根不怎麼乾淨的稻草。喔，大流士。這就像他，在墨水世界中，就這麼剛好來到一車雜草下。他眞是個倒楣鬼！看他四處打量的樣子，好像落入一群強盜手裡般。可憐的大流士，神奇的大流士。他手裡仍拿著奧菲流士所寫的那張紙，但裝著他們想帶過來的東西的袋子哪去了？

等等，愛麗諾，是妳該帶著的。她四處搜尋——沒瞧見袋子，卻看到就在她身旁饒有興味嗅聞著陌生石子地的凱伯魯斯。

「如果我們留下牠的話，牠……牠……牠會餓死，」仍一直指著稻草稈的大流士結結巴巴說。

「喔……而且，牠大概可以帶我們到牠主人那兒去，可能知道我們在哪可以找到其他人。」

不笨嘛，愛麗諾心想。我絕對想不到的。但他現在爲什麼又結結巴巴的？

「大流士！你辦到了！」她用力摟著他，他的眼鏡因而滑掉。「謝謝你！眞的謝謝你！」

「嘿，你們兩個，這隻狗哪來的？」

凱伯魯斯縮在愛麗諾腳邊低吼著。兩名士兵站到他們面前。**士兵比攔路土匪還要惡劣**。蕾莎不也說過這點嗎？**大多數的士兵隨時喜歡殺殺人**。

愛麗諾不由自主退了一步，但只撞上身後的屋牆。

「怎麼，你們把自己的舌頭呑下去了？」其中一位狠狠一拳打在大流士的腹部，害他縮成一團。

「這算什麼？別碰他！」愛麗諾的聲音聽來不像自己所想那樣無畏。「這是我的狗。」

「妳的？」朝她走來的士兵只有一隻眼。愛麗諾瞪著那個過去第二隻眼所在的地方。「只有王公貴族才能養狗。妳該不會想騙我妳是吧？」

他抽出自己的劍，劍刃劃過愛麗諾的衣服。「這是什麼衣服？妳以爲這樣就會像是個高貴的仕女？幫妳縫製這件衣服的女裁縫住在哪？她該被綁在刑柱上公開示眾。」

另一名士兵大笑。「演員才會穿這種衣服！」他說。「她是個上了年紀的藝人！」

「一個藝人？她太醜了。」獨眼的打量著愛麗諾，像是想脫掉她這件衣服。

她很想告訴他有多醜，但大流士哀求地瞧了她一眼，而劍尖頂著她的腹部，十分嚇人，彷彿獨眼的想再幫她鑽出第二個肚臍一樣。垂下眼睛，愛麗諾！想想蕾莎說過的話。在這個世界，女人要垂下眼睛。

「求求你們！」大流士好不容易站好。「我們……我們對這不熟！我們……我們從很遠的地方來……」

「而你們來翁布拉？」士兵們大笑。「毒蛇頭的銀子明鑑，誰會自願來這兒啊？」

獨眼瞪著大流士。「你看看這個！」他說，從大流士耳朵上摘下眼鏡。「他有個跟幫紅雀弄來獨角獸和侏儒的複眼一樣的架子。」

他好不容易把眼鏡架上鼻子。

「嘿，拿下來。」另一個退了開，覺得難受。

獨眼透過厚厚的鏡片朝他眨著眼，咧嘴笑著。「我看出你所有的謊言，你所有陰險的謊言！」他大笑一聲，把眼鏡丟到大流士腳邊。「不管你們哪裡來的，」他說，伸手去抓凱伯魯斯的項圈。「你們不能帶狗回去。狗屬於王公貴族所有。這裡這隻難看無比，但紅雀還是會喜歡。」

凱伯魯斯用力咬了一口那隻戴手套的手，士兵大喊一聲，跪了下來。另一名抽出劍，但奧菲流士的狗雖醜，卻不笨，轉過身，口裡還叼著手套，便逃命去了。

「快點，愛麗諾！」大流士趕緊撿起自己被扭彎的眼鏡，拉著愛麗諾，而士兵大罵著，跌跌撞撞去追那頭地獄之犬。愛麗諾記不得自己最後一次這樣快跑是在什麼時候，雖然她的心感覺仍像個年輕的女孩——她的腿卻是一位過胖的老女人的。

愛麗諾，妳在翁布拉的第一個鐘頭，原本不是這樣的吧！她心想，同時緊跟在大流士身後跑過一條十分狹窄的巷子，自己都怕卡在屋舍間。但就算她腳痛，自己腹部仍然感覺得到那個獨眼粗魯傢伙的劍尖——這又何妨？她在翁布拉了！她終於來到文字背後了！這才重要。而且，本就難以期待這裡會像在自己家裡那樣平靜——更別提那裡前一陣子也有一些干擾……但不管怎樣……她在這裡了，她終於到這裡了！到她唯一想經歷結局的故事中，因爲她愛的所有人都在裡面。

那隻狗跑掉了，可眞蠢！她心想，而大流士卻在巷口停住，不知所措。凱伯魯斯的醜鼻子在這個迷宮中眞的會很有用——更別說她可能會想牠。蕾莎、美琪、莫提瑪——她眞想大聲在巷子中喊出他們的名字。你們在哪？我到這裡了，我終於到這裡了！

但他們可能已不在這裡了，愛麗諾！她心裡低語著，頭頂上陌生的天空這時也黑了。說不定他們三個早就死了。安靜，她心想。安靜，愛麗諾。還不要有這個念頭，就是不要有。

給醜東西的藥草

靈魂沈默。
但又說了一回，
在夢裡說了一回。

——露伊絲・葛麗克《痛哭的孩子》

薇歐蘭一天要到紅雀關孩子的地窖好幾次，帶著兩名仍服侍她的女僕，還有一名擔任她士兵的男孩。笛王稱他們爲孩子兵，但她父親讓這些男孩不再是孩子，在無路森林中殺掉他們的父兄。地窖裡的孩子很快也不再是孩子了。恐懼讓人很快長大。

母親們每天早上站在城堡前，哀求守衛至少讓她們去看最小的孩子。她們帶來衣服、娃娃，和一些吃的東西，希望至少有些東西能夠交到她們的兒子與女兒手中。但守衛丟掉大部分的東西，就算薇歐蘭不斷派自己的女僕到他們那裡去收集轉交的東西。

好在笛王至少讓她這樣做。騙過紅雀容易，他比自己娃娃般的妹妹更笨，從不知道薇歐蘭在他背後有何謀劃。但笛王人可聰明——只有兩樣東西會讓他克制：對她父親的懼意和他的自負。笛王一進翁布拉的那一天起，薇歐蘭便開始奉承他。她假裝自己很高興他的到來，受不了紅雀的懦弱與愚蠢，提到他的揮霍奢侈，並委託巴布盧斯在他最好的羊皮紙上爲笛王陰森的曲子配上圖畫（就算巴布盧斯對這份委託大發雷霆，當著她的面折斷三根自己最珍貴的筆）。

笛王下令黑炭鳥誘孩子入彀後，薇歐蘭還當面讚美跟鼻子的奸計——之後便在自己的房間裡嘔吐。她也沒讓他發現自己無法入眠，以為自己夜裡聽到了地窖傳來的哭聲。喔，不。

她父親把她和她母親關在那個老舊的房間時，她剛滿四歲，但她母親教她仍要抬頭挺胸。「妳有顆男人的心，薇歐蘭。」她的公公有次對她這樣說。愚蠢悲傷的老人。她仍不知道，他這樣說，算是在讚美，還是感到厭惡。她只知道一點，她所想要的東西，都屬於男人所有：自由、知識、力量、聰明、權力……

復仇慾、統治慾、急躁不耐，也是男人的嗎？她從自己父親那裡繼承了這一切。

醜東西。

那個讓她變醜的疤已經褪掉了，但名字還是留下來了，那跟她蒼白的臉及纖細得可笑的身子，都是她的一部分。「大家應該叫您奸詐的人。」巴布盧斯有時這樣說，他最清楚她了，最能看穿她。薇歐蘭知道，巴布盧斯藏在自己圖畫裡的每隻狐狸，都是指她 奸詐的人。是的，她是這樣。看見笛王，便會讓她作嘔，但她還是對他微笑，就像她從自己父親那裡學來的樣子：高人一等的樣子，帶著一絲殘暴。她穿著讓她顯得高大的鞋子（薇歐蘭老恨自己矮小），並不打扮自己，因為她認為漂亮的女人可能有人追求，但絕不會受到尊重，更別提讓人畏懼。再說，如果她把嘴唇塗紅，把眉毛拔細，自己都會覺得可笑。

幾位被關的小孩受了傷。笛王允許薇歐蘭找倉鼻來治療他們，但卻不准他們離開。「等我們抓到那隻鳥再說，這些孩子是誘餌！」笛王只這樣回應她的請求。

而薇歐蘭見到——松鴉被拖進城堡，像紅雀在森林中殺死的獨角獸一樣全身是血，被下面城門前哭泣的母親們出賣。這個畫面停了下來，比巴布盧斯爲她所畫的圖畫還要清晰，但在她夢裡，她見到另一個畫面。松鴉殺了她的父親，把一頂王冠戴在她的頭髮上，她鼠棕色的頭髮……

「松鴉很快就成了一個死人，」巴布盧斯昨天才對她說。「我只希望，他會想辦法，至少死得好看一點。」

薇歐蘭對此打了他一耳光，但巴布盧斯對她動怒早習以爲常。「醜東西殿下，您要小心，」他小聲對她說。「您總是愛上不對的男人，但上一個至少有貴族血統。」

對他這種放肆的行徑，薇歐蘭眞該割掉他的舌頭——她父親一定立刻動手——但之後還有誰會對她說實話呢，就算實話讓人心痛？過去布麗安娜會這樣，但布麗安娜離開了。

外頭，地窖裡孩子的第三個晚上降臨了，薇歐蘭剛要自己一名女僕拿熱酒過來，希望喝了酒後，至少能暫時忘掉那些緊抓著她裙子的小手幾個鐘頭，維托這時便走進她房間。

「殿下！」這男孩剛滿十五歲，是她士兵中年紀最大的，他是名鐵匠的兒子，當然是名已經過世的鐵匠。「您以前的侍女布麗安娜在大門口，那名女醫士的女兒。」

圖立歐不安地瞧了薇歐蘭一眼。布麗安娜被趕走時，他哭過。爲此，薇歐蘭兩天不讓他進自己的房間。

布麗安娜。是她的念頭召喚她過來的嗎？這個名字依然那麼熟悉。或許她比自己的兒子更常叫著這個名字。爲什麼她那可笑的心跳得那麼快？難道自己的心忘了這個來訪者帶來過多少痛苦嗎？她的父親說得對。心是個懦弱多變的東西，愛情沒了，便一無是處，只要一被心控制，就會災禍連連。一定要讓理智主宰。理智才能安慰愚蠢的心，嘲弄愛情，諷刺愛情天性喜怒無常，一如花朵般生命短暫。但她爲什麼一直聽從自己的心呢？

她的心高興聽到布麗安娜的名字，但她的理智問著：她來這裡幹什麼？她懷念這裡舒適的生活？受不了在複眼那裡當女僕刷地板？那個傢伙在紅雀面前卑躬屈膝，下巴幾乎都要碰到自己的胖膝蓋。還是她想求我讓她到地下墓室，在那兒親吻我過世的丈夫的嘴唇？

「布麗安娜說，她帶了她母親羅香娜的藥草過來給地窖中的孩子，但她只想親自交給您。」

圖立歐露出哀求的眼神看著她。他沒有任何自尊，卻有顆忠誠的心，忠誠無比。紅雀的幾個朋友昨天又把他跟狗關在一起，她自己的兒子也在場。

「好，去帶她過來，圖立歐！」這個聲音是個叛徒，但薇歐蘭懂得讓聲音聽來無動於衷。只有一次，她露出自己的感情，是當柯西摩回來之際——但後來他偏愛她，而不是自己時，只讓她更感羞愧。

布麗安娜。

圖立歐趕緊衝出去，薇歐蘭摸了摸自己緊束的頭髮，不安地打量衣服和自己佩戴的首飾。布麗安娜會造成這種反應。她太漂亮了，她一出現，在場的人便會覺得自己相形見絀。薇歐蘭以前喜歡這樣，躲在美麗的布麗安娜身後，欣賞其他人因爲她的女僕，出現像她自己不斷冒出的感覺——自慚形穢。她喜歡有許多美女服侍她，欽佩她，甚至可能喜歡她。

圖立歐帶著布麗安娜回來時，那毛茸茸的臉上露出傻傻的微笑。她走進這個自己待過無數個鐘頭的房間時，顯得遲疑不定。據說，她脖子上掛著一個有柯西摩肖像的錢幣，不時親吻著，以致錢幣上的臉龐幾乎難以辨識。但憂傷只讓她更加楚楚動人。這怎麼可能？如果連美都無法公平分配，這個世界又怎麼會變得公平？

布麗安娜深深鞠了一躬——再沒人比她優雅——遞給薇歐蘭一籃藥草。「我母親從倉臬那裡聽到幾個孩子受了傷，許多孩子不肯吃東西。這些藥草或許幫得上忙。她爲您寫下藥草的功效，以及如何食用。」布麗安娜在那些藥草下拿出一封上了火漆的信，再次躬身遞給薇歐蘭。

一名醫士的指示需要上火漆？

薇歐蘭遣開幫她鋪床的女僕——她不相信她們——伸手去拿自己的新眼鏡片。幫複眼重新配上眼鏡——當然用上金子——的師傅，幫她做出她的眼鏡。她拿自己最後的戒指來支付。這些鏡片並未爲她揭穿任何謊言，不像大家口中複眼的那一副那樣。就連巴布盧斯的文字亦未變得更加清晰，還比不上她平常所用的綠柱石，但這個世界不再一片紅，她的雙眼終於可以一起看得更清楚，就算她一長久配戴，眼睛便會疲累，也不要緊。「您書看得太多了！」巴布盧斯老說，但她還能做什麼？沒有文字她會死，眞的會死，甚至至比她母親還要早逝。

信的火漆上有個獨角獸頭顱的戳印。這是誰的印記？

薇歐蘭折斷火漆——等她明白誰寫信給她時，便不由自主朝門口看去。布麗安娜順著她的目光看去。她在這座城堡中待了很久，知道隔牆有耳，但好在書寫下來的文字無聲無息。然而，薇歐蘭唸出來時，彷彿聽到松鴉的聲音——她十分清楚他的意思，就算他十分巧妙地把他眞正的意圖藏在寫出來的文字後。

書面上的文字提到孩子，提到松鴉願意束手就縛，交換孩子的自由。信裡答應幫她父親修復那本空白的書，只要笛王釋放孩子。但背後的意圖卻是另一番景象，只有她才能在字裡行間讀出來，表示松鴉終於同意她在柯西摩石棺旁提出的交易。

他願意幫她殺了她父親。

一起下手會更容易。

這是眞的嗎？她放下信。當她答應松鴉的時候，她想了些什麼？

她察覺到布麗安娜的目光，突然轉身背對她。想想看，薇歐蘭！她想像會發生什麼事，一步一步，一個畫面接著一個畫面，彷彿翻閱一本巴布盧斯的書。

只要松鴉束手就縛，她父親會到翁布拉來，這是可以肯定的事。畢竟他仍以為這個幫他裝幀書籍的人，也能修復書。由於他不敢把書交給其他人，只得自己交給松鴉。她父親當然意圖殺了松鴉。由於腐爛的書頁讓他感到絕望，變得半瘋狂，所以在路上，他便會設想各種如何大肆痛苦折磨自己敵人致死的細節。但在這之前，他得把書交給自己的敵人。只要松鴉一拿到這本空白的書，一切便看她的了。寫下三個字需要多少時間？她必須幫他爭取這些時間。只要三個字，稍不留意幾秒鐘，一支筆和一些墨水，那死的就不是松鴉，而是她父親——翁布拉接著便是她的了。

薇歐蘭發現自己的呼吸加快，血液直衝腦門。沒錯，有可能成功，但這是個危險的計畫，對松鴉來說，更加危險。胡說，這會成功的！她的理智表示，她冷靜的理智，但她的心跳得很快，讓她感到暈眩，並只想到一件事：如果他一來到城堡中，妳想如何保護他？笛王和紅雀怎麼辦？

「殿下？」

布麗安娜的聲音不像從前，彷彿裡面有些碎裂的東西。好，我希望她睡不好！薇歐蘭心想。我希望她跪著刷地板時，容顏老去。但當她轉過身，看著布麗安娜時，只想把她拉過來，和她像從前那樣歡笑。

「我還該轉告一些事。」薇歐蘭看著她時，布麗安娜並未垂下眼睛。她仍然高傲，一直如此。「這些藥草很苦，只有正確使用，才有療效，嚴重的話，甚至可能致命。完全取決於您。」

這還需要她來解釋！但布麗安娜仍看著她。保護他！她的眼睛說。不然一切就完了。

薇歐蘭挺直身子。

「我很明白！」她粗暴說著。「而我肯定三天內孩子們會好很多的，所有的病痛都會治好的，而我會小心謹慎配製藥草。幫我轉達這點。現在妳走吧。圖立歐會帶妳回大門的。」

布麗安娜再次行了個屈膝禮。「謝謝您。我知道，他們會受到您妥善的照顧。」她慢慢起身。「我知道，您有許多女僕，」她輕聲繼續說，「但如果您覺得需要我再陪您，那就找人傳喚我！我很想您。」她最後幾個字說得細不可聞，薇歐蘭幾乎沒聽懂。

我也想妳，這幾個字竄到薇歐蘭的舌頭上，但她未脫口說出。冷靜點，你這顆笨心，健忘的東西。

「謝謝妳，」她說。「但我現在沒心情聽歌。」

「是，當然了。」布麗安娜臉色變得幾乎跟當時她打她時一樣蒼白……在她跟柯西摩在一起，並欺騙她之後。「但誰爲您朗讀呢？誰和雅克伯玩呢？」

「我自己讀。」薇歐蘭對自己的聲音聽來冷肅與拒人千里感到驕傲，雖然她的心是另一種感覺。「至於雅克伯，我也不常見到他。他戴著個鐵匠打造出來的鐵皮鼻子到處跑，坐在笛王懷裡，告訴大家，他絕不會笨到被黑炭鳥誘到市集廣場上去。」

「沒錯，這是他會說的話。」布麗安娜摸著頭髮，彷彿想起雅克伯的手指常扯著她頭髮的情形。她們兩人沈默了好一會，兩人中隔著一位在生前也分開她們兩人的死者。

布麗安娜摸著脖子。她眞的戴了一塊錢幣。「您偶爾也見到他嗎？」

「誰？」

「柯西摩。我每晚在夢裡見到他，有時白天也覺得他就站在我身後似的。」

蠢東西，愛上一個死者。她還愛他什麼？他的俊美被蟲咬得穿孔，他還有什麼讓人喜愛的地方？沒了，薇歐蘭的愛已隨他下葬，就像一壺酒後的醉意一樣消逝。

「妳想到地下墓室去嗎？」薇歐蘭不相信這些話會出自她的口。

布麗安娜看著她，難以置信的樣子。

「圖立歐會帶妳下去，但別期待太多——妳在那下面只會見到死人。告訴我，布麗安娜——」她繼續說（醜東西薇歐蘭，暴君薇歐蘭），「松鴉從亡靈那裡帶回妳父親，而不是柯西摩時，妳會失望嗎？」

布麗安娜低下頭。薇歐蘭從未發現自己是否愛自己的父親。「我很想去地下墓室，」她輕聲說。「如果您許可的話。」

薇歐蘭朝圖立歐點點頭，他便抓起布麗安娜的手。

「還有三天，一切會好轉，」布麗安娜來到門口時，薇歐蘭說。「不公不義不會長久，那不可能！」

布麗安娜心不在焉地點點頭，彷彿沒仔細聽似的。

「找人傳喚我。」她又說了一次。

然後，她離開，門一關上，薇歐蘭便已開始想她了。又怎樣？她心想。有妳更瞭解的感受嗎？失去與思念——便是妳的生命。

她把松鴉的信摺好，走向掛毯。她七歲起睡在這房間時，掛毯便已掛在這裡，上面是個獵捕獨角獸的畫面，在獨角獸還是奇幻國生物的時代，而不是被抬進翁布拉的獵物，便已被編織出來。然而，就連奇幻國的獨角獸也難逃一死。這種純真的生物，無法久存於任何世界。自從薇歐蘭遇見松鴉後，獨角獸便讓她想到他。她在他臉上也見到同樣的純眞。

妳想如何保護他，薇歐蘭？用什麼方法？

所有的故事中，不都是同樣的事？女人保護不了獨角獸，只會讓牠們一命嗚呼。

她們前的守衛看來疲憊，但她一走出門時，他們全都趕緊挺直身子。孩子兵，兩人都有弟妹在地窖中。

「叫醒笛王！」她對他們下令。「告訴他，我有重要消息給我父親。」

我父親。這個字眼永遠有效，但沒有任何字眼會這樣令她厭惡。只有兩個字，卻讓她覺得又小又弱，十分醜陋，別人都避開不看她。她很清楚記得自己七歲生日，是她父親顯然很高興的一天，有一個這麼難看的孩子。「這也可以報仇！」他對她母親說：「把自己最醜的女兒嫁給敵人英俊的兒子。」

父親。

什麼時候才會沒有這個她必須這樣稱呼的人？

她把松鴉的信緊貼在自己心口前。

快了。

燒毀

在時間消失在那一大段遙遠的路途後，
我希望有更多時間思考；
那許多我的理智仍須思考的想法，
讓我的理智再也喘不過氣。

——拉那岡《黑果汁》

只要太陽一升起，他們就會動身。笛王接受了莫的條件：只要松鴉遵守承諾，向毒蛇頭的女兒束手就縛，翁布拉的孩子便會被釋放。幾名強盜想假扮成女人，和母親們一起等在城堡前，髒手指會陪同莫到翁布拉，算是對笛王的一種烈火焚身警告。但是，松鴉會單獨騎進城堡。

別這樣叫他，美琪！

只剩幾個鐘頭就要破曉了。黑王子坐在火堆旁，一夜無眠，身旁是巴布提斯塔和髒手指，他從死神那裡回來後，似乎不再需要任何睡眠似的。法立德當然坐在他旁邊，還有羅香娜，不過髒手指的女兒搬到了翁布拉城堡。薇歐蘭又接納了布麗安娜，就在笛王宣布他和松鴉的協議的那個早上。

莫沒坐在火堆旁。他躺下入睡，蕾莎陪著他。這個晚上他怎麼睡得著？大力士坐在帳棚前，似乎至少要在這個時候守護一下松鴉。

「妳也睡吧，美琪。」莫見到她自己一個人坐在樹下時，對她說，但美琪只搖搖頭。下著雨，她的衣服和頭髮一樣濕冷，但在帳棚中，情況也沒好到哪去，她不想躺在那裡，讓雨來告訴自己，笛王將會如何接待她的父親。

「美琪？」朵利亞坐在她身旁的濕草地上，頭髮因爲雨水而鬈曲。「妳也去翁布拉嗎？」

她點點頭。法立德看向他們這邊。

「只要妳父親一騎進大門，我就會溜進城堡中。我向妳保證，髒手指也會待在城堡附近。我們會保護他！」

「你在那說什麼？」美琪的聲音聽來異常尖銳。「你們保護不了他！笛王會殺了他。你以爲：她只是個女孩，便可撒些謊來騙她？我和我父親待過夜之堡，我站在毒蛇頭面前過。他們會殺了他的！」

朵利亞默不出聲，沈默了好久，她這樣兇他，自己感到很難受。她感到難受，卻跟朵利亞一樣默不出聲，低下頭，不讓他看到自己忍了好幾個小時的眼淚，讓他的話流走的眼淚。當然了！他會想。她是個女孩，她在哭。

她察覺朵利亞的手摸著自己的頭髮。他輕柔地摸著，彷彿想拂掉雨水一般。「他不會殺他，」他小聲對她說。「笛王非常害怕毒蛇頭！」

「但他恨我父親！恨有時比恐懼還要強大！如果笛王不殺他，那就輪到紅雀或毒蛇頭自己來殺！他再也不會走出這座城堡，再也不會！」

她的雙手顫抖不已——彷彿她所有的恐懼都藏在她手指中似的。但朵利亞的雙手緊緊握著她的手，不讓她再繼續顫抖。雖然朵利亞的手指並不比美琪的長，但雙手卻強而有力。法立德的手指卻是又細又長。

「法立德說，妳曾讓妳父親康復，在他受傷的那時候。他說，妳只靠些文字就辦到了。」是的，但這回她沒有任何文字。

文字……

「怎麼了？」朵利亞鬆開她的雙手，看著她，一臉疑惑。法立德仍不斷看著他們這頭，但美琪不理他。她在朵利亞臉頰上親了一下。「謝謝你！」她說，並趕緊起身。

他當然不懂她為什麼要道謝。文字。奧菲流士的文字！她怎麼能忘了？

她穿過濕草地，跑向她父母親入睡的帳棚。莫會非常生氣！她心想。但他會活下來！她不是多次繼續把這個故事說下去過？是該再說一次了，就算不會因而來到莫所希望的結局。黑王子不得不繼續說下去。他會找到一條出路，讓一切好轉，就算缺了松鴉也一樣。因為松鴉必須離開——免得她父親跟他一起身亡。

大力士在打盹，腦袋都垂到胸口了，美琪從他身邊擠過去時，聽到他發出輕微的鼾聲。

她母親醒著，也哭過。

「我必須跟妳談談！」美琪小聲對她說。「求求妳！」

莫睡得又深又沈。蕾莎瞧了他沈睡的容顏一眼，便跟著美琪到外頭。她們仍然不太交談，但她現在明白母親偷偷到翁布拉去的原因了。

「如果是關於明天的事的話——」蕾莎握住她的手，「那就別跟任何人說，但我會跟著去翁布拉，不管妳父親願不願意。如果他進了城堡的話，我想至少待在他附近……」

「他不會進城堡的。」

雨穿過枯萎的樹葉，彷彿樹木在哭一般，而美琪渴望見到愛麗諾的花園。那裡的雨聽來非常平靜，這裡卻只低吟著死亡和危險。「我會唸那些文字的。」

髒手指轉過身，美琪一下子怕他從她臉上看出自己的企圖，並告訴莫，但髒手指又轉過去，親吻著羅香娜的黑髮。

「什麼文字？」蕾莎看著她，毫不明白。

「奧菲流士寫給妳的那些文字！」那些幾乎害死莫的文字，她想補上一句。但現在卻會救他一命。

蕾莎回頭瞧了一眼莫所睡的帳棚。「沒有了，」她說。「妳父親沒回來時，我把那張紙燒毀了。」

不。

「那些文字反正保護不了他！」

在濕淋淋的蕁麻間，冒出一名玻璃人，和許多仍生活在森林中的玻璃人一樣呈淡綠色。他打噴嚏，見到美琪和蕾莎時，嚇得一溜煙跑掉。

她母親雙手擱在她肩上。「他不會一起跟來的，美琪！他吩咐奧菲流士，只把我們兩個寫回去。妳父親想待下來，現在仍是如此，妳和我都不能逼他回去。如果這樣，他永遠不會原諒我們的。」

蕾莎想拂開她額頭上的濕髮，但美琪推開她的手。這不可能，她在說謊。莫絕不會棄妻女不顧，自己待在這裡的。真是這樣嗎？

「說不定他是對的，說不定一切會好轉，」她母親輕聲說。「總有一天，我們會告訴愛麗諾，妳父親救了翁布拉的孩子。」但蕾莎的聲音聽來並不像自己說出的話那樣滿懷希望。

「松鴉……」她低語著，同時瞧著那些坐在火堆旁的男人那一頭。「那是妳父親第一次親手做給我的禮物，一張用松鴉羽毛製成的書籤。這不是很奇怪？」

美琪沒回答，蕾莎再次摸著她潮濕的臉，便走回帳棚。

燒毀了。

天仍黑著，但幾隻冷得發抖的精靈已開始飛舞。莫很快便動身了，沒有任何東西可以阻止他。

巴布提斯塔獨自坐在大橡樹的根間。守衛夜裡會爬上那棵橡樹，因爲從最高的樹幹那裡，幾乎可以看到翁布拉，而巴布提斯塔縫著一張新面具。美琪看見他懷裡藍色的羽毛，知道誰很快會戴上這張面具。

「巴布提斯塔？」美琪跪在他身旁，泥土濕冷，但樹根間的地衣像愛麗諾家中的枕頭一樣柔軟。

他對美琪微笑，眼裡滿是同情。他的目光比朵利亞的雙手更能撫慰她。「啊！松鴉的女兒，」他說著一種大力士稱之爲巴布提斯塔市集叫賣聲的聲音。「漆黑時刻，還能見到美麗的人兒。我幫妳父親縫製了一個暗袋藏了一把利刃。我這可憐的演員還能做什麼讓妳寬心呢？」

美琪試圖微笑，自己已受不了眼淚了。「你能唱首歌給我聽嗎？織墨水關於松鴉的其中一首？一定要他寫的！你知道的最美麗的一首，充滿力量和……」

「……希望？」巴布提斯塔微笑著。「當然，我同樣也想唱這樣一首歌。就算——」他故作神秘地壓低聲音繼續說：「妳父親根本不喜歡有人在他在場時唱這些歌。但我會小聲唱，免得驚醒他。我們看看，哪一首適合這個陰森的夜？」他若有所思摸著懷裡差不多要完成的面具。「是的，」他終於低聲說。「我知道了！」然後他開始輕輕唱起來：

「小心了，笛王，你的末日近了。
看看毒蛇蜷縮，
力量慢慢消失。
松鴉奪走毒蛇的力量，
刀劍難傷的松鴉，
你們的狗無法追捕，
他絕不在你們來找他的地方，
你們一罵他，他就飛走。」

是的，這是她要的文字。美琪讓巴布提斯塔唱出這首歌，直到自己可以重複每行每句為止。然後，她坐在一旁的群樹下，火光剛好可以驅逐掉黑夜的地方，在莫許久前幫她裝幀的筆記簿裡寫下這首曲子，那是在另一個生活中的事了，在一個這時看來滿奇怪的爭執後。**美琪，妳又會迷失在這個墨水世界的。**他當時不是這樣對她說？而現在他自己不想再離開這個世界，想自己待下來，棄她們不顧。

白紙黑字。她很久沒再這樣大聲朗讀了，很久。上一次是在什麼時候？當她把奧菲流士帶來這裡時？別去想那次，美琪。想想其他幾次，在夜之堡，想那些他受傷時幫過他的文字……

小心了，笛王，你的末日近了。

是的，她仍然辦得到。美琪發現自己舌頭上文字的重量，和包圍著文字的東西交織在一起……

看看毒蛇蜷縮，
力量慢慢消失。
松鴉奪走毒蛇的力量……

她把文字轉給在睡夢中的莫，爲他織就一副盔甲，就連笛王和他陰險的主子都無法穿透……

……刀劍難傷的松鴉，
你們的狗無法追捕，
他絕不在你們來找他的地方，
你們一罵他，他就飛走。

美琪唸著費諾格里歐的曲子好多次，直到日出。

接下來的段落

這個世界，憂患許多，
我只有過一次經歷；
何德何能，行善爲樂。
但不管男女，一有怨言
我當竭盡所能，
毫不遲疑，因爲我不會
再行過這個山谷。

——無名氏《我不會再走過這裡》

那是一個寒冷的日子，陰沈蒼白，翁布拉像是披上一件灰色的衣服似的。女人們在破曉前，便已聚在城堡前，和這一天一樣沈默，她們這時站在那裡等候著，不發一語。這裡聽不到快樂的聲音，沒有笑聲，沒有哭聲，只有靜寂。蕾莎站在母親們之間，彷彿也在等候孩子似的，而不是告別自己的丈夫。那個孕育在她痛苦的心下的孩子，是否跟自己的母親一樣，在這個早晨感到絕望？要是這孩子見不到自己的父親，那該怎麼辦？這個念頭會讓莫猶豫不決嗎？她沒問他。

美琪在她身旁，臉色十分鎮靜，這比她哭，更讓蕾莎害怕。朵利亞陪著她。他穿了一件女僕的袍子，棕髮上罩了一條頭巾，因爲他這個年紀的男孩這時在翁布拉太過醒目。他哥哥沒跟來，就連巴布提斯塔的化妝技藝，也無法把大力士變成女人，但十幾名強盜靠著剃乾淨的臉、偷來的衣服和遮住頭髮的布巾，避開城門前的守衛。就連蕾莎也無法在女人中認出他們來。黑王子吩咐自己的手下，只要孩子一被釋放，就去找那些母親，勸她們隔天便把自己的兒女帶到森林中，讓強盜把他們藏匿起來，免得笛王不守承諾，仍把孩子抓到礦場去。如果松鴉被抓了，還有誰能贖回孩子？

黑王子自己沒到翁布拉來，他的黑臉太過明顯。最後和莫爲此事爭吵的快嘴，也待在營地，法立德和羅香娜也一樣。法立德當然想跟來，但髒手指不准，在毒蛇山上那件事後，法立德再也不敢違抗這類禁令。

蕾莎再次看著美琪。她知道，如果今天有人可以安慰她的話，那就是自己的女兒了。美琪長大了，蕾莎這一刻才感覺到。我不需要任何人，她的臉上如此說，對在她身旁的朵利亞，對她母親，或許主要是對她父親這樣表示。

等待的人群中響起一陣竊竊私語。城堡城牆上的兵力加強，大門上的城堞後，薇歐蘭現身，臉色無比蒼白，彷彿關於她的謠傳都是眞的一樣：毒蛇頭的女兒從未離開自己已逝的丈夫的城堡過。

蕾莎從未見過醜東西，但當然聽過她臉上那個像是胎痣、並在柯西摩回來後褪掉的疤。那個疤眞的再也看不出來，但蕾莎注意到薇歐蘭看著抬頭盯著她的所有女人時，不由自主摸了摸臉頰。醜東西。過去她一出現在城堞上時，其他人會抬頭喊出她這個名字嗎？現在也有幾名女人低聲喊著。蕾莎發現，薇歐蘭既不醜，也不漂亮，她挺直身子，彷彿想要彌補自己矮小的身高，但和她身旁的兩個男人相比，她看來無比年輕脆弱，蕾莎只感到恐懼像個爪子一樣包覆住自己的心。笛王和紅雀，在他們兩人中間，薇歐蘭看來像個小孩一樣。

這個女孩如何保護莫呢？

一名小男孩擠到銀鼻子身旁，他的臉上也戴了一個金屬鼻子，只不過在這個假鼻子下，大概還藏著一個有血有肉的真鼻子。這一定是雅克伯了，薇歐蘭的兒子。莫提過他。從他看著他祖父傳令官的欽羨眼神來看，他顯然更喜歡待在笛王身邊，而不是自己的母親。

蕾莎見到銀鼻子趾高氣揚站在上面時，感到暈眩。不，薇歐蘭在他面前保護不了莫。他現在是翁布拉的主宰，不是薇歐蘭，也不是高傲低頭瞧著自己臣民的紅雀，好像一看到這些人，就會讓他作嘔似的。笛王反而顯得自滿，彷彿這天屬於他。我不是跟妳們說過了嗎？他的眼光嘲弄道。我抓到松鴉，但我還是要留下妳們的孩子。

她爲什麼來？這爲什麼會讓她痛苦無比？難道是想確認，這一切眞的會發生，而不只是在書中讀到的情節？

她旁邊的女人抓住她的手臂。「他來了！」她小聲對蕾莎說，到處都聽得到低語：「他來了！他眞的來了！」蕾莎見到大門旁瞭望塔上的哨兵，給笛王打了個手勢。

他當然會來，她們在想什麼？他不會信守承諾？

紅雀扶正假髮，朝笛王微笑，志得意滿，好像是他親手抓到這個追趕許久的獵物一樣，但笛王沒理他。他瞪著從城門一路上來的巷子，眼睛跟自己頭上的天空一樣灰濛，一樣冰冷。這對眼睛，蕾莎記得很清楚。她也記得那個現在偷偷在他嘴角冒出來的微笑。當初，在山羊的碉堡那裡，只要一有處決，他就露出同樣的微笑。

接著，她看見莫了。

他突然出現，在巷子口，騎著王子送他的黑馬，他自己的坐騎上一回不得不留在翁布拉城堡中。巴布提斯塔幫他親手縫製的面具，只掛在頸子上。他不再需要面具充當松鴉，這位書籍裝幀師和這名強盜這時有著相同的臉了。

髒手指在他後面，騎著羅香娜前往夜之堡帶著費諾格里歐救命文字時的那匹坐騎。但對這時要發生的事，卻沒有任何字眼。還是有呢？那些無處不在的可怕寂靜，是否是文字構成的呢？

不，蕾莎，她心想。這個故事再也沒有作者。現在發生的事，是靠松鴉的血與肉寫成的，當他騎出巷子時，她自己有片刻都無法給莫另外一個名字。松鴉。那些女人慢慢讓開，彷彿她們突然感到他要為她們自己孩子出的代價太高了似的。但最後出現了一條涌道，寬度剛好夠這兩名騎士騎行，每個蹄聲都讓蕾莎的手指緊抓著自己的衣服。

怎麼了？妳自己不是一直喜歡讀這些故事嗎？她心想，但自己的心都快跳出來了。妳不也喜歡這些故事？靠著自己向敵人束手就縛，好解救孩子的強盜……誠實些。妳會喜歡每個字眼的！只是這些故事中的主角，多半沒有妻子或女兒。

美琪仍站在那裡，彷彿一切跟她無關似的，但她的眼睛盯著她父親，彷彿她的目光可以保護他。莫緊鄰她們騎過，蕾莎幾乎可以碰觸到他的馬。她的膝蓋發軟，抓著旁邊女人的手臂，因為難受和虛弱，幾乎無法直立。看看他，蕾莎！她心想。因此妳才在這裡，再看他一次。不是嗎？他怕嗎？那個讓他在許多夜裡從睡夢中驚醒的同樣恐懼，害怕鐵欄杆和鐐銬？蕾莎，把門打開……

髒手指陪著他，她試著安慰自己。他就在他身後，把所有恐懼留在死神那裡。但髒手指只能陪他到大門，笛王等在門後！她的心低喊著，膝蓋又再發軟，直到自己突然發現美琪扶著她，牢牢扶著，彷彿她女兒是兩人中年紀較大的一位似的。蕾莎把臉靠在美琪肩上，而她們周遭的女人則目不轉睛盯著緊閉的城堡大門瞧。

莫勒住自己的馬，髒手指緊靠著他，露出他慣有的面無表情。她還是無法習慣那張臉上沒有疤。他看來年輕許多。許多目光停留在他身上，火舞者，松鴉從亡靈那裡帶回來的人。

「笛王不能對他怎樣！」她旁邊的女人小聲說，聽來像是一種咒語。「不可能！如果連死神都辦不到的話，他又如何抓住松鴉？」

笛王說不定比死神更加兇殘，蕾莎想反駁，但還是不出聲，默默抬頭看著銀鼻子。

「眞的！那是松鴉本人！」他那壓抑下來的聲音遠遠劃破再次籠罩著翁布拉的寂靜。「還是你仍然堅稱自己是其他人，像之前在夜之堡那樣？你看來可眞破爛，一個骯髒的流浪漢。我還以爲，你會派其他人過來，希望我們不會立刻揭穿他的面具。」

「喔，不，我沒把你看得那麼笨，笛王。」莫抬頭看著銀鼻子時，滿臉不屑。「還是我們以後最好根據你的新行當稱呼你？小孩屠夫。你認爲怎麼樣？」

蕾莎從未聽過他聲音中這許多恨意，那個能夠喚回死者的聲音。他們全都專注聽著，儘管其中瀰漫著的那些恨意與憤怒，和笛王的相比，聽來仍是那麼柔軟溫暖。

「隨你怎麼稱呼，書籍裝幀師！」笛王戴著手套的拳頭撐著城堞。「據說，你也懂得殺人？不過，你幹嘛帶著那個呑火的傢伙？我不記得有邀請他！他的疤到哪去了？留在死人那裡了嗎？」

笛王撐著身子的城堞，開始著火，火焰低語著只有髒手指才懂的話。銀鼻子罵了出聲，退了開，拍打著跳到他華服上的火花，同時薇歐蘭的兒子躲在他身後避難，著迷地瞪著低語的火。

「我留了些東西在死者那裡，笛王，也帶了些東西過來。」髒手指並未大聲說，但火焰熄滅，彷彿爬回石頭中，在那等候著下次的火語。「我來這裡，警告你別怠慢你的客人。火焰這時是他的朋友，也是我的，我不必對你解釋那是個什麼樣強大的朋友吧。」

笛王拿手套抹掉氣到發白的臉上的煤灰，但在他還來不及回答前，紅雀已探身在城堞上。

「客人？」他喊道。「這樣稱呼一名強盜適合嗎？夜之堡的劊子手早在等候他了。」他的聲音讓蕾莎想起羅香娜的鵝。

薇歐蘭把他推開，彷彿他是自己的一名僕役似的。她眞是嬌小。「松鴉是我的犯人，總督！這是已經講好的。他由我保護，直到我父親到來。」她的聲音聽來尖銳清晰，對這樣一個嬌小的身子來說，相當有力，蕾莎瞬間又燃起了希望。她說不定眞的可以保護他！她心想——在美琪臉上也看見同樣的希望。

莫和笛王仍互相瞪著對方。恨意似乎在兩人間編成了一張網，蕾莎不由得想到那把巴布提斯塔小心翼翼縫在莫衣服內的刀。她不知道，他帶了把刀，是讓自己感到害怕，還是心安。

「好！我們把他當成我們的客人！」笛王朝下喊道。「也就是說，我們會特別招待他！我們畢竟久候他的大駕。」

他舉起仍因髒手指的火而髒黑的手，大門守衛便拿起長矛對著莫。幾名女人大喊出聲。蕾莎似乎也聽到美琪的聲音，但她自己卻怕到無法出聲。塔樓上的哨兵張起弩弓。

薇歐蘭推開擋路的兒子，朝笛王走上一步。但髒手指讓火在手指間燒著，彷彿是頭被他逮住的動物，而莫抽出那把笛王清楚不過原來主人是誰的劍。

「這算什麼？快把孩子放出來，笛王！」他喊道，這回他的聲音冰冷無比，蕾莎幾乎認不出來。「放他們出來，不然，你想告訴你的主子，他的肉只好在骨頭上繼續腐爛，因爲你只能交給他一隻死松鴉？」

一名女人開始啜泣，另一名手摀著嘴。蕾莎發現費諾格里歐的房東敏奈娃就在她們倆後面。當然，她的孩子也被抓。但蕾莎不願去想敏奈娃的孩子，或其他女人的孩子。她只看見對著莫沒有防備的胸口的長矛，和城牆上對準他的弩弓。

「笛王！我警告你。」讓蕾莎再度呼吸的，又是薇歐蘭的聲音。「讓孩子們離開。」紅雀貪婪地瞧了弩弓一眼。那一瞬間，蕾莎深恐他會下令射擊，只爲在毒蛇頭腳前呈上松鴉這個他親自獵捕到的獵物。然而，笛王身子前彎，給守衛打了個手勢。

「打開大門！」他相當百無聊賴地喊道。「讓孩子們出去，松鴉進來！」

蕾莎又把臉埋在自己女兒肩上。美琪仍和她父親一樣鎮定，但卻目不轉睛繼續看著他，彷彿只要眼睛一離開他那一刻，就會失去他似的。

大門慢慢打開，嘎吱作響，時斷時續，直到守衛完全推開爲止。

他們跟著出來。孩子們，許許多多的孩子。他們蜂擁而出，彷彿在那沈重的門後等了好幾天。小點的孩子跌倒，因爲急著逃離城牆，但大的孩子把他們拉了起來。他們臉上全是恐懼，無比的恐懼。最小的孩子見到自己的母親時，開始跑了起來，投到等候的手臂中，擠在女人們中，彷彿那是個避難之地。但大一點的孩子卻慢慢，幾乎猶豫不決地回到自由的懷抱裡。他們打量著自己經過的守衛，滿是疑慮，等認出那兩個騎在馬上等在大門前的男人時，都停了下來。

「松鴉！」那只是一聲低語，但卻出自多張嘴中，然後愈來愈大聲，彷彿那個名字寫在天空中般。「松鴉，松鴉。」孩子們推推碰碰，手指指著莫——並虔誠地看著像一群小精靈般包圍住髒手指的火花。「火舞者。」

愈來愈多的孩子停在那兩匹馬前，圍住那兩個男人，碰觸他們，像是想確認他們是否眞是有血有肉的人，那兩個他們只在自己母親偷偷在床前唱給他們聽的歌中認識到的男人。

莫從馬上探身下來，示意孩子們到一旁，輕聲對他們說了些話，然後，他回頭瞧了髒手指最後一眼，便策馬騎向敞開的大門。

他們不讓他走。

三個小孩擋住他的去路，兩名男孩，一名女孩。他們抓住他的韁繩，不願讓他騎進他們所來之處，不願讓他像他們一樣消失在那城牆後。愈來愈多的孩子擠到他身旁，緊抓著他，站在守衛的長矛前保護他，而他們的母親則直喊著他們。

「松鴉！」

笛王的聲音讓孩子們嚇了一跳。「你自己進門，不然我們把他們全抓回來，把十幾個孩子掛在大門上的鐵籠中，讓烏鴉啄食他們！」

孩子們一動不動，只抬頭瞪著銀鼻子和他身旁比他們小的那個男孩。但莫抓起韁繩，小心翼翼在孩子們中間騎出一條路，彷彿那些孩子都是他自己的，孩子們站在那裡，直盯著他騎進大門時的身影，孤孤單單的，而他們的母親則在後面喊著他們。

莫騎過守衛前，再次回頭，彷彿以爲他妻子和女兒跟著他來似的，蕾莎看出他臉上的恐懼。美琪一定也看出來了。

他繼續往前騎時，大門開始關上。「繳除他的武器！」蕾莎聽到紅雀喊道，她最後見到的，便是士兵們把莫拉下馬。

意外的訪客

神深吸了口氣。一個新的負擔！

男人在祂面前哪次沒有抱怨？但祂只豎起眉毛，微微一笑，喊道：

「男人，蘿蔔長得如何？」

——泰德・休斯《男人妻子的秘密》

啊，黛絲皮娜！再見到她的小臉，眞是愉快！就算她看來疲憊傷心，像隻從巢裡掉出來的小鳥一樣受到驚嚇。還有伊沃——在黑炭鳥這個齷齪的傢伙變成拐騙孩子的人之前，他是否就已成熟許多？他眞是瘦……他衣袍上的血是什麼血？「老鼠咬我們。」他說，裝得像個大人，無所畏懼，就像他父親死後常見的樣子，但費諾格里歐在他的孩子眼中看到了恐懼。老鼠！

啊，他無法停止親吻擁抱這兩個孩子，他鬆了好大一口氣。是的，沒錯。他可以原諒許多東西，可以輕易原諒自己，但如果他的故事再殺死敏奈娃的孩子的話——那他便不敢肯定自己能否熬過來了。但他們活著，而他召喚出救了他們的人出來。

「他們現在會怎麼對他？」黛絲皮娜掙脫他的懷抱，大眼睛因爲擔心而變得暗沈。眞討厭，孩子眞的麻煩——總是問那些大家想小心翼翼避開的問題，而他們自己還會說出大家不想聽的答案！

「他們會殺了他！」伊沃斬釘截鐵說，他小妹的眼睛已滿是淚水。

他們怎麼會爲一個陌生人哭？他們今天才第一次見到莫提瑪。因爲你的曲子教會他們愛他，費諾格里歐。他們全都愛他，而今天，這份愛終於寫進他們心中。不管笛王如何對他——從現在起，松鴉跟毒蛇頭一樣永垂不朽。而他的方式更加可靠，因爲毒蛇頭仍可能被三個字殺死。但文字會讓莫提瑪永生，就算他死在城堡城牆後——那些大家已在巷子下頭低語歌唱的所有文字。

黛絲皮娜擦掉眼中的淚水，看著費諾格里歐，希望他反駁自己的哥哥，他當然義不容辭，爲了她，也爲了自己。「伊沃！」他嚴厲說道。「你在那兒瞎說什麼？你以爲松鴉束手就縛，自己會沒計畫？你以爲他會像兔子般向笛王自投羅網？」

黛絲皮娜嘴角上冒出一絲放心的微笑，而伊沃臉上蒙上一層疑惑的陰影。

「對，他當然不會這樣做！」把孩子帶上來到費諾格里歐房間的敏奈娃，這時出聲。「他是頭狐狸，不是兔子！他會騙過他們所有的人。」費諾格里歐也聽出她聲音中自己曲子所播下的種子開始發芽。希望——松鴉在這無盡的黑暗中，依然代表著希望。

敏奈娃帶走孩子。當然，她先要找出自己屋子與院子中可以吃的一切餵飽他們。但費諾格里歐和默默攪拌著墨水的薔薇石英留了下來，告別時，費諾格里歐猛親吻黛絲皮娜和伊沃。

「他會騙過他們所有人？」敏奈娃一把門拉上，薔薇石英那薄弱的聲音便說道。「怎麼騙？你知道我怎麼想嗎？你那神奇的強盜完了！他的死狀會特別悽慘。喔，沒錯！我只希望，最好是死在夜之堡。沒有人會想到這些痛苦的喊聲會讓玻璃人的腦袋多難受。」

沒心肝的玻璃人！費諾格里歐拿起一個軟木塞丟他，但薔薇石英已經習慣這種玩意，即時低下頭。爲什麼他會碰上這樣一個悲觀的玻璃人？薔薇石英的左臂吊著一個繃帶。在黑炭鳥表演完後，費諾格里歐說服他再次到奧菲流士那裡打探，而他那個可怕的玻璃人果真把這可憐的傢伙推出窗外。好在薔薇石英只掉到檐溝，但費諾格里歐還是不知道，計誘孩子那一幕是不是奧菲流士想出來的。不可能！他不可能寫出來。奧菲流士沒了那本書，根本寫不出任何東西，而髒手指——薔薇石英畢竟還是打聽出——可能眞的偷走他那本書。更別提這一幕對這個笨蛋來說太出色了，對吧？

他會騙過他們所有人……

費諾格里歐走向窗邊，而玻璃人這時幽怨嘆了口氣，扶正自己的繃帶。莫提瑪眞的有計畫？該死，他哪會知道？莫提瑪就算扮演著其中一名角色，仍然不是他的角色。這眞讓人討厭！費諾格里歐心想。要是他是其中一個，我大概還說得出那他媽的城牆後面現在會有什麼事。

他板著臉瞪著城堡那頭。可憐的美琪。她大概又會把一切都怪罪到他頭上。她母親一定會這樣。費諾格里歐清楚記得蕾莎哀求的目光。**你必須把我們寫回去！這是你欠我們的**！是的，他或許眞的該試試看。要是他們殺了莫的話，那該怎麼辦？那他們全都回去，不是比較好嗎？他還想待在這裡幹什麼？看著長生不死的毒蛇頭和銀鼻子繼續說他的故事？

「當然就是這裡！你沒聽到她說的話嗎？上樓梯。你在這兒還看到其他的樓梯嗎？老天，大流士！」

薔薇石英忘了自己斷掉的手臂，瞧著門口。

那是哪個女人的聲音？

有人敲門，但費諾格里歐還來不及喊出「進來」之前，門便已經打開，一個十分孔武有力的女人大剌剌走進他房間，他不由自主後退一步，腦袋撞上屋頂斜面。那女人穿的衣服，讓她看來像是出自一齣廉價的戲裡似的。

「看吧，他在這裡！」她宣稱，不屑地打量他，費諾格里歐只感到自己袍子上的每個洞。我認識這女人！他想。但在哪見過呢？

「這裡出了什麼事，嗯？」她的手指用力戳著他的胸，彷彿想要一舉戳進他那老邁的心臟。她身後那個瘦巴巴的傢伙，他也見過。當然了，在……

「爲什麼翁布拉換成了毒蛇頭的旗號？那個有銀鼻子的噁心傢伙又是誰？他們爲什麼拿矛威脅莫提瑪，而且見鬼了，他什麼時候開始佩戴劍的？」

那個女書蟲。沒錯！愛麗諾・羅倫當。美琪常對他提到。他自己上一次是透過欄杆見到她的，在山羊慶典廣場上的一個狗籠中。而那個膽怯的傢伙，眼神跟貓頭鷹一樣，便是山羊結巴的朗讀者！他再怎麼努力也記不起來他的名字。這兩個來這兒幹嘛？他的故事現在是有觀光簽證了嗎？

「我承認，見到莫提瑪活著，我鬆了口氣，」這個不請自來的客人繼續說（她每次都得大口喘氣嗎？）。「沒錯，眞的，上帝見憐，他似乎完好健康，雖然我一點也不喜歡他自己一個人騎進那個城堡。但蕾莎和美琪在哪裡？還有摩托娜、巴斯塔和那個愛吹牛的小白臉笨蛋奧菲流士呢？」

老天，這傢伙跟自己想像的一樣可怕！她的同伴——大流士！是的，正是，那是他的名字——入迷盯著薔薇石英瞧，玻璃人因而摸著自己淺粉紅色的玻璃頭髮，感到光榮。

「住嘴！」費諾格里歐大吼出聲。「看在老天的分上，您給我住嘴。」

毫無反應，絲毫沒有反應。「他們出事了！您別不承認！莫提瑪爲什麼一個人？」她的手指又再戳著他的胸。「沒錯，美琪和蕾莎出事了，可怕的事……巨人踩死她們，她們被叉死……」

「她們什麼事都沒有！」費諾格里歐插嘴進來。「她們在黑王子那裡！」

「在黑王子那裡？」她的眼睛幾乎變得跟她戴眼鏡的同伴一樣大了。「喔！」

「是的！如果這裡有人會發生可怕的事，那也只是莫提瑪而已！所以——」費諾格里歐粗魯地抓著她的手臂，把她拉到門口，「現在別來煩我，讓我好好想想！」

這果眞讓她默不出聲，但沒持續多久。

「可怕的事？」她問。

薔薇石英拿開摀住耳朵的雙手。

「您這是什麼意思？那這裡發生的事，是誰寫的？應該是您吧，不是嗎？」

眞棒！她那胖手指現在還戳進他最難受的傷口！

「不，再也不是！」他喝叱她。「這個故事這時自己在說，而莫提瑪今天阻止這個故事出現無比讓人難受的轉折！但可惜可能會丟掉脖子。在這裡，我只能建議您，帶著他的妻子和女兒，一起盡快回去您原來的地方！因爲您顯然找到了一扇門，不是嗎？」

他話一說完，便打開他的門，但羅倫當女士又再把門關上。

「丟掉脖子？這是什麼意思？」她的手臂猛一下掙脫他的掌握（老天，這女人跟河馬一樣有力）。

「這是說，他不是被吊死，便是被砍頭，不然五馬分屍，或看毒蛇頭想到什麼處刑點子，對付他最討厭的敵人！」

「他最討厭的敵人？莫提瑪？」她難以置信地皺起眉頭——好像他是什麼老瘋子，不知道自己在說什麼！

「他把他變成一名強盜！」

薔薇石英。這個無恥的叛徒。他的玻璃手指無情地指著費諾格里歐，他眞想一把從自己寫字桌上抓起這個玻璃人，折成兩段。

「他喜歡強盜之歌，」薔薇石英親密地對他們倆小聲說道，像是認識他們一輩子似的。「他沈迷其中，而美琪可憐的父親，就像落入蜘蛛網的蒼蠅一樣，掉進他美麗的文字之中！」

這太過分了。費諾格里歐大步走向薔薇石英，但女書蟲擋住他的去路。

「您敢動一下這個手無寸鐵的玻璃人看看！」她像是個牛頭犬一樣瞪著他。天哪，這女人真是討人厭！「莫提瑪是個強盜？他是我見過最溫和的人了。」

「是嗎？」費諾格里歐又大聲起來，薔薇石英雙手又再摀住自己可笑的小耳朵。「如果他幾乎被人開槍打死，離開自己的妻子，關在牢房幾個星期，再溫和的人大概也會變得不溫和？不管這個騙人的玻璃人怎麼表示，這些跟我無關！反而，莫提瑪要是沒了我的文字，大概早死了！」

「被人開槍？牢房？」

羅倫當女士瞧了一眼結巴的傢伙，不知所措。

「這看來是個很長的故事，愛麗諾，」大流士語氣柔和地說。「說不定妳該聽一下。」

但費諾格里歐還來不及說什麼時，敏奈娃把頭探進門口。「費諾格里歐，」她匆匆瞧了一眼他的客人。「黛絲皮娜安靜不下來，她擔心松鴉，想要你告訴她，松鴉如何脫身。」

真是火上加油。費諾格里歐深深嘆了口氣，不想去理會薔薇石英嘲弄的鼻息。他該把他丟到無路森林去，沒錯，就要這麼做。

「要她來找我，」他說，就算自己壓根兒不知道該對那小女孩說什麼。啊，那些他腦袋裡文思泉湧的日子到哪去了？全被這些不幸扼殺了，就是這樣！

「松鴉？那個銀鼻子不也這樣稱呼莫提瑪？」

老天，他完全忘了自己還有客人。

「滾出去！」他喝叱她。「滾出我房間，滾出我的故事！故事裡的訪客已經太多了。」

但這放肆的女人坐到他寫字桌前的椅子上，雙臂抱胸，雙腳踩著他的地板，彷彿想在那生根似的。「喔，不！我想聽這故事，」她說。「全部的故事。」

好戲上場了。今天可眞倒楣——而且還沒完沒了的樣子。

「織墨水的？」黛絲皮娜站在門口，臉都哭腫了。等她見到那兩個外人時，不由自主退了一步，但費諾格里歐走向她，握住她的小手。

「敏奈娃說，妳想聽我說松鴉的事？」

黛絲皮娜害羞地點點頭，目光不離他的客人。

「這樣正好。」費諾格里歐坐到他的床上，把她抱在懷裡。「我的兩位客人也想聽聽松鴉的事。妳看，我們兩個一起跟他們說說全部的故事好嗎？」

黛絲皮娜點點頭。「他怎麼騙過毒蛇頭，怎麼從死者那裡帶回火舞者？」她小聲說。

「正是，」費諾格里歐說，「我們兩個接著便會發現接下來的事。我們繼續編那首歌。畢竟我是織墨水的，對不對？」

黛絲皮娜點頭，滿懷希望看著他，讓他老邁的心感到無比沈重。一個線用完了的織工，他心想。但不對，線全都在，全都在那裡，只是他再也無法編織起來。

羅倫當女士突然異常安靜，跟黛絲皮娜一樣，滿懷期待地看著他。那個貓頭鷹臉也一樣瞪著他，像是等不及仔細聽他說出的話。

只有薔薇石英背對他，繼續攪拌墨水，像是自己得提醒他，有多久沒用墨水寫字了。

「費諾格里歐！」黛絲皮娜手摸著他皺巴巴的臉。「開始吧！」

「好，您說吧！」女書蟲愛麗諾・羅倫當說。他還未問她怎麼來這裡的，好像這故事裡的女人還不夠多似的，而結巴的傢伙在這兒也幫不上什麼忙！

黛絲皮娜扯了他的袖子。她哭紅眼睛裡的那些希望是怎麼來的？這些希望如何捱過黑炭鳥的詭計和黑牢房中的那些恐懼？孩子，費諾格里歐心想，同時緊緊握著黛絲皮娜的小手。如果有誰能帶回文字的話，說不定就是她了。

只是一隻喜鵲

在接下來的患難時代，她會經歷何種冒險？
喔，她是隻鳥和魔法師，水與火的主宰。

——魏菲爾《咒語 1918-1921》

費諾格里歐住的房子，讓奧菲流士想起自己不久前住過的房子：寒酸的玩意，彎曲歪斜，牆上發霉，窗戶只能瞧見另一間同樣寒酸的屋子——雨還會打進來，因爲窗玻璃在這個世界中是富人的玩意！寒酸可憐。他真討厭躲在後院漆黑無比的角落，蜘蛛在他的絲綢袖子上爬著，雞糞毀了他昂貴的靴子，只因費諾格里歐的女房東在巴斯塔當她的面殺了一名流浪藝人後，便會拿糞叉攻擊站在她院子中的人。但他還能怎麼辦？他得弄清楚，必須知道費諾格里歐是不是又開始寫東西了！

等那個沒用的玻璃人回來，他早就陷入泥濘中，動彈不得了！一隻瘦母雞昂首走過，凱伯魯斯在他身旁低吼。奧菲流士趕緊握住牠的嘴。凱伯魯斯。牠突然在他門邊刨抓時，他當然高興，但接下的念頭便明顯打消了高興的心情：這頭狗是怎麼來這裡的？費諾格里歐又寫東西了嗎？髒手指把那本書帶給那個老頭了？雖然這一切都不合理，但他必須弄明白。除了費諾格里歐外，還有誰能想出松鴉在城堡前的那一幕？啊，他們全都愛他！就算笛王這時一定已把他打得半死——書籍裝幀師騎過那個該死的城堡大門時，已經變成神了。松鴉成了高貴的替罪羔羊！這要不是費諾格里歐的點子，算他該死！

奧菲流士當然先派歐斯帶著玻璃人過去，但他被費諾格里歐的女房東逮到。那個大塊頭找不到可以藏身的黑暗角落，而赤鐵連費諾格里歐的樓梯都沒摸到。一隻雞把赤鐵趕過泥濘地，而一頭貓差點咬斷他的玻璃腦袋——是的，實在沒辦法說玻璃人是理想的探子，但他的大小實在太方便了！精靈當然也可以，但她們還沒飛出窗戶，便忘了最微不足道的任務。費諾格里歐畢竟也找自己的玻璃人來刺探，不管他再怎麼笨拙。

沒錯，赤鐵的點子比較多，但他和費諾格里歐的玻璃人比，卻會頭暈，無法飛簷走壁，而且在地上也不太會找路，如果事情想要辦得牢靠，最好便是把他擱在費諾格里歐的樓梯前，才不會徹底迷路。眞是見鬼了，他到哪去了？是得承認，對玻璃人而言，登上這座樓梯像是爬山，但是……奧菲流士躲在一間棚屋後，裡面有隻山羊在那呼天搶地叫著——可能聞到了狗的味道——一道液體滲進他的靴子皮革，那個味道凱伯魯斯看來會特別喜歡。牠貪婪地在泥地中到處嗅聞，奧菲流士不得不一直把牠拉回來。

在那裡！赤鐵終於來了！他像老鼠一樣，靈巧地跳下一個個階梯。眞棒。沒錯，對玻璃人來說，他是個頑強的小傢伙。希望他打聽出來的東西，值得毀掉一雙昂貴的靴子。

奧菲流士鬆開凱伯魯斯的頸鍊，由於沒有狗鍊，他便在鐵斤巷中找人打造了一條。凱伯魯斯慢慢走向樓梯，從最後一個階梯上叼走出聲抗議的玻璃人。赤鐵表示，狗的口水會讓他的玻璃皮膚起疹子，但他那個笨拙的身子要怎麼穿過這片泥濘？那頭狗慢慢走回奧菲流士身邊時，一名老婦人瞧了窗外一眼，但好在不是費諾格里歐的女房東。

「怎麼樣？」凱伯魯斯鬆開嘴，把玻璃人拋在他伸出的雙手中。眞是該死，狗的口水眞是可怕的玩意。

「他沒寫東西！一字一句都沒有！」赤鐵拿袖子抹過濕答答的臉。「我告訴過您了，大人！他酒喝到神智不清！只要一看到羽毛筆，他的手指便會顫抖起來！」

奧菲流士抬頭瞧著費諾格里歐的房間。門下有光線滲出。赤鐵總是從那寬大的縫隙下爬進去，像鰻魚一樣靈活。

「你肯定？」他又把鍊子固定在凱伯魯斯的項圈上。

「非常肯定！他也沒有那本書！但他有客人。」

老婦人把一桶水倒出窗外。要是水就好了。凱伯魯斯又興致盎然地嗅聞著。

「客人？我才不在乎。魔鬼也一樣！我肯定他又開始寫了！」

奧菲流士抬頭看著那些寒酸的屋舍，每扇窗戶中，都燃著一根蠟燭。翁布拉城裡到處都燃著。爲了松鴉。他眞該死！他們全都該死：費諾格里歐、莫提瑪、他那笨女兒——還有髒手指。沒錯，他最常詛咒他。他背叛了他，偷走他的東西，他，多年來忠心崇拜他的奧菲流士把他唸回故事中，讓他逃離一死的奧菲流士！他們現在怎麼稱呼他？松鴉的火影。他的影子！這還眞合他。他，奧菲流士，可以讓他成爲這個故事中不同的影子，但現在都結束了。他對他們所有人宣戰。他會照自己的作風，幫他們寫個故事——要是能先拿回那本書就好了！

一名孩子走出屋子，赤腳跑過泥巴院子，消失在一間廄房中。浪費時間。奧菲流士拿塊布擦掉赤鐵身體上的狗口水，把他擱在自己肩上，不等那個孩子離開廄房，便偷偷溜開。快點離開這些爛泥——就算巷子中也好不到哪去。

「白紙，全是白紙，大人！」他們趕忙趁著夜色回奧菲流士住處時，赤鐵小聲對他說。「只有幾句被劃掉的句子……就這樣了，我發誓！他的玻璃人今天差點看見我，但還好我及時躲到他主人的靴子中。那個臭味，您是無法想像的！」

喔，不，他可以。「我會要女僕用肥皀擦洗你。」

「喔，不，最好不要。上一次，那些肥皀水讓我不得不打了一個多鐘頭的嗝，我的腳都變成奶白色的！」

「那又怎樣？你以爲我會讓個有腳臭味的玻璃人在我的羊皮紙上踩來踩去？」

一名夜班守衛朝他們搖搖晃晃走來。爲什麼這些傢伙老是喝醉？奧菲流士在他皺巴巴的手中塞了幾個銅板，免得他叫來自從松鴉關在城堡中後，日夜在翁布拉城中來來回回的巡邏隊。

「那本書呢？你是不是眞的徹底找過？」

肉販巷中的兩個牌子上正叫賣著新鮮的獨角獸肉。可笑。這會是哪裡弄來的？奧菲流士轉進玻璃匠巷，不管赤鐵多麼討厭這條巷子。

「嗯，這並不容易。」赤鐵緊張瞧著賣給碎裂玻璃人假手假腳的招牌。「我跟您說了，他有客人，眾目睽睽之下，不太容易在他房間中偷偷走動！不過，我還是察看了一下他的衣服。他差點把我關在箱子裡！但什麼都沒有！他沒有那本書，大人，我發誓！」

「去他的死神與魔鬼！」奧菲流士感到一股難以抑制的慾望，想丟或砸些東西。赤鐵這時已知道他的這種情緒，預先抓緊他的袖子。

除了這個老頭外，誰會有這本書？就算髒手指把書拿給莫提瑪——他也一定不會把書帶到牢房中去的！沒錯，一定是髒手指自己留下來了。奧菲流士感到胃裡有股燒灼的疼痛，難受不已，彷彿髒手指的一頭貂在裡面似的，緊咬著他的內臟。他知道這種毛病，只要一有事不如意，自己就會犯病。胃潰瘍，沒錯，就是這毛病。一定是的。那又怎樣？他罵自己。別再惡化下去，不然你想有天去找那些只會幫人放血的浴療師嗎？

赤鐵沮喪地蹲坐在他肩上，默不出聲，可能想著將要來臨的肥皀浴。但凱伯魯斯嗅聞著每道自己慢慢經過的牆。難怪狗會喜歡這個世界，簡直臭氣熏天。這我也會改變的！奧菲流士心想。我會再寫出一個更好的探子，像蜘蛛一樣小，而且不是玻璃做的。你什麼也寫不出來了，奧菲流士，他心裡低聲說著，因爲你再也沒有那本書！

他咒罵出聲，加快腳步，不耐煩地拉著凱伯魯斯——走進貓糞、泥巴、雞屎、貓糞中……這雙靴子毀了，但他要從哪裡弄錢買新的？上一次他試著在絞刑丘上寫出一箱金銀珠寶，徹底失敗，那些錢幣薄得跟銀箔一樣。

終於，前面就是了，他富麗堂皇的屋子。翁布拉最漂亮的房子。每當他見到雪白發亮的階梯和門口上的徽章時，他的心跳就會加快，讓他以爲自己出身尊貴。是的，對他來說，畢竟至今的一切眞的不錯。但之後呢，他便不得不一直想打爛那個玻璃人，或希望那個瘦巴巴的阿拉伯少年脖子長出鼠疫，更別提那個不知感恩的噴火藝人！

奧菲流士突然停了下來。一隻鳥蹲坐在階梯上。牠蹲坐在那裡，彷彿想在階梯上築巢。奧菲流士靠近時，鳥並未飛走，只拿著豆大的眼睛瞪著他。

討厭的羽毛畜生，到處留下鳥屎，老拍著翅膀，尖尖的鳥嘴，羽毛，滿是壁蝨與蟲卵——

奧菲流士鬆開凱伯魯斯的鍊子。

「快去，去抓牠！」凱伯魯斯喜歡追鳥，不時還眞的會抓到一兩隻。不過，牠現在把尾巴夾在後腿間，退了開，彷彿是條蛇盤據在奧菲流士的階梯上一樣。眞是見鬼……

那隻鳥動了一下腦袋，跳下一個階梯。

凱伯魯斯縮起頭，玻璃人不安地緊抓住奧菲流士的領子。「那是一隻喜鵲，大人！」他在他耳邊低語。「牠們會啄……」他幾乎無法出聲，「會啄玻璃人，把彩色碎片收集到牠們的鳥巢中去！求求您，大人，把牠趕走！」

這隻喜鵲再次動了動頭，瞪著他看。這是隻怪鳥，相當怪異。

奧菲流士彎身，拿了顆石頭丟牠。喜鵲展開翅膀，發出一聲沙啞的嘎叫。

「喔，大人，大人，牠想啄我！」赤鐵大喊大叫，緊抓著他的耳朵。「灰色身體的玻璃人非常少見的！」

那隻喜鵲這次發出的嘎叫聲，聽來像是笑聲。

「你看來還是很笨，奧菲流士。」

他立刻認出這個聲音。喜鵲伸了伸脖子，在咳嗽，彷彿被一顆急著啄食下去的穀粒嗆到。接著，牠在奧菲流士雪白的階梯上接連吐出三顆穀粒，開始變大。

凱伯魯斯縮在他腿後哀哭，赤鐵抖得可怕，身子好像野餐籃中的餐具互相撞擊出聲一般。但喜鵲繼續變大，羽毛變成黑衣和緊緊攏起來的黑髮，而手指趕緊數著被鳥嘴吐在階梯上的穀粒。摩托娜看來比奧菲流士記憶中的樣子要來得老，老了許多。她的肩膀仍然彎曲，就算直立起來後也一樣。手指像鳥爪一樣彎曲，臉凹陷在高高的顴骨下，而皮膚上一層泛黃的羊皮紙色，但眼睛仍炯炯有神，讓奧菲流士像個被人責罵的孩子一樣縮起頭。

「這——這是怎麼一回事？」他結結巴巴說。「費諾格里歐的書裡面，沒有任何變形魔！只有夜魔……」

「費諾格里歐！那傢伙知道什麼？」摩托娜摘掉一根黑衣服上的羽毛。「這個世界大家都在改變形體，只不過大部分的人必須先死掉。但有方法——」說這些話時，她小心翼翼讓自己撿拾起來的穀粒落進一個皮袋子裡，「擺脫自己的形體，卻不需要白衣女子。」

「眞的？」奧菲流士一下子思索起來，這會給這故事帶來什麼樣的可能，但摩托娜不讓他想下去。

「你在這個世界過得不錯，對吧？」她嬌笑說，同時抬頭看著他的房子。「複眼，海那頭的小白臉商人，可以找來獨角獸和侏儒，爲翁布拉的新主人實現各種願望——只是，我心想，這要不是我親愛的奧菲流士的話，還會是誰眞的把自己唸了過來。你甚至把這頭難看的野狗也帶過來！」

凱伯魯斯露出牙齒，但赤鐵仍顫抖著。玻璃人眞是荒謬的東西。而費諾格里歐還以他們爲傲呢！

「妳找我想幹什麼？」奧菲流士盡量讓自己聽來從容冷靜，而不像個摩托娜一在場便容易被嚇到的孩子。她仍然讓人害怕，他不得不承認。

腳步聲從夜裡傳來，可能是笛王派來巡邏翁布拉的巡邏隊，就怕黑王子找出辦法救走他高貴的戰友。

「你老在門口接待自己的客人嗎？」摩托娜斷聲道。

奧菲流士不得不在木門上敲了三次銅門環，歐斯才把門打開。他低頭瞧著摩托娜，睡眼惺忪的樣子。

「這是另一個世界的大塊頭，還是新人？」摩托娜問，同時擠過歐斯身旁，衣服窸窣作響。

「這是新人。」奧菲流士喃喃說著，腦袋仍想試圖弄清楚，她回來，到底是好事，還是壞事。不是說她死了嗎？但死亡在這個世界可不牢靠，不是已出現過好幾次了，既讓人安心，又讓人感到難安。

他未帶摩托娜到寫字房，而是到會客廳。老太婆四處環顧，彷彿每樣東西都是她的一樣。沒錯，她回來，大概不是什麼好事。她來找我想幹什麼？他無法想像。莫提瑪。她一定還想殺了他。摩托娜可不會輕易放棄這種念頭——尤其碰上殺她兒子的兇手。但這次，她大概有其他的打算。

「所以他眞的是松鴉！」她脫口而出，好像奧菲流士大聲說出自己的念頭。「他們還會唱多少關於他的可笑曲子？視他爲他們的救星……好像不是我們先把他帶到這個世界來的！他在毒蛇山殺了毒蛇頭最棒的手下，毒蛇頭卻不追捕他，反而怪我摩托娜讓松鴉脫逃，讓他骨頭上的皮肉腐爛。我馬上就知道是那本空白的書在作怪。是的，魔法舌頭詭計多端，但他無辜的臉騙了大家，而毒蛇頭不把他、反而把我交給施刑逼供的人，逼我說出是哪種毒藥。我仍然感到疼痛，但我騙過他們，要他們帶來穀粒和藥草，本來是要調製治療他們主人的解毒藥，我卻藉此弄了一對翅膀，飛了出來。我仔細聽著風，聽著市集上的閒談，好找到那位書籍裝幀師，得知他現在眞的成了強盜，而黑王子幫他找了一個藏身之所。那是個隱密的地方，但我找到了。」

摩托娜說話時尖著唇，彷彿仍有鳥嘴在那一樣。「再見到他時，我得控制自己，才沒把他的眼睛啄出來！別急，摩托娜，我對自己說。在他的飯裡撒些有毒的漿果，讓他像條蠕蟲一樣縮起來，慢慢死去，讓妳好好享受報仇的味道。但一頭笨烏鴉叼走他碗裡的漿果，再次下毒時，那頭熊的臭嘴過來咬我，扯掉我兩根黑羽毛。我又再下毒，在黑王子帶他們去的營地，他和他女兒，還有那個叛徒女僕，但另一個傢伙拿起碗。『毒蕈菇！』他們結巴說著。『他吃了有毒的蕈菇！』」

摩托娜大笑，奧菲流士見到她的手指彎曲起來，彷彿仍抓著　根樹枝似的，不由毛骨悚然。「簡直跟中邪一樣！沒東西殺得了他，不管是毒藥，還是子彈——好像這個世界的一切都在保護他，每顆石頭、每頭動物，就連樹木間的影子也一樣！松鴉！甚至死神也讓他走，他還討價還價，要走了火舞者。喔，沒錯，眞是感人！但是用什麼代價呢？就連他妻子，他都沒說，只有摩托娜知道！沒有人會注意樹上的喜鵲，但牠卻聽到一切——不管是夜裡樹木低語，還是蜘蛛用銀絲線在潮濕的樹枝間寫下：如果松鴉沒在冬天結束前把毒蛇頭帶給死神，死神會取走松鴉和他女兒的命。而毒蛇頭的親女兒會幫松鴉在那本空白的書中寫下那三個字。」

「什麼？」奧菲流士心不在焉聽著。他清楚摩托娜滿懷恨意的長篇大論，沒完沒了，自我吹捧，但他仔細聽到她最後一句。薇歐蘭和松鴉結盟？是的，這就對了。當然！他就知道。這個美德化身可不是因爲高尙慷慨才束手就縛的。這個高貴的強盜想要計謀殺人！

奧菲流士開始來回走動，而摩托娜繼續口出惡言，聲音無比沙啞，聽來根本不像人的聲音。

薇歐蘭——奧菲流士一在翁布拉定居下來後，便想爲她效勞，但她一口回絕，表示自己已有一位宮廷詩人……這可不太親切。

「是，是，他想殺了毒蛇頭！偷溜進城堡，像貂溜進雞圈一樣。就連精靈跳著自己的蠢舞時，也唱著，但只有喜鵲在聽！」摩托娜曲著身子，就連咳嗽聽來都像嘎嘎叫聲。

她瘋了！她看他的那個樣子，瞳孔又黑又僵直，看來更像鳥的眼睛，而非人類的瞳孔。奧菲流士不寒而慄。

「是的，我知道他的企圖！」她小聲說。「而我對自己說，摩托娜，就算妳再難過，都要讓他活著。殺了他妻子，最好是殺了他心愛的女兒，當他得知這個消息時，飛到他肩膀上，聽聽他的心如何破碎。但讓他活著，直到毒蛇頭把那本空白的書交給他，因爲那些毒蛇頭加諸在山羊母親身上的所有痛楚，他也得死。如果銀爵士眞的這麼笨，把那本可以殺死自己的書交給他的頭號敵人的話，那樣更好！喜鵲便會出現，寫下那三個字的，不會是松鴉，而是摩托娜！喔，沒錯，我也知道這三個字。死神會帶走松鴉和毒蛇頭，為了酬謝我，死神終於可把那個該死的書籍裝幀師用他魔法舌頭取走的大獵物還給我——也就是我的兒子！」

見鬼了！奧菲流士吞下剛喝進自己嘴裡的酒。這個老巫婆仍夢想山羊回來！為什麼不呢，先是柯西摩，接著是髒手指都能從死人那裡回來的話？但他真的可以為這個故事想出更加有趣的轉折，而不是摩托娜那個殺人放火的兒子回來。

「妳真的以為毒蛇頭會帶那本空白的書到翁布拉？」喔，他感覺到有大事發生，熱騰騰的大事。說不定一切還未完蛋，就算髒手指偷走了他的那本書。在這個故事中扮演重要的角色，還有其他方法。毒蛇頭到翁布拉來！會有哪些可能性……

「他當然會來！毒蛇頭比多數人所想的還要笨。」摩托娜坐到一張奧菲流士用來招待貴客的椅子上。風吹過沒有玻璃的窗，讓女僕趕著拿進來的燭火搖曳。影子像黑鳥一般在白牆上起舞。

「所以銀爵士會再被這位書籍裝幀師耍弄一次？」奧菲流士對自己聲音中的恨意都感到吃驚。他驚訝地發現，自己這時幾乎跟摩托娜一樣希望莫提瑪不得好死。

「這時就連髒手指都跟在他後頭跑！」他脫口而出。「顯然死神讓他忘了這個高貴的英雄曾經對他做了什麼事！」他取下眼鏡，揉著眼睛，好像這樣可以抹去自己對髒手指決絕表情的記憶。是的，只因這樣，他才轉而針對他的！因為莫提瑪以他該死的聲音迷住了他，迷住了所有的人。希望他被五馬分屍之前，笛王會先割下他的舌頭。他想看紅雀的狗撕咬他，看著笛王一片片割下他的皮膚和那顆高貴的心……啊，要是他能寫出關於松鴉的這首曲子就好了！

摩托娜的聲音把奧菲流士從血淋淋的白日夢中驚醒。

「吞下這些穀粒太容易了!」她喘著氣,同時縮在椅子中,雙手像爪子一樣抓著扶手。「你得把穀粒擱在舌頭下,這些玩意滑溜溜的,如果有太多穀粒跑到胃裡,那鳥也只能一去不返。」

她動了動頭,像喜鵲的樣子,張開嘴,彷彿那是鳥嘴一般,手指壓住蒼白的嘴唇。

「聽好!」她脫口而出,在此抖動起來。「只要毒蛇頭一到翁布拉,我要你去城堡,要他小心自己的女兒!告訴他,要他去問問書籍彩繪師巴布盧斯,薇歐蘭委託他製作過多少關於松鴉的書。讓他相信自己的女兒迷戀他的頭號敵人,為了救他,不惜一切。用你所能找到最美的話告訴他。你不是很喜歡吹噓自己的聲音比他的更加動人。那就證明一下吧!」

摩托娜嗆到——又吐出一顆穀粒到自己攤開的手上。

喔,是的,她很狡猾,就算她徹底瘋了也一樣,所以最好讓她相信她仍是自己的主子,雖然自己受不了她那些作嘔的動作,差點把酒都吐在她跟前。奧菲流士拍掉自己精心縫製的袖子上一些灰塵。他的衣服,他的房子,所有的女僕……這個老太婆怎麼會看不出來,自己還會再當她的僕人嗎?好像他到這個世界,是為執行別人的計畫似的!喔,不,在這裡,他只效命自己。他發過重誓。

「這點子聽來不錯!」奧菲流士盡量讓自己的聲音聽來像慣常那樣卑躬屈膝。「松鴉那些高貴的朋友怎麼辦?他一定不只有薇歐蘭在幫他。那黑王子呢……」還有髒手指,他腦海裡繼續唸著,但沒說出這個名字。他要親自報復髒手指。

「黑王子,喔,是的。又是一個高貴的笨蛋。我兒子有時便會和他起衝突。」摩托娜把吐出來的穀粒跟其他的擱在一起。「我會對付他的,他和魔法舌頭的女兒。那女孩幾乎跟她父親一樣危險。」

「胡說!」奧菲流士又倒了一壺酒。酒讓他膽大妄為。

摩托娜不屑地打量他。沒錯,她仍把他當成一個卑躬屈膝的笨蛋。這樣更好。她揉了揉自己瘦削的手臂，打了個冷顫，彷彿羽毛又想穿透她的皮膚。

「那個老頭呢？那個據說幫魔法舌頭女兒寫出我在夜之堡上拿走的東西的老頭呢？他有把勇氣寫進書籍裝幀師的心中嗎？」

「沒有，費諾格里歐不再寫東西了。但如果妳殺了他，我是不會反對的。正好相反——他這個人自以爲是，令人難以忍受。」

摩托娜點點頭，但似乎沒再認眞聽了。「我必須走了！」她說，不安地從自己的椅子上起身。「你的屋子臭得跟牢房一樣。」

摩托娜打開門時，歐斯躺在門前。摩托娜跨過他時，他在睡夢中嘟囔出聲。

「這是你的保鏢？」她問。「你似乎沒有太多敵人。」

奧菲流士這晚睡得不安穩，夢到鳥，許多的鳥，但等天色發白，翁布拉像個蒼白的果子逐漸掙脫夜影時，他又滿懷信心走到自己臥房的窗邊。

「早安，松鴉！」他輕聲說，瞧著城堡的塔樓。「我希望你　夜無眠！你一定還以爲這個故事中的角色都分配好了，但你扮演英雄也夠久了。布幕拉起，第二幕：奧菲流士登上舞台。演哪個角色呢？當然是壞人啦。這不一直是最佳的角色嗎？」

問候笛王

今晚，空氣中瀰漫著一種時間的味道。
（……）時間到底是什麼味道？像是灰塵、鐘錶和人類。如果問到時間會製造出什麼聲音，那便會像是流進黑暗洞窟的水，像哭泣的聲音和從蛀空的棺材蓋上落下的泥塊，像是雨水。

——雷・布萊伯利《戰神編年紀》

松鴉前往翁布拉時，法立德並不在場。「你待在營地。」髒手指不用多說，法立德便怕得像是一隻手掐著咽喉，可能會再置他於死地一樣。大力士和他在空蕩蕩的帳棚間等著，因爲黑王子不願相信他能裝成一名女人。他們坐在那裡好幾個鐘頭，等美琪和其他人終於回來時，髒手指卻和松鴉一樣，壓根兒不見蹤跡。

「他在哪?」黑王子是法立德唯一敢問的人，就算他的黑臉嚴肅無比，大熊都不敢靠近。

「松鴉在哪，他就在哪，」王子回答，見到法立德驚慌失措的臉時，又再說道：「不，不是在牢房，只在他附近。死神把他們兩個綁在一起了，只有他能再分開他們。」

在他附近。

法立德看著美琪安睡的帳棚。他似乎聽到她在哭，自己卻不敢去找她。他說服美琪父親和奧菲流士交易，美琪仍未原諒他，而且朵利亞坐在她的帳棚前

在法立德看來，他老在美琪附近出沒，但好在他跟自己大力士哥哥一樣，不懂女孩。

歸來的人垂頭喪氣蹲坐在火堆旁。幾個人甚至還未脫掉女人的衣裝，但黑王子根本不讓他們有時間拿酒來打發掉現在將要來臨的恐懼，而派他們去打獵。要是他們想把翁布拉的孩子藏起來，不讓笛王找到，他們畢竟需要食物，肉乾和溫暖的皮毛。

但法立德幹嘛在乎這些？他既不屬於強盜這邊，亦不屬於奧菲流士。他也不屬於美琪這頭。他只屬於一個人，他不得不和那個人保持距離，害怕會置他於死地……

天才剛黑——強盜們仍燻著肉，把皮毛綳在樹木間——葛文就從森林中竄了出來。法立德起先以爲這頭貂是偷偷摸摸，直到發現牠那花白的嘴。沒錯，那是葛文。自從髒手指死後，牠把法立德當成敵人似的，但這晚，牠一如以往，像想要找法立德玩的時候那樣，咬著他的小腿肚，不斷嗥叫，直到法立德跟來。

這頭貂速度很快，比勝過其他人腳程的法立德還快許多，但葛文不斷停下來等，不安地抖著尾巴，法立德盡可能在黑暗中全力追著牠跑，因爲他知道是誰派這頭貂過來的。

他們在城堡城牆和翁布拉城界之處找到髒手指，翁布拉城位在一座陡峭的山邊這頭，幾乎沒有任何屋舍。山坡上覆蓋了一片荊棘灌木叢，沒有窗戶的城堡圍牆從中拔起，像個石拳頭一樣不容親近，只有幾個裝上鐵欄杆的縫隙穿插其間，剛好容許適量的空氣進來，讓囚徒在行刑之前不至於窒息。在翁布拉的城堡地牢中，沒有人可以久待。判決很快，執刑迅速。既然囚徒要被吊死，何苦要多餵牢

飯？只有松鴉的判官會親自從森林另一頭過來。五天，大家低聲說著，毒蛇頭在自己罩上黑布的馬車中到翁布拉需要五天時間——沒人知道，在他抵達後，松鴉是否可以活過一天。

髒手指肩靠著牆站在那裡，低下頭，彷彿在細聽。城堡深深的黑影，讓他避開了在城堞上走來走去的守衛目光。

葛文跳上髒手指身上時，他才轉過身來。法立德抬頭瞧著守衛，顯得擔心，然後才跑向他，但他們根本不理一名少年或一個落單的男人。單打獨鬥，不可能救出松鴉。沒錯，紅雀的士兵留心大批人馬，會從附近森林過來或從城堡上方山丘上攀索而下的大批人馬——就算笛王大概知道，黑王子也不敢衝進翁布拉的城堡。

黑炭鳥墨綠色的火照亮了塔樓上方的天空。紅雀在大肆慶祝，笛王趁機下令所有吟遊歌手，創作關於他的奸詐與松鴉束手就擒的歌曲，但只有少數人聽命。多數的吟遊藝人默不出聲，在心裡默默唱著另一首曲子，關於翁布拉的悲傷與女人的眼淚，她們的孩子雖然回來了，但她們的希望卻沒了。

「你看黑炭鳥的火如何？」法立德靠在他身旁的城堡城牆時，髒手指小聲說道。「我們的朋友學了些東西，對不對？」

「他仍然是個半吊子！」法立德小聲回道，髒手指微笑著，但抬頭瞧著沒有窗戶的城牆時，臉立刻又嚴肅起來。

「快到午夜了，」他小聲說。「這個時候，笛王喜歡招待一下囚徒，當然是拿拳頭、棍棒和靴子。」他雙手在牆上撫摸，彷彿石頭會告訴他後面牢房發生的事似的。「他還沒去找他，」他小聲說。「但不會等太久的。」

「你怎麼知道的？」法立德有時覺得，從死神那裡回來的，是另一個人，而不是他所認識的那個人。

「魔法舌頭，松鴉，不管你怎麼稱呼他——」他小聲說，「自從他的聲音把我召回後，我便知道他的感受，彷彿死神把他的心植進我的胸口中一樣。現在幫我抓一隻精靈，不然太陽升起前，笛王會把他打得半死。不過，我要的是彩色的那一種，奧菲流士倒是賦予了她們虛榮，還滿方便的，只要讚美一下，她們就會被說服去做任何事。」

精靈很快被抓來。奧菲流士的精靈到處都是，就算冬天未讓她們像費諾格里歐的藍精靈那樣昏昏欲睡，但在這個時候，從她們的窩裡抓一隻過來，還是輕而易舉。她咬著法立德，法立德像髒手指教他那樣，朝精靈臉上一吹，她不得不喘氣，便忘了咬齧。髒手指朝她低聲說了些話，這個小東西便飛上了鐵欄杆的氣孔，消失不見。

「你對她說了什麼？」黑炭鳥的火仍在他們上頭繼續惡毒地吞噬夜，吞噬了天空、星星和月亮，空氣中瀰漫著一股讓法立德眼睛流淚的刺鼻煙霧。

「喔，只不過說我答應松鴉，會派最漂亮的精靈去他的黑暗牢房找他。她會輕聲告訴松鴉，不管地衣女在路上施以詛咒，毒蛇頭還是在五天內抵達翁布拉，我們得讓笛王忙忙，免得他時間太多，跑去毆打囚徒。」

髒手指左手握拳。「你還沒問我，為什麼我要叫你過來，」他說，同時朝拳頭輕吹。「我以為，你說不定喜歡看到這裡這種把戲……」

他的拳頭抵著城堡城牆，火蜘蛛從他手指間湧出。牠們迅速沿石頭而上，愈來愈多，彷彿牠們是誕生在髒手指的拳頭中似的。

「笛王怕蜘蛛，」他小聲說。「更勝長劍與刀子，只要蜘蛛一爬進他的華服中，他大概會暫時忘記自己夜裡愛毆打囚徒的事。」

法立德同樣握起拳頭。「你是怎麼弄的？」

「我不知道——也就表示，我無法教你。這裡這個，我同樣不太清楚。」髒手指雙手合併。法立德聽他低吟，但沒聽懂。當一隻火松鴉從髒手指的雙手中飛出，在夜空中拍著淡藍火焰的翅膀翺翔時，他感到有股妒意像馬蜂般在扎著自己。

「教教我！」他又小聲說著。「求求你！至少讓我試試！」

髒手指若有所思看著他。有名守衛在他們上頭發出警報。火蜘蛛已到城堡城堞處。「這是死神教我的，法立德！」他小聲說。

「那又怎樣？就算我死不久，也跟你一樣死過！」

髒手指大笑，聲音大到一名守衛朝下察看，他趕緊把法立德拉到陰影深處。

「你說得對，我都忘了！」他小聲說，而城牆上的哨兵激動亂喊，朝火松鴉射箭，但箭一碰上羽毛，便都燒毀。「好吧，跟著我做！」

法立德趕緊彎起手指，跟每次學火的新把戲時一樣激動。模仿髒手指小聲說出的奇怪字眼，並不容易，等他察覺自己手指間冒出一隻火螃蟹時，心裡抖了一下。接下來，這些螃蟹從他手中往牆上蜂擁而去，紅通通的身子直衝上石頭，像火花大軍一般。他驕傲地對髒手指微笑。但當他試圖弄出松鴉時，雙手中卻只飛出幾隻灰白的蛾。

「別這麼失望！」髒手指低聲說，同時又送出兩隻松鴉到夜裡。「還有很多東西要學，但現在我們得先躲開銀鼻子。」

他們來到樹叢間時，翁布拉城堡披上了一張燃燒的皮毛，黑炭鳥的火熄了。天空屬於髒手指的火。笛王派出巡邏隊，但髒手指造出火貓、火狼、盤據在樹枝上的火蛇和飛向盔甲武士臉上的火蛾。城堡腳下的森林似乎一片火海，但火並未肆虐，法立德和自己師傅成了這片紅海中的影子，毫不畏懼他們自己播下的恐懼。

笛王最後把水從城堞上倒下來，在樹枝間結成冰，但髒手指的火繼續燃燒，冒出更多的新生物，直到破曉，才像夜裡的幽靈般沈睡。火松鴉則繼續在翁布拉上方盤旋，等到紅雀把狗們遣進熄滅的森林時，火兔早已抹去他們的任何蹤跡。不過，法立德和髒手指坐在醋栗和山妖荊棘叢中，感到自己心內溫暖的快樂。能再待在髒手指旁邊，眞是幸福，一如從前那些夜晚，他看護他，或不讓他做噩夢。但現在似乎再無任何需要他保護之處了，只需要小心你，法立德，他心想，接著快樂的感受便像髒手指保護松鴉的那些火生物一般熄滅。

「怎麼了？」髒手指看著他，似乎不只能看穿魔法舌頭的心頭似的。

他接著握住法立德的手，輕吹著，直到他手指間冒出一名白衣女子。「她們不像你想的那樣可怕，」髒手指低聲對他說，「如果她們再來找我，那不會是因爲你。懂嗎？」

「你這是什麼意思？」法立德的心暫停住了，就這樣停住。「她們還會來找你？爲什麼？很快嗎？」白衣女子在他手中變成一隻蛾，飛開，消失在灰濛的晨光中。

「那要看松鴉。」

「什麼？」

髒手指緊張地一手摀住他的嘴，分開帶刺的藤蔓。牢房窗戶下，已有士兵站崗。他們害怕，張著大眼盯著森林。黑炭鳥跟他們在一起。他仔細打量著城堡城牆，彷彿能從石頭中看出髒手指如何讓夜晚火光通明。

「你看他！」髒手指小聲說。「他討厭火，火也討厭他。」

但法立德不想談黑炭鳥，抓住髒手指的手臂。「她們不該再來找你！求求你！」

髒手指看著他。他回來後，眼睛看來很不一樣，眼裡再無恐懼，只有原本的警覺。「我再說一次，那完全看松鴉，所以幫我一起保護他。他需要保護。在笛王手中五天五夜，相當難捱。我猜，毒蛇頭最後到這裡時，我們都會感到高興。」

法立德想再問，但看出髒手指不會再回答。「醜東西呢？你不認爲她可以保護松鴉？」

「你認爲呢？」髒手指反問。

一隻精靈奮力穿過荊棘叢，翅膀幾乎被樹枝扯破，但最後疲累地落在髒手指膝上。是那隻髒手指派去找松鴉的精靈。她找到他，轉達了他的謝意，還提到他跟精靈確認，她是自己見過最漂亮的精靈了。

失竊的孩子

我還是孩子的時候，
我是一隻松鼠一隻松鴉一隻狐狸。
用牠們的話跟牠們說話，
爬上牠們的樹挖牠們的洞窟。
熟悉所有草和石頭的味道，
知道陽光的意義
和夜的訊息。

——諾曼・羅素《雨的訊息》

下雪了，冰花細小。美琪不知自己父親在被關的地方，是否也看見雪花落下。不，她自己回答，翁布拉的地牢位於城堡地下深處，想到莫錯過墨水世界的第一場雪，幾乎便和他被關的事實一樣，讓她傷心。

髒手指保護著他。黑王子這期間不斷向她保證。巴布提斯塔和羅香娜也不斷提到。髒手指保護著他。但美琪只能想到笛王，和他身旁看來柔弱纖細與年輕的醜東西。

毒蛇頭還有兩天就會抵達。蕁麻昨天才透露這個消息。兩天，一切便會見分曉。

兩天。

大力士把美琪拉到一旁，指著樹叢間。兩名女人在被雪覆蓋的灌木叢中找路。她們帶來兩個男孩和一名女孩。松鴉被關後，翁布拉的孩子一個接著一個消失。他們的母親帶他們到農地，到下頭的河水洗衣服，到森林中找柴薪——然後自己回來。黑王子的手下在四個地方等候孩子，四個口耳相傳的地方，那裡不只有名強盜，也有一名女子，免得孩子和母親難分難捨。蕾莎和巴布提斯塔及壁虎在蒼梟的醫院迎接孩子。羅香娜和精靈怕在女醫士收集橡樹皮的地方等。其他兩名女子在河邊接孩子，美琪和朵利亞與大力士在一間廢棄的燒炭人小屋，離前往翁布拉的路不遠。

孩子們見到大力士時，遲疑了一下，但他們的母親繼續拉著他們，一看到朵利亞伸出舌頭捕捉雪花，一名年約五歲最小的女孩開始咯咯笑著。

「我們把他們藏在你們這裡，要是惹火了笛王怎麼辦？」女孩母親問道。「現在松鴉被捕，他根本不想再抓孩子的話，那怎麼辦？對他來說，松鴉最重要！」

聽到她冷漠的聲音，美琪真想打她。

「是的，這裡這位是他女兒！」大力士說，同時手臂摟住美琪的肩護著她。「所以別這麼說，好像妳不在乎他的下場似的！沒有她父親，妳的孩子大概永遠回不來，妳難道忘了？毒蛇頭反正需要其他孩子採礦，而妳們的孩子最容易抓。」

「這是他女兒？那名女巫？」

其他女人把自己的孩子拉過來，但那女孩好奇地瞧著美琪。

「妳的語氣怎麼跟毒蛇頭的手下一樣！」大力士更緊摟著美琪的肩，彷彿這樣可以保護她避開這些字眼。「現在怎麼樣？妳們想不想讓自己的孩子安全？妳們也可以再把他們帶回翁布拉，希望笛王不會跑來敲門。」

「但你們要帶他們去哪？」最年輕的那位女人眼中噙淚。

「如果我跟妳們說的話，妳們可能會洩漏出去的。」大力士輕易舉起小男孩到他肩上，彷彿他跟精靈一樣輕盈。

「我們能跟去嗎？」

「不行，我們沒法供應大家食物。讓孩子們吃飽，就夠難了。」

「那你們想把他們藏多久？」每個字聽來都無比絕望。

「等松鴉殺了毒蛇頭。」

女人們看著美琪。

「這怎麼可能？」其中一位低聲說。

「他會殺了他，妳們等著瞧。」大力士回答，聲音聽來信心十足的樣子，就連美琪在那美妙的一刻都忘了自己對莫的所有擔心。但那一刻消失，她又再察覺到皮膚上的雪，像所有事物都終結後一樣冰冷。

朵利亞背起那小女孩，對美琪微笑。他不斷試著鼓舞她。他帶給她最後被凍硬的漿果，覆蓋在寒霜下的花——今年最後的花——還有，為了讓她忘記憂傷，便不斷問她那個世界的事。如果朵利亞不在自己身旁，她便已開始想念起他。

當女人們離開時，那女孩哭了，但美琪撫摸她的頭髮，告訴她巴布提斯塔講過的雪的故事：有些雪花是小精靈，當她們在溫暖的皮膚上融化前，會用冰冷的唇吻著人家的臉。那孩子抬頭瞪著紛飛的雪，美琪繼續說，周遭的世界化成一片雪白，她讓話語來安慰自己，讓自己回到莫說故事給她聽的日子——在他自己成爲故事的一部分之前，而美琪早已說不出，那個故事是不是也是自己的。

雪不再下了，冰冷的地上只留下一片細緻明亮絨毛般的東西。

其他十二名女人帶自己的孩子到廢棄的燒炭人小屋來，臉上全是害怕與擔心，完全不知道自己是否做對了。

她們離開時，一些孩子根本沒再看她們一眼。有些孩子追著她們，兩名哭得厲害，他們的母親只好又帶他們回翁布拉，笛王在那裡像隻銀蜘蛛般等候著他們。天黑時，在仍被雪覆蓋的樹叢間，已有十九名孩子，像一群小鵝一般擠在一起。大力士跟他們招招手，在他們旁邊，看來像個巨人。如果有孩子哭起來，朵利亞便從他們的鼻子拿出槲果，從他們的頭髮摘出錢幣。大力士秀給他們看，自己怎麼和鳥說話，並同時讓三個孩子騎在他肩上。

黑暗向他們襲來之際，美琪講著故事，那些莫常對她說的故事，她似乎在每個自己脫口而出的字眼中，都聽到莫的聲音一般。回到強盜營地時，他們全都疲累無比。帳棚周遭全是孩子。美琪試著清點，但很快就放棄了。強盜們該怎麼餵飽這許多張嘴，在這裡，黑王子幾乎也餵不飽自己的手下？

快嘴和壁虎想什麼，從他們的臉上便可清楚看出。保母！營地裡竊竊私語著。我們是爲此才到森林裡來的嗎？快嘴、壁虎、精靈怕和木腳、野狗、黑鬍子……竊竊私語的人很多。但那個站在快嘴旁邊，到處張望，一臉祥和的瘦削男子是誰呢？彷彿從未見過自己身旁這一切的東西似的？他看來像……不，不，這不可能。

美琪一手抹過眼睛，顯然已累到見鬼似的。但突然間，兩隻強壯的手臂抱住她，用力壓著她，讓她喘不過氣來。

「妳看看妳！妳幾乎跟我一樣大了，妳這不要臉的東西！」

美琪轉過身。

愛麗諾。

現在會怎麼樣？她會發瘋嗎？這一切只是夢，而現在她醒來了嗎？下一刻，樹木是否會消失，一切會不見，強盜、孩子，而莫會站在她床邊，問她是不是眞的想錯過早餐？

美琪把臉埋在愛麗諾衣服中，那是一件絲綢衣服，看來像是道具服裝。沒錯，她在做夢，一定是這樣。但這是眞的嗎？醒來，美琪！她心想。快點，醒來！

站在快嘴旁邊那個瘦削的陌生人，羞怯地對她微笑，同時扶著自己破掉的眼鏡，沒錯，那眞的是大流士！

愛麗諾再次緊抱著她，美琪哭了起來，把莫騎進翁布拉城堡後抑制住的淚水，一古腦哭到愛麗諾那件奇怪的衣服上。

「好，好，我知道！眞是可怕，」愛麗諾說，笨拙地撫摸著美琪的頭髮。「可憐的東西，我已經對那個破作家表示過了。他簡直是個自負的老瘋子！不過，妳會見到，妳父親會讓那個銀鼻子的爛小提琴手好看的！」

「他是吹笛子的。」美琪雖然臉上還流著淚，卻不得不笑出聲。「笛王，愛麗諾！」

「管他的！誰會記得住這些奇怪的名字？」愛麗諾四處瞧。「對這裡發生的一切，這個費諾格里歐眞該被五馬分屍，但他當然不這樣想。我很高興，我們現在可以留意一下他。他不想讓敏奈娃單獨來這裡，大概因爲一想到她暫時沒辦法煮飯給他吃，或幫他補襪子，就受不了！」

「費諾格里歐也在這裡？」美琪擦掉臉上的淚。

「是的，但妳母親在哪？我到處都找不到她。」

美琪的臉上仍看得出和蕾莎依然不太說話的樣子，但愛麗諾還來不及問時，巴布提斯塔便來到她們面前。

「松鴉女兒，妳要不要介紹一下妳這位衣著華麗的女友？」他朝愛麗諾躬了身。「夫人，您是哪個吟遊藝人行會的？讓我猜猜。您是個喜劇演員，您的聲音一定洋溢在每個市集廣場上！」

愛麗諾看著他，目瞪口呆，美琪趕緊前來解圍。

「巴布提斯塔，這是愛麗諾，我母親的姑姑……」

「啊，松鴉的親戚！」巴布提斯塔又鞠了一個大大的躬。「聽到這樣，大概會阻止快嘴扭斷您的脖子了。他正試著說服黑王子，您和這位外人——」他指著露出羞怯的微笑走向他們的大流士，「是笛王的奸細。」

「黑王子？」

愛麗諾猛轉過身，手肘立刻頂到大流士的肚子。見到王子和他的熊站在快嘴旁邊時，她像個少女

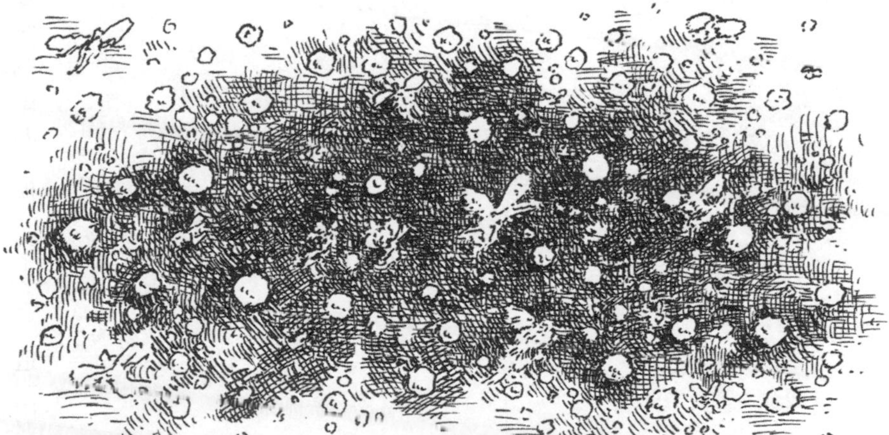

一樣臉紅起來。「喔，他真雄偉！」她低語著。「他的熊也跟我想像中的一模一樣！喔，這一切真美妙，真是無比美妙。」

美琪發現自己的眼淚流乾了。她很高興愛麗諾在這裡，無比高興。

新的牢籠

衛斯理閉上眼睛，疼痛朝他襲來
他不得不做好準備。他的腦袋必須
調整好，全神貫注，躲開他們的幫助
免得他們毀了他。

——威廉・哥德曼《公主新娘》

他們這次比前幾晚來得早，外頭天才剛黑。莫的牢房中不會變亮，但夜卻帶來另一種黑暗——笛王隨之而來。莫在鐐銬的束縛下，盡可能坐起，準備好被人拳打腳踢。他只覺得自己笨，笨得可以，一個自投敵人羅網的傻子。不再是強盜，不是書籍裝幀師，只是一個傻子。

翁布拉地牢的牢房並不比夜之堡的塔樓舒服到哪去，在陰暗的牢穴中，幾乎無法站立，但跟在其他的地牢中一樣，同樣的恐懼等候在一旁。沒錯，恐懼回來了，在大門時便等候著他，當紅雀的手下綁住他的雙手時，幾乎讓他感到窒息。

束手就縛，無依無靠……

想想孩子們，莫提瑪！就算自己咒罵自己的行徑，忍受夜裡的拳打腳踢，但一想著他們的臉，他便感到安心。髒手指的火至少讓他不會經常被笛王騷擾，但這樣只會讓銀鼻子更加暴跳如雷。莫的耳中仍迴盪著第一晚飛落在他肩上的精靈的聲音。他仍看見爬進笛王綢緞衣服中的火蜘蛛。看到他臉上的驚恐表情，莫忍不住取笑起來——自然也因此遭殃幾次。

還有兩天，莫提瑪，兩天兩夜，毒蛇頭就會到了。然後呢？接下來呢？是的，沒錯，他是個傻子，仍希望能交給死神和他蒼白的女兒所要求的東西。

蕾莎會明白，如果白衣女子要帶走美琪的話，他也會為她獨闖城堡的？蕾莎會知道，他沒告訴她這一切，便是不讓她擔心美琪，免得自己又再心碎？

走進他牢房的那兩個士兵，臉上和雙手上帶著煤灰。他們總是成雙成對；但他們那個銀鼻子主子呢？他們一言不發把莫拉起來。鐐銬沈重，嵌進皮膚。

「笛王今天會在另一個牢房接待你！」他們小聲對他說。「在一個你朋友的火找不到你的牢房。」

他們愈走愈深，經過散發出腐肉味道的牢房。

有次，莫似乎看見一條火蛇爬過黑暗，但當他轉頭去看時，一名守衛打了他。

他們推他進去的牢房，比之前關他的那間大了許多。牆上全是乾掉的血，空氣又冷又悶。

笛王姍姍來遲，等他終於走進牢房時，還有兩名士兵陪同，臉上同樣帶著煤灰。把莫拖到這裡的那兩個士兵，必恭必敬挪出位置給他們的主子，但莫發現他們驚恐地四處張望——像是在等著髒手指的火蜘蛛從牆中爬出來似的。莫感覺得到髒手指在找他。彷彿他的思緒在搜尋他，但翁布拉的地牢幾乎跟夜之堡的一樣深。

他說不定今晚會用上巴布提斯塔縫在他襯衣滾邊中的刀——雖然他的雙手疼痛，大概連刀都握不住，更別提拿來戳刺了。但有刀在身邊還是讓人放心，尤其恐懼變得讓人難以忍受之際。恐懼和憎恨。

「你那個呑火的朋友愈來愈放肆了，但今晚他幫不上你了，松鴉。我受夠了！」笛王的臉在煤灰下顯得白皙，連銀鼻子都弄黑了。一名士兵一拳打上莫的臉。還有兩天……

笛王厭惡地打量著自己沾滿煤灰的手套。「全翁布拉都在笑我。『看看笛王，』他們竊竊私語。『火舞者捉弄他的手下，黑王子藏起孩子！松鴉還是會拯救我們的。』眞是夠了！如果我今晚解決你，他們便再也不會相信了。」

他緊逼著莫，銀鼻子幾乎戳到他臉上。「怎麼樣？你不用你那神奇的聲音跟他們呼救？你那些衣服破爛的朋友，王子和他的熊，火舞者……還是薇歐蘭呢？她那個毛茸茸的僕役老跟在我後面刺探，每個鐘頭，她就提醒我，你只有活著，對她父親才有價値。但她父親早就不像以前那樣讓人膽戰心驚了，這都是你的功勞。」

薇歐蘭。他只在他們把他拉下馬時，才見到她。他怎麼會笨到相信她會保護他。他完蛋了，美琪也跟他一樣完了。他心裡感到一股絕望升起，無比黑暗，讓他難受，而笛王微笑著。

「啊，你會害怕，這我喜歡。我該爲此寫首曲子。從現在起，他們只會唱我的歌，我最喜歡的陰沈曲子，十分陰沈。」

一名士兵露出蠢笨的笑臉，朝莫走來，手裡拿著一根包鐵的木棒。

「『他會再逃掉的！』他們說！」笛王退了一步。「但你永遠逃不掉了。今天起，你只會爬，松鴉，在我面前爬。」

帶莫過來的那兩個士兵抓住莫，把他頂在滿是血的牆上，同時第三名士兵舉起鐵棒。笛王摸著自己的銀鼻子。

「你需要雙手碰那本書，松鴉，但我打斷你的腿，毒蛇頭又有什麼好反對的？就算……我已經說過：毒蛇頭不是原來的樣子了……」

完了。

喔，天哪，美琪。他跟她說過這樣悲慘的故事嗎？「不，莫，不要童話！」她小的時候，老這樣說。「那太悲傷了。」但不像這裡這則這麼悲傷。

「可惜，我父親無法親耳聽到你的小話，笛王。」薇歐蘭聲音並不大，但笛王猛轉過身，彷彿她對他嘶吼般。

那個露出蠢笨笑臉的士兵放下棒子，其他人退開，像是要挪出個位置給毒蛇頭的女兒。薇歐蘭穿著黑衣，幾乎辨識不出來。大家怎麼會叫她醜東西呢？在這一刻，莫覺得見到一張美麗無比的臉龐。希望笛王沒有注意到他的雙腿在顫抖。他可不想讓笛王自鳴得意。

一張毛茸茸的小臉在薇歐蘭身旁冒了出來。圖立歐。是他帶她來的嗎？醜東西還帶來六、七位嘴上無毛的士兵。和笛王的手下相比，他們看來相當年輕脆弱的樣子，但他們青春的手上握著弩弓，就連盔甲武士都會肅然起敬的武器。

但笛王很快回過神來。

「您來這裡想做什麼？」他喝叱薇歐蘭。「我只是確認您的寶貝囚徒不會再逃走。他那個玩火的朋友拿我們大家開玩笑，也太過分了。您父親可不會喜歡。」

「而我現在要做的，你也不會喜歡。」薇歐蘭的聲音聽來毫無表情。「把他們綁起來！」她命令自己的士兵。「鬆掉松鴉的鐐銬，只要讓他可以騎馬就行。」

笛王伸手去拔劍，但薇歐蘭的三名少年把他壓到地上。莫似乎感受得到，他們對銀鼻子恨之入骨。他們很想殺了他，他在他們年輕的臉上看到這點，笛王的手下顯然也看出來了，因爲他們亦任人綑綁，毫不抵抗。

「妳這難看的小毒蛇！」笛王沒有鼻子的聲音，一大聲起來，聽來更加奇怪。「紅雀的確沒說錯！妳和那些強盜是一夥的。妳想要什麼？翁布拉的寶座，甚至還加上妳父親的？」

薇歐蘭的臉無動於衷，彷彿巴布盧斯畫出來的。「我只要一點，」她回答。「我要把松鴉毫髮無傷交給我父親，讓我父親還能利用他。對此，我眞的會要求翁布拉的寶座。爲什麼不呢？那是我的，根本不是紅雀的。」

取下莫鐐銬的士兵，便是在柯西摩地下墓室中打開石棺的那位。「對不起！」他綁住莫的雙手時，喃喃說道。

他未把繩子緊綁在莫擦傷的手臂上，但他仍然會痛。莫的眼睛一直不離薇歐蘭，耳裡仍清晰迴盪著快嘴沙啞的聲音。**醜東西會為了翁布拉的寶座出賣你的**。

「妳要帶他去哪？」笛王朝那綁他的士兵臉上吐了口口水。「就算妳把他藏到巨人那裡——我也會找到妳的！」

「喔，我並不想把他藏起來，」薇歐蘭聲音沈著地回答。「我會帶他到我母親的城堡，我父親知道路。如果他同意我的條件，那他便可去那裡。我相信，你會轉達的。」

她會出賣你的。

薇歐蘭的目光打量著莫，一副無所謂的樣子，彷彿兩人從未見過。薇歐蘭的士兵帶莫離開牢房經過笛王時，他雖然雙腿被綁，還是走向莫，但踢他，跟用鐵棒打他，怎可相提並論？

「你不得好死，松鴉！」他在莫身後喊道，接著薇歐蘭的一名士兵便拿布堵住他的嘴。「不得好死！」還早呢，莫想回答。還早著呢。

一名女僕等在鐵欄杆門前。等莫從她身旁走過，他才認出那是布麗安娜。薇歐蘭眞的又接納她。她對他點點頭，接著便跟在自己女主人身後。三名失去知覺的士兵躺在走道中。薇歐蘭跨過他們，沿著她帶莫走下去的一條通道，一直來到一個往左彎的狹窄隧道。圖立歐趕在前面，士兵們默默跟著，莫夾在中間。

她母親的城堡……

不管薇歐蘭有何意圖，他十分感謝她保住自己的一雙腿。

隧道似乎無止無盡。毒蛇頭的女兒從何得知這座城堡中這許多秘密通道？

「我讀過關於這些隧道的書。」薇歐蘭轉過身對著他，彷彿聽到他心裡的念頭一般，但說不定是自己在黑暗中這些天，已大聲自言自語起來？

「好在，我是唯一利用城堡圖書館的人，」薇歐蘭繼續說。她看他的樣子——彷彿想要弄清他是否仍相信自己。喔，是的，她跟她父親一樣。她跟他一樣，喜歡玩弄恐懼與權力，在死亡之前的永恆力量彌撒。爲何他雙手被縛，卻仍相信她呢？

另外兩條隧道在黑暗中岔了開來，和第一條一樣狹窄。當圖立歐看著她，一臉詢問時，薇歐蘭毫不猶豫指著左邊那條。她是個奇特的女子，比她實際年齡大上許多，無比冰冷，無比沈著鎭靜。**絕對別忘了她是誰的女兒**。黑王子提醒他注意這點不知幾次，莫也很明白他想警告自己什麼。他在薇歐蘭父親身旁察覺到的殘暴，同樣也出現在薇歐蘭身上，對其他人同樣不耐煩，同樣認爲比多數人聰明，更優秀……更重要。

「殿下？」莫身後的士兵問道。他們全對自己的女主人必恭必敬。「那您的兒子呢？」

薇歐蘭回答時，沒轉過身。「雅克伯待在這裡，他只會出賣我們。」她的聲音聽來冰冷。愛自己的小孩，是否得從自己的父母那邊學來？如果是這樣，那毒蛇頭的女兒對此所知不深，大概也就不足爲奇了。

莫察覺到臉上有風，聞起來並不像泥土味道的空氣。隧道變寬。他聽到潺潺的水聲，等他們來到外面時，他見到翁布拉高踞在他們上頭。雪從夜空中落下，河水在幾乎光禿禿的樹叢後閃閃發光。馬匹在岸邊等候，由一名士兵看管，只不過一名男孩拿刀頂著他的脖子。法立德。髒手指站在他身旁，被雪覆蓋的頭髮上火光點點，兩頭貂在他腳邊。

當薇歐蘭的士兵拿起弩弓對著他時，他只微笑著。

「您想帶您的囚徒到哪去，蛇頭女兒？」他問。「我是他從亡靈那裡帶回來的影子，他去哪，影子都會跟去。」

圖立歐躲到薇歐蘭的黑裙後，好像怕髒手指接下來會縱火燒他。但薇歐蘭對自己的士兵打了個手勢，要他們放下弩弓。布麗安娜只瞪著她父親看。

「他不是我的囚徒，」薇歐蘭說。「但我不想讓我父親無數的探子打聽到這一點，所以才綁住他。要我鬆開你嗎，松鴉？」

她從披肩下抽出一把刀。

莫和髒手指交換了眼神。他很高興見到他，但他的心仍習慣那種感覺。這許多年來，髒手指的目光讓他感受到另一種感覺。但他們兩人接觸過死神後，似乎便像同根生一般，像出自同一個故事。說不定到頭來只有一個故事？

別相信她！髒手指的目光說。而莫知道，他會從自己臉上看出他的答案，不用自己明講出來。**我**

必須相信她。

「還是綁住我吧。」他說，薇歐蘭又把刀藏到自己衣服的皺褶間去。雪花像細小的羽毛般附著在黑衣上。

「我帶松鴉到我母親長大的城堡，」她說。「我在那裡可以保護他，這裡我不行。」

「湖中城堡？」髒手指鬆開自己腰帶上的一個袋子，交給法立德。「那可是一段不短的路，騎馬一定要四天。」

「你聽過這座城堡？」

「誰沒聽過？但許多年前便已廢置。您去過那裡嗎？」

薇歐蘭翹起下巴，十分倔強的樣子，讓莫又再想起美琪。「沒有，我從未到過那裡，但我母親對我說過，我也讀過所有關於那座城堡的書。我熟悉這座城堡，就像自己待過一樣。」

髒手指只看著她，然後聳了聳肩。「隨您怎麼說。笛王不在那——那就對我們有利，那裡應該易於防守。」他打量薇歐蘭年輕的士兵，彷彿在算他們的年紀。「沒錯，松鴉在那裡是比較安全。」

落在莫被綁著的雙手上的雪花，冰涼了他磨破的皮膚。要是他不至少在夜裡自由活動雙手的話，手大概很快就不能用了。「您確定您父親會跟我們到這座城堡？」他問薇歐蘭，聲音聽來似乎還帶著地牢中的黑暗一般。

薇歐蘭微笑。「喔，沒錯，他會的。他會跟你到任何地方的，也會帶那本空白的書過來。」

那本空白的書。雪下著，彷彿想把全世界都染白，像那本空白的書一樣。冬天來了。你的心沒多少日子可跳了，莫提瑪。還有美琪，美琪……他怎麼還會在乎自己仍然還愛著這個世界？怎麼可能自己的眼睛還看不夠遠方那些樹，都比他自己小時候爬的樹高大許多，還有精靈與玻璃人，彷彿那本來便已是自己世界的一部分……想想啊，莫提瑪！曾經有過一個完全不同的世界，他心裡低吟著。但不管心裡低吟什麼，總是徒然。就連他自己的名字都聽來陌生、不眞實，他知道，如果有隻手想永遠闔上費諾格里歐的書，他會阻止的。

「我們沒有幫你備馬，火舞者。」薇歐蘭的聲音聽來不懷好意。她不喜歡髒手指。只是，長久以來，他不都是不討人喜歡，不是嗎？

髒手指露出嘲弄的微笑，但薇歐蘭只更冷淡地瞪著他。「您出發吧，我會找到您的。」

莫躍上馬時，他便已消失，法立德也一樣。只在剛剛他所在的雪地上，留下一些未熄的火花。莫看著薇歐蘭士兵臉上的畏懼——彷彿自己見到幽靈般。不過，對一個從亡靈那裡歸來的人來說，大概不是什麼不當的說法吧。

城堡上頭，仍然沒有任何動靜。第一名士兵驅馬入河時，沒有守衛發出警報。城堞上，沒有任何人叫喊松鴉再次脫逃。翁布拉沈睡著，覆上一層白雪，而髒手指的火松鴉仍在屋頂上盤旋。

灰燼中的畫面

「對不起。」哈利喃喃說著。
鄧不利多搖搖頭。
「好奇不是什麼壞事，」他說。「不過我們得小心處理……沒錯，事實上……」
——羅琳《哈利波特：火盃的考驗》

早在黑炭鳥表演前，莫和黑王子就找到的洞窟，位在翁布拉北邊兩小時的徒步路程上。對孩子們的腳來說，這是一大段路，而墨水世界中，冬天已經降臨，下起之後逐漸變成雪的雨，還有白色的蝶，突然間便掛在光禿禿的樹枝上，像冰的葉子一般，以及追逐著精靈、有著灰色翅膀的貓頭鷹。

「我的精靈這時都睡了！」黛絲皮娜哭起來時，因為一隻貓頭鷹當著她的面撕碎兩隻小精靈，費諾格里歐只好辯護起來。「但奧菲流士創造出來的這些笨東西，到處亂飛，好像從未聽過冬天！」

黑王子帶著他們上山下山，穿過灌木叢、卵石，走在礙難通行的小徑上，他們往往不得不抱著孩子通過。美琪的背很快便痛了起來，但愛麗諾大步邁進，像是想盡可能快、盡可能多地發現這個神奇的新世界——就算她盡量在這一切的創造者面前壓抑住自己的陶醉。

費諾格里歐大半時候就跟在他們後面，和蕾莎與大流士走在一起。蕾莎大半時候抱著的小女孩，看來很像美琪，每次當她回頭看著自己的母親時，美琪都覺得她看著的是一個從未存在過的時光。她小的時候，莫抱過她，也只有莫在抱她。所以，每次她見到蕾莎把臉埋在那小女孩的頭髮中時，美琪便希望那是別人。莫在的話，或許還不會那樣難受。

等蕾莎半路上感到不舒服時，羅香娜不准她再抱小孩了。「小心點！」美琪聽到她說。「妳不想等妳丈夫回來後，告訴他你們的孩子沒了？」

大家這時已經看出蕾莎懷孕，美琪有時希望把自己的手擱在另一個孩子成長的地方，但她沒這樣做。大流士聽到懷孕的事，眼睛都濕了，愛麗諾則喊道：「怎麼樣，現在看來一定會皆大歡喜！」然後用力抱著蕾莎，幾乎可能會讓新生命窒息。但美琪只不斷流連在同一個想法中：我不需要妹妹，我也不需要弟弟，我只要我父親回來！不過，當一名她一直揹在背上的孩子，在她臉頰上用力吻了一下，表示感謝時，美琪心中第一次感到激動，並莫名冒出一種像是期待的感受，她開始想像一名小弟弟或小妹妹把小手指伸到她手中時，會是什麼感覺。

羅香娜跟他們一起來，大家都很高興。她兒子並不在笛王和黑炭鳥抓到的孩子之列，但她還是把葉罕帶過來。

羅香娜又像女藝人一樣，把她黑色的長髮散開。她也像以前一樣常帶著微笑，當一些孩子在長途跋涉中哭了起來時，美琪第一次聽到她唱歌，聲音十分輕柔，但已能明白巴布提斯塔曾說過的話：**羅香娜唱起歌時，會讓妳的心不再悲傷，把悲傷化成音樂**。

髒手指不在她身旁，羅香娜為何還如此快樂？「因為她現在知道，他永遠會回到她的身邊。」巴布提斯塔說。蕾莎知道莫也會這樣嗎？

美琪直到離洞口不到一公尺遠時，才見到洞口。高大的松木遮住洞口，還有多刺的堅果與灌木叢，而樹叢枝幹上垂下白色的絨絮狀，又長又軟，彷彿人類的頭髮一般。等她跟著朵利亞穿過灌木叢後，美琪的皮膚還癢了好幾個鐘頭。

通往洞窟的裂縫，窄到大力士必須縮頭側身行走，但洞窟本身卻像教堂一般高大，孩子們的聲音響亮迴盪在岩壁間，美琪只覺得這些聲音簡直可以傳到翁布拉。

黑王子在外頭安置了六名守衛。他們爬上附近樹木的樹梢。他派另外四名手下回去抹除足跡。朵利亞跟著他們，雅斯皮斯坐在他肩上。自從法立德離開後，這個玻璃人便跟他混在一起。要抹除掉這許多小足跡，簡直毫無指望，美琪從王子臉上看出，他仍想把孩子帶到更遠的地方，遠離笛王和紅雀的狗。

黑王子允許六、七名母親陪同自己的孩子。他很清楚自己的手下，知道他們沒辦法擔任替代母職。

羅香娜、蕾莎和敏奈娃幫他們把洞窟弄得比較適合人住。他們在岩壁間拉開罩布，弄來更多的枯乾葉子，以便好好睡在岩石地面上，再鋪上皮毛，擱上一層層卵石，隔出給最小的孩子睡覺的地方。他們搭出一個煮飯的地方，仔細檢查強盜們收集來的存糧——不斷聽著外頭的動靜，就怕突然聽到狗叫或士兵的聲音。

「你們看看，這些小嘴滿口狼吞虎嚥啊！」黑王子第一次分東西給孩子們吃的時候，快嘴發牢騷道。「我們的存糧根本不夠一個星期。接下來呢？」

「到那時，毒蛇頭早就死了。」大力士回答，聲音固執，但快嘴只不屑地笑著。

「是嗎？松鴉也會立刻殺了笛王？但他大概需要的不只那三個字吧。那紅雀和盔甲武士怎麼樣呢？」

是，怎麼樣呢？沒人知道答案。

「薇歐蘭的父親一死，她便會把他們全趕走！」敏奈娃說，但美琪仍難以相信醜東西。

「他沒事的，美琪！」愛麗諾不斷說。「現在別露出這麼悲傷的臉。如果我沒搞錯這整個故事的話（這可不容易，因爲我們的大作家先生喜歡讓事情變得複雜）——」每次朝費諾格里歐的方向丟出一個責備的目光後，她便繼續說，「他們不會傷妳父親一根頭髮，因爲他得幫毒蛇頭修復那本書。至於他辦不辦得到，那是另一個問題了。不管怎樣，妳會見到的，結局都會圓滿的！」

美琪能像過去相信莫那樣，相信她的話就好了。「不會有事的，美琪！」他不用多說，而她把頭枕在他肩上，確信他會把一切都收拾好。那是多久以前的事，很久以前了……

黑王子派壁虎聽話的烏鴉到翁布拉去——到倉梟及他在山中的探子那裡去——而蕾莎在洞窟外站了幾個小時，搜尋著天空中黑色羽翼的蹤影。但快嘴第二天帶進洞窟的唯一的鳥，是隻羽毛亂糟糟的喜鵲，最後帶來松鴉消息的，不是他的某隻烏鴉，而是法立德。

一名守衛把他帶到黑王子那兒時，他冷得發抖，臉上一副失落的表情，那是髒手指要他離開時才會有的表情。他結結巴巴說著最新消息時，美琪抓住愛麗諾的手：薇歐蘭帶莫離開，到她母親的城堡去。髒手指跟著他們。笛王毆打莫，威脅他，薇歐蘭怕他殺了他。蕾莎把臉埋到雙手中，羅香娜摟住她。

「她母親的城堡？但薇歐蘭的母親已經死了！」愛麗諾這時也很清楚費諾格里歐的故事，跟故事的原創者不相上下。她在強盜中活動，彷彿早就是他們的一分子，讓巴布提斯塔唱吟遊藝人的曲子給她聽，讓大力士表演和鳥說話的本事，讓雅斯皮斯解釋玻璃人有多少種類。她不斷被自己怪衣服的裙襬絆到，額頭髒兮兮的，頭髮上有蜘蛛，但愛麗諾看來無比快樂，過去只在見到一本別具價值的書才會如此——或是當精靈與玻璃人住在她花園中的那個時候。

「那是她母親長大的城堡，髒手指知道。」法立德拿起腰帶上的一個袋子，擦掉皮革上的一些煤灰，然後看著美琪。

「我們造出了火蜘蛛與火狼，保護妳父親！」可以聽出他聲音中的驕傲。

「但薇歐蘭還是認爲他在城堡中不安全！」蕾莎的聲音聽來像是一種控訴。她不能保護他，她說。你們都不能。他是孤軍奮戰。

「湖中城堡。」黑王子說出這個名稱，似乎並不特別喜歡薇歐蘭的點子。「關於這座城堡，有許多曲子。」

「陰森的曲子。」壁虎補充道。

飛到他這兒來的那隻喜鵲，蹲坐在他肩上。那是一個瘦東西，瞪著美琪看，像是想啄出她的眼睛一般。

「什麼樣的曲子？」蕾莎的聲音因爲害怕而顯得深沈。

「鬼故事，全都是鬼故事，都是胡說八道！」費諾格里歐擠過蕾莎身邊，黛絲皮娜緊抓著他的手。「這座湖中城堡早已廢棄，所以大家便幫城堡杜撰故事，但都只是故事而已。」

「還眞讓人放心！」愛麗諾瞧著他的眼神，讓費諾格里歐不得不臉紅起來。

他臉色很難看。他們來到洞窟後，他就不斷咒罵天冷、孩子的哭聲或那頭臭熊。他大半時間蹲在他在洞窟中最陰暗的角落搭起的卵石牆後，跟薔薇石英吵架。唯一能讓他發出會心微笑的，便是伊沃和黛絲皮娜——還有大流士。他們一到這裡，他就跟老人作伴，在幫他搭建那面牆的同時，也開始向老人羞怯地探問他所創造的這個世界：「巨人住在哪裡？」「水妖活得比人類久嗎？」「在那些山後頭，是個什麼樣的國度？」大流士顯然問對了問題，因爲費諾格里歐並未像對奧菲流士那樣，對他不耐煩。

湖中城堡。

美琪走向他時，想多知道醜東西帶她父親過去的那個地方，但費諾格里歐搖搖頭。

「那不是什麼重要的地方，美琪，」他只悶悶不樂說道。「只不過是一個地方，點綴用的！如果妳想多知道的話，去讀讀我的書——如果髒手指願意交出來的話！我覺得，他本來應該把書給我，就算我們兩個老是沒什麼話說，畢竟我還是作者，但是，隨他吧。至少書不在奧菲流士手上了！」

那本書。

髒手指早把《墨水心》交出來了，但美琪並未告訴別人，她自己也不清楚爲什麼。那本書在她母親那裡。

法立德匆匆把書交給蕾莎，彷彿怕巴斯塔又在自己身後冒出來，偷走那本書，就像當時在另一個世界中一樣。「髒手指說，書在妳這裡最安全，因爲妳知道裡面的文字力量非常強大，」他喃喃說著。「黑王子根本不懂，但把書藏好，不能再讓奧菲流士拿回去，就算髒手指很肯定，他不會找到妳這裡來的。」

她母親遲疑地接過那本書，最後藏在她睡覺之處。美琪從蕾莎被子下拿出這本書時，心跳加快。自從摩托娜在山羊的節慶廣場上把書交給她，要她唸出影子後，她就沒再碰過費諾格里歐的書。在這個世界打開這本講述這個世界的書，感覺怪異，有一會，美琪怕書頁會把她周遭的一切都吞噬掉。她所坐的岩石地面，她母親睡覺時蓋著的被子，迷失在洞窟內的白色冰蝶，還有大笑追著冰蝶的孩子……

這一切眞的都在這本書中誕生嗎？這本書和書中所描述到的奇觀相比，顯得平凡無奇，不過只是幾百張印刷出來的紙頁，十幾幅插畫，跟巴布盧斯畫的相比，簡直不可同日而語，還有個銀綠色的布面裝幀。如果美琪在書頁中找到自己的名字，或她母親的、法立德的或莫的，她是不會感到訝異的，儘管——不，她父親在這個世界有另外一個名字。

美琪從未有機會讀費諾格里歐的故事。她現在該從哪開始？裡面會不會有張湖中城堡的插圖？她趕緊翻著書頁，便突然聽到法立德的聲音在自己身後響起。

「美琪？」

她立刻把書闔上，彷彿裡面的每個字都有個秘密似的。她眞是笨。這本書根本不知道讓她害怕的這一切，不知道松鴉，也不知道法立德……

她不像以前那樣常惦記他了。彷彿隨著髒手指歸來，關於他們倆的這一章便告一段落，彷彿故事又再從頭開始，隨著每個新的文字，抹去已經說過的段落。

「髒手指還交給我一些東西。」法立德瞧著她懷中的那本書，彷彿那是一條蛇。不過，他接著跪到她身旁，拿出腰帶上那個煤灰燻黑的袋子，他在跟王子報告時，手指不斷撫摸著這個袋子。

「他是爲了羅香娜才交給我的，」他輕聲說，同時在岩石地上撒出一圈細細的灰燼。「但妳看來相當擔心的樣子，所以……」

他這句話沒說完，反而低語著他和髒手指才聽得懂的話語——而火突然間從灰燼中竄出，彷彿之前沈睡在其中一般。法立德引誘著火，讚美誘騙，直到火舌熾熱，火心變得跟紙一般白，一幅畫面浮現出來，起先難以辨識，但接著愈來愈清晰。

山丘，茂密的森林……在一條羊腸小徑上的士兵，許多士兵……兩名女子騎在他們之間。美琪立刻從頭髮認出了布麗安娜。她前面的那個女子一定就是醜東西，而莫——髒手指在他身旁——在那裡騎著。美琪不由自主伸手去碰他，但法立德緊抓住她的手指。

「他臉上有血。」她小聲說。

「笛王。」法立德又跟火說話，這幅畫面開展起來，秀出小徑在美琪之前從未見過的山間蜿蜒的樣子，比翁布拉周圍的山丘高上許多。雪覆蓋在小徑上，也覆蓋在遠方的山坡，美琪看見莫朝冰冷的雙手哈氣。

披著皮毛滾邊的披風，他看來無比陌生——像是一位出自童話的人物一般。他是一則童話中的角色，美琪，她心裡低喊著。松鴉……他還是她的父親嗎？莫曾看來這麼嚴肅過嗎？醜東西回頭看他，當然，那是醜東西，不然會是誰。他們說著話，但火只秀出沈默的畫面。

「妳看到了嗎？他很好，這都要謝謝髒手指。」法立德眷戀地瞧著火，彷彿這樣便能來到髒手指身旁一般。他接著嘆了口氣，輕輕吹著火，直到火舌黯淡下來，彷彿聽到他喊的小名，火舌顯得不好意思似的。

「你會跟著他嗎？」

法立德搖搖頭。「髒手指希望我照顧羅香娜。」美琪可以嘗到他舌中的苦澀。

「那妳會怎麼做？」他看著美琪，一臉疑惑。

「我又能怎麼做？」

低吟著文字。這是我唯一能做的事！她在腦海中繼續說道。所有吟遊藝人唱過關於松鴉曲子中的文字：他以自己的聲音安撫了野狼，他刀槍不入，快如疾風，精靈保護他，白衣女子伴他安眠。文字。那是她唯一可以用來保護莫的東西，她日夜低吟著，在沒人注意的時候，她派出文字，像黑王子派出烏鴉到翁布拉一樣。

火已熄滅，法立德雙手把溫熱的灰燼聚攏起來時，一道影子落在他身上。朵利亞站在他們身後，手中牽著兩個孩子。「美琪，那個大嗓門的女人在找妳。」

強盜們幫愛麗諾取了不少名字。美琪不得不微笑起來，但法立德不友善地瞧了朵利亞一眼。他把灰燼小心翼翼擱回袋子中，然後起身。「我在羅香娜那裡。」他說，吻了美琪的嘴。幾週以來，他沒這樣做。接著，他擠過朵利亞身邊，大步離開，沒再回頭。

「他親她！」一名小孩小聲對朵利亞說，聲音大得美琪剛好可以明白。那是個小女孩，美琪迎著她的目光時，她臉紅了起來，趕緊把臉埋在朵利亞身側。

「沒錯，他親了她，」朵利亞小聲回答。「但她有沒有親回去呢？」

「沒有！」他右邊的男孩信誓旦旦說，不屑地打量著美琪，彷彿懷疑，親她是不是很好玩。

「這很好，」朵利亞說。「非常好。」

謁見毒蛇頭

如果不單獨待著的話，很難眞正閱讀一本書。但正因爲這種孤寂，我們才能觸及人類最私密之處，那是大家可能永遠接觸不到的東西，不管他們已經過世幾百年，或說著你不懂的語言。然而，他們還是成了你最親密的朋友，你最睿智的顧問，讓你著魔的魔法師，你一直在夢想的情人。

——穆紐茲．莫里納《筆的力量》

毒蛇頭一行人馬在午夜後不久抵達翁布拉。奧菲流士幾乎和紅雀同時得知，因爲他已讓歐斯在城門旁的絞刑架下等了三晚。

迎接銀爵士的一切都已就緒。笛王在城堡的每個洞孔上都罩上黑布，這樣他的主子白日才會過得依然一如夜晚，在城堡院子中，業已堆好砍掉的樹木，紅雀準備用來給壁爐添柴加火，雖然大家都知道，生火並無法驅走毒蛇頭骨肉中的寒意。唯一可能辦得到的人，卻已逃出城堡地牢，全翁布拉的人都不清楚，銀爵士會如何面對這則消息。

奧菲流士在大還未亮時，便派歐斯到城堡去。畢竟大家都知道毒蛇頭幾乎無法安眠。

「就說我有重大的消息要告訴他，說是跟松鴉和他女兒有關。」他重複這些話五、六次，因爲實在不太相信自己這位保鏢的智力，不過，歐斯還是善盡職守。大約三個多鐘頭後，他才帶回來可以謁見的消息，這期間，奧菲流士只能靠在自己的寫字間裡不斷來回走動打發時間。不過，奧菲流士必須立刻前往城堡，不得拖延，因為毒蛇頭再度動身之前，需要休息一番。

再度動身？啊哈。所以他玩起他女兒的遊戲了！奧菲流士心想，同時急忙趕往城堡。沒辦法，現在只能靠你讓他明白，只有在你幫他的情況下，他才可能玩贏這場遊戲！他不由自主舔舔嘴唇，讓舌頭靈活柔軟，好迎接重大任務。他從未在這麼大的獵物面前施展過自己的身手。布幕拉起！他不斷小聲對自己說。布幕拉起！

帶他穿過掛著黑布的長廊，走向寶座大廳的僕役，未發一言。城堡中悶熱陰森。彷彿在地獄般！奧菲流士心想。這不是搭配得天衣無縫嗎？毒蛇頭不是很願意跟魔鬼一較高下嗎？沒錯，這得讓費諾格里歐來。這個惡人太有本事。和毒蛇頭相比，山羊不過是個跑龍套的傢伙，一個業餘演員——摩托娜當然不這樣看（但誰會理會她怎麼想）。

奧菲流士肉呼呼的肩膀上，舒舒服服打了個冷顫。毒蛇頭！ 個世代以來嫻熟邪惡藝術的氏系後裔。他的許多祖先犯下各種暴行。狡猾、嗜權、喪盡天良，只是這個家族最突出的特質。搭配完美！是的，奧菲流士感到激動。他的雙手出汗，像是個第一次約會的男孩一樣。他的舌頭不斷劃過牙齒，彷彿這樣可讓舌頭變利，面對正確的字眼。「相信我！」他聽到自己的話。「我可以讓這個世界臣服在您腳下，我可幫您量身打造這個世界。但您必須幫我找到一本書，比讓您永生不死的那本書還要強大，強大許多！」

那本書……不，他現在不願意想到那晚，失去那本書的那晚，更不願去想髒手指！

寶座大廳裡，並不比長廊上明亮多少。幾根落單的蠟燭在柱子間與寶座周遭亮著。奧菲流士上一次來訪時（就他記憶所及，他當時把侏儒帶給紅雀），通往寶座的路上兩旁，全是動物標本，熊、狼、花貓，當然還有那頭他幫紅雀唸來的獨角獸，但這些標本全部不見了。就算是紅雀，也有點聽明，明白自己上繳到夜之堡他妹夫那裡的寒酸稅收，不會令毒蛇頭對這些獵物有何深刻印象。這個大廳中，現在只剩一片漆黑，幾乎讓人無法辨識出柱子間那些身穿黑衣的守衛，只有他們的武器在寶座後跳動的火光中閃閃發光。奧菲流士盡量不動聲色走過他們，可惜兩次被自己的大衣衣襬絆到，等他終於來到寶座前時，才發現坐在上頭的是紅雀，而不是他陰森的妹夫。

奧菲流士感到一股失望，銳利如刀。他趕緊低下頭，掩飾自己的失望，並找著正確的字眼，不會顯得太過卑躬屈膝，但又能巴結奉承。和權貴人士攀談，是種特別的技藝，但他熟能生巧。在他這輩子中，總不斷碰到權力大過他的人。他父親是第一位，老是不滿這個笨拙的兒子，他喜歡書，勝過在自己父母的店裡工作，待在髒兮兮的架子間無數個鐘頭，如果不得不伺候闖進來的觀光客時，便要露出親切無比的微笑，而不能匆匆翻閱，急切找著他在文字世界中最後離開的段落。奧菲流士已數不清，因爲偷偷閱讀，而挨過多少耳光。大概每十頁一個耳光，但他從未覺得這個代價太高。一個耳光換來十頁的逃離，遠遠躲開讓人不幸的一切，十頁眞實的生活，而不是另一個現實中所謂的單調，那又算什麼？

「殿下！」奧菲流士把頸子彎得更低。紅雀戴著撒上銀粉的假髮，細瘦的脖子在厚重的綢緞翻領中，彷彿走失一樣，顯得無比可笑。蒼白的臉仍如平常一樣毫無表情——好像他的創造者忘了幫他描上眉毛，眼睛與嘴唇也只略微點綴一下。

「你想跟毒蛇頭談？」紅雀就連聲音都不獨特。嘴壞的人笑他都不必刻意僞裝聲音，便能用來引誘他喜歡從天上射下來的鴨子。

這個沒用的笨蛋大汗淋漓！奧菲流士心想，同時卑躬屈膝對他微笑。要是我換成他，大概也會汗流浹背。毒蛇頭到翁布拉來殺自己的死敵，但卻不幸得知自己的傳令官和自己的大舅子讓這個寶貝犯人逃走了。這兩個人還活著，眞是令人吃驚。

「是的，大人閣下。就看銀爵士方便！」奧菲流士驚喜發現，自己的聲音在這空蕩的大廳聽來比平常更爲動人。「我有十分重要的消息要告訴他。」

「關於他女兒和松鴉……」紅雀刻意露出百無聊賴的臉色，扯了扯自己的袖子。這個噴香水的笨蛋。

「沒錯。」奧菲流士清了清喉嚨。「您知道，我有重要的客戶，吃得開的朋友。我會聽到城堡中打聽不到的消息，令人不安的消息，我很肯定您的妹夫會想知道。」

「而那會是？」

小心，奧菲流士！

「殿下，這——」他眞的盡力讓聲音聽來遺憾，「我眞的只想告訴毒蛇頭本人，畢竟事情和他女兒有關。」

「他現在眞的不想談她！」紅雀扶正假髮。「狡猾的醜東西！」他脫口而出。「綁走我的囚犯，想偷走我的翁布拉寶座！要是她父親不像狗一樣跟她到山裡去的話，就威脅要殺了他！好像抓到那隻自大的松鴉，還不夠傷腦筋！但我幹什麼跟你說這一切？可能看在你幫我弄來獨角獸的分上。我這輩子最棒的狩獵了。」他瞪著奧菲流士，露出憂鬱的表情，眼睛和他的臉幾乎一樣蒼白透明。「祭品愈美，殺掉祭品的樂趣也就愈大，不是嗎？」

「殿下，此言妙哉，此言妙哉！」奧菲流士又再躬身。紅雀喜歡人家鞠躬致意。

他緊張地瞧了一眼守衛，向奧菲流士探身過來。「我還想要一頭獨角獸！」他小聲說。「在我所有朋友面前，這可眞了不起。你想，可不可以再幫我弄一頭過來？能不能再大一點的？」

奧菲流士對紅雀露出一個信心滿滿的微笑。他眞是個嘮叨不休的懦夫，但管他的。任何故事都需要這樣的角色。他們多數很快就掛掉了，在這裡只能希望，這個規則也適用在毒蛇頭的大舅子身上。

「當然，殿下！應該沒有問題，」奧菲流士嘀咕出聲，每個字眼都深思熟慮，就算這個笨蛋公侯並不値得這樣花上這般心思。「但我得先跟銀爵士談談，我向您擔保，我的訊息眞的非常重要，而您——」他朝紅雀露出一個狡猾的微笑，「會保有翁布拉的寶座。讓我謁見您那不死的妹夫，松鴉最後便會難逃一死。薇歐蘭的詭計不會得逞，爲了慶祝您的勝利，我會幫您弄來一匹飛馬，相信在您朋友面前，會比獨角獸更加風光。您可以拿弩弓和獵鷹追捕飛馬。」

紅雀蒼白的眼睛大張，陶醉不已。

「一匹飛馬！」他低語道，同時不耐煩地招手要一名守衛過來。「喔，這眞的很棒。我會幫你安排謁見，但我要給你個建議。」他壓低聲音，輕聲細語起來。「別太靠近我妹夫，他身體發出的味道，已經讓我的兩條狗一命嗚呼！」

毒蛇頭讓他再等了一個鐘頭。奧菲流士這輩子只有這幾個鐘頭過得如此緩慢難受。紅雀問了他其他可能的獵物，而他答應再幫紅雀找來蛇怪和六腳獅子，同時腦海裡構思著和銀爵士交談的正確字眼。不該出現任何不當的字眼。畢竟這位夜之堡的主人以聰明與殘暴著稱。是的，摩托娜來訪後，奧菲流士想了很多，卻不斷回到同樣的結果：只有在毒蛇頭身旁，他才能實現自己成名與富有的夢想。銀爵士畢竟是這個世界最強大的角色，就算他在活生生腐爛。靠他出手，那本書可能可以找回來，在髒手指偷走書之前，那本書已把這個世界變成一個奇妙的玩具了。更別提另一本書，讓書的主人永遠可以優游在這世界中……

「你又變得好謙虛，奧菲流士！」當這個想法在他腦海裡第一次成形時，他小聲說著。「兩本書，就是你想要的一切！只有兩本書——其中一本只有空白書頁，而且書況奇糟！」

喔，這會是何種生活。萬能的奧菲流士，永生不死的奧菲流士，他兒時便已熱愛的世界裡的英雄！

「他來了！躬身致意！」紅雀匆忙躍起，假髮滑到後傾的額頭上，奧菲流士從自己的美夢中驚醒。

讀者無法眞正看到故事中的角色，只能感覺到。奧菲流十不到十一歲，便試著描寫，甚至畫出自己心愛的書中的角色，那時他第一次發現到這個事實。當毒蛇頭從黑暗中朝他走來時，他的感受和那天他在費諾格里歐書中第一次見到他的感覺一模一樣：害怕、欽佩、銀爵士周遭像黑色的光一般放射出的邪惡、讓人喘不過氣的巨大權力。但奧菲流士把銀爵士想像得太過高大，而費諾格里歐自然也沒提到那張憔悴的臉、腫脹的白色皮肉和浮腫的雙手。毒蛇頭每走一步，似乎都會痛。厚眼皮下的眼睛滿是血絲，甚至在黯淡的燭光下，都會流淚，而他腫脹的身體散發出來的氣味，讓奧菲流士心裡絕望想著，想把口鼻摀住。

毒蛇頭呼吸沈重走過他身邊時，對他不屑一顧。直到他坐在寶座上時，血紅的眼睛才對著他的客人。蜥蜴之眼，費諾格里歐是這樣寫道，但這時在腫大的眼皮下，成了一條發炎的縫隙，而毒蛇頭鼻梁兩端的紅寶石，像被釘進去的釘子一樣深陷在白色的皮肉中。

「你想對我說些我女兒和松鴉的事？」他每說兩個字，便喘口氣，但並未讓他的聲音少了任何威脅。「什麼？說薇歐蘭跟我一樣喜歡權力，因此把他從我這裡偷走？你想告訴我這件事嗎？那就跟你的舌頭道別，因爲我會把你的舌頭扯出來，有人浪費我的時間，我會很生氣——不管我這時候是不是時間很多。」

扯掉舌頭……奧菲流士吞了口口水。不，這眞的不是什麼好點子，但——他的舌頭還在，就算從寶座上飄下來的臭味，幾乎讓他說不出話來。

「我的舌頭可能對您非常有用，殿下，」他回答，同時吃力地不讓自己作嘔。「不過，您當然可以隨時扯掉我的舌頭。」

毒蛇頭嘴角浮現出一抹邪惡的微笑。痛楚在他唇邊畫出一條條細線。「這提議還眞誘人。我看得出，你把我的話當眞。好，你想說什麼？」

布幕開了，奧菲流士！往前一步，換你上場了！

「您的女兒薇歐蘭——」奧菲流士繼續說下去前，刻意強調這個名字一下，「不只想要翁布拉的寶座，也想要您的。所以她計畫殺了您。」

紅雀摀住胸口，彷彿要制裁那些說謊的人似的，他們宣稱他胸口所在的地方，沒有心，而是一隻死掉的雉雞。然而，毒蛇頭只用自己發炎的眼睛瞪著奧菲流士。

「你的舌頭快要不保了，」他說。「薇歐蘭無法殺了我，難道你忘了這點？」

奧菲流士發現汗水沿著他的鼻子流下。毒蛇頭後面，火舌嗶剝作響，像是在召喚髑手指。見鬼了，他實在害怕，但他不一直都害怕嗎？直瞧著他的眼睛，奧菲流士，相信你的聲音！

那對眼睛實在駭人，拉住了臉上的皮膚，而腫脹的手指像死肉一樣擱在座椅把手上。

「喔，不，她可以，只要松鴉告訴她那三個字。」他的聲音眞的聽來相當冷靜。好，很好，奧菲流士。

「啊，那三個字……所以你也聽過了。你說得沒錯。她可以在嚴刑拷打下，逼他說出來。就算我相信他會守口如瓶很久……也隨時可能告訴她錯的訊息。」

「您女兒不必嚴刑拷打松鴉，他和她同謀。」

沒錯！

奧菲流士看著那張扭曲的臉，銀爵士果眞還未有這個念頭。喔，這個遊戲眞有趣。這正是他想扮演的角色。就像蒼蠅被黏住一樣，他們很快都會被自己狡猾的舌頭黏住。

毒蛇頭沈默了好一段令人難受的時間。

「眞有趣，」他最後說。「薇歐蘭的母親喜歡流浪藝人，一定也會喜歡強盜。但薇歐蘭不像她母親，而像我，就算她不喜歡聽到這點。」

「喔，這我不會懷疑，大人！」奧菲流士在自己的聲音中添上恰到好處的卑微。「但爲什麼一年多來，這座城堡的書籍彩繪師只畫著關於松鴉的曲子？您的女兒賣掉自己的珠寶首飾，好來購買顏料。她迷戀這個強盜，他讓她魂不守舍！去問巴布盧斯！問他，薇歐蘭是不是老坐在圖書館中，仔細看著他所畫的松鴉！您可以想想，過去幾週，松鴉已經兩度從這座城堡中脫逃，這怎麼可能！」

「我無法問巴布盧斯。」毒蛇頭的聲音似乎像是爲這罩上黑布的大廳量身打造的。「笛王剛把他逐出城，之前先砍掉他的右手。」

這眞的讓奧菲流士有一會說不出話來。右手。他不由自主握著自己寫字的手。「爲什麼……呃……這，如果我可以問一下的話，大人？」他的聲音並不那麼悅耳。

「爲什麼？因爲我女兒太看重他的技藝，希望他的斷手可以讓她清楚我相當震怒。因爲巴布盧斯自然會逃到她那裡去，不然能去哪呢？」

「沒錯。大人聰明。」奧菲流士不由自主動了動手指，像是得先確定手指還在。他無話可說，腦袋像張白紙，舌頭有如一支乾掉的羽莖。

「要我對你透露些事嗎？」毒蛇頭舔了舔自己裂開的唇。「我喜歡我女兒幹的事！我不能容忍，但我喜歡。她不喜歡別人指揮她，不管是笛王，還是我這位愛殺山鶉的大舅子——」他瞧了一眼紅雀，感到厭惡，「都沒明白這點。至於松鴉——很可能薇歐蘭騙他可以保護他。她很狡猾，跟我一樣明白，可以輕易騙過這些英雄，只要讓他們覺得是站在公理與正義這一邊就行，他們就會一個接著一個撞進來，像送上屠宰場的羔羊一樣。但薇歐蘭最後還是會出賣那名高貴的強盜給我，為了翁布拉的王冠。誰知道……說不定我真的會給她？」

紅雀呆呆瞧著前方，像是沒有聽見自己主子與妹夫的最後一句話。毒蛇頭往後一靠，摸著自己發出臭味的大腿。「我看，你的舌頭是我的了，複眼，」他說。「在你跟魚一樣出不了聲之前，還有什麼最後的話要說？」

紅雀惡毒地微笑著，奧菲流士的嘴唇開始顫抖，彷彿已感覺到鉗子一般。不，不，這不可能。他到這個故事中，可不想在翁布拉的巷子中當個沒舌頭的乞丐終此一生。

他對毒蛇頭露出自己想要的謎般的微笑，把雙手交叉在背後。奧菲流士知道，這個動作會讓他看來略具氣勢，他常在鏡子前面練習，但他現在需要文字，能在這個故事中畫出圓圈的文字——像在平靜的水中激起漣漪的石頭。

他再次說起話時，把聲音壓低。把一個字眼輕輕說出，分量反而更重。

「好吧，這是我最後要說的話，殿下，但您要相信，這也是最後會讓您想起白衣女子來抓您的話。我以我的舌頭向您發誓，您的女兒計畫殺了您。她恨您，而您低估了她對松鴉的浪漫情懷。她是為了他和為自己，才想要奪走寶座的，所以才會救他出去。強盜和公侯女兒，早就是危險的組合。」

這些話在黑暗的大廳中萌發，彷彿有自己的影子似的。而毒蛇頭朦朧的目光停在奧菲流士身上，彷彿想用自己的惡毒殺了他般。

「但這眞可笑！」紅雀的聲音聽來像個受到委屈的小孩，「薇歐蘭不比個女孩大多少，而且難看，她才不敢針對您！」

「她當然敢！」毒蛇頭的聲音第一次變得宏亮，紅雀嚇得緊閉起薄薄的唇。「薇歐蘭不像我其他的女兒，她天不怕地不怕。醜，但一無所懼，而且十分狡猾……！就像那裡那位一樣。」他那因痛楚而看不清東西的目光又對著奧菲流士。

「你跟我一樣是條毒蛇，對吧？我們血管內流的不是血，而是毒藥，也吞噬著我們，但只對他人致命。在薇歐蘭的血管中，同樣流著毒藥，因此，不管她有什麼意圖，她還是會出賣松鴉……」毒蛇頭大笑，接著便咳了起來。他吸著氣，喘著息，彷彿肺裡有水似的，但當紅雀憂心地探身察看時，他粗暴地把他推開。「你想幹什麼？」他大聲喝叱他。「我是永生不死的，你忘了嗎？」他又再大笑，咳嗽，喘息，然後蜥蜴眼睛又再對著奧菲流士。

「我喜歡你，小白臉毒蛇。你比那裡那位更像我的親戚。」他手不耐煩地把紅雀推到一旁。「但他有個漂亮的妹妹，所以只得把哥哥也帶著。你是不是也有姊妹？還是你會用其他方式來幫我？」

喔，事情進行順利，奧菲流士。進行得非常順利！你現在很快就會開始編織這個故事了。你會選什麼顏色？金色？黑色？還是血紅色？

「喔，我——」他百無聊賴地瞧著自己的指甲。這個動作也有效用，是他從鏡子中得知的。「我能以不同方式幫您。問問您的大舅子。我讓夢想成眞，我按照您的願望量身打造您想要的東西。」

小心，奧菲流士，你還沒拿回那本書。你在這兒誇什麼海口？

「啊，你是個魔法師？」毒蛇頭聲音中流露出的不屑，是個警訊。

「不，我不會這樣稱呼自己，」奧菲流士趕緊回答。「但我們可以說，我的技藝是黑色的，像墨水一樣黑。」

墨水！當然了，奧菲流士！

爲什麼他到現在爲止沒有想到？髒手指雖然偷走他那本書，但費諾格里歐還寫了其他東西！如果不是出自《墨水心》，那老頭的其他文字就不會有效嗎？薇歐蘭據說仔細收集來的松鴉之歌在哪裡？難道巴布盧斯沒用這些曲子塡滿許多書嗎？

「黑色？我喜歡這個顏色。」毒蛇頭從自己的椅中撐立起來，呻吟不已。「大舅子，給這小毒蛇馬匹，我會帶著他。到湖中城堡路途遙遠，說不定他可以幫我解解悶。」

奧菲流士鞠了個大躬，差點跌倒。「榮幸之至！」他結結巴巴說——在權貴面前，要讓他們感到，因爲他們自己話都說不出來。「但不知殿下能否對此幫小的一個忙？」

紅雀瞧了他一眼，感到疑慮。要是這個笨蛋早把記載有費諾格里歐強盜之歌的書，換成幾桶酒的話，那該怎麼辦？他會把瘟疫唸到他身上去！

「我十分愛好書，」奧菲流士繼續說，眼睛不離紅雀。「而我聽過這座城堡圖書館不少傳奇的事。我很想看一眼這些書，或許在途中帶著一兩本。誰知道，說不定我可以跟您聊聊書中的內容！」

毒蛇頭聳了聳肩，感到無趣。「爲什麼不？要是你能順便算出我大舅子還沒賣掉換酒的書値多少錢的話。」

紅雀低下頭，但奧菲流士看到他滿懷恨意的目光。

「當然。」奧菲流士盡可能深深躬身。

毒蛇頭走下寶座階梯，站在他面前，喘著大氣。「你在估算的時候，應該注意一下，別低估巴布盧斯所畫的書！」他脫口而出。「畢竟他沒了手，無法再創作新作品，原有的書一定會增值，對不對？」

當那腐臭的氣息朝他臉上撲來時，奧菲流士又按捺住作嘔的感覺，但仍露出一個欽佩的微笑。

「殿下眞是明智！」他回答。「完美的懲罰。我能問一下，您計畫如何處置松鴉？說不定先把他的舌頭摘掉會較適當，因爲大家都談論到他的聲音？」

但毒蛇頭搖搖頭。「喔，不。對付松鴉，我有更好的點子。我會活活剝掉他的皮，拿來做成皮紙。畢竟，總還要他能叫喊吧，對不對？」

「當然！」奧菲流士細聲說。「對一名書籍裝幀師來說，這個懲罰還眞是量身打造！我能不能建議，您在這張特別的皮紙上，警告您的敵人，並張貼在市集上？我很樂意爲您代筆。我這一行，總得巧妙運用文字。」

「看看，你還眞是個多才多藝的人。」毒蛇頭打量著他，簡直感到有趣。

現在，奧菲流士。就算你在圖書館中找到費諾格里歐的曲子——但那本書還是無可替代的。對他說說《墨水心》！

「您放心，我的各種才藝任您支配，殿下！」他結巴說道。「但爲了讓我的才藝更臻完美，我得拿回我被偷走的東西。」

「眞的？那會是什麼？」

「一本書，大人！火舞者從我這裡偷走，但我相信那是松鴉吩咐他的。他一定知道書現在在哪裡。如果他落入大人手中的話，您可以跟他打聽一下……」

「一本書？松鴉也幫你裝幀類似的一本書？」

「喔，不，不！」奧菲流士不屑地揮揮手。「他跟這本書毫無瓜葛，這本書的力量不是來自任何書籍裝幀師，而是裡面的文字賦予這本書力量。靠著這本書的文字，大人，我們可以重新創造世界，按照自己的意圖，讓裡面的每個生物臣服。」

「眞的？樹會結出銀果子？如果我願意的話，會永遠都是黑夜？」

他瞪他的樣子，就像一條蛇瞪著老鼠。別說錯話，奧菲流士！

「喔，是的。」奧菲流士猛點頭。「我靠這本書，幫您的大舅子弄來一頭獨角獸，還有一名侏儒。」

毒蛇頭嘲弄地看了紅雀一眼。「沒錯，這聽來是我這位大舅子想要的東西，我的看來會有所不同。」

他心滿意足打量著奧菲流士。毒蛇頭顯然發現他們有著相同的心，都因報復和虛榮而變黑，陶醉在自己的狡猾中，瞧不起那些自己的心被其他感受主宰的人。喔，沒錯，奧菲流士明白他的心，他只怕一點，怕別人發現自己發炎的眼睛裡的東西，甚至他自己都想隱藏起來：嫉妒別人的純潔，渴望一顆未被污染的心。

「那我腐爛的皮肉怎麼辦？」毒蛇頭腫脹的手指劃過自己的臉。「你也能靠那本書治好我，還是我仍然需要松鴉？」

奧菲流士猶豫起來。

「啊，我明白了……你自己也不確定。」毒蛇頭拉下了嘴，黑色的蜥蜴眼睛幾乎被自己的皮肉壓扁。「你很聰明，不隨便承諾你做不到的事。嗯，那我再回到你的其他承諾，讓你有機會向松鴉打聽那本你被偷走的書。」

奧菲流士低下頭。「謝謝您，大人！」喔，真是無比順利，再好不過了……

「殿下！」紅雀連忙走下寶座階梯。他的聲音真的像隻鴨子，奧菲流士想像，還不如把紅雀當成獵物，抬過翁布拉的大街小巷，撒上銀粉的假髮上全是血和灰塵，而不是野豬或他那神奇的獨角獸。跟獨角獸相比，他看來一定會更加悽慘。

奧菲流士匆匆和毒蛇頭交換了一個目光，有一會，他覺得他們似乎見到了同樣的畫面。

「您現在該休息了，」紅雀刻意擔心說道。「您才趕了一大段路，還有另一段在等著您。」

「休息？當你和笛王讓那個把我變成一塊爛肉的人跑掉時，要我怎麼休息？我的皮膚像火在燒，我的骨頭彷彿冰塊，我的眼睛刺痛，每道光線都跟針一樣刺著我。我要等到那本該死的書不再毒害我，那個裝幀那本書的傢伙死了，我才能休息。大舅子，我每晚都在想像，你問問你妹妹，我每晚都睡不著，走來走去，想像他哀求、叫喊，求我讓他快點死的樣子，但我會無止無盡折磨他，那本致命的書有多少頁，我就折磨他多久。他會比我還常詛咒那本書——也很快便明白，我女兒的石榴裙根本無法躲開毒蛇頭！」

他又冒出一串呼嚕出聲的咳嗽，腫脹的雙手一下子緊抓住奧菲流士的手臂。他的皮肉跟死魚的一樣蒼白，聞起來也差不多，奧菲流士心想。但他仍是故事裡的主宰。

「外祖父！」那男孩突然從黑暗中冒出，好像一直都站在陰影中似的。短短的手臂上堆著書。

「雅克伯！」毒蛇頭突然轉身，他外孫一下子像生了根站住不動。「我還要告訴你多少次，就算是王子，也不能不請自來，進到寶座大廳？」

「我比你們早來！」雅克伯抬起下巴，把書抱在胸前，彷彿這樣便能避開他外祖父的怒氣。「我常在這裡唸書，就在我外曾曾祖父的雕像後面。」他指著一座位於柱子間的胖男人雕像。

「黑漆漆的？」

「黑漆漆的，才看得清楚讓人記住文字的圖畫。而且，黑炭鳥給了我這個東西。」他伸出手，遞給他外公幾根火柴。

毒蛇頭皺起額頭，朝自己的外孫探下身子。「只要我在這裡，你就別在寶座大廳唸書，連頭都不能探進門。你待在自己房裡，不然我就把你跟狗關在一起，像圖立歐一樣，懂嗎？我家族的徽章明鑑，你愈來愈像你爸爸了。你難道就不能剪剪頭髮嗎？」

雅克伯瞪著那雙發紅的眼睛，久得令人吃驚，最後還是低下頭，一言不發，轉身大步離開，依然把書抱在胸口，像盾牌一樣。

「他真的愈來愈像柯西摩了！」紅雀表示。「但高傲卻是得自他母親。」

「不，那是得自我，」毒蛇頭表示。「如果他登上寶座的話，倒是一個很實在的特質。」

紅雀露出擔心的神色，打量著雅克伯的背影，但毒蛇頭腫大的拳頭打在他胸口。「召集你的手下！」他喝叱他。「我有任務。」

「任務？」紅雀不安地豎起眉毛。他的眉毛跟他的假髮一樣，也撒上銀粉。

「沒錯。你換個口味，別去獵捕獨角獸，而是小孩。還是你想任由黑王子把翁布拉的孩子藏到森林裡，而你和笛王忙著被我女兒當成馬戲團的熊來耍？」

紅雀撇了撇蒼白的嘴，顯得委屈。「妹夫大人，我們得迎接您的大駕，試著再抓住松鴉……」

「看來你們並未成功，」毒蛇頭粗暴打斷他。「還好我女兒告訴我們，到哪去找他，在我逮到你們慷慨放飛的松鴉同時，你把孩子們給我弄來——連同那個自稱王子的飛刀手，讓他看看我怎麼剝掉松鴉的皮。我怕他的皮太黑，不適合做皮紙，所以我得想想其他辦法對付他。還好，碰上這種事，我倒是點子特多。不過，別人也這樣說你，對不對？」

紅雀臉紅起來，顯然覺得光榮，就算自己覺得在森林裡獵捕小孩，沒有獵捕獨角獸來得振奮，或許因為他沒辦法吃掉這些獵物。

「好。」毒蛇頭轉身背對自己的大舅子，雙腿搖搖擺擺走向大廳大門。「要黑炭鳥和笛王到我這裡來！」他回頭喊道。「他應該已經砍掉別人的手了。告訴侍女們，雅克伯要陪我去湖中城堡。沒有人比他更會刺探他母親，就算她不怎麼喜歡他。」

紅雀瞪著他的身影，眼裡毫無表情。「遵命！」他薄弱的聲音喃喃說著。

但當僕役趕緊幫他打開沈重的大門時，毒蛇頭再次轉過身。「至於你，小白臉——」奧菲流士不由自主嚇了一跳。「我日落時出發。我的大舅子會告訴你集合地點。你自己得帶著一名僕役和帳棚。要是你讓我感到無聊的話，我也會把你的皮拿來做皮紙。」

「殿下！」奧菲流士再次躬身，不管自己膝蓋發抖。他有玩過這種危險的遊戲嗎？管他的。一切都會好轉的，他心想。你會看到的，奧菲流士。這故事是你的，只為你而寫。沒人比你喜愛這個故事，沒人比你懂得這個故事，就連這個故事的作者，那個老瘋子也一樣！

毒蛇頭早已離開，而奧菲流士仍站在原地，彷彿陶醉在未來預告的事中。

「看來，您還眞是個魔法師。」紅雀打量著他，彷彿他是隻在自己眼前變成黑色蝴蝶的毛毛蟲。「所以獨角獸才那麼容易獵捕？因為那不是眞的？」

「喔，那是貨眞價實。」奧菲流士回答，露出恩寵的微笑。「那跟你一樣，是用同樣的材質創造出來的，他在腦海裡繼續說。這個紅雀眞是個可悲不過的角色。只要文字在他手中又能活起來，他會讓他死得非常可笑。要是讓他被自己的狗生吞活剝，不知怎麼樣？不，最好讓他在他的一個慶宴上，被雞骨頭嗆死，而他那撒上銀粉的臉落在一大碗血布丁上。沒錯。奧菲流士不由自主微笑起來。

「您的微笑很快會消失的！」紅雀嗤聲對他說道。「如果讓我妹夫失望的話，他可不會高興。」

「喔，我相信，沒人比您更明白這點了，」奧菲流士回答。「現在請帶我去圖書館。」

四顆漿果

我的牆上掛著一副日本惡鬼的木刻面具，
漆上金漆。我看著額頭上突出的血管，略有同感，
彷彿當個惡鬼亦很吃力似的。

——布萊希特《邪惡面具》

貂比熊還討厭。牠打量她，在那男孩耳邊不斷叫著她的名字（還好他聽不懂），並追捕她。但那頭貂總會跟那男孩到外頭去，而當她跳向一名女子端給大熊主人的湯碗時，大熊則只抬起沈重的腦袋。湯是最容易下毒的東西。黑王子又跟快嘴在爭執，在摩托娜把深紅色的漿果丟進碗裡時，背對著她。五顆小漿果，把這位強盜頭子送到另一個王國，一個他的熊無法跟去的王國，不需要太多漿果。但正當她要把第五顆漿果從喙嘴中吐出來時，那頭討厭的貂朝她衝來，好像在外頭聞到她的意圖似的。那顆漿果滾了開，摩托娜只好哀求祈禱，四顆漿果亦能奏效。

黑王子，現在仍是一位高貴的笨蛋。見到任何一位殘廢的人，他的心大概都會抽痛。他絕不會幫她弄到那本可以和死神交易的書，不，他不會的。但好在，像他這種人，跟白烏鴉一樣罕見，大多數年輕時便一命嗚呼。這種人並不渴求讓其他人心跳加快的東西：財富、權力、名聲……不，黑王子對這一切不感興趣。正義公理才會讓他心跳加快，還有同情與愛。彷彿他的一生不像其他人一樣悲慘！

拳打腳踢，痛苦、挨餓，他可沒少。但他心中的那種同情從何而來？他那顆愚蠢的心，從哪裡散發出溫暖，還有他黑臉上的笑容？他看待這個世界，跟她完全不同，這才是原因，而不是他滿懷同情的世界或人。因爲把其他人看成他們原本的樣子，又怎麼會有動力爲他們奮戰，甚至爲他們而死？

不。如果有人可以幫她在松鴉寫下字，逃過一死之前，拿到那本空白的書，那會是快嘴。他完全符合摩托娜的要求。快嘴把人看成他們原本的樣子：貪婪、膽小、自私自利、狡詐。他是因爲一樁不公不義才成爲強盜的，不得不然。摩托娜知道他的一切。肥肉侯爵的一名管理員奪走他的莊院，一如統治者爲所欲爲那般。他被逼到森林中，沒有其他原因。沒錯，和快嘴可以談談。

摩托娜很清楚自己可以利用快嘴達成目標，只要先除掉黑王子。「你們還在這裡做什麼，快嘴？」她會小聲對他說。「還有比照顧幾個流鼻涕的孩子更重要的事。松鴉早知道了，所以才把孩子交給你們！他會出賣你們大家！你們得殺了他，免得他先和毒蛇頭的女兒一起造反。他怎麼愚弄你們——說他只要在那本空白的書寫幾個字，就能殺了毒蛇頭？胡說八道！是他自己想長生不死！而且，還有些事，他一定沒跟你們說。那本空白的書不僅可以避開死神，也會讓擁有書的人富可敵國！」

喔，沒錯。摩托娜現在便已知道，快嘴聽到這些話時，眼睛會發亮。他不明白松鴉的舉動，也不想明白，摩托娜只想要拿這本書從死神那裡贖回自己的兒子。但一聽到金銀珠寶，他便會立刻動身，只要黑王子無法再制止他。好在漿果的作用迅速。

壁虎喊她。他手上擱滿了麵包屑，高高舉起，彷彿世上沒有其他美味似的。眞是笨蛋，自以爲懂鳥，但說不定他眞的懂。畢竟她不是一般的鳥。摩托娜發出一聲沙啞的笑聲，從那尖喙中冒出，聽來怪異，大力士抬起頭，瞧著她所在的岩石凸出處。是的，這傢伙懂鳥，也懂得鳥說的話。她對他要小心些。「什麼嘛，喀喀卡卡！」她體內的喜鵲說，那隻只想著蠕蟲和發亮玩意，還有自己閃亮的黑羽毛的喜鵲。「他們全是笨蛋，笨蛋，笨蛋，只有我最聰明。來吧，老太婆，我們飛去找松鴉，啄出他的眼睛！那一定很有趣。」

喜鵲想張開翅膀，不讓翅膀亂動，一天要比一天難，而摩托娜也不得不斷用力搖著鳥頭，好保持人類的思緒。有時，她自己也弄不明白，哪個才是自己的念頭。

這期間，不含著穀粒時，羽毛也會穿透她的皮膚。她已經吞下不少穀粒了，現在毒性在她體內移轉，流著的血愈來愈像鳥。這算什麼。妳會找出方法把這頭鳥趕出去的，摩托娜。但那個書籍裝幀師得先死，她的兒子復活過來！他的臉……是什麼模樣？她幾乎記不起來了。

黑王子像最近這些時日一樣，仍和快嘴在爭執。吃吧！快吃吧，你這白癡！其他兩名強盜走過來，常待在王子左右長麻子的流浪藝人，還有壁虎，對這世界的觀點，和快嘴一樣。一名女人走向他們，也端給那名流浪藝人一碗湯，並指著她端給王子的湯。

好，聽她的話！坐下來！吃吧！摩托娜把頭前伸。她察覺自己的人類身體抖掉羽毛，想撐開伸展。昨天，幾個孩子差點撞到她在變形。吵鬧幼稚的傢伙。她從未喜歡過孩子——除了自己的兒子，但她也從未對他表示過自己的愛。愛會破壞，讓人心軟，令人輕信……

看，他坐下來了，終於。沒錯，好好品嘗，王子！大熊慢慢來到主人身側，嗅聞著那個碗。滾開，你這蠢畜生，讓他吃吧。四顆漿果。五顆比較好，但四顆大概也夠了。生長漿果的樹相當常見，實在方便。洞窟下方幾公尺，便有兩株樹。蕾莎不停警告孩子避開她的漿果，冬天消滅了其他的有毒藥草時，蕾莎便常幫摩托娜收集這種漿果。黑王子把碗就口，一口飲盡。很好。他很快便會發現死神已進入他的五臟六腑。

摩托娜發出一聲得意的嘎叫，張開翅膀。當她飛過壁虎頭上時，他再次舉起有麵包屑的手。笨蛋。沒錯，這隻鳥說得沒錯。他們全是笨蛋，笨得可以，但這樣很好。

女人們開始把湯分給孩子，魔法舌頭的女兒排在長長的隊伍最後頭。還有時間再摘幾顆漿果給她，時間相當充裕。

死神之手

死神巨大。
我們不過是祂
歡笑的嘴。
我們表示自己活著，
他便敢在我們之中
哭泣。

——里爾克《最後一幕》

敏奈娃煮得一手好湯。美琪住在費諾格里歐那裡時，常常喝到這些湯，從她冒著熱氣的碗裡飄出來香味，無比美味，讓她一下子覺得這個偌大寒冷的洞窟眞的像個家。「求求妳，美琪，多少吃一點吧！」蕾莎對她說。「我跟妳一樣沒什麼胃口，但如果我們因爲擔心他而餓死，一定也幫不上妳父親。」

是的，大概幫不上。她一大早請法立德再幫她召喚火的影像時，火中見不到任何東西。「沒辦法去逼火！」法立德氣呼呼嘟囔著，同時把灰燼收回袋子裡。「火想要玩耍，我們只得讓火知道，我們基本上一無所求。但妳瞪著火，好像攸關生死的大事，我又怎麼辦得到？」

不然會是什麼事？就連黑王子都擔心莫，決定和幾名手下跟薇歐蘭到湖中城堡，明天他就想動身，但不會帶著蕾莎和美琪。「當然不會，」她母親輕聲說道，語帶苦澀。「這個世界是男人的。」

美琪拿起朵利亞幫她刻製的木湯匙（是根很好的湯匙），無精打采攪拌著湯。雅斯皮斯貪婪地朝她這頭窺看。當然，玻璃人喜歡人類的食物，儘管他們無法消化。法立德回來後，雅斯皮斯大部分時間還是跟著朵利亞。美琪並不感到奇怪。髒手指再次遣走他後，法立德就不怎麼多話。大部分時間，他不停在附近的山裡走動，或試著召喚出火的影像。

羅香娜至今只朝火裡瞧過一次。「謝謝你，」她隨後冷冷對法立德說。「但我寧可繼續聽我自己的心，通常我的心會告訴我他過得好不好。」

「看哪！我不是對髒手指說過嗎？」法立德罵道。「他幹嘛要我來找她？她不需要我，如果可以的話，她會把我變走！」

朵利亞遞給雅斯皮斯自己的湯匙。

「別給他！」美琪說。「他消化不了。你自己問他！」她很喜歡雅斯皮斯，比薔薇石英親切多了，他只會罵人，和費諾格里歐吵架。

「她說得對，」雅斯皮斯喃喃懊悔道，但他的尖鼻子嗅聞著，像是至少拿那不能碰的香味填滿自己的玻璃身子。美琪周遭的孩子們咯咯笑著，他們都喜歡這個玻璃人。朵利亞常得帶他離開這些小手，以策安全。他們也喜歡貂，但孩子一多起來，偷偷摸摸就會咬人咆哮。相反地，玻璃人幾乎無法抗拒人類的手指。

湯聞起來的味道眞好。美琪把湯匙置入碗中——當那隻飛到壁虎那兒去的喜鵲飛到她肩上時，她嚇了一跳。這隻鳥這時似乎跟偷偷摸摸和大熊一樣，成了洞窟裡的一分子，但蕾莎不喜歡牠。

「走開！」她訓了那隻喜鵲一頓，把牠從美琪肩上趕走。

那隻鳥怒叫著，用喙啄她母親。美琪相當驚駭，熱湯都灑在雙手上了。

「對不起。」蕾莎拿自己的衣襬指掉她手指上的湯汁。「我受不了這隻鳥，可能因爲牠讓我想起摩托娜吧。」

喜鵲——當然了。美琪已很久沒再想到山羊的母親，但她在摩托娜開槍射莫時，也沒像蕾莎在一旁看著。

「那只是一隻鳥。」她說，思緒又已飄開，去找她父親了。她在費諾格里歐的書中只找到一些描述湖中城堡的文字，**在深山中，在一座湖中……黑水上一道無止無盡的橋**。莫是不是剛騎過？要是她和蕾莎乾脆跟著黑王子，那會怎樣？**妳聽到了嗎，美琪？不管發生什麼事，妳們別跟著我。答應我！**

蕾莎指著她懷裡的碗。「美琪，求求妳！吃一點吧。」

但美琪轉身去看羅香娜，她正忙著在吃東西的孩子中間開出一條路，美麗的臉蒼白無比，髒手指回來後，美琪還未見過她這副模樣。

蕾莎起身，感到擔心。「發生了什麼事？」她抓住羅香娜的手臂。「有新消息嗎？你們聽到莫的消息了？妳得告訴我！」

但羅香娜搖搖頭。「王子——」大家可以清楚聽出她聲音中的恐懼。「他不舒服，我不知道問題在哪。他嚴重痙攣。我有一些可能有用的根藥。」她想繼續前進，但蕾莎拉住她。

「痙攣？他在哪裡？」

美琪遠遠便聽到大熊嚎叫。她們從大力士身旁擠過去時，他看來像個絕望的孩子一樣。巴布提斯塔也在那裡，還有木腳、精靈怕……黑王子躺在地上。敏奈娃跪在他身旁，試著餵他些東西吃，但他痛得縮起身子，雙手緊抱著身體，拚命喘氣，額頭上全是汗水。

「大熊，安靜！」他脫口而出。他這些話幾乎沒說出口，而且痛到把嘴唇咬破出血。然而，大熊繼續嚎叫喘氣，好像要的是牠的命。

「讓我過去！」蕾莎推開大家，包括敏奈娃，然後雙手扶起王子的臉。

「看著我！」她說。「求求你，看著我！」

她擦掉他額頭上的汗，看著他的眼睛。

羅香娜回來，手裡拿著一些根藥，而那隻喜鵲飛到壁虎的肩上。

蕾莎瞪著牠。

「大力士！」她小聲說著，只有美琪聽得到。「抓住那隻鳥！」

黑王子縮在敏奈娃的臂彎裡時，那隻喜鵲頭動了一下。

大力士淚眼朦朧地瞧著蕾莎——點了點頭。但當他朝壁虎走上一步時，那隻喜鵲便飛開，高高蹲坐在洞窟岩壁下的一個突出部分。

羅香娜跪在蕾莎身旁。

「他已經失去知覺，」敏奈娃說，「你們看，他呼吸很淺！」

「我見過這種痙攣。」蕾莎的聲音顫抖著。「導致這種痙攣的漿果，呈深紅色，幾乎不比針頭大。摩托娜很愛用這種漿果，因爲容易混入食物中，讓人痛苦致死。兩株結出這種漿果的樹，就位在洞窟下！我馬上便警告孩子別碰這種漿果。」她又抬頭瞧了那隻喜鵲。

「有解毒藥嗎？」羅香娜起身。黑王子躺在那兒，彷彿死了一樣，大熊的嘴頂了頂他身側，像人一樣呻吟出聲。

「有，一種長著細小白花的花，聞起來像腐屍。」蕾莎仍抬頭看著那隻鳥。「根藥會緩和漿果的效力。」

「他怎麼了？」費諾格里歐擠過女人，露出驚愕的眼神。愛麗諾跟著他。整個早上，他們倆在費諾格里歐的那個角落爭論他的故事哪裡好，哪裡不太好。有人一靠近，兩人便立刻壓低聲音，像是在密謀一般，好像有小孩或強盜會聽懂他們說的話似的。

愛麗諾見到黑王子一動不動躺在那兒時，嚇到手摀住嘴。她看來難以置信的樣子，好像自己在一本書中見到不該看的一頁。

「中毒。」大力士站起來，握住拳頭。他一臉通紅，平常只在他喝醉時，才會這樣。他一把抓住壁虎的瘦脖子，搖著他，像搖著一個破娃娃一樣。「是你幹的嗎？」他脫口而出。「還是快嘴？快給我說，不然我打到你說！我會打斷你每根骨頭，讓你跟他一樣扭曲！」

「放開他！」羅香娜訓斥他。「現在這樣也幫不上王子！」

大力士放開壁虎，開始啜泣。敏奈娃摟著他，但蕾莎仍抬頭看著那隻喜鵲。

「妳描述的那種植物，聽來像是死人頭，」羅香娜對她說，而壁虎揉著脖子咳著，叱罵大力士。「很少見。就算這裡有，大概也早因嚴寒枯死。沒有其他的解毒藥嗎？」

黑王子又回過神，試著坐起，但呻吟出聲，又倒了回去。巴布提斯塔跪在他旁邊，瞧著羅香娜，一臉求助神色。大力士哭紅的眼睛也看著她，像隻乞討的狗一般。

「別這樣看我！」她喊著，美琪聽出她聲音中的絕望。「我幫不上他！試著給他吐根，」她對敏奈娃說。「我會去找找死人頭的根，就算機會不大。」

「吐根只會讓他更加惡化，」蕾莎冷冷說著。「相信我，我見過不少次。」

黑王子痛得喘息，整個臉埋在巴布提斯塔身側，接著身體突然鬆弛無力，彷彿敵不過疼痛。羅香娜趕緊跪到他身旁，耳朵貼著他的胸，手指按著他的嘴。美琪嘗到唇上自己的淚，大力士又像個孩子一樣啜泣起來。

「他還活著，」羅香娜說。「但沒多少氣了。」

壁虎躲了開，也許跑去告訴快嘴。但愛麗諾小聲對費諾格里歐說了些話。他氣得想要避開，但愛麗諾拉住他，繼續勸他。「你別這個樣子！」美琪聽她小聲說。「你當然辦得到！難道你想讓他死？」

不是只有美琪明白最後這句話。大力士一臉糊塗，擦掉臉上的淚。大熊又再呻吟，嘴巴埋在自己主人身側。但費諾格里歐仍站在那裡，瞪著失去意識的王子，然後慢慢朝羅香娜走上一步。

「這個……嗯……花，羅香娜……」

愛麗諾緊隨在他身後，像是要確定他沒說錯。費諾格里歐惱怒地瞧了她一眼。

「什麼？」羅香娜看著他。

「對我多說些這種花。像長在哪裡？有多大？」

「這種花喜歡陰暗潮濕之處，但你問這個幹什麼？我不是說了，花早就凍死了。」

「白花，細小，陰暗潮濕。」費諾格里歐手抹過自己疲憊的臉，接著突然轉身，抓住美琪的手臂。

「跟我來！」他小聲對她說。「我們得快點。」

「潮濕陰暗，」他喃喃說道，同時帶著美琪。「好吧，那就長在一個山妖洞窟前，因爲洞裡冒出的溫暖氣息而未枯死，因爲洞裡有幾頭山妖在冬眠……沒錯，這就說得過去。沒錯！」

洞窟裡幾乎空無一人。女人帶著孩子到外頭去，以免聽到王子痛苦的喊聲。只有強盜默默坐在那裡，一小群一小群，看著對方，像在懷疑，到底是他們哪個人想殺了自己的首領。快嘴和壁虎就蹲坐在洞口，迎著美琪的目光，露出陰沈的表情，美琪只好趕緊撇開頭。

但費諾格里歐並未避開他們的目光。「我猜會不會是快嘴！」他小聲對美琪說。「是的，我眞的這樣猜。」

「如果有誰知道的話，那也是你！」跟在他們後面的愛麗諾低語著。「這個卑鄙的傢伙也不知道是誰杜撰出來的？」

費諾格里歐突然轉過身，像是被什麼東西戳到一樣。「妳給我聽著，羅倫當！因爲妳是美琪的姑媽，我一直忍妳到現在……」

「姨婆。」愛麗諾不爲所動地糾正道。

「隨便。我沒邀妳到這個故事裡來，所以，從現在起，妳別再對我的角色指手畫腳！」

「啊，是嗎？」愛麗諾的聲音宏亮，整個洞窟都迴響著她的聲音。「要是我剛才不指手畫腳，那會怎樣？你那個被酒麻痹的腦袋大概不會想到把那種花……」

費諾格里歐一手粗暴地摀住她的嘴。「我還得說多少次？」他嘶聲道。「別再提寫東西，懂嗎？我可不想，因爲哪個笨女人，被當成巫師五馬分屍。」

「費諾格里歐！」美琪用力把他從愛麗諾身邊拉開。「黑王子！他快死了！」

在那一剎那間，費諾格里歐瞪著她，似乎認爲這樣被打斷很沒格調，但他接著默默回到自己睡覺的角落。他鐵著臉，把一袋酒清到一旁，從一包衣服下抽出幾張紙，上面大部分已寫了東西，倒是讓美琪大感訝異。

「該死！薔薇石英到哪去了？」他喃喃唸著，從寫了東西的紙張中，抽出一張空白的。「大概又跟雅斯皮斯去混了。這兩個一碰在一起，立刻就忘了自己的工作，去追野玻璃人女孩，好像她們會看上這些沒用的粉紅色傢伙！」

他把寫了東西的紙隨意擱在一旁。字還不少的樣子。他再度提筆多久了？美琪試著去讀第一張。

「只是一些想法，」費諾格里歐注意到她的目光時，咕噥出聲。「看看這裡的一切該怎麼圓滿結束，妳父親會扮演何種角色……」

美琪的心跳了一下，但愛麗諾先她一步出聲。

「啊哈！所以莫提瑪的一切，都是你一手包辦的：他被抓，現在前往那座城堡，而我的姪女夜裡哭得一塌糊塗。」

「不，這跟我無關！」費諾格里歐激動地對她大喊，同時趕緊把自己寫出來的東西藏到衣服下面去。「我可沒讓他跟死神閒聊——雖然這個部分我很喜歡。我再說一次，這不過是些想法！沒用的塗鴉，不會有任何結果！說不定跟我現在想試試看的，沒有兩樣。但我還是會試試看，只要現在讓我安靜一下！不然妳們想一路把黑王子送進墳墓嗎？」

費諾格里歐拿羽毛筆沾墨水時，美琪聽到身後一陣細小的聲響。薔薇石英從費諾格里歐文具所在的石頭後現身，故意露出尷尬的表情。他身後冒出一張野玻璃人女孩淡綠色的臉，她不發一言，從費諾格里歐和美琪身邊一溜煙而過。

「我不敢相信！」老頭大吼，薔薇石英雙手摀住耳朵。「黑王子在和死神搏鬥，而你卻和野玻璃人女孩逍遙快活？」

「王子？」薔薇石英無比驚愕地瞧著費諾格里歐，讓他立刻平靜下來。「但是，但是……」

「別在那結結巴巴，過來攪拌墨水！」費諾格里歐喝叱他。「如果你還想說什麼『但是王子是個好人』這樣的俏皮話的話，那大概也無法免人一死，對不對？」他用力拿羽毛筆沾著墨水，墨水都濺到薔薇石英粉紅色的臉上，但美琪看出老人的手指在顫抖。「唉，快寫吧，費諾格里歐！」他低聲說。「只不過是一朵花，你辦得到的！」

薔薇石英打量他，一臉擔心，但費諾格里歐只盯著自己眼前的白紙，像鬥牛士盯著鬥牛一樣。

「植物生長的山妖洞口，位在精靈怕的陷阱所在！」他喃喃說著。「味道眞的噁心，連精靈都要遠遠避開。但飛蛾喜歡，灰色的飛蛾，翅膀上有花紋，好像 名玻璃人在上面畫上一個小小的骷髏頭。你看到了嗎，費諾格里歐？看到了！」

他豎起筆，顯得遲疑——接著開始動筆寫。

新的文字，熱騰騰的文字。美琪似乎聽到故事在深呼吸。在奧菲流士只拿費諾格里歐原來的文字餵食這個故事這陣子後，終於有新的養分了。

「看看！就是得逼一下他。他是個懶惰的老傢伙！」愛麗諾小聲對她說。「他當然可以再寫，就算他自己不願意相信。這種事是不會忘的。妳會忘記怎麼閱讀嗎？」

我不知道，美琪想回答，但卻默不出聲。她的舌頭等著費諾格里歐的文字，療癒的文字，像當時她爲莫所唸的一樣。

「那頭熊爲什麼叫成那個樣子？」美琪察覺自己肩上法立德的雙手。他或許又去了孩子們找不到他的地方，去召喚火，但從他沮喪的臉上來看，那火再次未顯影。

「喔，不，還有這小子！」費諾格里歐緊張叫著。「我幹嘛跟人流士堆起這些石頭？只爲讓大家隨便走進我的臥房？我需要安靜！畢竟這是攸關生死的大事！」

「攸關生死？」法立德不安地看著美琪。

「黑王子……他……他……」愛麗諾試著讓聲音沈著些，但卻聽來顫抖。

「別再說了！」費諾格里歐說，頭都不抬。「薔薇石英！沙子！」

「沙子！我要到哪去找？」薔薇石英的聲音變得尖銳。

「啊，你眞的一點用都沒有！你以爲我把你帶到這個蠻荒森林中，是要幹什麼？讓你放假，去追綠色的玻璃人女孩？」費諾格里歐吹著仍潮濕的墨水，露出不安的目光，把剛寫好的紙遞給美琪。

「讓那植物生長，美琪！」他說。「在冬眠的山妖溫暖的氣息下，摘下最後幾片可以醫治人的葉片，免得冬天讓花枯萎。」

美琪瞪著那張紙。那種旋律又來了，她最後聽到的時候，是把奧菲流士唸到這兒來之際。是的，文字又再聽從費諾格里歐，而她會讓文字呼吸。

寫下的和未寫下的

角色有自己的生命和自己的邏輯，接著便必須採取行動。

——以撒亞・辛格《給作家的建議》

羅香娜果然在費諾格里歐描寫到的地方找到那種植物：在山妖洞口，精靈怕設置陷阱之處。美琪牽著黛絲皮娜，又看見自己剛剛唸出來的文字成眞：

花葉抗拒著寒風，彷彿精靈種下後，便是爲了看上一眼，好夢想著夏日。但那花朵散發出來的味道，卻是腐敗與消亡的味道。這成了這種植物名稱的由來：死人頭。花朵通常會被擱在墳墓上，討好白衣女子。

羅香娜趕走停駐在葉片上的飛蛾，挖出兩株植物，留下兩株，免得激怒妖精。她接著趕回洞窟，這時白衣女子已站在黑王子身旁。她研磨藥根，像蕾莎告訴她那樣，煮開藥根，餵王子熱湯藥。他已無比虛弱，但接著他們幾乎不敢期望的事發生了：藥湯緩和了毒性，讓人安眠，恢復生機。

白衣女子消失，彷彿死神吩咐她們到其他地方去似的。

最後幾句唸來輕鬆，但等一切成眞，還是過了好幾個難捱的時刻。毒性並未輕易清除，白衣女子來來去去。羅香娜撒藥草驅趕她們，跟她從蕁麻那裡學來的方法一樣，但那些蒼白的臉孔仍不斷出現，在灰濛的岩壁前，幾乎不可辨識，美琪總覺得她們不只盯著王子，也盯著她看。

我們認識妳嗎？她們的眼睛似乎這樣問著。妳的聲音不是保護過那個兩次都已是我們的男人？美琪迎著她們的目光幾乎不到一瞬間，便立刻感到莫提過的那種渴望：渴望一個位於所有文字另一頭的地方。她朝白衣女子走上一步，希望那些冰冷的手摸著她跳動的心，抹去她所有的恐懼與痛楚，但另一雙手緊抓著她，溫暖有力的雙手。

「天哪，美琪，別看她們！」愛麗諾小聲對她說。「過來，去吸點新鮮空氣。妳幾乎跟那些玩意一樣蒼白了！」

不等她表示異議，愛麗諾便拉著美琪到外頭去，只見強盜們交頭接耳，孩子們在樹下玩耍，彷彿忘了洞窟裡發生的事。草地覆上白霜，像等著黑王子的女人一樣白，美琪一聽到孩子的笑聲，立刻回過神來。他們拿松果丟對方，那頭貂往他們身上跳過去時，便大聲叫喊。生命似乎比死亡堅強許多，死亡也似乎比生命堅強許多，一如潮汐……

蕾莎也站在洞窟前，手臂摟著身子，雖然大力士在她肩上披了一件兔毛披肩，她還是冷得發抖。

「你們見到快嘴，」她問愛麗諾，「還是壁虎和他的喜鵲了嗎？」

巴布提斯塔走向他們，看來無比疲累。這是他第一次離開王子身邊。「他們走了，」他說。「快嘴、壁虎，和其他十位。他們去找松鴉……可以確定的是，王子大概去不成了！」

「但快嘴討厭莫！」蕾莎的聲音宏亮起來，幾名強盜朝她這裡看了過來，連孩子都暫時不玩耍。

「他為什麼想幫他？」

「我怕，他並不想幫他，」巴布提斯塔輕聲回答。「他對其他人說，他去，是因為松鴉背叛他們，想自己和薇歐蘭交易。而且，他還表示，妳丈夫並未告訴我們那本空白書的一切實情。」

「什麼實情？」蕾莎的聲音失去了所有力量。

「快嘴——」巴布提斯塔低聲說，「堅稱，那本書不僅讓人長生不死，也會讓人富可敵國。對大多數的我們來說，這聽來比長生不死迷人多了。他們會爲這樣一本書出賣自己的母親。他們表示，松鴉爲什麼不也這樣對待我們？」

「但事實不是這樣！那本書只會讓人長生不死，也就這樣而已。」美琪並不管自己大聲起來，他們大家都該聽見，那些交頭接耳小聲說著她父親的人。

精靈怕轉身對著她，瘦削的臉上露出一個邪惡的微笑。「是嗎？妳又從哪裡知道的，小女巫？妳父親不是也沒告訴妳，那本書會讓毒蛇頭皮肉腐爛？」

「那又怎樣？」愛麗諾訓斥精靈怕，同時摟著美琪護著她　「所以她一直明白一點，她更相信她父親，而不是下毒的兇手。要不是你們盲目崇拜的快嘴，還會有誰毒害王子？」

強盜們中，響起一陣竊竊私語，聽來不怎麼友善，巴布提斯塔把愛麗諾拉到他身旁。「注意自己說的話！」他小聲對她說。「不是所有快嘴的朋友都跟他走了。如果妳願意聽我的意見，下毒不像是快嘴的風格，動刀，可能，但下毒……」

「啊，不是他。那會是誰呢？」愛麗諾回嘴。

蕾莎抬頭瞧著灰濛濛的天空，彷彿那裡有答案似的。「壁虎帶著他的喜鵲了嗎？」她問。

巴布提斯塔點點頭。「好在他帶著了，孩子們都怕那隻鳥。」

「當然有理由怕。」蕾莎再次瞧著天空，然後看著巴布提斯塔。「快嘴想幹什麼？」她問。「告訴我！」

巴布提斯塔只疲憊地聳了聳肩。「我不知道。他可能想在毒蛇頭抵達湖中城堡前，從他那裡偷出那本書吧。但也說不定他一路去那裡，等松鴉寫下那三個字後，再把書拿過來。不管他有什麼企圖，我們都束手無策。孩子需要我們，王子身體沒好轉前，他也需要我們。別忘記，髒手指陪著松鴉。快嘴要對付他們兩個，沒那麼容易！很抱歉，我現在得回到王子那兒去。」

快嘴要對付他們兩個，沒那麼容易。沒錯，但要是他眞的在半路上從毒蛇頭那裡偷到那本空白的書，而他來到湖中城堡，知道連松鴉也無法幫上他的時候，那該怎麼辦？他會立刻殺了莫嗎？就算莫有機會在空白的書頁中寫下那三個字——而之後快嘴爲了得到那本書，一樣施奸計下毒，就像他可能對付王子的手段，又該怎麼辦？

要是……該怎麼辦，要是……該怎麼辦……這些問題讓美琪無法入眠，而她周遭的人早都安睡了，她最後起身，想察看一下黑王子的情況。

他睡了。白衣女子已經離開，但他的黑臉仍是一片鐵灰，彷彿她們的手漂白了他的皮膚一般。敏奈娃和羅香娜輪流看護他，費諾格里歐坐在她們身旁，像是得看著自己的文字，繼續讓文字保持效力。

費諾格里歐……費諾格里歐又能寫了。

他藏在自己衣服下的那些紙上寫了什麼？

「你爲什麼爲了自己的強盜之歌，杜撰出松鴉，而不乾脆寫黑王子？」美琪很久以前問過他一次。「因爲王子累了，」費諾格里歐回答。「黑王子跟夜裡滿懷希望低喊他名字的窮人一樣，也需要松鴉。而且，王子早已是這個世界的一部分，不太相信眞的可以改變這個世界。而他的手下從不懷疑，他跟他們一樣有血有肉。但對妳父親，他們就不這麼肯定。妳明白嗎？」

喔，是的，美琪相當明白。但莫是有血有肉的人，快嘴一定不會懷疑。她回到安睡的人群中時，大流士懷裡抱著兩個孩子，柔聲對他們說著故事。小孩常常夜裡把他搖醒，因爲他懂得說故事驅走他們的噩夢，大流士安於自己的命運，他喜歡費諾格里歐的世界——就算這個世界讓他害怕，可能更勝愛麗諾——但如果費諾格里歐求他的話，他也會用自己的聲音改變這個世界嗎？他會唸出美琪可能不願意唸的東西嗎？

費諾格里歐在她和愛麗諾面前匆匆藏起來的紙上寫了什麼？

會是什麼？

去看看，美琪。妳反正睡不著。

當她來到牆後，到費諾格里歐睡覺的地方時，薔薇石英細微的鼾聲迎面撲來。他的主人坐在黑王子身旁，但玻璃人剛好躺在那堆衣服上，下面藏著費諾格里歐寫過的紙。美琪小心把他抱起，一如以往，他那冰冷透明的身子總讓她感到驚奇，然後把他擱在費諾格里歐從翁布拉帶過來的枕頭上。是的，那些紙仍在那裡，在他當著她和愛麗諾面前藏起來的位置。一共十幾張，全是匆匆寫下的文字——片段的句子，問題，零星的想法，大概除了原來的作者外，沒人會明白其中的意義：劍，還是羽毛筆？薇歐蘭愛誰？小心，笛王……誰會寫下那三個字？美琪無法全部解讀，但在第一頁上，幾個大寫字母的字，讓她心跳加快：松鴉之歌。

「只是想法而已，美琪，我跟妳說過了，全是問題與想法。」費諾格里歐的聲音讓她嚇了一大跳，紙頁幾乎脫手落在沈睡的薔薇石英身上。

「王子好多了，」費諾格里歐說，彷彿她來他這裡，就是要聽這個消息的。「看來我的文字偶爾眞的可以救人，而不是殺人。不過，他活著，可能只是因爲這個故事認爲他還有用。我又知道什麼？」他嘆了口氣，坐在美琪身旁，從她手裡輕輕把自己寫的東西拿過來。

「你的文字也救過莫。」她說。

「是的，或許吧。」費諾格里歐一手摸著乾掉的墨水，彷彿這樣可以不讓文字受損。「不過，妳這時跟我一樣也不怎麼相信這些文字了，對不對？」

他說得沒錯。她已學到同時喜歡文字與懼怕文字。

「爲什麼是《松鴉之歌》？」她輕聲問。「你沒法再寫關於他的曲子了！他是我父親，再杜撰新的英雄吧。你一定會想出來的。但讓莫回到原來的莫，就只是莫。」

費諾格里歐看著她，若有所思。「妳確定妳父親眞的也希望如此？還是妳無所謂？」

「當然不！」美琪的聲音尖銳起來，驚醒了睡夢中的薔薇石英。他一臉茫然，四處看了一會——接著倒頭又睡。「但莫一定不願意你用你的文字把他像蜘蛛網般纏住。你改變了他！」

「胡說！妳父親自己決定要當松鴉的！我只是寫了幾首曲子，而妳從未大聲唸過其中一首！又怎麼可能會改變什麼？」

美琪低下頭。

「喔，不！」費諾格里歐驚愕地看著她。「妳唸了這些曲子？」

「莫去了城堡後，爲了保護他，讓他更加強大，刀劍不傷！我每天都在唸。」

「看哪！那我們只能希望那些文字跟我爲黑王子所寫的一樣有效。」

費諾格里歐摟著她的肩，就像他倆被山羊囚禁時他常有的動作那樣——在另一個世界，在另一個故事。還是故事是相同的？

「美琪，」他輕聲說。「就算妳未來每天唸上我的曲子十幾遍——但我們兩個知道，妳父親不是因爲妳而變成松鴉的。如果我選他來當笛王的範本，妳以爲他就會成爲殺人兇手嗎？當然不會！妳父親跟黑王子一樣！他同情弱者。這不是我寫出來的，而是一直存在那兒的！妳父親不是因爲我的文字而前去翁布拉城堡的，而是爲了現在睡在外面的孩子。妳或許說得沒錯，這個故事或許改變了他，但他也改變了這個故事！他繼續把故事說下去，美琪，靠著他的所作所爲，而不是靠我寫的東西。就算一些合適的文字可能可以幫上他……」

「保護他，費諾格里歐！」美琪低聲說。「快嘴去追他了，他恨莫。」

費諾格里歐吃驚地看著她。「這又是什麼意思？妳難道要我寫些關於他的事？天哪，我只顧著自己的角色，就夠讓我手忙腳亂的了。」

你也毫不猶豫讓那些角色死，美琪心想，但沒說出來。費諾格里歐畢竟今天救了黑王子——也眞的擔心他。但髒手指對這麼突然冒出來的一絲絲同情，會說什麼呢？

薔薇石英開始打鼾。

「妳聽到了嗎？」費諾格里歐問。「妳能對我說說，這麼一個可笑的小身體，爲什麼會發出巨大的鼾聲？我有時晚上想把他塞到墨水瓶中，只求安靜！」

「你是個可怕的老傢伙！」美琪拿起寫過的紙張，手指劃過草草寫出的字。「這都是什麼意思？**羽毛筆，還是劍**？**誰會寫下那三個字**？**薇歐蘭愛誰**？」

「嗯，這只是一些答案會決定這個故事發展的問題。每個好的故事都藏在一堆問題後，想要看穿他們，並不容易。還有，這個故事在這兒有自己的主宰，但——」費諾格里歐壓低聲音，彷彿這個故事在偷聽他們談話似的，「如果問對了問題，這個故事就會小聲告訴妳所有的秘密。這種故事可是個十分聒噪的東西。」

費諾格里歐朗讀出自己所寫的東西：「**羽毛筆，還是劍**？很重要的問題，但我還不知道答案，說不定兩者皆有。不管怎樣……**誰會寫下那三個字**？唉，誰呢？妳父親自投羅網，就是爲這件事，但誰知道……毒蛇頭眞的會被自己的女兒騙過去嗎？薇歐蘭眞的像她自以爲那樣聰明，而：**薇歐蘭愛誰**？我怕，她愛上妳父親了，很久以前便愛上了，在她還未遇見他之前。」

「什麼？」美琪驚恐地看著他。「你在說什麼？薇歐蘭不比我和布麗安娜大多少！」

「胡說！她說不定不是在年紀上，但她經歷過不少事，看來至少年紀比妳大三倍。而且，她跟許多公侯女兒一樣，對強盜抱持十分浪漫的想法。不然，妳以爲她爲什麼讓巴布盧斯幫我所有的松鴉之歌配上插圖？而他現在活生生騎在她身旁，夠浪漫吧，不是嗎？」

「你眞討人厭！」美琪動怒的聲音又再把薔薇石英從睡夢中驚醒。

「爲什麼這麼說？我只是對妳解釋該考慮到的一切事，如果我眞的想讓這個故事有個好結局的話，雖然這個故事可能早就有另一種打算了。要是我說得對的話，那怎麼辦？要是薇歐蘭愛松鴉，而妳父親回絕她，那該怎麼辦？她還是會在毒蛇頭面前保護他？髑手指會扮演何種角色？笛王會發現薇歐蘭的把戲嗎？問題，全是問題！相信我，這個故事是個迷宮！看起來，像是有許多路，但只有一條是正確的，走錯

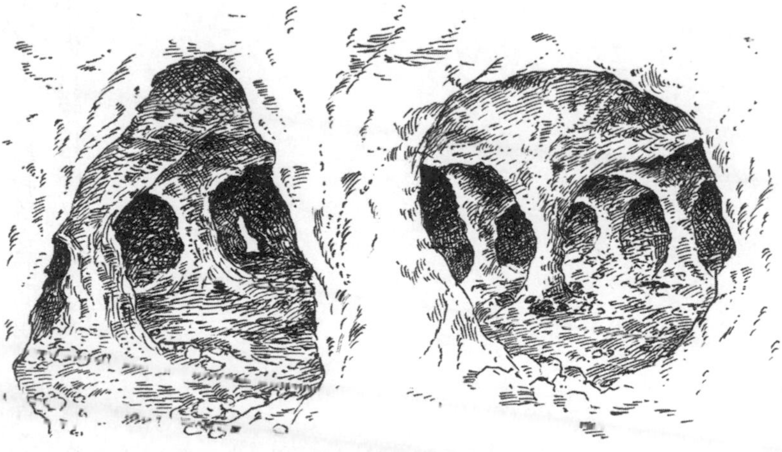

一步，便會吃不完兜著走。不過，這次我會做好準備，這次我會看出這個故事對我設下的圈套，美琪——找到正確的出口。因此我必須提問！譬如：摩托娜躲到哪去了？一個讓我難安的問題。還有，墨水魔鬼明鑑，奧菲流士又在做什麼？問題，愈來愈多的問題……但費諾格里歐又上場了！而他救了黑王子！」

他臉上的每道皺紋都洋溢著自鳴得意的樣子。

喔，他眞的是個可怕的老傢伙！

湖中城堡

有些事，讓她不說話。

——史坦貝克《我和查理的旅行》

他們往北騎，不斷往北。第二天早上，大概一名士兵對她小聲說，松鴉的手再這樣下去，很快就報廢了後，薇歐蘭鬆開莫的鐐銬。五十多名士兵，在離翁布拉不到一哩處等著她，幾乎都不比法立德大，他們看來全都無比果斷，彷彿會追隨薇歐蘭到世界盡頭一般。

他們每走一哩，森林便更陰森，山谷更深。山丘成了高山，一些隘口上，雪已深到他們必須下馬，牽著坐騎前進。他們穿越的山區，似乎全無人煙。莫幾乎見不到遠處有任何村莊、孤伶伶的莊院或燒炭人的小屋。看來幾乎像是費諾格里歐忘了在自己世界的這個部分，點綴一些人煙。

他們第一次休息時，髒手指才跟他們會合——一副理所當然的樣子，彷彿跟著薇歐蘭的士兵小心翼翼抹掉的蹤跡，再簡單不過了。他們打量他，跟對莫一樣敬畏。松鴉……火舞者……他們當然知道那些曲子，他們的眼睛問道：你們和我一樣是血肉之軀嗎？

莫自己知道答案——就算他不時懷疑自己血管裡這時流著的不是血，而是墨水——但髒手指是否如此，他就不敢肯定了。馬匹看著他時，會感到驚嚇，就算他能一聲低吟安撫牠們。他幾乎不吃不睡，伸手到火中，彷彿那是水一般。但他一提到羅香娜或法立德，話語中便帶著人類的情愛，當他瞧著自己女兒的身影，那目光是位不免一死的父親的目光，看來幾乎不動聲色，彷彿自己覺得羞愧似的。

騎馬的感覺不錯，就這樣騎著，而墨水世界在他們面前像張巧妙摺疊起來的紙攤了開。每前進一哩，莫便愈加懷疑，這一切眞的是從費諾格里歐的文字中冒出來的。是不是更可能，這個老人只是一名提過這個世界一小片段的記者，只是他們早已拋在後頭的世界的一小部分？陌生的山巒矗立在地平線上，翁布拉早在遠處。無路森林跟愛麗諾的花園一樣遙遠，夜之堡不過只是一個陰沈的夢……

「你曾經到過這些山嗎？」不知何時，他問髒手指。大部分時間，他默默騎在他身旁。有時，莫覺得可以聽到他的思緒。羅香娜，他的思緒低吟著。髒手指的眼睛不斷飄向騎在薇歐蘭身側，根本不瞧自己父親一眼的女兒。

「不，我不認爲有。」髒手指回答，每次，只要莫跟他說話，彷彿就像他從那個沒有任何文字的地方召他回來的時候一樣。髒手指沒提到那個地方，莫也不問。他知道另一個人的感覺。白衣女子碰過他們兩人，在他們心中播下對那個地方的渴望，那是一種持續不斷的默默渴望，既甜美又苦澀。

髒手指回過頭瞧，眼睛似乎在找自己熟悉的景象。「我過去從未往北，這些山讓我害怕，」他說，微笑起來，像是在笑過去的自己，對這世界所知無幾，幾座山便讓他感到害怕。「我總被海所吸引，到海邊，到南方去。」

他接著又沈默不語。髒手指一直都不健談，去了死神那裡一趟，並未有任何改變。莫只好任由他默不出聲，並問了自己無數次，黑王子這時是否已從法立德處得知自己已不在翁布拉，不清楚美琪和蕾莎對此會作何反應。離她們愈來愈遠，坐騎步步把他帶開，他心裡實在難受，就算確信她們離自己愈遠，她們便愈安全。別想她們了！他吩咐自己。別問什麼時候，或能不能再見到她們。就假裝松鴉從未有過妻子或女兒，或只有過一段日子……

薇歐蘭在鞍上轉過身，像是要確認松鴉並未走失似的。布麗安娜對她小聲說了些話，薇歐蘭微笑起來。醜東西有美麗的微笑，就算並不常見，那微笑透露出她的年紀還小。

他們沿著森林密布的山麓而上。陽光穿透幾乎光禿的樹木，雖然白雪覆蓋了樹上的青苔與根莖，空氣中仍瀰漫著秋天的味道，瀰漫著腐爛的葉片與最後凋零的花的味道。精靈在被凍僵的枯草上飛舞，因爲將臨的冬天而昏昏欲睡，山妖的足跡縱橫交錯，他們上頭的灌木叢下，莫似乎聽見了野玻璃人掠過的聲音。薇歐蘭的一名士兵開始小聲吟唱，年輕的聲音讓莫感到，彷彿他留下的一切，擔心美琪與蕾莎、黑王子、受到威脅的孩子，甚至和死神的交易，全都逐漸消失一般。只剩下小徑，無止無盡在陌生的山中蜿蜒而上的小徑，和他心中克制不住、不斷騎行下去的慾望，逐漸深入這個紛亂的世界。薇歐蘭帶他們去的城堡，會是何種模樣？山中眞的會有巨人？這條小徑會通到哪？會有盡頭嗎？對松鴉是不會，他心中低吟著，那一刻，他的心又像一名十歲的孩子一樣，無畏與生機勃勃跳著……

他察覺到髒手指的目光。「你喜歡我的世界。」

「是的，是的，沒錯。」他聽到自己的聲音聽來像自知有罪似的。

髒手指大聲笑著，莫很少聽到他這樣大笑。沒有疤後，他看來完全不同——好像白衣女子不僅治癒了他的臉，也治癒了他的心。「你該感到慚愧！」他說。「爲什麼？因爲你仍以爲這裡的一切只是文字構成的？這很奇怪。如果別人看到你這樣，眞的會以爲你和我都屬於這裡。你眞的確定，自己不過只是被唸到另一個世界的一個傢伙而已？」

莫不知道，自己喜不喜歡這個念頭。「百分之百確定。」

風把一片葉子吹到他胸前，上面有細小的四肢，一張看來驚恐的臉，像葉片一樣呈淡棕色。奧菲流士的樹葉人顯然擴張得很快。莫要抓他時，這個奇怪的生物咬了莫的手指，而下一陣風又把他帶走。

「你昨天晚上也見到她們了？」髒手指在鞍上轉身。他身後的士兵避開他的目光。沒有國度比死神的更陌生了。

「誰？」

髒手指露出一個嘲弄的眼神回答他。

共有兩個，兩個白衣女子。在天破曉之前，她們站在樹叢間。

「你想，她們爲什麼跟著我們？要提醒我們，我們仍然屬於她們？」

髒手指只聳聳肩，彷彿這個答案並不重要，問題也問錯了。「每次我閉上眼，就見到她們。髒手指！她們低吟著：我們想念你。你的心又痛了嗎？你感覺得到時間的重擔嗎？要我們幫你取下嗎？要我們讓你再度遺忘嗎？不！我對她們說。讓我再感覺這一切一會。誰知道，說不定妳們很快就帶我回去了。我——」他看著莫，「和松鴉。」

他們頭上，烏雲湧起，好像就等在山後頭，馬匹變得不安，但髒手指輕聲說了些話，安撫了牠們。

「她們對你說了什麼？」他問莫——看著他，彷彿已經知道。

「喔！」談論白衣女子並不容易。彷彿只要一談她們，她們就會緊抓住你的舌頭。「她們多半只是站在那裡，像在等我。如果說了什麼，也總是同一句話：只有死神會讓你永生，松鴉。」

他至今沒對人提過這件事，不管是黑王子，還是蕾莎或美琪。爲什麼要呢？這些話只會讓他們害怕。

但髑手指知道白衣女子——和她們服侍的那一位。「永生，」他重複著。「喔，是的，她們喜歡說這些，可能也沒錯。但你呢？你急著要長生不死？」

莫無法回答他。

薇歐蘭朝他們策馬過來。這條小徑帶他們來到一座山峰。他們下方深處有座湖，水面上映照出一座城堡。像一個石頭果實，城堡在波浪中沈浮，遠離岸邊……城牆比附近山麓上生長的杉樹還要暗黑，一座看來無止無盡的橋，宛如一條石帶般窄細，在無數的橋墩支撐下，越過水面，來到陸地，兩座已經坍塌的守衛塔聳立在一些已被棄置的小屋間。「無法攻克的橋！」一名士兵低聲道，從他的低語中，聽得出所有他聽過關於此地的故事。

雪又開始下了，細小潮濕的雪花，消失在黑色的湖中，彷彿被吞噬掉般，薇歐蘭年輕的士兵瞪著他們這段行程不太動人的目的地，悶不出聲。然而，他們女主子的臉卻像小女孩般容光煥發。

「你看呢，松鴉？」她問莫，同時戴上那副金邊眼鏡。「你看看這座城堡。我母親常對我描述這座城堡，我都覺得自己似乎是在這裡長大一樣！我只希望，那些玻璃會更漂亮。」她等不及把話補上。「但這城堡眞是漂亮，我從這裡都可看出來！」

漂亮？莫寧可說這座城堡陰森，但對毒蛇頭的女兒來說，可能漂亮和陰森沒有差別吧。

「你現在看出來，我爲什麼要帶你到這裡？」薇歐蘭問。「沒人可以攻佔這座城堡，就連以前常到這座山谷來的巨人，也無法損其分毫。這座湖太深了，而橋的寬度只夠一名騎士騎行！」

往下通往岸邊的小徑，陡峭無比，他們只得牽著馬。在生長茂密的杉樹下，陰暗異常，彷彿杉樹的針葉吞噬掉光線，莫發現自己的心再度沈重起來。但薇歐蘭急行在前，在密布的樹木間，他們幾乎全都無法尾隨她。

「夜魔！」當樹木間的靜寂和覆蓋地面的針葉一樣幽暗時，髒手指小聲說道。「黑妖，紅帽……法立德膽戰心驚的東西，這裡都有。我們只好希望，那座城堡眞的沒人住。」

等他們終於站在湖岸邊時，水面上大霧瀰漫，城堡與橋從白霧中浮現，彷彿剛剛誕生一般——水中深處冒出的石頭植物。岸邊的小屋看來十分眞實，就算看得出多久無人居住。莫策馬騎向一座守衛塔，門已被焚燬，裡面被煤煙燻黑。

薇歐蘭來到他旁邊。「我外祖父的一名姪子，是最後試著攻佔這座城堡的人。他連湖都沒有越過。我外祖父在湖中飼養食人魚，比馬還大，嗜食人肉。這座湖比千軍萬馬更能保護這座城堡。堡中從未有過大量士兵，但我外祖父總會準備足夠的食物，應付圍城。堡裡有牲畜，一些內院也種有蔬菜和果樹。不過，我母親對我說，她還是常常得吃魚。」

薇歐蘭大笑，但莫瞧著黑水，十分難受，覺得自己似乎看到那些曾試圖越過這座無法攻克的橋而戰死的士兵在濃霧中載浮載沈。這座湖像是墨水世界的寫照，既美麗，又可怕。湖面平滑如玻璃，但湖岸泥濘，昆蟲成群飛舞，顯然不受冬天影響，徘徊在霜白的蘆葦間。

「您外祖父爲什麼住在這種偏僻的地方？」

「因爲他對人類感到厭倦。很令人訝異，是不是？」薇歐蘭看來仍無比著迷的樣子，像是不敢相信自己的眼睛終於見到至今只在書中得知的東西。文字或圖畫往往最先告訴我們，自己所盼望的東西。

「我母親的房間位在左邊的塔樓。我外祖父興建城堡時，巨人仍會來這裡。」薇歐蘭的聲音聽來像是在說夢話。「這座湖當時是城外唯一能避開他們的地方，因爲連他們自己都無法越過。但他們喜歡瞧著湖水中自己的身影，因此這座湖亦被稱作『巨人的鏡子』。我母親怕他們，聽到他們的腳步聲時，便會躲到床下去，但她仍然好奇，如果他們直接站在她面前，而不是在遙遠的湖邊時，到底會多高大。有一次，她五歲，一名巨人帶著孩子出現在湖邊，她想跑過去，但她的一名保母在橋頭便攔住她，我外祖父罰她，把她關在那裡的塔樓三天三夜。」薇歐蘭指著一座像針一樣聳立在其他塔樓間的塔樓。「這座塔樓是城堡中我母親唯一不願提到的地方，塔樓牆上畫著夜魔、海怪、野狼、大蛇和殺害旅人的強盜……我外祖父讓人畫上這些，告訴他女兒，湖另一邊的世界非常危險。巨人常常把人當玩具一樣抓走，尤其是小孩。你聽過嗎？」

「我讀過。」莫回答。

她快樂的聲音讓他感動，他不只一次問到，爲什麼同一本書，對他提過許多火精靈和巨人的事，卻很少說到毒蛇頭的女兒。對費諾格里歐而言，薇歐蘭只是一個次要角色，一個不快樂的醜女孩，如此而已。說不定大家可以向她學習，只要以自己的方式展現自己，小角色也會出人頭地。

薇歐蘭似乎忘了莫在她身旁。她似乎忘了一切，包括來這裡是要殺死自己父親一事。她瞧著城堡，眷戀無比，彷彿希望下一刻便見到她母親在城堞上張望的樣子。不過，她最後猛轉過身。

「你們四個待在守衛塔！」她命令自己的士兵。「其他的跟著我，但慢慢騎，你們應該不想讓馬蹄聲召來魚群。我母親對我說過，牠們曾經從橋上把幾十名大男人拖到水中。」

她的士兵中冒出一陣不安的竊竊私語。他們眞的幾乎還是孩子。

但薇歐蘭並不理會他們，撩起自己的衣服，跟莫至今所見的一樣，還是黑的，並在布麗安娜的協助下上馬。「你們看吧，」她說。「我瞭解這座城堡，像是自己住在這裡一樣。我研讀過所有關於這座城堡的書，知道城堡的平面結構和其中的所有秘密。」

「您父親來過這裡嗎？」髒手指問出莫剛想到的問題。

薇歐蘭抓起轡繩。「只來過一次！」她說，沒瞧髒手指。「來跟我母親求婚，但已是好久以前的事。不過，他一定會想到這座城堡無法攻克。」

她掉轉她的坐騎。「來吧，布麗安娜！」她說，往橋上騎去，但她的坐騎見到水面上那條石頭路，受了驚嚇。

髒手指一言不發，策馬來到薇歐蘭身側，拿過她手中的轡繩，牽著她的馬，自己騎在前面上了橋。薇歐蘭的手下跟著他上橋時，蹄聲迴盪在水面上。

莫最後騎上橋，整個世界似乎突然只剩下水，霧朝他臉上撲來，前面的城堡，彷彿一場噩夢般在湖上沈浮：受到風吹雨打的塔樓、城堞、橋、眺樓、沒有窗戶的牆。橋看來沒有盡頭，他們騎去的大門，似乎可望不可即，但最後，在自己坐騎的行進下，開始變大。塔樓和城牆像首不懷好意的曲子，佔據整個天空，莫見到黑影滑過水中，像守門犬一樣嗅聞到他們的到來。

這座城堡是什麼樣子？他聽到美琪問。描述一下！

他會如何回答？他抬頭瞧著塔樓，數量眾多，彷彿每年會長出新的一樣，和眺樓、橋樑與大門上的石怪構成了一座迷宮。「這城堡看來不像有個快樂結局的樣子，美琪，」他聽到自己回答。「而像是個大家不會再回來的地方。」

女人的角色

我要書幹什麼？
風翻閱著樹；
我知道那裡有些什麼文字，
有時輕輕重複著。
而把眼睛像花一般攀折掉，死神
找不到我的眼睛……

——里爾克《盲人》

男人的衣服。蕾莎從沈睡的精靈怕那裡偷來，幾條褲子和一件溫暖的長襯衣。這些東西說不定令他感到驕傲。只有少數強盜擁有不只身上蔽體用的衣服，但接下來幾天，她比精靈怕更需要這些衣服。

墨水世界逼蕾莎穿上男人衣服，已是許久以前的事了，但當她一套上粗布褲子，記憶便立刻湧現，彷彿昨日才發生般。她記得把頭髮剪短時，刀子不時劃傷她的頭皮，記得不斷要讓自己的聲音聽來低沈時，喉嚨因而疼痛。這回，她只把頭髮挽起，大概不必裝成男人，但褲子在荒郊野地，還是比連衣裙要實際得多，而如果她想跟著莫，就得走在荒郊野地。

「答應我！」他從未如此迫切地求過她。「答應我，妳們曾躲起來，不管發生了什麼事，不管妳們聽到什麼消息。如果都不成（一個巧妙的說法，代替：假如我死了），那美琪就必須試著把妳們唸回去。」

回去。到哪去？愛麗諾的家，在那裡，每個角落都會讓她想起他，而花園中還有他的作坊？更別提愛麗諾現在也在文字的這一邊。但莫自然對此一無所知，也不知道她把奧菲流士的文字燒掉了。不，沒有他，也別提回去一事。如果莫死在墨水世界中，他也會在這裡結束生命——並希望白衣女子會帶她到跟他一樣的地方去。

陰森的想法，蕾莎！她心想，手擱在自己的腹部。美琪在那裡成長，已是好久前的事，但她的手指還記得——那些徒勞摸著自己身子的日子，以及突然在自己皮膚下感覺到那個小身體的一刻。沒有其他一刻可以和此相比，她都等不及再去體會小腳在她肋骨下踢動，孩子在自己體內轉身與伸展的感覺。這不會等太久，只要別這麼擔心害怕孩子的父親就好了。

「來，我們去找他，要他小心喜鵲和快嘴！」她小聲對著還未出生的孩子說。「我們旁觀得太久了，現在起，我們要行動，就算費諾格里歐沒分配角色給我們。」

只有羅香娜知道她的意圖，其他人都不知道，不管是愛麗諾，還是美琪。她們兩個只會想跟來。但她必須獨自上路，就算這又會讓美琪生她的氣。她還沒完全原諒她去找奧菲流士和夜裡在墓園的事。只要和她父親有關的事，美琪便不輕易原諒人。她只會原諒她父親。

蕾莎拿出自己被子下費諾格里歐的那本書。她請巴布提斯塔幫她縫製一個皮袋，當然沒告訴他，他自己大概是在這本書中誕生的。「這是一本怪書，」他表示。「哪個書本會寫下這麼難看的字？還有，這是什麼裝幀？難道書籍裝幀師的皮革用完了嗎？」

她不確定，髒手指對她的打算會說什麼。他把書交給她，仍讓她感動，但她現在得做自己認爲正確的事。

她瞧著自己女兒那頭。美琪睡在法立德旁邊，但朵利亞也睡在她身旁不到一公尺左右的地方，臉對著美琪。奧菲流士的前玻璃人躺在他身旁，男孩的手像被子般罩著他。在睡夢中的美琪，看來還是那麼小！想到她們兩地分隔的那些年，還是讓人心痛，無比心痛。快點，蕾莎！外頭已破曉了，他們很快便會醒來，不會讓妳離開的。

她輕手輕腳經過愛麗諾身旁時，聽到她在睡夢中喃喃自語，而當蕾莎走到費諾格里歐搭起的那道牆後，洞口的守衛看了過來。費諾格里歐搭這道牆，彷彿想遠離他自己創造出來的世界。他和他的玻璃人像在比賽打鼾，一個是熊，一個是蟋蟀一般。薔薇石英小手指被墨水染黑，他睡在一旁的那張紙，密密麻麻全是剛寫好的字，但幾乎全被畫線刪除。

蕾莎把裝著那本書的袋子，就擱在費諾格里歐老愛抓起來喝的酒囊旁，對此，愛麗諾是一抓住機會便斥責他。她寫給他的信夾在書頁中，從袋子中冒出來，像一隻白皙的手，難以忽視。

費諾格里歐——她花了不少時間，才找出合適的字眼，但她仍無法肯定自己是否找出來了——**我把《墨水心》還給作者。或許你自己的書會告訴你，這個故事該如何結束，小聲對你說出保護美琪父親的文字。而我在這時候，會以我的方式，試著不讓松鴉之歌以悲劇告終。蕾莎。**

她走出洞窟時，天空變紅，天氣苦寒。木腳在樹下站崗。她往北邊走去時，木腳懷疑地打量她的身影。他可能根本沒認出身著男裝的她。她身上帶著的，就是一些麵包、一袋水、一把刀和愛麗諾帶到這個世界的一個羅盤。她已不是第一次單獨對付這個世界。但她還沒走遠，便聽到身後沈重的腳步聲。

「蕾莎！」大力士的聲音像個逮到自己姊姊跑走時的孩子　樣委屈。「妳想去哪？」

這還需要對他說？

「你不能跟著他！我答應他要照顧妳，妳和妳女兒。」他緊抓著她，被大力士抓住，就無法脫身。

「讓我走！」她大聲喝叱他。「他不知道快嘴的事。我必須跟去！你可以照顧美琪。」

「朵利亞會保護她。他從未這樣瞧過一個女孩，而且巴布提斯塔也在。」他仍緊抓著她。「到湖中城堡，路很漫長，又遠，又危險。」

「羅香娜對我說過了。」

「那又怎樣？她也對妳提到了夜魔嗎？還有紅帽與黑妖？」

「這些在山羊的碉堡也有，但他的每個手下更加可怕。你回去吧，我會照顧自己的。」

「當然，妳也可以對付快嘴和笛王。」他不再多話，拿過她的袋子。「松鴉看到妳時，會把我宰了！」

松鴉。如果她在城堡中見到的不是自己的丈夫，而只是他，那該怎麼辦？莫或許會明白她爲何跟來，但松鴉不會……

「我們走吧。」

大力士邁開大步。他既強壯，又固執，如果腦海裡有了定見，連黑王子也無法讓他改變，蕾莎根本不試圖改變他。有他作伴，其實不錯，非常不錯。她在墨水森林中並不常單獨上路，也不太願意去回想。

「大力士？」當他們遠離她女兒安眠的洞窟後，她問道。「你喜歡飛到壁虎那兒的那隻喜鵲嗎？」

「那不是喜鵲，」他回答。「牠有個女人的聲音，但我什麼也沒說，因爲其他人只會把我再當成瘋子看。」

等待

我們不該停止探索。
各種探索的結果
會來到我們開始之處，
讓我們第一次瞭解那個地方。

——艾略特《小吉丁》

湖中城堡像個和外面世界隔絕的牡蠣，沒有一扇窗對著周遭的山，沒有一扇窗可以瞧著拍打著黑色城牆的湖水。大門一關上，就只剩下城堡：窄小陰暗的院子，越過城牆連結塔樓的橋樑、畫上和牆外世界毫無瓜葛的世界的牆。在牆上可以見到花園和平緩的山丘，點綴著獨角獸、飛龍和孔雀，上方是永遠的藍天，白雲處處。這些圖畫到處都有，房間中，走道上，院子的牆上。每扇窗戶都對著這些圖畫（在城堡裡面有許多窗戶）。一個不存在的世界的風光。然而，湖水潮濕的氣息讓顏色從石頭上剝落，因此許多地方看來，彷彿有人試著抹去牆上畫出來的謊言一般。

只有從塔樓可以看到城堡周圍眞的世界，不受城牆、眺樓與屋頂阻隔，一片廣闊的湖與附近的山，莫立刻登上城堞，在那裡可以察覺到自己頭上的天空，打量讓他十分著迷、逐漸深陷的世界，就算這個世界並不比牆上的畫眞實多少也一樣。薇歐蘭則只想看那些她母親曾經玩耍過的房間。

她在湖中城堡走動，好像回家一般，入神地摸過灰濛濛的家具，仔細察看在蜘蛛網下的每個陶土餐具，認眞觀察牆上的每幅畫，彷彿其中訴說著她母親的事一樣。「這是她和她姊妹上課的房間。你看到了嗎？這是她們的寫字桌。老師讓人厭惡！我外祖母睡在這裡！他們在這兒養狗，那裡則是傳信的鴿子。」

莫跟著她愈久，就愈覺得這個畫出來的世界，正是薇歐蘭的近視眼想看的世界。她或許覺得在一個類似巴布盧斯書中的世界，會感到更加安全，虛構而易於控制、永恆而不會改變，每個角落都讓人熟悉。

他不知道美琪會不會喜歡見到自己窗前有畫出來的獨角獸、常綠的山丘和永遠不變的雲？不會，他自己回答。美琪會跟他一樣爬上塔樓。

「您母親對您說過，她在這裡眞的快樂？」莫無法不讓薇歐蘭聽出他聲音中的疑惑，小女孩般的柔和一下消失，她的臉色大變，毒蛇頭的女兒又回來了。

「當然！她非常快樂。直到我父親逼我外祖父，把她嫁給他，帶她到夜之堡！」她看著他，露出挑釁的神色，彷彿她的眼神便可逼他相信她——並喜歡這座城堡。

有個地方，並未讓城牆外的世界遺忘。莫自己一個人到處晃著，尋找某個讓他不會覺得自己又是囚徒的角落時（就算這回是個繪製漂亮的牢房），才發現到那個地方。他突然走進城堡西翼一座大廳時，陽光讓他無法張開眼。這座大廳有無數窗戶，讓牆壁反而變成石頭般的花邊。天花板上，湖水反射出的光線舞動，外面的山巒似乎列起隊伍，像是不希望再透過窗戶被人打量一樣。這片美麗的風光讓莫屏息，雖然顯得陰森，而他的眼睛不由自主在黑色的山坡上尋找人類的蹤影。他深深吸進被風吹來的冷冽空氣，等他往南山後某處翁布拉所在的地方轉過身，才發現自己並非單獨一人。髒手指坐在一扇窗戶上，風吹拂著頭髮，臉對著冷冷的太陽。

「流浪藝人稱這裡為千窗大廳，」他說，沒轉過身，莫猜不出他在那兒坐了多久。「據說，薇歐蘭的母親和她的姊妹都有近視眼，因為她們的父親不讓她們看著遠方，深怕在外面守候著她們的東西。白天的光線開始讓她們覺得疼痛，就連自己房間牆上的畫，她們也無法看清楚，一名跟著幾個流浪藝人來到這兒的浴療師，對薇歐蘭的外祖父表示，如果他不讓自己的女兒偶爾看一下真實的世界，她們將會變成瞎子。於是鹽爵士——大家這樣稱呼他，因為他靠販鹽致富——在這些牆中開了窗，吩咐他女兒每天看著外面一個鐘頭。然而，她們這樣做的時候，一名吟遊藝人一定對她們說了這個世界可怕的一面，提及人類的冷酷與殘暴，還有疫病與飢餓的狼，讓她們再也不想出去，離開自己的父親。」

「真是奇怪的故事。」莫說。當他來到髒手指身旁時，感受到一股他對羅香娜的強烈思念，彷彿那是自己在思念一般。

「現在這只是個故事，」髒手指說。「但這一切真的發生過，就在這個地方。」他朝冷空氣輕輕吹著，他們身旁浮現出三個由火構成的女孩。她們緊靠在一起，盯著遠方看，那裡的山跟渴望一般藍。

「據說，她們多次試著跟流浪藝人逃跑，她們父親容許流浪藝人來城堡中，只因他們可以帶來其他宮廷的消息。但不管是女孩，還是流浪藝人，在森林的第一批樹木前，便被她們父親抓住，女兒被帶回城堡。不過，他把流浪藝人綁在那裡——」髒手指指著湖岸的一塊岩石，「女孩們不得不站在窗邊，」那幾個火身影的動作正如髒手指描述那樣，「因為恐懼而感到寒顫，直到巨人過來，帶走那些流浪藝人。」

莫的目光無法離開火女孩們。火勾勒出她們的恐懼與孤寂，一如巴布盧斯的畫筆般生動。不。不管她女兒怎麼說，薇歐蘭的母親在這座城堡中並不快樂。

「他在那裡幹什麼？」

薇歐蘭突然來到他們身後。布麗安娜和圖立歐跟著她。

髒手指彈了一下手指，火失去了人的樣子，攀在窗邊，像株植物一般。「別擔心，只會在石頭上留下一些煤灰，而這時候，」他瞧了一眼瞪著火焰無比著迷的布麗安娜，繼續說道，「看來很漂亮，是不是？」

是的，沒錯。火綻放出紅色的葉片和金色的花朵，攀在窗邊。圖立歐不由自主往前一步，但薇歐蘭猛地把他拉回自己身旁。「把火弄熄，火舞者！」她喝叱髒手指。「馬上。」

髒手指聳了聳肩聽命。一聲低吟，火應聲而熄。薇歐蘭的怒氣，未令髒手指吃驚，而這讓毒蛇頭的女兒害怕。莫在她眼中看出這點。

「那看來真的很漂亮，您不覺得嗎？」他問，手指摸過被燻黑的窗台。對他來說，似乎自己仍見到那三個女孩站在窗邊。

「火絕不漂亮，」薇歐蘭不屑地回答。「你見過被火燒死的人嗎？那要燒很久。」

她顯然知道自己在說什麼。她看到第一個火堆，看到第一個人被吊死時，她才多大？當黑暗成爲孩子的一部分前，這孩子要承受下來多少黑暗？

「來吧，松鴉！」薇歐蘭突然轉身。「我想讓你看些東西，只讓你看！布麗安娜，拿水來擦掉這些煤灰。」

布麗安娜默默抽身離開，匆匆瞧了自己父親一眼。但當莫想跟醜東西走的時候，髒手指拉住他。

「要小心她！」他小聲對他說。「公侯女兒偏愛雜耍藝人與強盜。」

「松鴉！」薇歐蘭的聲音因為不耐煩而變得尖銳。「你在哪？」

髒手指在骯髒的地上用火畫了顆心。

薇歐蘭等在陰暗的塔樓樓梯上，彷彿想要逃離那些窗戶似的。或許她喜歡影子，畢竟她仍察覺得到臉頰上自己那個要命的綽號由來的疤。伴隨美琪成長的暱稱，聽來完全不同：小美女、小甜甜、糖人兒……美琪長大，清楚知道自己一看到她，心中便會滿懷愛意。薇歐蘭的母親可能也對自己女兒展露出相同的愛，但其他人卻露出厭惡，和最令她痛苦的同情表現。過去那個的孩子，到哪躲開所有厭惡的目光，到哪藏起所有的痛楚？她是不是教自己的心蔑視在這世上有張漂亮臉蛋的人？當他見到她站在陰暗的樓梯上時，莫心想，可憐的毒蛇頭女兒，那顆陰沈的心無比孤寂……不。莫搞錯了。薇歐蘭什麼都不愛，包括她自己。

她衝下樓梯，像是想要甩掉自己的影子。她一直快步行走，十分不耐煩，撩起長衣，每一步，都像在咒罵女人在這個世界中所穿的服飾一樣。

「來，我必須讓你看些東西，我母親一直對我說，這座城堡的圖書館位在北翼，在獨角獸的圖畫那裡。我不知道圖書館何時被遷走，也不知道為什麼，但你看看……塔樓守衛的房間、書記的房間和閨房，」她邊走邊小聲說，「通往北塔的橋，通往南塔的橋，鳥園，狗園……」她在城堡中走動，真的像在這生活多年似的。

她到底研究描述這座城堡的書多少次了？她帶莫走過一座掛著空籠子的院子時，莫聽到了湖水聲，這些巨大的籠子，做工精細，彷彿這些鳥籠會取代樹木。他聽到水拍打石頭的聲音，但這座院子的圍牆畫上了山毛櫸和橡樹，樹枝上停駐著成群的鳥：麻雀、雲雀、野鴿、夜鶯、老鷹、交嘴雀、歐鴝、啄木鳥和喙嘴伸入紅花中的蜂鳥。松鴉蹲踞在一隻燕子旁邊。

「我母親和她的姊妹喜歡鳥。因此，我外祖父不僅把鳥畫在牆上，也託人從遙遠的國度帶來生禽，養在這些籠子中。冬天時，他把籠子罩住，但我母親會從罩子下爬進去。有時，她在一座籠子中待上幾個鐘頭，直到保母找到她，扯掉她頭髮上的羽毛。」

她繼續趕路，穿過一扇門，另一個院子，狗窩，牆上的狩獵畫面以及湖水清楚拍打的聲音，聽似遙遠，卻又逼近。薇歐蘭的母親當然喜歡鳥，莫心想。她希望有鳥的翅膀。她和自己的姊妹說不定爬進籠子，等著自己精美的衣服蓋滿了羽毛時，只夢想著飛走。

想到那三個孤單的女孩，他的心感到沈重，但他仍想讓美琪看看這些籠子和畫出來的鳥，獨角獸、飛龍和千窗大廳，是的，甚至還有那座無法攻克的橋，從城堡上看去，那座橋似乎是在湖上漂浮。你一定會對美琪說。他自言自語，只要沒有任何懷疑，彷彿文字便可成真。

又是一道樓梯，又是一座越過牆的橋，在這些塔樓間，有如飄浮的隧道。那扇薇歐蘭停在前面的門，跟城堡中所有的門一樣被染黑。木頭已膨脹，她必須拿肩去頂，才能打開。

「真可怕！」她說，而她說得沒錯。莫在這個長房間中，辨識不出來太多東西。只有兩扇窄窗讓光線與空氣進來，但就算他看不到任何東西，也能聞得出來。書像柴火一樣堆在潮濕的牆前，冷空氣中瀰漫著濃濃的霉味，他不得不拿手摀住嘴鼻。

「你看看這些書！」薇歐蘭拿起最近的一本書遞給他，眼裡噙著淚水。「它們全是這樣！」

莫接過她手中的書，試著打開，但書頁黏在一起，成了一團帶有霉味的黑色玩意。書緣上長了像泡沫般的霉，書封被蛀壞。他拿的已不是書——而是書的屍體，有一會，莫想到自己幫毒蛇頭裝幀的那本書，注定亦是這個下場時，感到難受。那本書這時看來是否比這本更糟呢？大概還沒，不然毒蛇頭早就一命嗚呼，白衣女子也不會伸手來抓美琪。

「我已看過不少了，情況都好不到哪去！怎麼會這樣呢？」

莫把那本已毀的書擱回其他書那裡去。

「我怕，不管圖書館原本在哪裡，這座城堡中沒有安全的地點擺放書。就算您外祖父試著忘卻外面的那座湖，但湖還是在那裡。空氣潮濕無比，書便開始霉爛，而且沒人知道如何救書，大概便把書搬到這個房間，希望這裡會比圖書館乾燥些。致命的錯誤。這些書可是一大筆財富。」

薇歐蘭緊抿著嘴，手摸著被蛀壞的書封，彷彿最後一次撫著一頭死去的動物的皮毛似的。「我母親清楚對我描述過這些書，勝過堡中其他東西！好在，她帶了不少書到夜之堡。其中大部分，我接著帶到了翁布拉。我在一抵達翁布拉，就懇求我公公，也把其他書拿過來。畢竟這座城堡當時已廢棄多年。但誰會聽一個八歲女孩的話？『忘了那些書和擱放那些書的城堡吧，』每次我懇求他時，他只這樣說。『我不會派我的手下到湖中城堡那種地方去，就算那裡有世界最漂亮的書也一樣。妳沒聽過妳外祖父在湖中飼養的魚和終年不散的霧嗎？更別提巨人了。』好像不知道那些巨人已從城堡那裡消失多年了般！他真是個笨蛋！一個無知好吃的笨蛋！」憤怒掩飾住她聲音中的悲傷。

莫四處看著。想到這些毀損的書封中過去藏有何種寶藏，便比霉臭味更加讓他難受。

「你沒辦法救這些書了，對不對？」

他搖搖頭。「沒辦法，沒有任何方法可以對付發霉。雖然您說過，您父親找到了某個方法。但您不知道是什麼，對不對？」

「喔，我知道，但你不會喜歡。」薇歐蘭拿起一本已毀的書。這本還能打開，但書頁在她手指間碎裂。「他把那本空白的書浸在精靈的血中。據說，要是那無效，可以再試試看人血。」

莫彷彿看到自己在夜之堡裁切出來的空白紙頁在吸著血。「這眞噁心！」他說。

薇歐蘭顯然覺得有趣，這樣一種可笑的暴行，便會讓他震驚。「我父親應該把精靈的血和火精靈的血混在一起，這樣比較快乾，」她無動於衷地繼續說。「火精靈的血相當燙，你知道嗎？像流動的火一樣燙。」

「眞的？」莫的聲音因爲作嘔而聽來沙啞。「我希望，您不會拿這方法來處理這些書。相信我，根本幫不上任何忙了。」

「你都這樣說了。」

他是否聽到她聲音中的失望？

他轉身，不想再見到那些死掉的書，也不願去想那些浸過血的書頁。

他走出門口時，髒手指從走廊上有圖畫的牆面冒了出來，看來簡直像他再從一本書中走出來似的。「我們有客人，魔法舌頭，」他說。「不過不是我們等的那位。」

「魔法舌頭？」薇歐蘭出現在敞開的門口。「你爲什麼這樣叫他？」

「喔，這故事說來長了。」髒手指對她露出一個微笑，而她沒有回應。「相信我，這個名字至少和您給他的名字一樣適合他。但這個名字，他用得可久多了。」

「眞的？」薇歐蘭打量著他，露出幾乎掩飾不住的厭惡。「你們在亡靈那裡也這樣稱呼他？」

髒手指轉身，手指摸著一隻停駐在一叢畫出來的玫瑰枝上的金飆。「不，在亡靈那裡，大家都沒有名字，每個人都一樣，不管是雜耍藝人，還是公侯。有一天，您也會知道的。」

薇歐蘭的臉僵直，又跟她父親的一個樣。「我丈夫也從亡靈那裡回來過，但他沒說那裡的雜耍藝人甚受敬重。」

「他眞的有對您說過任何事嗎？」髒手指回應，目不轉睛看著薇歐蘭，讓她臉色煞白。「我可以對您說您丈夫許多事，我可以告訴您，我在亡靈那裡見過他兩次。不過，我認爲您現在應該去接待您的客人，他的情況並不怎麼好。」

「那是誰？」

髒手指從空中摘下一支火筆。

「巴布盧斯？」薇歐蘭難以置信地看著他。

「是的，」髒手指回答。「而笛王把您父親的怒氣寫在他身上了。」

新舊主子

「沒問題！」戴勝烏亞伯喊道。「有價值的故事都禁得起一些震盪。」

——魯西迪《哈樂與故事之海》

喔，他的屁股痛得要死！好像再也無法坐著一樣。騎馬眞是要命。在翁布拉巷子中騎馬，昂頭挺胸，享受嫉妒的目光，是一回事。不過，在漆黑的夜裡跟著毒蛇頭的車駕在幾乎讓人扭斷脖子的顚簸小徑上，騎上幾個鐘頭，眞的一點都不有趣。

是的，奧菲流士的新主子只在夜裡動身。只要天一亮，他就架起躲開白晝的黑帳棚，直到太陽西沈，他那腐敗的身子才又踏上準備好的車駕。兩匹馬拉著車駕，跟鋪襯車駕的絲綢一樣黑。他們第一次休息時，奧菲流士偷偷瞧了裡面一眼。枕頭以銀線繡上毒蛇頭的徽章，看來比他坐了幾天的馬鞍來得柔軟許多。沒錯，他也會喜歡這樣一個車駕，但他必須和雅克伯一起跟在後頭騎。薇歐蘭那個討厭的兒子，不斷要吃要喝，把笛王當神一樣膜拜，在自己的鼻子上還戴上一個鐵皮假鼻。笛王沒有跟來，仍令奧菲流士驚訝。也是，他畢竟讓松鴉跑了。毒蛇頭可能因此遣他回夜之堡，算是懲處。但天曉得，他的主子爲什麼只留下四十餘名盔甲武士隨扈？奧菲流士數了兩次，但就這麼多。難道毒蛇頭認爲這一小撮人馬便足以對付薇歐蘭的孩子兵，還是他仍相信自己的女兒？如果是，那銀爵士要不是太笨，浪得虛名，便是腐敗已入侵他的腦袋，這樣便可輕易看出，莫提瑪會再次成爲英雄，而他奧菲流士令人厭惡選錯邊的念頭，因此他盡量不去常想。

由於車駕沈重，他們推進十分緩慢，歐斯都可在馬旁慢慢步行。他們不得不把凱伯魯斯留在翁布拉。毒蛇頭也把狗視爲貴族的特權……是的，眞是時候，該重新寫過這個世界的規則！

「簡直是蝸行！」他身後一名盔甲武士牢騷道。下地獄去吧，這些傢伙臭不可當，像是要和自己主人的臭味一較高下一樣。「你們看著，我們到了那座該死的城堡後，松鴉早又飛走了。」愚蠢的盔甲腦袋。他們仍不明白，松鴉懷有計畫，才到翁布拉城堡，而他的計畫還未執行。

終於，他們終於停下來。喔，他可憐的骨頭鬆了口氣！天仍一片漆黑，但小拇指可能發現了一隻不管嚴寒，已在晨間飛舞不倦的精靈。

小拇指……

毒蛇頭的新貼身侍衛，令人膽寒。他瘦削無比，彷彿死神已抓過他一次，他的喉頭有個他主子徽章動物的刺青，一說話，刺青便會扭動，在他皮膚上像活的一般，看來十分令人不安，不過，好在矮子話不多。他的名字不是因爲他的身高。小拇指甚至比奧菲流士高大一些，但在這個世界中，大概沒人知道這個跟那則童話一樣的名字。不，這個小拇指的名字，應該歸功於他懂得如何用他的拇指幹出殘暴的事。

奧菲流士在費諾格里歐的書中，從未讀到他，如果照費諾格里歐所言，他大概是這個故事自己孵出的角色之一，像泥濘池塘中的蚊子幼蟲。小拇指穿得一如農夫，但他的劍比笛王的更好，據說，他的嗅覺和銀鼻子一樣不起作用，因此不像其他人，兩人可以隨侍在毒蛇頭身側，不會作嘔。

令人羨慕啊！奧菲流士心想，同時滑下坐騎，發出一聲鬆了口氣的呻吟。

「把馬擦乾！」他大聲吩咐歐斯，臉色不悅。「然後搭起我的帳棚，但要快。」奧菲流士見過小拇指後，總覺得自己的保鏢笨手笨腳。

奧菲流士的帳棚並不特別大，幾乎無法在裡面站立，而且窄到一轉身就差不多要跌倒，但急急忙忙間，他也無法唸出更好的東西，就算他在自己所有書中找過更稱頭的帳棚。他的書……唉，最近算是他的。這書原是翁布拉城堡圖書館所有，但奧菲流士從中帶走時，沒有任何人制止他。書。

他待在肥肉侯爵的圖書館中時，激動無比，很確定自己在那裡至少會找到一本載有費諾格里歐文字的書。就在第一個閱讀台上，他也真的發現一本松鴉之歌。他把書和鎖鍊分開時，手指顫抖不已（鎖可輕易打開，他對此還算拿手）。我現在逮到你了，松鴉！他心想。我現在會像麵團一樣好好捏你。只要我一唸出你的強盜名字，你便不再會知道自己是誰，身處何方！但當他一唸出開始幾句時，反而大失所望，更加痛苦！喔，這聲調虛泛，韻腳奇差！不，費諾格里歐並未寫下這本書中的任何一首曲子！他的曲子在哪？薇歐蘭帶走了，你這個笨蛋！他咒罵自己。你難道想不到嗎？

失望依然讓他感到痛苦。但這個世界真的只有那老瘋子的文字，才會讓一切栩栩如生？不是所有的書都有關聯嗎？書裡畢竟都是同樣的字母，不過排列不同。也就是說，每本書基本上都包含了另外一本書！

不管怎樣，奧菲流士至今在馬上讀了不少，可惜都不特別。這個世界看來沒有任何一位作家可以和他媲美，至少不在肥肉侯爵的圖書館中。無趣可悲的文字收藏，笨拙的廢話！還有那些角色！根本不值他的聲音讓他們活靈活現。

奧菲流士原本想在下次休息時，向毒蛇頭展示一下自己的能力，但他尚未找到任何有趣的材料，可以讓自己的舌頭嘗嘗。該死！

毒蛇頭的帳棚自然已經搭好。小拇指總會先派些僕役準備，讓他的主子能一出車駕，便衝進帳棚。那是個布幕宮殿，黑色的布幅上繡有在月光中閃閃發光的銀蛇，看來像是成千的蝸牛爬上布幕一樣。

要是他立刻召見你，該怎麼辦，奧菲流士？你不是答應他要消遣作樂？他耳中還清楚迴盪著紅雀幸災樂禍的話：**如果讓我妹夫失望的話，他可不會高興**。

奧菲流士不寒而慄，悶悶不樂地蹲坐在一株樹下，從鞍袋中挑出另一本書，而歐斯則繼續忙著搭帳棚。

小孩子的故事！還有這玩意。混蛋，混蛋，混蛋！但……等一下！這聽來滿熟悉的！奧菲流士的心跳加快。費諾格里歐，沒錯！毫無疑問，這是他的作品。

「這是我的書！」短小的手指從奧菲流士雙手中搶走那本書。雅克伯站在他面前，噘起嘴唇皺著眉頭，一副學自他外祖父的模樣。說不定覺得累贅，他沒戴那個鐵皮鼻子。

奧菲流士好不容易克制下立刻從那小手中奪回那本書的衝動。這可不聰明。對這個小魔鬼好一點，奧菲流士！

「雅克伯！」他對他露出燦爛的微笑，有點卑微的樣子，王公的兒子都喜歡這一套，就算這位的老爸已經作古。「這是您的書？那您一定知道是誰寫了這些故事，對不對？」

雅克伯只陰沈地看著他。「烏龜臉。」

烏龜臉？費諾格里歐這個名字還眞絕。

「您喜歡他的故事嗎？」

雅克伯聳聳肩。「我比較喜歡松鴉之歌，但我母親不給我。」

「啊哈，這可不好。」奧菲流士瞪著雅克伯死命抱在胸前的那本書。他發覺自己的雙手因爲慾望而汗濕。費諾格里歐的文字——要是這眞的跟《墨水心》中的一樣有效，該怎麼辦？

「要不這樣，王子……」啊，他眞想扭斷這個愚蠢公侯兒子的粗短脖子，「要不這樣，如果我講一些強盜故事給您聽，而您把這本書借我？」

「你會說故事？我還以爲你只賣獨角獸和矮人呢？」

「那個我也賣！」而如果你不立刻把書給我，我會讓你被獨角獸插死，奧菲流士心想——並把自己陰森的念頭藏在一個更燦爛的微笑後頭。

「你要這本書幹什麼？這是給小孩看的，只給小孩。」

自以爲是的討厭小子。「我想看看圖畫。」

雅克伯打開書，翻了羊皮紙頁。「都很無聊，不過是動物、精靈和山妖。我受不了山妖，臭臭的，看來像圖立歐。」他看著奧菲流士。「如果我把書借你，你要給我什麼？你有金銀珠寶嗎？」

金銀珠寶。一丘之貉——就算他這時更像他死去的父親，而不是他的外祖父。

「當然。」奧菲流士伸手到自己腰間的袋子。等等，小王子，他心想。要是這本書辦得到我所想的事，那我會好好來嚇嚇你。

雅克伯朝他伸出手，奧菲流士丟了一個有他外祖父肖像的錢幣到他手中。

那隻小手仍張開索討。「我要三個。」

奧菲流士發出一聲氣惱的牢騷，雅克伯則把書抱得更緊。

貪心的小雜種。奧菲流士又擱了兩個錢幣到孩子手中，雅克伯趕緊合上手指。「這是一天的錢。」

好了。

「一天？」

歐斯大步走向他們，腳趾從靴子中冒出來。他的大象腳老需要新鞋。算了吧！他乾脆光腳一陣子

「大人？您的帳棚好了。」

雅克伯把錢塞到自己腰間的袋子，把書遞給奧菲流士，露出一副恩賜的表情。

「三個錢幣，三天！」奧菲流士說，同時收下書。「現在快滾，免得我改變主意。」

雅克伯縮起腦袋，但下一刻，他想起自己是誰的外孫。

「你怎麼這樣對我說話，複眼？」他尖著聲音喊，用力踢了奧菲流士的腳，害他大喊出聲。瑟縮蹲坐在樹下的士兵幸災樂禍大笑，雅克伯大步離開，像個縮小的毒蛇頭。

奧菲流士感到血液直衝腦門。「你算什麼保鏢啊？」他喝叱歐斯。「在一個六歲的孩子面前，你都保護不了我？」

他接著一拐一拐地走向自己的帳棚。

歐斯點了一盞油燈，在冰冷的森林地上鋪了一張熊皮，但奧菲流士只要一擠進那狹窄的入口，便懷念起自己的屋子。「全是莫提瑪和他那個蠢強盜遊戲的錯！」他罵道，蹲坐在皮毛上，臉色難看。「我會把他寫進地獄，還有髒手指。在大家傳說的事發生後，這兩個最近看來難分難捨。奧菲流士，要是這個世界沒有地獄，那你就寫進來。那種火大概髒手指也不會喜歡！」

寫東西。他好奇地打開他從愛錢的小鬼那裡討價還價得來的書　熊、山妖、精靈……那小子沒說錯，這是給小孩的故事。從中幫毒蛇頭唸出些誘人的東西並不容易，而他一定很快會找人傳喚他。不

然誰能幫他打發無眠的夜？

更多的山妖。這老頭看來偏愛他們。一段多愁善感、陷入熱戀中的女玻璃人故事……迷戀上一名王子的水妖，見鬼了，這大概連雅克伯都不感興趣吧。難道其中根本沒有提過任何強盜嗎？或至少哪個地方有隻松鴉的身影？沒錯，如果能夠走進毒蛇頭的帳棚，靠幾個字幫他唸來他追捕許久的敵人，該有多好。然而，書中只有啄木鳥、夜鶯，甚至一隻會說話的麻雀，但沒有松鴉。混蛋，混蛋至極！希望那三個銀幣沒白花。**鼻夾**……嗯，這聽來至少像個他可以拿來報復那小子的玩意。但等等！「**在森林最幽暗之處，**」奧菲流士無聲地說出這些文字，「**連山妖都不敢去找蕈菇之處……**」

「這個營地真不是可以逗留的好地方，大人！」赤鐵突然站到他身旁，露出十分陰沈的臉色。「您看，我們還會在路上多久？」

這個玻璃人日漸灰沈，可能少了跟他叛徒弟弟爭吵的機會，但也可能因爲他不停抓鼠婦與蛆來特別享用的緣故。

「別吵我！」奧菲流士訓斥他。「你沒看到我在讀書嗎？那個黏在你衣服上的東西，又是哪種玩意的腿？我不是禁止你吃昆蟲嗎？難道要我把你趕去森林中跟你那野生的同類作伴？」

「不，不，真的不用！我不會再多說一字，大人——也不再吃昆蟲！」赤鐵連續鞠躬三次（啊，奧菲流士喜歡他的卑躬臣服）。「還有一個問題，這是您那本被偷走的書嗎？」

「不，這可惜只是那本書的小兄弟！」奧菲流士回答，頭都沒抬。「現在給我好好住嘴！」

「**……連山妖都不敢去找蕈菇之處，**」他繼續唸道，「**住著最幽暗的影子，最可怕的無名之物。他們被稱為夜魔，但曾經有過人的名字，因為夜魔原是人類，只是白衣女子無法滌盡他們心中的邪惡，因而把他們送了回來……**」

奧菲流士抬起頭。「看看，看看，好個陰森的故事！」他喃喃說道。「那個老頭到底在想什麼？難道那個小魔鬼惹他生氣，所以幫他譜出一首十分別致的晚安曲？這聽來，幾乎連雅克伯的外祖父都會喜歡。沒錯。」他再次探身到書頁上，上面有個巴布盧斯畫出的影子，黑色的手指正朝文字抓去。

「喔，沒錯，這眞棒！」他小聲說。「赤鐵，準備筆紙，要快，不然我拿你去餵馬。」

玻璃人趕緊從命，奧菲流士開始工作。這裡偷半句，那裡添上幾個字，一小段句子連結起下一頁……費諾格里歐的文字。略比《墨水心》靈巧輕盈——大宗幾乎聽到那老頭咯咯笑著——但調子是一樣的。但為什麼這些文字和那本被卑劣之徒偷走的書中文字，味道會不同呢？

「沒錯，沒錯，這聽來完全是他的風格！」奧菲流士小聲說，同時紙張吸著墨水。「但這還要添加些色彩……」

那個玻璃人突然尖叫一聲，躲到奧菲流士身後時，他正翻著配上插圖的書頁，找著合適的字眼。一隻喜鵲蹲踞在帳棚入口。

赤鐵緊張地抓著奧菲流士的袖子（他只有在對付比自己小的同類時，才眞的勇敢）。奧菲流士原本希望那可能只是一隻普通的喜鵲，但當那隻喜鵲張開喙嘴時，希望跟著破裂。

「滾開！」她扯著嗓子對那玻璃人喊道，赤鐵拔起自己那對玻璃細腳往外跑，不管外頭毒蛇頭的手下會拿櫟實和精靈核果丟他。

摩托娜。奧菲流士當然知道她遲早會再出現，但就不能晚一點嗎？一隻喜鵲！當她朝他跳過來時，他心想。如果我可以變成一頭動物，那也會找個眞的讓人印象深刻的。她看來傷痕累累的樣子！可能被一頭貂或狐狸驚嚇過。可惜，她沒被吃掉。

「你在這裡做什麼？」她訓斥他。「我不是說過，你該為毒蛇頭效命？」

她聽來簡直瘋了，更別提她那粗暴的聲音透過一只黃色鳥嘴出來時，根本沒有任何震懾效果。妳的故事結束了，摩托娜！奧菲流士心想。玩完了。而我的才剛開始……

「你爲什麼坐在那裡瞪著我？他相信你說的有關他女兒與松鴉的事嗎？快給我說！」她不停啄著一隻迷失在帳棚中的甲蟲，啄成細小屍塊，聲音響亮，奧菲流士直感噁心。

「喔，是了，是了！」他發出惱怒的聲音說道。「他當然相信，我十分肯定。」

「好。」喜鵲飛上奧菲流士從城堡圖書館中偷來的書，從那堆書上低頭瞧著他所寫的東西。

「這是什麼？毒蛇頭也跟你訂了一頭獨角獸什麼的？」

「喔，不，不。這沒什麼。只是一個……嗯……故事而已，我幫他那個壞外孫寫的。」奧菲流士假裝不經意地用手遮蓋住文字。

「那本空白的書呢？」摩托娜的喙嘴順著亂掉的羽毛。「你查出來毒蛇頭藏在哪了嗎？他一定帶在身上。」

「眞是見了死神與魔鬼，當然沒有！妳以爲毒蛇頭會大剌剌帶著嗎？」奧菲流士這次並未試圖掩飾自己聲音中的不屑，而摩托娜猛啄他的手，啄到他大喊。

「我不喜歡你的語氣，小白臉！他一定擱在哪裡，你既然在這裡了，那就去找。我無法什麼事都要操心。」

「啊，到現在爲止，妳又操心了什麼？」扭斷她的細脖子，奧菲流士！他心想，同時擦掉手背上的血。就像你父親以前對付雞和鴿子那樣。

「你怎麼這樣跟我說話？」喜鵲又啄他的手，但奧菲流士這次及時抽手。「你以爲我會待在樹枝上閒著沒事？我除掉了黑王子，現在還讓他的手下幫我，而不是松鴉。」

「啊，眞的？王子死了？」奧菲流士盡量讓自己聽來無所謂。費諾格里歐可會傷心了。這老頭對這個角色驕傲無比。「他偷走的孩子呢？他們在哪？」

「在翁布拉東北方的一個洞窟中。地衣女稱之爲巨人房間。他們身邊還有幾名強盜和幾個女人，是個不怎麼高明的藏身地點，但毒蛇頭自認聰明，派自己的大舅子去找孩子們，不過大家私底下都說，連兔子都能騙過紅雀，所以孩子們在那裡大概還能好好待上一陣子。」

有趣！他一定可以拿這個消息向毒蛇頭證明自己有用！

「那松鴉的妻子和女兒呢？她們也在那裡？」

「沒錯。」摩托娜嗤嗤出聲，像是咽喉裡卡了一顆穀粒。「我本來想接在黑王子後立刻解決那小女巫，但她母親把我趕走。她太清楚我了！」

愈來愈有趣了！

但摩托娜看出他腦袋裡的念頭。「別露出那種傻傻的自滿表情！你別對毒蛇頭透露任何一個字！那兩個是我的。我可不想把她們再交到銀爵士手中，讓她們再次逃掉。懂嗎？」

「當然！守口如瓶！」奧菲流士立刻擺出自己無辜至極的表情。「那其他人呢——那些想幫妳的強盜？」

「他們跟著你們。他們會埋伏襲擊毒蛇頭，就在明天晚上。他們以爲那是他們的點子，卻不知道是我灌輸到他們的笨腦袋中去的！哪裡會比在森林中更輕易奪走那本書？快嘴伏襲過幾百次了，而且不會和笛王交手。笨毒蛇，留下自己最棒的看門狗，大概藉此懲罰他讓松鴉逃走。但他只會割傷自己腐爛的肉，摩托娜明天大概就可拿他的屍體從死神那裡贖回自己的兒子。可惜，這樣一來，我看不到白衣女子帶走書籍裝幀師的樣子，但這又怎樣。她們會帶走他，而這次她們不會再讓他走！誰知道？

說不定死神還會高興自己一下子有了毒蛇頭和松鴉，而忘了那本空白的書，摩托娜可以把自己兒子的名字寫進去，就永遠不必再爲他擔心！」

她說話的樣子，簡直像發燒囈語，愈說愈快，像是要不趕緊吐出來的話，就會被話語窒息。

「他們開始襲擊時，你躲到樹叢間！」她脫口而出。「我可不想快嘴不小心殺了你，要是這個笨蛋失敗的話，我可能還用得上你！」

奧菲流士，她眞的還相信你！他幾乎大笑出聲。摩托娜的神智出了問題嗎？她只想著蠕蟲和甲蟲嗎？奧菲流士心想，這對她不好，對我可很好。

「很好，再好不過。」他說，同時腦袋急切想著如何好好運用這些訊息。只有一點很清楚：要是摩托娜拿到那本空白的書，他的遊戲就玩完了。死神會帶走毒蛇頭，摩托娜會把自己兒子的名字寫進那本空白的書，而他連髒手指偷走的那本書都拿不回來，更別提永垂不朽。他唯一剩下的，便是費諾格里歐寫給一個壞孩子的故事。不！這沒用。他得繼續靠著毒蛇頭。

「你幹嘛像個傻子站在那呆看著？」摩托娜說出來的每個字，聽來都像嘎叫。

「大人！」歐斯把頭探進帳棚，一臉擔心。「毒蛇頭想要見您。他的臉色很難看。」

「我就來。」奧菲流士衝出帳棚時，差點踩到喜鵲的尾羽。她發出一聲惱怒的嘎叫，跳到一旁。

「討厭的畜生！」歐斯低吼著，拿靴子去踢喜鵲。「您得把她趕走，大人。我老媽說，喜鵲是再世的小偷。」

「是啊，我也不喜歡她！」奧菲流士小聲對他說。「你知道嗎？我走了後，扭斷她的脖子。」

歐斯的嘴角浮現一個邪惡的微笑。他喜歡這種任務。他畢竟不是太差的保鏢。不，眞的不是。

奧菲流士又順了一下頭髮（未老先白，大家這樣說，因爲翁布拉沒人像他有頭淡金色的頭髮），走向毒蛇頭的帳棚。他無法幫他唸出松鴉，而躲在雅克伯書中的東西，只能等他到謁見銀爵士結束了，但多虧摩托娜，他現在可以提供其他消息。

毒蛇頭的帳棚安置在樹下，一片幽黑，彷彿夜在那裡留下了一小塊自己。那又怎樣？奧菲流士，夜對你，總比白晝來得親切，他心想，而這時小拇指面無表情幫他掀開了黑色的布幕。黑暗與寂靜不是更容易讓你以自己的方式去夢想這個世界？是的。如果他拿回《墨水心》，說不定應該讓這個世界永遠是黑夜……

「殿下！」當毒蛇頭的臉像變形的月亮從黑暗中浮現時，奧菲流士鞠了個大躬。「我帶來些剛從風中聽到的消息。我想您會喜歡的……」

懶散的老人

有天，神認為自己的作坊該來一次春天大掃除。（……）他掃地時，在桌子底下冒出來的破爛玩意令他吃了一驚，早先的造物，有的部分看來還能用，但似乎不合；一些他想出來，接著又忘掉的點子。（……）甚至還找到一小塊太陽。

上帝抓了抓頭。這些垃圾該怎麼辦？

——泰德・休斯《殘餘物》

她又來了！愛麗諾・羅倫當。這名字聽來幾乎像是他杜撰出來的。費諾格里歐咒罵一聲，拿被子遮住臉。她自以為是、飽讀詩書，跟頭騾子一樣頑固還不夠嗎？一定還得是個早起的傢伙？說不定外頭天才剛亮。

「嗯，這看來並不特別讓人感到鼓舞！」她的眼睛停在他身旁擱在地上的白紙上。她聽來已經精神無比飽滿的樣子。「不是據說，繆思一大早的吻最甜美嗎？我好像曾經讀過這種說法的樣子！」

呸。好像她很懂得吻似的——而他不該好好睡上一覺一樣（這個該死的洞窟已經沒有什麼像樣的酒）？他不是才剛救了黑王子？好，他還是有點虛弱，站不太穩吃得不多，像敏奈娃不斷擔心表示的那樣，但他活了下來。

他甚至又去獵捕，不管羅香娜再怎麼三令五申不准他去，但孩子們畢竟都要吃東西，而在這個季節並不容易，小的孩子老是叫餓——如果他們沒來求他和大流士講個故事，要法立德表演一些火戲法，或要美琪唱她已唱得比巴布提斯塔還要好聽的松鴉之歌。

是的，我或許該先處理這件事，費諾格里歐心想，同時背對著羅倫當女士表示抗議。多寫一些容易獵捕的野味過來，多肉，而且味道可口的……

「費諾格里歐！」她果真掀開他的被子！無法想像！

薔薇石英從他最近睡覺的袋子中探出頭，揉了揉惺忪的眼睛。

「早安，薔薇石英。去備紙，削尖羽毛筆。」

這種口氣！聽來不是跟護士差不多？費諾格里歐呻吟一聲，坐了起來。他眞的老了，沒法睡在一個潮濕洞窟的地上！「這是我的玻璃人，他只聽我吩咐！」他嘟囔著，但在他準備好前，薔薇石英已竄過他身旁，粉紅色的嘴唇上掛著一抹甜死人的微笑。

見墨水魔鬼了，這是什麼意思？這個玻璃腦袋叛徒！她一說什麼他倒是熱心服務。而他求他做些事時，動作就拖泥帶水。

「很好！」羅倫當女士悄悄說著。「謝謝你，薔薇石英。」

愛麗諾。我應該幫她取另一個名字，費諾格里歐想著，同時冷到發抖，把腳擠進靴子中。某個好勝的名字……潘泰西莉雅或波狄凱雅，或其他亞馬遜女戰士的名字。你就不能改變一下天氣嗎，費諾格里歐？他可以嗎？

他朝冰冷的雙手哈氣時，那不請自來的女客人遞給他一個冒著熱氣的杯子。「拿去，樹皮咖啡味道雖不怎樣，但是熱的。啊，薔薇石英眞是個迷人的玻璃人！」她親密地對他小聲說道。「雅斯皮斯也很親切，但他太害羞了。那頭粉紅色的頭髮眞漂亮！」

薔薇石英手摸著頭髮，感到光榮。喔，是的，玻璃人的耳朵尖得跟貓頭鷹一樣（因此，雖然他們的身體易碎，卻很適合刺探），而費諾格里歐很想把這個虛榮的傢伙塞進他的空酒囊中。

他喝了一口這個熱飲料——啐，味道眞夠噁心——站起身，把臉浸在敏奈娃晚上端給他的一盆水中。是他產生幻覺，還是水上眞的結了一層薄冰？

「妳眞的一點都不懂寫作，羅倫當！」他嘟囔著。沒錯，羅倫當——他以後就這樣稱呼她！比那個華麗的「愛麗諾」更適合她。「首先，一大早是最糟的時間，因爲腦袋就像一個潮濕的海綿。其次，眞正的寫作是在呆呆瞪視，等著合適的想法浮現後才會開始。」

「你顯然執行得很徹底！」喔，這個舌頭眞毒。「你接下來還會對我說，爲了文思泉湧，還要猛喝燒酒和蜂蜜酒。」

薔薇石英在那點頭稱是嗎？他會把他趕到森林裡去，跟他野生的表兄弟學吃蝸牛和甲蟲。

「不管怎樣，羅倫當，妳一定早就知道這個故事的結局了！讓我猜猜：說不定，昨天妳坐在洞口時，瞧著我森林中迷人的洞穴和我的精靈時，一隻被凍壞的小麻雀對妳吱喳說出了結局！」該死，他褲子上又裂了一道！巴布提斯塔幾乎沒線可以補了。

「織墨水的？」黛絲皮娜從那讓他有那麼寶貴的一刻忘了自己身在何處的牆後現身。「你想吃早餐嗎？」

啊，好心的敏奈娃。她仍一直照顧他，彷彿他們還在翁布拉的家一樣。費諾格里歐嘆了口氣。過去的時光，美好的時光……

「不，謝謝了，黛絲皮娜，」他側眼瞧了一下自己的另一個客人。「告訴妳母親，有人一大早就已破壞了我的胃口。」

黛絲皮娜和愛麗諾交換了一下眼神，看來只能解釋成對他這個人一致的無言嘲笑。天哪！難道敏奈娃的孩子現在也都站到羅倫當那一邊了嗎？

「蕾莎已經離開兩天了，更別提快嘴。但如果你白天睡覺，或和巴布提斯塔喝劣酒，她爲什麼要把書留下來給你？」

老天，他尚未不斷聽到這個聲音前，世界是多麼美好啊！

「你欠莫提瑪一些能助他一臂之力的文字！不然誰該幫他？黑王子太虛弱，而莫提瑪可憐的女兒只等著你能給她些東西唸。但沒有。**太冷了，酒太糟了，孩子們太吵，這樣怎麼寫**？一抱怨起來，你倒是不缺話！」

看！薔薇石英又再點頭！我會把湯拌到他的沙子中，費諾格里歐心想，讓他跟黑王子一樣痙攣——但我可不會爲他寫什麼天殺的救命文字出來！

「費諾格里歐！你到底有沒有聽我說？」她看他的樣子，就像要他補交作業的老師一樣，滿是責備！

那本書，是的。蕾莎留給他。然後呢？那可以幫上什麼忙？只會讓他記得，在他把每個字確實寫在紙上讓事情成眞之前，說故事對他來說何等輕而易舉而已！

「不會那麼難的！莫提瑪幾乎已幫你完成了所有的事！他會騙過毒蛇頭能治好那本書的，薇歐蘭會轉移她父親的注意力，莫提瑪會寫下那三個字。可能還會和笛王決鬥一下——這讀起來總是很有趣的——火舞者大概也會出場（雖然我一直不喜歡他），還有，沒錯！你也可以賦予蕾莎一個角色。她可以阻止那個可怕的快嘴，我不知道怎麼辦到，但你一定可以想到什麼的……」

「住嘴！」費諾格里歐大發雷霆，聲音響亮，薔薇石英嚇得縮在墨水瓶後。「這簡直不像話！但讀者和他們的點子，就是這種調調！喔，沒錯，莫提瑪的計畫聽來眞的不錯，樸實簡單，但不錯。他在薇歐蘭的幫助下，騙過毒蛇頭，寫下那三個字，毒蛇頭一命嗚呼，松鴉得救，薇歐蘭成了翁布拉的主人——眞棒。我昨天試著這樣寫，但沒用！文字死氣沈沈！這個故事不喜歡簡單的方式，它有其他打算，我聞得出來。但是什麼？我加入笛王，我讓髒手指扮演舉足輕重的角色，但……就是少了什麼！少了某個人！某個讓莫提瑪漂亮的計畫徹底瓦解的人。快嘴嗎？不，他太笨了。但會是誰呢？黑炭鳥？」

她十分驚恐地看著他。好啊，她終於明白了，不過，沒一會她又故態復萌。她沒像個孩子一樣跺腳簡直是個奇蹟。她不過是個僞裝成略嫌胖的中年婦人的孩子。

「但這都是瞎說！你是作者，不是別人！」

「是嗎？那爲什麼柯西摩還是死了？我有提過，莫提瑪裝幀那本書，就是要讓毒蛇頭活生生腐爛嗎？沒有。快嘴嫉妒他，醜東西突然想殺了她父親，是我的點子嗎？絕對不是。我只種下了這個故事，但故事按照自己的方式成長，但大家都要我事先看出故事會開出什麼花，結出什麼果！」

老天。那眼光一副難以置信的樣子，好像他對她說了聖誕老人的事一樣。不過，最後她翹起下巴（十分突出的下巴），看來沒什麼好事。

「藉口！全是藉口！你什麼都想不出來，而蕾莎已上路去那座城堡。如果毒蛇頭比她早到那裡的話，該怎麼辦？要是他不相信自己的女兒，莫提瑪死了，又該怎麼辦……」

「要是摩托娜回來了，像蕾莎聲稱那樣，該怎麼辦？」費諾格里歐粗暴打斷她的話。「要是快嘴殺了莫提瑪，因爲他嫉妒松鴉，該怎麼辦？要是薇歐蘭還是把莫提瑪交給她父親，因爲她受不了再被另一個男人拒絕，該怎麼辦？至於笛王又該怎麼辦，薇歐蘭那個被寵壞的孩子該怎麼辦，該怎麼辦，該怎麼辦，該怎麼辦？……」他的聲音變大，蕾薇石英躲到他的被子中去了。

「別這樣胡亂大喊！」羅倫當女士的聲音一下子變得非比尋常的小。「可憐的蕾薇石英腦袋會炸掉的。」

「不，他不會，因爲他的腦袋就像個被吸空的蝸牛殼一樣空　而我的得忙著處理難題，關乎生死的問題，但我的玻璃人受人同情，我卻被人從床上挖起來，雖然我大半個晚上醒著，希望最後能聽出這個故事想往哪去！」

她默不出聲，她眞的默不出聲。一言不發，咬著自己女人味十足的下唇，心不在焉地摘掉敏奈娃給她的衣服上的幾片牛蒡。她的衣服上總是沾著樹葉、牛蒡和兔屎，也難怪，她老在森林中瞎晃。愛麗諾．羅倫當喜歡他的世界，沒錯，她喜歡，就算她一定不肯承認——她幾乎跟他一樣瞭解這個世界了。

「要是……要是你至少幫我們爭取一些時間呢？」她的聲音聽來比平常不安多了。「可以有時間去想，可以有時間去寫！蕾莎可能也眞的有機會要莫提瑪小心喜鵲和快嘴。說不定可以讓毒蛇頭的車駕輪子斷裂。不是聽說他坐在車駕中上路嗎，對吧？」

混蛋，這並不笨。他爲什麼沒有想到？

「我可以試試看。」他嘟囔著。

「太好了。」她露出微笑，鬆了一口氣——看來又一副信心滿滿的樣子。「我會要敏奈娃幫你煮些美味的茶，」她再次回頭說。「茶一定比酒更有助思索。還有，對蕾薇石英好點。」

玻璃人噁心無比地對著她的背影微笑，費諾格里歐輕踢了他一腳，讓他倒下。

「去攪拌墨水，你這拍馬屁的叛徒！」他說，那個玻璃人站了起來，露出委屈的神色。敏奈娃眞的帶茶過來，甚至還拌了點檸檬進去，孩子們在洞口歡笑，好像這個世界全然沒事一樣。

讓這世界恢復正常吧，費諾格里歐！他心想。羅倫當說得沒錯。你畢竟仍是這個故事的作者。毒蛇頭前往湖中城堡，莫提瑪在那裡等他。松鴉準備譜出自己最美的曲子。寫下來！讓莫提瑪堅信的這個角色告一段落吧，在他看來，這個你賦予他的名字，好像是他與生俱有一樣。你有了這本書，文字又再聽你指揮。別管奧菲流士。這一直是你的故事。讓故事圓滿結束吧！沒錯。他辦得到的。羅倫當女士最後會啞口無言，對他肅然起敬。但先得阻止毒蛇頭（還要忘記那是她的點子）。

孩子在外頭吵鬧。薔薇石英和蹲坐在剛削好的羽毛筆間，瞪著大眼看他的雅斯皮斯竊竊私語。敏奈娃端來熱茶，愛麗諾在牆外窺看，好像他看不到她在那兒似的。但費諾格里歐很快便不理會這一切。文字帶走了他，就像以前那樣，讓他騎在自己墨黑的背上，讓他看不見、聽不見周遭的東西，最後只聽見車駕輪子在凍土上嚓嚓作響和漆黑木頭裂開的聲音。兩個玻璃人很快幫他把羽毛筆沾好墨水，文字飛快湧出。絕妙的文字。費諾格里歐的文字。啊，他完全忘了文字可以讓人無比陶醉，沒有任何酒比得上……

「織墨水的！」費諾格里歐惱怒地抬起頭。他已深入山中，在往湖中城堡的路上，察覺到毒蛇頭腫脹的皮肉，就像自己的似的……

巴布提斯塔站在他面前，一臉擔憂，山巒消失了。費諾格里歐回到洞窟中，周遭是強盜和飢餓的孩子。發生了什麼事？該不會是黑王子的情況又惡化？

「朵利亞巡邏回來。那孩子半條命都沒了，幾乎整晚都在跑。他說，紅雀在往這裡的路上，他知道洞窟的事。沒人知道是誰走漏消息。」巴布提斯塔揉著自己長麻子的臉頰。「他們帶著狗。朵利亞說，他們今晚就會到這裡。也就是說，我們必須離開。」

「離開？但去哪？」

帶著這些孩子去哪？有的孩子現在都開始想家了。費諾格里歐看著巴布提斯塔的臉，看來強盜們也沒答案。

好啦！自作聰明的羅倫當女士現在會說什麼？在這種情形下，要怎麼寫作？「告訴王子，我馬上過去找他。」

巴布提斯塔點點頭。當他轉身要離開時，黛絲皮娜從他身旁擠過，小臉上滿是憂心。如果事情不對勁的話，孩子會立刻察覺。他們已習慣去猜別人不跟他們說的事。

「過來！」費諾格里歐招手要她過來，薔薇石英同時拿了一片槭葉在搧剛寫下的字。費諾格里歐把黛絲皮娜拉到懷裡，摸著她淺色的頭髮。孩子……他偶爾會原諒自己的壞人角色，但自從笛王追捕孩子後，他只想了結他，是個血淋淋的下場。他眞想把這段先寫出來！但現在看來必須等等，松鴉之歌也一樣。帶孩子們去哪？想想，費諾格里歐，想想！

他絕望地揉著自己額頭上的皺紋。天哪，難怪思考會在臉上留下皺紋。

「薔薇石英！」他大聲喝叱玻璃人。「把美琪找來。告訴她，她要讀我所寫的東西，就算還沒大功告成。那應該就夠了！」

玻璃人趕緊跑開，撞翻了巴布提斯塔帶來的酒，費諾格里歐的被單染上一片紅，像是浸在血中。那本書！他擔心地從被子下拿出那本書。《墨水心》。他仍喜歡這個書名。要是書頁濕了，會發生什麼事？他的整個世界會開始腐爛？不過紙是乾的，只有書封一角有些濕。費諾格里歐用袖子擦了擦。

「這是什麼？」黛絲皮娜從他手中把書拿過來。當然了！她哪裡會見過書？她並不在城堡或富商家裡長大。

「這是個保存故事的東西。」費諾格里歐說。

他聽到精靈怕在外頭召集孩子，聽到女人們激動的聲音和第一聲哭聲。黛絲皮娜擔心地聽著，但接著又瞪著那本書。

「故事？」她翻著書頁，像是在等文字掉出來。「哪個故事？你對我們講過了嗎？」

「這個沒有。」費諾格里歐輕輕從她手中拿過書，盯著她打開的書頁看。他自己的文字迎面而來，許久以前寫下的文字，聽來彷彿是別人的手筆。

「這是什麼故事？你會講給我聽嗎？」

費諾格里歐瞪著自己過去的文字，那是個已不再是他的費諾格里歐所寫的，一個心仍年輕，無憂無慮的費諾格里歐——羅倫當女士大概還會補上不那麼虛榮的費諾格里歐：**翁布拉北邊有許多奇觀。城裡住民幾乎沒人見過，但吟遊藝人的曲子中提過，如果農夫想要逃離吃力的農事一會，就會想像自己站在那個據說巨人當成鏡子用的湖邊，想像據說住在湖裡的水妖從水中冒出，帶走他們，到珍珠與珠母貝搭成的宮殿。每當他們流下汗水時，就輕唱著關於白雪山的曲子，唱著當巨人開始偷走人類的孩子時，他們在一棵巨大的樹上搭出來的窩巢。**

窩巢……巨大的樹……偷孩子……天哪，這就是了！

費諾格里歐一把抓起雅斯皮斯，把他擱在黛絲皮娜肩上。「雅斯皮斯會帶妳去妳母親那兒，」他說著，然後便從她身旁擠過去。「我得去找王子。」

羅倫當女士說得沒錯，費諾格里歐！他心想，同時匆匆穿過激動的孩子們、哭泣的母親們和站在一旁無助的強盜。你是個愚蠢的老人，腦袋被酒蒙蔽，連自己的故事都認不出來！奧菲流士這時說不定比你更清楚你的世界。

但他窩在自己額頭和胸骨間某處虛榮自我，立刻反駁。你怎麼可能記住一切，費諾格里歐？他的自我小聲說著。故事太多了！你的想像力不會枯竭。

是，是，他是個虛榮的老人。他承認，但他也有理由如此。

找錯幫手

我們絕不知道自己會離開。
我們談笑，關上門；
命運推上門栓，
我們落入沈默。

——艾蜜莉·狄金生《99》

摩托娜蹲踞在毒紫杉上，周圍是幾乎跟她羽毛一樣黑的針葉。她左邊的翅膀痛著。奧菲流士僕人肥嘟嘟的手指幾乎折斷了她的翅膀，她靠著自己的喙嘴才逃出一劫。她把他的醜鼻子啄到血淋淋，但她幾乎記不得自己如何飛出帳棚的。在那之後，她只能飛一小段距離，但更糟的是——她再也無法擺脫這隻鳥，雖然她已好久沒再吞下任何穀粒。她還是個人，是多久以前的事了？兩天，三天？喜鵲並不計算日子，只想著甲蟲與蠕蟲（喔，白白肥嘟嘟的蠕蟲），想著冬天與風，還有自己羽毛上的跳蚤。

她是人的時候，最後所看到的便是快嘴。沒錯，他會照她在他耳邊低語的事情做，在森林裡伏擊毒蛇頭，但他卻稱她死女巫，試圖抓住她，好讓他的手下活活打死她，藉此報答她出的點子。她咬了他的手，對他們嘶吼，逼退他們，在灌木叢中又吞下一顆穀粒，好飛到奧菲流士那裡——但卻差點被他的僕人折斷自己的翅膀！啄掉他的眼睛！啄掉他們所有人的眼睛！用爪子去抓他們一張張的笨臉！

摩托娜發出一聲哀憐的叫聲，強盜們抬頭看，彷彿她在昭告他們的死訊一般。他們不知道喜鵲就是幾天前他們想要殺了的老女人。他們什麼都不知道。沒她出手幫忙，要是書眞的落入他們的髒手上，他們又能拿那本書怎樣？他們跟她從泥土中啄食的小白蟲一樣笨。他們以爲，只要搖一搖書，或打開腐爛的書頁，她所承諾的金銀珠寶就會紛紛掉出來？不。他們說不定什麼都不想，而她蹲踞在樹木間，等著天黑，等著他們埋伏在那輛黑色車駕會經過的小徑。只剩幾個小時了，他們想對付毒蛇頭，但他們幹了什麼？喝著他們不知從哪個燒炭人那裡偷來的燒酒，夢想著未來的財富，吹說他們會先殺了毒蛇頭，再殺掉松鴉。但那三個字呢？喜鵲想對下面的他們嘎叫。你們這些蠢蛋有誰能把字寫進那本空白的書中呢？

但看來至少快嘴有想過。

「等我們拿到那本書，」他在她下頭口齒不清說道，「再去抓松鴉，逼他把那三個字寫進去，等毒蛇頭一死，我們抱著金銀珠寶，再殺了他，因爲我眞的受不了聽到那些關於他的笨歌。」

「沒錯，未來應該歌頌我們！」壁虎喃喃說道，同時把一塊浸了燒酒的麵包塞進自己肩膀上那隻烏鴉的嘴中。只有那隻烏鴉不斷抬頭瞧著摩托娜。「我們會比他們都有名！賽過松鴉，賽過黑王子，賽過火狐狸和他那幫殺人放火的傢伙。賽過……他原來的主子叫什麼？」

「山羊。」

這個名字像根火熱的針插進摩托娜的心，她縮在自己所在的樹枝上，對她兒子的渴念，讓她感到震顫。她只想再見他一次，再幫他送一次餐，修剪他淡色的頭髮……

她又尖銳叫喊，她的痛楚與恨意迴盪在強盜們想襲擊夜之堡主人的黑暗山谷中。

她兒子，她的兒子，她殘暴兇狠的兒子。摩托娜扯掉胸口的羽毛，彷彿那樣可以一筆勾消自己心口中的痛。

死了，完了，而殺他的兇手扮演起一名高貴的強盜，被那些之前害怕他兒子的愚蠢無賴歌詠！當時他的衣服紅成一片，都已魂飛魄散，但那小女巫救了他。她現在是不是還在某個地方低吟著？我會使勁抓花他們兩個的臉，讓那個叛徒女僕再也認不出他們來……蕾莎……她看到妳了，摩托娜，沒錯，她看到了，但她現在又能做什麼？他單獨離開，而她玩著所有女人在這世界上玩著的遊戲，等待的遊……毛毛蟲！

她急著啄那個毛茸茸的身體。毛毛蟲，毛毛蟲，她心裡喊著。該死的鳥腦袋。她剛才想到哪裡？想到打死？是的，想到報仇。這隻鳥也懂這種感覺。她發現自己的羽毛豎起，喙嘴啄著自己所在的木頭，彷彿那是松鴉的肉一般。

一陣冷風吹過樹，晃著常綠的枝幹。雨落在摩托娜的羽毛上。是該飛下去了，到下面的黑色紫杉間，不讓強盜們發現，再次試著甩掉這隻鳥，好再感受一下自己的身體了。

但那隻鳥想著：不！這時應把嘴縮在羽毛裡，讓婆娑的枝葉伴著入眠。胡說！她豎起羽毛，晃了晃那個小笨腦袋，喚回自己的名字。摩托娜，摩托娜，摩托娜，山羊的母親……

但那是什麼？壁虎肩上的烏鴉動了動腦袋，張開翅膀。快嘴搖搖晃晃站了起來，抽出自己的劍，對其他人大喊，照他的樣子做。但這時毒蛇頭的手下也已來到樹叢間，首領是位有張瘦削鷹臉的人，眼睛跟死人一樣冷漠。他幾乎順勢把劍刺進第一位強盜胸口。三名士兵立刻攻擊快嘴。他解決他們，雖然他被摩托娜咬過的手一定還痛著，但他的手下卻在他身旁像蒼蠅一般死去。

喔，沒錯，他們會被人吟唱，但只會是嘲弄這些笨蛋，以爲伏擊毒蛇頭，會像伏擊某個富商一樣輕易。

摩托娜發出一聲可憐的叫聲，只見下面長劍刺穿身子。不，這些幫手根本沒用，她現在只剩下奧菲流士，要靠他的墨水戲法和他甜美的聲音。

鷹臉在一名死者的大衣上擦乾淨自己的劍，四處打量。

摩托娜不由自主縮了起來，但她貪婪地瞪著下方閃閃發光的武器、戒指和腰帶釦環。這些東西如果在她的窩巢裡，該有多好，夜裡靠著它們的反射，能從天上取下星光。

沒有一名強盜還直立著，就連快嘴這時都跪了下來。鷹臉對他的手下打了個手勢，他們把快嘴拖了過來。你的死期到了，笨蛋！摩托娜憤恨想著。那個你想殺了的老女人，現在看著你死！

鷹臉問了快嘴一些事，打他的臉，又再問下去。摩托娜側著腦袋想聽得更仔細，飛下幾根樹枝，躲在針葉後。

「我們動身時，他已奄奄一息。」快嘴的聲音聽來依然固執，但怕到沙啞。黑王子。他們在說他。是我幹的，摩托娜想嘎叫。是我摩托娜毒害他的！去問毒蛇頭，看看是不是還記得我？

她又稍微飛低一點。那個瘦削的劊子手提到了孩子們嗎？他知道洞窟的事？從哪知道的？喔，要是她的笨腦袋還能想到的話！

一名士兵抽出劍，但鷹臉厲聲命令他把劍插回去。他退開，吩咐他的手下也這樣做。仍跪在自己死去手下之間的快嘴，迷惘地抬起頭。然而，剛才還想飛下去扯出了無生氣的手指上的戒指，啄銀釦子的喜鵲，一下子僵在樹枝上，嚇得發抖起來，笨鳥腦袋中一直喊著死，死，死！這時他來了，樹叢間的一團霉黑，像頭大狗喘著氣，沒有身形，卻跟人一般——一個夜魔。快嘴不再咒罵，而哀求起來，鷹臉死沈的眼睛打量他，而他的手下退回到樹叢深處。但夜魔越過快嘴，彷彿夜張開一張有幾千顆牙齒的嘴，讓他死狀悽慘。

這算什麼？快帶走他！摩托娜心想，而她的鳥身體抖得跟楊樹葉子一樣。帶走那個笨蛋！他對我根本沒有用！奧菲流士現在得幫我。沒錯，奧菲流士……

奧菲流士……彷彿，只要一想到他，這個名字便現身了。

不，這不可能。突然間出現在樹下的，不可能是奧菲流士，然而，那個夜魔像頭狗一樣縮在他那愚蠢的微笑前。

是誰告訴毒蛇頭強盜的事，摩托娜？誰？

奧菲流士呆滯的眼睛打量著樹叢，然後舉起圓滾滾的白手，指著縮起身子的喜鵲，就像指著她一樣。

快飛，摩托娜！快飛！箭在空中命中她，痛楚驅走了那隻鳥。她落下時，穿過冷冷的空氣，再也沒有翅膀。她摔落地面時，斷裂的已是人的骨骸。最後見到的，則是奧菲流士的微笑。

森林中的死者

整個下午一如夜晚，
雪下著
空中還有更多的雪。
烏鶇蹲踞
在雪松枝頭。

——史蒂文斯《十三種觀看烏鶇的方式》

繼續，繼續，一直繼續走下去。蕾莎又不舒服了，但什麼都不說。每次，大力士一回頭擔心看著她時，她便對他微笑，不讓他因爲自己而放慢速度。快嘴比他們早出發半天多，至於喜鵲，她根本不敢去想。

走下去，蕾莎，走。只是一點不舒服，嚼些羅香娜給妳的葉子，繼續走下去。他們這些天穿過的森林，比無路森林還要陰暗。她從未到過墨水世界的這個地帶，彷彿自己打開了新的一章，從未唸過的章節。「流浪藝人稱這裡爲夜晚沈睡的森林，」他們越過一道深谷時，大力士對她解釋道，這裡白天幾乎都黑到伸手不見五指。「但地衣女稱之爲松蘿森林，因爲那些長在樹上的地衣可以治病。」是的，她比較喜歡這個名稱。由於嚴寒，許多樹木看來眞的像是年邁的巨人。

大力士善於察看蹤跡，但就連蕾莎都能跟著快嘴和他手下留下的蹤跡。有些地方，腳印被凍結住，彷彿時間暫停一般，而在其他地方，足跡被雨水抹去，彷彿這些強盜亦隨著他們留下的足跡消失一樣。強盜們並未試圖不讓人發現。爲什麼要呢？他們是追捕的人。

雨下得不小，夜裡往往還有冰雹，但好在有許多常青樹，躲在樹枝下至少不會淋到濕透。太陽一下山後便嚴寒無比，蕾莎十分感謝大力士留給她那件塡有皮毛的大衣。晚上，儘管嚴寒，她還是能夠安睡，亦多虧了大力士那件大衣和他幫兩人從樹上割下來當被子的地衣。

繼續走，蕾莎，不要停下來。喜鵲飛得快，而快嘴的刀耍得也快。一隻鳥在她上頭的樹木間沙啞叫著，她不安地抬頭看，但低頭瞪著她的，只是一隻烏鴉，不是喜鵲。

「哈喀！」大力士發出一聲嘎叫，回應那隻黑鳥（就連貓頭鷹都跟他對話），突然停了下來。「這是什麼鬼東西？」他喃喃說著，抓著自己被剃光的腦袋。

蕾莎站在他身旁，一臉擔心。「怎麼了？你迷路了嗎？」

「我？我再過個千年，在任何的森林中，都不會迷路！更別提這一座。」大力士彎身，察看在僵凍的葉片上的痕跡。「我的表兄在這兒教我打獵，也是他教我如何跟鳥說話，拿樹上的松蘿當被子用。他也跟我說了湖中城堡。不，離開這條路的是快嘴，不是我。他太偏向西邊了！」

「你的表兄？」蕾莎好奇地看著他。「他也是其中一名強盜？」

大力士搖搖頭。「他投靠那幫殺人放火的傢伙，」他說著，沒看蕾莎。「山羊消失的時候，他也消失，沒再回來過。他是個難看的大個子傢伙，但我總是比他強壯，我們兩個還小的時候就這樣了。我常問著，他躲到哪去了。他是個該死的殺人放火的傢伙，但他也是我的表兄，希望妳明白我的意思。」

難看的大個子……蕾莎回想著山羊的手下。扁鼻子嗎？大力士，莫的聲音讓他一命嗚呼了，她心想。要是你知道的話，還會繼續保護他嗎？是的，他大概會。

「讓我們察看一下，他爲什麼改道，」她說。「我們跟蹤快嘴。」

不久後，他們便發現他和他的手下，在一片林中空地間，覆蓋著枯黃的葉片。死者躺在那裡，跟樹葉一般，彷彿被樹木擺脫。烏鴉已經開始啄食他們的屍身。

蕾莎把烏鴉趕走——當她見到快嘴的屍體時，嚇得退了開。

「這是什麼？」

「夜魔！」大力士的回答幾乎聽不清楚。

「夜魔？但他們是靠恐懼殺人，也就如此。我見過的！」

「只有他們受到打擾時才如此，如果放任他們，他們也會吃人。」

莫有次曾送給她一個蜻蜓蛻掉的殼，在那空殼中，還能見到每個肢體的樣子。快嘴的模樣便差不多像個蛻掉的殼，蕾莎在死者身旁嘔吐起來。

「我不喜歡這樣。」大力士打量滿是血的葉子。「看來像是殺了他們的人，看著夜魔吞噬他——好像他們馴養他，就像王子和他的熊一樣！」他四處看著，但毫無動靜，只有烏鴉等在樹上。

大力士拉起大衣，遮住壁虎沒有生氣的臉。「我會跟著這些蹤跡，察看這些劊子手打哪來的。」

「你不必跟下去了。」蕾莎彎身察看一名死去的強盜，舉起他的左手。大拇指沒了。「你弟弟對我說過，毒蛇頭有個新的貼身侍衛。大家叫他小拇指。他原是夜之堡上一名逼供的人，直到他的主人提拔他。朵利亞說，他臭名昭彰，每殺一人都會割掉對方的大拇指，拿拇指骨頭做成小笛子，藉以嘲笑笛王……他的收藏應該相當可觀了。」

蕾莎顫抖起來，就算這時不用再擔心快嘴。「她保護不了他的，」她小聲說。「不，薇歐蘭保護不了莫的。他們會殺了他！」

大力士把她拉了起來，笨拙地把她摟在懷裡。「我們現在該怎麼辦？」他問。「回去嗎？」

但蕾莎搖搖頭。他們有個夜魔在身邊。夜魔……她四處瞧著。

「喜鵲，」她說。「喜鵲在哪？叫一下她。」

「我不是對妳說過，她並不像鳥那樣說話！」大力士說，但還是模仿喜鵲的聲音。沒有任何回應，但正當大力士要再試一次時，蕾莎看見了死者。

摩托娜未和其他人躺在一起。一支箭從她胸口竄出。蕾莎常想像著，要是見到自己長年服侍的女人終於死了，會作何感覺。她常希望自己親手殺死摩托娜，但現在她卻毫無感覺。死者身旁的雪地上有幾根黑色羽毛，左手的指甲仍像鳥爪一樣。蕾莎蹲下身，去拿摩托娜腰際的袋子。裡面有細小的黑色穀粒，跟黏在摩托娜蒼白嘴唇上的穀粒一模一樣。

「這是誰？」大力士低頭瞪著這個老婦人，一臉難以置信。

「山羊的製毒師。你一定聽過她，對吧？」

大力士點點頭，不由自主退了一步。

蕾莎把摩托娜的袋子繫在自己的腰際。「我還是她的女僕時——」她見到大力士驚愕的眼神，不得不微笑起來，「我還是她的女僕時，據說摩托娜發現了一種植物，種子可以改變形體。其他的女僕稱之爲小死神。她們交頭接耳說，如果過度使用的話，會讓人發瘋的。她們給我看了那種植物——也可用來殺人——但我一直把其他的功效當成天方夜譚，顯然我錯了。」蕾莎拾起一根黑色羽毛，擱在摩托娜被射穿的胸口上。「當時，據說摩托娜放棄使用小死神，因爲變成鳥的她差點被一頭狐狸咬死。但我在洞窟中見到喜鵲時，我立刻想到，那就是她。」

她起身。

大力士指著她腰間的袋子。「這樣聽來，妳最好把這些穀粒留在這裡。」

「是嗎？」蕾莎回答。「是的，可能吧。來吧，我們離開，很快天就黑了。」

人的窩巢

小心：
文字，失去的音韻與意義
逃到了夜裡。
在還潮濕，睡意濃郁的時候
他們在一條洶湧的河中泅泳
變成了鄙視。

——德・安德拉德《尋詩》

美琪的雙腳冰冷，雖然仍穿著來自另一個世界的靴子，卻幾乎感覺不到自己的腳趾。前一天無盡的跋涉後，他們全都明白，那個洞窟讓他們好好躲開了將臨的冬天——而自己的衣服又是多薄。只有雨比寒冷更加惡劣，從樹上滴落，將前晚凍住的泥土化為泥濘。一名小女孩已扭傷腳，愛麗諾現在揹著她。他們都揹著較小的小孩，但他們人數還是不夠。快嘴帶走許多人，蕾莎和大力士也不在。

黑王子同時帶著三個小孩，兩個在懷裡，一個在背上，而他依然沒吃什麼東西，不斷被羅香娜逼著休息。美琪把臉埋在一名攀著她脖子的男孩頭髮中。貝波。他讓她想起費諾格里歐的孫子。貝波沒什麼重量。幾天來，孩子們吃得不夠，但美琪和這孩子在泥濘中跋涉了這許多鐘頭後，他似乎重得跟一名成人一樣。「美琪，再唱一次那些歌！」他不停說，而她唱著，聲音輕柔，但因為疲累而顯得微弱，唱的當然是關於松鴉的曲子。這時，她有時會忘了唱的是自己的父親。當她不時因為精疲力竭而閉上眼睛，便看到法立德在火中召喚出來給她看的城堡：一座在鏡子般的水中陰森的石頭植物。她無比絕望，試圖在那黑牆之間找到莫，但沒見到他。

她孤伶伶。蕾莎走了後，孤單的感覺更甚。雖然有愛麗諾，有費諾格里歐，有孩子們，更加上有法立德，但那種偶爾只有朵利亞能驅除掉的被遺棄感，變成了別的感覺——保護和她一樣被遺棄的人的感覺，跟她一樣無父無母，逃往一個像她的世界，那個對他們來說陌生的世界，雖然孩子們從不知道其他的世界。

費諾格里歐也只寫過這個世界，然而，他的文字現在成了他們唯一可以依循的路標。

他和黑王子一起走在前面。黛絲皮娜在他背上——就算她比一些不得不自行走路的孩子來得大。她哥哥和其他大一點的男孩跑在前面，在樹木間跳來跳去，彷彿身體不知道疲累似的。黑王子不停把他們喊回來，吩咐他們揹比較小的孩子，如同其他大一點的女孩。法立德和朵利亞早已到前面探路去了，美琪幾乎一個鐘頭沒見到他們，他們去找費諾格里歐急著對黑王子描述的那株樹，而黑王子也真的下令出發。除此之外——他們還有其他的希望嗎？

「還有多遠？」美琪聽到黛絲皮娜不斷問著。

「沒多遠了，真的。」費諾格里歐回答，但他真的知道嗎？

他對黑王子提到那些窩巢時，美琪也在場。**那看來像巨大的精靈窩，但裡面曾住著人，王子！許多人。巨人愈來愈常帶走他們的孩子時，他們在一株連最高大的巨人也無法觸及的大樹中，建造了這些窩巢。**

「如果要把巨人寫進故事中時，不把巨人寫成巨大無比，是不是很實際！」他對美琪小聲說。

「人的窩巢？」她小聲回應。「你是不是剛才才想出來的？」

「胡說。怎麼會？」費諾格里歐委屈地回答。「我有要妳把他們唸出來嗎？沒有。這個世界五臟俱全，可以在這兒好好過活，不必不斷杜撰新的東西——就算奧菲流士那個笨蛋有其他看法。我希望他這時在翁布拉的街上乞討，算是把我的精靈染成彩色的報應！」

「貝波，自己走一走，好嗎？」美琪放下顯得不情願的男孩，抱起另一個累得幾乎站不住的女孩。

「還有多遠？」在漫無止境的車程上，她老這樣問著莫，旅程終尾，等著他們的是一些生病的書。「沒多遠了，美琪！」她似乎聽到他的聲音說著，有片刻，她累到覺得莫把他的夾克披在她冰冷的肩上，但那只是一根擦過她背部的樹枝。她在被雨打濕、像地毯般覆蓋著地面的樹葉上滑了一下，好在羅香娜出手扶住，她才沒跌倒。

「小心點，美琪。」她說，在那一刻，她的臉似乎比自己母親的更讓她熟悉。

「我們找到那株樹了！」朵利亞突然在他們前面冒出來，一些年紀小點的孩子被嚇到。他被雨打濕，冷到發抖，但看來很快樂，這許多天來都見不到的快樂。

「法立德待在那裡。他想爬上去察看那些窩巢是否還能住人！」朵利亞張開手臂。「它們相當巨大！我們必須先搭建些東西，把孩子們拉上去，但我已經有點子了！」

美琪從未見他說話這麼快，這麼多。一名女孩跑向他，朵利亞把她抱在懷裡，笑著和她一起轉圓圈。「紅雀絕對不會發現我們在上面的！」他喊著。「我們現在只要學會飛就行，我們可以像鳥一樣無拘無束！」

孩子們開始激動地七嘴八舌說著，直到黑王子舉起手。「那株樹在哪裡？」他問。他的聲音因爲疲累而顯得沈重。美琪有時怕那毒藥傷了他的內臟，永遠在他體內留下陰影。

「就在前面！」朵利亞指著濕淋淋的樹叢間。

突然間，就連最疲累的雙腳都能再走動。

「安靜！」孩子們聲音愈來愈大，胡亂喊著時，黑王子示警道，但他們過於激動，根本不聽話，森林中迴盪著他們清脆的聲音。

「怎麼樣，我不是對妳說過？」費諾格里歐突然來到美琪身旁，眼睛裡露出對自己這個世界原有的驕傲，本來就輕易可以喚醒。

「沒錯，你是說過，」愛麗諾先美琪一步回答，穿著濕衣服，臉色顯然不佳。「但我還沒見到那些神奇的窩巢，我也得承認，想到這種天氣要待在高高的樹上，聽來就不怎麼吸引人。」

費諾格里歐對愛麗諾不屑一顧。「美琪，」他小聲對她說。「那裡那個男孩叫什麼名字？妳知道的，大力士的弟弟。」

「朵利亞。」

她說出他的名字時，朵利亞四處看著，美琪對他微笑。她喜歡朵利亞看她的樣子。他的目光溫暖了她的心，完全不像法立德。完全不同……

「朵利亞，」費諾格里歐喃喃說著。「朵利亞。我總覺得聽過似的。」

「這有什麼好奇怪的，」愛麗諾尖酸表示。「朵利亞是個很有名的義大利貴族家族。」

費諾格里歐很不友善地瞧了她一眼，但他不想說出自己確定後只在口邊的答案。

「他們在那裡！」

伊沃的聲音在將臨的黃昏中顯得響亮，敏奈娃不由自主一手摀住他的嘴。

他們眞的在那裡。

人的窩巢。

它們看來和費諾格里歐在書中描寫的一模一樣。他把那幾句唸給美琪聽。巨大的窩巢位在一株高大無比的樹的樹冠中，常綠的枝幹直入天際，尖端似乎迷失在雲間。窩巢像精靈的一樣呈圓形，但美琪似乎在那些窩巢間見到橋樑、藤蔓網、梯子等等。孩子們擠在黑王子周圍，陶醉地抬頭瞧著，彷彿他帶他們來到一座雲中城堡。但最高興的，看來還是費諾格里歐。

「它們是不是很神奇？」他喊道。

「可以肯定的是，它們非常高！」愛麗諾的聲音聽來毫不興奮。

「這是感覺的問題！」費諾格里歐粗魯回答。

不過，敏奈娃和其他女人看來都不高興的樣子。

「以前住在上面的人到哪去了？」黛絲皮娜問。「他們都掉下來了嗎？」

「當然不是！」費諾格里歐沒好氣地回答，但美琪看出，他根本不知道原來的住民發生了什麼事。

「喔，不，我猜，他們只是想到地面上來！」雅斯皮斯玻璃般細緻的聲音說。

兩個玻璃人坐在大流士大衣的深口袋中。他是唯一穿著較像禦寒衣服的人，但卻隨時大方的和一些孩子分享大衣。他讓他們鑽到溫暖的衣布下，像母雞護著小雞一樣。

黑王子抬頭瞧著那些奇特的住處，打量那株必須攀登的大樹——然後默不出聲。

「我們可以把孩子擱在網中拉上去，」朵利亞說。「我們可以用那邊的藤蔓當繩子。法立德和我已經試過，撐得住的。」

「這是最棒的藏身地點！」

那是法立德的聲音，從上面傳了下來。他像松鼠一樣，靈巧地爬下樹幹——好像以前他不是住在沙漠中，而是樹上。「就算紅雀的狗在這裡找到我們，我們也可在上面抵抗！」

「我是希望，他們根本不會發現我們在上面，」黑王子說。「但沒時間在下面搭建東西，而我們希望在上面能撐到……」

大家全都看著他。撐到——是啊，撐到什麼時候？

「撐到松鴉殺了毒蛇頭！」一名孩子信誓旦旦說道，王子不得不微笑起來。

「是的，正是如此。撐到松鴉殺了毒蛇頭。」

「還有笛王！」一名男孩補上一句。

「喔，是的，那傢伙當然也要除掉。」從巴布提斯塔和黑王子交換的目光中，看得出希望和憂心的分量不相上下。

「沒錯，他會殺了他們兩個，然後娶了醜東西，一起快樂治理翁布拉直到他們過世爲止！」黛絲皮娜陶醉地微笑著，彷彿已看到婚禮。

「喔，不，不！」費諾格里歐目瞪口呆地看著她，好像她的話在下一刻會成眞。「松鴉已經有太太了，黛絲皮娜。妳忘了美琪的母親嗎？」

黛絲皮娜驚恐地看著美琪，手摀著嘴，但美琪只摸了摸她光滑的頭髮。「那聽起來像是個不錯的故事。」她小聲對她說。

「開始繫上爬上樹的繩子，」黑王子對巴布提斯塔說，「問一下朵利亞，他想如何把網子拉上去。你們其他人爬到樹冠上，察看一下哪些窩巢不能用了。」

美琪抬頭瞧著枝幹深處。她從未見過這樣一株樹，樹皮呈紅棕色，卻像橡樹一樣滿是缺口，樹幹直到高處才分叉開來，但在高處隆起，到處都有手可攀住、腳可以站穩的地方。有些地方，巨大的樹蕈宛如平台。高無盡頭的樹幹中有孔洞、裂縫，沾黏著羽毛，看得出在這株樹中築巢的，不只有人類。我可能該問一下朵利亞，是不是眞的能幫我造出翅膀，美琪心想，突然間，她又想到讓她母親無比害怕的喜鵲。

蕾莎爲什麼不帶著她？因爲她仍把妳當成小孩，美琪！她心想。

「美琪？」一名孩子把冰冷的手指伸到她手中。愛麗諾稱這孩子爲火精靈，因爲她滿頭紅髮，紅得像是髒手指把火花播撒下去。她多大？四歲？五歲？許多孩子不知道自己的年紀。

「貝波說，上面有吃小孩的鳥。」

「胡說。他怎麼會知道？妳想，貝波在上面待過嗎？」

這個小精靈鬆了口氣微笑著，嚴厲地瞪了貝波一眼。但當她和美琪一起聽法立德對黑王子報告的事，手指仍緊抓著美琪的手時，又變得一臉憂心的樣子。

「窩巢很大，每個一定都可容納五個，甚至六個人睡！」他的聲音激動異常，似乎有一會眞的忘了髒手指回來，而他仍然孤伶伶這件事。「許多橋已經毀壞，但上面有足夠的藤蔓與木頭修理。」

「我們沒什麼工具，」朵利亞插話道。「那是靠我們的刀與劍必須先建造的。」

強盜們看著自己腰間的武器，顯得擔心。

「樹冠濃密，可以輕易遮住風，但有些地方有缺口，」法立德繼續說。「可能是守衛用的瞭望點。我們必須先鋪好窩巢，像精靈那樣。」

「我們有些人可能最好先待在下面，」精靈怕插話道，「我們必須捕獵和……」

「你們可以在上面捕獵！」法立德打斷他。「那裡不只有成群的鳥，我還見到大松鼠和看來像兔子的動物。不過，上面也有大野貓——」

女人們看來憂心忡忡。

「——蝙蝠與長尾巴的山妖，」法立德繼續說。「上面那裡簡直是另一個世界！有洞穴，許多枝幹粗到可以在上面散步。上面長著花和蕈菇！簡直神奇，棒透了！」

費諾格里歐整張皺巴巴的臉都微笑著，像個自己的王國被人稱道的國王一般，就連愛麗諾都首度抬頭瞧著拱起的樹幹，露出期待的神色。幾個小孩想要立刻上去，但女人們拉住他們。「你們收集樹葉、」她們對孩子們說，「地衣和羽毛——任何可以拿來鋪墊的軟東西。」

強盜們開始繫上繩子、編網和搭建木頭平台。他們升到上面的樹幹時，太陽已經低沈。

巴布提斯塔和幾名手下回去再次抹掉自己的蹤跡，而美琪目到黑王子不知所措地看著他的熊。他要如何把熊弄上樹呢？那些馱東西的馬匹呢？問題一堆，而且還不清楚他們匆忙動身，是否真的擺脫掉了紅雀。

「美琪？」她正幫敏奈娃用藤蔓編結一個儲存糧食的網子時，費諾格里歐露出鬼鬼祟祟的表情，把她帶開。

「妳不會相信的！」他們站在大樹巨大的根中間時，他小聲對她說。「但妳別跟羅倫當說，她只會立刻說我是大瘋子！」

「我別跟她說什麼？」美琪莫名其妙地看著他。

「就那個男孩，妳知道的，那個直盯著妳看，送花給妳，讓法立德嫉妒到臉都綠了的男孩。朵利亞……」

他們上頭，樹冠在落日餘暉下，紅成一片，掛在枝幹間的窩巢彷彿黑色的果實。

美琪難爲情地把臉別開。「他怎麼了？」

費諾格里歐四處打量，像是怕愛麗諾隨時會跑到他身後來。「美琪，我想，」他壓低聲音說，「他跟髒手指與黑王子一樣，都是我杜撰出來的。」

「胡說。你在那兒說什麼？」美琪小聲回答。「你寫你的書的時候，朵利亞大概都還沒出生！」

「是，是，我知道！但亂就亂在這裡！這些小孩，」費諾格里歐做了個大動作，指著在樹下忙著找地衣和羽毛的孩子，「我的故事像蛋一樣生下他們，我完全沒有插手，真的很可怕。但這男孩——」費諾格里歐壓低聲音，深恐朵利亞聽見，雖然他在遠處，跟巴布提斯塔跪在林地中，把小刀當成砍刀和鋸子來用，「美琪，這真的有點瘋狂：我寫過一部關於他的故事，但那個有他名字的角色是個大人！更奇怪的是——這個故事從未出版過！可能還一直擱在我那老書桌的抽屜中，不然便是被我的孫子拿來做成紙彈射貓！」

「但這不可能，不可能是同一個人！」

美琪不動聲色地瞧著朵利亞那頭。她喜歡看著他，相當喜歡。「那個故事說什麼？」她問。「這個長大成人的朵利亞是做什麼的？」

「他建造城堡和城牆，甚至發明了一台飛行機器、測量時間的鐘錶和——」他看著美琪，「爲一位知名的書籍裝幀師設計的印刷機。」

「眞的？」美琪突然感到溫暖，像以往每當莫跟她講了一則特別美好的故事一樣。爲一位知名的書籍裝幀師？有一會，她忘了朵利亞，只想著自己的父親。說不定費諾格里歐早把讓莫活命的文字寫好了。喔，求求你，她跟費諾格里歐的故事哀求。讓莫是那名書籍裝幀師吧。

「我稱他爲魔法師朵利亞，」費諾格里歐小聲對她說。「但他跟妳父親一樣，靠雙手變出東西。現在妳聽好，事情愈來愈妙！這個朵利亞有個妻子，據說她是從一個遙遠的國度過來，常常讓他有新的點子。這是不是很奇怪？」

「這有什麼好奇怪的？」美琪覺得自己的臉通紅起來。剛好在這一刻，法立德朝她這頭瞧過來。

「你有給她一個名字嗎？」她問。

費諾格里歐難爲情地清了清喉嚨。「妳知道的，我有時會稍微忽略女性角色，就是找不到合適的名字給她們。所以，我當時只稱她是他的妻子。」

美琪不得不微笑起來。沒錯，這聽來很像費諾格里歐的調調。「朵利亞左手的兩根手指不能動，他怎麼能辦到你說的所有事？」

「但他的手指不能動，是我寫的！」費諾格里歐喊著，忘了要小心翼翼。朵利亞抬起頭，看著他們這邊，但好在黑王子這時朝他走去。

「他父親弄斷他的手指，」費諾格里歐輕聲繼續說。「不過他喝醉了，他想打朵利亞的姊姊，朵利亞試圖保護她。」

美琪背靠樹幹，覺得自己似乎聽到樹的心在身後跳動，一顆巨大的木頭心。這一切是個夢，只是個夢。「這位姊姊叫什麼名字？」她問。「蘇莎？」

「我怎麼知道？」費諾格里歐回答。「我沒辦法記住一切，說不定跟那位妻子一樣，也沒有名字。不管怎樣，他後來手指殘廢，卻能造出這些奇蹟，只讓他更加有名！」

「我懂了，」美琪喃喃說著——突然發現自己試著去想像朵利亞長大後的樣子。「這個故事很美。」她說。

「我知道，」費諾格里歐說，發出一聲滿足的嘆息，靠在他許多年前在一本書中描述過的一株樹幹上。「不過，妳當然不能跟那男孩說這些。」

「當然不會。你的抽屜中，還有其他這類故事嗎？你是不是也知道敏奈娃的孩子長大會做什麼，還是貝波和那個火精靈？」

費諾格里歐無法進一步回答。

「看哪，眞是妙！」愛麗諾站在他們面前，懷裡全是地衣。「美琪，妳自己說！妳旁邊那位，是不是這個世界和其他世界中最懶的人？大家都在工作，他卻待在這裡，一副心不在焉的樣子！」

「啊，那美琪呢？」費諾格里歐憤怒地回擊。「更別提，如果那個最懶的人沒杜撰出這株樹和樹冠中的窩巢的話，你們什麼事都不用做！」

愛麗諾一點都不在乎這個說詞。「在這些該死的窩巢中，我們可能都會摔斷脖子，」她只這樣說。「我都不確定，這是不是會比礦場好多了。」

「冷靜點，羅倫當。笛王畢竟不會把妳送進礦場的！」費諾格里歐回答。「因爲妳在第一個礦坑中便卡住了！」

美琪讓兩人吵下去。樹叢間，已有光線舞動起來。美琪起先以爲那是螢火蟲，但等一些停落在她袖子上時，她才發現那是會發光的小巧蝴蝶，彷彿月光附著在牠們身上一般。

新的一章，她心想，抬頭瞧著窩巢。新的地點。而費諾格里歐可以對我說些朵利亞的未來，但關於我父親的故事，他卻說不上來。蕾莎爲什麼不帶著她一起？

因爲妳母親聰明！費諾格里歐對她說。除了妳之外，如果我找到合適的文字的話，誰該來唸呢？

大流士？不，美琪，妳是說這個故事的人。如果妳眞的想幫妳父親，在我身邊才是最恰當的地方。莫提瑪一定也是這樣認爲！

沒錯，他大概會這樣。

一隻蝴蝶停在她手中，在她手指上像戒指般閃閃發光。**這個朵利亞有個妻子，據說她是從一個遙遠的國度過來，常常讓他有新的點子。**沒錯，這眞的很奇妙。

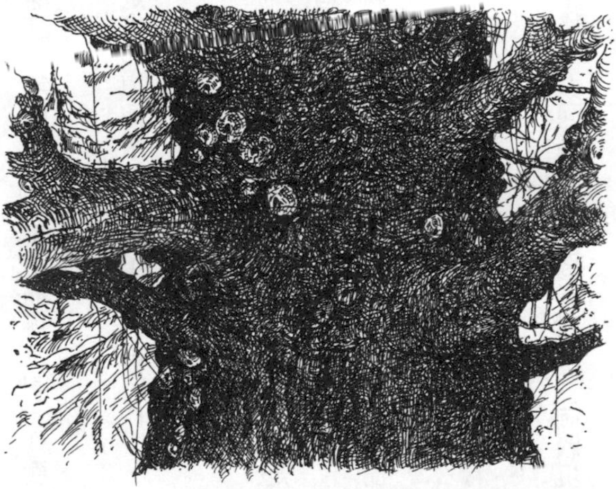

白色的低語

如果我有用天空繡出的衣裳，
用金銀的光線編織成，
夜晚、白晝和黃昏的
藍色、黯淡與黑暗的衣裳，
我會把它們攤在妳的腳下；
但我一無所有，只有自己的夢，
我把它們攤在妳的腳下，
輕輕踩著，妳踩的是我的夢。

——葉慈《他希望有天的衣裳》

髒手指從塔樓城堞上瞧著下方夜黑的湖，城堡的倒影在星光中浮沈。吹在他沒有疤痕臉上的風，由於周遭山上的雪而變得冰涼，髒手指品味著生命，彷彿第一次嘗到似的。生命帶來的渴望和喜悅，所有的苦澀，所有的甜美，就算只是暫時的，永遠只是暫時的，都得而復失，失而復得。

就連樹的黑影，都讓他快樂陶醉。夜色漆黑，彷彿想徹底證明這個世界只由墨水構成一般。山峰上的雪，看來不就像紙張一般？

就算是這樣吧……他頭上，月亮似乎在夜空中燒出一個銀色的洞，周圍的星子有如火精靈一般。髒手指試著回想自己是否在亡靈國度也見過月亮。可能吧。為什麼在鬼門關走過一趟，生命顯得甜美許多？為什麼這顆心還會愛著會失去的東西？為什麼？為什麼……

白衣女子知道一些答案，但並未都跟他說。她們讓他離開的時候，低語說道，晚一點吧，下一次吧。你會常常來，常常離開的。

葛文蹲坐在他旁邊的城堞上，不安地聽著水的拍拂。這頭貂不喜歡這座城堡。他們身後，魔法舌頭在睡夢中挪動身子。他們兩個沒多說一句，便決定睡在上面的塔樓城堞，就算天冷。髒手指不喜歡睡在封閉的房間，魔法舌頭似乎也如此。但他睡在上面，可能也因為薇歐蘭日夜在那些畫上圖畫的房間中穿梭的緣故——她不知疲累，像是在尋找自己死去的母親，或藉此加快她父親的到來。有哪個女兒會迫不及待想殺了自己的父親？

薇歐蘭不是唯一睡不著的人。書籍彩繪師坐在堆放氣絕的書籍的房間，試著訓練自己的左手學會過去他右手所擅長的絕技。他坐在那兒好幾個鐘頭，在一張布麗安娜幫他抹掉灰塵的寫字桌旁，逼著自己笨拙的手指畫出葉片和藤蔓、鳥和細小的臉孔，同時沒用的斷手臂扶住他事先帶來的羊皮紙。「要不要我到森林中幫你找個玻璃人來？」髒手指問他，但巴布盧斯只搖搖頭。「我不需要玻璃人，」他不悅地回答。「他們老是會在我的畫上面留下他們的足印！」

魔法舌頭睡不安穩。睡眠不會讓他感到安詳，而這晚似乎比之前幾晚更糟。說不定她們又來找他。白衣女子溜進夢中時，是看不見她們的身影的。她們更常找魔法舌頭，而不是他——彷彿想確認一下，松鴉並未忘了她們似的，確認她們和他與她們主人談的交易，那偉大的變身者，讓一切榮枯綻放與毀滅。

喔，是的，她們坐到他身旁，冰冷的手指摸著他的心。髒手指感受得到，彷彿那是他自己的心一樣。松鴉！他似乎聽到她們低語，既覺得顫抖，又感到渴望。讓他睡吧，他心想。讓他休息，避開白日給他的憂心，擔心自己，擔心他女兒，擔心做錯事……放過他吧。

他走向魔法舌頭，手擱在他心上。他從夢中驚醒，臉色蒼白。沒錯，她們找過他了。

髒手指讓火在手指上舞動，他知道這些訪客留下的寒意，像雪一樣清新、澄淨、純潔，但心凍住了，同時也在燃燒。

「她們這次說了什麼？松鴉，長生不死觸手可及？」

魔法舌頭把蓋住他身子的皮毛掀開，雙手顫抖，彷彿浸在冷水中過久一樣。

髒手指讓火變大，再次輕輕把手貼在他心口上。「好點了嗎？」

魔法舌頭點點頭，沒把他的手推開，就算那比一般人的皮膚溫度要高很多。「她們是不是把火注入你的血管，讓你復活？」法立德問過髒手指。「可能吧。」他回答。他喜歡這個念頭。

「天哪，她們一定很喜歡你，」魔法舌頭睡眼惺忪地站起來時，髒手指說道。「可惜她們有時會忘記自己的愛注定會讓人死亡。」

「喔，沒錯，她們會忘記。謝謝你叫醒我。」魔法舌頭走到城堞旁，瞧著外頭的夜。「他來了，松鴉。她們這次低聲說著，他來了。不過——」他轉身，看著髒手指，「笛王幫他開路。她們這麼說是什麼意思？」

「不管是什麼意思——」髒手指讓火熄滅，走到他身旁，「笛王像他主子一樣，必須經過這座橋，所以我們可以即時看見他來。」髒手指對於自己說出笛王的名字而不感到害怕，仍覺得怪。但他可能真的把恐懼永遠留在亡靈那裡了。

風在湖面吹起漣漪。薇歐蘭的士兵在橋上來回走著，在城堞上面，髒手指似乎仍聽得到他們的女主人永不歇息的腳步聲。薇歐蘭的腳步聲——還有巴布盧斯羽毛筆沙沙作響的聲音。

魔法舌頭看著他。「讓我看看蕾莎，就像你從火中變出薇歐蘭的母親和她姊妹那樣。」

髒手指猶豫起來。

「別這樣啦，」魔法舌頭說。「我知道，你跟我一樣，幾乎一樣熟悉她的臉。」

我把一切都告訴莫。蕾莎在夜之堡的地窖中小聲對他說過。她顯然沒說謊。當然沒有，髒手指。她跟她所愛的丈夫一樣，都不懂得撒謊。

他在夜裡勾勒出一個身影，再讓火來上色。

魔法舌頭不由自主伸出手，但火咬了他的手指後，他便縮了回來。

「美琪呢？」愛意清清楚楚寫在他的臉上。不，他沒有改變，不管其他人怎麼說。他就像一本打開的書，帶著他熾熱的心和一個可以喚出他想要的東西的聲音——就像火對髒手指所做的一樣。

火在夜中畫出美琪，塡上了溫暖的生命，栩栩如生。她父親 下又變了，因爲他的雙手又再朝火伸去。

「嘿，你。」髒手指讓那火影立在城堞後面。

「我？」

「對，對我說說羅香娜，魔法舌頭，讓你自己名副其實。」

松鴉微笑著，背靠在城堞上。「羅香娜？這個容易，」他輕聲說。「關於她，費諾格里歐寫得很棒。」

他開始述說時，聲音像隻手攫住了髒手指的心。他的皮膚察覺到那些文字，彷彿那是羅香娜的雙手：「**髒手指從未見過這麼美麗的女人。她的頭髮烏黑如他喜愛的夜，她的眼中有著樹下的黑暗、烏鴉的羽毛、火的氣息。她的皮膚讓他想起精靈翅膀上的月光……**」

髒手指閉上眼，聽到羅香娜在他身旁呼吸著。他希望魔法舌頭一直說下去，直到文字成了眞實的血肉，但費諾格里歐的文字很快就用完了，羅香娜跟著消失。

「那布麗安娜呢？」魔法舌頭說出這個名字，髒手指似乎已見到自己的女兒站在夜色中了，別過臉去，跟他一靠近她時，她慣有的動作一樣。「你的女兒在這兒，但你都不敢看她。是不是要我也說說布麗安娜？」

「好，」髒手指輕聲說。「好，讓我看看她。」

魔法舌頭清了清喉嚨，像是要確定自己的聲音能徹底展現力量。「在費諾格里歐的書中，你的女兒只有一個名字，還有幾句話提到這個小孩，但她早已不是孩子了。所以我只能說現在大家見到的她。」

髒手指的心揪了起來，像是害怕那些將要出現的文字。他的女兒，他形同陌路的女兒。

「布麗安娜繼承了母親的美，但每個見到她的人，也立刻想到了你。」魔法舌頭小心遣詞用字，像是從夜一一摘下星子，拿來拼起布麗安娜的臉龐。「她的頭髮與她的心如火，每當她攬鏡自照，便想起自己的父親——」

他從亡靈那裡歸來，沒有帶著柯西摩，她還怪他，髒手指心想。別再說了，他想對魔法舌頭說，別管我女兒了。還是再說說羅香娜吧。然而，他默不出聲，魔法舌頭繼續說著。

「布麗安娜比美琪成熟多了，但有時看來卻像是個迷失的孩子，害怕自己的美。她跟她母親一樣優雅，繼承了母親美麗的聲音——只要布麗安娜一唱歌，連王子的大熊都會傾聽——但她的歌都是悲歌，述說每個人總有一天會失去所愛的人。」

髒手指察覺臉上的淚，都忘了淚在自己皮膚上會感覺很冰涼。他用自己熾熱的手指抹掉淚。但魔法舌頭繼續說著，聲音輕柔，彷彿說到自己女兒一般。「當她以為你不會察覺時，便會看著你。她或許想從我們兩人這裡打聽亡靈那裡的事，我們是不是在那裡見過柯西摩。」

「我曾見過兩個他，」髒手指輕聲說。「而她或許很願意拿我來跟其中一位交換。」

他轉身，瞧著下方的湖。

「怎麼了？」魔法舌頭問。

髒手指一言不發地指著下方。一條火蛇在夜裡蜿蜒而來。那是火把。

等待告一段落。

橋上的守衛有了動作，一名跑回城堡轉告薇歐蘭這個消息。

毒蛇頭來了。

時機不對

「這是你最新的造物？」男人問。

「難說，」上帝回答，看著那個有尾目動物的眼睛。「牠可能還會在這兒窩上一會。有些東西眞的需要一堆時間。但另一方面——他們不知如何總是會冒出來，全都準備就緒，怪得很。」

——泰德・休斯《玩伴》

「髒手指看見下方森林中的火把。當然了，毒蛇頭害怕白晝。」該死，墨水又變稠了。

「薔薇石英！」費諾格里歐撢掉袖子上的羽毛，四處察看尋找。牆壁是樹枝巧妙編成，他的寫字板是朵利亞量身打造出來的，床由樹葉和地衣鋪成，還有被風一吹滅，法立德便重新點燃的蠟燭——但就是不見薔薇石英。

他和雅斯皮斯大概還死命希望上面這裡也有女玻璃人。畢竟法立德笨到對他們說，至少看到兩位。「跟精靈一樣漂亮。」那個笨蛋還加上這句！那時候起，這兩個玻璃人便在樹枝間勤奮攀爬，摔斷自己的細脖子只是時間的問題而已。蠢東西。

算了，不管他們。費諾格里歐再拿羽毛筆沾了沾過稠的墨水。這樣應該也行。他喜歡自己新的寫作地點，高踞在自己的世界上，自己的世界眞的臣服在他腳下，就算老找不到自己的玻璃人，夜裡冷得可怕也無妨。他從未在任何地方察覺過文字自行泉湧而出的感受。

沒錯，他在這上面會爲松鴉寫出自己最棒的曲子，就在這裡，在一株樹的樹冠中。還有哪裡比這更加合適？法立德火中最後的畫面，讓人安心：髒手指在城堡的城堞後，莫提瑪沈睡著……這只意味，毒蛇頭尚未抵達城堡。是啊，費諾格里歐，又怎麼到得了？他想著，心滿意足。你讓他車駕的一只輪子在陰暗的森林中斷裂。那至少會耽誤銀爵士兩天的時間。如果不更多的話。在文字又愛上他的這個時候，他有足夠的時間寫作，

「薔薇石英！」

要是我得再叫上他一次，費諾格里歐心想，那我就親自把他丟下這株樹。

「我沒重聽，相反地，我聽得比你清楚。」這個玻璃人突然從黑暗中冒出來，費諾格里歐一下子在紙上添了一筆濃稠的墨跡，正好在毒蛇頭的名字那裡。希望這是個好兆頭了。薔薇石英把一根細樹枝插進墨水中，開始攪拌，沒有任何道歉的話，也不解釋自己去了哪。專心，費諾格里歐。別管那個玻璃人。寫。

文字流洩出來，輕鬆自如。毒蛇頭回到自己曾跟薇歐蘭母親求婚的城堡，他因爲長生不死，而心情沈重。他腫脹的雙手中拿著那本折磨他的空白的書，他專門逼供的手下在此也相形失色。但不久後，這會告一段落，因爲他女兒會把他交給讓他落到這種下場的那個男人手上。啊，復仇的滋味多麼甜美，只要松鴉先治好這本書和他腐爛的皮肉……是的，做你復仇的白日夢吧，銀爵士！費諾格里歐心想，同時寫下毒蛇頭陰森的念頭。只想著你要報仇——別去想你從未相信過你的女兒！

「他總算在寫了！」這些話雖然只小聲說出，但毒蛇頭剛剛還很清晰，費諾格里歐幾乎可以伸手觸及的那張臉，一下子變得模糊，換上了羅倫當女士的臉。美琪在她身旁。她爲什麼不睡？美琪這個瘋狂的姨婆晚上在樹枝中到處攀爬，追著每隻閃閃發光的飛蛾，費諾格里歐絕對不會驚訝，但美

琪——她不願像孩子一樣被拉上去，而跟著朵利亞爬上樹幹，已累得要死！

「沒錯，他在寫，」他嘟囔著。「要是別人不來一直打擾他，說不定早就寫完了！」

「你說一直是什麼意思？」羅倫當回擊，聽來又是一副挑釁的樣子，而穿著三件套在一起的衣服，看來眞是可笑。她能找到這麼多件大號尺寸的衣服，還眞是個奇蹟。她闖進自己世界中穿的那件怪物衣服，這時已被巴布提斯塔改成給孩子穿的上衣。

「愛麗諾——」美琪試著打斷她的話，但沒人可以阻止這張嘴。費諾格里歐這時已經非常清楚這點。

「他說一直！」她蠟燭上的蠟這時也滴到他的紙上！「妳看他白天晚上，有爲不讓孩子掉出這些混蛋的窩巢擔心過嗎？或是在這株該死的樹上爬上爬下，張羅吃的東西上來過嗎？他修補過牆，免得我們全被風吹死，或站過守衛嗎？沒有，但他卻一直被打擾。」

啪，又是一滴蠟。她探身到剛寫好的文字上，舉動實在隨便！「看起來不錯嘛，」她對美琪說，好像他化成了冰冷的森林空氣一樣。「是的，眞的不錯。」

簡直難以置信。

現在連薔薇石英也探身到他的字句上，皺起自己的玻璃額頭，那看起來，像是水起了皺褶似的。

「啊！我繼續寫之前，你是不是也要品頭論足一下？」費諾格里歐喝叱他。「有什麼特別的要求？要我寫出一個玻璃人英雄，還是一個自以爲是的胖女人，逼得毒蛇頭發瘋，自願求白衣女子帶走他？這或許是個解決方法，對吧？」

美琪來到他身旁，手擱在他肩上。「你不知道自己還需要多久，對不對？」她的聲音聽來沮喪無比，一點都不像曾經改變過這個世界幾次的聲音。

「不會再等很久了！」費諾格里歐盡量讓聲音聽來信心十足的樣子。「文字泉湧而出……」

他不出聲了。

外頭傳來一隻老鷹嘶啞悠長的叫聲，一聲又一聲。是守衛的警訊。喔。不。

費諾格里歐舒舒服服住下來的窩巢，高懸在一根比翁布拉所有巷子都要寬的枝幹上。但每次他爬下朵利亞幫他搭建的梯子，而不用從晃盪的繩子滑下時，都會頭暈。黑王子到處繫上強盜們用藤蔓與樹皮編成的繩子。此外，這株樹自己也有許多垂懸的氣根與枝幹，雙手因此總有東西可抓。然而，這一切並不能讓人忘記在這些濕滑的枝幹下裂開的高度。你可不是松鼠，費諾格里歐！他心想，同時緊抓著幾根藤蔓，朝下窺看。不過，對個老頭來說，你在上面這裡算是身手不錯的了。

「他們收起繩子了！」跟他比起來，羅倫當女士在這些空中的木頭走道上，倒是動作無比靈活。

「我也看到了！」費諾格里歐嘟囔著。他們收起所有通往樹下的繩子。這可不是什麼好事。法立德爬下來到他們這裡。他常蹲坐在黑王子安置在樹頂枝頭的守衛處。老天，人怎麼可能如此靈巧攀爬？這男孩的身手幾乎跟他身邊的貂一樣好。「那裡有火把，他們接近了！」他脫口而出，上氣不接下氣。「你們聽到狗的叫聲了嗎？」他看著費諾格里歐，露出指責的眼神。「你不是說，沒人知道這棵樹嗎？書和窩巢都被人遺忘了嗎？」

責備。當然了，只要出了問題，就怪到費諾格里歐頭上！

「那又怎樣？狗也找得到失落的地點！」他訓斥那男孩。「還不如問，是誰負責抹掉我們的蹤跡！黑王子在哪？」

「下面，跟他的熊在一起。他想把牠藏起來。那頭笨畜生就是不願被拉上來！」

費諾格里歐細聽著。果然，他聽到狗叫。該死，眞是該死！

「這算什麼！」羅倫當女士一副這一切根本嚇不倒她的樣子。「他們沒辦法把我們抓下去，對吧？這樣一株樹一定易守難攻！」

「但他們可以餓死我們。」

法立德對這種情況顯然瞭如指掌，愛麗諾・羅倫當一下子不安起來。而她又瞪著誰呢？

「喔，現在我又成了最後的希望，對不對？」費諾格里歐模仿她的聲音：「快點寫些東西，費諾格里歐！這不可能太難的！」

孩子們爬出自己安睡的窩巢，跑在枝幹上，彷彿那是田間小路一樣，還嚇得朝下窺看。在這株巨大的樹中，他們看來像是漂亮的甲蟲。可憐的小東西。

黛絲皮娜跑向費諾格里歐。「他們上不來吧，對不對？」

她哥哥只看著她。

「當然上不來。」費諾格里歐說，就算伊沃眼裡看得出他在說謊。伊沃愈來愈常跟羅香娜的兒子葉罕在一起，兩個人談得來，而對他們的年紀來說，懂得太多這個世界的事了。

法立德抓住美琪的手臂。「巴布提斯塔說，我們得把孩子們帶到最上面的窩巢。妳能幫我嗎？」

她自然點了頭——她還是很喜歡這個男孩——但費諾格里歐拉住她。「美琪待在這裡，有可能我會需要她。」

法立德自然立刻明白他在說什麼。費諾格里歐在他黑色的眼中看到復活的柯西摩騎過翁布拉的巷子以及躺在無路森林樹叢中的死者。

「我們不需要你的文字！」那男孩說。「如果他們試圖爬上來的話，我會把火灑下去！火？在森林中，這可是個讓人不安的字眼。

「我可能有更好的點子。」費諾格里歐說——察覺到美琪絕望的眼神。那我父親呢？她的眼睛問。是啊，那怎麼樣？哪些文字更急迫呢？該死，該死，真該死！

一些孩子哭了起來，費諾格里歐看到下面法立德提到的火把，在黑夜中，像火精靈般閃閃發光，只不過更加危險嚇人。

法立德帶著黛絲皮娜和伊沃，其他孩子跟著他。大流士朝他們跑去，稀疏的頭髮睡得亂亂的，抓住朝他伸手過來求援的小手。他看著愛麗諾這頭，顯得擔心。但她只站在那裡，瞪著深處，臉色陰沈，手握成拳頭。

「就讓他們來！」她脫口而出，聲音顫抖。「我希望大熊把他們統統吃了，把這些抓小孩的傢伙剁成一塊塊的！」

瘋女人，但她卻說到費諾格里歐的心坎裡。

美琪仍瞧著他。

「妳幹嘛這樣看著我？我該怎麼辦，美琪？」他問。「這個故事又在兩個地方進行。哪一個更需要文字？難道要讓我再長出另一個腦……」

他突然不出聲。

羅倫當女士仍對著下面冒出一連串咒罵。「小孩屠夫！寄生蟲！盔甲蟑螂！！！應該把你們踩死！」

「妳剛剛說了什麼？」費諾格里歐的聲音聽來比自己所想的要粗暴。

愛麗諾看著他，不明究竟。

踩死……！費諾格里歐瞪著深處的火把。「是的！」他低聲說。「是有點危險，但沒辦法……」

他轉身，趕緊爬上梯子，又回到自己的窩巢。文字冒出來的窩巢。沒錯，現在只有那裡，才是他該待的地方。

不過，羅倫當自然也跟了來。

「你有點子了？」

是的。而他絕不會告訴她，又是她幫自己想到這個點子。「沒錯，我有個點子。美琪，妳準備一下。」

薔薇石英遞給他羽毛筆，感到害怕。費諾格里歐從他的玻璃臉上看得出來，比平常紅多了。還是他又偷喝了自己的酒？這兩個玻璃人現在跟他們的野生同類一樣，靠磨碎的樹皮維生，淡粉紅色的薔薇石英現在已露出些許綠意了。看來搭配得不怎麼好。

費諾格里歐在朵利亞巧手雕出的寫字板上擱上一張白紙。見鬼了，他一直不喜歡同時寫兩個故事！

「費諾格里歐！那我父親呢？」美琪跪在他身旁。看來無比絕望的樣子！

「他還有時間。」費諾格里歐沾了沾羽毛筆。「如果妳擔心的話，讓法立德召出火影，但相信我：要修好車駕輪子，不是那麼容易的事。毒蛇頭再趕，也要一兩天才能到那座城堡！我答應妳，這裡的事情一完，我就會幫松鴉寫些東西。現在別那麼沮喪的樣子！要是紅雀把我們全都從樹上射下去，妳要怎麼幫他呢？現在把那本書給我，妳知道是哪一本！」

他很清楚自己要到哪找。他一開頭便描寫到他們，在第三章，或第四章。

「現在快給我說！」羅倫當的聲音因爲不耐煩顫抖著。「你想幹什麼？」她走近，想瞧一眼那本書，但費諾格里歐當著她的臉，把書闔上。

「安靜！」他大吼出聲——就算壓不過下面傳上來的吵雜聲。紅雀是不是已經到了？

寫，費諾格里歐。

他閉上眼睛，已看到他在面前，十分清晰，令人激動。碰上這種情況，寫作的樂趣也跟著加倍！

「這算什……」

「愛麗諾，安靜！」他聽到美琪說。

文字跟著來了。喔，是的，這個窩巢是寫作的好地方。

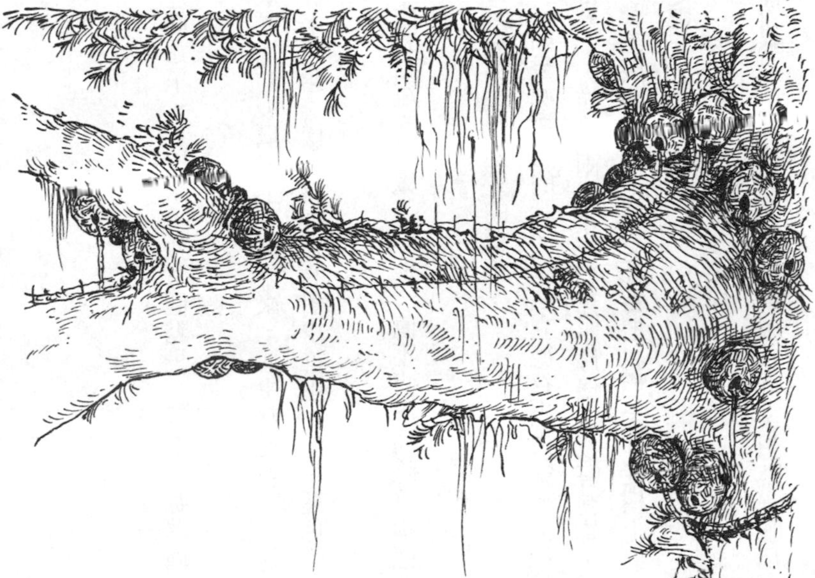

火與黑暗

什麼是正義，什麼是不公？做與不做的差別在哪？如果我的生命還能再來一次，老國王心想，我會入修道院——因為害怕一種可能導致遺憾與痛苦的舉動。

——懷特《永恆之王：風中之燭》

「你們算出多少人？」

「將近五十。」他們盡量讓聲音聽來鎮定，但薇歐蘭的孩子兵害怕，莫也不只一次懷疑，他們之前是否真的戰鬥過——或是，他們只是因為自己父兄之死，才知道戰爭的。

「只有五十名？那他真的相信我！」薇歐蘭的聲音中聽得出勝利的喜悅。毒蛇頭的女兒一點都不害怕。那是她巧妙掩飾起來的一種感受，許多感受中的一種，莫發現，她見到自己年輕士兵的恐懼時，眼裡露出不屑。但在布麗安娜的臉上，也可見到恐懼，就連圖立歐毛茸茸的臉上也不例外。

「紅雀跟著他嗎？」

男孩們搖搖頭。莫只能這樣稱呼他們。

「那笛王呢？他一定帶著他了吧，對不對？」

再次搖頭。莫和髒手指交換了一副吃驚的眼神。

「就定位去！」薇歐蘭下令。「我們討論過很多次了。你們別讓我父親上橋。他可以派名使節過來，只能如此。我們讓他等，兩天，或者三天。他也這樣對付自己的敵人的。」

「他可不會喜歡！」髒手指輕聲說，幾乎是順帶一提的樣子。

「也不是這樣。現在統統離開，我想和松鴉單獨談談。」薇歐蘭瞧了一眼髒手指，催促他離開。

「就我們倆。」

髒手指一動不動。

直到莫對他點頭示意，他才轉身離開，無聲無息，彷彿眞是他的影子一般。

薇歐蘭走到窗邊。他們在她母親住過的房間。牆上，獨角獸安詳地在莫常在野林中見過的花斑大貓間吃草，窗外，可以看到鳥園，看到空蕩的籠子和因爲日間的光線而褪色的圖畫夜鶯。毒蛇頭似乎十分遙遠，彷彿在另一個世界一般。

「他沒帶著笛王，」薇歐蘭說。「這樣更好。他說不定把笛王遣回夜之堡，藉此懲罰他讓你逃跑一事。」

「您眞的這樣認爲？」莫打量牆上安詳吃草的獨角獸。牠們讓他想到其他的畫面，狩獵的畫面，白色的皮毛被長矛刺穿。「白衣女子不是這樣對我說。」

他還聽得到她們低語著：笛王幫他開路。

「眞的？但不管怎樣……就算他在這裡，我們同樣會殺了他，我們可以放過其他人，但笛王不行。」

她眞的對自己的事十拿九穩？

薇歐蘭仍背對著他。「我得綁住你。不然我父親不會相信你眞的是我的囚犯。」

「我知道，這讓髒手指動手，他知道如何綑綁，然後輕易掙脫開來。」他從我女兒愛上的一名男孩那裡學到的，莫在腦海裡繼續說。美琪現在在哪裡？跟她母親在一起，他自行回答。跟黑王子在一起。安全無虞。

「我父親一死——」薇歐蘭小心說出那個字眼，可能對自己的計畫還不是那麼肯定，「紅雀一定不會拱手交出翁布拉的寶座。他說不定會到夜之堡跟他妹妹討救兵。我希望我們到時還是盟友？」她第一次看著莫。

他該怎麼回答她？不，您父親一死，我就會離開。他會嗎？

薇歐蘭問出下一個問題時，又再次背對他：「你真的有妻子？」

「是的。」

公侯女兒偏愛雜耍藝人與強盜。

「要她離開。我讓你當翁布拉侯爵。」

莫似乎聽到髒手指在笑。「殿下，我不是侯爵，」他回答。「我是一名強盜——也是一名書籍裝幀師。對一個男人來說，這兩個角色已經太多了。」

她轉過身打量他，彷彿不敢相信他是認眞的。如果他能好好讀出她的表情，但薇歐蘭所戴的面具，比巴布提斯塔爲自己的喜劇縫製的面具，還要捉摸不透。

「你不考慮一下我的提議？」

「我已經說了，兩個角色就夠了。」莫重複道，而那一刻，薇歐蘭的臉跟她父親的簡直沒有兩樣，莫的心都揪了起來。

「好，隨便你，」她說。「但等這一切結束後，我會再問你一次。」

她又瞧著窗外。「我已吩咐我的士兵，把你關到被人稱作針的塔樓。我不想把你關到被我外祖父當成地牢的洞穴中。那裡的湖水塡滿洞穴，但囚禁的犯人剛好不會淹死。」她看著他，彷彿想看看這種畫面會不會讓他害怕。沒錯，她是想這樣做，莫心想。然後呢？

「我會在千窗大廳迎接我父親，」薇歐蘭繼續說。「他也在那兒跟我母親求婚。只要我確定他帶著那本空白的書後，便會把你帶過來。」

她雙手疊放在一起，像個朗誦時的女學生。他一直喜歡她，她讓他感動。他想保護她，讓她不再有過去的痛苦與心裡的陰霾，就算他知道，沒人辦得到這點。薇歐蘭的心是個封閉的房間，牆上都是陰森的畫。

「你要像我們討論過的那樣，假裝可以治好那本空白的書。我會準備好一切——巴布盧斯告訴過我你的需求——當你在修書時，我會分散我父親的注意力，你便可以寫下那三個字。他的脾氣不好，我會惹他生氣。讓人分心一般這最有效。如果我們走運的話，他根本注意不到你拿筆在紙上寫字。他應該有個新的貼身侍衛，這可能會是個問題。但我的手下會對付他的。」

我的手下。那都是孩子啊！莫心想，還好髒手指也在場。他一想到他的名字，髒手指就穿門進入。

「你想幹什麼？」薇歐蘭喝叱他。

髒手指沒理會她。「外頭十分安靜，」他小聲對莫說。「毒蛇頭聽到讓他等的消息，顯得十分冷靜。我不喜歡這樣。」他回到門口，沿走道瞧下去。「守衛到哪去了？」他問薇歐蘭。

「他們還會在哪？我派他們下去到橋上。但我的兩名手下在下面的院子，是扮演囚犯的時候了，松鴉。又是一個角色，你看？有時就是不只兩個。」她走到窗邊，喊著守衛，但回答她的只是靜寂。

莫在同一時刻察覺到了，察覺到故事又有新的轉折。突然間，時間似乎難以衡量，一股異樣的不安朝他襲來，好像他站在舞台上，錯過了登台演出。

「他們在哪？」薇歐蘭轉身，有一會，看來幾乎跟自己的年輕士兵一樣驚恐。她跑向門口，再次喊著他們。不過，沒人回應，只有靜寂。

「緊跟著我！」髒手指小聲對莫說。「不管發生了什麼事，火有時比劍更能保護我們。」

薇歐蘭仍朝外細聽。有腳步聲接近，跌跌撞撞、不規則的腳步聲。薇歐蘭從門口退開，彷彿害怕將會出現的東西。倒在她腳前的那名士兵全身是血，他自己的血。他是那位幫莫離開石棺的男孩。他現在知道更多殺人的事了嗎？

他結結巴巴說，等他倒在莫身上，才聽懂：「笛王……到處都是他們。」男孩還低聲說了些話，但莫聽不清楚了。他死在自己的血泊中，聽不明白的話還在嘴邊。

「還有另外您沒跟我們提過的入口嗎？」髒手指粗暴地抓住薇歐蘭的手臂。

「不！」她結結巴巴。「不！」然後掙脫他，彷彿是他殺了她腳邊的那個男孩。

莫抓住她的手，拉著她一起來到外頭的走廊，離開那些突然間到處迴盪在這座寂靜城堡中的聲音。但在下一個階梯上，他們便無法再逃脫下去。血跡斑斑，早已不是孩子的士兵們擋住他們的去路時，髒手指趕走了貂。他們舉起弩弓對著他們，把他們趕到薇歐蘭母親和她姊妹在十幾面銀鏡前學舞的大廳。笛王的身影現在也映照在鏡中。

「看啊，犯人沒戴鐐銬？醜東西殿下，眞是輕忽啊。」銀鼻子像公雞一樣直挺挺的，一如以往。但見到他旁邊的那個人，比見到他更令莫吃驚。奧菲流士。他沒想到他會在這裡。他忘了他，就算髒手指對他提過，他從奧菲流士那裡偷走了那本書及書中所有的文字。你是個傻子，莫提瑪。他的臉往往透露出他的念頭，而奧菲流士對他的驚訝引以爲樂。

「你是怎麼來到這座城堡的？」薇歐蘭推開緊抓著她的士兵，走向笛王，好像他只是個不速之客而已。他的士兵在薇歐蘭面前退下，似乎忘了誰是他們的主人。毒蛇頭的女兒——一個強大的頭銜，就算只是個難看的女兒也罷。

然而，笛王沒有反應。「除了那座沒遮沒掩的橋，您父親還知道另一條舒服多的路，」他百無聊賴地回答。「他想，您不會知道那條路，因此不會派人看守。顯然，這是您外祖父的不傳之密，但您母親跟您父親偷溜出這座城堡時，告訴了您父親。很浪漫的故事，對不對？」

「你說謊！」薇歐蘭四處瞧著，像是一頭被追捕的動物，但她觸目所及，只是自己在笛王旁邊的鏡中身影。

「是嗎？您的手下知道得更清楚。我沒殺光他們。像他們這樣的男孩，會是傑出的士兵，因為他們仍然認為自己不會死。」他朝莫踏近一步。

「我簡直等不及再見到你，松鴉。『先派我過去，』我求毒蛇頭，『讓我幫您抓那頭從我手中飛走的鳥。我會像貓一樣，偷偷靠近他，在他還等候您時，便出其不意抓住他。』」

莫沒聽他說。他在自己心裡讀著髒手指的念頭。松鴉，現在！那些念頭低語著，當一條火蛇爬上他右邊士兵的腿時，他手肘頂了自己身後那名士兵的胸口一下。火從地面竄出，露出火舌，燒起守衛的衣服。他們大喊，踉蹌退開，而火則在他們那兩名囚犯周遭圍起一層保護圈。兩名士兵舉起弩弓，但笛王按下他們的手臂。他知道，如果他把死掉的松鴉帶過去，他的主子不會原諒他的。他的臉氣到發白，但奧菲流士微笑著。

「真是讓人印象深刻！沒錯，真的！」他朝火踏近一步，仔細觀察火舌，像是想查出髒手指以什麼名字召喚火。接著，他的目光盯著髒手指。

「你真的可能可以單獨救走這位書籍裝幀師，」他柔和的聲音說道。「不過，倒楣的是，你把我變成敵人。眞是致命的錯誤。我不是跟笛王過來的，我現在服侍他的主子。在接見松鴉前，他在夜裡等著，先派我過來準備他的到來。徹底除掉火舞者，實在讓人難以下手啊。」

他聲音中的遺憾聽來跟眞的一樣，莫想起那天在愛麗諾的圖書館，奧菲流士還跟摩托娜為髒手指的小命求情呢。

「別再說了，除掉他，複眼！」笛王不耐煩地喊著，而他的手下則繼續扯掉身上燃燒的衣服。

「我想動手去抓松鴉了！」

「是，是，你會抓到他的！」奧菲流士回答，聲音受到刺激。「但我先拿我要的！」

他緊靠著火，火光染紅了他蒼白的臉。

「你把費諾格里歐的書給誰了？」他透過火問髒手指。「他嗎？」他只朝莫的方向點點頭。

「可能吧。」髒手指回答——微笑起來。

奧菲流士咬著嘴唇，像不得不忍住眼淚的孩子一樣。「是的，儘管笑吧！」他用沙啞的聲音說。

「笑我啊！但你很快就會後悔你對我做過的事。」

「怎麼做？」髒手指無動於衷回應著，彷彿周遭沒有仍拿著弩弓對著他們的士兵。「你要怎麼讓一個已死過一次的人害怕？」

這次換奧菲流士微笑了，莫希望有把劍，就算他看得出一把劍也幫不上他忙。

「笛王，這傢伙在這幹什麼？他什麼時候起效命我父……」奧菲流士的影子像頭甦醒的動物動起來時，薇歐蘭的聲音停了下來。

一個身影從中升起，像頭大狗一樣急促喘息。在那一團跳動與模糊的黑中，辨識不出任何面孔，只見得到一雙陰鬱憤怒的眼睛。莫感受到髒手指的恐懼，火舌縮起，像是那個陰暗的身影奪去了火的氣息。

「我大概不需跟你解釋夜魔是什麼吧，」奧菲流士絲綢般的聲音說。「流浪藝人說，他們是白衣女子送回來的亡靈，因爲她們無法滌盡他們靈魂中陰森之處。所以她們詛咒他們四處遊蕩，沒有形體，受自己的幽暗驅使，在一個不再是他們自己的世界，直到最後消失，被他們無法呼吸的空氣吞噬，被再無身體可資避開的陽光燒毀。但到那個時候，他們可是飢餓的，無比飢餓。」

他退開一步。「去抓他！」他對那影子說。「抓住他，我的乖狗狗。抓住火舞者，因爲他傷了我的心。」

莫進一步來到髒手指身側，但他推開他。「你走開，松鴉！」他喝叱他。「這裡這個比死神還可怕！」他們周遭的火熄滅，夜魔喘著大氣走進煤灰圈子中。髒手指並未避開他。那雙無形的手朝他抓來時，他只站在那兒，接著跟火舌一樣滅掉。

當他倒下時，莫彷彿心都停止似的。然而，夜魔像頭失望的狗，探身在髒手指一動不動的身體上嗅聞著，莫想起巴布提斯塔曾對他說過的事：夜魔只對活生生的肉體感興趣，避開死人，只因怕會被他們帶到他們不久前才逃離的國度。

「喔，這是怎麼回事？」奧菲流士喊道，聽來像個失望的孩子。「爲什麼這麼快？我還想多看一會他死的樣子！」

「抓住松鴉！」莫聽到笛王喊道。「快點！」但他的士兵只盯著夜魔。他轉過身，陰鬱的眼神直盯著莫。

「奧菲流士！把他召回去！」笛王的聲音一下子尖銳起來。「我們還需要松鴉！」

夜魔呻吟出聲，像是自己的嘴想出聲——如果他有嘴的話。有一會，莫似乎在這團黑影中認出了一張臉孔。惡意滲入他的皮膚，像黴菌般覆蓋住他的心。他的腿發軟，他絕望地吸著氣。是的，髒手指說得沒錯，這裡這個比死神還要可怕。

「回來，乖狗！」奧菲流士的聲音讓夜魔僵住。「那個傢伙晚點會是你的。」

莫跪了下來，在髒手指一動不動的身體旁。他想躺在他身旁，跟他一樣停止呼吸，停止感覺，但士兵們把他拉起來，綁住他雙手。他幾乎沒有感覺，幾乎沒有氣息。

笛王來到他面前時，莫像是透過一層紗看著他。「這座城堡中的某個院子中有鳥籠，把他關到裡面去。」他手肘頂了他的腹部一下，但莫只感覺到一點：他又可以呼吸了，而夜魔和奧菲流士的影子合而為一。

「等等！松鴉仍是我的囚犯！」薇歐蘭擋住帶走莫的士兵的去路。

但笛王粗魯地把她拉到一旁。「他根本不是您的囚犯，」他說。「您到底把您父親看得多笨？」

「把她帶去她房間！」他命令他的一名士兵。「你們把髒手指丟到關松鴉的籠子前，畢竟影子和自己的主人不該分開的，是不是？」

薇歐蘭的另一名士兵躺在門口，年輕的臉上盡是瀕死前的驚恐。到處都是他們的屍身。湖中城堡落入毒蛇頭手中，還有松鴉。所以這首曲子這樣告一段落。

「眞是可怕的結局！」莫似乎聽到美琪這樣說。「我不要這本書，莫。你有沒有其他的書？」

爲時已晚？

「對我來說，」鼴鼠反駁，「現在沒辦法就這樣去睡而什麼都不做。雖然我不知道該做什麼。」

——肯尼士·格拉漢《柳林中的風聲》

那座湖。當蕾莎在山坡腳下見到樹叢間波光瀲灩的湖水時，就想拔腿跑過去，但大力士拉住她，一言不發地指著圍著湖岸的帳棚。黑色的帳棚只會是一個人的，蕾莎靠著長在陡峭坡地的一株樹，發現自己所有的氣力慢慢消失。他們來晚了。毒蛇頭早到一步。現在怎麼辦？

她瞧著湖中像顆黑果實那銀爵士想要摘取的城堡。黑色的城牆看來駭人——而且無法接近。莫貞的在那裡嗎？不管在不在都無妨，毒蛇頭一樣如此。那座越過湖通向那裡的橋，由十幾名士兵看守。現在怎麼辦，蕾莎？

「可以肯定的是，我們無法從橋上過去，」大力士小聲對她說。「我去四處察看一下，妳在這裡等。說不定哪個地方會有船。」

但蕾莎不是來這兒等候的。在陡峭的湖岸山坡上找條路很吃力，樹叢間到處都有士兵，但他們瞧著城堡那頭。大力士帶她離開帳棚，到湖的東岸，樹木直逼水邊之處。也許，在夜色的掩護下他們可以試著游過湖？但湖水冰冷，無比冰冷，關於這座湖和湖裡的住民，有些陰森的故事。蕾莎的手摸著孩子，同時跟在大力士身後。她覺得孩子似乎藏在自己體內深處。

大力士突然抓住她的手臂，指著幾塊突出湖面的岩石。兩名士兵出其不意地從岩石中冒出來，彷彿直接從水中出來似的。他們爬上岸時，蕾莎發現離岩石不到幾步遠處，便有馬匹等在冷杉樹下。

「這是怎麼回事？」等有更多士兵從岩石間現身時，大力士低聲說。「到城堡難道還有另一條路？我去察看一下，但這回妳別跟來，好嗎？我答應過松鴉。要是他知道妳在這裡的話，現在早把我打到鼻子出血。」

「不，他不會的。」蕾莎小聲回答，但卻待了下來。大力士悄聲離開，而她站在樹下，看著他的背影，冷得發抖。湖水直拍到她的靴子前，在平靜的湖面下，她似乎看見被壓扁的臉，像魟魚背上的圖案一般。她嚇得退開——並聽到身後的腳步聲。

「嘿，那裡那位。」

蕾莎突然轉身。一名士兵站在樹叢間，手中握劍。快跑，蕾莎！

她比拿著武器、穿著沈重鎖子甲的士兵跑得快，但他召來另一名幫手，手裡拿著弩弓。快點，蕾莎！跑過一棵棵樹，躲起來，再繼續跑，像孩子那樣。就像她和美琪會玩的遊戲，要是她小的時候，她還在她身邊的話。那些錯過的歲月……

一支箭射進她旁邊的一棵樹，另一支插到她身前的泥地上。**蕾莎，別跟著我！求求妳！我得知道，我回來的時候妳會在那裡**。啊，莫。等待很難，卻總是只能等待。

她縮在一棵樹後，抽出自己的刀。他們接近了，對吧？繼續跑，蕾莎。但她的腿因為害怕而不聽使喚，她喘著大氣，跌跌撞撞來到下一棵樹後——發覺一隻大手摀住她的嘴。

「對他們說，妳要投降！」大力士小聲對她說。「但別走向他們，讓他們過來抓妳。」

蕾莎點點頭，收起刀子。兩名士兵互喊著。她從樹後伸出手臂，顫聲哀求他們別射箭時，怕得要死。她等到大力士爬開——對他那種身材來說，算十分靈巧——才從樹後現身，高舉手臂。等他們發現那是一個女人時，頭盔下的眼睛吃驚大張。他們的微笑看來不懷好意，就算他們已經放下武器，但他們還來不及抓住她，大力士已到他們身後，兩隻手臂各自勒住他們的脖子。他殺了他們時，蕾莎轉過身去，在潮濕的草地上嘔吐，一手壓住身子，深怕孩子會察覺到她的恐懼。

「他們到處都是！」大力士把她拉起。他的肩膀流血，都把上衣染紅了。「其中一位有刀子。小心點，如果他們有刀子的話，拉札諾！朵利亞老這樣說。這小子比我聰明多了。」他搖晃得厲害，蕾莎不得不撐住他。他們繼續跌跌撞撞，走到樹叢深處。

「笛王也在這裡，」大力士小聲對她說。「我們在岩石那頭見到的，都是他的手下。看來那裡有條通道穿過湖底。可惜又跑出更多的壞消息。」

他四處打量。聲音從湖岸下面傳上來。要是他們發現死者的話，該怎麼辦？大力士拉著她繼續走，來到一個帶有山妖味道的地洞。

他們一擠進去，蕾莎便聽到啜泣聲。大力士跟在她身後爬的時候，呻吟出聲。一個毛茸茸的東西蹲坐在黑暗中。蕾莎起先以為那真的是個山妖，但接著想起美琪提過的薇歐蘭的僕役。他叫什麼名字？圖立歐。

她伸手去握那隻毛茸茸的手。薇歐蘭的僕役張著驚恐的大眼瞪著她。

「發生了什麼事？我是松鴉的妻子！求求你！他還活著嗎？」

他像動物般圓通通的黑眼睛瞪著蕾莎。「他們全死了，」他低聲說。蕾莎的心開始失常，彷彿忘了該跳動似的。「全都是血！他們把薇歐蘭關到她的房間，而松鴉——」

他怎麼了？不，她不想聽。蕾莎閉上眼睛，彷彿這樣便能回到愛麗諾的屋子，那座平靜的花園，到莫的作坊中去……

「笛王把他關到籠子中去了。」

「這是說他還活著？」

見到他急切點頭，蕾莎的心又慢慢跳動起來。

「他們還需要他！」

當然了。她怎麼會忘記這點？

「但夜魔吃了火舞者！」

不，這不可能。蕾莎雙手摀著臉。

「毒蛇頭已在城堡中了嗎？」大力士問。

圖立歐搖搖頭，又開始啜泣。

大力士看著蕾莎。「那他今晚會過去，松鴉會殺了他的。」這聽來像個咒語。

「怎麼做？」蕾莎拿刀割下他袍子上的一塊布，綁住仍流血不止的傷口。「他要如何寫下那些字，薇歐蘭已經幫不了他，而髒手指……」她沒說出「死」這個字，彷彿這樣可以不讓事實成眞似的。

外頭可以聽到腳步聲，但接著遠離。蕾莎解開自己腰際上摩托娜的袋子。

「不，拉札諾！」她輕聲說——這是她第一次稱呼他的名字。「松鴉殺不了毒蛇頭。只要毒蛇頭一發現莫無法治癒那本空白的書時，他們便會殺了他，而且會很快。」

她把幾粒細小的種子撒在手中，能夠讓人換上另一種形體的穀粒，那平常只有死神辦得到而已。

「妳在做什麼?」大力士試圖奪走她的袋子，但蕾莎雙手緊緊握住。

「這只需要擱在舌頭下，」她低聲說，「注意別吞下去。如果老是如此，總有一天變身的動物會取而代之，自己便會忘了自己的過去。山羊有條狗，據說過去曾是他的一名手下，直到摩托娜拿他來試這種種子的功效。有天，那隻狗攻擊她，他們便殺了狗。我那時以為這只是個用來嚇女僕們的故事。」

她把種子倒回袋子中，只留下四顆。四顆細小的穀粒，幾乎圓圓的，像虞美人的種子，不過顏色淺些。「帶著圖立歐回洞窟去吧!」她對大力士說。「告訴黑王子我們見到的事，也告訴他快嘴的事。幫我照顧美琪!」

他看著她，無比難受。

「你在這兒幫不了我的，拉札諾!」她低聲說。「不管是我，還是松鴉。回去保護我們的女兒吧，並安慰一下羅香娜。或者不要，你可能先別對她說什麼。我會轉告的。」

她舔掉手中的穀粒。「沒人知道自己會變成哪種動物，」她低聲說。「但我希望是有翅膀的。」

來自深山裡的幫手

他想到過去創造一切的歲月。那是多久前的事！當時，他和他的兄弟殺了可怕的巨人伊梅爾，用他的屍體創造出整個世界。他的血變成海洋，肉體成了陸地，骨頭成了山和危岩，他的頭髮成爲樹木和草。

——布林斯偉德《瘋狂的神祇》

美琪等著……同時耳中滿是叫聲，而法立德則用白火滅掉黑炭鳥的黑火，大流士在一旁講故事安撫孩子，柔和的聲音比平常來得大，好蓋過打鬥聲，愛麗諾則幫忙割斷紅雀拿箭射到樹上的繩子。是的，美琪等著，輕聲唱著巴布提斯塔教她的歌，那些滿懷希望與光明、抗拒與勇氣的歌，而樹腳下，強盜正爲她和孩子們的生命奮戰，每個叫喊，都讓美琪想到那次法立德身亡的林間戰鬥。然而，這回她要擔心兩個男孩的安危。

她的眼睛不知該先找誰，法立德，還是朵利亞？黑髮的，還是棕髮的？有時，她見不到任何一位，他們在樹枝間身手敏捷，都跟著黑炭鳥噴到這株大樹上的火跑，像燃燒的焦油一般。朵利亞拿布和墊子拍滅火，而法立德則在上面嘲弄黑炭鳥，讓自己的火像鴿子般停駐在那致命的火上，靠著火的羽翼撲滅黑炭鳥的火。他從髒手指那裡眞是學了不少。法立德早已不是學徒，美琪發現黑炭鳥堅韌的臉因爲嫉妒而扭曲，而紅雀則在樹叢間坐在自己的坐騎上，面無表情地打量這些打鬥的人，像是看著自己的狗在撕裂一頭鹿似的。

強盜們仍捍衛著這株樹，就算居於劣勢，毫無希望。但還能撐多久呢？

他到底在哪裡？她和費諾格里歐召喚來幫忙的那個傢伙，到底在哪裡？柯西摩那次倒是很快！除了費諾格里歐和那兩個張大嘴聽她朗讀的玻璃人外，沒人知道美琪幾個小時前唸了什麼。他們根本沒機會告訴愛麗諾，紅雀的攻擊來得猛烈。

「妳得給他一些時間！」當美琪把費諾格里歐寫的紙擱下來後，他對美琪說。「他從很遠的地方來，沒有其他的辦法！」

唉，該不會他們全都死了，他才來吧……

黑王子的肩膀已經流血，幾乎所有的強盜這時都已受傷。看來會太遲，太遲。

美琪看到朵利亞差點被箭射中，羅香娜安慰哭泣的孩子，而愛麗諾和敏奈娃死命砍著另一根繩子，免得紅雀的手下爬上來。他什麼時候會來？什麼時候？

突然間，她感覺到，一如費諾格里歐描述那樣：一股震動，直到樹梢都能感覺到。大家都感覺到這股震動。打鬥的人停了下來，驚恐地四處張望。**土地在他的腳步下震動**。費諾格里歐如此描述。

「你真的確定他脾性溫和？」美琪擔心地問道。

「當然！」費諾格里歐惱怒地回答。但美琪不得不想到柯西摩，他並不像費諾格里歐預想那樣妥當。難道還真的是那樣？誰能說出這個老人腦袋裡到底在想什麼？愛麗諾可能還最容易猜出來。

震動愈來愈強烈。樹枝斷裂，大的枝幹和小樹。鳥群從灌木叢中飛起，等到那個巨人從矮樹叢下現身時，樹下的叫喊轉成驚恐的喊叫。

沒錯，他不像這株樹這樣高大。

「當然不像！」費諾格里歐說。「他們當然沒那麼高大！那會多蠢？而且——我不是對妳說，這些窩巢，就是因爲其中的住民要躲開巨人才建造的？妳看看！他搆不著這些窩巢的，不管哪一個，但只要紅雀一見到巨人，就會落荒而逃，這點可以肯定，只要他的細腿撐得住的話！」

沒錯，紅雀的確落荒而逃，就算是靠他的坐騎代勞。他是第一個逃跑的。黑炭鳥嚇得被自己的火燙到，強盜們卻只站著，因爲黑王子的吩咐。拋下第一根繩子給強盜們的是愛麗諾，她也喝叱其他女人，因爲她們呆站在那裡瞪著巨人。「拋繩子！」美琪聽到她大喊。「快點，還是妳們想要他踩死他們？」

勇敢的愛麗諾。

強盜們開始攀爬，而士兵們的喊聲迴盪在森林間，距離愈來愈遠。但巨人停了下來，抬頭看著低頭打量他的小孩，他們臉上半是著迷，半是驚愕。

「他們喜歡人類的小孩，這才是問題，」美琪開始朗讀前，費諾格里歐小聲對她說。「說不上什麼時候，他們開始抓小孩，就像抓蝴蝶或倉鼠一樣。但我試著寫個懶得做這種事的巨人過來，因此可能是個不怎麼聰明的傢伙！」

這巨人看來聰明嗎？美琪說不上來，完全把巨人想成另一種模樣。他巨大的肢體絕不笨拙。不。他的動作並不比大力士遲鈍到哪去，有一會，當他這樣站在樹叢間，美琪似乎覺得他的體型才適合這座森林，而不是強盜們。他的眼睛令人毛骨悚然，比人的眼睛圓，像是變色龍的眼睛，他的皮膚也一樣。這個巨人跟精靈與妖精一樣赤身裸體，每動一下，皮膚的顏色就跟著變換。起先，他的皮膚像樹皮一樣呈淡褐色，這時卻像垂在幾乎光禿禿的山楂樹上最後的果實一樣紅。就連他的頭髮都會變色，一下綠，但突然間像天空一樣灰白。如此，他在樹叢間幾乎是隱形的，彷佛空氣在動，彷佛風有了形體，或像是這座森林的幽靈一般。

「啊！他終於來了！眞棒！」費諾格里歐突然來到美琪身後，幾乎讓她從自己所在的樹枝上跌下去。「是囉，我們兩個可是技藝高強！不是要冒犯妳父親，但我認爲妳才是眞正的高手。妳不算是個大人，還可以清楚看出文字後的圖像，就像孩子們一樣。這個巨人完全不像我所想像的樣子，這可能也是其中的原因。」

「但我也把他想成另一種模樣。」美琪低聲說，彷彿一大聲，便會引起巨人的注意。

「眞的？嗯。」費諾格里歐小心往前一步。「但不管怎樣，我很期待羅倫當女士的看法。沒錯，眞的。」

美琪看到朵利亞對巨人的反應。他蹲坐在樹冠中，眼睛直盯著他。法立德看來陶醉無比，就像髒手指教他新的把戲時那種樣子，而偷偷摸摸則待在他懷裡，露出牙齒，顯得緊張。

「這時候你是不是也寫好給我父親的文字了？」她又辦到了！靠著她的聲音和費諾格里歐的文字，繼續把故事說下去，也一如其他那幾次一樣，她既精疲力竭，又感到驕傲——而且害怕自己召喚來的東西。

「給妳父親的文字？沒有，但我會努力的！」費諾格里歐揉揉滿是皺紋的額頭，彷彿想先在那兒喚醒一些沈睡的念頭。「可惜巨人大概幫不上妳父親，不過相信我，今晚我會完成的。只要毒蛇頭一抵達城堡，薇歐蘭會以我的話接待他，我們兩個會徹底讓這個故事圓滿結束。唷，他眞是棒！」費諾格里歐探身，費諾格里歐想瞧清楚些自己創造出來的生物。「我眞不知道，他那變色龍眼睛怎麼來的，我還眞的沒寫過！但隨便吧。這看來……滿有趣的。沒錯，眞是這樣。說不定我該再寫幾個他的同類過來。他們現在只躲在深山中，眞是豈有此理！」

強盜們似乎並不這樣認爲。他們仍匆匆爬上繩子，好像紅雀的手下在追他們似的，只剩黑王子繼續和他的熊待在樹腳下。

「王子還在下面幹什麼？」費諾格里歐繼續往前探身，美琪卻不由自主抓住他的袍子。「老天，他該把那頭討厭的熊單獨留下。這個巨人視力可不太好。只要他一跌倒，就會踩扁他的！」

美琪試圖拉回老人。「黑王子絕不會單獨留下熊的！這你也知道！」

「但他必須這樣做！」她很少見到費諾格里歐如此擔心。他顯然眞的喜歡王子，勝過他大多數的角色。

「快點！」他朝下對王子喊道。「王子！」

但黑王子繼續勸著大熊，好像牠是個固執的孩子，而巨人站在那裡，抬頭盯著孩子們。他伸出手時，幾名女人叫喊出聲，把孩子拉回來，但那些大手指碰不到窩巢，正如費諾格里歐先前所說那樣，不管巨人再怎麼努力。

「特地量身打造的！」費諾格里歐低聲說。「妳看到了嗎，美琪？」沒錯，這回他顯然眞的考慮到一切了。

巨人看來失望，再次伸手，往旁靠了一步。他的足跟只差一根樹枝的距離就踩到黑王子。大熊吼叫起來，後腳直立——而巨人吃驚地瞧著在他腳下活動的東西。

「喔，不！」費諾格里歐結結巴巴起來。「不！不！不！」他對著下面自己創造的生物吼著。「別碰他！放過王子，你不是爲此來這裡的！去追紅雀！去抓他的手下！快點去！」

巨人抬頭，找著喊聲的源頭，但接著彎下身抓起王子和大熊，十分粗魯，就像愛麗諾對付吃她玫瑰花的毛毛蟲一樣。

「不！」他結巴著。「現在怎麼了？這次哪裡不對了？他會捏斷他所有的骨頭的！」

強盜們懸在繩上，像凍住似的。一名強盜把刀射進巨人手中。他拿嘴唇扯出刀，像根小刺一樣，接著像丟棄破舊的玩具般拋下黑王子。他摔到地上躺著不動時，美琪嚇了一跳。她聽到愛麗諾喊叫。但巨人揮打繩子上的強盜，彷彿他們是想螫他的馬蜂一樣。

大家叫成一團。巴布提斯塔跑向一根繩子，想去幫王子。法立德和朵利亞跟著他，就連愛麗諾都跟去，而羅香娜一臉驚恐站在那裡，手臂摟著兩個在哭的孩子。費諾格里歐站在那兒，搖著固定用的繩子，憤怒無助。

「不！」他再次朝底下喊著。「不，不該是這樣！」

突然間，一根繩子斷了，他墜落下去。美琪試圖抓住他，但晚了一步。費諾格里歐掉了下去，皺紋密布的臉上滿是驚愕，巨人一把在空中抓住他，像摘個熟透的水果般。

巨人坐到樹腳上，打量自己抓到的東西時，孩子們不再喊叫，女人與強盜們也不出聲。他把大熊順手擱在地上，但一看到沒有知覺的王子時，又一把抓起他。大熊吼叫，趕來幫自己的主人，但巨人用手便把牠推開。他接著起身，最後再抬頭瞧了孩子們一眼，便大步離開，右手抓著費諾格里歐，左手握著黑王子。

松鴉的天使

我問你：你要是我，你會怎麼做？告訴我，請你告訴我。

但你遠離一切。你的手指翻著不知如何把我和你的生命結合在一起的書頁，一張接著一張。你的眼睛沒有危險。這個故事只是你腦海裡的另一個章節，但對我來說，卻是此時此地。

——馬格斯．朱薩克《王牌》

奧菲流士在紅雀的一次慶宴上第一次見到薇歐蘭，那時便已想像，在她身旁統治翁布拉，該有多好。他的所有女僕都比毒蛇頭的女兒漂亮，但薇歐蘭有著她們沒有的東西：高傲、野心、權力慾。所有這些，奧菲流士都喜歡，等笛王把她帶到千窗大廳時，奧菲流士的心跳加快，她的頭仍高挺著——雖然她把一切都壓在一張牌上，而且輸了。

她的目光掃過其他人，彷彿他們才是輸家——她父親、小拇指、笛王。她只匆匆瞄了一眼奧菲流士。她又怎麼知道，他這時扮演了何種重要的角色。要不是他立刻想來四個新的輪子，毒蛇頭輪子斷裂的車駕現在還卡在泥濘裡。她盯著大家看的樣子，就連小拇指都對她肅然起敬。

千窗大廳已無窗戶。小拇指拿黑布全部遮上，只有六、七根火把在黑暗中亮著，剛好可以照亮他死敵的臉。

他們把莫提瑪推進來時，薇歐蘭高傲的面具出現了一條裂縫，但她立刻回過神來。奧菲流士心滿意足發現，他們並未善待松鴉，但他還站得住，而笛王一定會確保他的雙手無損。他們大可把他的舌頭割掉，奧菲流士心想，這樣一來，那些歌頌他聲音的曲子也就可以告一段落了。直到他想起來，髒手指沒透露任何蛛絲馬跡後，莫提瑪還得告訴他，費諾格里歐的書在哪。

火把的光線只落在莫提瑪身上。毒蛇頭坐在暗處，感到滿意，顯然不想讓他的囚犯見到自己腫脹的身體。但大家聞得出來。

「怎麼樣，松鴉？我們第二次的見面，我女兒是不是給你另一種印象？應該吧。」毒蛇頭的氣息像個老人一般呼嚕不停。「我很高興薇歐蘭選這座城堡爲會面地點，雖然路途崎嶇。這座城堡曾經帶給我快樂，儘管時間不長。而且，我相信她母親沒對她提過秘密通道的事。她對她說了不少這座城堡的事，但幾乎都不是事實。」

薇歐蘭的臉毫無表情。「我不知道你在說什麼，父親。」她說。

她竭力不往莫提瑪這頭看過來。眞是感人。

「不，妳什麼都不知道。問題就在這裡。」毒蛇頭大笑。「我常派人偷聽妳母親在那老房間裡對妳說了什麼。那些她快樂的童年故事，那些甜美的謊言，讓自己醜陋的女兒夢想著跟她眞正成長的城堡完全不同的地方。事實多半和我們講述的不同，但妳老是把說的話和事實混淆。妳和妳母親一模一樣，永遠無法把眞實的事和自己期望的東西分開，對不對？」

薇歐蘭沒回答，只站在那兒，像平常一樣直挺，瞪著她父親隱身的暗處。

「我第一次在這座大廳見到妳母親時，」毒蛇頭繼續沙啞說道，「她只想離開這裡。要是她父親給她機會的話，她會試圖脫逃。她有對妳說，她的一名姊姊爬出這裡的一扇窗摔死？沒有？或她自己試圖游過湖時，差點被水妖淹死？大概沒有。她反而騙妳，我逼她父親把她嫁給我，把她從這裡帶走，未經她同意。誰知道，說不定她到頭來都相信這種說法。」

「你說謊。」薇歐蘭盡量讓聲音聽來鎮靜。「我不想再聽下去。」

「但妳要聽下去，」毒蛇頭無動於衷說。「也是時候，妳不該繼續躲在美麗的故事後，逃避事實。妳的外祖父很想讓追求他女兒的人消失，因此妳母親告訴我那條笛王神不知鬼不覺進入城堡的通道。她當時愛我愛昏頭了，就算她對妳說的是另外一套。」

「你為什麼對我說這些謊？」薇歐蘭依然昂頭，但聲音顫抖起來。「我母親沒告訴你這條通道，那是你的探子打聽出來的，而且她也從未愛過你。」

「妳愛怎麼想就怎麼想吧。我猜，妳並不怎麼瞭解愛情。」毒蛇頭咳嗽著，從椅子中起身，呻吟不已。等他來到火把的光線中時，薇歐蘭退了開。

「是的，看看妳那高貴的強盜對我幹的好事。」毒蛇頭說，同時慢慢走向莫提瑪。走動讓他愈來愈痛苦。奧菲流士在到這座荒蕪的城堡的漫長旅途中，已多次見過他走路的樣子，但銀爵士跟他女兒一樣，身子依然挺直。

「我們別再說過去的事，」他站到莫提瑪跟前，讓他的囚犯好好享受自己的臭味時說道，「或我女兒怎麼想像這次的交易，而是看你能不能說服我，真的不必立刻剝了你的皮，也不用剝了你妻子和女兒的皮。你可能以為，她們這回可以躲過我。畢竟你把她們留在黑王子那裡，但我知道她們藏身的洞窟。我那沒用的大舅子大概已經抓到她們，帶她們到翁布拉去了。」

喔，沒錯，這擊中莫提瑪的要害。猜猜看，是誰告訴毒蛇頭這個洞窟的，高貴的強盜！奧菲流士心想，當莫提瑪朝他這頭瞧過來時，他露出了一個大大的微笑。

「所以——」毒蛇頭戴手套的拳頭打向自己囚犯的胸口，就在摩托娜開槍射傷他的地方。「怎麼樣？你能打消自己的詭計嗎？你能治好那本你惡意設計我的書嗎？」

莫提瑪只猶豫了一下。「當然，」他回答。「如果你把書給我。」

好，他的聲音聽起來依來令人印象深刻，就算身處這種絕望的境地，奧菲流士不得不承認這點

（就算他的聲音顯然更好聽）。然而，毒蛇頭未再中計。他狠狠打了莫提瑪的臉，他痛到跪了下來。

「你眞的以爲還可再捉弄我！」他喝叱他。「你以爲我有多笨？沒人治得好這本書！死了十幾名你的同業，才打聽出這件事。根本沒救，也就是說，我的皮肉會永遠腐爛下去，我自己每天都想寫下那三個字，了結這一切。不過，我想到一個更好的辦法，爲此，我需要你再次爲我效命，所以，我眞的感謝我女兒，把你照顧得無微不至。畢竟我知道——」他看了一眼笛王，「我的傳令官很衝動的。」

笛王想說什麼，但毒蛇頭只不耐煩地舉起手，又轉身對著莫提瑪。

「什麼辦法？」那著名的聲音聽來沙啞。

松鴉現在害怕了嗎？奧菲流士覺得自己像個孩子，正興味盎然地讀著一本書中緊張刺激的段落。我希望他害怕，他心想。我希望這是他出現的最後一章。

笛王拿刀頂了他的身側一下，莫提瑪痛得臉都扭曲起來。是啊，你顯然在這個故事中挑錯敵人了，奧菲流士心想。也挑錯朋友了。但他們就是這種德行，這些善良的英雄。蠢喔。

「什麼辦法？」毒蛇頭抓著發癢的皮肉。「你幫我裝幀一本新書，不然呢？但這次你會受到嚴密監視。如果這本書再以雪白無瑕的書頁讓我不死，那我們會把你的名字寫進另一本書——讓你感受一下，活生生腐爛是什麼感覺。然後，我會一頁一頁撕掉那本書，看著你體會皮肉被撕扯的感覺，看著你哀求白衣女子帶你走。這聽來是不是一個皆大歡喜的辦法？」

啊哈。一本新書。不笨嘛，奧菲流士心想。但我的名字在那嶄新的空白書頁中，絕對更合適！別再做夢了，奧菲流士！

笛王把刀架在莫提瑪的咽喉上。「怎麼樣，你的答案呢，松鴉？要我拿刀寫出來給你？」

莫提瑪默不出聲。

「快回答！」笛王喝叱他。「還是要我幫你回答？答案畢竟只有一個。」

莫提瑪繼續不出聲，但薇歐蘭代他回答。「如果你想殺了他，他爲什麼要幫你？」她問她父親。毒蛇頭聳聳沈重的肩。「我可以讓他死得不那麼痛苦，或只把他妻子與女兒送進礦場，而不殺了她們。她們兩個，我們畢竟已談過一次條件。」

「但您這次並未抓到她們。」莫提瑪的聲音聽來彷彿自己在十分遙遠的地方。他會說不！奧菲流士心想，感到吃驚。眞是笨蛋一個。

「還沒有，但快了。」笛王讓刀滑到莫提瑪胸口，拿刀尖在跳動的地方畫出一顆心。「奧菲流士眞的十分仔細對我們描述了她們的藏身之處。你也聽到了，紅雀說不定現在正帶著她們到翁布拉。」

這是莫提瑪第二次看著奧菲流士，他眼裡的恨意嘗起來，比歐斯每星期五幫他在翁布拉市集上買來的小蛋糕還要甜。只是，歐斯未來不必再去買了，夜魔從費諾格里歐的文字中竄出來時，不幸吃了他——他過了一會，才控制住夜魔——但新的保鏢總找得到。

「你可以立刻上工，那個保護你的女貴族滿實在的，把你需要的東西都弄來了！」笛王嗤聲道，這回他把刀子頂著莫提瑪的脖子時，終於見血了。「她顯然想徹底騙過我們，讓我們以爲你活著，眞的只是爲了治好那本書。眞是瞎鬧。不過，她一直都偏愛流浪藝人的。」

莫提瑪不理會笛王，彷彿他是隱形的。他只看著毒蛇頭。「不。」他說。在這座黑暗的大廳中，這個字眼分量十足。「我不會幫你裝幀第二本書。死神不會再原諒我的。」

薇歐蘭不由自主朝莫提瑪走近一步，但他未理會她。

「別聽他的！」她對她父親說。「他會做的！只是要給他一些時間。」

喔，她眞的很在乎松鴉。奧菲流士皺起眉頭。又有理由咒他死了。

毒蛇頭瞧著自己的女兒，若有所思。「他做不做，跟妳有什麼關係？」

「這，你——」薇歐蘭的聲音第一次顯露出不安。「那會讓你康復。」

「然後呢？」銀爵士的氣息變得沈重。「妳想看我死，別再否認了。這我喜歡！證明妳流著我的血。我有時想，眞的應該讓妳登上翁布拉的寶座。妳處事一定比我那撲銀粉的大舅子好多了。」

「我當然會做得更好！我會繳給夜之堡六倍多的金銀珠寶，因爲我不會揮霍在慶宴和打獵上。不過，你要把松鴉交給我——在他完成你要他做的事後。」

令人吃驚。她眞的還在討價還價。喔，沒錯，我喜歡她，奧菲流士心想。我很喜歡她。只是，得先讓她別再迷戀這個無法無天的書籍裝幀師。接著……機會無限！

毒蛇頭顯然也更喜歡自己的女兒了。他大笑出聲，奧菲流士還從未聽過他這樣大笑。「你們看看她！」他喊道。「她兩手空空站在那兒，還跟我談條件！把她帶到她房間去，」他命令自己的一名士兵。「但好好看著她，也把雅克伯送過去。兒子應該待在母親身邊。至於你，」他對莫提瑪說，「快給我答應，不然我就要我的貼身侍衛逼打到你答應爲止。」

小拇指從暗處現身時，笛王惱怒地擱下刀。那名士兵帶走她時，薇歐蘭不安地瞧了小拇指一眼，感到毛骨悚然——但莫提瑪仍不出聲。

「殿下！」奧菲流士必恭必敬走上一步（至少他希望是如此）。「讓我逼他答應吧！」

一聲低語，一個名字（只需喊出正確的名字，像對狗一樣），夜魔便從奧菲流士的影子中脫身而出。

「亂來！」笛王對他大喊。「讓松鴉跟火舞者一樣立刻斷氣？不。」他把莫提瑪又拉起來。

「你沒聽到嗎？由我接手，笛王。」小拇指拿出黑手套。

奧菲流士嘗到失落，彷彿舌尖上有苦杏仁似的。這是向毒蛇頭證明自己有用的好機會。要是他有那本書就好了，讓笛王從這個世界消失！再加上這個小拇指。

「大人！請聽我說一下！」他擋住毒蛇頭的去路。「我可不可以要求，在想必對他不怎麼舒服的逼問過程中，要囚犯吐露出另一個答案？您還記得我對您提過的那本書吧，那本可以按您所願改變這個世界的書！請逼他說出來書在哪裡！」

然而，毒蛇頭只背對他。「晚點再說，」他說，呻吟了一下，又倒回那張遮掩住他影子的椅子中。「現在只要管一本書，要有雪白的書頁。動手吧，小拇指！」他喘息的聲音從黑暗中冒出。「但別傷了他的手。」

等奧菲流士臉上突然感到寒意時，他起先還以爲夜風吹進了被遮起來的窗戶。不過，這時她們業已站在松鴉身旁，跟在流浪藝人墓園中一樣白皙駭人。她們圍住莫提瑪，像無翼的天使，肢體彷彿濃霧，臉如白骨般白皙。笛王匆匆後退，倒了下來，被自己的刀割傷。就連小拇指的臉也不再無動於衷。而站在莫提瑪身旁的士兵，像受驚的孩子般，全都退開。

這不可能！她們爲什麼要保護他？謝謝他多次愚弄她們？從她們手中奪走髒手指？奧菲流士發現夜魔在他身後縮了起來，像頭被毒打的狗。什麼？他也怕她們？不、不，眞是該死。這個世界眞的必須重新寫過！而他會動手。喔，沒錯。他會找到辦法的。

她們在低語什麼？

死神女兒散發出來的慘白光線，驅散了毒蛇頭隱身的影子，奧菲流士見到銀爵士在自己黑暗的角落喘氣，雙手顫抖地摀住眼睛。他還是懼怕白衣女子，就算他在夜之堡上殺了那麼多人，想證明自己不怕。全是謊話。毒蛇頭在自己不死的軀體中怕到喘息不已。

然而，莫提瑪站在費諾格里歐的死亡天使中，彷彿她們是他的一部分——並露出微笑。

母與子

潮濕的泥土與新生命的味道向我襲來，濕濕的，黏黏的，一種讓人想到酸液的味道，像樹皮那樣。聞起來像青春年華，聞起來像心痛的感覺。

——瑪格麗特・愛特伍《盲眼刺客》

毒蛇頭當然把薇歐蘭關到她母親以前的房間。他很清楚，她在那兒只會把她所說的所有謊言聽得更加明白。這不可能。她的母親從不說謊。母親與父親——總意味著善良與邪惡，眞話與謊言，愛與恨。就是這麼簡單！然而，就連這點，她父親都奪走了。薇歐蘭在自己內心尋找著自己的驕傲與一直讓她挺立的力量，但她發現到的，只是一個醜陋的小女孩，坐在自己滿是塵埃的希望中，心中只有自己母親破碎的圖像。

她的額頭靠著上了栓的門，仔細聽著松鴉的喊聲，但她聽到的，只是自己門口前守衛的聲音。他爲什麼不答應呢？因爲他以爲自己還是能保護他？小拇指會讓他好看的。她不得不想到那個被她父親分屍的流浪藝人，因爲他爲她母親歌唱，想到那個帶書給她們的僕人，爲此而餓死在她們窗前的一個籠子中。他們給他吃羊皮紙。至今，她只帶給別人不幸，又如何能承諾保護松鴉，要他支持她呢？

「小拇指會把他的皮割成一條條的！」她幾乎聽不到雅克伯的聲音。「他們說他很拿手，被剝皮的人不會這樣就死掉的。他應該是殺人的時候學來的！」

「住嘴！」她想打他白皙的臉。他愈來愈像柯西摩了。不過，他自己寧可像自己的外祖父。

「妳在這裡什麼都聽不到。他們會帶他下去，到地窖的洞穴中。我去過那裡。所有東西都還在，全都生鏽，但還能用：鍊子、刀子、螺栓和鐵刺棒——」

薇歐蘭看著他，他住嘴不說。她走到窗邊，但他們先前關松鴉的那個籠子，這時是空的，只有火舞者氣絕躺在那裡。奇怪，烏鴉並未碰他，像是怕他似的。

雅克伯接過一名女僕帶給他的盤子，繃著臉在那挑挑揀揀。他幾歲了？她都忘了。至少，自從笛王嘲笑他後，他沒再戴著那個鐵皮鼻子。

「妳喜歡他。」

「誰？」

「松鴉。」

「他比其他人都好。」她再次貼著門細聽。他為什麼不答應呢？說不定她還是可以救出他的。

「要是松鴉再裝幀出一本書——外祖父是不是還會那麼臭？我看還會。我看他總有一天就這樣死掉。事實上，他現在看來就像死了一樣。」他的聲音無動於衷。幾個月前，雅克伯還很崇拜她的父親。是不是所有的小孩都這樣？她到哪裡去找答案？她只有這一個孩子。孩子……薇歐蘭一直看著他們跑出翁布拉的城堡大門，投入母親的懷裡。他們眞的值得松鴉為他們死嗎？

「我不想再看到外祖父！」雅克伯雙手摀著眼睛，感到毛骨悚然。「他死了，我就是國王了，對不對？」他悅耳冷酷的聲音讓薇歐蘭吃驚——同時也讓她感到害怕。

「不，你不會，在你父親攻擊他後，你不會成為國王。他自己的兒子會成為國王，統治夜之堡和翁布拉的國王。」

「但他只是個小嬰兒。」

「那又怎樣？他的母親會代他治理，還有紅雀。」而且，你外祖父仍然長生不死，薇歐蘭在腦海裡繼續說，看來沒人可以改變這點。永遠也不能。

雅克伯把盤子推到一旁，晃到布麗安娜那兒去。她在繡一幅圖，上面的騎士很像柯西摩，就算布麗安娜堅稱那是一則老童話中的英雄。眞好，她又留在自己身邊，雖然夜魔殺了她父親後，她比平常沈默許多。說不定她還愛著他。多數的女兒都愛自己的父親。

「布麗安娜！」雅克伯抓住她美麗的頭髮。「唸東西給我聽，快點，我好無聊。」

「你自己可以讀，甚至讀得很好。」布麗安娜鬆開他抓住自己頭髮的手指，繼續刺繡。

「我去叫夜魔來！」雅克伯的聲音尖銳起來，只要稍不如他的意，就會這樣。「讓他吃了妳，就像吃了妳父親一樣。啊，不，他根本沒吃他。他一命嗚呼，躺在外面的院子中，烏鴉會吃了他。」

布麗安娜頭也不抬一下，但薇歐蘭見到她的雙手顫抖，刺傷了自己的手指。

「雅克伯！」

她兒子轉身對著她，有一會，薇歐蘭覺得他的眼睛彷彿在求她多說似的。來教訓我啊！來打我啊！處罰我啊！他的眼睛說。不然摟著我，我害怕。我討厭這座城堡。我想離開。

她不想要孩子，不知道如何跟孩子相處。但柯西摩的父親想要個孫子。她要孩子幹什麼？想要讓自己的心不再痛苦都來不及了。至少是個女孩也好。松鴉有個女兒。大家都說他很愛她。爲了她，他或許會讓步，幫自己父親裝幀第二本書，但前提是紅雀眞的抓到他女兒。然後呢？她不願去想他妻子。說不定她死了。紅雀對自己獵捕的東西心狠手辣。

「唸啦！唸給我聽！」雅克伯仍站在布麗安娜面前，一下子搶走她懷裡的刺繡，動作粗魯，害她又刺傷自己的手。

「這看來像我父親。」

「才不像！」布麗安娜趕緊瞧了一眼薇歐蘭。

「像！妳為什麼不問松鴉，可不可以把他從亡靈那裡帶回來？就像他帶回妳父親那樣？」

若在過去，布麗安娜會打他，但柯西摩的死，讓她心中某些東西碎了。她變得心軟，就像貝殼的裡面，柔軟，全是痛楚。不過，有她作伴仍好過孤單一人，布麗安娜夜裡為她唱歌時，薇歐蘭也較容易入睡。

外頭有人拉開門栓。

這意味著什麼？他們是來告訴她，笛王還是殺了松鴉嗎？小拇指毀了他，就跟毀掉他之前許多人一樣？要真是這樣，那怎麼辦，薇歐蘭？她心想。這還會怎麼樣？妳的心畢竟已經碎了。

但進來的人是複眼。奧菲流士，或是笛王不屑叫道的小白臉。薇歐蘭仍無法想像，他可以這般迅速贏得她父親歡心。可能因為他的聲音吧，那幾乎跟松鴉的一樣悅耳，但卻帶著讓薇歐蘭毛骨悚然的東西。

「殿下！」她的訪客鞠了一個大躬，簡直就像嘲諷。

「松鴉還沒給我父親適當的答覆嗎？」

「是的，可惜還沒。但如果您想知道的話，他還活著。」他的眼睛透過圓鏡片不耐煩地打量著，那些她從他那裡模仿過來的鏡片，只不過薇歐蘭不像他，未一直戴著。有時，她寧可透過一層面紗來看世界。

「他在哪？」

「啊，您看到那個空籠子了。我是建議毒蛇頭另外安置松鴉。您大概知道那些您外祖父習慣打發囚犯的洞穴。我相信，我們高貴的強盜在那底下很快便不再忤逆您父親的旨意了。接著，我們談談我來訪的目的。」

他的微笑像糖漿一樣甜。他找她想幹什麼？

「殿下。」他的聲音像巴布盧斯用來抹平羊皮紙的兔腳一樣，拂過薇歐蘭的皮膚。「我跟您一樣，非常愛書。可惜，我得知這座城堡的圖書館狀況不佳，但我聽到，您身邊總還是有一些書。不知我是否能借上一本，甚至兩本呢？當然，對此我會無比感激。」

「那我的書呢？」雅克伯擠到薇歐蘭面前來，雙臂抱胸，跟他外祖父以前的老動作一樣，之後，他手臂腫大，再無法輕鬆做出這種動作。「你還沒把書還我，你欠我——」他數著自己的短指頭，「十二個銀幣。」

奧菲流士瞧著雅克伯的目光，既不溫暖，亦不甜蜜，但聲音依然如故。「當然了！很好，你提醒了我，王子。到我房間來，我會把錢和書給你。但現在讓我跟您母親說一下話，好嗎？」他露出一抹抱歉的微笑，又轉過身對著薇歐蘭。

「怎麼樣呢？」他刻意壓低聲音問道。「您會借本書給我嗎，殿下？我聽了關於您的書的許多奇事，相信我，我會妥善照顧的。」

「她只帶了兩本。」雅克伯指著床旁邊的箱子。「都是關於松……」

薇歐蘭一手摀住他的嘴，但奧菲流士已經朝箱子踏近一步。

「對不起，」她說，擋住他的去路。「我很在乎這些書，不願借人。而您一定也聽說了，我父親設法不讓巴布盧斯幫我再製作其他的書了。」

奧菲流士似乎沒在聽，只著魔似地盯著那個箱子瞧。「能不能讓我至少瞧上一眼？」

「別把書給他！」

奧菲流士顯然根本沒注意到布麗安娜。他聽到她的聲音從自己身後傳來時，臉一下子變僵，肥胖的手指握成拳頭。

布麗安娜起身，沈著地迎著他不懷好意的目光。「他拿書做些怪事，」她說。「利用書和書裡面的文字，而他恨松鴉。我父親說過，他想把松鴉出賣給死神。」

「胡說！」奧菲流士結巴說道，扶正自己的眼鏡，顯然顯得緊張。「您大概知道，她是我的女僕，我逮到她偷東西。她說不定因爲這樣才說這些話。」

布麗安娜臉紅了起來，像是他拿熱水潑到她臉上，但薇歐蘭來到她身旁護著她。「布麗安娜絕不會偷東西，」她說。「現在請離開，我不會把書給您的。」

「是嗎，她絕不會偷東西？」奧菲流士顯然盡量讓自己的聲音帶著原本的柔軟聲調。「只是，就我所知，她不是偷走了您的丈夫嗎，對吧？」

「在這裡！」

薇歐蘭還來不及反應，雅克伯已站在奧菲流士面前，手裡拿著她的書。「你要哪一本？厚的這本，她最喜歡讀。但這次你得付更多錢給我！」

薇歐蘭試著從他手中奪下書，但雅克伯倒是很有力，奧菲流士趕緊打開門。

「快點，看好這些書！」他命令在外頭守衛的士兵。

那名士兵輕易便從雅克伯手中把書拿下。奧菲流士打開書，唸了幾行，先一本，再另一本——然後對薇歐蘭露出得意洋洋的微笑。

「沒錯，這正是我需要的閱讀材料，」他說。「等這些書物盡其用後，就會還給您的。但這些書，」他小聲對雅克伯說，粗魯地捏了捏他的臉頰，「我可不付錢，您這死侯爵的貪心鬼！至於你另一本書的錢，我們也一筆勾消算了，還是您想認識一下我的夜魔？您一定聽過他的大名了吧？」

雅克伯只瞪著他，瘦削的臉上混雜著恐懼與恨意。

不過，奧菲流士鞠了個躬，退出門外。「殿下，大恩不言謝，」他告別時說。「您無法相信，這些書讓我無比快樂。現在，松鴉一定會很快好好答覆您父親的。」

外頭的守衛又插上門閂時，雅克伯猛咬著自己的嘴唇，一如往常，只要有事情不如他意的時候。薇歐蘭狠狠打了他一巴掌，他撞上她的床跌倒，開始哭了起來，並不出聲，眼睛盯著她，像條被處罰的狗一樣。

布麗安娜扶他站起來，用自己的衣服擦掉他的眼淚。

「複眼拿這些書要幹什麼？」薇歐蘭顫抖著，全身都顫抖著。她有了個新敵人。

「我不知道，」布麗安娜回答。「我只知道，我父親偷走他一本書，因為他拿那本書興風作浪。」

興風作浪。

現在，松鴉一定會很快好好答覆您父親的。

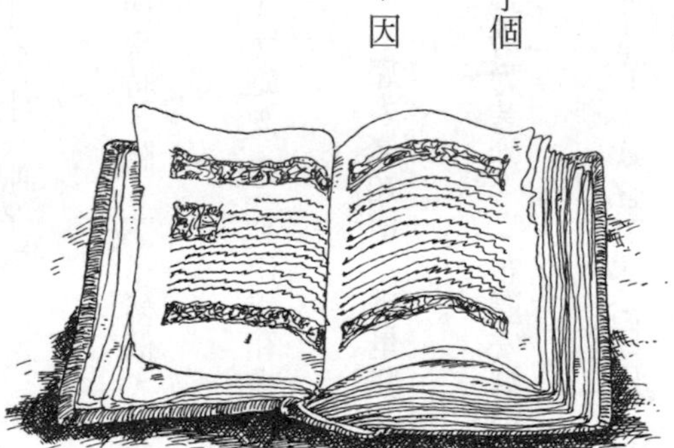

脫掉的衣服

阿奇米德吃掉他的麻雀，在枝頭上好好擦了擦自己的喙嘴，眼睛盯著瓦特看。像一位知名作家的說法一樣，這對又圓又大的眼睛彷彿一朵發光的花，一個閃亮的斑點，類似葡萄上那一絲紫色。

「現在你學會飛了，」他說，「梅林認爲你現在該拿灰雁開刀了。」

——懷特《永恆之王一：石中劍》

飛行輕而易舉，容易無比。這種能力跟著身體、每根羽毛和每根細小的骨頭而來。是的，那些穀粒把蕾莎變成了一隻鳥，隨著把大力士嚇得要死的痛苦的痙攣後，但她並不像摩托娜，變成喜鵲。

「一隻燕子！」她飛上他的手，一切突然變得巨大，讓她暈眩時，拉札諾小聲說著。

「燕子是可愛的鳥，可愛無比，很適合妳。」他用食指輕柔地摸著她的翅膀，而她再無法用自己的喙嘴對他微笑時，自己也覺得十分奇怪。不過，她能說話，發出自己人類的聲音，那只讓可憐的圖立歐更感驚恐。

羽毛十分保暖，她飛過湖岸守衛上方時，他們連頭都沒抬一下。他們顯然還未發現拉札諾殺掉的同伴。他們灰色披肩上的徽章，讓蕾莎想起夜之堡的地牢。忘掉吧，她心想，同時翅膀順風而去。那些都過去了。但即將來臨的，妳或許還可改變。還是生命到頭來只是命運的線繩織就的網，沒人可以逃脫？別去想了，蕾莎，飛吧！

他在哪裡？莫在哪裡？

笛王把他關到籠子中去了。圖立歐沒辦法對她說明白籠子的所在。在一座院子中，他結巴說道，一個畫有鳥的院子。蕾莎聽過這座城堡彩繪的牆。但從外面看，牆幾乎是黑的，由在湖岸周圍也找得到的深色石頭砌成。她慶幸自己不必經過那座橋，那裡全是士兵。下著雨，雨滴在她下方的水中畫出無數的圓圈，但她的身子輕盈，飛翔的感覺眞棒。她看著下面自己的倒影，像根箭矢穿過波浪，塔樓最後聳立在她面前，還有加固的城牆、暗灰色的屋頂及其間的院子，那在這些石頭構成的圖案中，像裂開的黑洞一般。光禿禿的樹、狗籠、一座水井、凍僵的花園與無處不在的士兵。籠子……

她很快便發現了，但她先看到髒手指，像一堆舊衣般被丟在灰石板地上。天哪。她絕不想再這樣見到他。一個孩子站在他身旁，瞪著一動不動的軀體，像是等著身子再度活動起來——就像之前那次一樣，如果流浪藝人的曲子沒說謊的話。那些曲子沒說謊，她想朝下喊去。我感覺到他溫暖的雙手，我見到他又微笑起來，親吻自己的妻子。但當她見到他躺在那裡，彷彿他在礦場中死去後，就沒再動過似的。她飛低，飛過一面石板屋頂下時，才見到那些籠子。它們全都空著。莫不在裡面。空洞的籠子和一個空洞的軀體……她想像石頭般墜落，撞到石板地上，躺在那裡一動不動，像髒手指一樣。

孩子轉過身，那是她上次在翁布拉城堞後面見到的小男孩。薇歐蘭的兒子。就連平常會把每個孩子溫柔拉到懷裡的美琪，提到他時，也只露出憎惡的表情。雅克伯。他抬頭看了蕾莎一會，像是看出羽翼後的這位女子，但接著又彎身查探死者，摸了摸那僵死的臉——等有人喊他的名字時，才直起身子。

那壓低的聲音，一聽就知道是誰的。

笛王。

蕾莎飛到一座屋脊上。

「快過來，你外祖父想見你！」笛王抓住那孩子的脖子，粗暴地把他推向最近的樓梯。

「爲什麼？」雅克伯的聲音聽來像在模仿自己的外祖父，不過十分可笑而已，但那同時也是一個在這些大人中間不知所措的小男孩的聲音，他沒有父親——如果羅香娜提到薇歐蘭心腸硬沒錯的話，那他也沒有母親了。

「還會有什麼事？他一定不想看到你找碴。」笛王一拳打在雅克伯背上。「他想知道你跟母親單獨待在她房間時，她對你說了什麼。」

「她沒跟我說話。」

「喔，這可不好。如果你當不了奸細的話，那我們該拿你怎麼辦？說不定我們可以拿你去餵夜魔！他很久沒吃東西了，而且看在你外祖父的分上，他大概也沒那麼快可以吃上松鴉。」

夜魔。

圖立歐並沒說謊。等到聲音消逝，蕾莎飛到髒手指身旁，只是，這隻燕子既沒辦法哭，也無法微笑。跟著笛王，蕾莎，她心想，同時蹲踞在被雨打濕的石頭上找著莫的蹤影。妳幫不上火舞者任何忙了，就跟當時一樣。她只慶幸夜魔未像快嘴那樣吞噬掉他。她把毛茸茸的頭靠在他的臉頰上時，只感到一陣冰冷。

「妳從哪弄來這麼漂亮的羽毛衣，蕾莎？」

這聲低語憑空冒出，像來自雨中，來自潮濕的空氣，來自彩繪的石頭，但不是來自那冰冷的嘴唇。那是髒手指的聲音，既粗糙，又柔軟，那麼熟悉。蕾莎急忙轉動鳥頭——卻聽到他輕笑著。

「當時，在夜之堡的地窖中，妳不是也這樣到處找過我？就我所知，那時我也是隱形的，但沒了身子，更加有趣，就算不能有趣太久。我怕，要是我繼續把他空在那裡，可能那副身子很快就不適合我了，那時，連妳丈夫的聲音大概也喚不回我。更別提，沒了肉身，很快就會忘記自己是誰。我承認，我差不多都忘了——直到我看見妳。」

這名死者動了動，看來像是一名睡著的人醒來一般。髒手指撥開臉上潮濕的頭髮，低頭瞧了瞧，像是要確認一下自己的身子還適合自己。蕾莎在他死後那一夜，就是夢到他這模樣，但當時他未再甦醒，直到莫喚醒他。

莫。她飛到髒手指手臂上，但當她張開喙嘴時，髒手指示警地把手指擱在唇上。他輕吹了聲口哨，叫來葛文，然後瞧著笛王和雅克伯登上的樓梯，瞧著他們左邊的窗戶，抬頭看著塔影落在他們身上的眺樓。「精靈提過一種能把人變成動物，把動物變成人的植物！」他低聲說。「但精靈也說，使用這種植物相當危險。妳戴著這身羽毛多久了？」

「大概兩個鐘頭。」

「那是再脫掉的時候了。這座城堡好在有許多遭人遺忘的房間，笛王來之前，我全都查探過了。」他伸出手，蕾莎的腳抓著他現在又溫暖起來的皮膚。他還活著！對吧？

「我從死神那裡學到一些很有用的東西！」髒手指低聲說，同時帶她走下一條畫著魚和水仙的通道，在這兒，他們彷彿被湖水吞沒似的。「我可以像脫衣服一樣脫掉這個軀體，賦予火一個靈魂，清楚讀出妳丈夫的心，勝過妳花了好多力氣教我的文字。」

他推開一扇門，但門後沒有任何窗子照亮這個房間，不過，髒手指低吟著，牆壁便佈滿了火花，彷彿長出一身火的皮毛。

蕾莎吐出自己塞在舌頭下的種子時，少了兩顆，在那一刻，她浮怕自己將永遠是隻鳥了。但她的身子還有記憶。等她恢復人形時，不由自主摸著身軀，不知自己體內的孩子是否因爲種子而有變化。這個念頭讓她怕到幾乎作嘔。

髒手指拾起一根她腳下的燕子羽毛，若有所思地打量著。

「羅香娜他們都很好。」蕾莎說。

他微笑著。「我知道。」

他似乎什麼都知道，所以她就不再提快嘴、摩托娜，或黑王子差點喪命的事。而髒手指也沒問她爲什麼跟著莫。

「那個夜魔是怎麼回事？」說出這個字眼，便已讓她害怕。

「我剛好及時逃脫他的魔爪。」他抹了一下臉，像是要抹掉影子似的。「好在，他們這種東西對死人不感興趣。」

「他從哪來的？」

「奧菲流士帶他來的，他像狗一樣跟著他。」

「奧菲流士？」但這不可能！自從髒手指偷走那本書後，奧菲流士便待在翁布拉，鎮日以酒和自憐過活！

「沒錯，奧菲流士。我不知道他怎麼辦到的，但他現在爲毒蛇頭效命，而他剛把妳丈夫丟到城堡下的一個地洞去。」

他們清楚聽到上方的腳步聲，但接著又消逝。

「帶我去找他！」

「妳沒辦法去找他。那些地洞很深，看守嚴密。我一個人可能還辦得到，但兩個人就很容易被發現。只要他們一發現火舞者又從亡靈那裡歸來，這座城堡便會擁來無數士兵。」

妳沒辦法去找他……在這兒等著，蕾莎……太危險了。她沒辦法再聽下去。「他還好吧？」她問。「你不是說，你可以讀出他的心。」

她在髒手指眼中讀出答案。

「一隻鳥比你還不起眼。」她說，在他來不及阻止她前，便把種子塞進嘴裡。

黑

你是那隻鳥，在我夜裡醒來，
呼喚時，便會乘風而來。
我只以手臂呼喚，因爲你的名字
一如深淵，深達數千個夜。

——里爾克《保護天使》

莫被丟進去的地洞，比夜之堡的塔樓和翁布拉的地牢還要不堪。他們用鍊子把他垂放下去，綁住雙手，不斷深入，直到黑暗令他目盲爲止。而笛王站在上頭，發出鼻音，繪聲繪影說他會把美琪和蕾莎帶過來，當著他的面殺了她們。這還有什麼差別。美琪完了，死神同樣會帶走她。但如果他拒絕幫毒蛇頭裝幀另一本書的話，偉大的變身者或許會饒過蕾莎和未出生的孩子。墨水，莫提瑪，黑墨水，包圍你的就是黑色的墨水。在這個潮濕的空無中，難以呼吸。但不必再靠他不斷說這個故事，倒是讓他感到少有的冷靜。對此，他眞的感到厭煩……

他讓自己跪下來，潮濕的石頭感覺起來像在水井井底。小時候，他老怕掉進水井中，在那底下餓死，無助又孤獨。他感到毛骨悚然，渴望髒手指的火，那些光亮和溫暖。但髒手指死了，被奧菲流士的夜魔解決了。不過，莫似乎聽到他在自己身旁呼吸，清晰無比，自己因而在這一片漆黑中找著那對紅眼睛。但那裡空無一物，對吧？

他聽到腳步聲，抬頭瞧去。

「怎麼，你還喜歡下面嗎？」

奧菲流士站在洞口邊，手中火把的光照不到底部，洞太深了，莫不由自主避開，讓黑暗遮去他。像頭被捕獲的動物，莫提瑪。

「喔，你不再跟我說話？可以理解。」奧菲流士志得意滿地微笑著，莫的手移到刀子原本所在之處，那把巴布提斯塔仔細藏起的刀，還是被小拇指發現。他想像把刀刺進奧菲流士臃腫身子的樣子，一而再地刺進去。他那無助的恨意喚起的畫面，如此血腥，令他作嘔。

「我來這裡告訴你這個故事如何進行下去，因爲你可能還認爲自己在其中扮演主角呢。」

莫閉上眼，背靠著潮濕的牆。讓他說吧，莫提瑪。想想蕾莎，想想美琪。還是不要想呢？奧菲流士是怎麼打聽到洞窟的事？

全都完了，他心裡低聲說著。白衣女子出現後，那份包圍住他的冷靜消失了。回來，他想低喊。求求妳們！保護我！但她們沒現身，相反地，那些話像白蛆一樣鑽進他的心。都是打哪來的？全都完了。別再想了，莫提瑪！但那些話繼續吞噬，他像身子痛一樣蜷縮起來。

「你倒是安靜！你已經感覺到了嗎？」奧菲流士大笑，像孩子一樣心滿意足。「我知道有效，我唸出第一首曲子時，就知道了。沒錯，我又有了一本書，莫提瑪，甚至三本，全都寫滿了費諾格里歐的文字，其中兩本還只講松鴉。薇歐蘭一路帶到城堡中來。她是不是很周到呢？我當然得調整一下，這裡一些字，那裡另一些字。費諾格里歐對松鴉真好，但我可以改過來。」

費諾格里歐的松鴉之歌，全由巴布盧斯細心謄寫下來。莫閉上眼睛。

「至於水，那就跟我無關！」奧菲流士朝下面的他喊道。「毒蛇頭叫人打開湖上的閘門。你不會淹死的，水不會漲那麼高，但會不舒服。」

在這同時，莫察覺到水沿他的腿漲上來，彷彿黑暗化成液體似的，無比冰冷漆黑，讓他喘不過氣來。

「不，水不是我的點子，」奧菲流士百無聊賴繼續說著。「這一陣子，我很瞭解你，相信這種恐懼會讓你改變主意的。你大概希望，既然無法完成和死神的交易，那就靠自己的固執來安撫他。沒錯，我知道這個交易，我知道一切……不管怎樣——我會讓你不再固執，我會讓你忘掉你的高尚與德行。除了恐懼之外，我會讓你忘掉一切，因爲在我的文字中，連白衣女子也保護不了你。」

莫想打他，靠著赤手空拳。但你的雙手被綁住了，莫提瑪。

「起先，我想寫你妻子和你女兒，但接著我對自己說：不，奧菲流士，這樣他自己感受不到這些文字！」

小白臉咀嚼著每個字眼，津津有味，彷彿就在夢想這一刻似的。他在上面，我在這個黑洞中，莫心想，像隻他隨時可以殺掉的老鼠一樣無助。

「不！」奧菲流士繼續說。「不，我對自己說，讓他自己體會一下你的文字多麼強大有力。讓他看看，你現在可以玩弄松鴉，就像貓捉老鼠一樣，只是你的爪子是文字！」

而莫察覺到那些爪子，就像水突然滲透他的皮膚，直入他的心一般。如此漆黑。痛楚接著浮現，無比劇烈，像是摩托娜再次開槍射他，那麼眞實，讓他雙手摀住胸口，似乎察覺得到自己手指中的血。雖然黑暗讓他目盲，他還是看到血，那麼鮮紅，在他的上衣，在他的雙手中，並感覺到自己的氣力像當時那樣慢慢消失。他幾乎撐不住自己，背不得不頂住牆，免得自己滑入這時已到他腰間的水中。蕾莎，喔，天哪，蕾莎，救救我。

絕望搖晃著他，像搖晃個孩子似的。絕望與無助的憤怒。

「我起先不確定哪個最有效。」奧菲流士的聲音像把鈍刀穿透他的痛楚。「要不要我派些讓人不安的訪客到水中來？我這兒有本費諾格里歐爲雅克伯所寫的書，裡面有些十分可怕的生物。但我選了另一個方式，非常有趣！我決定逼你發瘋，靠你腦海中的鬼影，靠你原有的恐懼、原有的憤怒與原有的痛楚，堆積在你英雄的心中，被隔離開來，卻未被遺忘。把那一切都召回來，奧菲流士！我對自己說，再加上那些他一直都害怕的畫面：一名死掉的女人，一個死掉的孩子。把這一切都送到下頭的黑暗中，送到靜寂之中。讓他憤怒，讓他夢到殺戮，讓他淹溺在自己的怒氣中。一名知道這些恐懼只來自他自己，怕到發抖的英雄會作何感受？松鴉如果夢到血腥的殺戮，會作何感受？懷疑自己的理智，會是什麼感覺？是的，奧菲流士，我對自己說，如果你想毀了他，那就這樣做。讓他失去自我，讓松鴉像隻瘋狗一樣嚎叫，讓他被自己的恐懼困住。釋放讓他精於殺人的復仇女神吧。」

莫感受到奧菲流士的描述，在他說話的同時，他明白這些文字早被唸出來了，被奧菲流士和他一樣強大的舌頭唸過了。

喔，是的，關於松鴉，有了一首新的曲子：他在一個潮濕黑暗的洞中發瘋，幾乎溺斃在自己的絕望中，最後求饒，再次爲毒蛇頭裝幀一本空白的書，雙手仍因在黑暗中的那些時刻而顫抖著。

水不再上漲，但莫察覺到有東西滑過他的腿。呼吸，莫提瑪，慢慢呼吸。封住那些文字，別讓它們進來。你辦得到的。當他的胸口再次被射穿，當他的血和水混在一起，心裡只想著復仇時，又怎麼做得到？他像當時一樣，感到熾熱，既熾熱，又寒冷。他咬著嘴唇，不讓奧菲流士聽到他在呻吟，手摀住自己的心。感覺一下，那裡沒有血。美琪也沒死，就算你清楚看到奧菲流士寫出的畫面。不，不，不！但那些文字低語著：是的！他覺得自己似乎碎裂成上千個陶塊。

「守衛，把你的火把丟下去！我想看看他。」

火把落下，讓莫一下子眼花，並在他前面的黑水中亮了一會，接著熄滅。

「看看，你感受得到！你感受得到每個字眼，對不對？」奧菲流士低頭看著他，像個孩子著迷地打量被叉在鉤子上扭動的蟲一樣

喔，他想把他的腦袋壓到水中，直到他氣絕爲止。別再想了，莫提瑪。他對你做了什麼？起來反抗。但怎麼做呢？他只想沈入水中，逃離這些文字，但他知道它們也等在那裡。

「我一個鐘頭後再過來！」奧菲流士朝下喊著。「我當然忍不住幫你至少唸些可怕的怪物到水裡去，但他們不會殺了你，你放心。但誰知道，說不定你還會認爲他們會轉移你腦海中的幻覺呢。松鴉……沒錯，是該仔細挑選自己要扮演的角色。只要你覺得自己不那麼高尚的話，便讓人來叫我，我會立刻爲你寫些救命的文字，大概像是……**早晨來臨了，松鴉不再瘋狂……**」

奧菲流士大笑離開，留他單獨一人面對水、黑暗和那些文字。

幫毒蛇頭裝幀那本書吧。莫的腦海裡冒出這個彷彿工整寫出的句子。幫他再裝幀一本空白的書，便沒事了。

痛楚再度扯裂他的胸口，他不得不大喊出聲。他看見小拇指的鉗子夾住他的手指，看見紅雀從一個洞窟中扯著美琪的頭髮，拉她出來，看見狗追咬蕾莎，他因高燒顫抖——還是寒意？這全是你腦海中的幻覺，莫提瑪！他用額頭敲著牆。要是他能看見奧菲流士畫面外的任何東西都好。雙手壓著石頭，快點，把臉浸到水裡，用拳頭打自己，這些才是眞的，其他的都不是。是嗎？

莫放聲大哭，被綁的雙手頂著額頭。他聽到頭上一陣翅膀拍動的聲音，火花在黑暗中亮起。黑暗

退卻，彷彿有人揭開他眼睛上的綳帶。髒手指？不。髒手指死了，就算他心裡不願相信。

松鴉死了，他心裡低聲說著，松鴉會發瘋。他又聽到一陣翅膀拍動的聲音。當然了，死神來看他了，這回不派白衣女子保護他，這回親自來帶走他，因爲他沒辦到。先是他，再來是美琪……但或許這好過奧菲流士的文字。

雖然有火花，但一切都是黑的，漆黑無比。是的，他仍看得見這些火花，是從哪來的？他又聽到翅膀拍動，而突然間，他察覺到身旁有人。一隻手擱在他額頭上，撫摸他的臉。如此熟悉。

「你怎麼了？莫！」

蕾莎。這不可能。奧菲流士拿她的臉來騙他，要她在他面前溺斃？她看來那麼眞實！他不知道奧菲流士能寫得這麼出色，而她的雙手還很溫暖。

「他怎麼了？」

髒手指的聲音。莫瞧著上頭，看見他在奧菲流士剛剛所在的同一位置上。瘋了。他陷入一場夢中，大概要等到奧菲流士來釋放他。

「莫！」蕾莎雙手捧著他的臉。這全是夢。但又何妨？看見她眞好。他鬆了口氣，放聲哭了起來，她緊摟著他。「你必須離開這裡！」

她不可能是眞的。

「莫，聽我說！你必須離開這裡。」

「妳不可能在這裡。」他的舌頭沈重無比，像當時發高燒一樣。

「不，我能。」

「髒手指死了。」蕾莎……她把頭髮挽起，看來完全不一樣。

有東西游過他們，水中冒出刺，蕾莎嚇得退開。他把她拉過來，打著在水中游的東西。像是一場夢。髏手指拋下一根繩子，並不夠長，但在他的一聲低語下，繩子開始變長，接上火的線繩。莫一把抓住，又接著鬆開。

「我不能離開。」水中反射出火花後，塡滿這個洞的水，便像血一般紅。「我不行。」

「你在那兒說什麼？」蕾莎把火繩塞到他潮濕的雙手中。

「死神，美琪。」在這黑暗中，他語無倫次起來。「我得找到那本書，蕾莎。」

她再把繩子擱在他手中。那會燙人。他們得快爬，免得燒傷自己的皮膚。他開始爬，但黑暗似乎像塊黑布貼著他。髏手指幫他上來。兩名守衛躺在洞口旁，不知是死了，還是昏過去。

髏手指瞧著他。他看穿他的心，看見其中的一切。

「那是可怕的畫面。」他說。

「墨黑一般。」他的聲音聽來相當沙啞。「奧菲流士的問候。」

那些文字依然在。痛楚、絕望、憎恨、憤怒。隨著他的每個氣息，這些感受似乎塡滿他的心，彷彿那個黑洞現在在他心中。

他解下一名守衛的劍，一把拉過蕾莎，發覺她在那陌生的衣服下顫抖。她說不定眞的過來了。但怎麼來的？爲什麼髏手指不再躺在籠子前氣絕身亡？要是這只是奧菲流士的畫面的話，那該怎麼辦？他心想，同時跟著髏手指。要是他們只是他弄出來騙我，讓我繼續深陷黑暗中，該怎麼辦？奧菲流士。殺了他，莫提瑪，他和他的文字。他自己的恨意幾乎讓他更加害怕，勝過那片幽黑，這來得突然，看來無比血腥。

髏手指快步走在前面，彷彿領著他們走在熟悉的路上。階梯、門洞、無盡的通道，毫不猶豫，彷佛那些石頭爲他指路一般，他所到之處，火花便燒過牆面，擴散開來，把幽黑染成金黃。他們碰到士兵三次。莫盡興殺了他們，像是殺了奧菲流士一般。髒手指必須拉住他，而他見到蕾莎臉上的懼意。他像個快淹死的人抓住她的手，心中感受到那片黑暗。

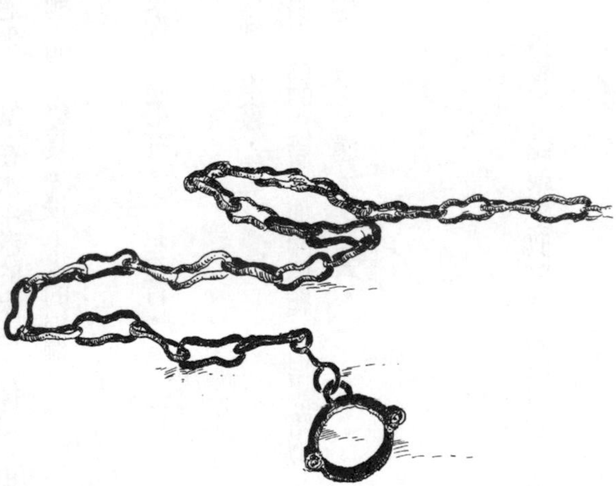

啊，費諾格里歐！

作家的遺囑終於在此結束，
他告別人世，而你們也慶幸離開了他，
我們擺脫了他，請下一位上來，
根據古老的習俗，
長凳上又會再坐滿十二人。
生與死並無差別；
沒人會為沒用的東西大驚小怪。

——法蘭斯瓦‧維永《維永訂下遺囑的敘事詩》

在巨人的手中，他自己的巨人！不算差嘛，不會。沒理由不高興。要是黑王子看來有點生機就好了！要是，要是，要是，費諾格里歐！他心想。要是你寫好莫提瑪的片段就好了！要是你知道接下來怎麼發展就好了……

巨人的手指緊抓著他，同時又小心翼翼，彷彿習慣這樣帶著小人類到處跑。不是什麼令人不安的念頭。費諾格里歐真的不想變成某個巨人小孩的玩具。當然，這樣的下場算是悲慘了。不過，有人會問他的意見嗎？不會。

這樣一來，我們又回到一個問題上，費諾格里歐心想，而他的胃因爲一路晃來晃去，慢慢感覺起來，像是吃了太多敏奈娃的大豬腳似的。是的，那一個問題。

是否還有人在寫這個故事呢？

是不是有個破作家，待在他生動描述的山丘中，把他扯到這個巨人的手中？還是那個現行犯，待在另一個未被寫出來的世界，像他創作《墨水心》時，自己當時那樣？

什麼嘛！這會讓你怎樣，費諾格里歐？他惱怒心想，同時深感不安，就像每次他想到這個問題時那樣。不，他才不像巴布提斯塔偶爾上市集會帶著的蠢木偶（就算他們看來有點像他），被線繩操控。不，不，不。費諾格里歐不受線繩控制，不管是文字的線繩，還是命運的線繩。他喜歡掌握自己的生命，反對任何干預——就算他承認自己十分喜歡當個耍弄木偶的人。問題在於，他的故事有點失控了。沒人在寫這個故事，而是這個故事自己在寫自己！現在，這個故事冒出巨人這個蠢點子！

費諾格里歐就算自己的胃難受，還是瞧了一眼深處。那可眞是深，不過，他像個熟透的果子從樹上掉了下來，還會怕什麼？黑王子看來眞的讓人擔心，他在巨人的另一隻手裡，看來眞的像死了一樣。

眞是丟臉，費了那麼大的勁救他，那些文字，雪地中的草藥，羅香娜的細心照料，全都白費了！喔，眞是混蛋！費諾格里歐大聲咒罵起來，巨人因此把他端到眼前。還眞是不走運！對他微笑有用嗎？能跟他說話嗎？要是連你都不知道答案，費諾格里歐，還會有誰知道，你這老笨蛋？

巨人停了下來，仍瞪著他。他稍微張開手指，費諾格里歐趁這個機會伸展一下自己的老骨頭。文字，又要寫東西，當然還要跟以前一樣恰到好處。說不定乾脆裝聾作啞，根本別去理會文字，可能還算好事！

「嗳——」好蠢的開頭，費諾格里歐。「嗳，你叫什麼名字？」天哪！

巨人吹了他的臉，說了些什麼。沒錯，他嘴裡冒出來的，肯定是文字，但費諾格里歐聽不懂。現在又該怎麼辦？

他那副神色！費諾格里歐的大孫子在他的廚房找到黑色大甲蟲時，就是這個模樣，既著迷，又不安。等到甲蟲開始動起來時，皮波嚇得把甲蟲丟掉踩死。所以，不要亂動，費諾格里歐！別來回掙扎，絲毫別動，而且你的老骨頭還痛得要命。天哪，這些手指。每一根都跟他的手臂一樣長！

不過，這個巨人顯然暫時對他失去興致，相當擔心地研究起自己另一個獵物。最後，他搖了搖黑王子，像搖著一個停止走動的錶，見到他依然一動不動，便嘆了口氣。他跪了下來，又深深嘆了口氣——對他這樣的大個子來說，倒是十分輕柔——一臉悶悶不樂地打量著那張黑臉，最後小心把王子擱在樹下厚厚的地衣中。費諾格里歐的孫子也這樣對待從他們的貓嘴裡救下來卻已死去的鳥。他們把那些小身子擱在他的玫瑰中時，看來也是這種表情。

不像皮波對死去的動物，會拿樹枝搭成十字架，巨人並未這樣做，只用枯葉蓋住他，相當小心，似乎不想打擾他的安眠。接著，他又起身，瞧著費諾格里歐，看來想確認他至少還有氣，然後繼續走，每一步大約是人的十幾步，或許還更多。去哪呢？離開這一切，費諾格里歐，遠遠離開！

他感到那巨大的手指又緊緊圈住他，然後——他不敢相信自己的耳朵！——這個巨人開始哼唱羅香娜晚上爲孩子們所唱的同一首歌。巨人唱人類的曲子？不管怎樣……他顯然對自己和這個世界十分滿意，雖然那個黑臉玩具壞掉了。他可能剛想像自己把另一個直接掉到他手中的奇怪生物塞到自己兒子的手中。這可好了。費諾格里歐毛骨悚然。要是那小巨人像孩子們偶爾對付昆蟲那樣，把他扯開來，該怎麼辦呢？你這笨蛋！他心想。你這傲慢的老笨蛋！羅倫當說得沒錯。你最突出的個性就是自大！你怎麼會以為，能有文字控制住巨人？又是一步，再來一步……別」，翁布拉，他可能永遠不知道孩子們會怎樣……或莫提瑪會怎樣。

費諾格里歐閉上眼睛，突然間，他似乎聽到自己孫子檪巧卻相當固執的聲音：外祖父，裝死人給我們看。對啊！這再容易不過了。他常躺在沙發中，一動不動，就算他們拿小手指戳著他的肚子和自己皺巴巴的臉頰，也是一樣。死人。

費諾格里歐大大呻吟出聲，癱倒身子，眼神僵直。

好了，巨人停下來了，驚恐地瞪著他。不要深呼吸，費諾格里歐，最好不要呼吸。不然，你那個老笨腦袋大概會爆掉！

巨人吹著他的臉，他差點打噴嚏。他的孫子也吹過他的臉，但嘴巴顯然小多了，而且氣味也沒那麼衝。不要動，費諾格里歐！

別動。

那張巨大的臉變成了一副失望的面具，寬大的胸膛再次冒出一聲嘆息。他用食指小心地戳了一下，發出一些聽不清楚的話，接著跪了下來。突然下降時，費諾格里歐感到暈眩，但他繼續假裝死人。巨人四處看著，想找幫手，彷彿有人會從樹上飛下來，讓他的玩具再次復活。灰濛濛的天空落下幾片雪花——天氣愈來愈冷——飄到那巨大的手臂上。他們周圍一片地衣般的綠意、樹皮般的灰濛和愈下愈大的雪般的白。巨人嘆了氣，喃喃自語著。他顯然真的很失望。接著，像對黑王子那樣，他同樣小心翼翼擱下費諾格里歐，最後再試著用手指戳他——千萬不要動，費諾格里歐！——在他臉上撒下一些橡樹枯葉，再摻上土鱉和其他四腳的森林住民，牠們嚇得在費諾格里歐衣服中找新的藏身之所。死人，費諾格里歐！有次皮波不是也在你臉上放了一條毛毛蟲，你還是沒有動——你自己都嚇一大跳？

不，等有個毛茸茸的東西爬上他的鼻子時，他還是沒動，一點動靜都沒有。他等著腳步聲遠離，等到他身子下的土地不再像擂鼓般震動後。他召喚來的幫手這時已離開，單獨留下他和其他所有的生物。現在怎麼辦？

這裡變得寂靜無聲，只有遠方還可察覺到一絲震動，費諾格里歐撥開臉上和胸口的枯葉，呻吟坐起。他的腳感覺起來，像是有人在上面坐過似的，但還撐得住。只是去哪？當然跟著巨人的腳步，費諾格里歐！那一定會一路帶你回到窩巢。你自己大概也可察看出足跡。

在那裡，那是最後一個足印。他的肋骨痛得要命！是不是有根斷了？這樣一來，他終於可以要羅香娜照料他一次了。看來還不錯，是不是？

不過，他回去後，還有另一個玩意等著他：羅倫當女士尖銳的舌頭。喔，是的，她一定會說說他的巨人實驗的。還有紅雀……

雖然肋骨疼痛，費諾格里歐不由自主加快了步伐。要是，紅雀他們回來，早把他們從樹上帶走，羅倫當、孩子們、美琪、敏奈娃、羅香娜和其他所有人，那該怎麼辦……唉，爲什麼他不乾脆咒紅雀和他手下得疫病死掉呢？這是寫作的難題——辦法太多了。誰會知道哪個才是正確的？你就承認吧，費諾格里歐，巨人聽來就是棒！更別提疫病在樹底下大概沒法受到控制。

他停下來聽了一會，深怕那個怪物可能回來。怪物，費諾格里歐？這個巨人到底做了什麼不堪的事？他咬掉你的腦袋，還是扯掉你一條腿？沒有嘛。

至於黑王子，也只是個意外。他擱下王子的地方到底在哪？在樹下，全都看來一個樣，巨人的腳步很長，在他的足跡間，都有可能迷失。費諾格里歐抬頭瞧著天空。

雪花落在他額頭上。天已經黑了！還眞是不走運！他立刻想到那些他拿來點綴這個世界夜晚的各種生物。他哪個都不想碰上。

「織墨水的！」

在那！那是什麼？腳步聲！他跌跌撞撞退了開，撞上下一株樹。

一名男子朝他走來。巴布提斯塔？費諾格里歐十分高興見到他那麻子臉！似乎這世界上，再沒比那張臉更漂亮的東西了。

「你還活著？」巴布提斯塔對著他喊。「我們還以爲那個巨人吃了你呢！」

「黑王子……」費諾格里歐十分驚訝自己會爲他無比心痛。

巴布提斯塔把他拉了過來。「我知道，那頭熊找到他了。」

「他？……」

巴布提斯塔微笑起來。「不，他跟你一樣活得好好的。雖然我不確定他那些骨頭是否治得好。看來，死神就是不喜歡他！先是中毒，現在又是巨人——說不定他的臉對白衣女子來說太黑了！不過，我們現在得趕快回到窩巢那裡。我怕紅雀會回來。他怕他的妹夫，一定跟怕巨人一樣！」

黑王子坐在巨人下葬他的樹根間，背靠著樹幹，那頭熊輕舔著他的臉。他的衣服和頭髮上仍有巨人小心翼翼覆蓋在他身上的樹葉。他活著！費諾格里歐感到惱怒，自己竟然有滴眼淚滑下鼻子。他眞的差一點就要去摟住那個黑脖子了！

「織墨水的！你是怎麼逃出來的？」他的聲音帶著痛楚，他想繼續坐直時，巴布提斯塔輕輕拉住了他。

「喔，是你教我怎麼逃的，王子！」費諾格里歐沙啞回答。「這個巨人顯然只對會動的玩具感興趣。」

「算我們走運，對吧？」王子回答，閉上了眼睛。他理應得到更好的東西，費諾格里歐心想，好過這些痛楚和那些打鬥。

有東西在矮樹叢下窸窣作響。費諾格里歐嚇得轉過身，但那只是另外兩名強盜和法立德，帶著一個樹枝做成的擔架。那男孩對他點點頭，但顯然不像其他人那樣高興見到他。那對黑眼睛打量他的樣子。是的，法立德知道太多關於費諾格里歐的事和他在這個世界中扮演的角色。別露出那種責備的眼神！他想對他大喊。不然我們還能怎麼辦？美琪也認爲這是個好主意（嗯，要他老實說的話——她是表示過一些疑慮）。

「我不懂，這個巨人不知從哪突然跑來！」巴布提斯塔說。「我小時候，巨人差不多都成了童話。除了髒手指外，我不認識有見過巨人的吟遊藝人，他一直都比我們敢去山裡！」

法立德背對著費諾格里歐，一言不發，又割下幾根樹枝給擔架用。那頭熊大概很想把主人馱在自己毛茸茸的背上。他們把黑王子抬上擔架時，巴布提斯塔好不容易才讓大熊走開，當牠的主人輕聲說服牠後，牠才安靜下來，慢吞吞走在擔架旁，顯得沮喪。

怎麼樣，你還等什麼，費諾格里歐？跟上去啊！他心想，同時跟著巴布提斯塔，腿痛得不得了。沒有人會抬你的。但不管跟誰祈禱，都希望紅雀不要回來！

光

但這只是驚恐的夜，
在黑暗中徘徊的鬼的幻影。

——華盛頓・歐文《睡谷傳奇》

火到處都是，沿著牆面一路而去，燒著天花板，爬過石頭，綻放光明，彷彿太陽自己在這座陰暗的城堡升起，想燒焦他腫脹的皮肉。

毒蛇頭大聲喝叱笛王，直到聲音沙啞。他拳拳打在他瘦骨嶙峋的胸，想把他的銀鼻子打進他的臉，深陷在他那自己十分嫉妒的正常皮肉中。

火舞者二度從亡靈那裡歸來，而松鴉從他丈人不斷宣稱沒有犯人可以活著離開的洞穴中逃脫。「飛走的！」他的一名士兵低聲說。「他是飛走的，現在他在城堡中像頭飢餓的狼到處徘徊，會殺了我們大家！」

他把那兩個看守洞穴的士兵交給小拇指處罰，但松鴉又殺了其他六名，他們每發現一名死者，耳語便愈來愈多！他的士兵紛紛逃走，越過橋，穿過湖下的通道，只想離開這座現在屬於松鴉和火舞者、受到詛咒的城堡。有幾位甚至跳入湖中，再也沒有上岸。剩下的士兵像一群嚇壞的孩子似地哆嗦，而彩繪的牆繼續燃燒著，火光刺痛他的腦袋和皮膚。

「把複眼給我帶過來！」他喊著，小拇指便把奧菲流士從房間拖了過來。雅克伯像一條從潮濕的地裡鑽出來的蟲般從門邊擠進來。

「把火滅掉！」他的喉嚨痛得要命！彷彿火花也在裡面燃燒似的。「立刻滅掉，把松鴉給我抓回來，不然我就割掉你那諂媚的舌頭！你不是要我把他丟到那個洞裡？讓他好再飛走？」

那對淡藍色的眼睛在鏡片後面水汪汪——就像他女兒現在也戴著的鏡片——而那諂媚的聲音，雖然帶有懼意，但聽來彷彿浸泡過珍貴的油似的。

「我告訴過笛王，不該只派兩名守衛在洞穴那裡。」狡猾的小蛇，比銀鼻子聰明多了，真會裝無辜，他都看不透他……「再過幾個鐘頭，松鴉就會求您讓他來裝幀那本書。去問守衛，他們聽到他在下面像鉤子上的蠕蟲一樣扭動著，哀嘆呻吟——」

「守衛死了，我把他們交給小拇指，告訴他整座城堡都要聽見他們的叫聲。」

小拇指拉好黑手套。「複眼沒說假話。守衛不停結結巴巴，表示松鴉在洞裡十分難受。他們聽到他叫喊呻吟，還確定了好幾次，他是不是還活著。我很想知道，你是怎麼辦到的。」他的鷹眼瞧了奧菲流士一下。「不管怎樣，松鴉不斷低喊著一個名字……」

毒蛇頭雙手壓著刺痛的眼睛。「什麼名字？我女兒的？」

「不，是另一個。」小拇指回答。

「蕾莎，他妻子，殿下。」奧菲流士對他露出微笑。毒蛇頭不清楚那是表示卑下，還是自鳴得意。

笛王惡狠狠看了奧菲流士一眼。「我的手下很快會抓到他妻子，還有他女兒！」

「那現在對我有什麼用？」毒蛇頭拿拳頭壓著眼睛，但仍然看得到火。疼痛將他千刀萬剮，而導致這一切的那個傢伙，現在再度捉弄了他。他需要那本書！一本新的書，治癒他皮肉的書。他的皮肉像攤爛泥掛在骨架上，沈重、潮濕、惡臭的爛泥。

松鴉。

「把其中兩個試圖逃跑的傢伙帶到橋上，讓大家都看得見，」他脫口而出。「你把你的狗叫出來！」他大聲對奧菲流士喊道。「他應該餓了。」

黑影吞噬他們時，他們像畜生般大喊著，毒蛇頭則想像傳到他房間中的叫聲，來自松鴉。他欠他不少叫聲。

奧菲流士露出微笑聽，夜魔回到他身邊，像一條吃完飯的忠狗一樣。他急喘著氣，和奧菲流士的影子合一，他的黑影，連毒蛇頭都膽戰心驚。然而，奧菲流士扶好眼鏡，露出滿足的表情。在火光中，他的圓形眼鏡閃爍著黃光。複眼。

「我會把松鴉帶回來給您，」他說，毒蛇頭發覺，儘管不情願，他那自信甜美的聲音，再度安撫了他。「他沒逃脫您的掌握，就算看來是這樣子。我已拿隱形的鍊子綁住他了，是我親自用我的黑色技藝打造出來的，不管他躲在哪，這條鍊子都拉著他，帶給他過去的痛楚。他知道是我讓他感到這些痛楚的，只要我活著，痛楚就不會結束。所以，他會試圖殺了我　讓小拇指看守我的房間，松鴉會自投羅網的。他不再是我們的問題，火舞者才是！」

那張白臉上的恨意，讓毒蛇頭吃了一驚。一般是在得不到愛之後，才會有如此強烈的恨意。

「好，他又從亡靈那裡回來了！」奧菲流士的每個字眼中都帶著恨意，讓他諂媚的舌頭沈重起來。「他表現得像是這座城堡的堡主似的，但照我說的去做，火很快就會熄滅！」

「那你怎麼說？」

毒蛇頭發現那戴著眼鏡的目光彷彿臉上的錢幣。

「派小拇指去您女兒那裡，把她扔進其中一個洞，表示她幫松鴉逃走，免得大家繼續胡說八道，讓您的士兵怕到發抖。她美麗的侍女則關到松鴉曾待過的籠子中去，要小拇指不必憐香惜玉。」

火光反射在奧菲流士的眼鏡上，有一會，毒蛇頭察覺到自己從未察覺過的感受——害怕另一個人。這感覺很有趣，像頸背上的一陣搔癢，胃裡的一絲壓力……

「我正想這樣做。」他說——奧菲流士在那對蒼白的眼中發現，明白他在說謊。我得殺了他，只要那本新書一裝幀好。毒蛇頭心想。

不該有人比自己的主子聰明的，更別說還能指揮這樣一頭可怕的狗。

現身

沒有用的，腦袋有餵養自己的食物，而那種被驚恐大肆吞噬的想像，像個活物一樣痛苦扭動蜷縮，像個令人作嘔的木偶一樣舞動，在換來換去的面具後冷笑。

——王爾德《格雷的肖像》

「你必須離開！你在這座城堡裡，哪裡都不安全！」髒手指不斷說著，而莫則不斷搖頭。

「我得找到那本空白的書。」

「讓我來找，我把那三個字寫進去，我自己也懂得寫字！」

「不！講好的交易不是這樣的。要是死神仍然把美琪帶走，那該怎麼辦？我裝幀了那本書，我也得處理掉。而且，毒蛇頭一樣想見到你死。」

「我可以再次金蟬脫殼。」

「你上一次就差點回不來。」

這兩個突然親密起來，像錢幣的兩面，像同一個人的兩張臉。

「你們說的是什麼交易？」

他們看著蕾莎，彷彿都希望她離得遠遠的。莫臉色十分蒼白，但眼睛因爲憤怒而暗沈下來，而他的手不斷摸著自己原來的傷口。他們在那可怕的地洞中對他做了什麼？

他們藏身的房間中，灰塵多得彷彿下雪。天花板的灰泥濕到幾處已經剝落。湖中城堡病入膏肓，說不定已奄奄一息，但牆上，仍有羔羊睡在狼群旁，夢著一個不存在的世界。這個房間有兩扇窄窗，下面的院子中，立著一株枯樹。

城牆、防禦通道、角樓、橋……簡直是個石頭陷阱——蕾莎希望再有翅膀，她的皮膚感到渴望，彷彿羽毛莖管等著要再穿透似的。

「莫，什麼交易？」她擠到兩人中間，要求得到他們的信任。

當他跟她說了後，她哭了起來。她現在才明白。對死神來說，才不管他待下來或逃走。他陷在一個石頭和墨水構成的陷阱中，她女兒也一樣。

他把她拉到懷裡，但心不在她身上。他仍在那個洞裡，被恨意與恐懼淹溺。他的心跳得很激烈，她都怕會在他胸中破裂。

「我要殺了他，」她靠在他肩上哭著，聽到他說。「我早該殺了他，然後再去找那本書。」

她很清楚他說的是誰。奧菲流士。他推開她，抓住自己的劍。劍上滿是血，但他拿袖子把劍身擦亮。他仍穿著書籍裝幀師的黑衣，雖然自己早就脫離了這行。他斷然走向門口，但髒手指擋住他的去路。

「這算什麼？」髒手指說。「好。奧菲流士是唸了那些文字，但是你讓這些文字成真！」他舉起雙手，火舌在空中寫出那些文字，從松鴉口中。那些只從一個人口中說出的駭人文字。

莫伸出手，想要抹掉那些字，但卻燒到自己的手指，就像那些字燒了自己的心一般。

「奧菲流士正等你去找他！」髒手指說。「他想拿墨水的托盤把你端給毒蛇頭。保護自己！一個人被另一個人唸出的文字操控，那種感覺眞的不好。沒人比我更清楚了，但在我身上，這些文字並未成真。只有你賦予文字力量，那些文字才會控制你。我會去找奧菲流士，而不是你。我不懂殺人，就算死過，我也沒學會，但我可以從他那裡把借用文字的書偷來。等你恢復理智後，我們再一起去找那本空白的書。」

「要是之前，他們便在這兒找到莫，那該怎麼辦？」蕾莎仍瞪著那些燃燒的字，一遍又一遍讀著。

髒手指摸過那個在房間牆上已褪色的圖畫，畫出來的一頭狼開始動了起來。「我留一頭看門狗給你們，不像奧菲流士的那頭那樣野蠻，但只要士兵們一來，牠就會嚎叫，希望可以阻擋他們一會，讓你們有時間找其他的藏身地點。火會讓毒蛇頭的手下怕任何的黑影。」

那頭狼一身火，從牆上跳下來，跟著髒手指到外面。不過，那些字留了下來，蕾莎又唸了一次：

因為松鴉不願向毒蛇頭低頭，只有一名顧問，一名來自遠方的外人知道怎麼做。他明白，只有一個人可以讓松鴉屈服，那就是他自己。於是，他喚起所有松鴉逃避的東西：讓他一無所懼的恐懼和讓他戰無不勝的憤怒。他把他丟入黑暗中，在那裡和自己搏鬥——和那些仍活躍在他心中的痛楚，無法遺忘，無法治癒，和那些在他心中添上枷鎖與鍊子的恐懼，還有留下恐懼的怒氣。他在自己心中畫出可怕的畫面……

蕾莎沒繼續唸下去。這些字太可怕了。但火舌把最後幾句烙印到她的記憶中：

松鴉因為自己不可告人的事而心碎，哀求毒蛇頭，讓他裝幀第二本書，比第一本更加精美。但銀爵士雙手一拿到書，便讓他慢慢死去，流浪藝人唱出松鴉最後的歌。

莫背對著那些字，站在無數年來像灰雪般的灰塵中，瞧著自己的雙手，似乎不確定這雙手是否會按他吩咐去做，還是聽命於他身後燃燒的字。

「莫？」蕾莎吻了他。她知道他不會喜歡自己現在要做的事。他心不在焉地看著她，眼裡滿是黑暗。

「我會去找那本空白的書，我會找到，幫你把那三個字寫進去。」在奧菲流士的文字成眞前，讓毒蛇頭一命嗚呼，她在腦海裡繼續說著，在費諾格里歐賦予你的那個名字殺了你之前。

等他明白她說了什麼，她已把穀粒塞進嘴中。莫想拍掉她手中的穀粒，但她已經含在舌頭下了。

「不，蕾莎！」

她飛過火字，熱度燒傷了她的胸口。

「蕾莎！」

不。這次等待的人是他了。待在這裡，她心想。求求你，莫。

假扮成恨的愛

這份愛來自何處？我不知道，它就像夜賊一樣來到我這（……）我只希望我的罪行令人憤慨，愛躲在其中，只像一粒芥籽。我希望再犯下滔天大罪，進一步掩飾我的愛。然而，這粒芥籽生根，綠色的幼芽分開了我的心，讓心洞開。

——菲力普・普曼《琥珀望遠鏡》

毒蛇頭想要滿滿一澡盆的精靈血浸泡自己發癢的皮膚。奧菲流士剛在他窗下光禿的櫻桃樹中寫下精靈窩，便聽到身後輕巧的腳步聲。他突然擱下羽毛筆，墨水都濺到赤鐵的灰腳上。松鴉！

奧菲流士似乎都察覺到劍已插入肩胛骨，畢竟是他撩起他心內嗜血的慾望，讓他陷入憤怒與無助的怒氣中。他是如何躲過守衛的？門口不是站了三名，而小拇指還埋伏一旁？不過，等奧菲流士轉身，才發現站在那裡的不是莫提瑪，而是髒手指。

他來這裡幹嘛？爲什麼不在他女兒在裡面啜泣的籠子前，被夜魔吞噬掉？髒手指。

不到一年前，奧菲流士僅僅想到他站在自己面前時，便會高興陶醉——在他當時所住的冷清房間中，周圍全是訴說自己心中無法被饜足的渴望的書，渴望一個臣服於他的世界，渴望永遠逃離那個口是心非的灰色生活，當一個沈睡在他心中的奧菲流士，一個別人看不到，不會被嘲弄的奧菲流士……

渴望或許不是正確的字眼，聽來太壓抑、太溫和與太認命。在他心中翻攪的，是種慾望，想要擁有他所沒有的東西。

喔，沒錯。當時見到髒手指，會讓他十分高興。然而，現在讓他心跳加速的，卻是別的原因。他感受到的恨意，仍然帶著愛的味道，但並未讓他變得更加溫順。奧菲流士一下子在那本書中看到了徹底報復的機會，不由自主微笑起來。

「看看，我孩提時的朋友，不忠不義的朋友。」奧菲流士把薇歐蘭的松鴉之書推到自己在書寫的羊皮紙下。赤鐵怕得縮在墨水瓶後。恐懼，不一定是什麼負面的感受，有時甚至十分讓人激動。「我猜，你來這裡準備再偷走我其他的書？」他繼續說。「這幫不了松鴉任何忙。那些文字已經被唸出來了，他會照著做的。這是把故事當成自己的故事該有的代價。但你呢？你這陣子有看到你女兒嗎？」

他眞的還不知情！啊，愛。沒錯，面對愛，就連髒手指從亡靈那裡帶來的無懼的心，也都無能爲力。

「你眞的該去看看她，她哭得令人心碎，扯亂自己美麗的頭髮。」

他的那種神情。沒錯！我逮到你了！奧菲流士心想。你們兩個都上鉤了，你和松鴉。

「我那頭黑狗看守著你女兒，」他繼續說，每個字眼嘗來都像加過料的酒。「那大概讓她非常害怕，但我吩咐夜魔，先別吃了她甜美的肉和她的靈魂。」

看——恐懼果眞還能咬齧髒手指。他那沒有疤的臉突然變得無比蒼白。他看著奧菲流士的影子，但夜魔並未從那兒冒出。不，他在籠子前，布麗安娜在那兒哭喊著自己的父親。「要是他敢動她一根寒毛，我就殺了你。我不懂殺人，但爲了你，我會去學！」髒手指沒有疤的臉，似乎更易受傷。火花覆蓋住他的衣服和頭髮。

奧菲流士不得不承認——他仍是自己最喜愛的角色。不管他對自己做了什麼，出賣過他多少次，也不會改變這點。他的心像頭狗一樣愛他，因而更有理由徹底從這故事中除掉火舞者——就算讓人悲傷。很難相信，他眞的只爲保護松鴉才來找自己。他根本沒那麼高尚！不。火舞者是應該再次扮演比較符合他自己的角色了。

「你可以贖回你的女兒！」奧菲流士讓每個字在舌頭中融化。

喔，甜美的報復。髒手指肩上的那頭貂，露出牙齒。討厭的畜生。

髒手指摸了摸牠棕色的毛。「怎麼贖？」

奧菲流士起身。「嗯……首先，滅掉你在城堡中特別安設的照明，而且立刻動手。」

牆上的火光亮了起來，彷彿想要抓他似的，但接著熄滅，只剩髒手指的頭髮和衣服上還繼續燃著火光。愛可眞是一種可怕的武器。還有更銳利的刀嗎？是時候再進一步刺入他不忠不義的心。

「你女兒在松鴉之前待過的籠子中哭著，」奧菲流士繼續說。「配上一頭火紅的髮，她在裡面看來眞的漂亮多了，像隻珍貴的鳥……」

火光像一片紅霧罩住了髒手指。

「把本來該關在那個籠子裡的鳥給我帶來，把松鴉帶給我們，你美麗的女兒便自由了。你不聽的話，我會把她的皮肉和靈魂餵給我那頭黑狗。別這樣看我！就我所知，你不是扮演過一次叛徒的角色。我想爲你寫個更棒的角色，但你根本不願意聽！」

髒手指默不出聲，只看著他。

「你偷走我那本書！」奧菲流士的聲音幾乎不聽使喚，那些話嘗起來仍然苦澀。「雖然他把你從你自己的故事中一把抓出來，但你還是站在那個書籍裝幀師那一邊，而沒來找我這個把你送回家的人！這眞殘酷，十分殘酷。」他眼裡湧現淚水。「你在想什麼？以爲我會忍受這種欺騙？不。事實上，我只想把你送回亡靈那裡，沒有靈魂，像個被吸空的昆蟲一樣空洞，但我更喜歡這個報復，再把你變成一個叛徒，這會讓那書籍裝幀師高貴的心破碎！」

火舌再從牆面中熊熊竄出，燒過地面，燒焦奧菲流士的靴子。赤鐵怕到呻吟出聲，頭埋在玻璃手臂中。髒手指的憤怒在火中，在他臉上燃燒，從天花板上化成火花紛紛落下。

「別讓你的火靠近我！」奧菲流士喝叱他。「我是唯一可以命令夜魔的人，要是他餓了的話，你女兒會是他第一個吃掉的東西，而且很快。留給我一道通到松鴉藏身地點的火的痕跡，我要秀給毒蛇頭看。懂嗎？」

牆上的火二度熄滅，就連寫字檯上的蠟燭也滅了，奧菲流士的房間一片漆黑，只剩髒手指自己仍裹在火光中，彷彿他體內有火。

爲什麼他的眼神會讓他羞愧？爲什麼他的心仍感受得到愛？奧菲流士閉上眼睛，等他再度張開時，髒手指已經離開。

奧菲流士走出門時，看守他房間的守衛一臉驚恐地衝過通道。「松鴉在這裡！」他們結結巴巴說著。「他一身是火，然後突然化成一陣煙。小拇指跑去向毒蛇頭報告。」

笨蛋。該把他們統統餵給夜魔。

別生氣，奧菲流士。你很快便會把眞正的松鴉帶給毒蛇頭，你的夜魔也會吃了火舞者。

「告訴銀爵士，要他派幾名手下到我窗下的院子中，」他大聲喝叱守衛。「他們在那兒會找到足夠的精靈窩，讓他有一澡盆滿滿的血。」

他接著回房，唸出那些窩巢。不過，他在文字中看見髒手指的臉，彷彿他活在所有文字的後頭，好像那些字只提到他。

另一個名字

我寫下你的名字，兩個音節，兩個母音。你的名字讓你變得比你還大。你在角落休息，睡了；你的名字喚醒你。我寫下它。你根本不可能有其他的名字。你的名字便是整個你，嘗起來如此，聞起來如此。叫出另一個名字，你便會消失，我寫下它，你的名字。

——蘇珊・桑塔格《信簡》

湖中城堡是蓋來保護幾個不快樂的孩子，但莫在通道中迷失愈久，就愈覺得這座城堡只在等著將他淹溺在自己彩繪牆面間的黑暗之中。髒手指的火狼跑在前面，彷彿知道路，莫跟著牠。他殺了另外四名士兵。這座城堡屬於火舞者和松鴉，他在他們臉上看出這點，奧菲流士在他心中撩起的憤怒，讓他不斷出手殺人，他的黑衣服都被他們的血沾濕。黑。他的心因爲奧菲流士的文字而變黑。

你應該跟他們問路，而不是殺了他們！他彎身過一個門洞時，憤恨心想。一群鴿子飛起，沒有燕子，一隻都沒有。蕾莎在哪？她還會在哪？在毒蛇頭的房間，找著爲了救她而裝幀的書。燕子飛得很快，而他的步伐因爲奧菲流士的文字而沈重異常。

在那裡，那是毒蛇頭藏身的塔樓嗎？髒手指對他這樣描述。又是兩名士兵……見到他時，驚恐地踉蹌退開。快殺了他們，莫，免得他們大喊。血，像火般鮮紅的血。紅不是過去他喜歡的顏色嗎？現在見到紅，他只感到難受。他跨過死者，拿過其中一位銀灰色的披風，戴上另一名士兵的頭盔。如果再遇到更多士兵，這樣說不定可以避開殺戮。

下一條通道看來眼熟，但沒見到任何守衛。那頭狼繼續跑，但莫在一扇門前停下，推開了門。

那些氣絕的書，失落的圖書館。

他放下劍，走了進去。髒手指的火花也在這裡閃爍，燒掉了空氣中發霉腐爛的味道。

書。他把那把沾了血的劍靠在牆上，摸著有污點的書背，感覺到他肩上的文字擔子變輕了。不是松鴉，不是魔法舌頭，只是莫提瑪。奧菲流士根本沒有寫到他，莫提瑪．弗夏特，書籍裝幀師。

莫手裡拿了一本書。可憐的東西，沒有救了。他又拿了其他本，一本接一本——然後聽到一聲窸窣。他的手立刻去摸劍，奧菲流士的文字又攫住他的心。

幾堆書倒了下來，在這些背脊壓住的屍體間，一條手臂鑽了出來，第二條接著冒出，但上面沒有手。巴布盧斯。「原來他們在找你！」他起身，左手手指上有墨水。「在我來這兒躲開笛王後，沒有任何士兵進過門。大概臭味讓他們避之唯恐不及。但今天已經來了兩個。你是怎麼逃出來的？他們一定更嚴密看守你！」

「靠火和羽毛。」莫回答，把劍靠在牆上，不想回憶。他想忘了松鴉，就暫時一會也好，在這些羊皮紙和皮革書封間，找些快樂，忘掉不幸。

巴布盧斯順著他的目光，可能在那兒看到了渴望。「我找到一些還能用的書。你想看看嗎？」

莫聽著外頭的動靜。那頭狼沒出聲，但他似乎聽到了聲音。不，聲音又接著消失。

就暫時一會也好。

巴布盧斯給了他一本書，並不比他的手大。書上有些被蛀過的洞，但顯然沒有發霉，裝幀出色。他的手指無比懷念翻著謄寫過的書頁的感覺，他的眼睛無比渴望帶他離開的文字，而不是抓住他並操縱他的。他的雙手很想拿起一把切割紙張，而不是血肉的刀。

「這是什麼？」巴布盧斯低聲道。

天黑了，牆上的火滅了，莫無法看到雙手中的書。

「魔法舌頭？」

他轉過身。

髒手指站在門口，一個鑲了火邊的影子。

「我去過奧菲流士那裡。」他的聲音聽來不一樣，沒了死神在其中留下的冷靜。他們兩人幾乎已要遺忘的絕望又回來了。髒手指，失落的人……

「怎麼了？」

髒手指從黑暗中把火召回，讓火在書堆中安置了一個籠子，裡面有個哭泣的女孩。布麗安娜。莫在髒手指臉上看見自己也常感受到的恐懼。他的骨肉，孩子。無比強大的字眼，勝過一切。

髒手指只要看著他，莫便能在他眼中看出看住他孩子的夜魔，還有他想贖回孩子的代價。

「然後呢？」莫聽著外頭的動靜。「士兵們已在外面了嗎？」

「我還沒留下痕跡。」

莫察覺到髒手指的恐懼，彷彿在籠子裡的是美琪，從火中傳來的是她的哭聲似的。

「你還等什麼？帶他們過來！」他說。「我的雙手是該再裝幀一本書了——就算這本永遠不會完成。讓他們來抓那位書籍裝幀師，而不是松鴉。他們看不出差異的。我遣走松鴉，要他走得遠遠的，讓他安睡，跟奧菲流士的文字安睡在底下地洞深處。」

髒手指朝黑暗中呵了口氣，籠子換成了莫壓印在許多書封上的符號：一隻獨角獸的頭。「如你所願，」他輕聲說道，

「但如果你再次扮演書籍裝幀師，那我是什麼角色呢？」

「你女兒的救星，」莫回答。「我妻子的保護者。蕾莎離開去找那本空白的書了。幫她找到那本書帶給我。」

讓我可以寫下結局，他心想。那只需要三個字。突然間，他有了一個想法，讓他在這片黑暗中微笑起來。奧菲流士沒寫到蕾莎，沒有任何相關的字眼。他還忘了誰呢？

回來

不管你是誰，不管有多孤獨，
這世界給了你想像
以野雁的叫聲呼喚你，
嘹亮刺耳——
並在萬事萬物中
不斷宣示你的所在

——瑪麗·奧利佛《野雁》

羅香娜爲害怕紅雀而睡不著的孩子，又唱了起來。關於她的聲音，美琪聽過的事，全是眞的。似乎就連這株樹也在傾聽，還有在樹間最外圍枝頭上的小鳥，棲息在樹根間的動物，在夜空中的星子。羅香娜的聲音令人深感撫慰，雖然她唱的歌往往悲傷，而美琪可以從每字每句中聽出她對髒手指的渴望。

聽到這樣佔據人整個心的渴望，讓人感到安慰。渴望沒有恐懼的安眠和無憂無慮的日子，渴望腳下有塊堅實的土地、可以吃得飽飽的、翁布拉的巷弄、母親……和父親。

美琪高坐在費諾格里歐寫作的窩巢外，不知該先擔心誰：費諾格里歐和黑王子、跟巴布提斯塔去找巨人的法立德，還是在強盜們制止下，又已爬下去查探紅雀是否眞的離開的朵利亞。至於她父母，她先不試著去想，但突然間，羅香娜唱起美琪最喜歡的一首松鴉之歌，曲子裡說著松鴉和他女兒被關在夜之堡的事。多是英雄行徑的曲子，但只有這首也提到她的父親，她思念的父親。「莫？」她很想對他說，並把頭靠在他肩上。「你想，巨人會把費諾格里歐帶到他孩子那兒去嗎？你看，如果法立德和巴布提斯塔試圖救王子時，他會不會踩死他們？你看，一顆心能不能愛兩個男孩？你見到蕾莎了嗎？你好嗎，莫？你好嗎？」

「松鴉是不是已經殺了毒蛇頭？」昨天一名孩子才問愛麗諾。「他是不是快回來，從紅雀手中救出我們了？」

「當然！」愛麗諾回答，並趕緊瞧了美琪一眼。當然……

「那男孩還沒回來！」她聽到精靈怕對木腳說。「要我去看一下他在哪裡嗎？」

「爲什麼？」木腳壓低聲音回答。「如果他可以，自然會回來，如果不行，那就是被抓住了。我肯定他們在下面某個地方。我只希望，巴布提斯塔回來時，要小心他們。」

「他要如何小心？」精靈怕反問，怒笑著。「巨人在他後面，紅雀在他前面，王子可能死了。我們很快就要唱自己的輓歌了，而且聽來可沒羅香娜唱得那麼好聽。」

美琪把臉埋在手臂中。別去想，美琪。不要去想，聽羅香娜唱歌。夢想一切都會好轉，他們全都會安然歸來：莫、蕾莎、費諾格里歐、黑王子、法立德——和朵利亞。紅雀會怎麼對付囚犯？不，美琪，別去想，別去問。

下頭有聲音傳來。她探身，試圖在黑暗中辨識出一些東西。那是巴布提斯塔的聲音嗎？她看到火，很小的火，但卻很亮。那是費諾格里歐！他身旁是黑王子，躺在擔架上。

「法立德？」她朝下喊道。

「安靜！」精靈怕噓聲說，美琪一手摀住嘴。強盜放下繩子和一張網子給王子。

「快點！巴布提斯塔！」羅香娜的聲音不唱歌時，聽來完全不同。「他們來了！」

她不需多說。樹叢間有馬嘶鳴，樹枝被許多靴子踩斷。強盜丟下更多的繩子，有些人沿著樹幹而下。箭矢從黑暗中射來。士兵像銀色甲蟲般從樹叢間蜂擁而出。「你們看，他們會等著巴布提斯塔回來！帶著王子！」朵利亞不是這樣對他們說了？他不是因此才再下去？沒再回來。

法立德燃起火。他和巴布提斯塔護在黑王子面前。那頭熊也在他身旁。

「怎麼了？現在又怎麼了？」愛麗諾跪在美琪身邊，頭髮凌亂，彷彿恐懼襲來一般。「我眞的睡著了。妳能想像嗎？」

美琪沒回答。她能做什麼？她現在能做什麼？她起身，走到羅香娜和其他女人跪在那裡的樹枝上。只有兩名強盜陪著她們，其他的都沿樹幹而下，但樹幹高聳，高度驚人，箭矢由下射來，像往上的雨一般。兩名強盜大叫跌入深處，女人們摀住孩子的眼睛和耳朵。

「他在哪裡？」愛麗諾往前探身，羅香娜用力把她拉回來。「他在哪裡？」她又喊道。「快說，那老笨蛋還活著嗎？」

費諾格里歐抬頭瞧著她們，像是聽到她的聲音一般，皺巴巴的臉上全是恐懼，周圍是打鬥的人。一名死者倒在他腳前，他抓起那把劍。

「現在妳看看！」愛麗諾喊著。「他在想什麼？可以在自己這個該死的故事中扮演英雄？」

我必須下去，美琪心想，幫法立德，找朵利亞！他在哪裡？他死在樹叢間某處嗎？不，美琪。費諾格里歐寫過他！很棒的東西。他不可能死的。只是……她跑到繩邊，但精靈怕把她拉回來。

「快上去！」他喝叱她。「所有的女人和孩子都上去，愈高愈好！」

「啊，是嗎，我們在上面幹什麼？」愛麗諾對他吼。「等著他們把我們摘下來？」

沒人回答。

「他們抓住王子了！」敏奈娃的聲音聽來無比絕望，所有人都轉過身。幾名女人啜泣起來。沒錯，他們抓住黑王子了，把他拉下擔架。大熊躺在他身旁，一動了動，一根箭插在皮毛上。巴布提斯塔一樣被抓。法立德在哪？

有火的地方。

法立德讓火燒咬敵人，但黑炭鳥也在，他那張皮臉在紅黑色的衣服上，成了一塊明亮的斑點。火吞噬著火，火舌沿著樹幹燒上來。美琪似乎聽到樹在呻吟。幾株小樹已經燒了起來。孩子們哭著，聲音大得讓人心碎。

啊，費諾格里歐，美琪心想，我們找的救星都不行。先是柯西摩，現在是巨人。

巨人。

他的臉突然從樹叢間冒出，好像聽到那個字眼在喊他。他的皮膚變得跟夜色一樣黑，而他額頭上反射著星光。一隻腳踩熄了在窩巢樹根間燃燒的火，另一隻差點踩到法立德和黑炭鳥，美琪的耳中都迴盪著自己的驚叫。

「好，好！他回來了！」她聽到費諾格里歐喊著。他衝向那巨人的腳，爬上一根腳趾，彷彿那是一艘救命的船。

但巨人抬頭看著哭泣的孩子，好像找著爲此過來，卻找不到的東西似的。

紅雀的手下放了自己的俘虜，再次像兔子般跑開，他們的主子騎著雪白的馬，一馬當先。只剩黑炭鳥和一小撮人留下，讓火去燒巨人。他不知所措盯著火看，等到火燒痛他的腳趾，他踉蹌退了開。

「不，求求你！」美琪朝下喊著。「求求你，別再離開。幫幫我們！」

突然間，法立德站到巨人肩上，讓火花由夜色中紛紛落下，像燃燒的牛蒡落在黑炭鳥和他手下的衣服上，直到他們倒在森林地上，在枯葉中翻滾。不過，巨人吃驚地看了法立德一眼，從他肩上把他摘下來，就像他是一隻蝴蝶似的，擱在自己抬起來的手中。他的手指眞是巨大，大得嚇人，而法立德在那裡顯得相當的小。

黑炭鳥和他手下仍在拍打衣服上的火。巨人惱怒地低頭打量他們，揉著耳朵，好像他們的叫聲刺耳，然後一手包住法立德，像是個珍貴的獵物，另一隻手把那些喊叫的傢伙掃進森林中，像孩子拍掉自己衣服上的蜘蛛一般。接著，他又回神聆聽，抬頭在樹中尋找，好像突然想到自己爲什麼回來的原因。

「羅香娜！」

那是大流士的聲音，在樹中迴盪，既遲疑又肯定。「羅香娜！我想他是因爲妳才回來的！快唱歌吧！」

在毒蛇頭房間中

有許多的故事要說，太多了，交織著許多生命、事件、奇蹟、地點、謠傳，糾纏著不可能的事和日常的事！

——魯西迪《午夜之子》

蕾莎跟在其中一名僕役後頭飛，他們抬著裝著血水的桶子進到毒蛇頭房間。他坐在一個銀澡盆中，全身直到脖子都是紅的，喘息咒罵著，看來無比駭人，只讓蕾莎更加擔心莫。何種報復才能抵過這種痛楚？

她飛到門旁的櫃子上時，小拇指四處張望，但她即時縮起身子。變小，還滿實際。髒手指的火花在牆面燃燒。三名士兵拿著濕布拍打，而毒蛇頭血跡斑斑的手摀住疼痛的眼睛。他外孫站在澡盆邊，雙臂抱胸，彷彿這樣可以躲開他外祖父難看的臉色。他真是瘦小，和他父親一樣俊美，和他母親一樣柔弱。但不像薇歐蘭，雅克伯雖然模仿自己外祖父的每個動作，卻一點都不像他。

「她沒有。」他翹起下巴，那是他母親的動作，他自己大概都不知道。

「是嗎？如果不是你母親，那是誰幫松鴉的？」一名僕役把一桶血水倒在毒蛇頭背上。蕾莎見到血流過蒼白的背時，感到噁心，雅克伯同樣露出一種驚恐與作嘔的混雜表情打量著自己的外祖父——毒蛇頭注意到時，他趕緊把眼睛轉開。

「好，看著我！」他大聲喝叱自己的外孫。「你母親幫了那個把我整成這樣的男人。」

「她沒有。松鴉是飛出去的！大家都說他會飛，刀槍不入。」

毒蛇頭大笑，發出鳴笛般的氣息。「刀槍不入？我會讓你看看，等我再抓到他，他如何刀槍不入。我會給你一把刀，你可以自己試試看。」

「但你抓不到他。」

毒蛇頭一手拍在血淋淋的洗澡水中，雅克伯淺色的袍子因而變紅。「小心點，你愈來愈像你母親了。」

雅克伯似乎在想，這樣是好，還是不好。

那本空白的書在哪？蕾莎四處瞧著。箱子、被丟在一張椅子上的衣服、凌亂的床。看來毒蛇頭睡不安穩。他把書藏在哪裡？他的命，他長生不死的命，就靠那本書了。蕾莎找著像首飾盒，或許一塊把書包起來的珍貴布料的東西，就算書發臭腐爛也好……然而，房間突然變黑，漆黑到只剩下聲響：血水滴答的聲音、士兵們的呼吸聲、雅克伯驚恐的聲音。

「怎麼了？」

髒手指的火花熄滅了，一如他把她和莫帶出地洞時，從牆面中竄出那般突然。蕾莎發覺自己胸口那顆鳥心跳得比平常要快。發生了什麼事？一定有事發生，而且可能不是什麼好事。

一名士兵點燃一根火把，一隻手遮著火，免得他的主子感到刺眼。

「終於！」毒蛇頭的聲音聽來輕鬆起來，同時也顯得驚訝。他揮手要僕役過來，他們再次把血水澆在他發癢的皮膚上。他們在哪抓到這些精靈的？他們不是都睡了。

門開了，彷彿這個故事想自己回答，奧菲流士走了進來。「怎麼樣？」他鞠了個大躬問道。「精靈夠嗎，殿下？還是要我再找更多精靈過來？」

「這樣夠了。」毒蛇頭雙手捧滿了血水，把臉浸在其中。「火滅了，跟你有關嗎？」

「跟我有關嗎？」奧菲流士得意洋洋微笑著，蕾莎眞想飛下去，拿鳥嘴啄他那張白臉。「當然，」他繼續說。「我說服火舞者換邊。」

不，這不可能。他說謊。

她體內的那隻鳥啄著一隻蒼蠅，雅克伯抬頭看著她。把頭縮起來，蕾莎，就算黑漆漆的。要是她胸口與咽喉的羽毛不那麼白就好了！

「好，但我希望，你沒答應他任何報酬！」毒蛇頭身子整個浸到血水中。「他把我變成我手下的笑柄，我想看他死，而這回不會改變。不過，現在還有時間。但松鴉呢？」

「火舞者會帶我們去找他，完全免費。」這些話著實可怕，但奧菲流士甜美的聲音讓這些話更加可怕。「他會留下一道火的痕跡，您的士兵只需跟著那道痕跡。」

不。不。蕾莎顫抖起來。他別再出賣他了。不。

她的鳥胸口冒出一聲壓抑的叫喊，雅克伯又抬頭看她。但就算他見到她——看到的也只是一隻發抖的燕子，迷失在人類陰暗的世界中。

「是否都準備好讓松鴉立刻上工了？」奧菲流士問。「他愈早完成，您就可以愈早殺了他。」

喔，美琪，妳把什麼人唸到這兒來了？蕾莎絕望想著。在她看來，奧菲流士像是個戴著閃閃發亮的鏡片，有著甜美諂媚聲音的魔鬼。

毒蛇頭從自己的澡盆中撐站起來，呻吟出聲。他站在那裡，像個剛出生的嬰兒一樣血淋淋的。雅克伯不由自主退開，但他外祖父招手要他過來。

「主人，您得泡久一點，這些血才會有效！」一名僕人說。

「晚點！」毒蛇頭不耐煩地回答。「你以為，他們把我的死敵帶來時，我還想坐在澡盆中？把那裡的毛巾給我！」他大聲喝叱雅克伯。「快點，還是要我把你丟進那黑洞中，跟你母親在一起？我不是說了，你愈來愈像她了？不，你是愈來愈像你父親了。」

雅克伯露出陰沈的目光，把擱在澡盆旁的毛巾遞給他。

「衣服！」

僕役們衝向箱子，蕾莎又躲到暗處，但奧菲流士的聲音像致命的香氣陰魂不散跟著她。

「殿下，我，嗯——」他清了清喉嚨，「我做到了我的承諾。松鴉很快又是您的階下囚，幫您裝幀一本新書。我想，我該有些報酬。」

「你有嗎？」僕役們把黑衣套在毒蛇頭仍然血紅的皮膚上。「你想要的是什麼？」

「不知您還記得我對您提過的那本書嗎？我還是很想拿回來，而我肯定您能幫我找回。雖然不可能馬上——」他無比自戀地抹平自己淡金色的頭髮，「只是，在這件事上，我也想要您女兒接納我，當作報酬。」

奧菲流士。

蕾莎想到自己第一次見到他那天，在愛麗諾的屋子，跟摩托娜和巴斯塔在一起。當時，她只注意到他跟其他圍著摩托娜的手下不同，很和善的樣子，那張孩子臉看來簡直無辜。她多愚蠢，他比所有人還要惡劣，惡劣千百倍。

「殿下。」那是笛王的聲音。蕾莎沒聽見他進來。「我們抓到松鴉了，他和那個書籍彩繪師。要我們把松鴉立刻帶來嗎？」

「你不告訴我們你如何抓到他的？」奧菲流士呼嚕出聲。「你是靠你的銀鼻子聞到他的？」

笛王結結巴巴回答，彷彿每個字眼都咬住他的舌頭一般。「火舞者出賣他，靠一道火的痕跡。」

蕾莎想把穀粒吐出來，讓自己的眼睛可以流淚。

但奧菲流士大笑起來，像孩子一樣心滿意足。「是誰告訴你這道痕跡的事？快點說嘛！」

笛王等了一會才回答。「你，不然還有誰？」他最後沙啞說道。「我總有天會查出來，你是靠什麼惡行辦到的。」

「嗯，但他辦到了！」毒蛇頭說。「在你讓松鴉逃走兩次後。現在把他帶到千窗大廳，把他跟他要裝幀那本書的桌子綁在一起，看好他手中的每個動作。要是這本書還是讓我生病，我會親手挖出你的心的，笛王，相信我，那可不像鼻子一樣可以輕易替代。」

鳥的念頭蒙蔽了蕾莎的理智，讓她害怕，但沒了翅膀，她要如何去莫那裡？但就算妳飛到他那裡，蕾莎，那然後呢？妳想啄出笛王的眼睛，讓他看不見松鴉飛走？飛走吧，蕾莎，一切都完了。如果救不出孩子的父親，便救妳自己還未出世的孩子吧。回美琪那兒去。她只感到鳥的恐懼，鳥的恐懼和人的痛楚——還是反過來呢？她是不是已經瘋了？像摩托娜那樣？

她蹲踞在那裡，等著房間變空，等到毒蛇頭離開去看自己的囚犯。他爲什麼要出賣他？她心想。爲什麼？奧菲流士答應他什麼？有什麼會比莫帶回給他的生命更重要的東西？

毒蛇頭、奧菲流士、笛王、士兵們，還有兩名僕役，帶著撐住他們主人疼痛皮肉的枕頭——蕾莎看著他們統統離開，但當她把頭探出櫃緣時，因爲以爲只剩自己一人，雅克伯卻站在那裡，抬頭瞪著她。

一名僕役回來拿毒蛇頭的大衣。

「你看到上面那隻鳥了嗎？」雅克伯問。「把牠抓給我！」

但那名僕役粗魯地把他拉向門口。「這裡根本輪不到你說話！去看你母親。她在那裡，一定需要人陪！」

雅克伯掙扎反抗，但那名僕役猛力把他推出門口，然後關上門——走到櫃子這兒來。蕾莎退開。她聽到他把某個東西推到櫃子前。飛到他臉上，蕾莎！然後去哪呢？門關上了，窗子被遮住。那名僕役把黑色大衣朝她丟來。她飛向門，飛向牆，聽到他咒罵。去哪？她飛向天花板下的吊燈，但有東西打中她的翅膀。一隻鞋。痛，非常痛，她掉了下去。

「等一下我就扭斷你的脖子！誰知道，說不定你的味道還不錯，一定比我們那個好主人給我吃的東西好。」兩隻手朝她抓來。她試圖飛開，但翅膀疼痛，而手指緊抓住她。她拿喙嘴絕望地啄著那些手指。

「放開她。」

那名僕役轉過身，不清楚怎麼回事。髒手指把他打倒在地，火接著過來。叛徒的火。葛文飢渴地瞧著那隻燕子，但髒手指把牠趕走。他過來抓她時，蕾莎想啄他的手，但卻氣力盡失，他小心把她從地上拾起，摸著她的羽毛。

「翅膀怎麼樣？妳能拍動嗎？」

她體內的那隻鳥信賴他，跟所有野生動物一樣，但她那顆人的心卻想著笛王的話。「你爲什麼出賣莫？」

「因爲他想這樣。把穀粒吐出來，蕾莎！還是妳已經忘了自己是個人了？」

我說不定想忘掉，她心想，但還是乖乖把種子粒吐到他手中。這次一顆不缺，但她發覺到自己體內那隻鳥愈來愈強大。小與大，大與小，皮膚與羽毛，沒有羽毛的皮膚……她摸著自己的手臂，又察覺到自己的手指，沒有爪子的手指，發現到自己眼中的淚，人的眼淚。

「妳看到那本空白的書藏在哪裡了嗎？」

她搖搖頭，心裡很高興，又可繼續喜歡他。

「我們必須找到那本書，蕾莎，」髒手指低聲說。「莫會幫毒蛇頭裝幀一本新書，他可藉此忘掉松鴉，奧菲流士的文字便無法傷害他，但這本書絕對不能完成。妳懂吧？」

是的，她懂。他們在火光下到處找著，摸過濕布、衣服、靴子、壺罐、銀盤和刺繡枕頭。他們甚至伸手到血水中。等他們聽到外頭的腳步聲時，髒手指把失去知覺的僕役拉過來，躲到蕾莎之前蹲踞的櫃子後面。對鳥來說，這個房間大得像一整個世界，但現在她卻覺得窄到難以呼吸。髒手指護在蕾莎面前，但走進來的僕役只顧忙著把他們主人血淋淋的洗澡水倒掉。他們一邊清理濕布，一邊咒罵，藉取笑他們主子噁心的腐爛皮肉來一掃怨氣。接著，他們把澡盆抬到外面，又單獨留下他們。

找……每個角落，每個箱子，在凌亂的床上和床下。找。

燃燒的字

她內心翻騰，同時看著全是段落與文字到了令人作嘔程度的書頁。
你們這些壞蛋，她心想。
你們這些討人喜歡的壞蛋。
別讓我高興，別讓我滿足。
別讓我相信，從這些東西裡面會冒出些好東西。

——馬格斯・朱薩克《偷書賊》

法立德發現朵利亞。他們把他抬上樹時，美琪起先以為巨人踩死了他，就像紅雀那些像破娃娃般躺在下面僵凍的草地上的手下。

「不，不是巨人，」他們把朵利亞和其他傷患擱在一起，黑王子、木腳、蠶蛾和刺蝟，羅香娜說道。「這是人造成的。」

羅香娜把最下面的一個窩巢當成病房。還好，強盜中只有兩名死者。反之，紅雀損失不少手下。現在，就算他再怕自己的妹夫，大概也不會再回來了。

黑炭鳥也死了。他躺在草中，脖子折斷，空洞的眼睛瞪著天空。被血腥誘來的狼群，已埋伏在樹叢間。但牠們不敢靠近，因為巨人像孩子般蜷起身子，睡在窩巢樹下，那麼香沈，彷彿羅香娜的曲子讓他永遠留在夢鄉似的。

敏奈娃包紮好朵利亞流血的頭時，他沒甦醒，美琪坐在他身旁，而羅香娜照顧著其他的傷者。刺蝟的情況很糟，但其他人的傷口都會復元。黑王子僥倖只斷了幾根肋骨。他想下去陪他的熊，但羅香娜不准他下去，巴布提斯塔得不斷跟他保證，在羅香娜拔掉射進大熊肩膀的箭後，牠又開始去追雪兔了。但朵利亞一動不動，只躺在那裡，棕色的頭髮上全是血。

「妳看呢？他會再醒過來嗎？」羅香娜探身察看朵利亞時，美琪問道。

「我不知道，」羅香娜回答。「跟他說話，有時會喚醒人的。」

跟他說話。她要跟朵利亞說什麼？**法立德說，那裡有不需要馬的馬車，還有從很小的黑盒子中冒出來的音樂**。他不斷問她另一個世界的事，美琪便輕聲說起沒有馬的馬車、會飛的機器、沒有帆的船和把聲音從地球這邊送到另一邊的器械。愛麗諾來看她，費諾格里歐在她身旁坐了一會，就連法立德也過來，握住她的手，而她同時握住朵利亞的手，美琪第一次又感到和他如此接近，就像當時他們和髒手指一起去找自己被抓的父母。一顆心能愛兩個男孩嗎？

「法立德，」費諾格里歐不知何時說道，「讓我們看看火能告訴我們松鴉什麼事，這個故事接著就會結束，有圓滿的結局。」

「我們說不定該派巨人到松鴉那裡！」蠶蛾說。羅香娜從他手臂中挖出一支箭，他的舌頭因爲酒而顯得沈重，爲了減輕疼痛，羅香娜讓他喝酒。紅雀留下了許多酒囊、口糧、毯子、武器和無主的馬。

「你忘了松鴉在哪了嗎？」黑王子問。美琪很高興他活著。「沒有巨人可以涉水渡過黑湖，就算他們以前喜歡在那兒看自己的倒影。」

不，不會這麼簡單。

「來吧，美琪，我們來問問火。」法立德說，但美琪捨不得放掉朵利亞的手。

「去吧，我來看著他。」敏奈娃說，而費諾格里歐低聲說道：「別這麼難過的樣子！這孩子當然會再醒來！妳忘了我對妳說過什麼？他的故事才剛開始！」

但朵利亞蒼白的臉，讓人很難相信這點。

法立德召喚火所跪的枝幹，寬得跟愛麗諾花園門前的馬路一樣。美琪蹲在他身旁時，費諾格里歐露出疑懼的神情，抬頭瞧著坐在他們上頭樹枝間，打量睡覺的巨人的孩子。

「你們別亂來！」他喊道，指著他們小手中的冷杉毬果。「第一個對巨人丟毬果的，會跟著飛下去。我說得到，做得到！」

「他們不知什麼時候會丟一個下去的，然後呢？」法立德問，同時小心翼翼把一些灰燼撒在樹皮上。剩下不多了，就算他每次都很謹慎地又收攏起來。「巨人醒來後，會做什麼？」

「我哪知道？」費諾格里歐叨唸著，略微不安地瞧著下頭。「我不希望可憐的羅香娜後半輩子得唱歌哄他入睡。」

黑王子也來他們這裡，巴布提斯塔得撐著他。他們坐在美琪身旁，一言不發。這天的火顯得慢吞吞的，不管法立德再怎麼吹捧說好話，還是等了好久，火舌才從灰燼中竄燒出來。巨人在睡夢中開始哼唱起來。偷偷摸摸跳上法立德的膝，嘴裡叼著一隻死鳥，畫面這時突然出現：髒手指在一座院子中，四周都是大籠子，其中一個籠子中，有名女孩在哭。布麗安娜。一個黑色的身影站在她和她父親間。

「夜魔！」巴布提斯塔低聲說著。美琪驚恐地看著他。這個畫面化成一陣灰色的煙，另一個畫面出現在火的中間。法立德握住美琪的手，巴布提斯塔輕輕冒出一聲咒罵。莫。他被鍊子綁在一張桌子邊，笛王在他身旁，還有毒蛇頭。他那腫脹的臉看來比美琪在自己噩夢所見到的還要駭人。桌子上擱著皮革和空白的紙。

「他又幫他裝幀一本空白的書！」美琪低聲說著。「這是什麼意思？」她驚恐地看著費諾格里歐。

「美琪！」法立德要她再注意看著火。

火中冒出——文字，燃燒的文字。

「見鬼了，這是什麼？」費諾格里歐脫口而出。「是誰寫的？」

這些文字飄動，在樹枝間慢慢消逝，他們都還來不及唸。但火回答了費諾格里歐的問題。一張白皙的圓臉出現在火中，眼鏡鏡片圓得像第二對眼睛。

「奧菲流士！」法立德低語著。

火慢慢熄滅，又鑽回灰燼中，彷彿那是自己的窩巢似的，但還有幾個火字飄在空中。松鴉……恐懼……破裂……死……

「這是什麼意思？」黑王子問。

「這個故事要說很久，王子！」費諾格里歐疲累地回答。「我怕那個狡猾的傢伙寫下了故事的結局。」

書籍裝幀師

我們沒人是眞正的作者：一個拳頭勝過她所有的手指。

——瑪格麗特．愛特伍《盲眼殺手》

摺疊，裁切。這些紙不錯，好過上一次的。莫的指尖觸摸著漂白過的白紙纖維，摸過紙緣，找著記憶。那些記憶出現，在他心中和腦海中塡滿了成千的畫面，成千多已遺忘的日子。膠水的味道讓他回到那些他獨自和一本病了的書在一起的地點，熟悉的手感讓他再次感到滿意，每回他賦予一本書新的生命，在時間利牙下，至少暫時保住書的風華時，都會有這種感覺。他眞的忘了，他的雙手工作時，會是何等平靜。摺疊、裁切、把線繩穿過紙頁。莫提瑪。他又回來了：莫提瑪，書籍裝幀師，對他來說，刀不是因爲易於殺人才要銳利，而那些文字威脅不了他，因爲他只爲文字裁製新裝。

「你在拖時間，松鴉。」

笛王的聲音讓他回到了千窗大廳。

別這樣，莫提瑪。你就想像一下，銀鼻子一直卡在他的書中，只不過是從文字中冒出來的一個聲音而已。松鴉不在這裡。奧菲流士的文字必須到其他地方找他。

「你知道，你完工後，自己會死。所以才這樣拖拖拉拉，對不對？」笛王戴著手套的拳頭粗暴地戳了他的背一下，他差點劃傷雙手，而松鴉回來了，想像裁切紙張的刀子插進笛王的胸口。

莫迫不得已把刀擱在一旁，拿來另一張紙，在上過膠的白紙中尋求平靜。

笛王說得沒錯，他在拖時間，但不是因爲自己怕死，而是這本書絕對不能完成，手的每個動作只是爲了帶他回去，不讓奧菲流士的文字束縛住他。莫幾乎感覺不到那些文字了。那些在黑洞中滲入自己心中的絕望，那些憤怒和失望……全都褪色了，彷彿他的雙手把這些感受全從他心中洗掉了。

但要是髒手指和蕾莎找不到另一本空白的書，會出現什麼事？要是夜魔吞噬了布麗安娜和她父親，又該怎麼辦？那他會永遠待在這座大廳，裝幀空白的紙頁？不會永遠，莫。你不會長生不死。還好。

笛王會殺了他。自從他們在夜之堡上第一次相遇後，他就在等著。而流浪藝人會歌詠松鴉的死，而不是莫提瑪·弗夏特。那蕾莎和未出生的孩子會怎麼樣？美琪呢？別去想，莫提瑪。裁切、摺疊、裝訂，爭取時間——就算你還不知道有沒有用。你死了，蕾莎可以飛走去找美琪。美琪……

求求妳們！放過我女兒吧！他在心裡哀求著白衣女子。我會跟妳們走，但把美琪留在這裡吧。她的生活才剛開始，雖然她自己還不知道會想在哪個世界過。

裁切、摺疊、裝訂——他似乎在白紙上看到美琪的臉，好像感覺得到她在自己身旁，一如當時在夜之堡的房間中一樣，薇歐蘭母親住過的同一個房間……他們把她去到一個地洞中去了。莫很清楚，她在下面最怕什麼：黑暗奪走她少數還看得到的東西。毒蛇頭的女兒仍讓他感動，他很想幫她，但松鴉必須沈睡。

他們幫他點燃四根火把，光線仍然不夠，但好過沒有。鐵鍊同樣未讓工作輕鬆，噹啷作響的聲音提醒他，自己並不在愛麗諾花園中的作坊。

門開了。

「怎麼樣，」奧菲流士的聲音迴盪在空蕩的大廳。「這個角色不是更適合你！那個笨費諾格里歐怎麼會想到把書籍裝幀師變成一名強盜？」

他露出得意洋洋的微笑，停在他面前，正好是刀無法碰到他的距離。喔，沒錯，奧菲流士是這樣想。他的氣息仍像以往一樣，帶著些許甜味。

「你應該要知道，髒手指出賣了你。他出賣所有人。相信我，我知道自己在說什麼。那是他最擅長的角色。不過，你大概沒辦法選擇自己的幫手。」

莫拿起書封要用的皮革，跟第一本書一樣，呈淺紅色。

「喔，你不再跟我說話！嗯，這可以理解。」奧菲流士看來從未快樂過。

「讓他做事，複眼！還是要我告訴毒蛇頭，因爲你跑來瞎聊，他的皮膚還得再癢一會？」笛王的聲音比平常聽來更加低沈。奧菲流士交不到朋友。

「別忘記，你的主子多虧了我，很快就可擺脫那張皮膚了，笛王！」他百無聊賴地回答。「如果我沒記錯的話，你似乎說服不了我們這位書籍裝幀師朋友。」

啊，這兩個在爲誰是毒蛇頭的第一把交椅爭吵。奧菲流士這時大概拿了較好的牌，但或許會有變化。

「你在那裡說什麼，奧菲流士？」莫說，沒從自己的工作中抬起頭瞧。他的舌頭已嘗到復仇的甜美滋味。「毒蛇頭是多虧了笛王，是他的手下抓到我的。我不小心直接落入他們手中，跟你毫無關係。」

「什麼？」奧菲流士的手指惱怒地摸著自己的眼睛。

「只要毒蛇頭睡醒了，我也會這樣跟他說。」莫切開那張皮革，想像自己是在割開奧菲流士罩住他的網子。

笛王瞇起眼睛，彷彿這樣可以更加看清松鴉的把戲。松鴉不在這裡，笛王，莫心想。但你怎麼會明白這點？

「小心點，書籍裝幀師！」奧菲流士笨拙地朝他踏近一步，聲音幾乎變得刺耳。「要是你的魔法舌頭到處散播著關於我的謊話，我會要人立刻割掉它的！」

「是嗎？誰來割？」

莫看著笛王。

「我不想在這座城堡看到我女兒，」他輕聲說。「松鴉死後，我不想有人去找她。」

笛王迎著他的目光——露出微笑。「我答應你，松鴉根本沒有女兒，」他說。「他也可以留下他的舌頭，只要說出的是實話就行。」

奧菲流士緊咬著嘴唇，結果變得跟自己的皮膚一樣白，然後來到莫的身旁。

「我會寫下新的文字！」他在他耳邊嘶聲說道。「會讓你像釣鉤上的蟲一樣扭曲的文字！」

「隨你怎麼寫！」莫回答，又在皮革上劃了一道。

這位書籍裝幀師不會感受到那些文字的。

這許多淚水

（……）自有時間以來，
孩提時，我想，
痛苦意味著，
沒被人愛。
痛苦意味著我愛別人。

——露薏絲・格魯克《最初的記憶》

她在哭！雅克伯從未聽他母親哭過。當他們從森林帶回他死去的父親時，一次都沒流淚。他自己那時也沒哭，但那並不一樣。

他要不要喊一喊下面的她？他跪在洞口邊，瞪著底下的漆黑。他看不見她，只聽得見。哭聲聽來駭人，讓他害怕。他的母親不哭，他的母親總是堅強，總是驕傲，不像布麗安娜，會把他摟在懷裡。布麗安娜甚至在他無情對她時，都會摟住他。「因爲你像你父親！」廚房的女僕們說。「布麗安娜愛你父親！」她依然愛著他。她把一塊有他肖像的錢幣擱在她腰間袋子中。有時偷偷拿出來吻著，並在牆上寫他的名字，在空中，在塵埃中。她眞是笨。

深處的啜泣聲愈來愈大，雅克伯雙手緊摀住耳朵。那聲音聽來，彷彿他母親在下面碎成一小塊一小塊的，小到再也無法拼起來。但他想留住她！

「你外祖父會帶著你，」僕役們說，「到夜之堡，讓你在那裡陪他兒子玩。」但雅克伯不想去夜之堡，他想回翁布拉。他的城堡在那裡。而且，他外祖父讓他害怕。他身子發臭，喘氣，皮膚腫到都怕手指會在那兒戳出洞來！

下面那裡一定都被淚水濕透了，聽來，好像她快被淚水溺斃似的！難怪她會這麼傷心。她在黑暗中無法唸書，他母親沒了書，便會不快樂。她愛書勝過一切，也勝過他，不過這無所謂。複眼還是不該娶她。雅克伯討厭複眼，聲音聽來像融化在皮膚上的糖。

他喜歡松鴉，還有火舞者，但他們兩個很快會一命嗚呼。奧菲流士會把火舞者拿去餵給夜魔，而松鴉只要一完成新的書，便會被他們剝皮。他外祖父讓他看過生剝人皮一次。雅克伯把那個人的喊聲藏在自己內心深處，但就算在那兒，他還是聽得見。

這裡安靜下來了，他母親不再哭了。她是不是已經哭死了？

他朝黑洞中探身下去時，守衛沒理他。「媽媽？」

這個字眼並不常從他嘴中冒出，事實上，他從未這樣叫過她。他叫她醜東西，但現在她在哭。

「雅克伯？」

她還活著。

「松鴉死了嗎？」

「還沒，他在裝幀那本書。」

「布麗安娜在哪裡呢？」

「在籠子中。」他嫉妒布麗安娜，她更喜歡她，而不是自己。布麗安娜可以跟他母親睡，也常跟她說話。但他弄傷自己，或是紅雀的手下拿他父親戲弄他時，布麗安娜也會安慰他。再說，她很漂亮。

「你知道他們打算怎麼對我？」他母親的聲音聽來不一樣了。她在害怕！他從未聽過她會害怕。要是他能把她弄出來就好了，就像火舞者幫松鴉那樣。

「奧菲流士——」他才開口說，一名守衛便抓住他脖子，把他拉起來。

「廢話說夠了！」他說。「快滾。」

雅克伯試圖掙脫，但白費力氣。

「放她出來！」他對那名士兵大喊道，拳頭打在他穿著盔甲的胸口上。「放她出來！馬上放出來！」

但那名士兵只大笑著。

「聽聽看這小子！」他對另一名守衛說。「小心，你自己很快會被丟下地洞去的，你這小蘿蔔頭。你外祖父現在有了個兒子，外孫就不算什麼了，更別提他是柯西摩的孩子，而他母親還跟松鴉合作。」

他粗暴地推開雅克伯，害他跌倒，雅克伯希望自己手中能像火舞者一樣變出火來，或像松鴉對付過他們許多人一樣，拿把劍殺了他們。

「雅克伯？」他聽到他母親在深處喊道，但當他想跑回洞口邊時，士兵們擋住他的去路。

「快滾！」其中一名喝叱他。「不然我告訴複眼，要他把你拿去餵夜魔。你的肉一定沒像那個保留給他的書籍裝幀師那麼老。」

雅克伯踢了他的膝蓋，能多用力就多用力，在另一名守衛還來不及抓他之前，便跑了開。

他衝過去的通道，全都漆黑無比，自己彷彿在黑影中看到成千的怪物。牆面上到處是火，反而好多了，好太多了。去哪？他該去哪？去他們把他和母親關在一起的房間？不，那裡有奧菲流士弄來的甲蟲，會爬進人的鼻子和耳朵。他自己對他說，並大笑著。雅克伯已換了三次衣服想擺脫蟲，但仍然感覺得到，到處都是。

他或許該到關布麗安娜的籠子那兒去？不過不行，夜魔站在那前面。雅克伯蹲在石板地上，臉埋在雙手中。他希望他們全都滾蛋，奧菲流士、笛王和他外祖父。他想變成像松鴉和黑王子那樣——然後殺了他們。一個不留。這樣他們就笑不出來，然後他就會坐上翁布拉的寶座，進攻夜之堡，像他父親那樣。他會攻佔夜之堡，把所有金銀珠寶運到翁布拉，流浪藝人會唱歌歌詠他。他會讓他們每天在城堡中表演，僅只爲他一個人，而火舞者會把他的名字寫在天上，他母親會跟他躬身致意，他會娶一位跟布麗安娜一樣漂亮的女人……

他坐在護住他外祖父眼睛的黑暗中，眼前清楚看到這一切，就像巴布盧斯爲他所畫的圖畫那樣清楚。

一本關於他的書。一本像松鴉之書一樣華麗的書。不是空白腐爛的……

雅克伯抬起頭。

……像那本空白的書。

是的，爲什麼不？這樣他們一定笑不出來了。

雅克伯起身，感到很輕鬆。只要他外祖父沒馬上發覺書不見，最好是拿另一本來替換。但哪一本呢？

他的雙手壓住自己顫抖的膝蓋。

奧菲流士讓人拿走他的書，他母親的書也全被拿走。但這座城堡中還有更多的書，生病的書，像他外祖父那本一樣，就在他們抓走松鴉的那個房間裡。

到那裡去有一段路，雅克伯走錯幾次，但最後那股霉味帶他找到了路——就是他外祖父身邊的同一種味道——還有在他火把光線下，幾乎辨識不出來、火舞者拿來出賣松鴉的煤灰痕跡。他爲什麼這麼做？像黑炭鳥一樣，爲了金銀珠寶？他想拿來買什麼？一座宮殿？一名女人？一匹馬？

「寧可相信敵人，也別相信你的朋友，雅克伯！」他外祖父是這樣教他的。「對公侯來說，沒有朋友這種玩意的。」他外祖父過去常和他說話，但那是好久以前的事了。**他現在有了個兒子，雅克伯**。

他拿了一本不是太大的書——那本空白的書也不很大——塞到自己的袍子下。

他外祖父的房間前，站著兩名守衛。所以他從松鴉那裡回來了。他說不定已經殺了他。不會。那本新書一定還沒完成。這種事需要時間，他是從巴布盧斯那裡得知的。但如果書完成的話，他外祖父會折磨松鴉，讓他母親嫁給複眼，或把她留在那個洞裡，直到變成碎塊。而他們會把他帶到夜之堡。

雅克伯整理好衣服，擦掉眼中的淚。他根本沒注意到眼淚，淚水讓守衛和他們火把的火光一切模糊，笨。淚水是笨東西。

「我要找我外祖父！」

看他們互相冷笑的樣子。松鴉會殺了他們全部。一個不留。

「他睡了，快滾。」

「他沒辦法睡，你這笨蛋！」雅克伯的聲音尖銳起來。幾個月前，他會跺腳，但他發現，那並不特別有效。「小拇指要我過來的，要我拿安眠藥給他。」

守衛們不安地交換了眼神。還好，他比他們都聰明，聰明多了。

「那好，進去吧！」其中一個叨唸著。「但你小心，要是你因爲你母親跑來對他大呼小叫，那我會親自把你丟到她那個洞裡，懂嗎？」

你死定了！雅克伯經過他身旁時心想。死，死，死定了。你還不知道吧？喔，沒錯。這樣眞好。

「你想幹什麼？」他外祖父坐在床上，身旁有兩名僕役幫他擦掉腿上的精靈血。他的眼皮因爲罌粟汁而變得沈重，那是他想睡覺時喝的東西。他爲什麼不該睡一下呢？松鴉抓到了，又幫他把死神裝幀在一本書裡。

「松鴉做好後，你會怎麼對他？」雅克伯很清楚他外祖父喜歡說哪種故事。

毒蛇頭大笑，揮手要僕役離開，顯得不耐煩。他們不斷低頭躬身，往門口而去。

「你雖然看來像你父親，但你最後說不定眞的像我。」毒蛇頭側躺下來，呻吟出聲。「你會先怎麼對付他？」他的舌頭已經跟他眼皮一樣沈重了。

「我不知道。拔掉指甲？」

雅克伯走向床邊。在那裡，那個枕頭，那個毒蛇頭一直帶在身上的枕頭，他們說，是拿來支撐他的病體。但雅克伯更清楚。他常常見到自己外祖父把手伸進那厚布下，手指好摸摸那皮革。有次，他甚至瞄到那浸過血的書封一眼。沒人會理會小孩子看到的東西，就連除了自己誰都不相信的毒蛇頭也一樣。

「指甲？喔，那可痛了，沒錯。我希望我兒子像你這樣大的時候，也會有類似的點子。雖然說——如果自己長生不死，那還要個兒子幹什麼？我最近老這樣問。爲什麼需要妻子？或女兒……」

最後的幾個字幾乎聽不清楚。毒蛇頭張開嘴，發出一聲鼾聲。蜥蜴眼皮闔了起來，左手抓著那個藏著他死訊的枕頭。不過，雅克伯的手瘦小，一點也不像他外祖父的手。他小心解開綁住布套的帶子，手指伸進枕頭中，抽出那本書，那本空白的書——其實應該稱之爲紅色的書。他外祖父轉過頭，在睡夢中發出呼嚕聲。雅克伯從袍子下拿出在病書所在房間拿來的那本書，換掉它的紅色攣生兄弟。

「我外祖父睡了，」他走出房間時，對守衛說。「小心點，要是你們吵醒他，我會要他拔掉你們的指甲。」

夜魔

不怕死的人會怕什麼？

——席勒《強盜》

蕾莎飛走，飛到千窗大廳，飛向魔法舌頭。「蕾莎！這隻鳥永遠不會離開妳了！」髒手指警告她，但她仍然把穀粒塞進嘴裡。

他好不容易趕在毒蛇頭回來前，才把她從房間中拉出來。她臉上的絕望讓他心碎。他們沒找到那本空白的書，兩個人都知道那意味著什麼：死的不是毒蛇頭，而是松鴉，要不是被笛王或小拇指殺了，便是被白衣女子，因為無法付出死神饒他一命所要的價碼。

蕾莎飛去那裡，只是不想魔法舌頭死的時候落單。還是她仍希望會有奇蹟出現救了他？可能吧。髒手指沒對她說，死神也會再次帶走他——然後是她女兒。

「要是你沒找到那本書，」魔法舌頭在遣走他去設下給笛王的人跡前，小聲對他說，「那讓我們至少救回我們的女兒。」

我們的女兒……髒手指知道到哪找布麗安娜，但他要如何保護美琪避開笛王，甚至白衣女子呢？他把笛王手下帶到松鴉那裡時，他們當然試著抓住他，但擺脫他們實在輕而易舉。他們仍在找他，但城堡中的黑暗不僅對毒蛇頭的眼睛好，也把他的敵人藏了起來。

奧菲流士似乎很肯定自己的黑狗便足以看守布麗安娜。她所在的籠子旁燃起兩根火把，她縮在裡面，看來眞像一隻被抓的鳥。不過，沒有士兵看守她。眞正的守衛埋伏在陰影中某處，在火把的光線照不到的地方。

奧菲流士到底如何馴服他的？

「別忘了，他是從一本書中把他唸出來的，」魔法舌頭說。「那是一本給孩子看的書，不過我不確定費諾格里歐因此會讓夜魔變得不會傷人。不過，他是文字創造出來的，我肯定奧菲流士也用文字馴服他。只是一些調整過的文字，一些略微顚倒的句子，夜魔便成了一頭聽話的狗。」

但魔法舌頭！髒手指心想。難道你忘了，這個世界據說全是由文字構成的？他只知道一點：這個夜魔並不和善，反而比在無路森林中遇到的夜魔還要陰森，不像他的同類，靠著精靈粉末與火便可驅退的。奧菲流士的狗是由幽暗的材料編織而成。可惜，你沒跟白衣女子打聽一下他的名字，髒手指！他心想，同時慢慢靠近籠子。歌曲裡面不是說，那是唯一可以殺掉夜魔的方法？那他只能這樣做了：他必須消滅他，不讓奧菲流士召他回去。忘了那些歌曲吧，髒手指，他心想，同時四處打量。寫你自己的曲子，就像松鴉現在迫不得已那樣。

在他的低吟下，火把熊熊燃起，彷彿想要問候他，對周圍的黑暗感到不耐煩似的。布麗安娜這時也抬起頭。

她眞漂亮，跟她母親一樣。

髒手指又四處看，等著黑暗開始行動。他在哪裡？

他聽到一聲喘息，察覺到冰冷的氣息，像頭大狗急促喘氣。影子在他左邊冒出，黑過墨黑。他的心開始急速跳動。啊，恐懼還是在嘛，就算他很少察覺到。

布麗安娜站起來，踉蹌退開，直到背撞上欄杆，身後，一隻彩繪的孔雀在灰牆上開屏。「快走！」她低聲說。「求求你！他會吃了你！」

快走，滿誘人的念頭，但他有過兩個女兒，現在只剩這一個，他想保住她，不是永遠，但或許能在她身邊幾年。寶貴的時間。時間——不管那是什麼。

他身後變冷起來，冷得可怕。髒手指喚出火，裹在溫暖的火中，但那火遇到那般寒冷便縮了起來熄滅，讓他單獨面對黑影。

「求求你！求求你，快走！」布麗安娜的聲音催促著，裡頭有著她平常掩飾得很好的愛意，比火更讓他感到溫暖。他又喚出火，比平常更加吃力，提醒火他們是難兄難弟，不可分的。火舌遲疑地從地面中竄燒出來，一陣冷風吹來時，跟著顫抖起來，但火燃燒著，而夜魔退開，直瞪著他。

沒錯，歌裡面關於他和他同類的事，是真的了。一定是真的。他們不過是黑暗的靈魂與邪惡組成，不會被遺忘與寬恕，直到他們消逝，吞噬掉自己，帶走他們過去的一切。

那雙眼睛直盯著他，在一片漆黑中的紅眼睛，既狂野，又陰鬱，迷失在自我中，沒有過去或未來，沒有光與溫熱，困在自己的寒冷與冰冷的邪惡中。

髒手指感到周遭的火像塊溫暖的皮毛，幾乎燒焦他的皮膚，但那是他唯一的護身符，對付著那雙陰鬱的眼睛與張開大叫的飢渴的嘴，布麗安娜聽到跪了下來，雙手摀住耳朵。

夜魔朝火伸出一隻黑手，沒入火中，火舌因而嘶嘶出聲，髒手指似乎在那片漆黑中認出一張臉孔。一張永遠不會讓人忘記的面孔。

這可能嗎？奧菲流士是不是也看到，才馴服自己這隻陰森的狗——只要呼喚他被遺忘的名字就行？還是他先賦予他這個名字，和夜魔一起把魔法舌頭送入亡靈中的那位帶了回來？

布麗安娜在他身後哭著。髒手指從欄杆上發覺她在顫抖，但自己已不再害怕。他只覺得慶幸。慶幸這一刻，慶幸這次的再相遇。希望這會是最後一次。

「看哪！是誰在這裡啊？」他輕聲說，布麗安娜在他身後的哭聲也沈寂下來。「你還記得你那些黑暗行徑？你還記得那把刀和那男孩瘦削、沒有保護的背？你還記得我心碎裂時的聲音嗎？」

夜魔瞪著他，髒手指朝他跨近一步，仍裹在火舌中，愈來愈熾熱的火舌，靠著他喚回來的所有痛苦和所有絕望滋養著。

「快離開，巴斯塔！」他說，大聲說出那個名字，直竄進那一片漆黑的心中。「快離開，永遠離開。」

那張臉清晰起來——那張他曾經無比害怕的瘦狐狸臉——髒手指讓火往寒冷中燒去，讓火像把劍刺向那片寫下巴斯塔名字的漆黑中，夜魔再次叫喊，眼睛突然充滿回憶。他不斷叫著，同時身影像墨水般融化。

他在影子中化爲烏有，像煙霧般消散，只留下寒意，但也被火舌吞噬著，髒手指跪了下來，察覺到痛楚離開了他，那個連死亡也捱過的痛楚，並希望法立德在他身邊。他無比渴望，有好一會忘記自己身在何處。

「爸爸？」布麗安娜的低喊穿透火舌而來。

她曾這樣叫過他嗎？是的，在過去。但他過去是同一個人嗎？

籠子的欄杆在他熾熱的雙手下彎曲。他不敢碰布麗安娜，很清楚

察覺自己心中的火。有腳步聲接近，沈重急促的腳步聲。夜魔的喊聲把他們召來，但在士兵們來到籠子前，並在那裡只找著那位黑色守衛時，黑暗已經吞沒了髒手指和布麗安娜。

另一邊

她從書中撕下一頁，撕成兩半。
接著是一章。
不久後，她腿間和周遭都是文字碎片……這些文字爲什麼好？
然後，她在這個瀰漫橘色光線的房間中大聲說出來。
「這些文字爲什麼好？」

——馬格斯．朱薩克《偷書賊》

黑王子還待在羅香娜那裡。她要幫他受傷的腳上夾板，讓他可以走動，到湖中城堡去。「我們還有時間。」美琪心裡儘管著急，仍這樣對他說。莫一定要花上相同的時間在這本空白的書上，跟在夜之堡時一樣。

黑王子幾乎想帶著所有的手下前去幫松鴉，但不帶著愛麗諾和美琪。「我答應過妳父親，妳和妳母親會待在安全的地方，」他對她說，「對妳母親，我已無法信守承諾，所以，對妳，我至少要做到。妳不是也同樣答應他了嗎？」

沒有，她沒有，因此她要去，就算留下朵利亞一個人，幾乎讓她心碎。他仍未甦醒，但大流士會和他說話，還有愛麗諾。而她自己會回來吧，不是嗎？

法立德會跟她去。如果路上太冷的話，他可以召喚火，她偷了些乾肉，裝滿了巴布提斯塔一皮囊的水。在見到那些火字後，黑王子怎麼認爲她會待下來？怎麼認爲她會讓她父親死，彷彿那是另一個截然不同的故事？

「美琪啊！黑王子根本不知道那些字！」費諾格里歐對她說。「他同樣不清楚奧菲流士在做什麼！」然而，費諾格里歐知道，但他跟黑王子一樣，不想讓她去。「妳難道想跟妳母親一樣？沒人知道她在哪裡！所以，妳必須留下來。我們會用我們的方式幫妳父親的。我會夜以繼日地寫，我答應妳。但如果妳不留下來唸的話，這又有什麼用？」

留下來，等候。不，她受不了。她會偷偷離開，像蕾莎那樣，而她不會走失……她已等太久了。如果費諾格里歐眞的有了點子，大流士會唸的——他一定也可以把巨人唸過來的——孩子們有巴布提斯塔、愛麗諾、羅香娜和費諾格里歐照顧。但莫是一個人，形單影隻。他需要她，他一直都需要她。

愛麗諾輕輕打著鼾。大流士睡在她身旁，在敏奈娃的孩子間。在編結起來的窩巢允許的範圍內，美琪盡量輕手輕腳，收好自己的上衣、鞋子和仍然讓她想起另一個世界的背包。

「妳好了嗎？」法立德站在圓門中。「天很快就亮了！」

美琪點點頭——當法立德跳過她，像孩子一樣睜大眼睛瞪著時，她轉過身去。

一名白衣女子站在睡著的人身旁，看著美琪。

她手裡拿了一支筆，一支磨損的短粉筆，遞給法立德一根愛麗諾從翁布拉帶過來的蠟燭，一臉敦促的樣子。法立德像個夢遊者般走向她，發出一聲低語，點燃了燭心。白衣女子拿粉筆沾了沾火，開始在一張紙上寫，那是美琪在巨人帶走費諾格里歐後，徒然在那張紙上試著爲自己的父親寫出個完美的結局……白衣女子不停寫著。這時，敏奈娃在睡夢中低喊自己丈夫的名字，愛麗諾翻過身，黛絲皮娜的手臂摟著自己的哥哥，而風吹過編結出來的窩巢，幾乎吹熄蠟燭。她接著起身，再看了美琪一眼後便消失，彷彿被風帶走似的。

她走後，法立德才鬆了口氣，臉埋在美琪的髮中。但美琪輕輕推開他，探身在那張白衣女子寫了字的紙上。

「妳看得懂嗎？」法立德小聲問。

美琪點點頭。

「去找黑王子，告訴他，他可以好好養腳傷了，」她小聲說。「我們全都留在這裡。松鴉的曲子已經寫好了。」

那本書

「那好吧，」那女士說，轉向艾比。「你明天把書帶來。」

「哪一本？」

「怎麼這麼說？難道還有其他的書？」

——艾倫・阿姆斯壯《輝丁頓傳奇》

吩咐自己的手慢慢做他們自己喜歡做的事，並不容易。在昏暗的光線下，莫的眼睛感到刺痛，而沈重的鎖鍊傷了他的踝骨，但他卻莫名其妙感到快樂——彷彿他不是綁住毒蛇頭的死訊，而是把時間自己綁到書中，還有對未來的一切憂慮及過去的一切痛楚，只剩下現在，當下這個時刻，他的雙手愛撫著紙與皮革。

「我一救出布麗安娜，就會帶著火來幫你。」髒手指單獨留下他，再度扮演叛徒之前，這樣對他承諾。「還有那本空白的書，」他接著說，「我也會帶來。」

但髒手指沒來，而是蕾莎。那隻燕子飛過大門時，莫的心幾乎要停住。一名守衛拿著弩弓射她，但她躲過那支箭，莫則摘下自己肩上一根棕色的羽毛。他們沒找到那本書。那隻燕子停駐在他上頭的一根樑柱上時，那是他的第一個念頭。不管怎樣——他很高興她在這裡。笛王靠在一根柱子上，眼睛盯著他雙手的每個動作。他想兩個禮拜不睡嗎？還是他以為這本書一天就可裝幀好？

莫把刀擱在一旁，揉著疲累的眼睛。那隻燕子張開翅膀，像是在對他招手，莫趕緊低下頭，免得笛王注意到她。但當銀鼻子口出髒話時，他又抬頭瞧著。

火舌從牆面竄出。

這只意味著一點：布麗安娜被救出來了。

「你幹嘛這樣笑，松鴉？」笛王走向他，一拳打在他腹部，他痛得縮起身子，那隻燕子在他們上頭喊叫。

「你以為你那個火朋友會來，把出賣你一事再度勾消？」銀鼻子對他小聲說。「你別高興得太早！這次我會砍了他的腦袋，看看他是不是沒了腦袋，也能從亡靈那裡回來。」

松鴉很想拿裝幀師傅的刀插進他沒有心肝的胸口，但莫又再次遣走他。你還等什麼？松鴉問。等那本空白的書？你們永遠找不到的！——那我為什麼還要掙扎下去？莫反問。沒了那本書，我會死，我女兒也會。

美琪。書籍裝幀師和松鴉都擔心她。門開了，一個瘦小的身影擠進被火照亮的大廳。雅克伯。他踩著小步子走向莫。他想跟松鴉說他母親的事嗎？還是他外祖父要他來察看新書的進度呢？

薇歐蘭的兒子緊站在莫身旁，卻瞧著笛王。

「他快完成了嗎？」他問。

「如果你不耽誤他工作。」銀鼻子回答，慢慢逛到女僕擱著酒和一盤冷肉給他享用的桌子邊。

雅克伯伸手到袍子中，拿出一本書。他把書包在一塊彩布中。「我想讓松鴉幫我修復這本書，那是我最喜歡的書。」

他打開書，莫忘了呼吸。浸過血的書頁。

雅克伯看著他。

「你最喜歡的書?他要傷腦筋的只有一本書。現在快給我滾！」笛王喝下了一罐子酒。「告訴廚房，再拿更多的酒和肉過來。」

「他只要看一眼就行！」雅克伯的聲音和平常一樣固執。「外祖父答應我的，你願意的話，可以去問他！」他把一支筆推過去給莫，一支磨損的短粉筆，很容易藏在手中的。那比刀好多了，好太多了。

笛王塞了一塊肉到嘴裡，配著酒吞了下去。「你說謊，」他說。「你外祖父有沒有告訴你，我怎麼對付說謊的人？」

「沒有，怎麼樣呢？」雅克伯翹起下巴，像他母親那樣，朝銀鼻子踏近一步。

笛王拿塊白花布擦掉雙手上的油膩，微笑起來。

莫拿手指握住那支筆，打開那本空白的書。

「我先割掉他們的舌頭。」笛王說。

雅克伯又朝他走近一步。

「是嗎?」

心。

每個字母，莫的手指都在顫抖。

「沒錯，沒了舌頭，也就很難說謊，」笛王說。「雖然——等等，我認識過一名曾無恥騙過我的啞巴乞丐。他比手語。」

「然後呢？」

笛王大笑。「我割掉他的手指，一根接著一根。」

抬頭看，莫，不然他會發現你在寫字。

血。

還剩一個字。唯一的一個。

笛王朝他這頭看過來，瞧著那本打開的書。莫把筆藏在握起來的手中。

那隻燕子張開翅膀，她想幫他。不，蕾莎！但那隻鳥衝下去，飛過笛王的頭上。

「我見過這隻鳥！」雅克伯說。「在我外祖父的房間中。」

「眞的？」笛王瞧著那隻燕子停駐下來的窗台，從一名士兵手中拿過弩弓。

不！蕾莎，快飛！

只剩一個字，但莫只看著那隻小鳥。

笛王射出箭，燕子飛起。箭沒射中她，她直接飛向笛王的臉。

快寫，莫！他把筆壓在浸過血的紙上。

笛王打著那隻燕子，銀鼻子滑落下來。

死。

白夜

那可憐的皇帝幾乎無法呼吸，彷彿有東西坐在他胸口上；他張開眼，看到那是死神。在床邊簾子的褶子周遭，冒出許多奇特的腦袋，有的很嚇人，有的迷人和善：低頭看著他的，都是皇帝自己的善行與惡行，而這時，死神坐在他心口上。

——安徒生《夜鶯》

毒蛇頭感到冷，就連在睡夢中都感到冷，雖然自己把枕頭緊抱在受傷的胸口，那個藏著那本幫他避開永寒的書的枕頭。就連喝過罌粟汁後的沈沈夢境，也無法再溫暖他，夢到自己想加諸在松鴉身上的折磨。他在這座城堡中，曾經只夢到愛情。但這不是很合理嗎？他在這座城堡中找到的愛情，最後不是跟他腐爛的皮肉一樣折磨著他嗎？

喔，他眞是冷。就連他的夢，似乎都被寒霜覆蓋。拷問的夢，愛情的夢。他張開眼，彩繪的牆面用薇歐蘭母親的眼睛瞪著他。該死的罌粟汁，該死的城堡。爲什麼火又回來了？毒蛇頭呻吟出聲，雙手摀著眼睛，但火光似乎都在他眼皮下燃燒。

紅。紅與金。光線像刀鋒般銳利，而火中冒出了低吟，自從他在一位瀕死的人身旁第一次聽到便害怕的低吟。他顫抖地從腫脹的手指中偷瞄出去。不，不，這不可能。那是罌粟造成的幻影，就只這樣而已。他一下子看到四位站在他的床周圍，像雪一般白，不，更白，而她們低吟著他生下來的那個名字，一遍又一遍，像是想提醒他，自己不是一直披著蛇皮。

那是罌粟汁，全是罌粟汁造成的。

毒蛇頭把一隻顫抖的手伸進枕頭中，想抽出那本書到她們面前，但她們這時也已把她們白色的手指伸進他胸中。

她們看著他的表情！拿那些被他送到她們那裡的死者的眼睛看著他。

她們接著再低喊了一次他的名字。

他的心便停止跳動了。

結束

「我辦到了！」上帝喊著，並低頭看著麻雀，手指指著消失的奇蹟。「我辦到了！我造出了一隻燕子！」

——泰德・休斯《麻雀如何救了眾鳥》

莫一闔上那本浸過血的書，白衣女子便現身了。笛王見到她時，忘了那隻燕子，薇歐蘭的兒子躲到莫被鍊住的桌子下。不過，死神的女兒不是來帶走松鴉的，而是來釋放他，蕾莎見到莫的臉上鬆了口氣。

在這個時刻，他忘了一切，蕾莎也看出這點。有一會，他可能希望這個故事終於結束。然而，笛王並未隨著他的主子而死。在那寶貴的幾個瞬間中，恐懼緊攫住他，不過等到白衣女子消失，他的懼意接著消失，蕾莎再次張開翅膀。她吐出穀粒，同時飛向笛王，以便有雙手可以幫忙，有雙腳可以走動。然而，那隻鳥不想退讓，她落在石板地上，剛好就在那兩個男人身旁時，抓住地面的仍是鳥爪。

莫低頭看著她，顯得驚恐，等她明白自己讓他陷入何種險境時，笛王已把綁住莫和桌子的鍊子纏在手上。笛王拉住鍊子時，莫跪了下來，手中拿著他裁切紙張的刀。不過，和劍或弩弓相比，一把書籍裝幀師的刀會有什麼殺傷力？

蕾莎絕望地飛上桌子，乾嘔著，只希望舌頭下還卡了一顆穀粒，但她這副毛羽監獄不放過她，笛王再次扯拉著莫的鍊子。

「你那蒼白的天使這次很快告別！」他嘲弄道。「她爲什麼不鬆開你的鍊子？不過，別擔心。我們會慢慢讓你死的，你的白衣女友很快就會回來。現在快給我繼續幹活！」

莫吃力地起身。「我爲什麼要？」他問，把那本空白的書遞給笛王。「你的主子不需要第二本書了，白衣女子是爲了這件事才來這兒的。我已經把那三個字寫進去了，你自己看。毒蛇頭死了。」

笛王瞪著那血淋淋的書封，然後瞧了桌下一眼，雅克伯蹲在那裡，像頭受驚的小動物。

「眞的？」他說，抽出劍。「要眞是如此……那我也不反對長生不死！所以，照我說的：快繼續幹活！」

他的士兵開始竊竊私語。

「安靜！」笛王喝叱他們，戴著手套的手指著他們其中一個。「你，去毒蛇頭那裡，告訴他，松鴉說他已經死了。」

那名士兵趕緊離開，其他人瞧著他的背影，露出驚恐的眼神，但笛王的劍尖對著莫的胸口。「你還不開始幹活！」

莫在鍊子容許的範圍內退了開，手裡拿著刀。「不會有第二本書，第二本空白的書。雅克伯！快點離開，去找你媽媽。告訴她，都會沒事的。」

雅克伯從桌下爬出來，跑了開。笛王看都沒看他一眼。「毒蛇頭有兒子時，我建議他殺了柯西摩的小雜種，」他說，瞧著那本空白的書。「但他不想聽，眞是蠢。」

那名他派去毒蛇頭那裡的士兵，跌跌撞撞、上氣不接下氣地跑回陰暗的大廳。

「松鴉說的是實話！」他喘氣說。「毒蛇頭死了，到處都是白衣女子。」

其他的士兵放下弩弓。

「我們回翁布拉去吧，大人！」一名士兵結巴說道。「這座城堡中邪了。我們可以帶著松鴉！」

「好主意。」笛王說，微笑起來。

不。

蕾莎再次朝他臉上飛去，啄著他嘴角上的微笑。這是那隻鳥幹的吧——還是她自己？笛王拿劍朝她劈來時，她聽到莫大喊出聲。劍刃深深劃傷她的翅膀。她掉落下來，突然間又恢復人形，彷彿笛王把她體內的鳥割除掉似的。笛王瞪著她，一臉難以置信，但當他舉起劍時，莫把刀深深刺進他胸口，穿透銀鼻子最愛穿的高貴布料。他死時，吃驚地看著莫。

然而，他的士兵仍然在場。莫拾起笛王的劍，驅退他們，要他們離開那隻燕子。不過，他們人數眾多，莫仍被鐵鍊跟桌子綁在一起。不久後，這裡便會到處是血，在他胸口，在他雙手和手臂上。那是他的嗎？

他們會殺了他，而蕾莎又只能在一旁看著，就像她在這個故事中經常扮演的角色一樣。但突然間，火舌吞沒了鐵鍊，髒手指護在她前面，那頭貂在他肩上。雅克伯站在他旁邊，臉上的表情和他過世父親的雕像十分相像。

「她也死了嗎？」她聽到他問著，那些士兵大叫逃離火舌。

「沒有，」她聽到髒手指回答。「只是傷了手臂。」

「但她是隻鳥！」雅克伯說。

「是的。」這是莫的聲音。「聽來不像是個好故事嗎？」

大廳中突然無比靜寂，沒有任何打鬥，沒有任何叫喊，只有火舌劈啪作響，和髒手指說話。

莫跪在她身旁，全身是血，但他活著，而她又有手可以握住他的。都沒事了。

打錯牌

像奧菲流士一樣
我在生命的弦上演奏死亡

——英格伯格·巴赫曼《說來黑暗》

奧菲流士狂熱唸著，自己都聽到了。他唸得太大聲，太快，彷彿他的舌頭想把文字當成刀刃一樣，刺進那個書籍裝幀師的身體。他幫他寫來地獄般的折磨，報復那個仍縈繞在他腦海裡笛王嘲弄的微笑。在他剛覺得自己無比偉大時，卻被澆了一頭冷水！但至少松鴉很快會笑不出來。

赤鐵攪拌著墨水，擔心地看著他。顯然他的額頭上寫著憤怒，大概是一滴滴細小的汗水。

奧菲流士，專心點！他又試了一次。有些文字幾乎無法辨識，因爲他的憤怒而像醉酒一般，互相撞來撞去。爲什麼他覺得像是在白唸呢？爲什麼文字嘗起來像是他丟入井裡的石頭，在黑暗中沒有任何回聲呢？一定是哪裡出了問題。他在閱讀的時候，從來沒有這種感覺過。

「赤鐵！」他喝叱玻璃人。「快去千窗大廳，看看松鴉的情況，事實上，他這時一定已像頭中毒的狗縮在那裡了！」

玻璃人放下攪拌墨水的樹枝，驚恐地看著他。「但是……但是，大人！我不知道路。」

「你別這麼笨好不好，還是要我問問夜魔，是不是想吃個玻璃人換換口味？你先往右，然後直直走。或問守衛怎麼走！」

赤鐵離開，一臉不高興。蠢東西！費諾格里歐眞的應該幫文書想個不那麼可笑的幫手。不過，這就是這個世界的問題——在心裡頭很幼稚的。他小時候，爲什麼這麼喜歡這本書？原因正是在此！但他現在長大了，這個世界也該跟著長大了。

還有一句——又是那種奇怪的感覺，在他還未唸出來前，文字便逐漸消失了。該死！

他氣到暈眩，抓起墨水瓶準備丟向彩繪的牆時，外頭突然傳來喊叫聲。奧菲流士把瓶子擱回桌上，仔細聽著。那是什麼？他打開門，沿走道瞧下去。毒蛇頭的房間前，沒有任何守衛，兩名僕役像沒有腦袋的雞，激動無比從他身旁跑過！見鬼了，現在又是什麼事？爲什麼髒手指的火又在牆上燃起？

奧菲流士衝到走道上，停在毒蛇頭的房間前。

門開著，銀爵士躺在自己床上，已經氣絕，眼睛大張，不難猜出他最後見到的是什麼。

奧菲流士不由自主四處看著，才往床邊走去，白衣女子當然早已離開。她們得到自己等候許久的人。但怎麼回事？怎麼發生的？

「沒錯，你得找個新主子了，複眼！」小拇指從床簾後走出來，對他露出自己的老鷹微笑。在他細長的手中，奧菲流士看見毒蛇頭確認死刑的戒指。小拇指也帶著他的劍。

「我希望這臭味可以被洗掉！」他偷偷小聲對奧菲流士說，同時把他主子沈重的天鵝絨大衣披在肩上，然後大步離開，沿著髒手指的火舌在牆面低吟的通道而去。

但奧菲流士站在那裡，發覺眼淚沿鼻子流下。全完了！他打錯牌了，白白忍受那腐爛公侯的臭味，白跟他鞠躬低頭，把時間浪費在這陰暗的城堡中！寫下最後一首曲子的，不是他，而是費諾格里歐。不然會是誰呢？而松鴉大概又成了英雄，而他成了壞蛋。不，更糟！他是輸家，可笑的角色！

他朝毒蛇頭僵直的臉吐了口口水，跌跌撞撞回到自己房間，那些沒用的文字還擱在自己桌上。他氣得發抖，拿起墨水瓶，把墨水倒在自己所寫的東西上。

「大人！大人！您聽到了嗎？」玻璃人站在門口，氣喘不已。他的蜘蛛腿快跑回來，得讓他喘口氣。

「是的，毒蛇頭死了，我知道！那松鴉呢？」

「他們在打鬥！笛王和他。」

「啊哈，銀鼻子說不定還眞的把他戳穿，那至少還有可爲。」奧菲流士趕緊收拾自己的東西，塞到他從翁布拉帶過來的精美皮袋中：羽毛筆、羊皮紙，甚至那個空墨水瓶，毒蛇頭留給他的銀燭台，當然還有那三本書，雅克伯的一本和兩本關於松鴉的書。他還不放棄。喔，不。

他抓起玻璃人，把他塞到自己的腰袋中。

「您有什麼打算，大人！」赤鐵擔心問道。

「我們把夜魔叫來，離開這座城堡！」

「夜魔走了，大人！他們說，火舞者把他化成了煙！」

混蛋，混蛋，混蛋。當然了，所以火才會在牆上燃燒！髒手指認出了夜魔，他發現是誰在黑暗心中！那又怎樣，奧菲流士？你會從雅克伯的書中唸出另一個夜魔。這並不難。你這次只要給他一個髒手指不知道的名字！

他仔細聽著走道上的動靜。沒有聲音。老鼠離開這艘沈船了。毒蛇頭獨自死去。奧菲流士又跑進那個腫脹的屍體所在的房間，偷走在那兒找到的金銀珠寶。小拇指顯然並未錯過太多。然後，他帶著可憐兮兮的玻璃人急忙走過那條笛王進入城堡的隧道。水從石牆上流下，彷彿這條通道像是這座湖潮濕皮肉上的一根刺。

看守湖岸出口的守衛已經離開，但岩石間有幾名士兵的屍身。他們最後顯然在驚慌之際互相砍殺。奧菲流士卸下一名死者的劍，但等他發現劍身沈重時，又丟了開，而從死者腰間抽出一把刀，把他笨重的披肩拋在肩上。這玩意看來雖然醜，但很保暖。

「您現在想去哪呢，大人？」赤鐵沮喪地說著。「回翁布拉嗎？」

「我們去那裡幹什麼？」奧菲流士只這樣回答，同時抬頭瞧著阻斷往北方去路的黑暗山丘。

往北去……他不知道那裡有什麼。費諾格里歐對此不露任何口風，就跟他世界中的許多東西一樣，正是因爲這樣，他才要去北方。那些山頭白雪覆蓋、山坡空無一人的山巒，看來不怎麼吸引人。但那是最佳出路，翁布拉很快就會落入薇歐蘭與松鴉手中。那個該死的書籍裝幀師下地獄去吧，那個人類所能想像出來最水深火熱的地獄。而髒手指永遠凍成冰吧，直到他那叛徒手指斷掉！

奧菲流士看著橋那頭最後一眼，便大步朝樹叢中走去。銀

爵士的士兵在橋上急奔。他們在躲誰？兩個男人和他們白色的保護天使，還有他們主子腫脹的屍體。

「大人，大人，您能不能把我擱在肩上？要是我從您的袋子中掉出來，那該怎麼辦？」玻璃人呼天搶地喊著。

「那我再找一個新的玻璃人！」奧菲流士回答。往北去，到未被描述過的國度去。沒錯！他心想，同時雙腳吃力地在陡坡上找路。說不定那是這個世界中會聽從我的文字的地方。

動身

「說個故事給我聽。」像一堆冷麵黏在我身上的亞爾巴說。

我摟著她。「那要什麼樣的故事？」

「好聽的故事，關於你和媽媽小時候的故事。」

「嗯，好。從前……」

「那是什麼時候？」

「任何時候都可以。可以是很久以前，也可以是現在這一刻。」

——奧黛麗・尼芬格《時空旅人之妻》

笛王的劍深深劃傷蕾莎的手臂，但布麗安娜跟自己母親學了不少，雖然她比較喜歡爲醜東西吟唱，而不是在石子地上種草藥。「手臂會痊癒的。」她說，並把傷口包紮好。但那隻鳥永遠不會離開蕾莎了，魔法舌頭和髒手指都知道這點。

笛王盡力想幫他主子把松鴉送上西天，傷了松鴉的肩膀和左臂，但最後卻是自己跟在毒蛇頭後頭，髒手指拿火燒了他和他主子的屍體。

毒蛇頭和笛王化爲灰燼時，薇歐蘭站在魔法舌頭身旁，臉色蒼白。她看來年輕許多，彷彿在她父親把她丟進去的地洞中失落了一些歲月，但仍像個孩子一樣無助，等她最後背對吞噬她父親的火舌時，髒手指第一次見到她摟住自己的兒子——她那奇特的兒子，雖然他救了大家，仍沒有人喜歡他。就算魔法舌頭感到羞愧，他那柔軟的心也未曾改變（髒手指在他臉上看出來）。

薇歐蘭的孩子兵，只有十幾名存活。他們在地窖洞中找到他們，但毒蛇頭的士兵全離開了，跟白衣女子一樣，只剩湖岸邊被遺棄的帳棚、黑色的車駕和幾匹無主的馬。雅克伯表示，他外曾祖父的食人魚從湖中冒出來，吃掉幾名從橋上逃走的士兵。魔法舌頭和薇歐蘭都不相信他，但髒手指走到橋上，在潮濕的石頭上發現幾塊閃爍的鱗片，像椴樹葉那麼大的。他們於是從笛王過來的隧道離開湖中城堡。

他們在湖邊走到外頭時，正下著雪，身後的城堡消失在紛飛的雪花間，彷彿化成了一片白。他們周遭的世界寂靜無比，好像所有的話都說完了，好像這個世界該講的所有東西都講過了似的。髒手指在凍住的岸邊泥濘中發現了奧菲流士的足跡，魔法舌頭瞧著足跡消失的樹叢間，心裡彷彿仍聽到奧菲流士的聲音。

「我希望他死了。」他輕聲說。

「好願望，」髒手指回答。「但可惜讓願望成真太晚了。」笛王死時，他找過奧菲流士，但他的房間空了，跟小拇指的一樣。在這個寒冷的早上，世界看來很明亮。他們心裡全都感到無比輕鬆。但黑暗仍在，會繼續講述自己在這故事中的部分。

他們抓到幾匹毒蛇頭手下留下來的馬。魔法舌頭很急，不顧自己的傷口。**那讓我們至少救回我們的女兒**。

「黑王子會照顧美琪的。」髒手指對他說，但他臉上的憂慮並未消去，這時，他們不斷往南騎行。

他們這群人安安靜靜，每個人都困在自己的念頭與回憶中。偶爾只有雅克伯發出清脆的聲音，跟以往一樣需索無度：「我餓了。」「我渴了。」「我們什麼時候到？」「妳看，紅雀是不是殺了孩子和強盜們？」他母親每次都回答他，就算聲音往往心不在焉。湖中城堡靠著共同的恐懼與陰沈的回憶，在這兩人間繫上了一條帶子，最牢的線大概是雅克伯辦到了他母親要來這座城堡的事。毒蛇頭死了。但髒手指肯定，薇歐蘭至死都會察覺到自己的父親，就像一道背影一樣——醜東西大概這時也知道。

魔法舌頭也帶著松鴉，彷彿他就騎在他身旁，髒手指不只一次懷疑，這兩個是不是只是同一個人的兩面。不管答案爲何——這位書籍裝幀師跟那位強盜一樣愛這個世界。

他們休息的第一晚，在一株枯枝上皮黃色的花紛紛落下的樹下，燕子回來了，雖然蕾莎已把最後的穀粒撒在湖中。她在睡夢中變身，飛到開花的樹枝上，月光在她羽毛上罩上一片銀白。髒手指見到她蹲踞在上頭時，搖醒了魔法舌頭，一起等在樹下，等到燕子隨著破曉飛下來，在他們中間變回那名女人。

「孩子會怎麼樣？」她害怕無比地問道。

魔法舌頭回答：「他會夢到飛翔。」

就像書籍裝幀師繼續夢到強盜，而強盜夢見書籍裝幀師，而火舞者只夢見火和能像火般舞蹈的女藝人。這個世界到頭來可能是由夢構成的，一名老人只是找到描述夢境的文字而已。

他們到了洞窟，發現洞窟空了時，蕾莎哭了，但髒手指在洞口外發現大力士的符號，拿煤灰在岩石上畫出來的一隻鳥，下頭埋著一個顯然是朵利亞留給他大哥的訊息。髒手指曾聽過朵利亞在訊息中描述的窩巢樹，但從未親眼見過。

他們花了兩天的時間，才找到那株樹，髒手指先見到巨人。他勒住魔法舌頭的韁繩，蕾莎驚恐地一手摀住嘴。但薇歐蘭像個入迷的孩子般，瞪著那個巨人。

他手中握住羅香娜，彷彿她也曾是隻鳥似的。布麗安娜見到母親在巨大的手指間時，臉色一下子變得蒼白，但髒手指下馬，朝巨人走去。

黑王子站在巨大的腿間，大熊在他旁邊。他朝髒手指走過來時，一跛一跛的，但看來好久都沒這麼高興過的樣子。

「美琪在哪裡？」王子也摟住魔法舌頭時，他問道，巴布提斯塔指著樹上。髒手指從未見過這樣一株樹，在無路森林的心臟地帶也沒有，他想立刻爬上去，到那些窩巢和覆滿冰花的枝幹，女人和孩子坐在上頭像鳥一樣。

美琪喊著她父親的名字，魔法舌頭朝她跑去。她正從一根繩子上滑下樹幹，那麼理所當然的樣子，彷彿自己一直就住在樹上。但髒手指轉過身，抬頭看著羅香娜。她小聲對巨人說了什麼，而他小心翼翼把她擱到地面上，像是會打破她似的。他不想再忘掉她的名字，他會要火把她的名字刻在他心中，就連白衣女子都無法抹去。羅香娜。髒手指緊握住她，巨人低頭看著他們，眼裡似乎反射出世上所有的色彩。

「你看看旁邊。」羅香娜低聲對他說，髒手指見到魔法舌頭抱著自己的女兒，擦掉她臉上的淚。他看到女書蟲跑向蕾莎——所有精靈名字明鑑，她是從哪來的？——圖立歐把毛茸茸的臉埋在薇歐蘭衣服中，大力士摟住魔法舌頭，差點讓他窒息……還有……

法立德。

他站在那裡，腳趾在新雪中挖著。

他還是不穿鞋，也長高了，是吧？

髒手指走向他。「我看得出，你有好好照顧羅香娜，」他說。「我不在的時候，火有沒有聽你的話？」

「火一直聽我的！」喔，是的，他長大了。「我跟黑炭鳥打了一番。」

「看看。」

「我的火吞了他的火。」

「眞的？」

「沒錯！我爬上巨人，朝他灑下火，然後巨人弄斷了他的脖子。」

髒手指不得不微笑著，法立德也報以微笑。「你是不是……現在一定要再離開？」他擔心地四處看著，彷彿怕白衣女子已在等候。

「不，」髒手指回答，又微笑起來。「不，大概一陣子不會離開。」

法立德。他會要火也把他的名字寫在自己心中。羅香娜，布麗安娜，法立德。

當然還有葛文。

翁布拉

如果這條沒有任何驚喜的路，這許多年，
決定不再回家；而是像孩子的風箏尾巴，
彎彎曲曲，簡單，沒有麻煩，那會怎麼樣！
要是這條路的瀝青皮膚
是細長長的布的話，
攤了開來，適應了
那個埋在下面的樣子，那會怎樣？
要是這條路自己有了新的方向，
轉過不知名的角落，越過
人們隨意便爬上的山，那會怎樣；
誰一定會不想走上去的呢？
誰不想知道一則童話怎麼結束
或是一條路最後的轉折呢？

——希納格・帕格《這條路會怎麼樣》

黑王子帶孩子回翁布拉時，城牆的城堞上已覆上雪，但女人們對他拋撒自己用舊衣服縫製出來的花。獅子的徽章又在城裡塔樓上飄揚，但現在牠的爪子擱在一本空白的書上，而牠的鬃毛是火。紅雀離開了。他逃離巨人時，並未回到翁布拉，而是一路去夜之堡，投入他妹妹的懷抱，薇歐蘭在夜色保護下，回來佔有這座城，並為孩子們的歸來做好準備。

母親們摟住自己的兒女，薇歐蘭從城堞上向救了孩子們的黑王子與松鴉致謝時，美琪和愛麗諾、大流士、費諾格里歐正站在城門前的廣場上。

「妳知道嗎，美琪？」費諾格里歐低聲對她說，而薇歐蘭正將城堡中的存糧分給女人們。「說不定醜東西哪天會愛上黑王子？在妳父親之前，他畢竟也曾是松鴉，而薇歐蘭反正愛的是那個角色，而不是人！」

啊，費諾格里歐。他又恢復老樣子了。巨人讓他完全恢復自信，雖然他老早回到山裡去了。松鴉沒到翁布拉來。莫和蕾莎留在他們曾住過的莊院中。「松鴉回到他原來的地方去了，」他對王子說，「到流浪藝人的曲子中。」他們已到處吟唱著：松鴉和火舞者如何單獨擊敗毒蛇頭和笛王，及他們的手下……

「幫幫忙，巴布提斯塔，」莫說，「你至少寫首關於故事真相的曲子。一首關於那些松鴉和火舞者幫手的曲子，關於那隻燕子——還有那個小男孩！」

巴布提斯塔答應莫寫一首這種曲子，但費諾格里歐只搖搖頭。「不，美琪，這首歌不會有人唱。大家不喜歡自己的英雄需要幫忙，更不喜歡看到女人和孩子扮演這種角色。」

他或許說得對，薇歐蘭或許也因此會在翁布拉寶座上困難重重，雖然這天所有住民都對她歡呼。雅克伯站在他母親身旁。他愈來愈像自己父親的小翻版，但仍較讓美琪想到他那位陰森的外祖父。美琪一想到他甘願把自己外祖父交給死神，心就感到寒顫——就算莫因此得救。

在森林另一頭，現在也由一名寡婦統治，她也有一個兒子，但由她攝政。美琪知道薇歐蘭會想開戰，但今天沒人願意去想。今天屬於歸來的孩子，一個不缺，流浪藝人唱著法立德的火、窩巢樹和正巧神神秘秘由山中過來的巨人。

「我會想念他的。」巨人消失在樹叢間時，愛麗諾低聲說，美琪也有同樣感受。她永遠不會忘記他皮膚上反射出來的墨水世界，離開時多麼輕手輕腳，這麼巨大的一個軀體中，有這許多溫柔。

「美琪！」法立德擠過女人和孩子們。「魔法舌頭在哪裡？」

「跟我母親在一起。」她回答——並驚訝發現，自己的心在見到他時，並未跳得更快。這是什麼時候發生的事？

法立德皺起額頭。「是，是，」他說。「髒手指也去陪他的女藝人，老吻她，讓人以為她的嘴唇跟蜂蜜一樣甜呢。」

喔，法立德。他仍在嫉妒羅香娜。

「我想，我會離開一陣子。」他說。

「離開？去哪？」

美琪身後，愛麗諾和費諾格里歐爭吵起來，關於愛麗諾挑剔城堡外觀一事。這兩個就是愛吵，機會還不少，因為他們倆已成了鄰居。愛麗諾打包起來要帶到墨水世界的各種玩意，包括她的銀餐具，仍留在她在另一個世界的家中（「唉，我太激動了，那樣就會忘東忘西！」），但好在大流士把他們自己唸過來時，她身上戴著羅倫當家族的首飾，薔薇石英幫她脫售，賣了不少錢（「美琪，妳不知道，那個玻璃人真是個黑心商人！」），因此在敏奈娃所住的巷子中，驕傲地擁有一棟房子。

「去哪?」法立德讓一朵火花從手指間冒出,插在美琪的衣服上。「我想,我會像髒手指過去那樣,在不同的村落中流浪。」

美琪瞧著燃燒的花。火舌像眞的花瓣那樣凋零,但她衣服上只留下一小塊灰燼。法立德。聽到他的名字,便會讓她心跳加速,但現在,當他說著自己的計畫,說著那些他將踏上的市集廣場,那些在山中與無路森林後頭的村落時,她幾乎沒在聽。等她突然見到大力士站在女人中時,心才跳了一下。一些孩子爬上他的肩,跟在洞窟那時候一樣,但她在尋找的那張臉,卻沒在他身旁出現。她感到失望,目光繼續游移,等朵利亞突然站在她面前時,一下子臉紅起來。法立德突然不出聲,打量那個男孩,像平常他打量羅香娜那樣。

朵利亞額頭上的疤跟美琪的中指一樣長。「被狼牙棒打的,打歪了,」羅香娜說。「由於頭部的傷會流很多血,他們大概以爲他死了。」羅香娜照顧他好幾個晚上,但費諾格里歐一直認爲朵利亞會活下來,全歸功於他很久以前寫過關於他未來的故事。「就算妳想說是羅香娜治好他,但也要想想是誰杜撰出他來的,對吧?」他又補了一句。是的,他又恢復老樣子了。

「朵利亞!你好嗎?」美琪不由自主伸出手,摸著他額頭上的疤。法立德看了她一眼,感到奇怪。

「很好,我的腦袋跟新的一樣。」朵利亞從背後拿出某個東西。「看起來是這樣嗎?」

美琪瞪著他用木頭造出來的小飛機。

「妳是這樣描述的,是吧?飛行機器。」

「但你不是昏迷過去了!」

他微笑著,手擱在額頭上。「不過,那些話全在這裡,我還能聽到呢。但我不知道音樂那個是怎麼回事。妳知道的，那個會有音樂出來的小盒子……」

美琪不得不微笑起來。「喔，是的，收音機。不，在這兒是沒辦法的。我不知道該怎麼對你解釋這點……」

法立德仍看著她，接著突然抓住她的手。「我們馬上回來，」他對朵利亞說，把美琪拉到下一個房門口。「魔法舌頭知道妳看他的樣子嗎？」

「誰？」

「誰！」他手指摸過額頭，像是在描摹朵利亞的疤。「聽好！」他說，撥開她的頭髮。「要是妳跟我來，妳看怎麼樣？我們可以一起在村落間流浪，就像那時候我們和髒手指一起找妳父親和母親一樣。妳還記得吧？」

他怎麼可以這樣問？

美琪回頭瞧著。朵利亞站在費諾格里歐和愛麗諾旁邊。費諾格里歐看著那台飛機。

「我很抱歉，法立德，」她說，輕輕推開自己肩上他的手。「但我不想離開。」

「為什麼不？」他試圖吻她，但美琪別過臉，就算察覺這會讓自己流淚。**妳還知道嗎**？

「我祝你好運！」她說，吻了他的臉頰。他仍有一雙自己在男孩身上見過最漂亮的眼睛，但她的心現在為另一位跳得更快。

之後

差不多五個月後，一名孩子將會出生，在那黑王子曾經藏匿松鴉的孤伶伶莊院中。那是個男孩，跟他父親一樣有頭黑髮，但眼睛像母親和姊姊。他會相信每座森林中都有許多精靈，相信每張桌上都會睡著一個玻璃人——只要上面有些羊皮紙——而書是用手寫出來的，最知名的書籍彩繪師用左手畫畫，因爲他的右手是皮做的。他會相信，每個市集廣場上會有流浪藝人噴火，每個城門前會有士兵站崗。

他會有一個叫愛麗諾的姑婆，對他說有個世界並非如此。一個沒有精靈與玻璃人的世界，但有在自己肚袋中帶著自己孩子的動物，有翅膀快速振動，聽來像黃蜂嗡鳴的鳥，有不需要馬拉的車子，有自己會動的圖畫。愛麗諾會告訴他，很久以前，一個叫做奧菲流士的壞人，把他父母從那裡變到這個世界中來，而這個奧菲流士爲了躲開他父親和火舞者，不得不逃到北方的山中，希望已凍死在那裡。她會對他說，在另一個世界中，最有權勢的人都不攜帶劍，但那裡卻有更多可怕的武器（他父親有把很漂亮的劍，包在布裡，擱在他作坊中。他把劍藏起來，但這孩子有時會偷偷打開布，手指摸著閃發亮的劍刃）。是的，愛麗諾會對他說另一個世界中各種難以置信的東西，甚至會表示，那裡的人造出可以飛的車駕，但他眞的不相信這件事，雖然朵利亞幫他姊姊造了一對翅膀，美琪眞的可以從城牆上飛到下面的河邊。

不過，他還是笑她，因爲他比美琪更懂得飛行，因爲他有時晚上會長出翅膀，跟他母親一起飛上樹。但他也可能只是在做夢。他幾乎每晚都夢到，但他還是想見到會飛的車駕、有袋子的動物、會動的圖畫和愛麗諾老提到的那棟房子，裡面全是不用手寫的書，而這些書感到傷心，因爲都在等愛麗諾。

「我們哪天一起去看看那些書，」愛麗諾老這樣說，大流士點頭附和。大流士也能說出很棒的故事，像飛行地毯和瓶中精靈。「我們哪天三個人一起回去，我會讓你看到各種東西。」

那男孩跑進他父親幫書裁製皮衣的作坊，其中常有知名的巴布盧斯所繪製的書，然後說：「莫！」他總叫他父親莫，他不知道爲什麼，或許因爲他姊姊這樣叫他。「我們什麼時候去另一個你待過的世界？」

他父親把他拉到膝上，摸著他的黑髮說，跟愛麗諾一樣：「哪一天一定去。但我們需要文字，恰當的文字，因爲只有這些文字才能打開各個世界之間的門，而能幫我們寫的，是個懶惰的老人。可惜他愈來愈健忘了。」

他接著說到黑王子和他的熊，他們還想再見到的巨人，還有火舞者教會火的新把戲。那個男孩會在他父親眼中看出，他很高興，一點也不想念另一個世界，他的姊姊也一樣，還有他的母親。

而他會想，如果他想見到另一個世界，可能哪天得自己去，或跟愛麗諾去。而他得找出，他父親說的老人是哪一位，因爲翁布拉有好幾位。他可能指的是那個有兩個玻璃人，幫流浪藝人和薇歐蘭寫歌的那位，薇歐蘭被大家稱作好人，比她兒子更受人愛戴。巴布提斯塔稱呼那個老人爲織墨水的，美琪有時也會去看他。說不定他下次跟她一起去，這樣便能問他打開門的文字，因爲另一個世界一定很讓人激動，比他自己的讓人激動多了……

謝詞

基本上，《墨水死》的謝詞，我沒增加太多！幫我把手稿變成書的，同樣仍是那些人：我的編輯烏蘇拉・黑克（Ursula Heckel），仍然仔細地看過我的稿子；德萊斯勒出版社（Cecile Dressler Verlag）的出版行銷瑪汀娜・佩特森（Martina Petersen）女士，也爲這本書裁製了美麗的書衣；書籍裝幀師安可・梅茲（Anke Metz），又親切幫我校對，免得莫在裝幀時犯下大錯。

我也要感謝卡佳・梅蘇斯（Katja Muissus），她幫我的書做的廣告，仍是那麼漂亮；校對尤塔・克戌納（Jutta Kirchner）和烏朵・班德（Udo Bender）——這次還有尤塔・黑維克（Jutta Hävecker），從旁協助我和烏蘇拉・黑克的編輯工作（並幫忙找出遺失的E-mail）。

但我要特別謝謝英國的安提雅・貝爾（Anthea Bell）女士，我出色的翻譯，在修過初稿時，便唸了我的故事，這次成了我的第一位讀者（在我女兒安娜同意下，因爲她整個人卡在課本中）。每天晚上，潤飾過的一章會送往劍橋，隔天早上，安提雅的回饋便到了E-mail中。她陪我度過無數個星期，跟我一起走過故事，並不安地等著接下來的情節。我希望在我下一本書時，她還能再幫我這個大忙！

當然，我還要謝謝所有的書籍裝幀師、印刷師傅、德萊斯勒出版社的代表，及最後，但一定不是最不重要的書商！我在《墨水血》中的謝詞也適用於《墨水死》。要合眾人之力，才能把一本書送到讀者手中，而我的工作只是第一步。

國家圖書館出版品預行編目資料

墨水世界最終曲—墨水死／柯奈莉亞・馮克著
；劉興華譯.——初版——臺北市：大田，
民98.01

面；公分.——(Titan；050)

ISBN 978-986-179-113-5(平裝)

875.57 97022769

Titan 050

墨水世界最終曲—墨水死

作者：柯奈莉亞・馮克
譯者：劉興華

出版者：大田出版有限公司
台北市10445中山區中山北路二段26巷2號2樓
E-mail:titan3@ms22.hinet.net
http://www.titan3.com.tw
編輯部專線（02）25621383
傳眞（02）25818761
【如果您對本書或本出版公司有任何意見，歡迎來電】
行政院新聞局版台業字第397號
法律顧問：陳思成律師

總編輯：莊培園
副總編輯：蔡鳳儀　編輯：陳映璇
行銷企劃：高芸珮　行銷編輯：翁于庭
校對：謝惠鈴／陳佩伶／劉興華

總經銷：知己圖書股份有限公司
台北公司：106台北市大安區辛亥路一段30號9樓
TEL：02-23672044 ／ 23672047　FAX：02-23635741
台中公司：407台中市西屯區工業30路1號1樓
TEL：04-23595819　FAX：04-23595493
E-mail：service@morningstar.com.tw
網路書店 http://www.morningstar.com.tw
讀者專線：04-23595819＃230
郵政劃撥：15060393（知己圖書股份有限公司）
印刷：上好印刷股份有限公司

初版：2009年（民98）一月三十日
十三刷：2018年（民107）八月十日
定價：新台幣450元

填寫線上回函❤
送小禮物

國際書碼：ISBN 978-986-179-113-5 / CIP: 875.57 / 97022769
Printed in Taiwan